GOLDMANN

Buch

Die junge verführerische Josselyn O'Rourke wird durch den Tod ihres Vaters brutal aus den beschützenden Lebensverhältnissen ihres
Klosters in Boston gerissen, in dem sie aufwuchs. Sie fährt in die
Goldgräberstadt Central City, und das Testament ihres Vaters
stürzt sie in eine gefährliche Situation: Um die Goldmine zu retten,
muß sie einen Partner ihres Vaters heiraten. Der feine Gentleman
Wylie beeindruckt sie mit seinen Manieren. Durango, der sie brutal
in seine Arme reißt, weckt eine dunkle Leidenschaft in ihr. Josselyn
ist heillos verwirrt, als sie herausfindet, daß einer der beiden Männer der Mörder ihres Vaters sein muß. Sie schwört sich, den Mord
aufzuklären. Als es ihr gelingt, findet sie unerwartet das Gold des
Regenbogens in den Armen ihres Auserwählten.

Autorin

Rebecca Brandewyne konnte mit ihrem ersten Roman WER DIE
LIEBE FLIEHT sofort einen großen Erfolg feiern. Seither hat die
junge Autorin weitere Bücher geschrieben, die sich großer Beliebt-
heit erfreuen. Die Auflage ihrer Titel übersteigt deutlich die
4-Millionen-Grenze.

*Im Goldmann Verlag sind von Rebecca Brandewyne
bislang folgende Bücher erschienen:*

Dornen der Leidenschaft. Roman (9815)
Piratin der Leidenschaft. Roman (9933)
Wer die Liebe flieht. Roman (9813)
In mondheller Nacht. Roman (41000)
Brandende Sehnsucht. Roman (41247)

Rebecca Brandewyne

Heiße Stürme

Roman

Aus dem Amerikanischen übertragen
von Uschi Gnade

GOLDMANN VERLAG

Deutsche Erstveröffentlichung

Titel der Originalausgabe: »Rainbow's End«, erschienen
bei Warner Books, Inc., New York

Umwelthinweis:
Alle bedruckten Materialien dieses Taschenbuches
sind chlorfrei und umweltfreundlich.
Das Papier enthält Recycling-Anteile.

Der Goldmann Verlag
ist ein Unternehmen der Verlagsgruppe Bertelsmann

Made in Germany · 1. Auflage · 2/93
© der Originalausgabe 1991 by Rebecca Brandewyne
This edition published by arrangement with
Warner Books, Inc., New York
© der deutschsprachigen Ausgabe 1993
by Wilhelm Goldmann Verlag, München
Umschlaggestaltung: Design Team München
Umschlagfoto: Schlück/Daeni, Garbsen
Satz: IBV Satz- und Datentechnik GmbH, Berlin
Druck: Elsnerdruck, Berlin
Verlagsnummer: 42031
Redaktion: Lydia Fischer/AK
Herstellung: Heidrun Nawrot
ISBN 3-442-42031-8

*Für meine Großmutter und meinen Großvater,
die mir immer ein ganz besonderes Gefühl
vermittelten, in liebender Erinnerung.*

Inhalt

Die Mitspieler

IN BOSTON:

Josselyn O'Rourke, eine Ursulinennovizin
Die Ehrwürdige Mutter Maire, eine Ursulinenäbtissin

IN CENTRAL CITY:

Seamus »Red« O'Rourke, ein Goldgräber; Josselyns Vater

Seine Partner am Ende des Regenbogens:
Durango de Navarre, ein Spieler
Wylie Gresham, ein Geschäftsmann
Forbes Houghton (verstorben)
Victoria Stanhope Houghton, Forbes' Witwe

Die Goldgräber am Ende des Regenbogens:
Der Alte Alaska-Schürfer
Dan der Geiger
Der Prophet
Deckkanone Henry
Cousin Jack aus dem Lornwall
Fallensteller Franzmann
Novak
Mateo (Matty) der Mexikaner
Arkansas-Zahnstocher

Nell Tierney, eine Schauspielerin
Cisco, ein Waisenknabe

Die Explosion

In den Rocky Mountains, Colorado, 1877

Es war wie das Rückgrat der Welt, dachte der Mann ehrfürchtig, als er zu der gewaltigen furchteinflößenden Gebirgskette aufschaute, die über ihm aufragte und nachhaltig das weite Land zerschnitt, das sich zu beiden Seiten der Gebirgsausläufer erstreckte. Die Erkenntnis, daß gewöhnliche Sterbliche wie er selbst es nicht nur gewagt hatten, diesen gefährlichen Hängen gegenüberzutreten, sondern sie besiegt hatten, würde ihn bis in alle Ewigkeit erstaunen. Daß er die Absicht hatte, dieses Mammutrückgrat heute nacht entzweizubrechen, erschien ihm extrem egoistisch, das Ziel eines Verrückten. Und doch war er bei gesundem Verstand; sein Plan war, wenn ihn auch viele als irrsinnig abgestempelt hätten, sorgsam und gründlich durchdacht, bis in alle Einzelheiten. Jetzt blieb nur noch seine Ausführung.

Der Mann kniff die Augen zusammen und hievte sich den Jutesack, der mit Dynamit, Sprengkapseln und Zündschnüren gefüllt war, höher auf die Schulter; er hatte ihn dort geholt, wo er ihn am frühen Morgen zwischen Geröllblöcken versteckt hatte. Dann schleppte er sich verstohlen den schneebedeckten Berghang hinauf, auf dem er und seine drei Partner vor mehr als einem Jahrzehnt ihren Claim abgesteckt hatten. Als nur die vier gemeinsam Gold gewaschen hatten, waren sie Freunde gewesen, und ihre Kameradschaft war dem allseitigen Eifer und der Entschlossenheit entsprungen, diesem wilden, prachtvollen Land abzuringen, was man ihm nur abringen konnte, und auch der berauschenden Spannung, als sie – mit anfangs nicht mehr als ihren Sieben, Hacken und Schaufeln – auf Gold gestoßen waren, dann mit Schwingtrögen und Waschrinnen weitergemacht hatten. Das waren die einfachen Jahre gewesen, die guten Jahre. Denn allmählich, als diese Quellen versiegt waren und sie in die Tiefe schürfen mußten, den mühseligen Prozeß des Abbaus aus der Erde begannen, hatten sich die Dinge geändert – und zwar nicht zum Besseren. Die Habgier hatte ihren häßlichen Kopf erhoben, und sie hatten begonnen, einander zu mißtrauen.

So wirkte das Gold auf die Menschen.

Wortlos hatten sie einander den Krieg erklärt, jeder jedem; und heute nacht würde der Mann, der seine Schultern gegen den Wind und das Schneetreiben stemmte, dem Feind einen vernichtenden Schlag versetzen. Er versicherte sich noch einmal, daß er seine Pläne gut durchdacht hatte. Jetzt würde er sie ausführen und sehen, welche Früchte die Saat trug, die er pflanzte. Der Rauhreif und die losen Steine, die den Boden bedeckten, knirschten laut unter seinen Lederstiefeln, als er seinen Marsch auf dem schmalen Lehmweg entschlossen fortsetzte, den Hang hinauf zum Rainbow's End, der Goldmine, die ihm und seinen drei Partnern gehörte.

Der Weg führte steil bergauf und war an einigen Stellen beschwerlich. Eis und tiefe Schneewehen machten das Vorankommen noch riskanter als sonst. Die dünne Hochgebirgsluft und der eisige Wind raubten dem Mann den Atem. Er blieb einen Moment lang stehen, schnappte durch seinen frostbedeckten Wollschal keuchend nach Luft. Sein Atem bildete weiße Dunstwölkchen in der Dunkelheit, deren schwarzer Nachthimmel ansonsten nur vom verschwommenen silbernen Schimmer der Sterne erhellt wurde. Er ließ den Sack auf den Boden sinken und rieb sich die Hände, die trotz seiner dicken fellgefütterten Lederhandschuhe schon völlig erstarrt waren. Nachdem er seine Last wieder hochgehievt hatte, trabte er mühselig weiter.

Er hatte sich gegen die winterliche Kälte in den Rocky Mountains eingemummt, und wie er jetzt den Hang hinaufstieg, hätte man ihn irrtümlich für einen Bären halten können. Dennoch achtete der Mann darauf, im Verborgenen zu bleiben; er kauerte sich in den Schatten der spärlichen Bäume, Felsbrocken, Hänge und Steinformationen am Wegrand. Es war unwahrscheinlich, daß ihn in einer derart unwirtlichen Nacht jemand entdecken würde; aber eine Handvoll von Männern lebte und arbeitete in der Goldmine, und er wollte nicht riskieren, beobachtet und identifiziert zu werden. Die Umrisse der rohgezimmerten wackligen Holzhütten, aus denen das Rainbow's End bestand, waren jetzt zu sehen; sie schmiegten sich in eine Mulde – das hohe Schachthaus und das Pumpenhaus, der kleine Stall, in dem die beiden Packesel untergebracht waren, der Werkzeugschuppen, die bescheidene Schlafbaracke und die Küche und der verwahrloste Außenabort. Es schien zwar alles still zu sein, doch es bestand immer die Möglichkeit, daß einer der Männer in der Schlafbaracke einen leichten Schlaf hatte oder die Toilette benutzen mußte.

Wie alle Goldgräber waren auch die Männer, die am Rainbow's End arbeiteten, ein zäher, gerissener Haufen, der sich auf seine Instinkte und auf seinen Grips verließ, um zu überleben, denn der Bergbau war eine harte, gefährliche Plackerei. Die kleinste Unachtsamkeit konnte einen Mann das Leben kosten oder seinen Gefährten den Tod bringen. Männer, denen es an Schneid und Mumm fehlte, konnten sich im Bergbau nicht lange halten; und ein Mann, der diese notwendigen Eigenschaften besaß, war geneigter als jeder andere, genauer nachzusehen und den Rest der Schlafbaracke aufzuwecken, nachdem ihn ein verdächtiges Geräusch geweckt hatte oder er einen ungewohnten Umriß im Dunkeln erspäht hatte.

Aber auch in dem Punkt hatte der Mann, der zwischen den Bäumen gleich hinter der Goldmine lauerte, Vorkehrungen getroffen. Am früheren Nachmittag hatte er dafür gesorgt, daß ein Faß Whiskey aus dem Mother Lode Saloon zum *Rainbow's End* gebracht wurde – »um der eiskalten Nacht etwas Wärme zu geben«, hatte er es in der Nachricht formuliert, die mit dem Schnaps abgeliefert wurde. Inzwischen, so hoffte er, hatten sich die Männer in der Schlafbaracke bis zur Bewußtlosigkeit betrunken, was am Morgen garantiert pochende Schädel und rumorende Mägen zur Folge haben würde. Einen Moment lang grinste er bei diesem Gedanken. Dann besann er sich wieder auf seine Mission und schlich durch den Schnee und die Schatten weiter zu der Stelle, an der ein Schacht zum Fördern des Erzes in den Berghang gesprengt worden war. Auf diesem Weg würde er in die Goldmine gelangen, denn allein konnte er den Förderhaspel im Schacht nicht bedienen.

Den Eingang zum Stollen versperrte eine stabile Holztür mit einer Kette und einem Vorhängeschloß, eine Vorsichtsmaßnahme gegen Diebe und unbefugte Eindringlinge. Doch der Mann stellte unbeirrt seinen Jutesack ab und machte sich an die Arbeit. Er benutzte die kleine Bügelsäge, die er in seinen Mantel gesteckt hatte, und innerhalb von Minuten gelang es ihm, eins der dicken vereisten Glieder der Eisenkette zu durchschneiden, die vor Kälte steif und spröde war.

Mit einem dumpfen klirrenden Klappern, das im Heulen des Windes unterging, fielen die Kette und das Vorhängeschloß auf den Boden. Langsam begann der Mann, die Tür in ihren quietschenden Angeln aufzuziehen, doch der Wind packte sie und riß sie ihm ohne Vorwarnung aus den vor Kälte erstarrten Fingern. Die unglaubliche Kraft des plötzlichen Windstoßes, der um den Berg heulte, riß die Tür weit auf und knallte sie so fest gegen den Holzrahmen, daß die untere Ecke sich in die feste Erde des Berghangs grub. Jetzt klemmte die Tür fest, und sie ächzte und bebte im Wind. Der Mann fluchte und sah sich besorgt um, als erwartete er, daß sich aus der Schlafbaracke eine Horde von Goldgräbern mit Hämmern und Hacken bewaffnet auf ihn stürzen würde. Aber bis auf den kreischenden Wind und den wirbelnden Schnee blieb alles ruhig. Schnell hievte er seinen Sack in den Stollen, riß die eingekeilte Tür los und zog sie hinter sich zu, als er die Goldmine betrat.

Im Stollen blieb der Mann einen Moment lang still stehen, bis sich seine Augen auf die vollkommene Schwärze eingestellt hatten. Er lauschte gebannt auf irgendwelche ungewohnten Geräusche, die ihn warnten, daß er nicht allein war; denn hier war ein Mord geschehen — wenn er bislang auch noch keine Beweise für die Tat hatte —, und er hatte nicht die Absicht, das nächste Opfer zu werden. Doch er vernahm nur das gedämpfte Rauschen des Windes in den Nebenstollen, das Ächzen der massiven Holzpfosten, die die Stollen abstützen; das leise Klirren des Seils am Förderhaspel und das hohle Echo von tropfendem Wasser, das in der Goldmine allgegenwärtig war. Als er sicher war, daß sich alles so verhielt, wie es sein sollte, bückte er sich und tastete im Dunkeln nach der Sicherheitslampe, die er schon tagsüber hier auf dem Boden abgestellt hatte.

Der Stollen, der sich vor ihm erstreckte, zeichnete sich abrupt als Relief aus Licht und Schatten ab. Er nahm den Jutesack wieder und hob die Lampe hoch, um sich den Pfad zu beleuchten, und dann lief er durch den Serpentinengang und folgte den Schienen. Er kannte *Rainbow's End* in- und auswendig und hatte keine Probleme damit, den Weg zu den Stellen zu finden, die er sich nach langer Überlegung ausgesucht hatte, und brachte Dynamitstangen in den Felsmauern an. Er wußte, wie gefährlich der Umgang mit Dynamit sein konnte, aber er war im Sprengen kein Neuling. Von all den Männern in der Goldmine hätten nur zwei seiner Partner die Aufgabe genauso gut durchführen können – ein Umstand, von dem der Erfolg seines Vorhabens abhing.

Als die Ladungen sorgfältig angebracht waren, schnitt er schließlich mit seinem Messer eine kürzere Zündschnur ab und steckte sie mit einem Streichholz an. Dann rannte er los, dem Eingang des Stollens entgegen, und benutzte seine Zündschnur, um im Laufen die anderen Ladungen anzuzünden. Auf einen Sekundenbruchteil genau hatte er die letzte in dem Moment in Brand gesetzt, als die Zündschnur so weit heruntergebrannt war, daß sie schon seine Handschuhe ansengte. Er ließ die Zündschnur fallen und raste weiter; sein Atem ging schnell und stoßweise, sein Herz pochte heftig, und die Lampe, die er vor sich hinhielt, schwankte irrsinnig.

Er hatte den Stollen zur Hälfte durchquert, als die ersten Dynamitstangen in die Luft gingen und die Stille der winterlichen Nacht durchbrachen. Auf die Explosion gefaßt, schwankte er auf den Füßen, fing sich aber schnell wieder und eilte weiter, denn er wußte, wie schnell und todbringend die Schächte und Stollen gleichermaßen hinter ihm zusammenbrechen und dabei die Goldmine wirksam versiegeln, aber nicht zerstören würden. Draußen angekommen lief er den Hang hinunter, ein dunkler Umriß, der mit den schwarzen Schatten der Bäume verschmolz, als die anderen Goldgräber, von der hallenden Explosion und dem heftigen Beben der Erde aus dem Schlaf gerissen, aus der Schlafbaracke stürzten. Als sie den Rauch und die Trümmer sahen, die der Hauptschacht ausspie, fingen die Männer an zu schreien und zu fluchen. Die Hälfte von ihnen war noch dabei, sich schlaftrunken die Hosen und die Stiefel über die lange Flanellunterwäsche und die dicken Wollsocken zu ziehen. Einer der Goldgräber verlor das Gleichgewicht und wankte einen Moment lang hilflos, ehe er von der hölzernen Veranda der Schlafbaracke in eine Schneewehe fiel.

Der Dynamitleger, der das Geschehen von den Bäumen aus beobachtete, erkannte, daß es der alte Alaska-Schürfer war, der da im Schnee um sich schlug und versuchte, wieder auf die Füße zu kommen. Der Saboteur grinste; dann wandte er sich ab und eilte den Hang hinunter, und sein Grinsen wurde zu einem verschlagenen Lächeln, als er an die Reaktionen seiner drei Partner dachte, wenn sie von dieser jüngsten Katastrophe erfuhren.

ERSTES BUCH

Eine staubige Überlandkutsche

1

Boston, Massachusetts, 1877

Boston war von allen Seiten von Hügeln umgeben, von kleinen Erhebungen im Norden bis zu den höheren Blue Hills im Süden, doch vom Trimountain, der früher hinter Common aufgeragt hatte, war nur noch der Beacon Hill, der jetzt größtenteils abgetragen war, übriggeblieben. Der Beacon Hill und die beiden anderen Gipfel des Massives waren in diesem Jahrhundert abgetragen worden, um Buchten, verschlammte Ebenen und Salzsümpfe aufzuschütten. Jetzt war die Shawmut Halbinsel, auf der Boston gegründet worden war und die vorher nahezu vollständig von Wasser umgeben war, kaum noch vom Festland zu unterscheiden.

Wie die Halbinsel, auf der es stand, schien sich das kleine Ursulinenkloster, das nicht von Hügeln, sondern von hohen roten Backsteinmauern umgeben war, die sich sittsam hinter großen, alten Ulmen verbargen, unauffällig in seine Umgebung einzufügen. Inmitten einer dichtbesiedelten Gegend erhob es sich am Nordrand der Stadt, einem Viertel, dessen Bewohner um die Jahrhundertmitte fast ausschließlich Iren waren, doch die waren in den letzten Jahren fortgezogen, als dort die jüdischen Immigranten einzogen. Das Kloster war zu arm, um die irische Emigration mitzumachen, und so blieb es still und unauffällig zurück, und die frommen Schwestern, die seine Mauern selten verließen, widmeten sich jetzt eifrig der Erziehung und Ausbildung von Mädchen, die man ihrer Obhut anvertraut hatte.

Die meisten dieser Mädchen stammten aus braven irisch-katholischen Familien mit begrenzten Mitteln, wenn auch einige Waisen darunter waren. Unter diese letzte Kategorie fiel die junge Frau, die in der Kapelle des Klosters kniete. Sie war im Alter von sieben Jahren zu den Schwestern gekommen, denn ihre Mutter war kurz zuvor an einer langwierigen Krankheit gestorben, und ihr Vater war nicht in der Lage, gleichzeitig zu arbeiten und sich um sie zu kümmern. Es hatte ihm zwar fast das Herz gebrochen, sich von seinem einzigen Kind zu trennen, doch er hatte das Mädchen bei den Schwestern gelassen und war ausgezogen, um sein Glück zu machen. Seine Tochter war jetzt schon seit zwölf Jahren bei ihnen.

Mehr als ein Jahrzehnt der Unterweisung in dem Ursulinenkloster hätten ausgereicht, um aus den meisten Mädchen anständige, tugendhafte, vornehme Damen zu machen; und als sie durch den Gang der Kapelle auf die schlanke, verschleierte Gestalt schaute, die ganz vorn mit gesenktem Kopf, gefalteten Händen und einem schlichten Rosenkranz zwischen den Fingern in der ersten Bank kniete, wußte die Mutter Oberin Maire, daß sie sich keine Schülerin hätte wünschen können, die nach außen hin schicklicher und hingebungsvoller hätte sein können als Josselyn O'Rourke. Das zersauste, verängstigte, aufsässige häßliche Entlein, das sie zum Zeitpunkt ihres Erscheinens im Kloster gewesen war, war zu einem Schwan von großer Schönheit, Courage und Anmut herangereift. Dennoch ließ sich die Ehrwürdige Mutter, als sie die junge Frau betrachtete, die anscheinend in fromme Gebete versunken dakniete, nicht von dem rührenden Bild täuschen. Die Äbtissin wußte nur zu gut, daß der Anschein der Heiligkeit nur eine sorgsam kultivierte Pose dieser Frau war, mit der es ihr allzuoft gelang, weniger urteilsfähige Augen als ihre eigenen zu täuschen. Die Schwestern hielten Josselyn für einen Engel. Die Ehrwürdige Mutter Maire war häufig anderer Meinung. Nach mehr als einem Jahrzehnt war sie tatsächlich zu dem Glauben gelangt, daß Gott wie im Falle Hiobs mit dem Teufel um den Besitz der Seele dieses Mädchens gewettet hatte und daß Er ihr Josselyn O'Rourke geschickt hatte, um ihren Glauben auf die äußerste Probe zu stellen.

Zwölf Jahre im Kloster mit seinem streng geregelten Tagesablauf und alle Ermahnungen der Ehrwürdigen Mutter hatten die Wildheit der jungen Frau mildern können, sie jedoch keinesfalls gezähmt. Die innere Kraft, die sie mit stocksteifem Rücken und hochgezogenen Schultern niederknien ließ, entsprang nicht etwa ihrem tiefen, rückhaltlosen Glauben und ihrer Überzeugung, sondern ihrer sturen, eigensinnigen Art. Es war gut möglich, daß sie Schüttelreime und nicht Gebete aufsagte, während sie den Rosenkranz durch ihre Hände gleiten ließ, mutmaßte die Äbtissin kläglich, aber wenn sie an den furchtbaren Skandal dachte, zu dem es kürzlich im Kloster gekommen war und in dem Josselyn eine so traurige Rolle gespielt hatte, wußte die Ehrwürdige Mutter Maire, daß sie die junge Frau zu hart beurteilte.

Schließlich war Josselyn seit der furchtbaren Geschichte sehr bedrückt – in einem unnatürlichen, und somit nach Meinung der Ehrwürdigen Mutter, ungesunden Maß. Sie hatte tatsächlich darauf bestanden, das Kloster niemals zu verlassen, und sie wollte ihre letzten Gelübde ablegen und Nonne werden. Die Äbtissin, der bewußt war, daß dieser Entschluß unter einem extremen emotionalen Druck gefaßt worden war, hatte zwar versucht, Josselyn von ihrer plötzlichen und überstürzten Entscheidung abzubringen, doch die junge Frau war allen Widerständen entschieden, still, heftig und erschreckend trotzig begegnet; und schließlich hatte die Ehrwürdige Mutter Maire Josselyn widerstrebend die Genehmigung erteilt, ganz in das Kloster einzutreten.

Trotz ihrer Zweifel an der Tiefe der inneren Berufung dieser jungen Frau beunruhigte die Ehrwürdige Mutter die Vorstellung, daß Josselyn jetzt zu abrupt in die Welt hinausgezerrt wurde – denn das war mit Sicherheit die Folge der tragischen Neuigkeiten, die vor einer Stunde im Kloster eingetroffen waren. Gütiger Gott, in Deiner Gnade, warum jetzt auch noch das, nachdem sie gerade schon so Schlimmes durchgemacht hat, hatte sich die Äbtissin gefragt, während sie den Brief las, der an sie gerichtet war.

Lange Zeit war Josselyn in das Kloster eingesponnen gewesen, wie eine Raupe, die sich verpuppt hatte und gewachsen war, in Bewußtsein dessen, was außerhalb der Klostermauern brodelte, und doch so unwissend – bis die harte Realität dieses Lebens sie vor ganz kurzer Zeit zutiefst getroffen hatte. Jetzt war trotz ihres derzeitigen Verlangens, sich vor der Welt zu verstecken, der Zeitpunkt gekommen, zu dem sie ihre sichere und schützende Umgebung verlassen mußte. Die Ehrwürdige Mutter machte sich Sorgen um ihren Schützling, denn sie wußte, daß Josselyn, wenn sie sich auch in der letzten Zeit ernstlich bemüht hatte, den Nachtfalter zu spielen, in Wirklichkeit ein bunter Schmetterling war.

In Josselyn O'Rourke loderte eine glühende Sinnlichkeit, deren sie sich schmerzlich bewußt sein mußte. Trotz der herben Kritik der Ehrwürdigen Mutter hatte diese Erdverbundenheit in all den Jahren immer bestanden – in dem begierigen Glanz, der in den schlehgrünen Augen der jungen Frau stand, wenn sie glaubte, unbeobachtet zu sein, und wenn sie dastand und sehnsüchtig durch die schmiedeeisernen Tore des Klosters auf die Stadt Boston schaute, die dahinter lag; in der Hemmungslosigkeit, mit der ihre bloßen Hände in das Erdreich des Klostergartens eintauchten, in dem sie die Blumen und Kräuter zog, das Obst und Gemüse, das für die Krankenstation und die Küche des Klosters die Grundlage waren; darin, wie genüßlich sie ihr markantes Gesicht der warmen Sommersonne entgegenstreckte, die durch die Zweige der Obstbäume strömte, die in dem kleinen Hain des Klosters wuchsen; und darin, wie anmutig ihr geschmeidiger Körper sich unter den Schichten ihrer Novizinnentracht bewegte. Josselyns Leidenschaft ging tief; der Skandal vor kurzem hatte das zur Genüge bewiesen. Wenn die Geschichte auch nicht zu dem Ausbruch geführt hatte, den die Ehrwürdige Mutter Maire schon seit langer Zeit fürchtete, dann war Josselyns Entschlossenheit, ihre Gefühle gewaltsam unter Verschluß zu halten, doch keine gute Lösung.

Weder der Skandal, noch seine Nachwirkungen waren ein gutes Omen für die Zukunft der jungen Frau als Nonne. Eine Novizin, die demnächst ihre letzten Gelübde ablegen wollte, sollte sich durch und durch kennen und innerlich mit sich selbst im Frieden sein, sich ihrer Berufung von ganzem Herzen sicher sein. Das, dachte die Äbtissin voller Verzweiflung, konnte man von Josselyn bestimmt nicht behaupten. Zwar stand nicht ihr Glaube in Frage, sondern die Absicht Gottes, daß sie Ihm als eine der Bräute Jesu dienen sollte.

Als sie noch einmal einen Blick auf die beiden Briefe warf, die sie in der Hand hielt, einer davon in einem bisher noch ungeöffneten Umschlag, seufzte die Ehrwürdige Mutter tief. Die herzzerreißenden Neuigkeiten, die sie übermitteln mußte, würden Josselyn zwangsläufig und erbarmungslos aus ihrer Zurückgezogenheit aufrütteln und sie entwurzeln, sie aus dem Kloster holen, in dem sie jetzt so verbissen einen Trost suchte, den sie hier nicht finden würde. Voller Bedauern machte sich die Ehrwürdige Mutter klar, daß Josselyn mehr Trost brauchte, als ihr Glaube allein ihr geben konnte. Wie seltsam war es doch, daß ein paar Seiten Papier, auf denen vieles ausgestrichen war, die Macht besaßen, das zu erreichen, was ihr selbst nicht gelungen war, überlegte sie sich, und wunderte sich über diese Ironie des Schicksals. Aber andererseits hatte der allwissende Gott, der alles sah, schon immer unergründliche Wege eingeschlagen; dann war das gewiß ein Zeichen von Ihm, wenn auch ein noch zu schmerzliches, daß es Josselyn nicht bestimmt war, Ihm als Nonne zu dienen, daß Er sie anderswo brauchte. Die Ehrwürdige Mutter Maire hoffte inbrünstig, daß es sich so verhielt. Sie wollte die junge Frau nicht aufgrund ihrer eigenen Ängste und inneren Konflikte falsch beraten. Wenn Josselyn sie auch oft auf eine harte Probe gestellt hatte, dann hatte die Ehrwürdige Mutter doch immer eine heimliche Schwäche für sie gehabt, und entsprechend tief bemitleidete sie sie jetzt auch.

Die Äbtissin betete stumm um Unterweisung, als sie schließlich langsam durch den Gang der Kapelle auf die vorderste Bank zuging, in der Josselyn kniete, ohne sich bewußt zu sein, daß ihre glühenden Gebete jeden Moment erhört werden würden.

Josselyn war seit weit mehr als einer Stunde in der Kapelle und machte sich Gedanken über ihre Zukunft. Sie bat Gott ernst und inständig um ein Zeichen, das ihr einen Hinweis auf den Pfad gab, den sie im Leben einschlagen sollte. Wenn sie sich selbst gegenüber ehrlich war, mußte sie zugeben, daß Gott sie nicht in seine Dienste »berufen« hatte. Er war zu diesem Thema sogar derart stumm geblieben, daß sie fast glauben mußte, Er mißbillige ihren Entschluß, die letzten Gelübde abzulegen. Ihr fehlte es ganz und gar an der Sittsamkeit, die eine Nonne anstrebte, und sie wäre auch tatsächlich vollkommen in Ungnade gefallen, wenn Rosie Maguire nicht gewesen wäre. Schon allein der Gedanke daran, was Rosie zugestoßen war – und was ihr selbst beinah zugestoßen wäre – reichte aus, um Josselyn heftig erschauern und Gott danken zu lassen, daß wenigstens sie verschont geblieben war.

Es hatte alles so unschuldig begonnen. Mit der zufälligen Begegnung mit einem Fremden an den Klostertoren, der sich verirrt hatte und nach dem Weg fragte. Josselyn hatte sich vom ersten Moment an zu ihm hingezogen gefühlt. Männer waren eine solche Seltenheit in ihrem Leben, und Antoine Fouché war so jung und anziehend und sah so gut aus, als er so hilflos dort stand und nicht wußte, wo er war oder wie weit er von der Richtung abgekommen war. Es war nur natürlich, daß sie mit ihm ins Gespräch gekommen war, nachdem sie ihm den Weg erklärt hatte, und bei dieser Unterhaltung hatte sie erfahren, daß er ein Immigrant aus Frankreich war und gerade erst in Boston eingetroffen war. Da er ansonsten keine Angehörigen hatte, hätte er zu seinem Onkel ziehen sollen. Aber nachdem Antoine in Frankreich ein Schiff nach Amerika genommen hatte, war sein Onkel bei einem tragischen Kutschenunfall umgekommen. Als sie im Hafen von Boston angelegt hatten, hatte Antoine feststellen müssen, daß sein Onkel tot war und er so gut wie keinen Penny in der Tasche hatte. Da er sonst niemanden in der Stadt kannte und ihm das Geld für die Rückkehr nach Frankreich fehlte, hatte er sich augenblicklich daran gemacht, sich Arbeit zu suchen. Doch bisher war ihm bei der Suche nach einer Anstellung kein Erfolg vergönnt gewesen. Er war auf dem Weg zu einem Vorstellungsgespräch gewesen, als er sich verirrt hatte, und jetzt fürchtete er, die Stellung würde bereits vergeben sein, wenn er endlich dort ankam.

Da seine traurige Geschichte sie tief ergriff und sein zerzaustes Haar und seine schmachtenden schwarzen Augen, die einen so romantischen Gegensatz zu seiner bleichen Haut und seinem sinnlichen Mund bildeten, sie für ihn eingenommen hatten, hatte ihm Josselyn einige Münzen in die Hand gedrückt – sie wußte, wo die Schlüssel zu dem Spendenkasten des Klosters aufbewahrt wurden –, und wenn sie auch Schuldgefühle hatte, weil sie es ohne Erlaubnis tat, hatte sie doch das Geld genommen, um es ihm zu leihen. Ihr Vertrauen in ihn wurde gerechtfertigt, als Antoine ein paar Tage später wieder an den Klostertoren erschien, um es ihr zurückzuzahlen. Er hatte die Stellung doch noch bekommen. Er hatte ihr überschwenglich gedankt und ihre Hand genommen, und diese Berührung hatte den Beginn ihrer heimlichen Romanze dargestellt. Josselyn hatte sich hin und wieder aus dem Kloster geschlichen, um sich heimlich mit ihm zu treffen. Sie fürchtete, die Schwestern würden sie mit ihm zusammen sehen und verhindern, daß sie ihn wiedertraf. Josselyn erschauerte jetzt bei der Vorstellung, wie diese Affäre geendet hätte, wenn Rosie nicht gewesen wäre.

Nach den heimlichen langen Spaziergängen und den noch längeren Küssen und Liebkosungen etlicher Wochen hatte Antoine sie schließlich überredet, mit ihm wegzulaufen. Er konnte nicht ohne sie leben; sie müßten augenblicklich heiraten, hatte er glühend verkündet. Josselyn, die jung und zum ersten Mal in ihrem Leben verliebt war, war nicht auf den Gedanken gekommen, Antoine zu fragen, warum er nicht einfach vorschlug, daß sie der Ehrwürdigen Mutter Maire ihre Heiratsabsichten mitteilten und sie nicht nur um Verständnis und Vergebung für ihr ungehöriges Benehmen, sondern auch um ihren Segen baten. Zu ihrem Entsetzen wußte Josselyn jetzt natürlich, woran es lag, nämlich daran, daß Antoine ein schäbiger Lügner war, der nie die Absicht gehabt hatte, sie zu heiraten, sondern sie nur kaltblütig verführen und dann an ein Bordell verkaufen wollte. In Wahrheit hatte er als Beschaffer von jungem, attraktivem Fleisch gearbeitet, und dieses spezielle Bordell hatte vor ein paar Monaten einen gut zahlenden Kunden für sich gewonnen, der einen perversen Hang zu keuschen Klosterschülerinnen hatte und in seliger Unwissenheit darüber schwebte, daß Antoine derjenige war, der ihnen noch vor ihm die Tugend raubte. Wäre es der armen Rosie Maguire, die Antoines Vergewaltigung und Verrat zum Opfer gefallen war, nicht irgendwie gelungen, aus dem Bordell zu fliehen und ins Kloster zurückzukehren, um der Ehrwürdigen Mutter Maire die ganze grausige Geschichte zu erzählen, wäre Josselyn sein nächstes Opfer gewesen. An eben dem Tag, an dem sie mit ihm hatte weglaufen wollen, war er wegen seiner abscheulichen Verbrechen verhaftet worden. Josselyn, die nichts von Antoines wahrem Ich und seinem Schicksal wußte, war in jener Nacht dabei ertappt worden, wie sie sich aus ihrem Zimmer schlich, mit dem Koffer in der Hand, und auf ihrer Kommode hatte sie eine Nachricht liegen lassen, in der sie erklärte, sie sei ausgerissen, um ihren Geliebten zu heiraten.

Die Wahrheit über Antoine Fouché hatte Josselyns Vertrauen in ihre eigene Sittsamkeit zerstört. Wenn sie sich jetzt daran erinnerte, wie glühend sie ihn geküßt und ihm in ihrer erwachenden Leidenschaft, in ihrer auflebenden Liebe gestattet hatte, sich gewisse Freiheiten herauszunehmen, fühlte sie sich jedesmal wieder elend – nicht nur, weil sie sich von ihm hatte berühren lassen, sondern weil sie es wirklich genossen hatte. Selbst jetzt ließ sie noch manchmal spät in der Nacht unter ihrer Bettdecke ihre Hände über ihre Brüste gleiten, wie Antoine es getan hatte, und die wunderbaren Gefühle, die er in ihr wachgerufen hatte, flammten sofort wieder lodernd auf. Oh, sie war wollüstig und verderbt! dachte sie – ganz anders als die arme Rosie, die nie mehr von einem Mann angerührt werden wollte und sofort die letzten Gelübde abgelegt hatte, nachdem sie zum Glück entkommen und ins Kloster zurückgekehrt war. Rosie war schüchtern und reizend gewesen und hatte von einer rosaroten Romanze geträumt; die Realität, in der sich ihr der Körper eines Mannes gewaltsam aufgedrängt hatte, hatte irreparable Schäden bei ihr hinterlassen. Natürlich war Josselyn froh, einem solchen Los entkommen zu sein, doch selbst jetzt fragte sie sich manchmal noch widerstrebend, was ihr entgangen war – was natürlich nicht hieß, daß sie vergewaltigt werden wollte. Sie sah, was dieses Erlebnis Rosie angetan hatte, und wußte, daß es eine absolut gräßliche Erfahrung gewesen war. Aber, o ja! Wenn es auch noch so sündig war, so wünschte sie *doch*, sie hätte herausgefunden, wohin all diese köstlichen Küsse und Liebkosungen Antoines letztendlich geführt hätten, wenn er sie wahrhaft geliebt hätte!

Unter den strengen, mißbilligenden Blicken der Ehrwürdigen Mutter hatte sie sich ihres unberechenbaren Verhaltens jedoch furchtbar geschämt und war zutiefst entsetzt darüber, daß sie sich als derart einfältig und dumm erwiesen hatte. Daraufhin hatte Josselyn augenblicklich ihre Absicht geäußert, Nonne zu werden. Entschlossen unterdrückte sie ihre Erinnerungen an diese köstlichen Gefühle, die Antoine in ihr wachgerufen hatte, und unbeirrt hatte sie ihre Studien fortgesetzt und ihre inneren Unsicherheiten für sich behalten, ob es auch richtig war, ganz ins Kloster einzutreten. Sie wußte, daß die Äbtissin dennoch den Verdacht hegte, sie sei sich ihrer Entscheidung nicht wirklich sicher. Die Menschenkenntnis der Ehrwürdigen Mutter Maire war beängstigend; ihr entging kaum etwas.

Wenn sie die letzten Gelübde jedoch nicht ablegte, wußte Josselyn nicht, was aus ihr werden sollte. Im Gegensatz zu den meisten anderen jungen Frauen im Kloster hatte sie keine Angehörigen, zu denen sie zurückkehren konnte, und es gab keinen jungen Mann mehr, der schon in den Kulissen wartete. Ihre Mutter war tot, und ihren Vater hatte sie seit langen Jahren nicht mehr gesehen, seit er damals vor mehr als zehn Jahren von Boston nach Colorado gegangen war; auf den zerbeulten, alten Koffer, der alles enthielt, was er auf Erden besaß, hatte er sich tapfer das Motto geklebt: »Ich setz' auf alles oder nichts.«

Dad hatte sich schließlich in Mountain City niedergelassen, das mit der Zeit von Central City eingemeindet wurde, dem Ort, der seinen Namen trug, weil er im Herzen des Goldgräbergebietes lag, Gregory Gulch, zwischen den Städten Black Hawk und Nevadaville. Anfangs war Central City kaum mehr als ein provisorisches Goldgräberlager gewesen, eine Ansammlung von Zelten, Schuppen und anderen Hütten, die lieblos und hastig in der gesamten berühmten Bergschlucht aufgestellt worden waren, in der John Gregory 1859 das Gold entdeckt hatte, das den ersten Zustrom von Goldgräbern in die Gegend geführt hatte – allein in den ersten zwei Wochen nach seinem Fund eine Horde von mehr als tausend Männern. Es war wohl kaum ein angemessener Ort gewesen, um dort ein kleines Mädchen großzuziehen, und daher war Josselyn im Kloster geblieben. Doch in späteren Jahren schien es, als sei Dad immer irgendwie knapp bei Kasse und hätte nie genug Geld, um sie zu sich kommen zu lassen, obwohl er einen Anteil an einer Goldmine in den Rocky Mountains hatte.

Ihr Vater schrieb, er sei sicher, Rainbow's End, denn so hatte er die Goldmine getauft, besäße etliche reiche Erzadern und möglicherweise sogar eine Hauptader, und all das sei bislang noch nicht ausgebeutet worden und würde irgendwann ein Vermögen abwerfen. Doch die Schwierigkeit, das Erz in seiner Ursprungsform aus der Tiefe an die Erdoberfläche zu befördern, waren zahlreich, das hatte Josselyn aus seinen Briefen geschlossen; und daher hatte er selbst bis heute nach jahrelangen Anstrengungen sehr wenig aufzuweisen. Der größte Teil der Erträge des Goldwaschens der früheren Jahre war dafür draufgegangen, die Kosten für ihre Unterbringung im Kloster zu decken. Dad war kein Mensch, der für sich selbst oder seine Tochter auf Gott und Almosen angewiesen sein wollte, solange er einen starken, breiten Rücken und zwei gesunde Hände hatte.

Auch in dem letzten Jahr hatte es in der Mine Schwierigkeiten gegeben, »Unfälle«, die er in Wirklichkeit für Sabotageakte eines seiner drei Partner hielt. Dad hatte das Gefühl, einer dieser Männer sei im Laufe der Jahre allzu habgierig geworden und gäbe sich nicht mehr mit einem Viertel der bescheidenen Gewinne zufrieden, die ihnen Rainbow's End einbrachte, und er sei darauf aus, soviel kostspieligen Schaden in der Goldmine anzurichten und den tatsächlichen Abbau derart hinauszuzögern, daß seine übrigen Partner ihm nur zu gern ihre Anteile verkauften. Dann war vor ein paar Monaten einer seiner Partner, Forbes Houghton, bei

einem der sogenannten Unfälle am Rainbow's End umgekommen. Wenn es ihm auch an Beweisen mangelte, glaubte
ihr Vater doch, daß Forbes in Wirklichkeit ermordet worden
war. Dad verdächtigte einen seiner beiden anderen Partner
– Durango de Navarre oder Wylie Gresham –, hielt einen
von beiden für den Saboteur und Mörder. Noch komplizier-
ter wurde die Lage durch den Umstand, daß Forbes ein
Testament hinterlassen hatte, in dem er seine Anteile an der
Goldmine seiner Frau Victoria überschrieb und damit möglicherweise auch ihr ein Motiv gab, ihm den Tod zu wünschen. Das war der Grund, wegen dem er es immer noch hin-
auszögerte, Josselyn zu sich nach Central City zu holen. Er
hoffte, vor ihrer Ankunft alles klären zu können, damit er
sich ganz der Aufgabe widmen konnte, seine Tochter kennenzulernen und all die Zeit nachzuholen, die sie nicht
gemeinsam hatten verbringen können. Sie hatte jedoch
geahnt, daß mehr dahintersteckte.

Wenn sie zwischen den Zeilen seiner Briefe las, war sie zu
der betrüblichen Auffassung gelangt, ihr Vater wolle in
Wirklichkeit gar nicht, daß sie das Kloster verließ, er hätte
sich an ein Leben ohne sie gewöhnt, und eine erwachsene
Tochter könnte zu Komplikationen führen, die er nicht
wollte und nicht gebrauchen konnte, wenn er sie auch noch
so lieb hatte. Ein- oder zweimal hatte er erwähnt, daß er zu
diesem oder jenem Anlaß eine Freundin ausgeführt hatte;
und Josselyn, der die Eifersucht einen heftigen Stich versetzt hatte, schien es, als kümmere sich die Frau, Nell Tierney, recht gut um Dad. Als sie erfuhr, daß Mrs. Tierney
Schauspielerin war, hatte Josselyn hitzig befunden, die Frau
sei ein berechnendes Flittchen, das sich Dad gekrallt hatte
und dem seine Tochter nicht willkommen war. Vielleicht tat
sie sogar alles, um Dad gegen sie einzunehmen! Da sie die

Mutmaßung verletzte, Dad könnte ihr Mrs. Tierney vorziehen, hatte Josselyn insgeheim angefangen, sich zu fragen, was sie in Zukunft tun würde und wovon sie leben sollte, wenn sie nicht nach Colorado zu ihrem Vater ging.

Ihr Vater hatte Central City mehrfach als ein rauhes, brutales Pflaster bezeichnet und deutlich darauf angespielt, sie sei so beschützt aufgewachsen und so kultiviert erzogen worden, daß ihre Hoffnungen und Erwartungen an das Leben dort dazu verdammt wären, enttäuscht zu werden. Aber Josselyn war der geordnete Alltag im Kloster oft langweilig gewesen, bis Antoine in ihr Leben getreten war. Sie hatte sich nach Spannung und Aufregung gesehnt, nach allem, was sie aus dem Trott ihres friedlichen, aber unspektakulären Daseins herausgerissen hätte. Oft hatte sie durch die schmiedeeisernen Tore des Klosters auf die Stadt Boston hinausgeschaut, die Eindrücke, die sich ihr boten, gierig in sich aufgesogen – die Straßenverkäufer, die ihre Waren feilboten, die Pferde und die Kutschen, die vorüberkamen, die endlose Vielfalt der Städter – und sie hatte sich glühend gewünscht, unter ihnen zu sein, an dem bunten Treiben teilzuhaben, das das eigentliche Leben war. Wenn Boston sie schon reizte, wieviel mehr würde sie dann Central City reizen, weniger alt und festgefahren, sondern jung und draufgängerisch und noch auf der Suche – wie es auch die vier Männer vom Rainbow's End waren.

Früher hatte Josselyn immer das Gefühl gehabt, sie säße lediglich ihre Zeit im Kloster ab, bis Dad sie zu sich holte. Doch als seine Briefe diese Wendung immer abwegiger erscheinen ließen, hatte sie sich schließlich kläglich, aber resolut gezwungen, ihre Träume zu begraben. Es schien ihr manchmal, er sei fort, wie auch Mam fort war. Josselyn fühlte sich allein auf Erden; die Liebe ihrer Eltern war für sie nur noch eine vage Erinnerung und die der Schwestern war so, wie sie sie jedem Mädchen im Kloster zuteil werden ließen – gütig, aber letztendlich unpersönlich. Vor ihr lagen lange, inhaltslose Jahre als Gouvernante oder Gesellschafterin, denn die Wirklichkeit ließ ihr wenig Spielraum, lange und einsame Jahre; aber welcher andere Fluchtweg aus dem Kloster wäre ihr geblieben? Es gab keinen; sie mußte sich resigniert mit ihrer belanglosen Existenz abfinden. Daher war sie, als Antoine in ihr Leben getreten war, nur zu gern bereit, mit ihm auszureißen, und ihr einziger Gedanke war, daß sie schließlich doch nicht um eine ganz besondere Liebe betrogen werden würde, um ein echtes Leben, ein eigenes Leben.

Jetzt schreckte Josselyn davor zurück, das Kloster zu verlassen, denn sie begriff, daß nur die Tracht einer Nonne ihr Sicherheit geben konnte – nicht nur vor den räuberischen Männern, die sich über die harten Pfade des Lebens pirschten, sondern auch vor der sündigen Wollust in ihr selbst. Dennoch hatte sie absurderweise in dem Moment, in dem sie der Äbtissin mitgeteilt hatte, daß sie ihre letzten Gelübde ablegen wollte, aus irgendwelchen unerklärlichen Gründen gewünscht, sie könnte die Worte zurücknehmen; doch ihr Stolz, ihre Sturheit und mehr als alles andere, ihre Furcht, hatten sie von einem Rückzieher abgehalten. Jetzt hatte sie so lange geschwiegen und die Schwestern mit ihrer Ausbildung so viel Zeit gekostet, daß sie das Gefühl hatte, trotz der ständigen Gewissensforschung der Ehrwürdigen Mutter Maire an ihrem Entschluß festhalten zu müssen. Sie hatte Dad geschrieben, daß sie die Absicht habe, dauerhaft im Kloster zu bleiben, ohne ihm ihre Gründe mitzuteilen. Bislang hatte sie auf ihren Brief keine Antwort bekommen. Das

Ausbleiben einer Reaktion ihres Vaters enttäuschte sie sehr; Josselyn hatte insgeheim gehofft, er würde ihren Brief augenblicklich beantworten und darauf beharren, daß sie Hals über Kopf nach Central City reise und sich ihm anschließe. Doch das hatte er nicht getan.

Dads Schweigen schien ihr ein Beweis dafür zu sein, daß er ihre Pläne billigte, Nonne zu werden, und sich sogar darüber freute – und mehr als alles andere auf Erden wünschte sie sich, daß ihr Vater glücklich und stolz auf sie war. Die Ehrwürdige Mutter mit ihren gütigen, aber durchdringenden Augen war schließlich diejenige gewesen, die ruhig, aber beharrlich daran festgehalten hatte, Josselyn müsse ihren Geist und ihre Seele gründlicher erforschen, ehe sie sich unwiderruflich entschloß, einen so entscheidenden Schritt in ihrem Leben zu unternehmen. Deshalb war sie heute in die Kapelle gekommen, um ihre Seele zu erforschen und Gott zu bitten, daß Er ihr den Weg wies.

Als sie jetzt die gemessenen Schritte und das Rascheln voluminöser Roben hinter sich hörte, die nur der Äbtissin gehören konnten, beendete Josselyn hastig ihre Gebete, erhob sich nach einem schnellen Kreuzzeichen, und ihre Hände schlossen sich unwillkürlich fester um den Rosenkranz, als sie das ernste, mitleidige Gesicht der Ehrwürdigen Mutter Maire sah.

Es ist etwas passiert, dachte Josselyn, und plötzlich lief ihr ein eisiger Schauer der Vorahnung über den Rücken. Es mußte etwas Ernstes sein, denn sonst hätte sie die Ehrwürdige Mutter Maire nicht beim Gebet gestört. Als sie die Briefe in der Hand der Ehrwürdigen Mutter sah, wurden Josselyns schräggeschnittene grüne Augen vor Unruhe größer. Ihr Gesicht wurde weiß. Sie umklammerte die Perlen ihres Rosenkranzes so fest, daß sie sich in ihre schwitzen-

38

den Handflächen bohrten, doch sie spürte den Schmerz nicht, nur die Stiche der Angst. *Etwas Furchtbares ist passiert.*

»Ehrwürdige Mutter?« fragte sie, während ihr abrupt der Verdacht ihres Vaters gegen seine Partner auf Sabotage und den Mord in der Goldmine wieder durch den Kopf ging. »Was ist passiert? Es geht doch um Dad, nicht wahr? Dad ist etwas zugestoßen, ein Unfall...«

»Setz dich, Kind!« wies die Äbtissin sie leise, aber bestimmt an, um Josselyns aufkeimende Hysterie zu erstikken. »Setz dich, und hör mir zu. Ja, es hat einen Unfall gegeben... in Rainbow's End, eine furchtbare Explosion. Ich hatte gehofft, ich könnte dir diese furchtbare Nachricht schonender beibringen, aber – Josselyn, es tut mir leid, es tut mir furchtbar leid, ich fürchte, dein Vater ist... umgekommen...«

»Nein! Nein! Das kann nicht wahr sein! Es kann einfach nicht wahr sein! Es ist sicher ein Irrtum...«, rief Josselyn aus, als die Knie langsam unter ihr nachgaben und sie auf den Betstuhl sank.

»Du machst dir keine Vorstellung, wie sehr ich mir von ganzem Herzen wünsche, es sei so, Kind«, sagte die Ehrwürdige Mutter Maire, »um deinetwillen. Aber betrüblicherweise ergibt sich aus diesen Briefen« – sie hob die Hand hoch, in der sie sie hielt – »daß kein Zweifel am Tod deines Vaters bestehen kann.«

Einen Moment lang fühlte sich Josselyn betäubt, als hätte sie einen heftigen Schlag ins Gesicht bekommen; dann begriff sie allmählich, was sie gerade vernommen hatte, und sie fing an, leise vor sich hin zu weinen. Trotz ihrer jüngsten Pläne, dauerhaft im Kloster zu bleiben, hatte sie immer noch gehofft, ihr Vater würde sie zu sich holen.

Jetzt würde das nie mehr möglich sein. Dad war tot, und sie würde ihn nie wiedersehen.

»Wie... wie ist es passiert, Ehrwürdige Mutter?«

»Josselyn, ich weiß, wie furchtbar schwer das für dich sein muß. Bist du sicher, daß du alles gleich hören willst? Willst du nicht lieber in dein Zimmer gehen und dich hinlegen, eine Zeitlang mit deinem Kummer allein sein? Ich kann Schwester Ailis bitten, dir heißen Tee zu bringen, wenn du magst. Die Einzelheiten über den Tod deines Vaters haben Zeit...«

»Nein.« Josselyn schüttelte heftig den Kopf, während sie in der Tasche ihrer Tracht nach einem Taschentuch tastete. »Nein. Ich will es wissen... Ich *muß* wissen, was passiert ist...«

»Nun, gut.« Die Ehrwürdige Mutter seufzte tief, während sie langsam einen der Briefe aus dem geöffneten Umschlag zog, ihn auseinanderfaltete und ihre Nickelbrille aufsetzte. »Laut Mr. Killian, dem Anwalt deines Vaters« – und jetzt begann sie zu lesen – »ist abends, nachdem die Mine für die Nacht geschlossen war, eine unbekannte Person ins Rainbow's End eingedrungen, um etwa um Mitternacht etliche Dynamitladungen zu entzünden. Die Sprengung hat den Einsturz strategisch wichtiger Stollen nach sich gezogen und alle Adern versiegelt, die derzeit abgebaut werden. Unseligerweise hat sich Mr. O'Rourke aus Gründen, zu denen sich nur Vermutungen anstellen lassen, zu dem Zeitpunkt in der Mine befunden. Möglicherweise war seine Anwesenheit dem Eindringling nicht bekannt. Da es sich jedoch eindeutig um einen Sabotageakt gehandelt hat, vermutet man, daß er den Verbrecher auf frischer Tat ertappt hat und daß es zu einem Kampf gekommen ist, bei dem Mr. O'Rourke schlimme Verletzungen davongetragen hat oder sogar ums Leben gekommen ist. Jedenfalls hat man Mr. O'Rourke seit dem Anschlag nicht mehr gesehen, und da sein Hut inmitten der Trümmer in der Goldmine aufgefunden worden ist, muß ich Ihnen zu meinem Bedauern mitteilen, daß wir davon ausgehen müssen, daß er tot und unter den Trümmern begraben ist. Wir rechnen damit, auf seine Leiche zu stoßen, wenn die Ausgrabungsarbeiten und der Wiederaufbau der Goldmine voranschreiten...« Hier hörte die Äbtissin auf zu lesen. Sie setzte ihre Brille ab und reichte Josselyn den Brief zusammen mit dem zweiten ungeöffneten Umschlag, auf dem Josselyns Name stand.

»Es war Mr. Killians Wunsch, daß nicht er, sondern ich dir diese Nachricht überbringe, mein Kind«, erklärte die Ehrwürdige Mutter Maire. »Er meinte, es könnte leichter für dich sein, wenn du es von mir hörst, statt von einem fremden Menschen.«

Mit gesenktem Kopf blinzelte Josselyn die Tränen weg und tupfte sich die Augenwinkel mit ihrem schlichten weißen Taschentuch ab, da Mr. Killians unvertraute Handschrift vor ihren Augen verschwamm. In seinem Brief an die Ehrwürdige Mutter stand nichts weiter von Bedeutung; er entschuldigte sich lediglich noch bei ihr, weil er ihr die schwierige Aufgabe aufbürdete, die Überbringerin einer so furchtbaren Nachricht zu sein, und drückte sein Beileid aus. Jetzt öffnete Josselyn mit zitternden Händen langsam den zweiten Umschlag und begann, Mr. Killians Brief zu lesen, der an sie persönlich gerichtet war. Sie erfuhr, daß ihr Vater ein Testament hinterlassen hatte, in dem er sie als Erbin nannte.

»Es scheint«, sagte Josselyn zu der Äbtissin, »daß Dad mir seine Anteile am... Rainbow's End vermacht hat.« Sie zog die Nase hoch, als sie einzelne Passagen und Sätze des

Briefes laut las. »Mr. Killian will, daß ich nach... nach Central City komme, um... um alles zu regeln, denn anscheinend gibt es gewisse... gewisse Voraussetzungen, auf die er nicht näher eingeht, die aber erfüllt werden müssen, bevor die Anteile an mich übergehen. Er legt Geld für meine... meine Reisekosten bei. Ich soll meine Antwort telegraphieren – oh, Ehrwürdige Mutter« – als sie aufblickte, war ihr tränenüberströmtes Gesicht bleich und verwirrt – »ich... ich verstehe nicht, was er meint. Was für ›Voraussetzungen‹ könnten das sein, die es notwendig machen, daß ich nach Central City fahre? Und... und wie kann ich jetzt das Kloster verlassen? Ich lege doch bald meine Gelübde ab.«

»Das sollte im Moment die geringste deiner Sorgen sein, Kind«, äußerte die Ehrwürdige Mutter Maire mit fester Stimme. »Ich weiß, was für einen Schlag der Tod deines Vaters für dich bedeutet, und ich glaube, unter diesen Umständen ist es das beste, wenn du deine letzten Gelübde verschiebst. Was das andere angeht, vermute ich, daß Mr. Killian sich auf diverse rechtliche Formalitäten bezieht, die deine Anwesenheit erfordern. Ich bezweifle sehr, daß er andernfalls darauf beharrt hätte, daß Du eine so lange Reise unternimmst; und daher bin ich der Meinung, daß du unbedingt nach Central City fahren mußt, Josselyn.«

»Oh, Ehrwürdige Mutter, ich fühle mich so zerrissen! Ich *will* ja hinfahren, und sei es nur, um mir ein Bild davon zu machen, wer für... für Dads... Tod verantwortlich ist. Aber ich will auch hierbleiben, denn irgendwie habe ich das Gefühl, daß ich nie mehr zurückkehre, wenn ich das Kloster jetzt verlasse. Mein Leben wird sich unwiderruflich verändern.«

Die Ehrwürdige Mutter lächelte sanft.

»Vielleicht wird es so kommen, Kind, aber davor darfst du dich nicht fürchten, du darfst dich nicht vor dem *Leben* fürchten. Es ist dazu da, gelebt zu werden, und Gott ruft jeden von uns dorthin, wo Er will. Es gibt viele Arten, Ihm zu dienen, Josselyn. Nonne zu werden, ist nicht die einzige Weise, und es ist vielleicht nicht der richtige Weg für dich. Ich glaube, wenn du dir selbst gegenüber ehrlich bist, wirst du zugeben, daß du oft an deinem Entschluß gezweifelt hast, dich vielleicht sogar innerlich dagegen aufgelehnt hast. Ich glaube auch, daß du eine prinzipienfeste Frau bist und daher an deinem Entschluß festhalten wolltest und nicht über den Konflikt gesprochen hast, der sich in deinem Herzen abspielt. Stimmt das etwa nicht?«

»J-ja, Ehrwürdige Mutter«, gestand Josselyn widerstrebend und gleichzeitig erleichtert, die Wahrheit endlich ausgesprochen zu haben, »es stimmt. Ich möchte Sie und die Schwestern nicht enttäuschen, wirklich nicht! Es ist nur so, daß seit Antoi – nun ja … ich bin in der letzten Zeit innerlich so verwirrt gewesen, und jetzt noch dieser gräßliche Unfall in der Goldmine … Dad ist tot. Ich kann es immer noch nicht glauben …«

»Du brauchst Zeit, Kind … Zeit, um zu trauern, Zeit, damit deine Wunden heilen, Zeit um dich, die Welt und das Leben besser kennenzulernen«, erklärte die Äbtissin. »Gottes Wege sind unergründlich, im Geben wie im Nehmen; und wenn die Gründe für uns auch nicht immer verständlich sind, dann können wir doch Trost in dem Wissen finden, daß Er weiß, was Er tut, und daß Er uns nie eine Last aufbürdet, die so schwer ist, daß wir sie nicht tragen können. Vielleicht erhört Er auf diese Art deine Gebete und weist dir mit dieser unerwarteten Reise deine Zukunft. Es mag sein, daß du nie

43

mehr ins Kloster zurückkommst, Josselyn. Aber du mußt wissen, wohin du auch gehst und wie du dich auch entscheidest, daß unser Segen dich begleitet und daß unsere Tür dir immer offensteht.«

»Ich danke Ihnen, Ehrwürdige Mutter.« Josselyns Stimme bebte, und wieder stiegen Tränen in ihre Augen auf. »Ich danke Ihnen für Ihre große Weisheit und Ihre große Güte.«

2

Central City, Colorado, 1877

Für jemanden, der das Reisen nicht gewohnt war, war es eine lange und anstrengende Fahrt gewesen. Und doch war Josselyn absurderweise konzentriert wie eine Hochseiltänzerin, krank vor Kummer und Angst, aber auch vor Aufregung. Sie kam nicht zur Ruhe. Sie war durch das halbe Land gereist, und jetzt lag ihr Ziel dicht vor ihr, ins Herz der Rocky Mountains geschmiegt, die erst vor wenigen Momenten plötzlich aufgeragt und sich als Formation in den Himmel geschnitten hatten. Die hellen Strahlen der Frühjahrssonne spiegelten sich darauf wider, und die aufragenden Gipfel erhoben sich über dem üppigen, weiten Land und funkelten wie Diamanten und Amethyste, Saphire und Smaragde, nahmen sich aus wie das juwelengeschmückte Dekolleté einer Frau über einem Mieder mit Goldborte – majestätisch, atemberaubend, eine Herausforderung, der die wenigsten Männer widerstehen konnten. Zu Tausenden waren sie gekommen, um dieses ursprüngliche Paradies zu plündern, das dem Himmel so nahe war, wie ihm manche von ihnen wohl nie mehr kommen würden. Wie viele von ihnen waren wohl auf dem Weg gestorben? Zu viele, nach den herumliegenden Werkzeugen und den Gräbern zu urteilen, die sie auf der Reise neben den Bahngleisen gesehen hatte. Auch Dad war tot; er war ermordet worden – weil er einem habgierigen Partner vom Rainbow's End im Wege war. Dad war tot. Der Gedanke zehrte an ihrem Herzen; resolut unterdrückte sie ihn, denn selbst jetzt wollte sie der Wahrheit noch nicht ins Gesicht sehen. Irgendwie wußte sie tief in ihrem Innern, daß sie nicht wirklich an das Ableben ihres Vaters glauben würde, bis sie sein Grab sah. Bis dahin würde sie gegen alle Wahrscheinlichkeit an ihrer hartnäckigen Hoffnung festhalten, daß Mr. Killian ein entsetzlicher Irrtum unterlaufen war und daß Dad noch lebte.

Der Zug der Colorado-Central-Bahnlinie, in den Josselyn in Golden eingestiegen war, fuhr stetig weiter nach Westen und wand sich zum James Park in der Ferne hinauf, holperte rhythmisch über die Gleise der schmalen Schluchten, die sich durch den steigenden Clear Creek Canyon schlängelten, dessen einst so klarer Strom jetzt durch die Mühlen eine stumpfe grüngraue Färbung aufwies. Paffend und schnaufend nach dem langen harten Anstieg lief der Zug schließlich sanft tuckernd in dem kleinen Bahnhof von Black Hawk ein, die Endstation der alten Bahnlinie.

Als der Zug kreischend anhielt, beugte sich Josselyn vor und preßte ihr Gesicht an die Scheibe, um gegen alle Logik auf dem Bahnsteig draußen nach einem rothaarigen Riesen von einem Mann mit Bart Ausschau zu halten, denn so hatte sie ihren Vater aus ihrer Kindheit in Erinnerung. Das Atmen fiel ihr in der Höhenluft schwer, doch es wurde noch schwieriger, als ein schmerzhafter Kloß sich in ihrer Kehle festsetzte. Dad war nirgends zu sehen – und er wäre doch bestimmt gekommen, wenn er noch am Leben wäre. Verzweifelt hielt sie nach ihm Ausschau, nur um sich zu vergewissern. Durch den Tränenschleier, der vor ihre Augen gezogen war, nahm sie nur die dicht nebeneinanderstehenden Backsteinbauten der Stadt wahr, mit den Spuren von Kohlenstaub aus den Stampfmühlen, den Schmelzhütten und den Raffinerien, für die Black Hawk, die Mühlenstadt der Rockys, bekannt war.

Die Hälfte des Erzes, das in Gilpin County geschürft wurde, wurde hier weiterbehandelt, das hatte Josselyn aus vielen Briefen in Erinnerung, die ihr Dad im Laufe der Jahre geschrieben hatte. Als sie das laute, unaufhörliche Klirren und Klappern leistungsstarker Maschinen und das Stampfen hörte, konnte sie es nur zu gut glauben. Der Lärm war unerträglich. Sie blinzelte die Tränen aus den Augen, wandte sich vom Fenster ab und sammelte ihre Habe zusammen; dann sah sie sich noch ein letztes Mal um, um sich zu vergewissern, daß sie nichts liegen gelassen hatte, ehe sie aus dem Zug ausstieg, immer noch hoffend, Dad würde wie durch ein Wunder auftauchen.

Ihre Hoffnung war vergebens. Niemand war dort, um sie abzuholen; nur ein zerlumpter alter Landstreicher, der mit dem Rücken an der Bahnhofsmauer lehnte und schläfrig oder betrunken war, schenkte ihr Beachtung. Unter der Krempe seines zerbeulten Filzhutes schaute er ihr nach; im nächsten Moment kehrte ihm Josselyn den Rücken zu, denn seine gründliche Musterung flößte ihr ein leises Unbehagen ein. Sie hatte nicht vergessen, was Rosie zugestoßen war, was ihr selbst beinahe zugestoßen wäre; daher hütete sie sich selbst am hellichten Tag in dieser Stadt, in der es von

Menschen nur so wimmelte, davor, sich ansprechen zu lassen. Als Vorsichtsmaßnahme stellte sie sich näher zu dem Schaffner. Hier wollte sie warten, bis ihr Lederkoffer vom Zug abgeladen worden war, denn sie sagte sich, die Colorado-Central-Eisenbahnlinie sei dafür verantwortlich, ihre Fahrgäste zu schützen. Nervös umklammerte sie mit der einen Hand ihre Handtasche und mit der anderen das große schlichte Holzkreuz, das an einem Faden um ihren Hals hing. Sie war froh, daß sie immer noch die Novizinnentracht trug, als sei sie eine Ritterrüstung, die sie gegen die Gefahren der Welt abschirmen konnte.

Nachdem Josselyn aus dem Zug ausgestiegen war, wurde die Kakophonie von Black Hawk noch ohrenbetäubender, und es stank so fürchterlich, daß sie ein Taschentuch herausholte und es gegen die Nase preßte, um die verschmutzte Luft wenigstens etwas zu filtern. Wohin sie auch sah – überall spien kirchturmartige Kamine Ruß und Rauch zum Himmel aus, und es schien, als trieben endlose schwarze Wolken über die Stadt, aus denen es Asche regnete. Sie freute sich jetzt schon darauf, in Mrs. Harrietta Munroes Pension in der Roworth Street zu gelangen, in der ihr Mr. Killian ein Zimmer besorgt hatte, und sich die Schmutzschicht herunterzuwaschen, von der sie bedeckt sein mußte.

Als der Koffer heruntergehievt worden war und neben ihr auf dem Bahnsteig stand, beauftragte sie einen harmlos aussehenden jungen Mann, der vor dem Gilpin Hotel gegenüber dem Bahnhof stand, ihr das Gepäck zur Wells Fargo Station zu bringen, denn dort würde sie für die Fahrt durch den Gregory Gulch nach Central City die Studebaker Kutsche nehmen. Sie kaufte ihren Fahrschein, und kurz darauf war die Kutsche, die nach den Frühjahrsregen von trockenem Schlamm überkrustet war, beladen und unterwegs.

Als der Kutscher das Gespann von sechs Braunen antrieb, kam Josselyn nicht gegen die Faszination an, die sich ihrer bemächtigte, wenn sie durch das Fenster der holpernden Kutsche sah. Nie hatte sie ein solches Wirrwarr an Gebäuden und ein solches Treiben gesehen. Die Städte Gold Dust Village – ein Ort, der den Spitznamen »Little Chinatown« trug, weil hier die chinesischen Immigranten Gold wuschen – Black Hawk, Mountain City, Central City, Dogtown und Nevadaville waren so dicht ineinanderverwoben wie kleine Stoffstücke in einer verrückt gemusterten Steppdecke, ein chaotisches Muster aus Bauten, die in den engen Schluchten der »reichsten Quadratmeile auf Erden« – denn unter diesem Namen war die Gegend mit ihrem Überfluß an Mineralien bekannt geworden – willkürlich übereinandergebaut worden waren. Auf den Hängen waren sämtliche Bäume gerodet, und ein wahres Labyrinth aus Minen, Mühlen, Schmelzhütten, Ställen, Saloons, Geschäften, Hotels und Häusern ließ keinen Zentimeter unbedeckt. Die schmalen, gewundenen Seitenstraßen erweckten keinerlei Anschein von Ordnung, und die teils auf Pfählen stehenden Bauten ragten in den seltsamsten Winkeln auf, als könnten sie tatsächlich jeden Augenblick die Hänge hinunterpurzeln. Die Veranden vor den Häusern, die sich an den Hängen türmten, schienen auf die Dächer der Nachbarn darunter gebaut worden zu sein – bald sollte Josselyn erfahren, daß dieser Umstand gar manchen tabakkauenden Bürger zu der Beschwerde veranlaßte, er wage es nicht, zum Spucken seine Haustür zu öffnen, weil er fürchten müsse, in den Kamin eines anderen zu spucken und dessen Feuer zu löschen. Manche Gebäude waren abscheulich; andere, wie das sogenannte Lace House, waren wunderschön. Ab und zu lebte ein Anflug von Gotik in der viktorianischen Architektur wieder auf, in den edleren Wohnhäusern, die an den Hängen lagen, insbesondere in denen an der Straße, die The Casey genannt wurde. Für einen Preis von zweitausend Dollar war die Straße 1863 von Pat Casey, einem irischen Analphabeten, gebaut worden. Casey war in den frühen Jahren zu Reichtum gekommen und hatte eine Abkürzung von seiner Mine in Nevadaville zu seiner Mine in Chase Gulch gebraucht – nur ein Beispiel für die Extravaganzen, die die Entdeckung von Gold im Gregory Gulch ermöglicht hatte.

Den Kern des Geschäftszentrums bildete die Kreuzung der Lawrence mit der Eureka und der Main Street. Diese drei trafen in einem seltsam spitzen Winkel aufeinander, da die Main Street in einer eigentümlichen Neigung von dort aus bergauf führte, wo unten der Nevada Gulch auf den Spring Gulch traf. An dieser bizarren Kreuzung stand Elias Goldmans Textilwarengeschäft und Saloon – im allgemeinen »Goldmans Ecke« genannt. Es war ein keilförmiges Haus, wogegen die First National Bank schräg gegenüber an einer Ecke stand, die weit breiter als ein rechter Winkel war. Wie Ölsardinen in einer Büchse klebten die Bank und das Zeitungsgebäude aufeinander, der Imbiß und die Apotheke, Lebensmittelgeschäfte, das Modegeschäft und der Barbier.

Fast alle Geschäftsgebäude waren aus soliden Ziegeln und Steinen gebaut. Das kam daher, daß die ursprünglichen Holzbauten mit ihren künstlichen zweistöckigen Fassaden bei den verheerenden Bränden von 1873 und 1874 abgebrannt waren. Dad hatte geschrieben, während des ersten Brandes sei J. O. Raynolds Pulverladen nur knapp der

Explosion entgangen, weil Mrs. Raynolds, wenn auch die Flammen ihre Röcke versengten, alle ihre Bettlaken zerrissen und sie in Wassereimern eingeweicht und sie dann vor alle hölzernen Türen und Fensterrahmen des Hauses gehängt hatte. Ein zweiter Brand hatte seinen Ursprung in der Dostal Alley gehabt, als die Papierdekorationen der chinesischen Immigranten, die das arme »Chinatown« bewohnten, bei einem Fest von den Räucherstäbchen Feuer gefangen hatten. Diejenigen, die man für den tragischen Unfall verantwortlich machte, hatte Dad berichtet, waren von einer aufgebrachten Horde Städter fast gelyncht worden. Doch zum Glück hatte man die Chinesen, die für den Brand verantwortlich gemacht wurden, noch rechtzeitig aus Central City hinausschmuggeln können.

Da sie viele der Dinge, die ihr Vater in seinen Briefen geschildert hatte, jetzt zum ersten Mal tatsächlich sah, fehlte er Josselyn ganz besonders. Als die Kutsche ihr Ziel in Central City erreicht hatte und vor der Wells Fargo Express Station anhielt, suchte sie unwillkürlich wieder nach ihm. Mit einem Seufzer der Enttäuschung stieg sie langsam aus der Kutsche.

»Miss O'Rourke?« Ein eleganter, grauhaariger Gentleman kam auf sie zu und sprach sie an.

»Ja...?« Josselyns Tonfall war zurückhaltend und fragend.

»Ich bin Patrick Killian, der Anwalt Ihres Vaters«, sagte der Mann mit starkem irischen Akzent. Respektvoll zog er den Hut und deutete eine Verbeugung an.

»Sehr erfreut, Sie kennenzulernen, Ma'am, wenn ich auch tief bedaure, daß wir uns unter derart betrüblichen Umständen kennenlernen. Gestatten Sie mir bitte, Ihnen für den vorzeitigen Tod Ihres Vaters mein Beileid auszusprechen. Red O'Rourke war ein feiner Mann und ein guter Freund.«

»Ich danke Ihnen, Mr. Killian«, erwiderte Josselyn leise; sie war ihm für seine freundlichen Worte dankbar und reichte ihm höflich die Hand. »Dads... Dads Tod war so ein Schlag für mich, daß ich bis jetzt noch nicht daran glauben kann. Ich muß gestehen, daß ich auf dem ganzen Weg von Boston noch gehofft habe, es läge ein furchtbarer Irrtum vor, und er würde mich schon am Bahnhof erwarten. Aber er war nicht da...«

»Nein, Ma'am.« Killian schüttelte den Kopf, sein Händedruck war herzlich und mitfühlend zugleich. »Glauben Sie, ich wüßte nicht, wie Ihnen zumute ist? Er fehlt mir nämlich auch gewaltig. Wir haben viele lange Winterabende gemeinsam verbracht, sind an einem Schachbrett gegeneinander angetreten... ah, es war wirklich ein trauriger Tag, als er gestorben ist. Aber so ist es nun mal. Er ist von uns gegangen, Ma'am, und da kann kein Irrtum vorliegen, denn wenn seine Leiche auch bei den Ausgrabungen noch nicht gefunden worden ist und der Wiederaufbau des Bergwerks so langsam vorangeht, so ist er doch seit der Explosion im Rainbow's End in jener unseligen Nacht mit Haut und Haaren verschwunden. Red hat seinen Schweiß und sein Blut in diese Goldmine einfließen lassen. Er wäre nicht einfach von hier fortgegangen, ohne ein Wort zu sagen. Und dann ist noch sein Hut zwischen den Trümmern gefunden worden... tja, Ma'am, ich fürchte, es kann wenig Zweifel daran bestehen, daß er tot und unter einem Berg von Steinen begraben liegt.«

»Ich... ich weiß«, gab Josselyn zu und biß sich bei diesem Geständnis auf die Lippen. »Aber trotzdem fällt es mir so schwer, die Hoffnung aufzugeben...«

»Ja, nun, es braucht Zeit, bis die Wunden heilen, wenn wir einen beliebten Menschen verlieren, Miss O'Rourke.«

Killian, der ihren Kummer teilte, schwieg einen Moment lang. Dann fuhr er schroff fort. »Sie haben hoffentlich eine gute Reise gehabt. Nach diesem langen Weg sind Sie sicher müde, und ich kann mir vorstellen, daß Sie möglichst schnell Ihre Herberge aufsuchen wollen. Daher fahre ich Sie, wenn es Ihnen recht ist, jetzt zu der Pension. Mein Einspänner steht dort drüben. Ist das Ihr Koffer?« fragte er und deutete auf das einzige Gepäckstück, das jetzt noch auf der Straße stand.

Josselyn nickte. Killian nahm den Koffer und führte sie zu seinem bereitstehenden Wagen. Es war gerade Mittagszeit, die Stunde des Schichtwechsels der Bergarbeiter. Jetzt sah sie, wie von allen Hügeln Grüppchen von Männern, die von der Arbeit kamen, den Weg zu den Städten einschlugen, die sich in den Schluchten ausbreiteten. Die Bergarbeiter waren nach dem Arbeitstag mit einer Schmutzschicht bedeckt; die meisten waren schlecht gekleidet, ein zerlumpter Haufen, doch alle trugen robuste Stiefel. Josselyn hörte das Klappern des blechernen Eßgeschirrs der Männer, das einen harmonischen Kontrapunkt zu den Stimmen der Grubenarbeiter darstellte, die eine Melodie sangen. Killian nahm Josselyns Interesse an den Männern wahr.

»Ein bunt zusammengewürfelter Haufen, diese Goldgräber«, sagte er zu ihr. »In erster Linie Iren und Cousin Jacks.«

»Cousin Jacks?« fragte sie neugierig nach.

»So nennen wir hier die Männer aus dem Cornwall«, erklärte Killian. »Sehen Sie, wie ordentlich die Häuser aus Stein und Ziegeln gemauert sind? Das geht fast alles auf die Männer aus dem Cornwall zurück. Es ist ein Handwerk, das sie in der alten Heimat gelernt und nach Amerika gebracht haben, aber vom Bergbau verstehen sie auch etwas. Im Cornwall gibt es keine Goldgräber, aber es gibt Zinnbergwerke, und Porzellanerde wird geschürft; die grundlegenden Prinzipien sind dieselben. Im Umkreis von einigen Meilen finden Sie kein Bergwerk, in dem nicht mindestens ein Cousin Jack arbeitet, wahrscheinlich mehr. Die neigen sehr zur Sippenbildung, und sie halten zusammen. Wenn ein Mann aus dem Cornwall hier in Amerika vorankommt, läßt er auf Wunsch eines Bergwerksbesitzers seine Verwandten nachkommen, denn geschickte Grubenarbeiter finden hier immer Arbeit. So sind sie zu ihrem Spitznamen gekommen. Die Frauen werden Cousine Jenny genannt. Aber es gibt auch jede Menge Iren und ein paar vereinzelte Slawen, die hart arbeiten können, große, kräftige Kerle, für Schwerstarbeit tauglich. Wir haben hier auch ein paar Deutsche, Franzosen, Mexikaner, Chinesen und sogar ein paar Indianer. Diese Gegend von Colorado ist ein echter Schmelztiegel.«

»So scheint es allerdings«, stimmte Josselyn zu, als sie sich die Goldgräber anschaute, die von den Hügeln herabkamen – Hügel mit Namen wie Negro, Winnebago, Gunnell, Casto, Bates, Silver, Nevada, Floyd, Central, Mammoth, Quartz, Bobtail, Gregory, Signal, Justice, Guy und Dory.

Sie wurden, wie sie später erfuhr, buchstäblich von Hunderten von Adern durchzogen, und viele der Bergwerke hatten so phantasievolle Namen wie Rainbow's End, Alles in Butter, Der verlorene Dollar, Irischer Klee und Bienenkönigin. Manche waren bereits ausgeschürft und standen leer. Doch der Reichtum anderer Minen, wie zum Beispiel des Rainbow's End, war bislang kaum angezapft worden. Oft fehlte es den Besitzern an Geld, um die Männer einzustellen und die notwendigen Maschinen zu kaufen. Die meisten der Goldgräber, die nach Colorado gekommen waren, um es dort zu Reichtum zu bringen, wurden enttäuscht. Und doch träumten sie alle davon, auf eine Hauptader zu stoßen. Viele der Männer, die in die Hügel gingen, kehrten nie zurück. Das Goldfieber nahm sie in Besitz, und sie suchten immer weiter nach großem Reichtum – und sie verhungerten oder erfroren, starben an Krankheiten und kamen bei Bergwerksunglücken um. Sie ließen Witwen und Waisen zurück, die sich dann eben, so gut es ging, ohne einen Mann in einer Männerwelt durchschlagen mußten. Josselyn war in der »Reichsten Quadratmeile auf Erden« angekommen, doch als sie in Killians Wagen saß und sich umsah, war sie nicht blind für die Armut, die es in dieser Gegend ebenfalls gab.

Hier boten sich, wie in den Slums von Boston, geschminkte Prostituierte feil, und hungrige Knirpse bettelten an der Straßenkreuzung. Es schien ihr eine grausame Ironie, daß inmitten von so viel Reichtum Bedürftigkeit herrschte. In diesem Moment gingen ihr plötzlich die Worte der Ehrwürdigen Mutter Maire durch den Kopf, es gäbe viele Weisen, Gott zu dienen; und bei diesem Gedanken keimte ein winziger Same in ihrem schöpferischen Verstand, wie in dem Klostergarten, den sie bepflanzt hatte – ohne daß sie sich dessen recht bewußt wurde.

Als sie vor der Pension vorfuhren, sprachen sich Josselyn und Killian bereits beim Vornamen an, und sie hatte das Gefühl, bereits eine Freundschaft in der Stadt geschlossen zu haben. Sie war ihm dankbar dafür, daß er sie abgeholt und ihr eine angemessene und preisgünstige Unterkunft besorgt hatte, denn sie war sich nicht sicher, ob sie das allein geschafft hätte.

Killian half Josselyn beim Absteigen, nahm ihren Koffer und stieß das Tor des niedrigen weißen Lattenzauns auf, der den kleinen Garten des bescheidenen zweistöckigen Häuschens umgab. Es lag etwas von der Straße entfernt und war von Blumenbeeten in blühender, farbenfroher Frühlingspracht umgeben. Josselyn lief über den Weg vor ihm her und trat auf die hölzerne Veranda des weißen Schindelhauses, das zwar sehr gepflegt wirkte, aber wie alles in Central City rußverschmiert war. Trotz ihres Kummers pochte ihr Herz heftig vor Aufregung bei der Vorstellung, daß sie zumindest vorübergehend hier zu Hause sein würde. Killian klopfte an, und eine winzige, rundliche Frau gesetzten Alters öffnete die Tür und hieß sie mit einem warmen Lächeln willkommen; sie hatte Apfelbäckchen und Augen, die hinter einer Nickelbrille fröhlich funkelten.

»Also, das ist doch wirklich Mr. Killian! Und Sie müssen Miss O'Rourke sein!« rief die Frau aus; sie war etwas außer Atem, weil sie durch den Gang zur Tür gehastet war. »Ich bin Mrs. Harrietta Munroe, aber mich nennen alle schlicht und einfach die alte Miss Hattie. Kommen Sie rein, kommen Sie nur herein. Wir haben Sie schon erwartet. Zeb!« rief sie und schaute hinter sich. »Zeb! Also, wo steckt dieser Junge bloß? Ach, da bist du ja«, sagte sie, als ein schlanker junger Mann mit einer ungebärdigen blonden Mähne durch eine Schwingtür aus einem Raum auftauchte, von dem Josselyn vermutete, daß es sich um die Küche handelte. »Das ist Zebulon, mein Enkel«, erklärte sie strahlend vor Stolz. »Zeb, das ist Miss Josselyn O'Rourke, unser neuer Logiergast, der von Boston hierhergekommen ist.«

»Guten Tag, Ma'am.« Der junge Mann zog schüchtern an seiner Stirnlocke und senkte den Kopf.

»Zeb, du bringst Miss O'Rourkes Koffer nach oben in ihr

Zimmer«, wies Hattie ihn an. »Wir kommen gleich nach. Es gibt Irish Stew, Mr. Killian«, bemerkte Hattie verschlagen, als wüßte sie, daß der Anwalt ein derart schmackhaftes Angebot nicht ablehnen konnte, »und frisches Brot, das ich gerade aus dem Ofen geholt habe, ehe Sie und Miss O'Rourke gekommen sind.«

»Sie sind ein schamloses Luder, Miss Hattie«, scherzte Killian mit einem breiten Grinsen. »Ich finde, wie Sie einen Mann in Versuchung führen, sollte verboten werden. Meine Güte. Irish Stew. Arbeitet man denn mit einem vollen Magen nicht gleich viel besser?«

»Das hat mein verstorbener Mann auch immer wieder gern gesagt«, behauptete Hattie. »Gehen Sie schon ins Eßzimmer, Mr. Killian. Miss O'Rourke und ich kommen gleich zu Ihnen.« Sie wandte sich an Josselyn und sagte: »Und jetzt folgen Sie mir, damit ich Ihnen Ihr Zimmer zeigen kann.«

Josselyns Schlafzimmer befand sich im oberen Stockwerk, unter den Dachtraufen. Es war klein, aber reizend eingerichtet. Eine Steppdecke aus leuchtend bunten kleinen Karos lag auf dem Bett; den Waschtisch schmückten zwei Handtücher mit wunderbaren Stickereien, und auf dem Boden lagen fröhlich gemusterte Flickenteppiche. Die simple Einrichtung bestand ansonsten aus einem Stuhl, einer Kommode für ihre Kleider und einem Nachttisch, in dem der Nachttopf stand. Josselyn war vom Kloster her ein einfaches, spartanisches Zimmer gewohnt, das sie im Lauf der Jahre mit verschiedenen Mädchen geteilt hatte, und daher erschien ihr das behagliche Zimmer, in dem sie jetzt stand, und die Tatsache, daß sie es ganz für sich allein hatte, der Gipfel des Luxus. Obwohl sie sehr traurig war, besserte sich ihre Stimmung etwas. Hier hätte sie glücklich sein können, dachte sie, in diesem Zimmer, in Central City, wenn bloß ihr Vater noch am Leben wäre...

Von Mr. Killian erfuhr sie, daß Dads Testament und letzter Wille am nächsten Tag verlesen werden sollte, nachdem sie und Miss Hattie sich ihm, Zeb und den anderen Logiergästen unten im Eßzimmer angeschlossen hatten, um die ausgezeichnete Mahlzeit zu sich zu nehmen, die Miss Hattie zubereitet hatte. Josselyn sollte sich am kommenden Nachmittag um zwei Uhr in der Kanzlei des Anwalts einfinden, und dann würde sie nicht nur Dads Partner vom Rainbow's End kennenlernen, sondern sie alle würden vom Inhalt des Testaments ihres Vaters in Kenntnis gesetzt.

Sie war neugierig, was die »Voraussetzungen« anging, die Killian in seinem Brief an sie in Boston erwähnt hatte. Doch zu ihrer Verwunderung wich er ihren Fragen danach geschickt aus und beharrte darauf, es sei das beste, diese Dinge zu besprechen, wenn alle Betroffenen anwesend wären. Sie mochte Killian instinktiv und wußte, daß ihr Vater ihm rundum vertraut hatte. Doch langsam entstand bei Josselyn der beunruhigende Eindruck, daß der Anwalt ihren Fragen bewußt auswich. Es handelte sich doch sicher nicht um mehr als ein paar rechtliche Formalitäten, das Unterschreiben von Papieren, wie es auch die Ehrwürdige Mutter Maire geglaubt hatte. Warum also sollte Killian davor zurückschrecken, ihre Fragen zu beantworten?

Als sie an jenem Abend ihren Koffer auspackte und ihre Kleidungsstücke und den Rest ihrer kärglichen Habe verstaute, ertappte sie sich dabei, daß sie wieder über Killians zweideutiges Benehmen nachgrübelte und sich auch Gedanken über Durango de Navarre, Wylie Gresham und den inzwischen verstorbenen Forbes Houghton machte, die drei ursprünglichen Partner ihres Vaters. Im Laufe der Jahre hatte sie aus Dads Briefen die Vorgeschichte aller drei Männer kennengelernt.

Wäre Forbes Houghton noch am Leben gewesen, hätte Josselyn ihn verdächtigt, der Missetäter zu sein, der für die Sprengung des Bergwerks und für Dads Tod verantwortlich war; nach allem, was ihr Vater ihr geschrieben hatte, war Forbes ein ziemlich abscheulicher Trunkenbold gewesen, laut, derb und herrschsüchtig, ein Kerl, der es gewohnt war, rücksichtslos jeden niederzutrampeln, der sich ihm in den Weg stellte. Doch Forbes war tot; und daher war Josselyn bereits zu dem Schluß gekommen, daß von den verbleibenden Partnern ihres Dads eher de Navarre in der Lage war, einen Sabotageakt und einen Mord zu begehen.

Er war der uneheliche Sohn eines Weißen und einer Mexikanerin, und ein Gerücht sagte, sein Vater sei ein Verbrecher gewesen, gezwungen, über die Grenze nach Süden zu fliehen, weil er vom Sheriff gesucht wurde. Vielleicht war etwas Wahres an der Geschichte, denn wenn de Navarre sie auch nie bestätigte, hatte er sie aber auch anscheinend nie bestritten. Manche beeideten sogar, er habe eine Zeitlang seinen Vater begleitet und sei somit selbst ein Desperado – doch falls sein Name und seine Beschreibung je auf einem Plakat gesuchter Verbrecher ausgedruckt worden waren, hatte anscheinend keiner den Mut aufgebracht, die Belohnung zu kassieren. Laut Dad war sein Revolver wie ein geölter Blitz, und er zögerte nicht, seine Waffe zu benutzen, wenn die Umstände dafür sprachen. Er besaß das Temperament eines Wolfes. Bevor er ins frühere Colorado Territory gekommen war, hatte er sich – das behauptete er zumindest – seinen Lebensunterhalt als Kopfgeldjäger und Spieler verdient, wobei er letzteren Beruf weiterhin ausübte, und neben seinen Anteilen am Rainbow's End besaß er den

Mother Lode Saloon. All das hatte Josselyn den Eindruck vermittelt, de Navarre sei bestenfalls ein Schurke, der sich nach Belieben hinter oder gegen das Gesetz stellte. Jedenfalls war er ein Verbrecher, den man eigentlich in eine Gefängniszelle sperren sollte. Sie hatte nie verstanden, warum sich ihr Vater mit einem derart berüchtigten Mann eingelassen hatte, ihm soweit vertraut hatte, ihn zu seinem Partner zu machen.

Dann fiel ihr wieder ein, wie Antoine Fouché sie hereingelegt hatte, und sie dachte, wie leicht es war, von jemandem zum Narren gehalten zu werden, der darauf aus war, seinen wahren Charakter zu verbergen. Nachdem ihr das klargeworden war, fühlte sie sich schuldig und schämte sich ein wenig, daß sie de Navarre so vorschnell und so hart verurteilte. Sie nahm sich vor, aufgeschlossen zu sein, was ihr besonders schwerfiel, wenn sie daran dachte, was sie über Dads Partner Wylie Gresham wußte.

Einen Gentleman aus dem Süden, hatte ihr Vater ihn betitelt, aus einer alten, betuchten Familie, die im Sezessionskrieg ihren gesamten Besitz verloren hatte, darunter auch die prächtige Plantage in Mississippi, Magnolia Hall. Die eleganten Kleider und das vornehme Auftreten, das er immer noch beibehielt, hatte in den vergangenen Jahren oft dazu geführt, daß er für einen Dandy gehalten worden war – Gresham hatte, wie Dad berichtete, eine Pistole, die er immer bei sich trug und die dafür sorgte, daß ihm das keiner ein zweites Mal ins Gesicht sagte. Er war zwar ohne einen Penny im Colorado Territory angekommen, doch sein Unternehmungsgeist und seine Geschäftstüchtigkeit hatten ihm gute Dienste geleistet. Nachdem er ursprünglich Waren in einem Zelt verkauft hatte, hatte er inzwischen ein blühendes Geschäft aufgezogen und besaß jetzt außer seinen

Anteilen an der Goldmine einen Laden in der Lawrence Street und ein Versandgeschäft in der Main Street. Wie Henry M. Teller, der berühmteste Bürger von Central City, war Gresham in der Gemeinde aktiv und respektiert. Er entsprach in Josselyns Augen nicht dem Bild eines Mannes, der sich mitten in der Nacht einen Berghang hinaufschlich, im Rainbow's End einen Sabotageakt beging und ihren Vater ermordete.

Dennoch mußte sie vor beiden Männern auf der Hut sein. Die Ehrwürdige Mutter Maire hatte sie streng ermahnt, die Rache Gott zu überlassen, doch Josselyn war nichtsdestoweniger entschlossen, den Mörder ihres Vaters ausfindig zu machen und dafür zu sorgen, daß über diesen Schurken Recht gesprochen wurde. Sie hatte ihren Vater sehr geliebt; sie war es ihm schuldig, seinen Mörder zu entlarven – und die O'Rourkes hatten noch immer ihre Schulden bezahlt.

3

Patrick Killian hatte Josselyn eine handgemalte Karte von Central City dagelassen, in die der Weg zu seinem Büro eingezeichnet war, das er ihr auf dem Weg zu Miss Hatties Pension auch bereits gezeigt hatte. Im Gegensatz zu Boston war Central City nicht groß, und daher hatte Josselyn am kommenden Tag nach dem Mittagessen trotz der wirr angelegten Straßen keine Schwierigkeiten, zur Eureka Street zu finden, in der die Kanzlei des Anwalts lag.

Was für ein wunderschöner Frühlingstag, dachte sie, als sie sich auf den Weg machte, und saugte begierig die neuen

Eindrücke in sich auf. Inzwischen hatte die Sonne den dichten Dunst durchdrungen, der am früheren Morgen die Berge verhüllt hatte, wenn der höchste der schneebedeckten Gipfel auch immer noch in sachte dahintreibende Wolkenfetzen eingehüllt war. In der Ferne verdichteten sich die Bäume, die in den Schluchten nur als einzelne Wipfel aufragten, zu Wäldern aus fiedrigen Goldkiefern, hohen Blautannen und Espen mit weißer Rinde, die an den Hängen herunterzutaumeln schienen, auf denen inmitten vom üppigen grünen Gras und silbernen Gräsern Gebirgsblumen in aller Farbenpracht blühten. Die frische, saubere Höhenluft war belebend, wenn Josselyn auch ein wenig atemlos war, als sie über die steilen, gewundenen Bürgersteige lief, denn sie war die Höhenluft noch nicht gewöhnt. Keuchend holte sie Luft und blieb kurz vor Killians Kanzlei stehen, um sich zu sammeln. Im nächsten Moment öffnete sie die Tür und trat ein.

Miss Ernshaw, die Sekretärin des Anwalts, die sie ganz offensichtlich erwartet hatte, begrüßte sie freundlich. Als sie jetzt noch ein paar Höflichkeiten austauschten, bemerkte Josselyn unwillkürlich die besorgten Blicke, die die junge Frau verstohlen auf die Tür zu Killians Büro warf, und ihr entging auch nicht der Klang aufgebrachter Stimmen, der durch die Tür drang.

»Die anderen sind bereits da«, teilte Miss Ernshaw ihr bedauernd mit, als wollte sie damit die Unruhe erklären.

»Ich fürchte, sie ... äh ... sind schon etwas ungeduldig und möchten gern anfangen. Wenn Sie mir bitte folgen, ich führe Sie hinein.«

Killians Büro war sehr klein, sehr voll und total verräuchert. Verblüfft hielt Josselyn inne. Sie geriet in Panik, als bei ihrem Eintreten abrupt Stille einsetzte. Durch die beißenden Rauchwolken, die in der Luft hingen, sahen sich fünf unfreundliche Augenpaare an ihr satt. Unwillkürlich wich sie zur Tür zurück, mußte jedoch feststellen, daß die Sekretärin, nachdem sie sie angekündigt hatte und gegangen war, die Tür zugezogen und ihr diesen Fluchtweg abgeschnitten hatte. Eine gräßliche Minute lang kam sich Josselyn vor wie ein Schmetterling, der mit einer Stecknadel aufgespießt durch ein riesiges Vergrößerungsglas von Augen betrachtet wird, die unheilvoll groß und erschreckend verdreht sind. Sie tastete hinter ihrem Rücken nach dem geschlossenen Messingknauf der Tür, und fragte sich, warum sonst niemand darauf versessen zu sein schien, vor diesen Dämpfen zu fliehen. Dann kam sie sich dumm vor, als ihr klar wurde, daß der Anwalt und die beiden anderen Männer im Raum lediglich gern rauchten.

»Ah, Josselyn, da sind Sie ja«, bemerkte Killian, der hinter seinem Schreibtisch aus massiver Eiche stand, etwas zu herzlich, weil er sich bemühte, die unübersehbare Spannung zu überbrücken, die sich im Büro breitgemacht hatte, »und auch noch ganz pünktlich. Daraus darf ich wohl schließen, daß Sie keine Probleme hatten, den Weg hierher zu finden. Kommen Sie rein, und ich werde Sie allen vorstellen. Diese beiden Gentlemen sind... äh... ich meine... sie *waren* Reds Partner vom Rainbow's End, Wylie Gresham und Durango de Navarre, und bei den Damen handelt es sich um Mrs. Victoria Stanhope Houghton, durch ihren verstorbenen Mann Forbes ebenfalls eine Partnerin, und um Mrs. Nell Tierney, eine... äh... gute Freundin von Red. Meine Damen und Herren, das ist Reds Tochter, Miss Josselyn O'Rourke.«

Bei Killians Worten waren die beiden Männer von ihren Stühlen aufgestanden, und jetzt sah Josselyn, daß ihr erster Eindruck vom Büro des Anwalts weniger auf dessen bescheidene Größe zurückzuführen war als auf den Umstand, daß Gresham und de Navarre derart eindrucksvolle Erscheinungen waren, daß alles um sie herum zu verblassen schien. Es war, als paßten sie nicht in den Raum, als seien die hohen Decken der Kanzlei zu niedrig, die Wände zu dicht beieinander für diese beiden Gestalten. Josselyn, die weder klein noch fragil war, fühlte sich zwergenhaft winzig neben den zwei Männern, die beide groß und dunkel waren und schimmerndes schwarzes Haar und breitschultrige Körper mit kräftigen Muskeln hatten, Muskeln, die so entschieden männlich waren, daß sie sich von dieser umwerfenden Virilität instinktiv bedroht fühlte. Und sie waren in den besten Jahren. Sie hatte nicht gewußt, daß Gresham und de Navarre so jung waren. Da sie Dads Partner waren, war sie immer davon ausgegangen, sie seien in seinem Alter. Statt dessen mußten beide mindestens zwanzig Jahre jünger als ihr Vater sein, ihr altersmäßig näher als ihrem Vater.

Dads Partner, die Mitbesitzer der Goldmine! Jetzt *ihre* Partner, begriff Josselyn plötzlich, und erneut packte sie die Panik bei der Vorstellung, mit diesen Individuen zurechtkommen zu müssen – zumal es sich bei einem von ihnen zweifellos um einen Saboteur und Mörder handelte. Sie mußte verrückt gewesen sein zu glauben, daß sie ihnen gewachsen war. Es erschien ihr jetzt unmöglich, den Mörder ihres Vaters und aller Wahrscheinlichkeit nach auch von Forbes Houghton zu entlarven. Sowohl Gresham als auch de Navarre hatten etwas an sich, das sie an arglistige wilde Tiere erinnerte – sie waren nicht weich und nicht nachgiebig, sondern verschlagen und brutal, waren es gewohnt, zu fordern und zu bekommen, was sie wollten. Vielleicht hatten sie die heimtückischen Ränke gemeinsam geschmiedet und würden sich als doppelt gefährlich erweisen.

Einer dieser Männer, oder vielleicht sogar beide, wollte

das Rainbow's End so dringend an sich bringen, daß er nicht gezögert hatte, einen, möglicherweise sogar zwei Morde zu begehen. Einer der Männer – oder beide – überlegte sich vielleicht gerade im Moment, wie einfach es wäre, die Anteile ihres Vaters an der Goldmine von ihr zu bekommen, einem unwissenden Mädchen, das frisch aus einem Ursulinenkloster im Osten angereist war. Es war skandalös, und doch lächelte jetzt einer von ihnen – oder beide – vermutlich heimlich und voller Zufriedenheit in sich hinein, überzeugt, daß sein Verbrechen ungesühnt bleiben würde, da Red O'Rourkes Tochter nichts als eine furchtsame junge Novizin war – die man schnell und mühelos dazu bringen konnte, ihre Sachen zu packen und wieder abzureisen.

Bei dieser schrecklichen Erkenntnis reckte Josselyn das Kinn trotzig in die Luft. Ihre grünen Augen blitzten auf, als sie entschlossen die Schultern zurückzog. Sie würde *nicht* noch einmal der vertrauensselige Dummkopf sein! Sie würde *nicht* zulassen, daß alles, wofür Dad so hart gearbeitet hatte, ihr kampflos abgenommen wurde. Sie würde sich *nicht* von Central City nach Boston vertreiben lassen, ehe sie das erreicht hatte, weshalb sie gekommen war. Statt dessen würde sie sowohl Gresham als auch de Navarre zeigen, daß Red O'Rourkes Tochter, auch wenn sie die Tracht einer Novizin trug, aus demselben zähen Holz geschnitzt war wie ihr Vater.

»Es freut mich, Ihre Bekanntschaft zu machen, meine Herren«, sagte sie und zwang sich, auf sie zuzugehen und dem Mann, der ihr am nächsten stand, die Hand zu reichen. »Dad hat mir so viel über Sie beide berichtet, daß ich das Gefühl habe, Sie bereits zu kennen.«

»Dann fürchte ich, daß wir entschieden im Nachteil sind, Miss O'Rourke«, äußerte Gresham, während er ihr herzlich die Hand drückte, »denn Red war zwar ein unglaublicher Maulheld, aber leider war er... nun... offen gesagt, etwas gar zu verschwiegen, wenn es um sein Privatleben ging. Er hat nur selten von Ihnen gesprochen – doch dann immer unglaublich liebevoll, das versichere ich Ihnen. In Ihrem Kummer sind Ihnen meine Gebete und mein Mitgefühl sicher, Miss O'Rourke.«

»Ich danke Ihnen, Mr. Gresham«, erwiderte Josselyn. Entweder war er ein herausragender Schauspieler, was sie bezweifelte, oder diese Worte könnten nicht so aufrichtig klingen, wäre er der Mann gewesen, der die Verantwortung für den Tod ihres Vaters trug. Oder doch? Antoines Worte hatten freilich sehr aufrichtig geklungen, als er ihr seine leidenschaftlichen Liebesschwüre zugeflüstert hatte.

Sie mußte zugeben, daß sie Gresham bisher noch nicht gut genug kannte, um zu beurteilen, ob er sich so geschickt verstellen konnte wie Antoine. Durch ihre sittsam gesenkten Wimpern schaute sie ihn verstohlen an, und in ihren verborgenen Augen blitzten jetzt Härte und Berechnung auf, wie seit ihrer Kindheit nicht mehr, seit Dad ihre kleine, unwillige Gestalt an den Klostertoren abgegeben hatte.

Gresham war ein gutaussehender Mann, der einen eleganten grauen Anzug aus feinem Wollstoff und eine grauschwarz gemusterte Weste trug, aus der eine Uhrkette aus Sterlingsilber hing. Über dem weißen Rüschenhemd trug er eine schwarze Krawatte, in der eine perlenbesetzte Krawattennadel steckte. Auf dem Schreibtisch hinter ihm lagen eine schwarze Melone, ein Paar graue Lederhandschuhe und ein Spazierstock. Josselyn vermutete, daß all das ihm gehören mußte, denn diese Gegenstände schienen die natürliche Abrundung seiner eleganten Aufmachung zu sein.

Intelligenz blinkte in seinen kühlen grauen Augen, die sie

taxierten. Unter seinem schwarzen Schnurrbart zeugten feste Lippen und das vorstehende Kinn von seinem stolzen, zielstrebigen Wesen. Er besaß dieses stählerne Rückgrat, das eher angeboren, als mit der Zeit zugelegt ist. Josselyns Geistesgegenwart war durch das unschöne Erlebnis, das sie vor kurzem gehabt hatte, geschärft.

Sie erkannte gleich, daß die, die diesen Mann reizten, mit Sicherheit den kürzeren zogen. Sein Auftreten war von Herablassung gefärbt, aber kultiviert, und seine rücksichtsvollen Worte hatten Josselyn beschwichtigt. Sein Akzent aus den Südstaaten und seine Stimme, die die Worte miteinander verschliff, als schmelze Zuckersirup in ihren Ohren, bezauberten sie, und sein gewinnendes Gebaren und seine äußerst galante Art nahmen sie für ihn ein. Dieser Mann konnte unmöglich ein Saboteur und Mörder sein.

De Navarre hingegen war ein Grobian sondergleichen. Josselyn wandte sich ihm widerstrebend zu. Sie wünschte sich inbrünstig, sie bräuchte ihm nicht die Hand zu geben. Sie hatte das sichere Gefühl, er hätte sich in mehr als einer Hinsicht die Hände beschmutzt – mit Ruß und Dynamit im Rainbow's End, aber auch mit dem Blut ihres Vaters und von Forbes Houghton. Dennoch zwang sie sich, die Form zu wahren, und sie rechnete keineswegs mit dem plötzlichen, heftigen, unerklärlichen Schauer, der sie durchzuckte, als sich de Navarres Finger fest um ihre schlossen, ein Beben, wie sie es damals gespürt hatte, als sie im Klostergarten versehentlich fest mit der Hacke gegen einen Baumstamm gestoßen war. Sie mußte sich zusammenreißen, um ihm ihre Hand nicht grob zu entreißen; die schiere Kraft und der animalische Magnetismus, den dieser Mann ausstrahlte, waren überwältigend und erschreckend. Sie hatte die perfide Art dieses Mannes so grausam erleben müssen.

Unter den schwarzen Augenbrauen, die sich wie die Flügel eines Raben über seine breite Stirn zogen, waren seine schwarzen Augen halb unter dichten, langen schwarzen Wimpern verborgen, so daß es Josselyn unmöglich war, seine Gedanken zu lesen. Sie spürte, wie ihre Konsterniertheit ihn belustigte, sah die Andeutung eines zynischen Lächelns, das seine sinnlichen Mundwinkel einen Moment lang hochzog, als er ihre Hand absichtlich noch einmal fester drückte, ehe er sie losließ.

»Auch ich möchte Ihnen mein Beileid zu dem Verlust Ihres Vaters aussprechen, Miss O'Rourke.« De Navarres tiefe, seidige Stimme mit dem spanischen Akzent ließ einen Schauer über ihren Rücken laufen; sie hatte das Gefühl, er verspotte sie, und das sei sein Eröffnungszug in dem Spiel, das er spielen würde, um sie loszuwerden, so wie er sich auch schon ihren Vater und Forbes Houghton vom Hals geschafft hatte. »Reds Tod betrübt uns sehr und kam uns äußerst ungelegen.«

Seine höflichen Worte konnten Josselyn nicht beruhigen. Sie hatte das Gefühl, daß de Navarre sie innerlich auslachte. Dieser Mann war wirklich ein ebensogroßer Schurke wie Antoine, dachte sie erschaudernd. Sogar ein noch üblerer – denn Antoine hatte wenigstens Greshams gepflegte Manieren besessen. De Navarre hatte sich noch nicht einmal die Mühe gemacht, seinen schwarzen Sombrero mit der flachen Krempe zu ziehen, sondern diese Geste nur angedeutet. Die verschrammten schwarzen Lederstiefel mit den silbernen mexikanischen Sporen, die er trug, paßten weit besser in einen Saloon als in ein Büro oder Wohnzimmer. Wenn er auf sein Äußeres achten würde, könnte man ihn auf eine derbe, gewöhnliche Art als gutaussehend bezeichnen. Aber so sah er aus, als hätte er sich seit Tagen nicht gebadet und rasiert, und er roch eindeutig nach Zigarrenrauch und nach Schnaps. Eine Flasche mit einer klaren Flüssigkeit, die sie nur für Alkohol halten konnte, stand neben einem seiner Stuhlbeine auf dem Fußboden. Er mußte vor ihrem Eintreffen daraus getrunken haben. Sein schwarzes Seidenhemd mit den silbergefaßten schwarzen Manschetten war am Hals offen und gab schamlos den Blick auf seine glatte braungebrannte Haut und dichte schwarze Brustbehaarung frei. Um den Hals hatte er sich lässig ein schwarzes Tuch geknotet. Tief auf seiner Hüfte hing ein schwarzer Ledergurt, in dessen Halfter ein gefährlich aussehender Revolver steckte. Eine schwarze Hose saß eng auf seinen muskulösen Beinen.

Da er, sagte sich Josselyn erbittert, wohl kaum um ihren Vater trauerte, konnte de Navarre die finstere Farbe nur mögen. Sie fand, daß sie zu seinem teuflischen Äußeren paßte – und zu seinem teuflischen Wesen ohnehin, fügte sie noch hinzu, als seine funkelnden schwarzen Augen unter dem Hut, der sein dunkles unrasiertes Gesicht halb verbarg, sie anstarrten. So sah kein Mann eine Dame an. Und dazu noch das ruchlose Halblächeln, das wieder einmal um seine Mundwinkel spielte. Bestimmt drückte dieses Lächeln sein hämisches Triumphgefühl aus, da er glaubte, sie würde seinen Plänen nicht hinderlich sein, und er käme mit einem Mord davon. Sie verabscheute ihn auf den ersten Blick. Innerlich hatte sie ihn bereits für den Mord an ihrem Vater verurteilt und schuldig gesprochen. Jetzt mußte de Navarre nur noch gehängt werden, denn genau das hatte er verdient! Sie würde alles tun, um dieses Ziel zu erreichen.

Ihre Wut legte sich nicht, als sie Victoria Stanhope begrüßte, Forbes' junge, elegante Witwe, und Nell Tierney, die Schauspielerin, die ihrem Dad nicht nur die »gute Freundin« gewesen war, als die Killian sie beschrieben hatte.

Als sie die schmale Hand drückte, die Victoria ihr kühl reichte, wurde Josselyn erstmals in ihrem Leben von fürchterlichem Neid verzehrt. Wie ausgedörrte Erde, die den Regen in sich aufsaugt, betrachtete sie Victorias auffälliges Ensemble aus schwarzer Seide in allen Einzelheiten, von dem bezaubernd frechen Hut mit den Federn, der auf ihrem elegant frisierten braunen Schopf saß, über das hochgeschlossene Kleid mit dem Rüschenkragen und der Kamee, die als Brosche daran steckte, das Mieder, das in der Taille schmaler wurde, um ihre schlanke, geschmeidige Gestalt zu betonen, bis hin zu dem modischen schwarzen Sonnenschirm, der Handtasche und den Schuhen mit den Lederknöpfen, die das Ganze abrundeten. Wenn sie auch wußte, daß Eitelkeit eine Sünde war, wünschte sich Josselyn in dem Moment doch glühend, sie sei in einer Weise gekleidet, in der sie der Witwe Konkurrenz machen könnte, und trüge nicht ihre schlichte Novizentracht, die wenig dazu beitrug, ihre Reize zu betonen.

»Guten Tag, Miss O'Rourke«, sagte Victoria, und ihre funkelnden braunen Augen und ihr scharlachroter Schmollmund zeigten Spuren von Belustigung und Verachtung, als ihr Blick über Josselyn glitt.

Die lacht mich doch wirklich auch aus! dachte Josselyn erbost und verglich die Witwe sofort mit de Navarre. *Die beiden waren es! Sie haben Forbes und meinen Vater gemeinsam ermordet! Zweifellos werden Wylie Gresham und ich die nächsten sein! Ich muß mich augenblicklich mit ihm anfreunden, denn sonst habe ich in diesem unerbittlichen Kampf um die Goldminen überhaupt keinen Verbündeten!*

Sie hatte keine Zeit, sich weitere Gedanken darüber zu machen, denn Nell Tierney riß sie aus ihrer Träumerei heraus, als sie Josselyns Hand herzlich mit beiden Händen ergriff und sie begeistert schüttelte.

»Mein liebes Kind! Oh, mein liebes, gutes Kind! Es ist ja so schön, dich kennenzulernen!« rief Nell aus. Dann seufzte sie tief, lächelte und tupfte sich mit dem Taschentuch die Augenwinkel ab. »Reds Tochter. Also, du bist deinem Vater ja wirklich wie aus dem Gesicht geschnitten! Ich bin so froh, endlich deine Bekanntschaft zu machen, Mädel, wenn es auch furchtbar ist, daß wir uns unter so tragischen Umständen kennenlernen. Du mußt wissen, daß dein Vater mir alles bedeutet hat. Seit seinem Tod ist mein Leben leer und öde. Oh, ich hoffe sehr, daß wir gute Freundinnen werden, Josselyn – ich darf dich doch so nennen, nicht wahr? Und du mußt natürlich Nell zu mir sagen. Wenn du hier in Central City bist, wird das ein wenig so sein, als hätte ich ein Stück von Red wieder; es ist so tröstlich, seinen Kummer mit jemandem zu teilen, meinst du nicht auch? Du kommst mich doch besuchen, nicht wahr? Ich warne dich: Nein lasse ich nicht als Antwort gelten.«

Josselyn wünschte sich nichts weniger als den Umgang mit dieser Frau, die mit List und Tücke verhindert hatte, daß sie zu Dad nach Central City zog. Daher murmelte sie eine höfliche Ablehnung, obwohl sie Nells Scheinheiligkeit innerlich zum Sieden brachte. Nell war, wie Josselyn widerwillig zugeben mußte, eine attraktive Frau. Der helle Schimmer in ihrem dunklen honiggoldenen Haar ließ sich nicht nur auf die Natur zurückführen, und Josselyn stellte schockiert fest, daß ihr Gesicht gekonnt und dezent geschminkt war. Aber natürlich, Nell war Schauspielerin, und das erklärte zur Genüge die Krokodilstränen, die sie überzeugend heraufbeschwor. Diese Frau hatte wirklich Nerven! Die ungewohnten Gefühle und der Zigarrenrauch, der immer noch im Büro hing, drehten ihr den Magen um. Sie fürchtete ohnmächtig zu werden und war erleichtert, als Killian das Signal zum Setzen gab.

Dankbar ließ sie sich auf den einzigen freien Stuhl sinken und hustete leise in das Taschentuch, das sie sich vors Gesicht preßte, um den Rauch ein wenig zu filtern. Als alle sahen, wie unwohl ihr war, schauten Killian und Gresham, die ihre Zigarren bei ihrem Eintreffen höflich ausgedrückt hatten, de Navarre vorwurfsvoll an, der es groberweise unterlassen hatte, das gleiche zu tun. Nach einer Weile bemerkte er, daß alle im Raum ihn erwartungsvoll anstarrten. Er lehnte sich abrupt vor und drückte seine Zigarre in einem Messingaschenbecher aus.

»Entschuldigen Sie bitte, Miss O'Rourke«, murmelte de Navarre und grinste sie provozierend an. Dann kippte er lässig seinen Stuhl zurück, zog sich den Hut tief über die Augen, legte seine langen, muskulösen Beine auf Killians Schreibtisch, zerschrammte das Holz mit seinen Sporen und trank einen großen Schluck aus der Flasche, die neben ihm auf dem Fußboden stand. Dann sagte er barsch: »Also, Patrick, fangen wir endlich an. Ich habe einen Saloon zu führen und kann nicht den ganzen Tag damit totschlagen, daß ich hier Däumchen drehe.«

»Durango«, sagte der Anwalt durch zusammengebissene Zähne und sah de Navarre über den Rand seiner Nickelbrille an, »sei so freundlich, deine Stiefel und deine Sporen von meiner Schreibtischplatte zu nehmen..., und zwar sofort! Das hier ist ein rechtlicher Akt und keine Posse, und ich wäre dir dankbar, wenn du den entsprechenden Respekt an den Tag legen könntest!« Zu Josselyns Erstaunen kam de Navarre der Aufforderung, wenn auch mit betonter Lässigkeit, nach. Killian sah ihn lange fest und eindringlich an.

71

Dann raschelte der Anwalt mit den Papieren auf seinem Schreibtisch, räusperte sich mürrisch und fuhr fort.

»Also, gut. Wie Ihnen allen klar ist, haben wir uns heute hier versammelt, um das Testament mit dem letzten Willen von Seamus O'Rourke zu verlesen – den wir alle besser unter dem Namen ›Red‹ kennen. Lassen Sie mich zuerst aktenkundig festhalten, daß es sich tatsächlich um Reds Testament und letzten Willen handelt, was ich beschwören kann und werde. Ich habe den Text ein paar Tage vor seinem Tod selbst aufgesetzt. Außerdem ist die Niederschrift von meinem Partner Liam Calhoun und meiner Sekretärin Margaret Ernshaw ordnungsgemäß bezeugt worden, und es kann folglich kein Zweifel daran bestehen, daß das Testament von jedem Gerichtshof für gültig erklärt wird. Ich sage euch das, weil Reds letzter Wille... äh... etwas ungewöhnlich ist und ich nicht möchte, daß einer von euch irrtümlich glaubt, er könne ihn erfolgreich anfechten. Dieses Testament ist so unumstößlich wie die Rocky Mountains, und kein Richter, der seinen Titel verdient, wird etwas anderes behaupten.«

»Hör mal, Patrick, nachdem du uns so umständlich vorgewarnt hast, könntest du das verdammte Ding doch endlich vorlesen!« forderte de Navarre ihn ungeduldig auf. »Also, ich schwöre dir, ich kann beim besten Willen nicht begreifen, warum du so darauf versessen bist, uns im Dunkeln tappen zu lassen. Red liegt jetzt schon lange genug unter einem Felsbrocken begraben, und wir wissen, daß keine Chance mehr besteht, daß er lebend aus dem Rainbow's End rausspaziert; und trotzdem hältst du uns jetzt schon seit Wochen hin und weigerst dich, auch nur anzudeuten, was in Reds Testament steht, weil wir warten sollten, bis Miss O'Rourke kommt. Jetzt ist sie da, und ich zumindest habe dieses ganze

72

Rumgedruckse satt. Viel mehr als seine Anteile am Rainbow's End und ein paar persönliche Kleinigkeiten hat Red nicht besessen; und da Miss O'Rourkes Anwesenheit erforderlich war, damit sein Testament verlesen werden kann, scheint es doch wohl auf der Hand zu liegen, daß er nicht gerade einem Kinderheim seine Anteile vermacht hat!«

»Nein, das hat er nicht getan«, stimmte Killian barsch zu. »Nun, gut. Ich werde jetzt beginnen.« Er räusperte sich wieder, faltete langsam das Dokument auseinander, das er in der Hand hielt, und begann zu lesen. »›Ich, Seamus ›Red‹ O'Rourke, erkläre hiermit, im Vollbesitz meiner körperlichen und geistigen Kräfte, daß dies mein Testament und letzter Wille ist. Meiner einzigen Tochter, Josselyn Aingeal O'Rourke, hinterlasse ich all meinen weltlichen Besitz, mit Ausnahme eines Buches mit Shakespeare-Stücken, das ich aus Gründen, die ihr wohlbekannt sind, Mrs. Nell Tierney vermache. Weiterhin vermache ich meiner obengenannten Tochter Josselyn all meine Anteile an der Goldmine, die als Rainbow's End bekannt ist, Anteile, die rechtmäßig auf meinen Namen eingetragen sind, aber nur, wenn sie zum Zeitpunkt meines Todes keine Nonne ist. In diesem Fall stehen all diese Anteile zu ihrer freien Verfügung. Sie kann sie behalten, übertragen, verkaufen oder anders mit ihnen verfahren, wenn es ihr wünschenswert und angemessen scheint, jedoch unter der folgenden Bedingung: daß sie innerhalb von einem Jahr nach meinem Tod einen meiner beiden unverheirateten Partner vom Rainbow's End heiratet, Durango de Navarre oder Wylie Gresham…‹« An der Stelle sah sich Killian plötzlich gezwungen, mit dem Verlesen innezuhalten, denn in seinem Büro kam es zu dem wüsten Ausbruch, den er schon den ganzen Nachmittag erwartet hatte.

»So, so, so.« De Navarres Tonfall war vernichtend. »Der Teufel soll mich holen, wenn Red nicht doch noch als letzter lacht. Kein Wunder, daß du so widerstrebend das Testament verlesen hast, Patrick. Du kannst dich glücklich schätzen, daß ich dich für das Schriftstück, das du da aufgesetzt hast, nicht erschieße! Eigentlich könnte ich das ja immer noch tun!«

Keiner der Anwesenden hielt dies für eine leere Drohung. Ehe Killian etwas darauf erwidern konnte, meldete sich jedoch Gresham erhitzt zu Wort.

»Das ist ja … das ist ja einfach abscheulich«, sprudelte er entrüstet heraus. »Allein der Gedanke ist eine Zumutung! Nichts gegen Sie, Miss O'Rourke«, fügte er hastig hinzu, als er Josselyns aschfahles Gesicht sah. »Aber, mein Gott! Soll das etwa heißen, daß du seelenruhig dasitzt und mir sagst, daß einer von uns eine *Nonne* heiraten soll?«

»Was heißt hier ›einer von uns‹, Wylie?« brachte de Navarre trocken hervor, ehe er den nächsten großen Schluck aus seiner Flasche trank und sich dann den Mund am Ärmel abwischte. »Du bist kein Katholik.«

Als ihm die volle Bedeutung dieser Worte klar war, verschlug ohnmächtiger Zorn Gresham die Sprache, während Josselyn hörbar tief einatmete und noch weißer wurde, denn obwohl sie unter Schock stand, verstand sie sofort, daß de Navarre und nicht Gresham ihrem Glauben angehörte. Als er ihr Unbehagen bemerkte, grinste Navarre sie unverschämt an, doch sein Lächeln gelangte nicht ganz bis zu seinen zusammengekniffenen Augen, die ihre zusammengesunkene Gestalt jetzt langsam und bedächtig taxierten und ihr das Gefühl gaben, sie sei eine Sklavin auf einem Podest und er ein potentieller Käufer.

»Ich nehme an«, fuhr er erbarmungslos fort, »da Patrick

Sie uns als ›Miss‹ und nicht als ›Schwester‹ O'Rourke vorgestellt hat, steht es Ihnen tatsächlich frei zu heiraten.«

Josselyn war so erschüttert, daß sie nicht in der Lage war, den Kopf zu schütteln, geschweige denn, eine Antwort herauszuwürgen. Sie fühlte sich vor Entsetzen betäubt. Kein Wunder, daß Killian sich trotz seiner Freundlichkeit so ausweichend verhalten hatte, als es um die Bedingungen ging, die sie erfüllen mußte, um die Anteile ihres Vaters am Rainbow's End zu erben! Es war ein Alptraum, ein gräßlicher Alptraum, und sie hoffte inständig, bald daraus zu erwachen. Das konnte Dad ihr doch nicht angetan haben. Nein, ganz gewiß nicht!

Wie aus weiter Ferne hörte sie, wie Killian bestätigte, daß sie ihre letzten Gelübde noch nicht abgelegt hatte. Wie durch einen Schleier sah sie, daß de Navarre abfällig seinen Mund verzog, ehe er noch einmal seine Flasche hob und einen großen Schluck zu sich nahm.

Josselyn starrte ihn entgeistert an. Abgesehen von der Tatsache, daß sie ihn für den Mörder ihres Vaters hielt, war er der schludrigste Mann, den sie je gesehen hatte. Er fluchte, er rauchte, und er trank. Er war zweifellos betrunken, denn nur so konnte sie sich sein schlechtes Benehmen erklären. Die Vorstellung, daß ihr Vater – daß *irgend jemand* – ernsthaft von ihr erwartete, diesen Mann zu heiraten, verwirrte sie restlos. Und doch mußte Dad gewußt haben, daß Gresham kein Katholik war und daß sie nie in Betracht gezogen hätte, einen Mann eines anderen Glaubens zu heiraten. Dann hatte Dad, so unglaublich es auch erschien, bestimmt gewollt, daß sie sich für de Navarre entschied. Josselyn verspürte den unwiderstehlichen Drang, den Mann noch einmal anzuschauen. Er musterte sie weiterhin so, als zöge er sie in seiner Vorstellung splitternackt aus. Er sah ihr fest in die

Augen, und zu ihrem Ärger grinste er sie über den Rand seiner Flasche hinweg noch einmal belustigt an. Sie erschauerte, als sie sich vorstellte, daß dieser Mann als ihr Gatte mit ihr verfahren konnte, wie es ihm beliebte. *Gütige Maria, Mutter Jesu!* betete Josselyn und legte sich bei dem Gedanken, ganz und gar in de Navarres Gewalt zu sein, ihm hilflos auf Gedeih und Verderb ausgeliefert zu sein, unwillkürlich eine Hand an die Kehle.

Ihr Vater mußte den Verstand verloren haben! Sie wußte genau, daß er sie geliebt und nur ihr Bestes gewollt hatte, und so war ihr schleierhaft, aus welchen Gründen Dad eine so abscheuliche Klausel in sein Testament geschrieben hatte, und noch viel schleierhafter war ihr, wie sie ihm diesen letzten Wunsch erfüllen konnte.

»Patrick«, fragte Victoria, und in ihrem ruhigen Tonfall schwang eine merkwürdige Schärfe unterschwellig mit, »was passiert, wenn Miss O'Rourke weder Durango noch Wylie heiratet?«

»Ja, ich glaube, das interessiert uns alle hochgradig«, beharrte Gresham grimmig, und seine braunen Augen wurden stahlhart, als er Victoria kurz in die braunen Augen sah.

»Nun gut. Wie ihr wünscht. Wenn ihr alle bereit seid, dann werde ich mit dem Verlesen des Testaments fortfahren.« Killian wischte sich nervös die feuchte Stirn ab und polierte die Gläser seiner Brille. Nachdem er sich die Brille wieder auf die Nase gesetzt hatte, wandte er sich dem Testament zu und las die Zeilen, die den Aufruhr verursacht hatten. »›...daß sie innerhalb von einem Jahr nach meinem Tod einen meiner beiden unverheirateten Partner vom Rainbow's End heiratet, Durango de Navarre oder Wylie Gresham, und somit zu Ehemann und Vermögen kommt. Sollte sie jedoch zum Zeitpunkt meines Todes Nonne sein oder sollte sie sich innerhalb des hier festgelegten Zeitraums aus irgendwelchen Gründen außerstande sehen, diese Bedingung zu erfüllen, gehen all meine Anteile an der Goldmine, die unter dem Namen Rainbow's End bekannt ist, unwiderruflich an Mrs. Nell Tierney über, und sie soll sie zu ihrer freien Verfügung haben, ob sie sie nun behalten, übertragen, verkaufen oder sonstwie über sie verfügen will, falls es ihr wünschenswert und angemessen scheint, unter der folgenden Bedingung: daß sie die Einnahmen der Mine dazu verwendet, ihr eigenes Theater zu begründen, damit ihre Karriere weiterhin von Erfolg gekrönt wird und es ihr im Alter nicht an finanziellen Mitteln fehlt. Zum angegebenen Datum habe ich meine Unterschrift unter dieses Testament gesetzt.‹ Das war es«, schloß Killian.

»Tja, wirklich, Red wußte, wenn er wollte, wie man sich kurz und bündig ausdrückt und zur Sache kommt«, bemerkte de Navarre verdrossen. »Und jetzt wollen wir mal sehen, ob wir auch alles verstanden haben, Patrick. Was Reds Testament besagt, ist im Grunde genommen folgendes: Wenn unsere Miss O'Rourke innerhalb von einem Jahr nicht mich oder Wylie heiratet, wird sich Nell eine Wucht von einem Opernhaus hinstellen. Ist das richtig?«

»Knapp gefaßt, ja«, äußerte der Anwalt und warf einen besorgten, mitfühlenden Blick auf Josselyn, die immer noch so still und stumm wie eine Statue dasaß.

Sie fühlte sich auf seltsame Art aus ihrer Umgebung herausgelöst, als betrachte sie Killians Büro aus großer Entfernung, als stieße all dies einer anderen Person und nicht ihr selbst zu. Ihr Mund war unnatürlich trocken; nur mit Mühe konnte sie schlucken. Ihre Handflächen schwitzten stark. Ihr Herz schlug beunruhigend schnell, und ihr Kopf pochte. Sie schien nicht genug Luft bekommen zu können – voller Panik stellte sie fest, daß sie tatsächlich um Atem rang – und von dem abgestandenen Rauch der Zigarre wurde ihr zudem noch schlecht. Schweißtropfen traten auf ihre Stirn und ihre Oberlippe. Sie wankte auf der Stuhlkante und befürchtete gleich ohnmächtig zu werden oder sich übergeben zu müssen.

»*Sangre de Cristo!*« stieß de Navarre aus und sprang zur allgemeinen Verblüffung plötzlich von seinem Stuhl auf.

Mit drei kurzen Schritten stand er neben Josselyn. Sie machte den Mund auf, um zu schreien, als er plötzlich über ihr aufragte, und sie spürte, wie sich seine muskulösen Arme fest wie Eisenklammern um sie schlossen. Doch aus ihrer Kehle drang nicht mehr als ein leises Stöhnen, denn er hatte ihr Taschentuch genommen und preßte es ihr jetzt auf den Mund, um ihren Schreckensschrei zu ersticken. Vor ihren benommenen Augen drehte sich Killians Büro schwindelerregend im Kreis, als de Navarre sie gewaltsam hochhob und aus dem Raum trug. Seine Sporen klirrten, als er mit schnellen Schritten über die Holzdielen des Bodens lief. Vage nahm sie de Navarres Kraft wahr, seinen festen männlichen Körper und die Umarmung, in der er sie fest an seine Brust preßte. Sie konnte seinen männlichen Geruch einatmen, der sich mit Spuren von Sattelfett und Leder, Rauch und Schnaps vermischte, sie konnte die Stoppeln auf seinem Gesicht spüren, als er sie an sich preßte, ohne ihr Wimmern und ihre jämmerlichen und vergeblichen Versuche zu beachten, sich von ihm loszureißen.

Mit einer Hand öffnete er die Bürotür und stieß sie mit einem Tritt zur Seite. Er erschreckte Miss Ernshaw, als er mit schnellen Schritten durch das Vorzimmer lief, um die Haustür weit aufzureißen.

Sowie sie draußen waren, warf de Navarre Josselyn

unsanft mit dem Gesicht nach unten über das hölzerne Geländer vor dem Haus und stieß ihr grob den Kopf zwischen die Knie.

»Atmen Sie, verdammt noch mal!« fauchte er. »Atmen Sie!«

Dankbar schluckte sie nach Luft, und ihre Brust weitete sich zum Zerbersten aus, als die kühle Frühlingsbrise, die von den Bergen kam, in ihre Lungen strömte. Rasend wie eine Ertrinkende atmete sie immer wieder tief die frische Luft ein und hatte das Gefühl, nie genug davon zu bekommen. Zu ihrer großen Erleichterung verging ihre Übelkeit allmählich. Josselyn kam wieder zur Besinnung.

»Besser?« fragte de Navarre, als sie sich zitternd aufrichtete.

»J-j-ja, v-v-vielen D-D-Dank«, stammelte Josselyn, und ihre Wangen färbten sich vor Verlegenheit knallrot, als sie sich erinnerte, wie seine Hände ihren Körper berührt hatten. Ihr Puls beschleunigte sich. Wie stark de Navarre war, dachte sie voller Unbehagen. Wie vital! Er hatte sie so mühelos getragen, als sei sie nicht schwerer als eine Feder. Sein Körper war so angenehm warm gewesen! Ein süßer Schauer durchströmte ihren Körper, als sie daran dachte. Dieser ganze Nachmittag und ihre beunruhigenden Gefühle überwältigten sie. Entsetzt biß sie sich auf die Lippen. Tränen brannten in ihren Augen. Sie wußte nicht, was schlimmer war: Dads abscheuliches Testament, die Tatsache, daß de Navarre sie angefaßt hatte, oder daß sie, hätte er es nicht getan, in Killians Büro bestimmt ohnmächtig auf den Fußboden gefallen wäre. Josselyn fühlte sich so erschöpft und leer, daß sie sich nichts sehnlicher wünschte, als in Miss Hatties Pension zurückzukehren und sich hinzulegen.

Inzwischen hatten sich die anderen auf dem Bürgersteig

versammelt. Sie drängten sich um sie und erkundigten sich besorgt nach ihrem Befinden.

»Es ist alles in Ordnung. Sie war nur einen Moment lang sehr mitgenommen, und ich glaube, daß es auf die Kombination von Rauch und Schock zurückzuführen ist«, erklärte de Navarre. »Es war schlicht und einfach zuviel für sie.«

»Tja, das haben wir dir und Red zu verdanken, Patrick«, warf Gresham Killian vor und verzog die Lippen. »Red, weil er sich dieses empörende Testament ersonnen hat, und dir, weil du es verfaßt hast! Es ist vollkommen klar, daß keiner von euch Rücksicht auf Miss O'Rourkes Gefühle genommen hat. Jeder Gentleman hätte gewußt, welche verheerenden Auswirkungen so etwas auf ein Mädchen haben muß, das beschützt aufgewachsen und empfindlich ist; daher fühle ich mich genötigt zu sagen, daß keiner von euch Miss O'Rourkes Interessen bedacht hat. Trotz deiner Warnung, Patrick – ich teile es dir fairerweise mit –, habe ich durchaus die Absicht, Richter Ascot über den Inhalt von Reds Testament zu informieren und ihn nach seiner Meinung zu dieser ganzen ungeheuerlichen Geschichte zu fragen.«

»Tu, was du willst, Wylie«, gab Killian knapp zurück, »aber ich sage dir gleich jetzt, daß nichts an der ganzen Geschichte ›ungeheuerlich‹ war, wenn du auch das Gegenteil glauben magst. Es ist alles ordnungsgemäß und rechtskräftig abgewickelt worden, und wie ich den Richter kenne, wird er dir auch nichts anderes sagen.«

»Tja, das werden wir ja sehen!« Greshams Mund kniff sich zusammen. Er konnte seinen Zorn nur schlecht verbergen. Dann wandte er sich an Josselyn und sagte lächelnd: »Mein Wagen steht gleich ein paar Häuser weiter im Mietstall, Miss O'Rourke. Es wäre mir ein Vergnügen, Sie zu Miss Hatties Pension zurückzufahren.«

»Und wirst du dann den Hügel runter in die Pine Street fahren, Wylie«, brachte de Navarre zynisch vor, während Victoria scharf Luft holte, »um dort bei Vater Flanagan Katechismusunterricht zu nehmen?«

»Weißt du, Durango, es dauert nicht mehr lange, bis ich dir dein Lästermaul für immer schließe«, gelobte Gresham durch zusammengebissenen Zähnen und warf ihm einen Blick zu, der andere Männer das Fürchten gelehrt hätte.

De Navarre grinste jedoch nur.

»Erst wenn sie in der Hölle Schlittschuh laufen, Wylie«, gab er leise und unbeirrt zurück, als er sich an den Geländerpfosten lehnte und die Daumen arrogant in seinen Revolvergurt hakte. »Wenn sie in der Hölle Schlittschuh laufen.«

Einen Moment lang schauten die beiden Männer einander finster an, Gresham seine Wut sichtlich im Zaum haltend, während de Navarre sie offen zeigte. Victoria beobachtete die beiden wie hypnotisiert; ein seltsamer harter Schimmer stand in ihren Augen, und ihre Nasenflügel bebten. Aber zum Glück biß Gresham nicht auf den Köder an. Er kehrte de Navarre demonstrativ den Rücken zu und wandte sich wieder an Josselyn.

»Kommen Sie, Miss O'Rourke.« Er nahm höflich, aber bestimmt ihren Arm. »Ich fürchte, Durango war noch nie ein angemessener Umgang für eine Dame, und es scheint, als würde er heute auch keine Ausnahme machen. Wir gehen nur noch mal kurz rein, um meine Sachen zu holen. Ich weiß, daß Reds schockierendes Testament Sie außerordentlich aufgebracht hat, und gewiß wünschen Sie, sich ungestört Gedanken darüber zu machen. Victoria, meine Liebe«, sagte er an Forbes' hochmütige Witwe gewandt, »ich bin sicher, daß unter den gegebenen Umständen Patrick oder Nell so nett sein werden, dich nach Hause zu fahren.«

Victoria schien Einwände dagegen erheben zu wollen, schloß dann aber abrupt den Mund und nickte.

»Wie du wünschst«, erwiderte sie steif, und nur Durango bemerkte, daß ihre Hände sich wütend um den Sonnenschirm schlossen.

»Ich nehme dich mit, Victoria«, erbot sich Killian höflich. »Warte hier, ich hole meinen Wagen und komme gleich zurück.«

Josselyn mußte Greshams Auftreten als Gentleman zwangsläufig anerkennen. Seine zartfühlende Rücksicht auf ihre Empfindungen, sein Verständnis für ihren inneren Aufruhr standen im krassen Gegensatz zu der Art, wie de Navarre sich ihr gegenüber benommen hatte. Trotz der Bedingungen, die ihr Vater in seinem Testament festgelegt hatte, und obwohl de Navarre katholisch war, konnte Dad unter keinen Umständen gewollt haben, daß sie de Navarre heiratete. Zum ersten Mal fragte sie sich voller Unbehagen, ob de Navarre Dad irgendwie gezwungen hatte, diese schrecklichen Bedingungen zu stellen.

Als Gresham Josselyn gerade zum Mietstall führen wollte, schlurfte ein alter Landstreicher über die Straße und kam langsam auf das kleine Grüppchen zu, das sich vor Killians Büro versammelt hatte. Es war ein hagerer, gebeugter und schäbig gekleideter Mann mit einem blutigen Verband um den Kopf und das linke Auge. Er humpelte stark und stützte sich schwer auf eine Krücke, um auf dem Bürgersteig voranzukommen. Er war eindeutig in einen Unfall verwickelt worden. Einen Moment lang war Josselyn beunruhigt, denn er kam ihr seltsam bekannt vor. Dann wurde ihr klar, daß es an seiner vagen Ähnlichkeit mit dem Betrunkenen lag, der im Bahnhof von Black Hawk herumlungerte, als sie aus dem Zug gestiegen war. Einer von denen, die in den

Minen ihr Glück gesucht hatten und es nicht geschafft hatten. Es mußte Hunderte von ihnen in dieser Gegend geben, stellte sie bedrückt fest, als sich ihr Blick mitleidig auf ihn heftete.

»Haben Sie ein paar Cents für einen armen Kerl übrig, dem das Glück nicht hold war, Schwester?« fragte der Mann mit einer leisen, schnarrenden Stimme und streckte zögernd seine zitternde Hand aus.

»Verschwinde! Verschwinde!« Gresham holte mit seinem Spazierstock nach dem Landstreicher aus. »Weg mit dir, Bettler! Nein, Miss O'Rourke«, sagte er und hielt ihre Hand fest, als sie in ihre Handtasche greifen wollte, »geben Sie ihm nicht einen roten Heller. Er wird ihn ja doch nur für schwarz gebrannten Whiskey ausgeben – zweifellos in Durangos Saloon!«

»Leider hat Wylie recht, Josselyn«, stimmte Nell finster zu und schüttelte den Kopf, während Victoria sich ein weißes Spitzentaschentuch ans Gesicht hielt und hörbar die Nase rümpfte. »Es ist traurig, aber wahr, daß der Hälfte dieser Bettler in Wirklichkeit gar nichts fehlt. Ich würde meinen letzten Dollar darauf setzen, daß der Verband und die Krücke nichts weiter als Requisiten sind! Ich bin Schauspielerin und sollte davon wirklich etwas verstehen. Schäm dich!« schrie sie den Landstreicher an. Sie packte ihn am Arm und scheuchte ihn fort, und dabei zeigte sich deutlich, daß er sich trotz der Krücke hurtig bewegen konnte. »Schäm dich! Mit einem so schäbigen Betrug willst du die Barmherzigkeit einer Nonne ausnutzen! Wenn das keine Schande ist!«

»Hier! Alter!« rief de Navarre, und plötzlich trat ein seltsam gebannter Ausdruck auf sein Gesicht, während er den Vagabunden intensiv ansah. »Hier hast du was.« Er warf ihm einen Vierteldollar zu, den der Mann geschickt fing, obwohl er sich den Anschein gab, auf einem Auge blind zu sein. »Kauf dir davon eine ordentliche Mahlzeit.«

»Besten Dank, Sir.« Der Landstreicher nickte lächelnd, wobei seine schwarzen Zähne sichtbar wurden. Dann sah er Josselyn an und zog an seiner fettigen Stirnlocke. »Ich wünsche Ihnen noch einen schönen Tag, Schwester«, sagte er, ehe Nell ihn entschieden vertrieb und ihn noch im Fortgehen übel beschimpfte.

Greshem murrte leise etwas über mittellose Goldgräber vor sich hin und wandte sich dann wieder Josselyn zu, um ihr höflich seinen Arm anzubieten.

»Sollen wir gehen, Miss O'Rourke?«

»Wie bitte?« fragte sie gedankenverloren, und mit gerunzelter Stirn schaute sie zu der Straßenkreuzung, wo Nell und der Landstreicher verschwunden waren. »Was? Ach so, ja, Mr. Gresham. Natürlich.«

Sie waren schon ein gutes Stück weiter gegangen, als Josselyn immer noch verwundert an de Navarres überraschender und vollkommen unerwarteter Menschenliebe herumgrübelte, einen Blick über die Schulter zurückwarf. Er stand noch neben Victoria vor Killians Büro und schaute ihnen nach. Als er sah, daß Josselyn ihn nachdenklich musterte, zog de Navarre provozierend eine Zigarre aus der Tasche, entzündete einen Streichholz an der Sohle seines Stiefels und steckte damit seine Zigarre an. Er rauchte in tiefen Zügen. Dann rief er grinsend: »Hey, Wylie! Tu nichts, was ich täte!« Josselyn errötete – und in Greshams verkniffenem Mund zuckte nervös ein Muskel.

»Das war aber wirklich eine dumme und gehässige Bemerkung – nur um Wylie zu ärgern«, bemerkte Victoria bissig zu de Navarre, als Josselyn und Gresham außer Hör-

weite waren. »Du weißt selbst ganz genau, daß du ebensowenig eine Nonne anrühren würdest, wie... wie...«

»Wie ich *dich* anrühren würde?« beendete de Navarre
plump ihren Satz. Seine Augen wurden hart und anzüglich,
so daß in ihr das heftige Verlangen entstand, ihm ihren Sonnenschirm über den Kopf zu ziehen. Er lachte leise und
hämisch. »Meine Liebe, Letzteres kann ich dir versichern –
aber an deiner Stelle wäre ich mir nicht zu sicher, was Josselyn angeht. Schließlich steht eine Goldmine auf dem Spiel –
eine Goldmine, die sich als außerordentlich gewinnbringend
erweisen könnte, wenn Reds Spekulationen korrekt waren
– und da er jetzt tot ist und du und Wylie seit Forbes' Tod
so... dick miteinander befreundet seid, muß ich wohl meine
eigenen Interessen wahren. Ich würde dir sehr anraten, dasselbe zu tun, aber das tust du ja ohnehin, wie ich dich kenne.
Ich weiß nicht, wie Red dazu gekommen ist, ein so verteufel-
tes Testament aufzusetzen; aber so, wie die Dinge heute liegen, scheint es gut möglich zu sein, daß Wylie eine naive
Nonne einer intriganten Schlampe vorzieht. Du solltest besser deine scharfen Krallen einziehen und deine Zunge im
Zaum halten, Victoria, sonst wirst du dich schließlich noch
auf meine Seite schlagen müssen.«

»Mein armer Wirrkopf, wie kannst du nur glauben, ich
würde *jemals* so tief sinken?« gab sie bissig zurück, und doch
zerrte es an ihren Nerven, zu hören, wie ihre eigenen
geheimen Ängste laut ausgesprochen wurden. Sie und
Wylie waren zwar ein Liebespaar, und doch trauten sie einander als Verbündete nicht, denn seit Reds Tod wußten alle
Partner, daß die sogenannten Unfälle im Rainbow's End in
Wirklichkeit das Werk eines der ihren – des Mörders von
Red und Forbes – waren.

»Meine Liebe, wenn jemand tief sinken wird, kommst Du

dafür wohl kaum in Betracht«, verspottete de Navarre sie höhnisch, und sie empfand seine Worte wie einen Schlag ins Gesicht. »Aber mach dir keine Sorgen. Wie du nur zu gut weißt, habe sogar ich *gewisse* Skrupel.«

»Schmeichle dir nicht, Durango!« erwiderte sie und warf provokativ und lachend den Kopf zurück, obwohl ihre Wangen von seinen Beleidigungen gerötet waren. »Eher würde ich mich mit einer Schlange ins Bett legen als mit dir – du widerliches Latino-Schwein!«

»Aber, aber, Victoria. Schon wieder dieser abgedroschene alte Spruch?« Er sagte es leichthin und spöttisch, doch die aufglimmende Wut in seinen Augen strafte seine Worte Lügen. »Selbst einer Frau mit deinen beschränkten Fähigkeiten fällt doch sicher etwas Besseres ein. Was für ein Jammer, daß du eine so schlechte Lügnerin bist. Es muß wirklich sehr deprimierend für dich sein. Nein, spar dir den Atem, denn es ist zwecklos zu leugnen, was wir beide seit jener Nacht wissen, in der du dich aus Forbes' Bett geschlichen hast und in meins kommen wolltest. Mein armer Liebling. Das hat dich schon immer gewurmt, stimmt's? Die Tatsache, daß es dir wahrhaft Spaß machen könnte, dich mit einem schweinischen halbmexikanischen Bastard wie mir im Schlamm zu suhlen. Und es *würde* dir sogar Spaß machen, das verspreche ich dir.« Sein Blick glitt träge und anzüglich über sie, und sie hätte ihm am liebsten sein arrogantes Grinsen mit ihren Krallen vom Gesicht gewischt. »Ich fürchte jedoch, daß ich dir dieses Vergnügen verweigern muß, wie ich es schon einmal getan habe, da ich – im Gegensatz zu Wylie – schon immer daran geglaubt habe, daß es selbst unter Dieben Ehrbegriffe gibt, und treulose Flittchen und verschlagene Goldgräber waren noch nie nach meinem Geschmack. Offen gestanden, weiß ich nicht, wie Wylie sich traut, nachts in deinem Bett die Augen zu schließen. Wenn er auch nur einen Funken Verstand hat – und ich habe eigentlich nie geglaubt, daß es ihm daran fehlt –, schläft er mit einem offenen Auge, um nicht mit einem Messer in der Kehle aufzuwachen. Vielleicht ist er deshalb heute nachmittag mit der Nonne fortgegangen – auf der Suche nach einer ruhigen Nacht, die in mehr als einer Hinsicht entspannt, was meinst du?«

»Ich hoffe wirklich, daß du den Tag noch erleben wirst, an dem du es bereust, dir mich zum Feind gemacht zu haben, Durango«, äußerte Victoria mit vor Bitterkeit triefender Stimme. Dann setzte sie ein falsches Lächeln auf. »Aber angesichts der Schnelligkeit, mit der die Partner am Rainbow's End tot umfallen, fürchte ich, daß ich um meine Rache betrogen werde. Vielleicht sollten auch du und Wylie zu Patrick gehen und eure Testamente abfassen.«

»Um dich als unsere Erbin einzusetzen, da wir beide keine anderen Verwandten haben? Nein danke, Victoria. Im Gegensatz zu Forbes und Red sind wir beide jung, und keiner von uns hat vor, demnächst die Blumen von unten wachsen zu sehen. Und außerdem«, sagte de Navarre, und seine Augen wurden ganz schmal, »wüßte ich gern, weshalb du so verflucht sicher bist, daß du im Gegensatz zu uns übrigen immun gegen einen sogenannten Unfall in der Mine bist?«

»Beschuldigst du mich... oder drohst du mir?«

»Zieh dir den Schuh selbst an, meine Liebe – such dir am besten den aus, der dir paßt.«

»Tut mir leid, aber du entsprichst einfach nicht meiner Vorstellung von einem gutaussehenden Prinzen. Doch vielleicht stellt ja die Nonne, die, wie man meinen sollte, keine Ahnung von Männern hat, ihren Fuß zur Verfügung – denn wie Judas sich vom Silber in Versuchung führen ließ, könnte sich eine Nonne vom Gold in Versuchung führen lassen, wenn schon nicht von deinen zweifelhaften Reizen. Vielleicht solltest du besser hinter ihr und Wylie herrennen. Ich kenne ihn so gut – er ist mir so ähnlich, verstehst du –, daß ich nicht glaube, er hätte Skrupel, zwei Frauen gegeneinander auszuspielen; und was wird aus dir, wenn er dank seines Geschicks im Umgang mit uns Frauen das Rainbow's End fest in der Hand hat? Ich gebe offen zu, daß ich gern sehen würde, wie du dich drehst und windest, Durango, weil er dich in der Hand hat, und ich glaube, dieses Vergnügen wäre es mir fast wert, ihn mit ihr zu teilen. Um Himmels willen, sie hat die Skrupel einer Nonne! Darin liegt doch eine amüsante Ironie, meinst du nicht auch? Denn ganz gleich, was geschieht, sie hat nicht die geringste Chance, ihn mir wirklich wegzunehmen. Wylie hat nämlich gewisse... sündige Gelüste, um es einmal so zu sagen. Und daher fürchte ich, daß unsere Möchtegernnonne nichts weiter sein wird als ein jämmerlicher Leckerbissen, den er unzerkaut herunterschluckt. Reds arme Tochter, die Klosterschülerin!« In geheuchelter Sorge schüttelte Victoria den Kopf. Dann seufzte sie schwer, um sich vorwurfsvoll zu geben. »Tja, Durango. Wie schade du es im Moment doch finden mußt, kein heiratswilliger Mann zu sein. Wie kannst Du nachts schlafen – in der Gewißheit, daß du nicht nur katholisch bist, sondern auch Red so etwas wie ein Sohn warst?«

In de Navarres Augen blitzte plötzlich eine solche Mordlust auf, daß Victoria, die sich fürchtete und wußte, daß sie zu weit gegangen war, hastig einen Schritt zurückwich und ihren Sonnenschirm wie eine Waffe zwischen sich und ihn hielt, als könnte sie ihn damit in Schach halten. So schnell wie ein Berglöwe riß er ihn ihr aus der Hand und zerbrach ihn brutal über seinem Knie; sie glaubte, daß er sie im nächsten Moment erwürgt hätte, wenn nicht gerade in diesem Augenblick Killian mit seinem Wagen vorgefahren wäre, um sie nach Hause zu bringen. De Navarre drückte ihr roh die beiden Hälften ihres Sonnenschirmes in die Hand.

»Ich schwöre dir, Victoria, daß es beim nächsten Mal dein gottverfluchter Hals sein wird!« fauchte er, ehe er abrupt auf dem Absatz kehrt machte und sich mit einem so bedrohlichen Gesichtsausdruck in Bewegung setzte, daß die Passanten ihm erschrocken aus dem Weg gingen.

Zitternd sah sie ihm nach und fragte sich nicht zum ersten Mal, ob er es war, der Forbes und sogar Red ermordet hatte. Durango war ihrer Meinung nach zu allem fähig und interessierte sich für nichts und niemanden außer seinen eigenen stolzen Nacken. Seine unberechenbaren Wutausbrüche waren so heftig, daß selbst Red es selten gewagt hatte, sich ihm in den Weg zu stellen, wenn er in Rage war.

4

Nell Tierney war außer sich, als sie mit einer Mischung aus Liebe, Belustigung und Zorn den Mann ansah, der vor ihrer Waschschüssel stand und eine Grimasse vor dem Spiegel schnitt, als er sich die schwarze Schuhcreme von seinen vollkommen weißen Zähnen schrubbte. Auf einem Stuhl neben ihm lag ein Verband, der sorgfältig mit Ketchup bearbeitet worden war, damit er blutig wirkte. In einer Ecke lehnte eine Krücke, die er in dem Moment dort abgestellt hatte, in dem Nell und der Mann ihr kleines, aber nettes Häuschen in der Spring Street erreicht hatten.

»Also wirklich, so sehr habe ich mich in meinem ganzen

Leben noch nicht geschämt!« rief Nell plötzlich aus, während sie wie eine Tigerin in einem Käfig durch das Schlafzimmer lief und aufgeregt eine der honiggoldenen Locken um ihren Finger drehte, die sich aus den Haarnadeln gelöst hatte. »Wenn ich mir vorstelle, daß ich tatsächlich eingewilligt habe, bei diesem abscheulichen Betrug mitzuspielen... oh! Nie werde ich den Ausdruck vergessen, der heute nachmittag auf dem Gesicht des armen Mädchens gestanden hat... als hätte man ihr mit einem Hammer auf den Kopf geschlagen – Red O'Rourke! Wie konntest du das tun? Deine eigene Tochter, um Himmels willen! In einem Kloster aufgezogen und nichts weiter als ein Lamm, das du diesen beiden Wölfen vorwirfst... oh! Möge Gott meiner Seele gnädig sein, denn Vater Flanagan wird ihr bestimmt nicht gnädig sein!«

»Schweig, Nellie!« rief Red O'Rourke – der entgegen der verbreiteten Annahme am Leben und bei bester Gesundheit war – besorgt aus. »Du hast doch nicht etwa bei dem gütigen Vater etwas ausgeplaudert?«

»Nein, natürlich nicht.« Sie schniefte entrüstet und warf ihm einen verletzten Blick zu. »Ich würde dich doch nicht verraten – das weißt du genau, du rothaariger Teufel, aber wirklich, wenn ich vorher gewußt hätte, was du vorhast, wenn ich von diesem verfluchten Testament gewußt hätte, das Patrick für dich aufgesetzt hat – Gott allein weiß, wie du ihn rumgekriegt hast... also... dann hätte ich niemals eingewilligt, bei deinem verrückten Plan mitzuspielen, und das ist bei Gott die Wahrheit, Red! Es war schon schlimm genug, als ich... als ich Josselyn vormachen mußte, du wärest tot. Aber ich sage dir eins, als ich sie heute gesehen habe, hat es mir fast das Herz gebrochen! Fast hätte ich an Ort und Stelle laut die Wahrheit herausgeschrien. Und als Patrick dann die

Bedingungen dieses abscheulichen Testaments verlesen hat... da wollte ich nur noch sterben! Ich weiß, daß Josselyn geglaubt hat, ich sei nichts weiter als ein intrigantes Flittchen, das dich in seinen bösen Krallen hatte und jetzt deine Anteile am Rainbow's End einsacken will, damit ich mir ein Theater bauen kann... oh! Du *weißt* doch, wie sehr ich mir immer eine Tochter gewünscht habe, wie sehr ich mich darauf gefreut habe, Josselyn bei uns zu haben, Red, und jetzt habe ich es *dir* zu verdanken, daß sie mir wahrscheinlich nie verzeihen wird... und was noch schlimmer ist, Durango und Wylie werden sie mit Sicherheit bei lebendigem Leibe verzehren, und Victoria, dieser Geier, wird bestimmt auch zur Stelle sein, um die Knochen abzunagen...«

»Aber, aber, Nellie, mein kleiner Liebling«, schmeichelte er sich mit seinem Charme ein, der wirklich beträchtlich war, »du hast gar keinen Grund, dich so aufzuregen. Sobald all das ausgestanden ist, werde ich die Mißverständnisse zwischen dir und Jossie beseitigen, das schwöre ich dir. Und ob sie nun in einem Kloster aufgewachsen ist oder nicht, sie ist immer noch in allererster Linie eine O'Rourke, und das wird sie nicht vergessen. Du wirst es ja sehen. Wenn sie erst einmal fest mit ihren Füßen auf diesem guten Boden von Colorado steht, können meine Partner sehen, wie sie zu ihrem Geld kommen, und dann werden wir den Fuchs aus seinem Bau locken, oder mein Name ist nicht Seamus O'Rourke!«

»Oh, Red, hast du sie gesehen...?«

»Sie gesehen?« wiederholte er erstaunt. »Ja, natürlich, Nellie. Du glaubst doch nicht, ich hätte mich umsonst in dieser furchtbar unbequemen Verkleidung auf die Straße geschleppt, oder?« Er schüttelte vorwurfsvoll den Kopf und zog die Stirn in Falten. Dann wurden seine grünen Augen freundlicher, und er lächelte sanft. »Ach, sie ist ja so ein hübsches Mädchen, findest du nicht auch, Nellie? Ihrer verschiedenen Mutter Bluinse wie aus dem Gesicht geschnitten, gelobt sei Gott. Ich sage dir, mir ist fast das Herz in der Brust zerrissen, als ich sie am Bahnhof gesehen habe. Meine Tochter! Nach all diesen Jahren, meine Tochter! Mir wären vor Stolz fast die Knöpfe abgesprungen. Es ist mir schrecklich schwergefallen, den Mund zu halten, damit ich nicht alles verderbe, denn ich wollte sie an Ort und Stelle als mein eigenes Fleisch und Blut an mich drücken, ihr sagen, daß ihr alter Dad sie nicht vergessen hat, sondern sie am Bahnhof abholt, wie ich es ihr immer versprochen habe.«

»Sie liebt dich, Red«, sagte Nell leise. »Sie trauert von ganzem Herzen um dich, weil sie dich für tot hält. Oh, Red! So geht das doch nicht! Warum hast du sie in all den Jahren nie zu dir geholt?«

Er schwieg lange, während er sich das gefärbte zerzauste Haar und den Bart kämmte und seine zerlumpte Kleidung glattstrich, daß Nell zuerst glaubte, er würde ihr keine Antwort geben. Dann seufzte er schwer, legte den Kamm hin, wandte sich vom Waschtisch ab und schüttelte traurig den Kopf.

»Ich dachte immer, ich hätte viele gute Gründe, Nellie. Aber jetzt denke ich, daß ich vielleicht falsch gehandelt habe, daß ich all die Jahre vergeudet habe, die Jossie und ich gemeinsam hätten verbringen können. Ach, ich weiß es nicht. Anfangs, in den ersten Jahren, war das Leben hier verdammt schwer. Überall in diesen Hügeln und Schluchten gab es nichts als Zelte, in denen es von Männern wimmelte, die verrückt auf Gold und Huren waren. Sie waren gekommen wie die Geier, um sich auf die Gewinne zu stürzen. Damals hätte ich Jossie nicht hierher holen können. Sie war noch so klein und so hilflos nach Bluinses Tod. Ich hätte mich nicht ordentlich um sie kümmern können, denn es hat mich schon große Anstrengung gekostet, selbst mit dem Kopf über Wasser zu bleiben.

Und als die Jahre vergingen... das habe ich dir nie erzählt, Nellie, aber ich... hatte Angst. Gott ist mein Zeuge, aber ich habe immer mehr befürchtet, meine eigene Tochter könnte mich nicht mehr lieben, nicht mehr stolz auf mich sein. Schweig! Vielleicht war das sehr dumm von mir – ich weiß es nicht. Aber... ich hatte sie nicht mehr gesehen, seit ich sie am Klostertor abgegeben habe, und damals war sie erst sieben Jahre alt. Ich dachte, vielleicht hat sie ihren alten Dad im Lauf der Jahre vergessen, oder sie hat ihn besser in Erinnerung, als er in Wirklichkeit war... ist. Den Eindruck hatte ich aus ihren Briefen. Ach, Nellie! Jossies Briefe... sie waren in einer so vornehmen, eleganten Handschrift geschrieben, und sie hat mir von ihrem Leben im Kloster berichtet und von den Sachen, die sie dort lernt – nicht nur Religion, sondern auch Geschichte und Komposition, Fremdsprachen und Künste, Dinge, von denen ich so wenig weiß, verstehst du. Und im Lauf der Jahre ist mir immer klarer geworden, was für ein wohlerzogenes, gebildetes Mädchen sie inzwischen wohl sein muß, und dann habe ich mir überlegt, was für ein armseliger, gewöhnlicher Arbeiter ich bin, der kaum mehr weiß, als wie man mit den eigenen, gottgegebenen Händen harte, ehrliche Arbeit verrichtet; und dann habe ich Angst bekommen, daß... daß Jossie, ein so feines und damenhaftes Wesen, sich... nun ja... sich ihres alten Dads schämen würde. Ach, Nellie, mein Liebling, du weißt doch, wie ich bin!« sprudelte er plötzlich heraus. »Ich kann so viel schwarzgebrannten Whiskey wie jeder andere vertragen, und in einer Schlägerei kann ich mit den Besten mithalten – und, versteh mich nicht falsch, ich bin stolz auf beides. Aber ich bin ein ungeschliffener Kerl. Ich habe ein Mundwerk, das sich zum Fluchen eignet und nicht zu vornehmen Gesprächen, und meine Bücherweisheit beschränkt sich darauf, daß ich mit meinem eigenen Namen unterschreibe, einen schlechten Brief verfassen kann und in der Lage bin, mir auszurechnen, ob ein Mann mich betrügt. Ich mag meine Zigarren und meinen Whiskey und ab und zu ein kleines Kartenspielchen, und für hübsche Mädchen habe ich auch einen guten Blick.« Er lächelte kläglich und legte seine Hand zärtlich auf Nells Wange. »Und jetzt sag mir, was Jossie, die im Kloster aufgewachsen ist, von ihrem alten Dad hätte denken sollen, außer daß er ein Halunke und ein Sünder ist. Und ich bin der letzte Mann auf Gottes Erdboden, der dies bestreiten konnte.«

»Oh, Red«, sagte Nell mitfühlend und nahm seine Hand. »Hast du Josselyn nie etwas von deinen Ängsten mitgeteilt? Hast du sie nie gefragt, ob sie nach all den Jahren im Kloster ihren alten Dad immer noch liebt und stolz auf ihn ist, mitsamt seinen Fehlern und Sünden?«

»Nein, Nellie, denn habe ich die Antwort nicht schon selbst gekannt? Und selbst wenn sie ja gesagt hätte, wäre es zwecklos gewesen, denn inzwischen war sie eine erwachsene Frau geworden, und ich wußte, daß jeder gottverdammte, heißblütige Bock der Gegend hinter ihr her sein würde, sofern sie nur die geringste Ähnlichkeit mit Bluinse hat, die der süßeste Engel Gottes war, den er je vom Himmel auf die Erde geschickt hatte.«

»Also, wenn das die Gründe sind, aus denen du Josselyn nie nach Central City geholt hast, dann muß ich dir leider sagen, Red, daß Du ihr unrecht getan hast«, äußerte Nell entschieden. »Du hättest ihr die Chance geben sollen, dich besser kennenzulernen. Dann hätte sie sich ihr eigenes Urteil bilden können. Du hättest ihr Gelegenheit geben müssen, Männer kennenzulernen – unter deinen und meinen wachsamen Augen –, und das arme Mädchen nicht in ein Kloster sperren dürfen, und schon gar nicht, nachdem du dich entschlossen hattest, dieses gräßliche Testament zu verfassen! Oh! Wie *konntest* du ihr das nur antun, Red, deiner eigenen Tochter, so unschuldig wie ein neugeborenes...«

»Ganz so unschuldig nun doch nicht, Nellie – denn ganz so sicher, wie ich dachte, war Jossie im Kloster nicht!« Nells Gesicht verfinsterte sich bei dieser Andeutung. »Das weiß ich erst, seit ich vor einigen Wochen den Brief von der Ehrwürdigen Mutter Maire erhalten habe! Verflucht und zum Teufel! Diese Göre!«

»Wer? Die Ehrwürdige Mutter?« rief Nell voller Entsetzen aus.

»Gütiger Himmel, nein, Nellie! Meine Tochter, von der spreche ich! In all den Jahren dachte ich, ich könnte sie vor Schurken wie mir schützen, und dann schleicht sie sich aus dem Kloster, um mit einem hergelaufenen, französischen Schlingel eine Romanze zu beginnen! Es ist noch ein Glück, daß dieser Lump sie nicht verführt hat! Soviel zu meinen Sorgen, sie könnte zu sehr eine Dame geworden sein, um sich für dieses wilde, gefährliche Colorado zu begeistern, für diese verdammte Mine, dieses Bergwerk, das ich Rainbow's End getauft habe, und für ihren rauhen alten Dad und seine bunt zusammengewürfelten Partner. Jetzt weiß ich, daß Jossie noch so süß und verhätschelt sein mag, aber sie ist doch ein Apfel, der nicht weit vom Stamm gefallen ist. Sie hat das gute, kräftige, bodenständige irische Blut ihres alten Dads in den Adern, und dafür danke ich Gott – obwohl es sie ja tatsächlich fast vom rechten Pfad abgebracht hat! Da mag zwar jemand aus jedem gottverdammten Buch, das je geschrieben worden ist, alles auswendig aufsagen können, aber was auf der Welt am meisten zählt, ist Kraft und Entschlossenheit und gesunder Menschenverstand. Ich wette, daß Jossie aus ihrer Dummheit gelernt hat und daß sie ihr Herz ein zweites Mal nicht so leicht verschenkt.«

»Nachdem ihr alter Dad ihr die Wahl bereits abgenommen hat?« erkundigte sich Nell gereizt. Dann sprudelte sie gequält hervor: »Oh, Red! Wie konntest du das nur tun! Du weißt doch selbst, daß entweder Durango oder Wylie ein Saboteur und möglicherweise sogar ein Mörder ist? Gütiger Gott! Sie könnten sogar gemeinsam unter einer Decke stekken!«

»Nein, Nellie, ich weiß es eben nicht mit Sicherheit – bei keinem von beiden. Ich habe nur einen Verdacht, mehr nicht, obwohl ich in den Knochen fühle, daß ich damit richtig liege. Meiner Meinung nach ist es kein Zufall, daß all diese verdammten Unfälle eingetreten sind, nachdem ich Durango, Wylie und Forbes gegenüber erwähnt habe, daß wir bald auf eine Hauptader stoßen... und als dann noch Forbes in den Schacht gestürzt ist... Er hat ja weiß Gott zuviel getrunken und konnte es nicht vertragen, aber es besteht ja auch die Möglichkeit, daß jemand mit einem Stoß nachgeholfen hat. Dafür ist sogar Victoria stark genug, und sie und Wylie haben immer wie Pech und Schwefel zusammengehalten. Ich glaube, daß sie sich schon immer anderweitig umgesehen hat, sogar, als Forbes noch am Leben war; schließlich war sie vierzig Jahre jünger als er. Die alten Narren sind bekanntlich die größten, und Forbes war verflucht starrköpfig. Er hätte keinem Glauben geschenkt.«

»Aber... aber wenn du wirklich meinst, daß jemand bei den Unfällen nachgeholfen hat, *warum* hast du Patrick dann dieses abscheuliche Testament aufsetzen lassen?« hakte Nell nach und biß sich besorgt auf die Lippen. »Damit bringst du Josselyn zwangsläufig in Gefahr...«

»Red keinen Blödsinn, Nellie!« Reds Stimme bebte. »Glaubst du im Ernst, für ein paar lausige Goldnuggets brächte ich meine eigene Tochter in Gefahr? Wie ein Schutzengel werde ich über sie wachen. Weder Durango noch Wylie werden ihr auch nur ein Haar von ihrem wunderbaren Rotschopf krümmen, oder es wird ihm teuer zu stehen kommen. Ich bin noch nicht so alt, daß ich nicht mit jedem von diesen beiden jungen Halunken den Boden auffegen könnte.« Er schwieg einen Moment lang. Dann fuhr er fort.

»Glaub es mir, Nellie! Nach Jossies letztem Brief war ich verzweifelt! Sie wollte Nonne werden – *Nonne*, um Gottes willen! Und dabei weiß sie – trotz all ihrer Bildung – so wenig über die Welt, so wenig über das *Leben*! Und wie könnte sie auch etwas wissen, wenn sie nie die Gelegenheit hatte, etwas kennenzulernen, weil ich sie wegen meiner dummen Ängste entmutigt hatte, zu mir nach Colorado zu kommen? Irgendwie mußte ich das wieder gutmachen, verstehst du das denn nicht? Durch mein Testament war sie gezwungen, nach Central City zu kommen; das Jahr, das ich ihr in meiner Testamentsklausel eingeräumt habe, damit sie ihre Entscheidung fällt, zwingt sie zu bleiben. Wenn sie sich erst einmal umgeschaut hat und sieht, was die Welt und das Leben zu bieten haben, wird sie nicht ins Kloster zurückgehen. Sie ist nicht berufen, sonst hätte sie sich nicht fortgeschlichen, um diesen verfluchten französischen Schurken zu treffen! – Etwas anderes kannst du auch nicht behaupten, Nellie, und du bist so katholisch wie ich. Zweifellos hat nur ihr gebrochenes Herz sie dazu gebracht, die letzten Gelübde ablegen zu wollen – weshalb hätte ich sonst bis zu ihrem letzten Brief nie etwas davon gehört, und warum hat sie mir keine guten Gründe dafür genannt? Sie wußte ja nicht, daß die Ehrwürdige Mutter Maire mir bereits die Wahrheit geschrieben hatte! Was ist? Kannst du mir das erklären, Nellie?«

»Tja, vielleicht hast du recht«, stimmte sie ihm schließlich zu. »Aber selbst wenn, gefällt es mir nicht, daß du dieses Wirrwarr noch mehr verknotet hast. Was ist, wenn Josselyn Durango oder Wylie tatsächlich *heiratet*, um Gottes willen?«

»Ehe es dazu kommt, muß das Aufgebot bestellt werden, und dann erstehe ich aus dem Grabe auf, Nellie, mein Liebling, und dann werde ich in Erfahrung bringen, was der Schurke wirklich haben will, meine Anteile am Rainbow's End oder meine Tochter. Verstehst du, meine Süße, die Formulierung des Testaments war nur eine List, mit der ich den ködern will, der am Kartentisch betrügt; denn jetzt habe ich den Einsatz erhöht, verstehst du nicht? Ich habe Jossie als Zusatzkarte ins Spiel gebracht, eine unberechenbare Größe, jemand, der das Gleichgewicht der Kräfte in jede Richtung verschieben kann. Es hängt davon ab, wer was ist und wie der Wind weht. Aber mach dir keine Sorgen um meine Tochter, Nellie. Ihr wird nichts zustoßen. Jossie ist schließlich mein eigenes Fleisch und Blut, und ich habe sie sehr lieb. Ich täte nie etwas, das ihr schaden könnte; das weißt du doch. Hier wird sie sicherer sein, als sie es im Kloster war; denn schließlich kenne ich diese beiden Halunken, Durango und Wylie, und mit ihresgleichen kann ich umgehen. Und ich bin einer der gerissensten Iren, die je aus der alten Heimat rübergekommen sind. Verstehst du denn nicht? Durch die Klauseln in meinem Testament ist Jossie, was den Besitz der Goldmine angeht, nichts wert, es sei denn, sie bleibt am

Leben und heiratet. Es ist ja nicht so, als würde sie ohne jede Vorwarnung weggeschleppt, Nellie, mein Liebling, und zu einer Heirat überredet. Weder Durango noch Wylie werden so dumm sein, Jossie in Verruf zu bringen, denn sie kennen sie nicht und wissen nicht, ob sie nicht doch ins Kloster zurückkehrt und ihnen obendrein noch das Gesetz auf den Hals hetzt, statt sie zu heiraten. Wenn jemand den Knoten zuziehen will, dann muß er es also rechtmäßig tun; und selbst wenn es Durango oder Wylie irgendwie gelingt, sie zu heiraten, dann sag mir, warum ein Mann seine eigene wunderschöne Frau umbringen sollte, wenn ihre Anteile am Rainbow's End bereits am Hochzeitstag an ihn gefallen sind?

Und außerdem, merk dir das gut, wird sie sich so schnell nicht entscheiden, Durango oder Wylie zu heiraten, weil sie sich schon einmal die Finger verbrannt hat. Im Moment ist sie zweifellos wie ein Kanarienvogel, der plötzlich feststellt, daß die Käfigtür weit offensteht. Sie wird ihre Flügel ausbreiten und sie ausprobieren; und ich wette, daß sie Durango und Wylie in all der Zeit Jagd machen läßt, wobei jeder von beiden versuchen wird, den anderen zu übertrumpfen – und beide, um gar nicht erst von Victoria zu sprechen, werden sich furchtbar anstrengen, Nellie, ich freue mich jetzt schon darauf!« Red lachte schallend über diese Aussicht. Nach einem Moment wurde er wieder nüchtern und redete weiter.

»Und wenn der Richtige von den beiden Jossie tatsächlich für sich einnimmt, dann wäre das doch gar nicht so übel, oder? Ein halsstarriges Fohlen braucht einen besonders starken Reiter auf dem Sattel, und wenn Durango oder Wylie auch Schwächen haben, dann kannst du sicher sein, daß es keine von dieser Sorte sind! Wenigstens wird sie ihr Leben nicht in einem Kloster vergeuden – und darüber bin ich wirklich froh, wenn ich auch so gottesfürchtig wie jeder andere Ire bin und größten Respekt vor den braven Schwestern habe.«

»Also, zumindest ist das ein origineller Weg, Josselyn einen Ehemann zu angeln, das muß ich dir lassen, Red.« Trotz seiner Versicherungen war Nells Gesicht immer noch besorgt. »Ich weiß, wie schwer es für dich ist, mein Liebster. Ich weiß, daß du in Durango und sogar in Wylie die Söhne gesehen hast, die du nie hattest. Die Vorstellung, daß einer von ihnen sich gegen dich gewandt hat, sich soweit erniedrigt hat, Sabotageakte und vielleicht sogar einen Mord zu begehen… Es ist einfach zu schwer und zu schmerzlich!« Sie unterbrach sich und schüttelte mißbilligend den Kopf. Dann fuhr sie fort.

»Ich weiß nicht, welchen du am meisten verdächtigst, welchen du von deinem Gefühl her für unschuldig hältst, welchen du dir, wäre die Lage anders, als Mann für Josselyn wünschen würdest. Aber ich muß dir leider sagen, wenn du gehofft hast, aus ihr und Wylie könnte ein schönes Paar werden, hast du eine entscheidende Kleinigkeit übersehen. Wylie ist kein Katholik, und schon allein aus diesem Grund wird Josselyn ihn selbst dann nicht heiraten, wenn sie sich in ihn verliebt. Wenn du jedoch dachtest, daß Durangos Glaube ihm ein gutes Blatt in die Hand gibt, dann muß ich dich warnen. Auch darauf kann man sich nicht verlassen, denn er ist schon lange ein Sünder…«

»Nun, meine Tochter ist ihr Gewicht in Gold wert, und wenn sie auch nur halbwegs die Männer sind, für die ich sie halte, werden sie sich alle beide schon bald die Pine Street runterschleppen, Wylie, um sich von Vater Flanagan in den Katechismus einweisen zu lassen, und Durango, um dem Verein wieder beizutreten«, bemerkte Red trocken. Dann fragte er brüsk: »Sag mir, war es denn Wylie, den Jossie heute nachmittag in Patricks Büro am nettesten angeschaut hat?« Als er sah, wie Nellie die Wimpern niederschlug, um ihre goldenen Augen zu verbergen, grinste er, bog ihr Gesicht zu sich hoch und küßte sie schnell auf den Mund. »Ach, Nellie«, seufzte er, »ich kenne dich so gut, daß du mich nicht belügen kannst, und das weißt du selbst. Gestehe, es *war* Wylie, den sie vorzieht, nicht wahr?«

»Ich kann es nicht leugnen«, gab sie widerstrebend zu, denn sie wußte, daß Durango immer Reds Liebling gewesen war, »aber, gütiger Himmel, Red, wenn du gesehen hättest, wie sich Durango heute benommen hat, wärest du auch entsetzt gewesen. Mit seinem Benehmen hätte er selbst die Geduld eines Heiligen auf eine harte Probe gestellt! Offen gesagt, überrascht es mich nur, daß er und Wylie keine Schlägerei angefangen haben!«

»Dann war Durango so wütend über mein Testament, daß er Nägel spuckte? Und Wylie hatte eine Biene in seiner Melone?« Reds grüne Augen funkelten fröhlich.

»Ich muß beide Fragen mit ja beantworten.«

»Großartig! Dann gehen sie einander eher an die Gurgel, als ich gehofft hatte, und wir wissen endlich bescheid! Dann bist du also sicher, Nellie, daß keiner die leiseste Ahnung hat, daß ich derjenige war, der das Rainbow's End gesprengt und die Kammern versiegelt hat, damit die Hauptader sicher ist, bis wir hinter die Wahrheit dieser traurigen Geschichte kommen?«

»Es war ihnen nichts davon anzumerken«, berichtete sie, »und wie sollte es auch? Nach allem, was sie wissen, bist du als unglückliches Opfer eines unbekannten Saboteurs unter einem Trümmerhaufen begraben.«

»Tja, was sie wissen und was sie durchscheinen lassen,

sind zwei völlig verschiedene Dinge. Sie sind schlimmer als ein Rudel von Wölfen auf der Jagd, und Durango läßt sich noch weniger als Wylie von irgend jemandem zum Narren halten. Er hat mir heute diesen Vierteldollar zugeworfen, damit er mich genau anschauen kann, als ich ihnen direkt unter der Nase rumgelaufen bin, weil ich sehen wollte, ob einer von ihnen gescheit genug ist, die Fährte zu wittern! Nehmen wir für den Moment trotzdem an, daß du recht hast.« Red rieb sich in seiner Vorfreude fröhlich die Hände. »Das heißt, daß ich mich in meiner Verkleidung frei bewegen kann, ihnen allen nachspionieren kann, genauso, wie wir es ursprünglich geplant hatten. Ach, heute haben wir einem alten toten Baumstumpf einen schnellen, festen Tritt verpaßt, Nellie, mein Liebling! Jetzt haben wir nichts weiter zu tun, als uns zurückzulehnen und zu warten, bis der Schuldige aus dem Moder hervorkriechen wird! Und jetzt wollen wir uns einen erfreulichen Zeitvertreib ausdenken, was sagst du, mein Liebling? Sei ein braves Mädchen, und gib mir einen Kuß, ja? Ich verspreche dir, daß alles gut ausgehen wird.«

»Das hoffe ich, Red. Das hoffe ich wirklich«, erwiderte sie aus tiefstem Herzen. Dann seufzte sie kläglich und sagte: »Wenn ich doch nur sicher wäre, daß wirklich nichts passiert. Auch die beste Planung kann daneben gehen.«

5

In den Tagen, die auf jenen gräßlichen Nachmittag in Killians Kanzlei folgten, blieb Josselyn in der Pension in der Roworth Street und hatte so große Angst vor weiteren, unangenehmen Verwicklungen, daß sie es vorzog, die wohltuende Sicherheit des Hauses nicht zu verlassen. Sie vertrödelte die Zeit damit, Miss Hattie, Zeb und die anderen Logiergäste besser kennenzulernen; sie schaute aus dem Fenster auf das Treiben in den Straßen unter ihr und versuchte, sich zu orientieren und sich einzugewöhnen; ab und zu bekam sie kurz Wylie Gresham oder Durango de Navarre zu sehen; sie dachte viel über Dads beunruhigendes Testament und ihre eigene Zukunft nach und darüber, ob Gott sie zur Nonne oder zur Ehefrau bestimmt hatte; sie las ihre Bibel und betete und schrieb ausgiebig an die Ehrwürdige Mutter Maire, berichtete ihr von allem, was geschehen war, und bat sie um ihren Rat. Genau das war es schließlich, was Josselyn zwang, sich endlich aus Miss Hatties Haus zu wagen, zumindest bis an die Kreuzung der Eureka mit der Pine Street, denn dort war das Postamt; ohne Briefmarke konnte sie den Brief nicht aufgeben. Als sie aus dem Postamt kam, stieß sie buchstäblich mit Wylie Gresham zusammen. Während sie das Kleingeld in ihrer Handtasche verstaute, sah Josselyn nicht, wie er das Gebäude betrat, und sie prallte gegen ihn, ihre Handtasche fiel hin, und ihr Inhalt verteilte sich über den ganzen Fußboden.

»Oh, nein!« rief sie und ließ sich auf alle viere sinken, um rasch das Geld einzusammeln, denn sie wußte, wie sorgsam sie es hüten mußte, wenn sie nicht mittellos dastehen wollte; Killian hatte sie gewarnt. Bis das Rainbow's End wieder bearbeitet werden konnte, hatte sie, wenn überhaupt, nur mit wenig Einkommen aus der Goldmine zu rechnen.

»Es tut mir furchtbar leid, Ma'am«, sagte Gresham, als er sich galant hinkniete, um ihr zu helfen. »Es war ganz und gar meine Schuld – das sind ja Sie, Miss O'Rourke. Was für eine erfreuliche Überraschung.« Er zog schwungvoll seine

Melone und sah bei seinem Kniefall so rührend komisch aus, daß sie wider Willen lächelte und sich freute, ihn wiederzusehen. Sie überlegte sich, daß er als Freund und Verbündeter in der Schlacht um das Rainbow's End als Einziger in Betracht kam, hatte aber noch nicht entschieden, wie sie in dieser Angelegenheit vorgehen sollte.

»Oh, Mr. Gresham...«

»Nennen Sie mich doch bitte Wylie, Ma'am«, beharrte er, und seine grauen Augen zwinkerten ihr zu. »Mr. Gresham klingt so förmlich. Außerdem nennen mich alle meine Freunde Wylie, und ich hoffe doch sehr, daß wir uns anfreunden werden, trotz des peinlichen Testaments, das Ihr Vater hinterlassen hat. Zweifellos hat er gedacht, er könnte uns allen damit einen Streich spielen«, bemerkte er, und sein unbeschwerter Tonfall nahm seinen Worten jeden Groll. »Red hat so furchtbar gern gelacht.«

»Ja, ja, wirklich«, stimmte Josselyn ihm zu, und ihr Herz schmerzte bei der Erinnerung. »Seine Briefe waren immer voller Scherze und lustiger Beschreibungen: Menschen, die er kannte, und Vorfälle, die sich hier in Central City ereignet haben...« Tränen erstickten ihre Stimme.

»Sie vermissen ihn sehr, nicht wahr?« Wylies Stimme war freundlich, während er so tat, als bemerke er nicht, wie ihre Augen plötzlich überliefen und wie sie in der Tasche ihrer Novizinnentracht nach ihrem Taschentuch suchte.

»Ja, ich vermisse ihn... das heißt, ich vermisse seine Briefe. Ich habe Dad nicht mehr gesehen, seit ich ins Kloster eingetreten bin und er nach Colorado ging. Ich hatte immer wieder gehofft, ...ich könnte eines Tages wieder zu ihm kommen, hierher, nach Central City. Aber irgendwie schien es nie zu... zu klappen, und jetzt ist es... zu spät...« Sie unterbrach sich abrupt und wandte den Kopf ab, bis sie ihre

Gefühle unter Kontrolle hatte, während Wylie respektvoll schwieg.

Nach einem Moment schaute er dann auf den Fußboden und richtete forsch das Wort an sie.

»Also, ich glaube, wir haben alles gefunden.« Er reichte ihr ihre Handtasche und half ihr auf die Füße. »Ich hoffe, es ist sonst nichts passiert?« erkundigte er sich, als sie sich die Tracht glattstrich.

»Nein, nicht.« Josselyn schüttelte den Kopf.

»Wissen Sie, Miss O'Rourke...«

»Josselyn. Bitte. Das scheint mir nur fair, wenn ich Sie Wylie nennen soll, und bis ich Mister Killian – Patrick – kennengelernt habe, hat mich niemand Miss O'Rourke genannt. Um die Wahrheit zu sagen, es klingt so fremd, daß ich... daß ich kaum merke, daß ich gemeint bin.«

»Also, gut... Josselyn.« Wylie lächelte sie gewinnend an, als er die Umschläge, die er in der Hand hielt, in den Briefkastenschlitz warf und sie ins Freie begleitete, mit ihr durch die Eureka Street lief und schließlich direkt vor seinem Geschäft stehenblieb. »Was ich sagen wollte, ist, daß ich aus eigener Erfahrung weiß, wie schmerzlich es ist, einen geliebten Menschen zu verlieren. Vielleicht wissen Sie, daß ich im Bürgerkrieg meine ganze Familie verloren habe?«

»Ja, Dad hat es in einem seiner Briefe erwähnt.«

»Tja, also, ich war... damals erst siebzehn und, wie Sie sich vorstellen können, war es ein... sehr harter Schlag für mich. Jedenfalls, was ich zu sagen versuche, ist folgendes: Manchmal hilft es, seinen Kummer mit einem anderen Menschen zu teilen. Wenn Sie also feststellen sollten, daß Sie gern mit jemandem über Red reden würden, dann wäre es mir eine Ehre, Ihnen zuzuhören, und ich würde Ihnen nur zu gern alles mögliche über ihn erzählen.«

»Das ist ja furchtbar nett von Ihnen, Wylie«, äußerte Josselyn gerührt, »und es gibt tatsächlich eine ganze Menge Dinge, die ich gern über… über Dad wüßte… wie er gelebt hat, wohin er gegangen ist, was er gern getan hat… er hat eigentlich in seinen Briefen so wenig über sich selbst geschrieben.«

»Es würde mir Freude machen, Ihnen Central City und die Städte in der Umgebung zu zeigen, wie Ihr Vater sie gekannt hat, Josselyn, und all Ihre Fragen über ihn zu beantworten. Wäre es Ihnen morgen zu früh? Was hielten Sie davon, wenn ich Sie um die Mittagszeit in Miss Hatties Pension abhole? Wir könnten zusammen zu Mittag essen und uns besser kennenlernen. Dann fahre ich Sie durch die Gegend.«

»Also, das… das klingt ja wunderbar, Wylie.« Sie errötete vor Verlegenheit, schlug schüchtern die Augen nieder, und ihr Herz schlug schnell. »Dann… dann freue ich mich schon darauf, Sie zu sehen.«

»Ich mich auch.«

Josselyn wurde noch verlegener, als er sie mit freundlichen Augen betrachtete, und daher eilte sie so nervös und aufgekratzt wie ein Schulmädchen davon, als ihr klar wurde, daß Wylie Gresham sie tatsächlich abholen und mit ihr in seinem Einspänner ausfahren würde. Gewiß war das eine Sünde, dachte sie und fühlte sich unangenehm an Antoine erinnert. Wie konnte sie nur so etwas tun und noch dazu so kurz nach Dads Tod! Und doch schienen ihre Füße Flügel zu haben, als sie durch die Eureka Street lief.

Sie war so tief in ihre Träumereien versunken, daß sie den zerlumpten Goldgräber nicht wahrnahm, der ihr in einem gewissen Abstand unauffällig folgte, aber auch nicht den großen, dunklen Mann, der gerade sie und Wylie von der

Tür des Mother Lode Saloon aus gesehen hatte und der zur Kreuzung geschlendert war, um sie zu beobachten. Doch sowohl Red O'Rourke als auch Durango de Navarre behielten die junge Frau in der Novizinnentracht scharf im Auge, als sie sich jetzt von Wylie trennte.

Als er seine Tochter ansah, mußte Red sich sehr zusammennehmen, nicht laut herauszulachen, denn er hatte gerade Wylies Eröffnungszug im Postamt mitangesehen – es war keineswegs das zufällige Zusammentreffen gewesen, für das Josselyn es gehalten hatte. Da Wylie zu gerissen und geschickt war, direkt an sie heranzutreten, hatte er in den letzten Tagen mit dem Opernglas in der Hand hinter den Schaufenstern seines Geschäfts gestanden und die Straßen von Central City nach einem Zeichen von ihr abgesucht. Als er beobachtete, wie Josselyn sich auf den Weg zum Postamt machte, hatte er sich eilig einen Packen Post geschnappt, der auf seiner Ladentheke lag, und gerade noch rechtzeitig sein Geschäft verlassen können, um sie geschickt abzufangen, als sie gerade aus dem Postamt kam.

Die arme Jossie, dachte Red jetzt; er schüttelte den Kopf und seufzte. Trotz all seiner Hoffnungen, sie hätte aus ihrer Begegnung mit diesem skrupellosen Franzosen etwas gelernt, schien es jetzt, als hätte Nell doch recht. Seine Tochter war ein Unschuldslamm, zu leichtgläubig und zu vertrauensselig, um auch nur den Verdacht zu schöpfen, Wylie hätte es geschickt eingefädelt, ihr im Postamt über den Weg zu laufen. Es war nur gut, dachte Red, daß er sie im Auge behielt, während sie ihre Flügel ausbreitete und zu fliegen versuchte.

Von der Türöffnung aus, in die er sich geflüchtet hatte, um nicht von seiner Tochter gesehen zu werden, beobachtete er sie weiterhin, wie sie über die Straße lief. Er kniff die Augen argwöhnisch zusammen, als er Durango zu der Kreuzung stolzieren sah, und bemerkte, wie sein Blick auf Josselyns schlanker Gestalt ruhte.

Durango machte Red noch nervöser als Wylie, denn während Red Wylies Logik leicht durchschauen konnte, war Durango undurchschaubar. Wylie besaß einen scharfen Verstand; das ließ sich nicht abstreiten. Aber Wylie war auch geneigt, sich für klüger als alle anderen zu halten, und diese Überheblichkeit ließ ihn Fehler begehen. Red hatte schon immer geglaubt, Durango sei intelligenter und gerissener – und gefährlicher, weil er so undurchschaubar war. Er ließ sich so wenig wie möglich in die Karten schauen, unterschätzte seinen Gegenspieler nie und konnte, wenn es nötig war, außerordentlich gelassen bluffen.

Mit einer Belustigung, die einen oft in die Raserei treiben konnte, nahm er Wylies Spott hin, hätte aber einen anderen Mann wegen genau denselben Beleidigungen erschossen – und nicht immer auf die feinste Art. Red erinnerte sich an einen Zwischenfall in den frühen Jahren, als er, Forbes, Durango und Wylie in ihrer Goldmine einen Kerl überrascht hatten, der sich dort bereichern wollte. Forbes und Wylie waren so erbost gewesen, daß sie den Mann hängen wollten. Doch ehe diese Tat ausgeführt werden konnte, hatte Durango sich schlicht und einfach die erstbeste Schrotflinte geschnappt, dem Räuber das Hinterteil mit Schrot vollgepumpt und ihn mit einem Tritt aus der Mine befördert. Red grinste immer noch, wenn er daran dachte, wie der Mann Hals über Kopf den Hügel hinuntergerollt war und bei jeder Erhebung und jedem Spalt auf dem Weg vor Schmerz aufgeheult hatte. Er war in der Schlucht am Fuß des Hanges gelandet und so schnell wie möglich weggehumpelt und hatte sich dabei sein schmerzendes Hinterteil gehalten.

»Genau das dachte ich mir«, hatte Durango unverschämt bemerkt, als sie alle mit angesehen hatten, wie der Räuber türmte. »Nur eine freche Schnauze und absolut kein Schneid. Es ist zwecklos, an den einen guten Strick zu vergeuden.«

Gegen solche Argumente ließ sich wenig einwenden, hatte Red damals belustigt gedacht.

Wenn er Nell auch noch so oft das Gegenteil versichert hatte, war Red jetzt gezwungen, sich einzugestehen, daß er nicht ganz so sicher war, wie seine Intrige ausgehen würde. Denn wenn Josselyn zwischen den Spielkarten, die er gemischt und ausgegeben hatte, die unbekannte Größe war, dann hatte er das Gefühl, daß Durango der Betrüger war, dem man jederzeit zutrauen konnte, ein oder zwei Asse im Ärmel versteckt zu halten.

Nach jenem Nachmittag in Killians Kanzlei war Durango in den Mother Lode Saloon zurückgekehrt und war von da an beharrlich dort geblieben. Er hatte getrunken, gespielt und gehurt, als sei nichts Ungewöhnliches vorgefallen – wenn er seinen üblichen Aktivitäten auch mit einer seltenen Besessenheit nachgegangen war, wie ein Mann, der bemüht ist, all seine Sorgen zu vergessen. Im Gegensatz zu Wylie hatte Durango anscheinend keine Minute damit vergeudet, sich auf die Suche nach Josselyn zu begeben. Daß er vor dem Saloon gestanden hatte, als sie und Wylie an der Kreuzung vorbeigekommen waren, war bloßer Zufall; Durango hatte einen berauschten Goldgräber vor die Tür gesetzt.

Dennoch hatte es Red gefreut zu sehen, daß Durango nicht in den Saloon zurückgekehrt war, nachdem er Josselyn mit Wylie gesehen hatte, sondern zur Straßenkreuzung gelaufen war, an der er jetzt noch stand und ihr nachblickte.

Es war das erste Mal seit jenem Nachmittag in Killians

Kanzlei, daß er sie sah. Durango fragte sich, wo sie wohl ihre Zeit verbracht hatte. Vermutlich in einer Kirche, um zu Gott zu beten, er möge sie aus der üblen Lage befreien, in die sie das absurde Testament ihres Vaters gebracht hatte, sagte er sich.

Was zur Hölle hatte sich Red bloß dabei gedacht, ein derart perverses Dokument zu verfassen? Er kam nur auf zwei Antworten: Erstens, daß Red ernstlich geglaubt hatte, seine Tochter vergeude als Nonne ihr Leben, und daß er auf diese unorthodoxe Art einen Mann für sie finden wollte; zweitens, daß Red es bewußt darauf abgesehen hatte, daß seine drei Partner, insbesondere Durango und Wylie, einander an die Kehle gingen. Red war ein wüsterer Kerl gewesen als die meisten, die Durango je begegnet waren. Und doch hatte sein Wahnsinn immer Methode gehabt. Falls sich also die zweite Theorie bewahrheitete, war Red vermutlich der Saboteur und hatte vielleicht sogar Forbes getötet, darauf hoffend, das Rainbow's End ganz an sich bringen. Durango fiel es schwer, Red das zuzutrauen. Und doch plagten ihn Zweifel. Das Gold konnte brave Männer zu Bösewichten werden lassen, und Red war sicher gewesen, daß sie kurz davorstanden, im Rainbow's End auf eine Hauptader zu stoßen. Es war durchaus möglich, daß er die Sprengladungen angezündet hatte, die die Stollen und Kammern des Bergwerks versiegelt hatten, und daß er seinen eigenen Tod inszeniert hatte, um hinter den Kulissen in Ruhe seine schmutzigen Pläne weiterverfolgen zu können. Falls das zutraf, steckte Miss Josselyn O'Rourke entweder mit ihrem Vater unter einer Decke und war die beste Schauspielerin, die Durango je auf einer Bühne oder im Leben gesehen hatte, oder sie war nichts als ein unschuldiges Werkzeug in der hinterlistigen Intrige, die Red ersonnen hatte.

So oder so war es erforderlich, daß er sie wesentlich besser kennenlernte. Seine schwarzen Augen zogen sich nachdenklich zusammen. Vielleicht war sie ebensowenig in einem Kloster aufgezogen worden wie er; sie alle, sogar Patrick, hatten schließlich nur Reds und Josselyns Wort darauf. Es war durchaus möglich, daß Miss O'Rourke die vergangenen Jahre in einem Opernhaus in Boston verbracht hatte – oder gar in einem Bordell, dachte Durango hämisch. Er hätte schwören können, daß ihr Auftritt in Killians Kanzlei echt gewesen war; aber jetzt kamen ihm Zweifel, ob nicht doch alles eine Spur zu übertrieben gewesen war, zu unglaubwürdig. Diese dichten schwarzen Wimpern, hinter denen ihre Augen sittsam verborgen waren, hätten ja auch dazu dienen können, die Gedanken zu verbergen, die ihr bei dem Verlesen des Testaments durch den Kopf geschossen waren – genauso wie ihr Schleier und ihre Tracht bis auf ihr Gesicht alles verborgen hatten. Er wußte noch nicht einmal, welche Haarfarbe Josselyn eigentlich hatte. Sollte sie in Straßenkleidung vor die Tür treten, würde er sie vielleicht gar nicht erkennen. Sie könnte tatsächlich ihm, Wylie und Victoria nachspionieren – ohne daß es jemand merkte!

Bei diesem Gedanken fiel Durango plötzlich der Bettler wieder ein, der am Tag der Verlesung des Testaments vor Killians Kanzlei an Josselyn herangetreten war. Sein Verhalten hatte etwas Merkwürdiges an sich gehabt – das war Durango gleich aufgefallen. Und warum hatte Nell den Landstreicher so resolut vertrieben? Durango hatte dem Vagabunden nur einen Vierteldollar zugeworfen, um ihn sich genauer anzusehen. Irgendetwas an dem Mann hatte ihn beunruhigt. Als Durango jetzt den ganzen Zwischenfall noch einmal langsam vor seinen Augen ablaufen ließ, kam ihm ein Gedanke, den er als total absurd verworfen hätte, wenn es nicht schon so viele andere Unstimmigkeiten gäbe. Er wollte der Sache auf den Grund gehen, und das ließ sich nur erreichen, indem er sich bei Josselyn einschmeichelte. Sollte sich bewahrheiten, daß Red noch am Leben und seine Tochter seine Komplizin war, dann würde Durango ihr allerdings die Leine locker genug lassen und ihr auch genügend Zeit geben, um sich selbst damit zu erhängen.

Aber war war, wenn Red zwar am Leben war, aber auch Josselyn von ihm zum Narren gehalten wurde, ohne sich dessen bewußt zu sein, oder wenn er doch tot und sie seinem abscheulichen Testament auf Gedeih und Verderb ausgeliefert war? Das war der Wurm, der am Kerngehäuse des Apfels nagte und sich seit Victorias aufwiegelnden Worten an jenem Tag vor Killians Kanzlei in ihm wand. Immer wieder hatte er sich selbst gefressen, einen vollständigen Kreis gebildet, aber nur, um sich durch Teilung zu vermehren. Von Reds Anteilen am Rainbow's End einmal ganz abgesehen, wie hätte er zulassen können, daß Josselyn Wylie zum Opfer fiel, vor allem nach dem, was Victoria gesagt hatte? Reds Tochter, die Novizin, in Wylies Klauen, in Wylies *Bett*, um Gottes willen! In demselben Bett, das er mit Victoria teilte. Allein die Vorstellung, Wylie könnte Victoria treu sein, war vollkommen absurd; die Treue zählte ebensowenig zu seinen Tugenden wie zu den ihren. Aber was konnte Durango tun? Er war verdammt, was er auch tat! Wenn er Josselyn bat, ihn zu heiraten, wenn er sie vor Wylie warnte, würde sie mit Sicherheit glauben, daß er, Durango, lediglich auf ihr Erbe aus war, und sie würde seinen Antrag ablehnen und seine Warnung mißachten; wenn sie ihn heiratete, Red aber noch am Leben war und sie seine Komplizin, dann war er, Durango, mit Sicherheit der nächste, dem im Bergwerk ein tödlicher Unfall zustoßen würde. Seine eigenen Anteile am Rainbow's End würden an Josselyn fallen, und somit hätte Red die Hälfte der Anteile, denen je ein Viertel gegenüber stand, das Wylie und Victoria gehörte – denn war Blut nicht dicker als Wasser?

Was sich auch immer in diesem Packen Karten verbergen mochte – die Karten waren gemischt und ausgeteilt worden, und die Einsätze standen fest. Es versprach wirklich teuflisch zu werden. Dann entschied er grimmig, da es ganz so aussah, als hätte Wylie gerade seinen Einsatz geleistet, daß auch er besser seine Chips dazuwerfen sollte, wenn er sich an den Tisch setzen und in der Eröffnungsrunde mitspielen wollte. Dieser listige und gleichzeitig verführerische Gedanke bewegte ihn dazu, Josselyn zielstrebig durch die Eureka Street zu folgen.

6

»Warum gehen Sie nicht rein und probieren, ob es Ihnen paßt?« hörte Josselyn Durango leise in ihr Ohr murmeln und erschrak. Sie stand auf dem Bürgersteig vor dem Schaufenster eines Modegeschäfts und betrachtete das mit Sicherheit schönste Kleid, das sie in ihrem ganzen Leben gesehen hatte.

»Mr. de Navarre!« Eine Hand hob sich nervös an ihre Kehle, als fürchtete sie, er sei ein wildes Tier, das ihr die Halsschlagader aufreißen würde. »Sie haben mir einen riesigen Schrecken eingejagt. Ich... ich habe Sie nicht kommen sehen.«

»All meine Freunde – und sogar meine Feinde – nennen mich Durango, Schwester«, sagte er gedehnt, und seine schwarzen Augen glänzten. Seine Lippen verzogen sich zu der Andeutung eines Lächelns, als er sie betrachtete. »Nein, Sie haben mich nicht bemerkt. Sie waren so sehr in den Anblick dieses Kleides vertieft, daß ich eine Weile dachte, Ihre Füße hätten Wurzeln im Bürgersteig geschlagen! Trotzdem war es nicht meine Absicht, Sie zu erschrecken, und dafür entschuldige ich mich.«

Er drehte sich um, um das Kleid zu begucken, das ihre ganze Aufmerksamkeit auf sich gezogen hatte, und mit geübtem Auge stellte er sofort fest, daß es eine ausgezeichnete Nachahmung eines Modellkleides war, das ursprünglich von Worth stammte. Es war aus grüner Seide mit feinen Goldfäden und hatte riesige Puffärmel, war aber schulterfrei, und der gewagte herzförmige Ausschnitt, der irgendwo unter dem Brustbein endete, war mit Spitze eingefaßt; es hatte ein enges Mieder und einen schmalgeschnittenen Glockenrock. Dazu gab es passende grüne Spitzenhandschuhe, eine Handtasche und Schuhe. Einen Moment lang versuchte er, sich eine Nonne vorzustellen, die ein so ausgefallenes Kleid trug, doch es gelang ihm nicht, und er gab entmutigt auf. Doch dann fiel ihm Reds Beschreibung seiner verstorbenen Frau und entfernten Cousine Bluinse ein. Eine »rothaarige, grünäugige und weißhäutige keltische Hexe«, hatte Red sie genannt; und plötzlich schlich sich in Durangos Gedanken ein verführerisches Bild von Josselyn in dem grünen Kleid ein: Ihr rotes Haar – natürlich mußte es rot sein – türmte sich zu einer Masse von kunstvoll aufgesteckten Locken hoch, ihre schräggeschnittenen grünen Augen – ja, sie waren grün, so grün wie die Seide des Kleides – glühten geheimnisvoll, und ihre zarten weißen Schultern und ihre vollen, hohen Brüste schauten aus diesem sündhaft köstlichen Mieder hervor, quollen wie Schaum aus dem Meer. Er holte hörbar Luft.

Wie Judas vom Silber in Versuchung geführt wurde, kann eine Nonne vom Gold in Versuchung geführt werden... Victorias hämische Worte hallten in seinen Ohren und verspotteten ihn.

»Es sieht aus, als würde es perfekt an Ihnen sitzen. Warum gehen Sie nicht rein – und probieren es an«, schlug er Josselyn noch einmal vor, denn er war plötzlich neugierig, was sich unter ihrem Schleier und ihrer Tracht verbarg.

»Nein, das... das kann ich nicht.« Sie schüttelte bedauernd den Kopf. »Ich bin eine Nonne... jedenfalls beinahe. Es... es ist nicht für jemanden wie mich gedacht, und selbst wenn es so wäre, fürchte ich, der Preis würde sich als zu hoch erweisen.«

Vielleicht in mehr als einer Hinsicht, dachte Durango, doch er sprach die Worte nicht aus. Statt dessen fragte er beiläufig: »Soll ich aus alldem entnehmen, daß Sie sich entschieden haben, auf Ihre Erbansprüche zu verzichten und nach Boston ins Kloster zurückzukehren?«

Ein verwirrter, aber wachsamer Ausdruck trat in ihre Augen, und auch er war abrupt wieder auf der Hut. Vielleicht war sie ja ein verlorenes Lamm, aber ihre Instinkte waren durchaus geschärft, und diese Augen verrieten ihm, daß sie einen Wolf witterte – oder war sie selbst ein Wolf im Schafspelz? Er warf noch einen Blick auf das Kleid im Fenster. War sie in einem traumverlorenen Moment stehengeblieben, um sich auszumalen, wie hübsch sie aussehen könnte – oder stand sie dort, um sich ins Gedächtnis zu rufen, welch kostbaren Firlefanz sie sich kaufen würde, wenn sie und ihr Vater das Rainbow's End an sich gebracht und die Hauptader freigelegt hatten?

»Nein, ich... ich habe mich noch nicht entschlossen, nach Boston ins Kloster zurückzugehen«, antwortete sie. Ihre

Lider senkten sich, um ihre Gedanken vor Durango zu verbergen, und die Röte, die in ihre Wangen stieg, bewirkte, daß sie sich wie rote Rosen gegen ihre lilienweiße Haut absetzten, die so weich und zart wie Blütenblätter war. Ihr Rosenknospenmund öffnete sich ein wenig, und die üppige Unterlippe schien zu zittern, eine Blume, die seinen Blick anlockte. Er hatte sie bisher nicht wirklich beachtet, denn Reds Testament hatte ihn wie eine Tonne Erz getroffen, ihn bewußtlos geschlagen, ihn zur Raserei getrieben. Doch jetzt sah er sie an, und trotz ihrer Tracht war das, was ihm durch den Kopf ging, nicht sehr keusch. »Ein solcher Schritt... der mein ganzes Leben verändern würde... ich möchte keine leichtfertige Entscheidung treffen«, sagte sie.

Nein, sei behutsam, sei sehr behutsam, du reizender Engel oder du Hexe, denn ich habe mir auch noch keine Meinung über dich gebildet. Ein Mund wie der deine gehört nicht zu einer Nonne, küßt einen Mann und keinen Rosenkranz. Wenn ich eine Tochter wie dich gehabt hätte, hätte ich sie auch in ein Kloster gesperrt. Red, du Teufel! – Du wartest all diese Jahre, ehe du sie plötzlich auf mich und Wylie losläßt... und jetzt müssen wir uns fragen, ob sie ein kostbarer Schatz oder eine Falle ist. So oder so ist sie ihr Gewicht in Gold wert... das Gold vom Rainbow's End...

»Sie haben ein Jahr Zeit«, bemerkte Durango.

»Ja«, hauchte sie atemlos.

Seine Blicke lösten großes Unbehagen in Josselyn aus. So hatte Antoine sie angesehen, und zwei Flammen waren in seinen dunklen Augen aufgeflackert. Von Wylie hatte sie sich weniger bedroht gefühlt. Wylie, dachte sie, war ein Gentleman; sollte er niedere Gelüste hegen, dann machte er sich zumindest die Mühe, sie zu verbergen. Einer solchen Anstrengung unterzog sich Durango nicht. Er zeigte offen sein Begehren. Von dem unverschämten Blick, mit dem er sie taxierte, bis zu seiner provozierenden Haltung war er durch und durch männlich, ein geschlechtliches Wesen, ein Rohling, eine Bestie, ein Panther, der sich an sie heranpirschte, sie zwischen seine Klauen nahm und sich voller Vorfreude das Maul schleckte. Eine Mischung aus Furcht und perverser Erregung ließ sie erschauern, denn ihr gefiel nicht, daß sie sich ihm gegenüber als Opfer fühlte, und doch war sie wider Willen fasziniert. Ein Mann, der keine Skrupel gehabt hatte, Forbes Houghton in einen felsigen Schacht zu stoßen und ihren Vater in die Luft zu sprengen, würde nicht zulassen, daß sich ein unwissendes Mädchen, eine naive Novizin, zwischen ihn und die Goldmine stellte. Sie würde es trotzdem versuchen, dachte Josselyn; das war sie Dad schuldig.

Sie würde sich Zeit damit lassen, ihre letzten Gelübde abzulegen; auch in einem Jahr würde es das Kloster in Boston noch geben, falls sie so lange brauchen sollte, um diesen Schurken zu entlarven. Und vielleicht würde sie schließlich doch noch Wylie heiraten und nie mehr zurückgehen; im Grunde ihres Herzens wußte sie, daß sie nicht wirklich berufen war, und ihr war auch der Gedanke unerträglich, daß Nell Tierney sich von Dads Anteilen am Rainbow's End ein Theater baute, denn darauf spekulierte die hinterhältige Schauspielerin doch bestimmt. Dennoch war es ein großer Trost zu wissen, daß es das Kloster gab, daß es ihr Zuflucht bot, falls Josselyn in Bedrängnis geriet. Bis dahin war ihre Tracht ihr alleiniger Schutz. Widerstrebend riß sie sich von dem bezaubernden Kleid im Schaufenster los, das von dem kühnen Dekolleté bis hin zu den Handschuhen eine verwegene Herausforderung darstellte.

»Ich muß jetzt gehen.« Irgendwie ging ihr dieser Satz glatt

über die Lippen – Lügen war eine Sünde. Das Schuldbewußtsein, nicht die Wahrheit gesagt zu haben, ließ ihr Gesicht erröten und sie die Augen niederschlagen, und damit verriet sie sich. Zum ersten Mal seit Jahren waren ihre Tage nicht verplant; ihr stand vollkommen frei zu tun, was sie wollte – und deswegen fühlte sie sich hoffnungslos verloren. Ohne klare Ordnung machte sich sofort das Chaos breit, hatte ihr das die Ehrwürdige Mutter Maire nicht so oft gesagt? Dieses Chaos gähnte wie ein Abgrund vor ihr, dunkel und gefährlich; ein falscher Schritt, und sie würde in seine unergründliche, brodelnde Tiefe stürzen. Der langweilige Alltag hatte ihr Sicherheit geboten; das wußte sie jetzt, wo er tausend Meilen außerhalb ihrer Reichweite lag. »Auf Wiedersehen, Mr. de Navarre«, sagte Josselyn mit kühler Stimme, wenn auch unwillentlich ein leichtes Beben in ihrem Tonfall mitschwang.

Als ihm das schüchterne Lächeln wieder einfiel, mit dem sie Wylie bedacht hatte, hätte Durango sie gerne auf der Stelle gepackt und ihr Vernunft eingebleut, sie angefaucht, ganz gleich, ob sie nun eine Heilige oder eine Sünderin war. Er brannte darauf, ihr klarzumachen, daß hinter Wylies täuschend feinem Benehmen und elegantem Äußeren ein Mann lauerte, der so kalt wie Eis war, ein unbeständiger und abgestumpfter Kerl. Eine Nonne wäre sicher eine neue Erfahrung, ein Nervenkitzel, aber dieser Effekt würde sich schnell abnutzen; ein leicht zu eroberndes Mädchen konnte sein Interesse absolut nicht fesseln, warum also eins gegen ein anderes austauschen? Und doch sagte sich Durango mit geballten Fäusten wütend, daß es eigentlich nicht seiner Verantwortung oblag, sich um Reds Tochter zu kümmern, daß Red nicht das Recht hatte, sie in diesem Spiel als Einsatz zu benutzen, und daß Red das hätte wissen müssen. Wenn

Reds Testament nicht gewesen wäre, hätte Durango sie nur eines flüchtigen Blickes gewürdigt. Ihm gefiel sein Junggesellendasein, doch ihn ärgerte, daß sie Wylie vorzog. Durango hatte eigentlich mehr von ihr erwartet.

Er fragte sich, ob er Wylie seinen Verdacht, Red könne in Wirklichkeit noch am Leben sein, mitteilen sollte. Dann zuckte Durango mit den Achseln und entschied sich dagegen. Wylie würde ja doch nur glauben, daß er log, daß er versuchte, ihn bei Josselyn aus dem Rennen zu drängen und ihm somit Reds Anteile abzujagen. Außerdem war Wylie ein großer Junge; er konnte auf sich selbst aufpassen. Falls seine Tändelei mit Reds Tochter dazu führen sollte, daß Red unter irgendeinem Felsen herausgekrochen kam, um ihn zu töten, dann gab es eben einen Partner weniger, der einem Sorgen machte, einen Partner weniger, mit dem man die Gewinne teilen mußte. Das Leben war hart; wer klug war, nahm sich, was er kriegen konnte, ganz gleich, wie er es bekam – und Durango war immer klug gewesen.

»Auf Wiedersehen, Schwester.« Seine Stimme traf sie wie ein behutsamer Peitschenschlag, ein Stachel, der sie zu etwas antrieb, was sie instinktiv fürchtete – und sie spürte, daß eine verhängnisvolle Verstrickung des Schicksals sie in ihren Bann zog. Josselyn erschauerte bei dem Gedanken. Es kostete sie ihre ganze Willenskraft, Durango den Rücken zuzukehren und fortzugehen, statt vor ihm wegzurennen.

Sie sollte, schalt sich Josselyn streng, Wylies Gesellschaft nicht allzusehr genießen. Solange sie weiterhin ihre Tracht trug, um zu zeigen, daß es ihr bestimmt war, eine Braut Christi zu werden – und nicht die irgendeines Mannes –, sollte sie sich entsprechend benehmen. Und doch fiel es ihr schwer, diese Erkenntnis in Wylies Gesellschaft zu beherzigen. Er sah so gut aus und war so charmant, daß es ihr schwerfiel, sich nicht zu ihm hingezogen zu fühlen. Mit jedem Tag, der verging, keimten Gefühle und Sehnsüchte in ihr auf, die sie seit Antoine nicht mehr empfunden hatte. Es waren heftige Regungen, die sie für ausschweifend und verrucht hielt; es waren kostbare Träume, die sie erst vor kurzem zu dem schmerzlichen Entschluß geführt hatten, sie müsse ihrer für immer entsagen, aber jetzt, nachdem die Truhe ihrer Hoffnungen ein weiteres Mal geöffnet worden war, wagte sie es, sie herauszuheben, sie zu entfalten und sie liebevoll und sehnsüchtig zu betrachten. Ein eigenes Zuhause. Ein Ehemann. Kinder. All die Dinge, auf die eine Nonne verzichtete, um sich ganz in den Dienst Gottes zu stellen und seinen Willen und Seine Werke zu erfüllen. Als ihr diese Dinge so völlig außer Reichweite schienen, nachdem Antoine sie ihr so brutal entrissen und zertreten hatte, war ihr das Opfer nicht so groß erschienen. Doch jetzt, da sie wieder in verlockender Reichweite gerückt waren, wußte Josselyn, wie sehr sie sich all dies wünschte. Doch der Preis dafür waren Dads Anteile am Rainbow's End. War dieser Preis zu hoch? In einem verborgenen Winkel ihres Innern fing sie an zu glauben, er sei nicht zu hoch.

In den letzten Wochen hatte Wylie sie fast jeden zweiten Tag in der Pension abgeholt. Sie hatten bei Miss Hattie gefrühstückt. Sie hatten in dem kleinen Ausschank des Engländers John Best zu Mittag gegessen. Sie hatten im Teller House zu Abend gegessen, einem der elegantesten Hotels zwischen Chicago und San Francisco, und das trotz des Umstands, daß sich Central City vor der feierlichen Eröffnung des Hotels 1872 nur mit einem einzigen Hotel brüsten konnte, das überhaupt Matratzen bot; die übrigen Hotels der Stadt stellten nicht mehr als Strohsäcke zur Verfügung;

das weltberühmte Teller House war der Mittelpunkt aller geschäftlichen und gesellschaftlichen Aktivitäten in der Gegend; die High Society von Central City, die Elite von Colorado, die prominenten Männer und Frauen der Nation ... kaum ein Tag verging, an dem das Gästebuch des Hotels nicht die Unterschrift von Persönlichkeiten aus der ganzen Welt aufwies. Sogar Präsident Ulysses S. Grant hatte zweimal dort übernachtet, und einmal war er über massive Silberbarren im Wert von Tausenden von Dollars gelaufen, die man ihm zu Ehren von der Kutsche bis zu den Stufen des Hotels ausgelegt hatte, da Gold in dieser Gegend als zu gewöhnlich erachtet wurde, um ihm gerecht zu werden. All das und vieles andere hatte Wylie Josselyn erzählt – doch das Schmeichelhafteste von allem, was er gesagt hatte, war, sie sei in ihrer Novizinnentracht, die nur ein schlichtes Holzkreuz schmückte, schöner als die juwelenbehängten Damen im Foyer mit ihren Worth-Kleidern. Wie hatte ihr dieses Kompliment doch das Herz gewärmt, während sie gleichzeitig sehnsüchtig diese Gewänder und Schmuckstücke angeschaut hatte und sich vorgestellt hatte, selbst so etwas zu tragen.

In seinem schicken Zweispänner, den ein Paar von schlanken Grauen zog, hatte Wylie Josselyn Central City gezeigt und sie auf ein Gebäude nach dem anderen hingewiesen; er hatte ihr aber auch gezeigt, wo der neue Bahnhof von Central City stehen würde, und sie waren zu der Stelle gefahren, an der Tom Pollocks alter Mietstall stand, denn dort sollte in Kürze das erste Opernhaus von ganz Colorado errichtet werden, ein entscheidender weiterer Schritt vorwärts nach der Eröffnung des Teller House. Wylie hatte sie auch nach Black Hawk und nach Nevadaville gefahren. Auf ihren Ausfahrten hatte er sich zu Josselyns Freude als ein Erzähler gezeigt, der informativ und unterhaltsam zu berichten wußte, und er hatte sie in die Geschichte der Goldgräberstädte eingeführt und sie mit Anekdoten aus den frühen Jahren belustigt, als er, Durango, Forbes und ihr Vater das Gold aus dem Schlamm geschaufelt hatten, um materiell Boden unter den Füßen zu bekommen.

»Das ist ein interessantes Gebäude«, hatte er auf einem ihrer Ausflüge bemerkt und auf ein Häuschen im gotischen Stil gleich an der Country Road gewiesen, »Sheriff Billy Cozens Haus. Wissen Sie, es gibt eine alte Geschichte, wie der Sheriff eines Nachts, ehe der Bezirk Gilpin ein Gefängnis hatte, zwei Gefangene mit zu sich nach Hause genommen hat, damit sie nicht entfliehen, und er soll sie an seinen Bettpfosten gekettet haben, um sie in sicherem Gewahrsam zu halten – obwohl seine Frau zu dem Zeitpunkt krank im Bett lag!«

»O Wylie«, hatte Josselyn lächelnd gesagt, »Sie scherzen!«

»Keineswegs«, hatte er beharrt, und dann hatte er sie auf eine Art und Weise angesehen, die ihr Herz schneller schlagen ließ, und sie hatte die Augen schüchtern auf ihre Hände niedergeschlagen, die sie züchtig im Schoß gefaltet hatte, und er hatte weitergeredet. »Tatsächlich ist eine andere Geschichte im Umlauf, in der behauptet wird, in Wirklichkeit sei es die Hochzeitsnacht des Sheriffs gewesen.« Er hatte einen Moment lang bedeutsam geschwiegen. Dann hatte die Verwirrung auf ihrem Gesicht ihn davon überzeugt, daß er Fortschritte in der gewünschten Richtung machte, und Wylie hatte den Pferden zugeschnalzt und war weitergefahren.

Es gab jedoch einen Ort, an den er sie nicht mitnehmen wollte, und er hatte sich stets höflich und liebenswürdig,

aber doch bestimmt geweigert, ihr diesen Gefallen zu tun –
das Rainbow's End. Wie viele andere Goldbergwerke war es
ein rauher, gefährlicher Ort, hatte er erklärt, in dem eine
Schar von rauhen, harten Männern arbeitete, und eine
Dame hätte dort nichts zu suchen. Josselyn hatte das verstanden und war doch außerordentlich enttäuscht gewesen.
Sie hatte sich allzusehr gewünscht, das Rainbow's End zu
sehen, die Goldmine, die ihr in mehr als einer Hinsicht ihren
Vater genommen hatte. Wenn sie dahinterkommen wollte,
wer Dads Mörder war, war es absolut notwendig, daß sie
soviel wie möglich über das Rainbow's End in Erfahrung
brachte, aber auch über alle, die etwas mit dem Bergwerk zu
tun hatten. Schließlich hatte sie keine anderen Anhalts-
punkte als Dads Verdacht, einer seiner Partner sei ein Saboteur und Mörder. Es konnte sein, daß ihr Vater sich irrte. Es
war möglich, daß der Schurke in Wirklichkeit jemand anderes war, der in der Mine arbeitete – obwohl Josselyn beharrlich an ihrer Überzeugung festhielt, daß die Schuld Durango
de Navarre traf, Victoria Stanhope Houghton ihm jedoch
zweifellos geholfen hatte; denn wenn es je einen Sünder
gegeben hatte, dann war er es. Wie konnte Dad je einen feinen, anständigen, aufrechten Gentleman wie Wylie verdächtigen, der Übeltäter zu sein!

Central City war keine große Stadt. Sie und Wylie waren
zweimal Durango begegnet, einmal im Teller House, als er
mit einer Zigarre im Mund, einer Flasche in einer Hand und
einer umwerfend schönen Frau an jedem Arm aus der Elevator Bar gewankt war; und noch einmal im Mietstall, als er
dort seinen temperamentvollen schwarzen Hengst abstellte,
der, wie Wylie Josselyn trocken bemerkt hatte, den unheili-
gen, spanischen Namen *Diablo* trug – Teufel.

»Vielleicht ist er nicht ganz so zahm und umgänglich wie

Barnum und Bailey, Wylie«, hatte Durango spöttisch bemerkt und grinsend Wylies edle Graue angeschaut. »Aber andererseits bin ich auch kein Marktschreier.« Hämisch hatte er sich über die Waren lustig gemacht, die Wylie verkaufte, und es hatte ganz so geklungen, als würde er seine Kunden übers Ohr hauen. »Ich bin nur ein verteufelt guter Spieler – vor allem, wenn ›Mexikanischer Schweiß‹ gespielt wird; oder ist es schon so lange her, daß wir dieses Spiel gespielt haben, Wylie, daß du schon ganz vergessen hast, wie gut ich bin? In dem Fall ist es überfällig, daß ich dich daran erinnere, und da es scheint, als seist du auf Teufel komm raus darauf aus, meinen Einsatz in die Höhe zu treiben, werde ich mich wohl gezwungen sehen, dich zu überbieten, damit ich meine Karten sehen kann – und den Rest von deinen auch!«

Josselyn verstand diese spöttischen Andeutungen nicht, obwohl sie den Verdacht hatte, ihren Kern erfaßt zu haben, als sie Durango von jenem Tag an regelmäßig besuchte. Er hatte sich so entschieden geweigert, sich abweisen zu lassen, daß sie nicht mehr gewußt hatte, wie sie ihn davon abhalten sollte, sie aufzusuchen. Trotz ihrer gespaltenen Gefühle ihm gegenüber war ihr klar, daß sie ihn besser kennenlernen mußte; denn wie sollte sie den Mann entlarven, den sie für Dads Mörder hielt, wenn sie davor zurückscheute, mit ihm zu reden? Sie erreichte ihre eigenen Ziele weit besser, wenn sie Durango einlullte und ihm ein Gefühl von Sicherheit vermittelte, denn nur so konnte sie hoffen, daß er früher oder später den Fehler machen würde, der sein Verhängnis nach sich zog. Und doch mußte Josselyn jedes Mal, wenn er in Miss Hatties Pension auftauchte, die Zähne zusammenbeißen und sich zwingen, seine Aufmerksamkeiten über sich ergehen zu lassen. Er war kein Gentleman; soviel stand fest.

Sein Werben – falls es ein solches war – unterschied sich sehr von Wylies Bemühungen, denn Durangos Benehmen überschritt häufig die Grenzen des Anstands und war unverschämt und provozierend. Nur selten verschonte er Josselyn und nahm Rücksicht auf ihre Gefühle. Er äußerte sich ihr gegenüber ungehörig, hatte seinen Heidenspaß an ihrem Erröten und amüsierte sich königlich über ihren Zorn. Er hielt ihre Hand weit länger als nötig, wenn er ihr in seinen Wagen oder beim Aussteigen half, und oft erzürnte er sie damit, daß er sie auf eine unverschämte und durch und durch verwerfliche Art musterte. Sie wußte zwar, daß Durango die Anteile ihres Vaters am Rainbow's End nur an sich bringen konnte, indem er sie heiratete, und doch schien er zu ihrer großen Verwunderung absurderweise keinen Wert darauf zu legen, ihre Gunst für sich zu gewinnen, sondern erweckte eher den Eindruck, als sei er darauf aus, sich bei ihr unbeliebt zu machen. Mehr als einmal wies ihn Josselyn entrüstet zurecht; doch ihre Bemerkungen bewirkten nicht etwa, daß er sich weniger schlecht benahm, sondern sie provozierten ihn noch mehr, und er setzte seine Versuche fort, sie aus der Fassung zu bringen.

Ihre tiefe Enttäuschung verstärkte sich noch durch den Umstand, daß sie das Gefühl hatte, trotz all der Zeit, die sie mit Durango und mit Wylie verbracht hatte, sei sie der Entlarvung des Mörders ihres Vaters nicht nähergekommen, als sie es bei ihrer Ankunft in Central City vor fast drei Monaten gewesen war. Josselyn überlegte sich jetzt wieder, daß es ihr Ziel sein mußte, soviel wie möglich über das Rainbow's End und die Vorgänge im Bergwerk in Erfahrung zu bringen, falls sie auch nur irgendetwas über den Saboteur und Mörder herausfinden wollte. Sie hoffte, den Schurken, der die Mine gesprengt hatte, zu beunruhigen, wenn sie sich sichtlich für die Goldmine interessierte; und da Wylie sich weigerte, sie dorthin zu begleiten, hatte sie widerstrebend den Entschluß gefaßt, sich in die Höhle des Berglöwen zu wagen, und darauf bestanden, daß Durango sie dorthin begleitete. Es paßte ihr gar nicht, sich an ihn zu wenden; die Vorstellung, allein mit ihm in die Berge zu ziehen, löste quälende Ängste in ihr aus. Aber wen hätte sie sonst bitten können, sie hinzubringen? Die Chancen, daß Victoria einwilligte, waren gering; selbst zu Forbes' Zeiten hatte sie das Rainbow's End kaum betreten, und es war typisch, daß sie seit seinem Tod gar nicht mehr dort gewesen war. Hinzu kam, daß die Witwe so gut wie nichts über Bergbau wußte und ihr somit nichts erklären konnte. Nein, es gab keine Alternative zu Durango. Er mochte sie zwar beleidigen und erzürnen, aber er war nicht dumm; und da er zudem noch kein Gentleman war, würde er keine Skrupel haben, Josselyn zu der Goldmine zu begleiten, die Wylie als »kein angemessener Ort für eine Dame« charakterisiert hatte.

So kam es, daß sie an einem kühlen, aber ansonsten schönen Frühlingsnachmittag endlich ihren Mut zusammenraffte und sich unbeirrt auf den Weg von der Pension zur Gamblers Row machte, der Straße der Spieler, in der der Mother Lode Saloon stand, um Durango aufzusuchen. Sie hatte nicht vor, einen seiner unangekündigten Besuche abzuwarten, sondern würde noch an diesem Nachmittag von sich aus an ihn herantreten und ihn auffordern, sie zum Rainbow's End zu bringen, vorausgesetzt, sie verlor nicht restlos die Nerven. Als sie den Saloon erreichte, war sie innerlich darauf vorbereitet, ihn kühn zu betreten. Doch als sie die Geräusche des Amüsierhotels durch die Tür hörte – Rufe, Gelächter und die lebhaften, aber falschen Töne eines schlechtgestimmten und noch schlechter gespielten Klaviers

– zögerte sie draußen auf dem verschlammten Bürgersteig. Sie konnte sich einfach nicht überwinden, auch nur einen Fuß in ein derart verruchtes Lokal zu setzen! Fast wäre sie zur Pension zurückgekehrt. Aber schließlich fand sie einen Kompromiß mit sich selbst und überredete einen vorüberkommenden Goldgräber, in den Saloon zu gehen und Durango zu bitten, doch vor die Tür zu kommen.

Danach verging eine unendlich erscheinende Zeitspanne, und Josselyn fürchtete schon, Durango würde ihren Wunsch einfach grob mißachten. Doch als sie sich gerade abwenden und gehen wollte, tauchte er in der Tür des Saloons auf, die unvermeidliche brennende Zigarre im Mund und die ebenso unvermeidliche Schnapsflasche in der Hand.

»Tut mir leid, daß es ein Weilchen gedauert hat, Schwester«, begrüßte er sie frech, und seine schwarzen Augen glitten träge über sie, und seine Lippen verzogen sich vor Belustigung über ihren verletzten Stolz, »aber selbst Sie können wohl kaum von mir erwarten, daß ich ein gutes Blatt auf den Tisch werfe, oder? Soso. Sie besuchen mich zur Abwechslung einmal. Das ist wirklich eine Überraschung. Wie komme ich zu diesem gänzlich unerwarteten Vergnügen?«

Ehe Josselyn etwas darauf erwidern konnte, stieß er zu ihrem Entsetzen plötzlich einen außerordentlich üblen Fluch aus, schmiß seine Zigarre und seine Flasche auf den Boden des Saloons und stürzte ohne jede Vorwarnung aus der Tür, die heftig hinter ihm in der Angel schwang, und lief mit klirrenden Sporen über den Bürgersteig, rücksichtslos die Passanten zur Seite stoßend. Entgeistert starrte Josselyn hinter ihm her, als er abrupt einen kleinen Mexikaner am Kragen packte, ihn vom Boden hochhob und ihn grob schüttelte.

»Oh! Wie können Sie das wagen, Sie abscheulicher Kerl!«

protestierte Josselyn, die schnell zu dem Geschehen eilte. »Wie kommen Sie dazu, so etwas zu tun? Stellen Sie das arme Kind sofort wieder hin, haben Sie gehört?«

»›Das arme Kind‹, so ein Witz!« schnaubte Durango und sah sie finster an. »Das ist ein gottverdammter Dieb, Schwester, und wenn Sie nicht ein so leichtgläubiger, selbstgerechter Dummkopf wären, würden Sie selbst sehen, daß er Ihnen die Handtasche vom Gürtel geschnitten hat!«

Josselyn schaute an sich herunter und sah, daß die Bänder ihres Täschchens lose an ihrem Gürtel baumelten und von einem scharfen Messer durchgeschnitten worden waren. Der mexikanische Junge hielt ihre Tasche in den Händen, ein unbestreitbarer Beweis dafür, daß er sie gestohlen hatte. Sprachlos vor Überraschung und Betretenheit schaute sie den dürren, schmutzigen, schlechtgekleideten Jungen an. Mit finsterer Miene erwiderte er ihren Blick und versuchte sich heulend vor Wut dem festen Griff Durangos zu entziehen.

»Laß mich los! Laß mich los, verdammter Kerl!« kreischte das Kind und stieß eine Serie von Flüchen aus, die in Josselyns bestürzten Ohren nachhallten. »Hilfe! Hilfe!«

»*Silencio!*« fauchte Durango und schüttelte den aufsässigen, aber furchtsamen Jungen noch einmal, ehe er ihm Josselyns Tasche aus der kleinen geballten Faust riß. »Du sitzt in einer ganz schönen Patsche, *Muchacho*, und wenn du dich nicht benimmst, könntest du mich dazu verleiten, den Sheriff zu rufen.«

»Oh, nein, Durango!« rief Josselyn besorgt aus. »Er ist doch noch ein Kind! Ich bin sicher, daß er nichts Böses im Schild geführt hat, daß es nur ein sehr übler Streich war. Sicher wird seinen Eltern oder Vater Flanagan eine angemessene Strafe einfallen.«

128

Daraufhin fing Durango an, schnell auf spanisch auf den Jungen einzureden und ihn zwischendurch zu schütteln, wenn der Kleine sich verstockt weigerte zu antworten. So ging es ein paar Minuten lang. Dann übersetzte Durango Josselyn das Wesentliche.

»Er heißt Cisco. Seinen Nachnamen kennt er nicht, oder er hat ihn schon vor langem vergessen. Seine Eltern sind tot, und er kann sich nicht an sie erinnern. Er glaubt, daß sein Vater bei einem Bergwerksunglück umgekommen ist und daß seine Mutter an einer langwierigen Krankheit gestorben ist. Er ist sieben Jahre alt und lebt auf der Straße, seit er vier ist. Er hat sich von Abfällen ernährt und gebettelt und sich sein Essen, seine Kleider und sein Geld zusammengestohlen. Es tut ihm leid, daß er Ihnen die Handtasche weggenommen hat, aber er hatte Hunger. Er hat vor zwei Tagen das letzte Mal etwas gegessen, ein paar Bissen verdorbenes Fleisch und altes Brot, das er in der Dostal Alley in Abfällen gefunden hat.«

»Aber... das ist ja furchtbar!« erwiderte Josselyn.

»Leider ist das in dieser Gegend eine alltägliche Geschichte, Josselyn«, erklärte Durango grimmig. »Nicht alle sind so glücklich dran wie Sie, in einem Kloster aufgewachsen zu sein, abgeschirmt von der rauhen Wirklichkeit. Das Leben ist hart, und die Welt ist ein brutaler Ort – wie Sie es zweifellos am eigenen Leib erfahren hätten, wenn dieser junge, aber geschickte Strolch es geschafft hätte, mit Ihrer Tasche zu verschwinden, in der Sie, wie ich aus Ihrem bekümmerten Gesichtsausdruck und dem klirrenden Gewicht Ihrer Tasche nur schließen kann, jeden Cent herumtragen, den Sie besitzen«, bemerkte er und wog ihre Tasche noch ein- oder zweimal in der Hand, ehe er sie ihr zurückgab.

»Das soll gewiß nicht Ihre Sorge sein, Durango«, erwiderte sie steif, als sie die Tasche fest umklammerte.

»Es ist durchaus meine Sache, denn um Reds willen könnte Ihre Dummheit mich dazu zwingen, für Sie zu sorgen!« gab er verärgert zurück.

»Oh! Wie können Sie es wagen, sich anzumaßen, im Ernst zu glauben, ich... ich würde Geld von jemandem wie Ihnen nehmen, wie eine... wie eine...«

»Eine Frau, die sich aushalten läßt?« half er ihr weiter, und dabei zog er verschmitzt eine schwarze Augenbraue hoch und grinste unangenehm. »Steigen Sie von der Kanzel, Schwester, Sie befinden sich hier in der wirklichen Welt, und wenn Sie morgen ohne einen Penny dastünden, blieben Ihnen nur drei Möglichkeiten: in Ihr Kloster in Boston zurückzukehren und die letzten Gelübde abzulegen, was hieße, daß Sie das Geld für die Rückreise brauchen; Almosen von mir oder Wylie anzunehmen, denn aus Victoria könnten Sie mit Sicherheit keinen Penny herausholen; oder mich oder Wylie zu heiraten – und da ich kein Mann zum Heiraten bin und noch keine Hochzeitsglocken läuten gehört habe, obwohl Wylie Sie doch in den letzten Wochen laufend auf alle Hügel und in alle Schluchten gefahren hat, würde ich die Vermutung wagen, daß Sie, ob es Ihnen nun paßt oder nicht, Ihren Stolz schlucken und Almosen annehmen müßten.«

»Ehe ich das täte, würde ich lieber auf der Straße liegen!«

»Benehmen Sie sich nicht noch dümmer, als Sie es ohnehin schon getan haben, Schwester«, höhnte Durango, und seine Augen glitten in der Weise, die sie am meisten haßte, über ihre Tracht. »Es gibt nur eine Art für Frauen, auf der Straße zu überleben – und offen gesagt, zweifle ich ernstlich daran, daß Sie das können, was man dazu braucht!«

Seine vulgäre Bemerkung war wie ein Schlag in Josselyns Gesicht. Sie wurde so weiß, als hätte er ihr eine Ohrfeige gegeben. Ihre Nasenflügel bebten, und eine unglaubliche Wut regte sich in ihr, so übermächtig, daß sie ihre schwere Tasche schon hob, um sie ihm ins Gesicht zu schlagen und das Grinsen von seinen Lippen zu wischen. Dann fiel ihr Blick auf Ciscos verängstigtes, verweintes Gesicht, und abrupt war sie wieder bei Sinnen.

»Sie sind kein Gentleman, Durango.« Sie sprach die Worte ruhig und kalt aus und raffte sichtlich ihre Würde zusammen, um ihn zu beschämen. Ihn überfiel erneut der Verdacht, daß sie keine Nonne war, sondern eine bessere Schauspielerin als Nell Tierney, und daß sie mit Red unter einer Decke steckte. »Und Sie machen mir in der Öffentlichkeit eine Szene, vor den Augen des Jungen«, sagte sie. »Wenn Sie uns jetzt entschuldigen und mir den Weg erklären, werde ich dafür sorgen, daß er in einem Waisenhaus untergebracht wird, wie es sich gehört.«

»Es gibt keine«, erwiderte Durango barsch.

»Ich... ich bitte um Verzeihung«, stammelte Josselyn, die glaubte, sie hätte ihn nicht richtig verstanden.

»Waisenhäuser. Kinderheime. Wie Sie sie auch nennen wollen. Es gibt keine.«

»Nicht... nicht ein einziges?« erkundigte sie sich matt und entgeistert.

»Nicht ein einziges«, wiederholte er flach.

»Aber das ist ja... das ist ja furchtbar... gewissenlos...«

»Es ist eine Tatsache, Schwester.«

»Oh, ich wünschte, Sie würden mich nicht so nennen! Sie tun das doch nur, um mich zu ärgern, denn Sie wissen selbst, daß ich noch keine Nonne bin, Durango.«

»Ja, und überlegen Sie sich nur«, sagte er mit geheuchelter Unschuld, und seine Augen wurden plötzlich so ausdruckslos, daß sie seine Gedanken nicht lesen konnte, »wenn Sie eine wären, würden Reds Anteile am Rainbow's End ausnahmslos darauf verwandt, daß Nell Tierney sich ein Theater baut – statt für etwas Wertvolleres... wie, sagen wir mal, ein Waisenhaus.«

»Ich sehe, daß es Ihnen nicht genügt, jemandem ein Messer in die Brust zu rennen, Durango«, bemerkte Josselyn fassungslos. »Nein, Sie müssen die Klinge auch noch umdrehen. Aber ich hätte auch nichts anderes von Ihnen erwartet. Aber da es scheint, als gäbe es für den Jungen keine Unterkunft – und auch keinen anderen Ort, wo er bleiben kann«, fügte sie bedeutsam hinzu, »muß ich mich eben persönlich darum kümmern, daß er gut aufgenommen wird.«

»Eine edle, wenn auch fehlgeleitete Geste, Schwester«, bemerkte Durango. »Was kann eine... außerordentlich keusche Frau wie Sie schon über Kinder wissen – und insbesondere über Jungen?«

»Im Kloster hat es Kinder gegeben...«

»Bösewichte wie unseren Cisco? Das möchte ich ernstlich bezweifeln, Schwester. Er ist klug und gerissen – anderenfalls hätte er auf der Straße nicht so lange überlebt –, und ich glaube nicht, daß Sie das Leben im Kloster darauf vorbereitet hat, mit seinesgleichen umzugehen. Schließlich haben Sie noch nicht einmal bemerkt, daß er Ihnen die Tasche vom Gürtel geschnitten hat! Ich wette, wenn ich ihn Ihnen überlasse, dauert es keine fünf Minuten, bis er Ihre Tasche wieder in seiner gierigen, schmutzigen kleinen Faust hat und Ihnen geschickt entwischt ist!«

»Nein, das täte er nicht!« erwiderte sie entrüstet.

»*Si*, ich täte es!« fiel Cisco ihr ins Wort, da er inzwischen begriffen hatte, daß man ihn nicht den Behörden ausliefern würde, und entsprechend schnell waren seine Tränen getrocknet, und er hatte sein Selbstbewußtsein wiedergefunden. »Und beim nächsten Mal würden Sie mich auch nicht schnappen!« Dann streckte er ihr derb die Zunge raus.

»He! Benimm dich, *Muchacho*.« Durango schüttelte den Kleinen wieder. »Oder ich schwöre dir, daß ich dich übers Knie lege und dir eine Tracht Prügel verpasse, die du so schnell nicht vergessen wirst.«

»Aber, *Señor*«, protestierte das Kind, »sie ist doch nur eine Frau, eine Nonne – und noch dazu eine dumme! Das haben Sie doch selbst gesagt…«

»Was ich gesagt habe, geht dich überhaupt nichts an!« fauchte Durango und errötete angesichts des allzu treffenden Vorwurfs, den ihm der Junge gemacht hatte. »Wenn du weißt, was gut für dich ist, dann benimmst du dich jetzt. Du bist noch viel zu jung, um den Mund so weit aufzureißen, und wenn ich in diesem Moment an deiner Stelle wäre, benähme ich mich etwas respektvoller. Ich kann dich immer noch ins Kittchen schleifen, verstehst du.«

Nachdem er ausgescholten worden war, verstummte Cisco und hörte auf, sich in Durangos stählernem Griff zu winden.

Josselyn seufzte, als sie in das sture, entschlossene Gesicht des Kleinen sah. Sie wußte nicht, was sie tun sollte. Widerstrebend gestand sie sich ein, daß sie tatsächlich nicht mit ihm fertig geworden wäre. Denn offensichtlich fürchtete er sich zwar vor Durango, vor ihr dagegen kein bißchen. Der Junge kannte nichts anderes als Not und Entbehrungen, und daher war er hinterhältig und hart geworden. Er brauchte eine strengere Hand als ihre, um ihm einen Stoß in die richtige Richtung zu geben. Jemanden, der gütig, aber durchsetzungsfähig war…

»Wylie!« äußerte sie plötzlich, und ihr Gesicht hellte sich auf. »Wylie kann ihn bei sich aufnehmen.«

Als er das hörte, blieb Durango einen Moment lang mit aufgesperrtem Mund stehen, denn er war sprachlos vor Erstaunen. Dann lehnte er sich zu Josselyns großem Verdruß gegen die Mauer des nächsten Gebäudes und lachte so schallend, daß er Cisco fast losgelassen hätte, der diese unerwartete Gnadenfrist für einen weiteren Fluchtversuch zu nutzen suchte, während er gleichzeitig Josselyn unverfroren die Tasche aus den Händen reißen wollte. Zum Glück vereitelte Durango beide Versuche, doch sein Gelächter legte sich nicht.

»Wylie... ihn... bei... sich... aufnehmen!« stieß er schließlich unter brüllendem Gelächter aus und wischte sich die Tränen aus den Augen. »Wylie soll sich einen diebischen Waisenjungen aufhalsen! Das möchte ich sehen!«

»Also, gut.« Josselyn rümpfte verächtlich die Nase, um ihm zu zeigen, wie sie über seinen Heiterkeitsausbruch dachte – um gar nicht erst von seiner offensichtlich sehr niedrigen Meinung über Wylie zu reden. »Sie können uns zu dem Geschäft begleiten. Und zwar sofort, wenn es Ihnen recht ist.«

Zu ihrem Erstaunen ging Durango sofort auf ihren Vorschlag ein. Er nahm ihren Arm und stieß den sich sträubenden Cisco vor sich her. Die Türglocke klingelte laut, als sie Wylies Geschäft betraten, und ein Verkäufer eilte auf sie zu, als er Durango sah.

»Sagen Sie Wylie, daß Durango und die fromme Schwester hier sind«, wies Durango ihn an, »und daß sie ein Geschenk für ihn haben.«

»Ja, Sir, Mr. de Navarre«, antwortete der Verkäufer respektvoll. »Wird sofort erledigt, Sir.«

Er verschwand in einen Hinterraum des Geschäfts, und kurz darauf tauchte Wylie auf, die Mundwinkel griesgrämig heruntergezogen. Als sein Blick auf Josselyn fiel, lächelte er augenblicklich – doch seine gute Laune verflog wieder, als er Durango und den mageren, zerlumpten Jungen an ihrer Seite sah.

»Josselyn, ich wäre angenehm überrascht, wären Sie nicht in derart dubioser Gesellschaft«, begrüßte Wylie sie; er nahm ihre Hand und gab ihr einen Handkuß. Diese zarte, verliebte Geste entging Durango nicht, und einen Moment lang verschwand sein zynisches Grinsen, kehrte aber dann wieder, nur seine Augen blieben hart. Wylie ließ Josselyns Hand los und schaute seinen Partner scharf und herausfordernd an, ehe er sich wieder an sie wandte. »Ich kann einfach nicht glauben, daß Sie Durango ermutigt haben, Ihnen Gesellschaft zu leisten, und daher kann ich nur annehmen, daß er sich Ihnen gegen Ihren Willen aufgedrängt hat. Wenn sich das so verhält, brauchen Sie es nur zu sagen, und ich werde ihn fortschicken...«

»Nein, nein, so ist es nicht...« setzte Josselyn an.

»Dann fürchte ich, daß ich das Ganze nicht verstehe.« Wylies Stimme wurde sehr kühl, und seine grauen Augen wurden ganz eisig. Sie war ein wenig verletzt und beunruhigt, denn sie hatte seine Freundschaft und seine Aufmerksamkeiten zu schätzen gelernt. »Quigg sagte, Sie hätten ein... ein Geschenk für mich... aber er hat sich gewiß geirrt...?«

»Nein, keinesfalls!« Sie legte die Hand flehentlich auf seinen Arm. »Oh, Wylie! Ich brauche dringend Ihre Hilfe, und ich bin sicher, wenn Sie erst einmal verstanden haben, um was es geht, werden Sie nicht zögern, das Richtige zu tun.« Und dann erklärte sie ihm hastig, warum sie überhaupt vor dem Mother Lode Saloon gestanden hatte und was sich seitdem abgespielt hatte, und atemlos beendete sie ihren Bericht: »Sie sehen also, daß Cisco dringend ein Zuhause und einen Vater braucht, ich dachte... ich dachte... das heißt...«

»Josselyn, Sie meinen doch nicht etwa, *ich* sollte den Jungen bei mir aufnehmen!« rief Wylie angewidert aus. »Einen schmutzigen Straßenjungen, der mich zweifellos bei jeder Gelegenheit ausrauben würde! Sehen Sie sich doch um. Um Himmels willen, das hier ist ein Geschäft – kein Heim für ausgesetzte Findelkinder. Wissen Sie, was es mich kostet, diese Waren in die Rocky Mountains befördern zu lassen? Der kleine Dieb da würde mir mit Wonne den ganzen Laden ausräumen und mich ruinieren. Ich bin ein Geschäftsmann und Junggeselle – nicht der Wohltäter eines kleinen Jungen. Nein, es tut mir leid, Josselyn, so gern ich Ihnen auch helfen würde, aber das muß ich wirklich ablehnen. Es geht nicht. Es geht einfach nicht. Das sehen Sie doch sicher ein?«

»Nein, ich kann es nicht einsehen, Wylie«, erwiderte sie hilflos. »Ich dachte, gerade Sie verstünden besser als jeder andere...«

»Ich verstehe es, Josselyn. Glauben Sie mir, ich verstehe es wirklich«, fügte er sanfter hinzu, »und wenn es um etwas anderes ginge, täte ich Ihnen nur zu gern den Gefallen. Aber ich arbeite täglich lange und hart; ich habe vier Zimmer über dem Geschäft, und ich nehme keine einzige Mahlzeit zu Hause ein. Es gibt noch nicht einmal ein freies Bett bei mir. Also wirklich, Josselyn, was glauben Sie, was für ein Zuhause ich dem Jungen bieten könnte?« Als sie nichts darauf sagte, wandte er sich wütend an Durango. »Auf den Gedanken hast du sie gebracht, Durango – das weiß ich ganz genau! Du wolltest mich in einem schlechten Licht dastehen lassen. Ich vermute, du glaubst jetzt, du hättest Josselyn meine ›wahre Farbe‹ gezeigt, und jetzt wirst du den Helden spielen und dich anerbieten, diesen miesen kleinen Kerl selbst aufzunehmen!«

»Er ist nicht der richtige Mensch, um sich um den Jungen zu kümmern«, erwiderte Josselyn, und ihr war deutlich anzumerken, wie sehr sie von Wylie enttäuscht war.

»Vielleicht nicht, Josselyn«, sagte Durango gedehnt, und sein verächtliches Lächeln breitete sich langsam aus und zog seine Mundwinkel unangenehm nach oben. »Aber andererseits bin ich auch kein kaltherziger Lump wie unser Wylie hier.« Er schaute auf Cisco herunter. »Komm mit, Sohn«, befahl er ihm freundlich. »Die Luft in diesem Laden stinkt zum Himmel. Ich frage mich, ob Wylies Kunden wissen, daß er ihnen verfaulte Lebensmittel verkauft?«

»Also, du...« platzte Wylie heraus.

»Immer mit der Ruhe, Wylie, immer mit der Ruhe«, höhnte Durango. »Du willst doch bestimmt nicht, daß die brave Schwester sich eine falsche Vorstellung von dir macht, oder? Es würde dich teuer zu stehen kommen, wenn du weiterhin im Spiel bleiben willst!«

»Beachten Sie ihn am besten gar nicht, Josselyn.« Wylie brachte die Worte zwischen zusammengebissenen Zähnen heraus. »Sie sehen doch selbst, was er tut, oder nicht? Das ist alles nur eine List von seiner Seite, um Ihre Gunst für sich zu gewinnen und Sie gegen mich aufzubringen. Nichts wäre ihm lieber, als Reds Anteile am Rainbow's End in seine gierigen Finger zu kriegen, und mich und Victoria auszubooten – wie er die anderen auch schon ausgebootet hat – damit alles nur ihm gehört. Planst du, mich auch umzubringen, Durango, und es wie einen Unfall aussehen zu lassen – genauso, wie du Forbes und Red ermordet hast?«

Josselyn schnappte nach Luft, und alles Blut wich aus ihrem Gesicht, als sie hörte, wie ihr geheimer Argwohn gegen Durango laut ausgesprochen wurde, und jedes dieser entsetzlichen, hämischen Worte hallte gewaltig in der tödlichen Stille, die plötzlich hereingebrochen war.

»Bei Gott, wenn du mit mehr als deiner Spielzeugpistole bewaffnet wärst, Wylie, dann würde ich dich für diese Äußerung auf der Stelle erschießen!« Durangos Stimme war so unheilvoll, daß Josselyn ein Schauer über den Rücken lief und die feinen Haare in ihrem Nacken sich aufstellten. »Ich warne dich: Wenn du es je wagst, diesen Vorwurf zu wiederholen, dann solltest du tunlichst bewaffnet sein – denn ein zweites Mal lasse ich dir das nicht durchgehen, noch nicht einmal um der frühen Jahre willen.«

Dann zog Durango Cisco hinter sich her und verließ das Geschäft und blieb nur noch einmal in der Tür stehen, um mit einem abschätzigen Blick in den Augen Josselyns zitternde Gestalt zu betrachten.

»Ein kleiner Rat, Schwester: Wenn ich Sie wäre, brächte ich mein Geld auf die Bank – wo es hingehört«, sagte er gepreßt zu ihr.

Dann schloß sich die Tür hinter ihm, und in dem grimmigen Schweigen, das jetzt auf das Geschäft herabgesunken war, läutete die Klingel wie eine Totenglocke.

7

»Hat er meinen Vater getötet, Wylie?« fragte Josselyn mit bebender Stimme. »Hat er es getan? Antworten Sie mir, Wylie! *Hat Durango meinen Vater ermordet?*«

»Ja, ich glaube schon«, sagte er ruhig, und ein unbestimmbarer Ausdruck trat in seine grauen Augen; dann erhob er die Stimme und rief: »Warten Sie, Josselyn, warten Sie!«

Doch es war zu spät. Mit rauschenden Röcken und flatterndem Schleier war sie davongelaufen, rannte blind zur Tür hinaus und auf die Straße. Dort bremste ein schwerbeladener Wagen im letzten Moment. Ein Pferdegespann wieherte schrill und bäumte sich auf, und fast hätten ihre Hufe sie zu Boden geworden und zertrampelt. Ein entsetzter Kutscher schrie sie an und verfluchte sie als eine Verrückte. Sie sah es nicht. Sie hörte es nicht. Ihre ganze Aufmerksamkeit war nur darauf gerichtet, Durangos große, dunkle Gestalt zu erreichen, die mit Cisco im Schlepptau mit schnellen Schritten zur Gasse der Spieler und zum Mother Lode Saloon lief.

»Durango! Durango!« rief sie und fühlte sich, als würde ihre Lunge jeden Moment in der Höhenluft zerspringen, als sie über die Straße raste. »Durango!«

Endlich, als er gerade den Saloon betreten wollte, hörte er sie, drehte sich um und sah, wie sie ihm entgegeneilte. Er schaute sie finster an. Dennoch blieb er auf dem Bürgersteig stehen und wartete, bis sie ihn erreicht hatte – atemlos, keuchend und mit schmerzhaftem Seitenstechen.

»Ist es... wahr? Haben Sie... es getan?« brachte Josselyn keuchend heraus und suchte verzweifelt in seinen Augen nach der Wahrheit. »Haben Sie... meinen Vater... ermordet?«

»Würden Sie mir glauben, wenn ich nein sage?«

»Ich weiß es nicht«, gab sie offen zu, denn in dem Augenblick, in dem er sie offen ansah und scheinbar nichts zu verbergen hatte, war sie sich ihres Verdachts plötzlich nicht mehr sicher. »Was nutzt es denn, wenn ich es leugne?« fragte Durango barsch.

»Ich weiß es nicht.«

»Warum sind Sie mir dann nachgelaufen?« Seine Stimme war scharf. Seine funkelnden schwarzen Augen waren zusammengekniffen und gebannt und fragend auf ihr bleiches Gesicht gerichtet.

»Ich weiß es nicht«, wiederholte sie ein drittes Mal.

»Schwester, viel wissen Sie wirklich nicht – das ist eine Tatsache.« Er blieb lange ruhig stehen und musterte sie. Dann drehte er sich zu den Türen des Saloons um und schrie: »Ho-Sing! Komm sofort raus!« Auf Durangos Ruf hin tauchte sofort ein Chinese auf, der lächelte und sich verbeugte; er hatte einen langen schwarzen Zopf auf dem Rükken hängen, eine Schürze umgebunden und ein Hackbeil in einer Hand. »Ho-Sing, das ist Cisco.« Durango stellte den mexikanischen Jungen vor, den er immer noch fest an der Hand hielt. »Ich will, daß du ihn mit reinnimmst, dafür sorgst, daß er ein Bad nimmt, und ihm etwas Sauberes zum Anziehen suchst und ihm eine warme Mahlzeit vorsetzt. Dann schließt du ihn ein, bis ich zurückkomme. Ich warne dich: Er wird sich gegen alles wehren. Er wird versuchen davonzulaufen. Du bist mir dafür verantwortlich, daß ihm das nicht gelingt. Wenn er es schafft, schneide ich dir persönlich deinen Zopf ab.«

Trotz der grausigen Drohung lächelte der Chinese weiterhin, doch ihm war deutlich anzusehen, daß er die Befehle seines Bosses ernst nahm.

Mit einem kriegerischen Funkeln in den Augen musterte Ho-Sing Cisco und nahm alles weitere in die Hand.

»Du wilst Ho-Sing nicht seinen Zopf kosten, du dleckigel kleinel Junge. Du Bad nehmen. Du Kleider anziehen. Du essen. Du bleiben in Vollatskammel. Komm.« Er streckte eine Hand aus und packte Cisco fest am Ohr. Als der Junge protestierte, rüttelte der Chinese ihn. »Still jetzt! Aufhölen! Oben Flau velsucht zu schlafen. Du nicht machen Ho-Sing Älgel, kleinel, dleckigel Junge, odel ich dich in Stücke hakken und in Eintopf kochen!« drohte er und schwang wüst sein Hackbeil. »Nicht viel Fleisch auf Knochen, abel ich wetten, du doch schmackhaft. Geben ab gute chinesische Gelicht.« Ho-Sing tat so, als schleckte er sich bei dieser Vorstellung die Lippen.

Diese Ankündigung versetzte Cisco in Schrecken, doch er konnte sich nicht aus Ho-Sings Griff lösen, wenn er sich auch noch so sehr bemühte. Er kreischte und fluchte schrill auf englisch und spanisch und beschimpfte Josselyn und Durango, bis der Chinese dem Kind mit dem Griff des Hackbeils einen gezielten Schlag auf den Kopf verpaßte und ihn entschlossen hinter sich her in den Saloon zerrte, ohne aufzuhören, ihn weiter finster in einer Mischung aus Pidgin-Englisch und fließendem Chinesisch auszuschelten, die fast so unverständlich war wie der sprachliche Mischmasch, in dem der Junge vor sich hin redete.

»Werden Sie Cisco wirklich behalten?« erkundigte sich Josselyn neugierig, als sie sich wieder an Durango wandte, und es gelang ihr nicht, das Lächeln über diese komische Szene zu unterdrücken.

»Na ja, der Mother Lode Saloon ist vielleicht nicht der beste Ort auf Erden für Cisco, aber ich schätze, er ist besser für ihn, als überhaupt keinen Platz zu haben«, äußerte er trocken.

»Wenigstens hat er ein Dach über dem Kopf und drei ordentliche Mahlzeiten am Tag – und wenn er einen seiner Tricks bei mir probiert, wird er es entschieden bereuen, denn von einem kleinen Kind lasse ich mich bestimmt nicht übers Ohr hauen!«

Josselyn stellte fest, daß sie gegen seine Logik nichts einwenden konnte. Selbst ein Saloon war ein sicherer Zufluchtsort, wenn die Alternative ein kalter, schmutziger Winkel in einer dunklen, menschenleere Gasse war. Sie konnte nicht billigen, daß Cisco so sündhaften Versuchungen wie Schnaps, Spielen und den »Flauen oben« ausgesetzt wurde. Im Moment sah sie jedoch keine andere Möglichkeit, und daher beschloß sie schließlich, keine Einwände gegen diese Regelung zu erheben, wenigstens nicht bis Sonntag, nach der Messe in der St. Patricks Church, wenn sie mit Vater Flanagan über diese Angelegenheit reden konnte. Es war deutlich geworden, daß weder Durango noch Ho-Sing, wenn sie auch für diese Aufgabe nicht geschaffen waren, Cisco fortlaufen lassen oder zu viele Probleme im Umgang mit ihm haben würden. Dennoch überraschte es sie, daß Durango sich die Mühe machte, den Jungen bei sich aufzunehmen. Das war, überlegte sie, eine Großzügigkeit, die sie von ihm nicht erwartet hätte, und es stand fest, daß er weit mehr tat, als Wylie für das Kind getan hätte. Sie fragte sich, ob Durango Hintergedanken dabei gehabt hatte, Cisco ein Heim zu bieten, aber seltsamerweise glaubte sie es nicht.

»Ich glaube, ich sollte Ihnen dafür danken, daß Sie den Jungen bei sich aufnehmen«, sagte sie schließlich.

»Tja, also, meinen Sie nicht, daß ich dafür keine Gegenleistung haben will.« Durangos Mundwinkel verzogen sich zynisch. »Ich fürchte, für meine gute Tat, dem verwahrlosten Kerlchen ein Dach über dem Kopf zu geben, muß ich darauf bestehen, Sie zur Bank zu begleiten, damit Sie dort ein Konto eröffnen und Ihr Geld einzahlen können. Ich gebe zu, daß der Saloon durch die Anwesenheit eines einzigen kleinen Jungen völlig aus den Fugen gerät, doch der Gedanke, Sie könnten einem weiteren Missetäter zum

Opfer fallen und ihn mir dann anhängen, geht mir, offen gestanden, zu weit.«

Er nahm sie am Arm und führte sie über die Straße zur First National Bank. Dort regelten sie ihre geschäftlichen Angelegenheiten und trennten sich dann, und Josselyn hatte nicht nur eine wesentlich leichtere Handtasche, sondern ihr war auch wesentlich leichter ums Herz, da sie jetzt wußte, daß ihr Geld im Safe der Bank sicher untergebracht war. Sie hätte, wie sie jetzt erkannte, ihr Geld augenblicklich nach ihrem Eintreffen in Central City dort deponieren sollen. Doch sie war noch nicht einmal auf den Gedanken gekommen; nie zuvor hatte sie eine Bank gebraucht. Im Kloster hatte sie die kleinen Geldsummen, die Dad ihr in regelmäßigen Abständen geschickt hatte, in einer kleinen Truhe in ihrem Zimmer verstaut. Sie hatte sich noch nicht einmal die Mühe gemacht, sie abzuschließen, denn sie wußte, daß niemand im Kloster auch nur im Traum auf den Gedanken gekommen wäre, ihre persönliche Habe zu durchstöbern – geschweige denn, ihr etwas zu stehlen.

Josselyn verstummte, als sie über den Bürgersteig zu Miss Hatties Haus liefen, und sie versuchte, mit sich ins reine zu kommen, ob sie Durango vertrauen sollte oder nicht. Sie brauchte ihn, damit er sie zum Rainbow's End begleitete, und doch konnte sie sich keine Meinung über ihn bilden, sich nicht entscheiden, ob er schuldig war. Sie war ursprünglich absolut sicher gewesen, daß er der Saboteur war, der Mörder von Forbes und ihrem Vater, daß sie ihr Leben darauf verwettet hätte. Jetzt, nach allem, was er heute getan hatte, war sie nicht mehr so sicher. Durango de Navarre war ein Schuft; das stand außer Zweifel. Aber er war auch ein Rätsel, und sie wollte – mußte – um Dads willen mehr über ihn in Erfahrung bringen, aber vielleicht auch um ihrer selbst willen. Außerdem war sie persönlich durch ihn nicht gefährdet, selbst dann nicht, wenn Durango wirklich Forbes und ihren Vater getötet hatte. Weder Durango noch Wylie hatten etwas zu gewinnen, sogar falls einer von beiden ihr etwas antat, ehe er Dads Anteile am Rainbow's End an sich gebracht hatte – die ja jetzt ihre Anteile waren. Nur wenn sie einen der beiden heiratete, brachte sie sich in eine gefährliche, vielleicht sogar ausweglose Lage.

Nach langer Zeit sagte sie:

»Durango, ich möchte, daß Sie mir einen Gefallen tun. Ich möchte, daß Sie mich zum Rainbow's End bringen.«

»Was ist los? Hat Wylie sich geweigert, Sie dorthin mitzunehmen?«

»Ja.«

»Das sieht ihm ähnlich. Er hat etwas dagegen, wenn Frauen sich in die Angelegenheiten von Männern einmischen. Das kann er nicht leiden. Victorias Interesse duldet er, weil ihm... nichts anderes übrigbleibt, da Forbes ihr seine Anteile am Rainbow's End testamentarisch vermacht hat. Aber Sie... mit Ihnen ist das etwas ganz anderes.« Durango unterbrach sich und schaute einen Moment lang in die Ferne. Dann sah er Josselyn wieder an und bemerkte: »So, so, so. Deshalb haben Sie mich also aufgesucht, stimmt's? Ich hatte mich schon gefragt, was Sie zum Saloon geführt hat. In all der Aufregung hab ich doch wirklich vergessen, Ihnen diese Frage zu stellen.«

»Sie nehmen mich doch mit, oder?«

»Das kommt darauf an.«

»Auf... auf was?« erkundigte sie sich zögernd und malte sich alle erdenklichen kühnen, unsäglichen Antworten aus.

»Reiten Sie?« fragte er zu ihrem Erstaunen.

»Reiten? Sie meinen... ein Pferd?«

»Natürlich ein Pferd.« Sein Gesicht war ausdruckslos, doch seine Augen funkelten jetzt tückisch, und sein Mund verzog sich belustigt. »Was dachten Sie denn, was ich meine?«

»Tja, ich weiß es nicht. Ich... ich glaube schon. Ich meine... die Leute hier draußen in Central City reiten doch auch Maultiere und Esel, nicht wahr?«

»Unter... unter anderem.«

»Was denn noch?« Josselyn hatte nicht den leisesten Schimmer, wovon er sprach, obwohl ihr jetzt zu ihrer Bestürzung klar war, daß er sich auf ihre Kosten lustig machte. Er grinste breit und weihte sie derb in seinen Scherz ein.

»Zweibeinige Wesen, Josselyn, ich dachte mir schon, daß Sie damit wohl keine Erfahrung haben, aber falls ich mich täuschen sollte, dann berichtigen Sie mich bitte, denn ich gestehe, daß die Vorstellung, Sie könnten bereits... Erfahrung haben, was mir bisher nicht ganz klar ist, mich hochgradig interessieren würde.« Seine forschenden Augen glühten plötzlich wie Kohlen.

Josselyns Wangen wurden flammend rot, als sie endlich begriff, womit er sie neckte. Sie fühlte sich, als seien sie vor Scham, Verlegenheit und einem sündigen Gefühl entflammt, das ihren Puls rasen, ihr Herz schneller schlagen und ihren Körper zittern ließ. Im Kloster hatten die Schwestern zwar selten solche Erklärungen abgegeben, doch die Mädchen hatten immer darüber getuschelt, was sich zwischen einem Mann und einer Frau abspielte; und natürlich hatte Antoine ihr bei ihren klammheimlichen Begegnungen eine schnelle, verlockende, unvollständige Lektion erteilt. Aber Josselyn wußte nichts Genaues, und wenn es sie auch noch so sehr entsetzte, so besaß sich doch eine natürliche

Neugier und war eifrig darauf aus, mehr zu erfahren – und Durango war offensichtlich ein Mann mit beträchtlichem Wissen und viel Erfahrung. Dennoch wußte sie, daß dieses Gespräch schockierend ungehörig war, und daher bemühte sie sich entrüstet, es zu beenden, obwohl sie es gern fortgesetzt hätte.

»Sie... Sie sollten nicht so mit mir reden«, murmelte sie, und ihre Stimme klang erstickt. »Sie... Sie sind kein Gentleman, Durango!«

»Das haben Sie mir schon einmal gesagt... schon öfter. Aber das habe ich schließlich auch nicht behauptet, oder? Ich dachte sogar, ich hätte mir – ganz im Gegensatz zu Wylie – die größte Mühe gegeben, Ihnen deutlich klarzumachen, was ich bin. Sie haben meine Frage immer noch nicht beantwortet, Josselyn.«

»Nein... das heißt... ich habe noch nie ein Pferd geritten... und auch sonst nichts!«

»Dann scheint es, als seien Sie in mehr als einer Hinsicht eine Novizin«, bemerkte er leise und unverschämt. »Aber, Josselyn, Sie erröten ja. Habe ich etwas Anstößiges gesagt?« Sein Tonfall und seine Augen verspotteten sie.

»Oh! Sie sind ein Teufel, und ich... verstehe wirklich nicht, wie ich mich je an Sie wenden konnte!«

»Weil das Rainbow's End kein Ort für eine Dame ist und Wylie zu sehr *Gentleman* ist, Sie dorthin mitzunehmen«, erwiderte Durango so gelassen und unbeirrt, daß es sie rasend machte.

»Und Sie sind das nicht?«

»Nein. Haben Sie sich nicht genau darauf verlassen? Selbst Ihnen ist doch klar, daß es gewisse Vorteile mit sich bringt, daß ich mich so wenig nach den Regeln des Anstands richte – obwohl ich, im Gegensatz zu Wylie, zumindest

146

finde, man sollte einer Dame im allgemeinen ihre Wünsche erfüllen. Außerdem wird Ihnen in der Goldmine nichts zustoßen, solange ich bei Ihnen bin. Das Schlimmste, was Ihnen passieren kann, ist, daß Ihnen die Ohren brennen, wenn Sie die saftige Sprache der Grubenarbeiter hören, und zweifellos wird der Ritt Ihnen eine wunde Kehrseite bescheren.«

»Aber ich... ich kann nicht reiten, das sagte ich Ihnen doch schon«, äußerte sie noch einmal, als sie endlich vor der Pension stehen blieben. »Und selbst, wenn ich es könnte, habe ich kein Pferd – Dad hat anscheinend keins besessen –, und ich habe auch nicht genug Geld, um ein Pferd zu mieten. Ich hatte erwartet... ich meine... ich dachte, Sie würden mich in Ihrem Wagen hinbringen.«

»Meine charmante, keusche Süße, ich versichere Ihnen, daß mir nichts lieber wäre, als Sie in meinem Wagen mitzunehmen... oder in mein Bett oder wohin auch sonst«, äußerte er unverschämt, und seine Stimme erstickte vor Gelächter. Sie errötete wieder glühend vor der Erniedrigung, als sie erkannte, daß sie unabsichtlich etwas Riskantes gesagt hatte. »Wenn ich auch zuversichtlich bin«, fuhr er mit einem schamlosen Grinsen fort, »daß ich der Lage gewachsen wäre, wenn die Umstände richtig wären, so habe ich doch eigentlich keine Lust, meinen Wagen in diesen Furchen und auf den Steinen ganz zu ruinieren.«

»Was schlagen Sie dann vor?« erkundigte sich Josselyn steif; sie war aufgebracht und überlegte sich plötzlich voller Argwohn, daß er ihr für jemanden, der sich bereiterklärt hatte, sie zur Goldmine zu begleiten, eine Menge Hindernisse in den Weg stellte.

»Machen Sie sich keine Sorgen, Josselyn.« Durangos Augen funkelten so wild, daß sie sich voller Unbehagen fragte, welche dämonischen Gedanken ihm noch durch den Kopf gehen mochten. »Wenn Gott keine Vorsorge trifft, dann werde ich sie eben treffen. Morgen früh, um Punkt zehn Uhr. Ich hole Sie hier ab, einverstanden?«

Dann schlenderte er über die Straße, nachdem er die Hand an seinen Sombrero gelegt hatte, und pfiff vor sich hin, während sie ihm versonnen nachblickte und sich Gedanken über seinen rätselhaften und beunruhigenden Charakter machte – und über Dads Testament. Sie war so in Gedanken verloren, daß sie den schmutzigen alten Goldgräber nicht bemerkte, der ein paar Häuser weiter auf einer Treppenstufe saß und sie verstohlen über seine Mundharmonika hinweg betrachtete. Doch Durango bemerkte ihn. Er blieb stehen, schaute einen Moment lang fest auf den gesenkten Kopf des Mannes herab und wollte immer noch nicht glauben, daß sich sein Verdacht bewahrheitete, wenn er auch in diesem Augenblick fast sicher war. Dann warf er einen Vierteldollar in den Hut, den der Goldgräber neben sich auf dem Boden stehen hatte, und sagte: »He, Alter, wenn du ›Irish Eyes‹ kennst, dann spiel es, ja? Ich glaube nämlich, ja, ich glaube wirklich, daß diese irischen Augen tatsächlich beginnen, mich anzulächeln.«

Als er das hörte, mußte Red O'Rourke sich fürchterlich zusammenreißen, um nicht aufzuspringen und Durango an Ort und Stelle mit bloßen Händen zu erwürgen.

8

»Ich sage es dir, Nellie!« Red fuhr sich mit einer Hand aufgeregt durch das Haar, als er in ihrem Wohnzimmer auf und ab lief. »Irgendwoher weiß Durango, daß ich noch am Leben bin. Warum hätte er mir einen Vierteldollar geben sollen – und das schon zum zweiten Mal? Ich sage dir, Nellie, er hat mir mitten ins Gesicht gesehen und mich mit gespielter Gelassenheit gefragt, ob ich ›Irish Eyes‹ für ihn spielen würde, denn er hätte den Eindruck, sie begännen, ihn anzulächeln. Er hat versucht, mir zuzusetzen, das sage ich dir, mich in Wut zu bringen, damit ich meine wahre Identität verrate. Deshalb will er, daß ich glaube, er sei hinter meiner Tochter her.«

»Andererseits ist er es vielleicht wirklich... ich meine, hinter Josselyn her«, warf Nell besorgt ein. »Schließlich hast du es deinem gräßlichen Testament zu verdanken, daß er und Wylie gleich angefangen haben, um sie zu werben. Außerdem ist Josselyn, selbst ohne die Verlockung deiner Anteile am Rainbow's End – soweit man das unter dem Schleier und der Tracht sehen kann – eine wunderschöne junge Frau, Red; und Durango und Wylie haben weiß Gott schon immer ein Auge für die Damenwelt gehabt.«

»Ja«, gab er widerwillig zu, »aber trotzdem habe ich mir das so nicht gedacht! Ich wollte, daß die beiden mit Zähnen und mit Krallen aufeinander losgehen und um das Rainbow's End kämpfen, damit ich dahinterkomme, welcher von beiden der verdammte Mistkerl ist, der Forbes umgebracht und die Goldmine sabotiert hat – und nicht, daß einer dieser Lumpen mit meiner Tochter durch die ganze Gegend spaziert und der andere sich überlegt, wie er ihr am besten die

Röcke über den Kopf zieht! Schweig! Schon der Gedanke macht mich wahnsinnig. Denn wenn Durango weiß, daß ich am Leben bin, kannst du sicher sein, daß er es nicht auf eine Heirat abgesehen hat – denn dann ist ihm klar, daß sie ihm keineswegs meine Anteile am Rainbow's End einbringen würde!«

»Du kannst nicht wissen, ob er irgendwoher weiß, daß du nicht tot bist«, hob Nell hervor. »Du könntest dir das auch nur einbilden, weil du ein schlechtes Gewissen hast, und du hast es wahrhaft verdient, Red. Du solltest dich schämen, für deine hinterhältigen Pläne deine eigene Tochter als Köder zu benutzen. Außerdem bin ich heute morgen in Wylies Laden gewesen, und Quigg, Wylies Verkäufer, hat mir erzählt, daß Durango und Wylie gestern nachmittag mehr als nur ein paar Worte miteinander gewechselt haben. Wylie hätte Durango mitten ins Gesicht gesagt, er hätte dich und Forbes ermordet, und Durango hätte gesagt, wenn Wylie diese Bemerkung noch einmal wiederhole, sollte er besser nicht nur seinen kleinen Derringer bei sich tragen, sondern sich besser bewaffnen, weil Durango ihn dann nämlich töten würde.«

»Tja, das sieht ihm schon ähnlicher.« Red lächelte grimmig und zufrieden, als er hörte, daß seine Pläne schließlich doch noch aufgingen.

»Red O'Rourke! Soll das etwa heißen, daß du hoffst, Wylie und Durango werden einander *ermorden*?« platzte Nell schockiert heraus.

»Nein, Mädchen, soweit wird es nicht kommen, denn Wylie hat zuviel Verstand, um sich auf eine Schießerei mit Durango einzulassen, und Durango würde nie auf einen Mann schießen, der nicht ausreichend bewaffnet ist. Nein, was auch geschehen wird, es wird verstohlen geschehen –

und dann werde ich mit Sicherheit die Identität des verschlagenen Hurensohns aufdecken, der das Rainbow's End ganz für sich allein haben will! Bis dahin, Nellie, mein kleiner Liebling, verlasse ich mich darauf, daß du meiner unberechenbaren Tochter ein paar weise Worte sagst und ihr mütterliche Ratschläge über die Männer erteilst – vor allem über Halunken wie Durango und Wylie!«

»Und wie soll ich das bewerkstelligen?« fragte Nell gereizt und funkelte ihn wütend an. »Dir und deinem abscheulichen Testament habe ich doch zu verdanken, daß das arme Mädel nichts mit mir zu tun haben will. Sie hält mich für ein intrigantes Flittchen, das ihr den Vater weggenommen hat und jetzt vorhat, ihre Erbschaft an sich zu bringen. Jedesmal, wenn sie höfliche Ausflüchte vorbringt, um meine Einladungen abzulehnen, läuft sie so rot wie eine Erdbeere an, und das sagt mir deutlich, daß das Mädchen lügt und dabei fürchterliche Schuldgefühle hat. Sie hat jeden Annäherungsversuch zurückgewiesen, den ich in der Hoffnung gemacht habe, ich könnte mich mit ihr anfreunden. Was also schlägst du vor?«

»Nellie, ich habe wirklich noch nie erlebt, daß es dir an Geistesgegenwart oder an Mumm fehlt.« Red musterte sie, als sei er erstaunt. »Du bist doch Schauspielerin oder nicht? Und noch dazu eine verflixt gute, fand ich immer. Tu so, als hättest du keine Manieren und einen Dickschädel obendrein, mein Liebling. Lade dich bei ihr zum Tee ein und laß dich nicht abwimmeln. Du gehst dorthin und setzt dich in Miss Hatties Wohnzimmer auf deinen hübschen Hintern und weigerst dich, dich von der Stelle zu rühren, solange sich Josselyn dir nicht anschließt. Mir kommt das alles ganz einfach vor.«

»Männer!« Nell rümpfte hochmütig die Nase und rollte

mit den Augen. »Der Teufel soll euch holen, allesamt! Ich soll also nicht nur als ränkeschmiedend dastehen, sondern zu allem Überfluß auch noch als derb und dickschädelig, nicht wahr? Red, ich warne dich: Wenn all das vorbei ist, bringst du zwischen Josselyn und mir alles in Ordnung, oder, Gott ist mein Zeuge, nicht nur sie wird dir nie verzeihen, sondern ich dir auch nicht!«

»Aber, aber, Nellie, mein Liebling…«

»Nein, komm mir bloß nicht damit, Red O'Rourke!« rief sie verdrossen aus. »Und bleib mir von der Pelle, denn von deinen Schmeicheleien und von deinen Küssen lasse ich mich nicht mehr einwickeln. Einer von uns muß einen Rest gesunden Menschenverstand bewahren und dem braven Kind helfen – ehe Wylie sie zum Altar führt oder Durango sie vom rechten Weg abbringt!« Sie schnappte ihren Hut, ihre Tasche und ihre Handschuhe und kündigte an: »Da du es von mir verlangst, ziehe ich jetzt los, um mich gesellschaftlich zu ruinieren… und ich denke, daß es immerhin noch besser ist als das, was du getan hast, du alter Narr!«

»Bravo, Nellie, mein Liebling!« jauchzte Red, der grinste und ihr Beifall klatschte. »So ist es richtig! Ich wußte doch, daß du mich nicht im Stich läßt. Und jetzt verschwinde, und Hals und Beinbruch!«

»Du… du… Oh! Mir fällt kein Schimpfwort ein, das schlimm genug für dich wäre!« rief sie. Dann knallte sie die Tür so fest zu, daß sämtliche Fenster im Haus klirrten.

»Sie mag zwar kein rotes Haar haben, aber, verdammt noch mal, ein irisches Temperament besitzt sie!« bemerkte Red kläglich, nachdem sie gegangen war. Dann zuckte er vor Schreck zusammen, als der Nachhall der zugeknallten Tür ohne jede Vorwarnung eine Vase vom Kaminsims fallen und auf dem Boden zersplittern ließ.

Nell hatte, wie es für ihr Geschlecht so typisch war, doch wieder einmal das letzte Wort gehabt.

9

Vor ein paar Wochen hatte sich die Ehrwürdige Mutter Maire auf ihrem Stuhl zurückgelehnt, sich fest die Nickelbrille auf die Nase gedrückt und angefangen, Josselyns Brief zu lesen. Es war ein langer Brief – etliche vollgeschriebene Seiten –, und ab und zu war die Tinte zerlaufen, und die ehrwürdige Mutter wußte, daß dies von Tränen herrührte. Es schien, als hätte Josselyn es wirklich nicht leicht in Central City gehabt. Das ungewöhnliche Testament ihres Vaters hatte sie in tiefe Verwirrung gestürzt. Sie kannte seine drei Partner kaum und mußte, wie sie erklärt hatte, zwischen zweien von ihnen wählen und ihn heiraten, wenn sie ihre Erbschaft antreten wollte, und mindestens einer der beiden war allem Anschein nach ein übler Schurke. Dann war auch noch ihre ursprüngliche Absicht zu bedenken, Nonne zu werden, und sie hatte die Äbtissin dringend diesbezüglich um Rat gebeten.

Nach der Lektüre von Josselyns Brief hatte die Ehrwürdige Mutter Maire tief geseufzt, die Seiten wieder zusammemgefaltet und sie sorgsam zurück in den Umschlag gesteckt. Dann hatte sie den Brief zur Seite gelegt, ihre Brille abgesetzt und sich die müden Augen gerieben. Es war ein langer Tag gewesen. Im Kloster waren viele Probleme aufgetaucht, die ihre ganze Aufmerksamkeit erforderten – und Schwester Toiresas Bericht zur finanziellen Lage des Klosters war nicht das unerheblichste dieser Probleme gewesen.

Das Kloster war arm – und wurde immer ärmer. Das hatte sich leider nicht vermeiden lassen. Die irisch-katholischen Familien, die früher ihre Töchter in das Kloster zur Ausbildung geschickt hatten, waren fast alle aus dem Nordteil der Stadt fortgezogen und wohnten jetzt in anderen Gegenden von Boston. Jetzt wurde der Norden von Boston vorwiegend von jüdischen Immigranten bewohnt.

Die Ehrwürdige Mutter hatte bereits zahlreiche Briefe an die verschiedensten Kirchenämter geschrieben und sie über die Veränderungen in der Gegend informiert und ihnen mitgeteilt, daß sie aus Mangel an Geldern und Schülerinnen gezwungen gewesen war, einen Flügel des Klosters zu schließen. Diejenigen, die bisher ihre Briefe beantwortet hatten, hatten lediglich ihr Mitgefühl ausgedrückt, doch die Äbtissin ließ sich nicht entmutigen. Sie hatte verstanden, daß ihnen nur wenige, falls überhaupt jemand, helfen konnte. Wie ihre Briefpartner hervorgehoben hatten, waren die Zeiten hart, und die Verlegung eines ganzen Klosters ließ sich nicht so einfach und nicht ohne hohe Kosten durchführen. Es gab andere Dinge, die Vorrang hatten, größere Not andernorts. Sogar in einer Stadt wie Central City, die im Herzen der »reichsten Quadratmeile auf Erden« lag, gab es laut Josselyns Brief bedürftige Witwen und Waisen. Vor allem der Gedanken an diese Kinder hatte der Ehrwürdigen Mutter Maire zugesetzt, denn sie liebte Kinder über alles. Sie waren noch in der Lage, ehrfürchtig zu staunen und so lernbegierig, daß sie sie wirklich gern unterrichtete. Schließlich bedeuteten Kinder die Zukunft.

Nun, im Moment konnte sie vielleicht nichts für das Kloster tun, aber sie konnte wenigstens Josselyn einen Rat geben. Sie nahm Feder und Papier aus ihrem Schreibtisch, setzte sich die Brille wieder auf die Nase und begann, in ihrer schönen, schwungvollen Handschrift einen Brief zu schreiben, um die sie von allen im Kloster beneidet wurde und die, wie sich die Ehrwürdige Mutter selbst eingestehen mußte, ihr einziger heimlicher Stolz war.

Liebe Josselyn...

Nachdem sie den Brief beendet hatte, hatte die Äbtissin ihn in der Hoffnung abgeschickt, daß er kein allzu harter Schlag für die junge Frau sein würde, die in Central City ohnehin schon so große Lasten zu tragen hatte.

Die Sonne hatte den Frühnebel aufgelöst, und es war ein herrlicher Frühlingstag. Durango saß auf seinem schwarzen Hengst Diablo vor dem Tor der Pension in der Roworth Street und führte einen kleinen grauen Esel an der Leine, was Josselyn gleichzeitig ärgerte und belustigte.

»Sehen Sie, Schwester«, begrüßte er sie, während er sich den Hut auf den Hinterkopf schob und grinste. Seine schwarzen Augen funkelten, als er ihre Fassungslosigkeit bemerkte: »Ich haben Ihnen doch gesagt, daß Sie sich keine Sorgen zu machen brauchen. Wie Sie selbst sehen können, hat Gott – wenn ich auch zugebe, daß ich ein wenig nachgeholfen habe – Ihnen gegeben, was Sie brauchen. Das hier ist Sassafras, die reizendste und möglicherweise auch faulste kleine Eselin, die hier in der Gegend herumläuft. Sie ist sehr lieb, aber ich glaube nicht, daß sie in den letzten Jahren schneller als im Schrittempo gelaufen ist, und daher brauchen Sie nicht zu fürchten, daß sie mit Ihnen durchgeht und wegrennt. Wahrscheinlich müssen Sie sie antreiben, damit sie sich überhaupt in Bewegung setzt. Und da sie nicht sehr groß ist, fallen Sie wenigstens nicht tief, falls sie Sie abwerfen sollte.«

»Soll das ein Scherz sein, Durango?« Josselyn war nicht

sicher, ob sie ihm dankbar oder entrüstet sein sollte, als sie die Eselin musterte.

»Nein, also wirklich.« Er spielte den Verletzten. »Sassafras ist mir so eindeutig vom Himmel gesandt worden, daß ich dachte, es könnte kein Zweifel daran bestehen, daß der Herr dieses Tier für Sie vorgesehen hat.«

»Wie meinen Sie das? Wie sind Sie zu der Eselin gekommen?« Sie warf einen skeptischen Blick auf ihn, denn sie hätte ihm durchaus zugetraut, die Eselin gestohlen zu haben.

»Ich habe sie gewonnen«, erklärte Durango heiter, »gestern nacht bei einem Poker im Saloon. Normalerweise hätte ich eine Eselin natürlich nicht als Einsatz akzeptiert, verstehen Sie. Aber der Goldgräber, der sie ins Spiel gebracht hat, war wirklich übel dran; er hatte nur noch ein paar Dollars in der Tasche und wollte wieder nach Hause, in den Osten. Und da ich es auf einen Royal Straight angelegt hatte, dachte ich, meine Gewinnchancen seien äußerst gering, um es behutsam auszudrücken. Doch eigenartigerweise war mir das Schicksal hold. Ich habe die Herzkönigin gezogen, und das war genau die Karte, die ich brauchte. In dem Moment war mir klar, da ich persönlich für eine Eselin keinerlei Verwendung habe, daß Gott sie wohl Ihnen geschickt haben muß. Josselyn, wenn Sie sie haben wollen, gehört sie Ihnen.«

»Also, ich ... ich weiß nicht, was ich sagen soll.« Josselyn schämte sich jetzt, weil sie ihn verdächtigt hatte, die Eselin gestohlen zu haben – obwohl sie es nicht wesentlich besser fand, daß er sie am Spieltisch gewonnen hatte. Sie konnte das Tier aber so gut gebrauchen, daß sie es vorzog, einem geschenkten Gaul – oder in diesem Fall einem Esel – nicht ins Maul zu schauen.

»Sagen Sie ja, und wir brechen auf.« Durango schwang sein langes, geschmeidiges Bein über den Sattel, stieg ab und sprang anmutig auf den Boden. »Ho-Sing hat uns ein Picknick eingepackt«, sagte er und deutete auf den Korb, der an seinem Sattelhorn hing. »Ich fürchte, es ist eine eher seltsame Zusammenstellung von Gerichten – chinesische, mexikanische und sonstiges Allerlei – aber wenigstens brauchen Sie nicht zu hungern.«

Josselyn war nicht nur von seiner Rücksicht überrascht, sondern geradezu gerührt, denn darin entdeckte sie eine weitere Seite seines Charakters, die sie nur schwer mit dem Bild eines Mörders in Einklang bringen konnte. Sie war sich Durangos Schuld am Anfang so sicher gewesen. Doch jetzt ertappte sie sich immer mehr dabei, daß sie ihren ursprünglichen Verdacht in Frage stellte. Doch wenn weder Durango noch Wylie, von dessen Unschuld sie von Anfang an überzeugt war, der Schurke war, der das Rainbow's End gesprengt und Forbes und Dad getötet hatte, wer war es dann? Victoria? Das erschien unwahrscheinlich – es sei denn, sie hätte Hilfe gehabt. Einer der Männer, die im Bergwerk arbeiteten? Das schien der einzig logische Schluß zu sein, der noch übrigblieb. Dennoch war sie gezwungen, sich einzugestehen, daß ihr kein glaubwürdiges Motiv einfiel, aus dem heraus einer der Grubenarbeiter das Rainbow's End für Monate hätte lahmlegen und Forbes und Dad töten sollen.

Durango half ihr beim Aufsteigen und zeigte ihr geduldig, wie sie die Zügel halten mußte. Dann ritten sie in einem gemächlichen Tempo zur Goldmine, und Josselyn trieb die widerspenstige Eselin mit einem kleinen Stock an, den Durango in Miss Hatties Garten aus einem Zweig geschnitzt hatte.

In der Eureka Street wurden sie von Nell angehalten, die

erklärte, sie sei gerade auf dem Weg zur Pension gewesen, weil sie endlich einmal Tee mit Josselyn trinken wollte.

»Es tut mir so leid, daß ich Sie enttäuschen muß, Nell.« Die Lüge ließ Josselyn erröten. »Aber Durango bringt mich heute zum Rainbow's End. Ich will unbedingt die Goldmine sehen, die in Dads Leben eine so große Rolle gespielt hat und an der ich jetzt selbst beteiligt bin. Vielleicht können wir beide uns ein anderes Mal zusammensetzen.«

»Wie wäre es mit morgen nachmittag?« drängte Nell und weigerte sich strikt, ein Nein als Antwort hinzunehmen. Da ihr kein weiterer plausibler Vorwand mehr einfiel, ihr aus dem Weg zu gehen, sah sich Josselyn aus Höflichkeit gezwungen, sich Nells Bitte zu beugen.

Nachdem sie sich darauf geeinigt hatten, daß Nell am folgenden Tag um Punkt vier Uhr in Miss Hatties Pension erscheinen würde, machte sie sich eilig auf den Weg; seltsamerweise schien sie versessen darauf zu sein, sich möglichst schnell zu entfernen. Durango und Josselyn setzten ihren Ritt fort. Bald lag Central City hinter ihnen, und sie ritten zu den Hügeln hinauf.

Josselyn, die anfangs nervös gewesen war, als sie auf die Eselin gestiegen war, wurde im Lauf des Morgens zuversichtlicher, denn das Tier war es tatsächlich zufrieden, gehorsam hinter Durangos Hengst herzutraben. Nur zwischendurch mußte sie Sassafras antreiben. Mit der Zeit wurde Josselyn ruhiger und nahm ihre Umgebung zur Kenntnis. In den frühen Jahren des Goldrauschs waren die Hügel noch dicht bewaldet gewesen. Jetzt waren viele vollständig abgeholzt, weil man Bauholz für die Städte gebraucht hatte, die sich durch die Schluchten zogen. Im Umkreis der Stadt gab es nur gelegentlich noch einen Baumstumpf. Etwas weiter weg waren dann vereinzelte Bäume vorzufinden, die mit der Zeit dichter und immer dichter wurden, bis sie durch Wälder von Kiefern und Espen ritten, die so typisch für diese Gegend waren. Hoch über der Baumgrenze glitzerten die schneebedeckten Berggipfel in der Sonne. Wolkenfetzen trieben über den kobaltblauen Himmel. Sowie sie den Rauch und den Ruß der Städte unter sich gelassen hatten, erfüllten süße Frühlingsdüfte die Luft.

Josselyn, die sich inzwischen besser an die Höhenluft gewöhnt hatte, atmete die Düfte der Natur, die ihre Nasenflügel umspielten, tief ein. Sassafraß roch nach Heu und Schweiß und Staub. Das Fell war kurz und rauh, wenn man es in die falsche Richtung streichelte, stellte Josselyn fest, als sie sich vorbeugte, um dem Tier freundlich den Nacken zu tätscheln. Eines der Ohren hing herunter und verlieh dem kleinen Tier ein komisches Aussehen. Es war zwar ein holpriger Ritt, doch Sassafras trug sie sicher voran, und Josselyn hatte das Gefühl, sie brauche nicht zu fürchten, die Eselin würde an den schwindelerregenden Stellen, an denen der Boden neben dem Pfad steil abfiel, danebentreten, straucheln oder stürzen. Dennoch hielt sie sich als unerfahrene Reiterin gut fest, bis das Rainbow's End in Sicht kam.

Sie hatte zwar im Lauf der letzten drei Monate viele Goldminen aus der Ferne gesehen, doch das Rainbow's End enttäuschte sie. Das Bergwerk war in einem jämmerlichen Zustand; überall lagen Felsbrocken und andere Trümmer, und die Gebäude waren in einem so erbärmlichen Zustand, daß man sich wundern mußte, wieso der Wind sie nicht fortgeblasen hatte. Der Anblick der baufälligen Häuser und der Trümmer schnürten Josselyn die Kehle zu. Das war Dads Traum, das Rainbow's End, wofür er so hart gearbeitet hatte, und einer der Gründe, warum er sie nie nach Central City geholt hatte. Josselyn verspürte das unwiderstehliche

Bedürfnis zu lachen, bis ihr die Tränen kamen, und nur mit Mühe konnte sie die heftigen Laute unterdrücken, die aus ihrer Kehle zu dringen drohten.

»Nicht ganz das, was Sie erwartet haben, stimmt's?« fragte Durango leise und betrachtete sie mit undurchdringlichen Augen.

»Nein. Nein, ganz und gar nicht«, sagte sie verzagt und wandte schnell den Blick ab, damit er ihre Tränen nicht sehen konnte.

»Ja, nun, der Schein trügt oft«, bemerkte er vieldeutig, und Josselyn hatte den Eindruck, als spräche er nicht nur von der Goldmine.

Josselyn sah ihn fasziniert an. Versuchte Durango, ihr indirekt etwas über sich selbst zu sagen? Verstohlen schaute sie ihn durch ihre dichten Wimpern an. Sie hatte ihn selten ohne den breitkrempigen schwarzen Sombrero über den Augen gesehen, und normalerweise erweckte er den Eindruck, als hätte er mehr als zwei Wochen im Sattel gesessen und könnte dringend ein Bad und eine Rasur gebrauchen. Sie konnte ihn sich auch kaum ohne eine seiner dünnen schwarzen Zigarren zwischen den Lippen und eine Flasche klaren Schnaps in der Hand – Mescal hieß er, wie sie inzwischen wußte, vorstellen.

Während sie ihn betrachtete, holte er eine Flasche aus der Satteltasche, zog den Korken raus und trank einen kräftigen Schluck, und wischte sich dann den Mund am Ärmel ab. Als er bemerkte, wie sie mißbilligend die Stirn runzelte, grinste er breit.

»Reiten macht durstig«, sagte er trocken, als er den Korken wieder in den Flaschenhals rammte und die Flasche in seine Satteltasche packte. »Kommen Sie. Ich werde Sie rumführen und Sie den Grubenarbeitern vorstellen – das heißt, wenn Sie es sich nicht inzwischen anders überlegt haben, nachdem Sie jetzt mit eigenen Augen gesehen haben, wie runtergekommen das Rainbow's End ist – wie Wylie Ihnen schon sagte, wirklich kein Ort für eine Dame.«

»Bereuen Sie, daß Sie mich hierher gebracht haben?« Josselyn kniff argwöhnisch die Augen zusammen.

»Keineswegs«, versicherte ihr Durango, den ihre Frage nicht zu stören schien. »Ich dachte nur, *Sie* könnten es bereuen.«

»Nein«, beharrte sie.

»Wenn das so ist, ziehen wir los.«

Durangos Hände legten sich fest um ihre Taille, als er Josselyn aus dem Sattel hob. Wenn er sie nicht festgehalten hätte, wäre sie vermutlich gestürzt, denn sie landete unsanft mit einem Fuß auf einem scharfen Stein, ihr Knöchel knickte unter ihr weg und raubte ihr einen Moment lang das Gleichgewicht. Sie sank in seine Arme. Gegen ihren Willen klammerte sie sich an ihn, und seine Hände gaben ihr Sicherheit, bis sie das Gleichgewicht wiederfand. Einen Moment lang stockte ihr der Atem, als sein fester, großgewachsener Körper sich plötzlich an ihre zarte Gestalt preßte und seine Muskeln sich unter ihren schlanken Händen anspannten. Sie nahm vage wahr, daß er zwar ungepflegt wirkte, aber am selben Morgen doch ein Bad genommen haben mußte, denn er roch frisch und sauber, und der Duft von würziger Seife und Pimentöl vermengte sich mit dem von Zigarrenrauch und einer Spur Alkohol, als sie seinen Atem dicht und warm auf ihrer Haut spürte. Sie blickte in sein unrasiertes Gesicht. Ihre grünen Augen sahen fest in seine schwarzen, die so aufregend funkelten, daß ihr unerwartet ein Schauer über den Rücken lief. Seine Nähe ließ ihr Herz laut und schnell und fest schlagen, und tief in ihrem Innern regte sich etwas, was sie nicht benennen konnte, etwas, das sie gleichzeitig beängstigend und anziehend fand und wovon ihr so heiß wurde, daß sie einen Moment lang fürchtete, sie könne in Ohnmacht fallen. Ihre Wangen röteten sich, und sie wich vor ihm zurück, wobei sie sorgsam darauf achtete, nicht noch einmal auf den Stein zu treten, der sie in seine Arme hatte sinken lassen. Als sie ihn erneut ansah, waren seine Augen, sein Gesicht völlig ausdruckslos – doch sie konnte nicht ahnen, welche Anstrengungen es ihn kostete, seine Gefühle zu verbergen.

Anscheinend hatte es sich ganz von selbst ergeben, daß Josselyn in seine Arme gewankt war. Durango wußte, daß es wirklich ein Versehen gewesen sein konnte. Und dennoch plagten ihn Zweifel. Es konnte ebensogut die berechnende List einer geschickten Schauspielerin sein. Das Ärgerliche war, daß er nicht wußte, was von beidem zutraf. Noch beunruhigender schien ihm, daß er nicht leugnen konnte, wie sehr ihr Geruch und die Berührung ihres Körpers ihn erregt hatten. Sie hatte nach Lavendel und Frühling gerochen; ihr Körper hatte sich weich und üppig angefühlt, und er hatte gewünscht, sie trüge nicht die Novizinnentracht, die ihre Figur so gut verbarg. Durango verspürte plötzlich den unbändigen Drang, diese Stoffschicht, in die sie gehüllt war, von ihr zu schälen... ganz langsam... Es juckte ihn in den Fingern, ihr den Schleier herunterzureißen, weil er sehen wollte, wie ihr Haar tatsächlich aussah. Er verfluchte den Umstand, daß er nicht sicher wußte, ob sie eine unschuldige Novizin oder ein betrügerisches Biest war, und hoffte einen Moment lang, daß letzteres zutraf.

Nachdem er ihre Reittiere festgebunden hatte, nahm er den Picknickkorb und führte Josselyn in die Kochbaracke, um sie dort einem dünnen drahtigen Alten vorzustellen, der auf den Spitznamen »Alter Alaska-Schürfer« hörte und bereits so lange so genannt wurde, daß er seinen richtigen Namen fast vergessen hatte.

»Reds Tochter, sagst du? Also, da will ich doch verdammt sein!« Der Alte Alaska-Schürfer schüttelte ungläubig den Kopf. »Ich wußte überhaupt nicht, daß Red eine Tochter hatte. Freut mich, Sie kennenzulernen, Schwester.«

»Der Alte Alaska-Schürfer kocht für alle am Rainbow's End«, erklärte ihr Durango, als er den Picknickkorb auf dem langen Tisch im Gemeinschaftsraum abstellte. »Aber wenn Sie Ihren Magen mögen, rühren Sie besser keinen Bissen von seinen Mahlzeiten an, denn seine Bohnen schmecken wie Hagelgeschosse, und seine Brötchen sind so bleischwer, daß man sie als Kanonenkugeln benutzen könnte. Wir sind ausnahmslos der Überzeugung, daß er in alles, was er kocht, Schwarzpulver einrührt.«

»Ach, sei doch still, Durango!« murrte der Alte Alaska-Schürfer, der in seinem Mund einen Klumpen Kautabak zermatschte und dann auf den Fußboden spuckte, als wollte er damit ausdrücken, was er von den Bemerkungen seines Bosses hielt. »Wer den schwarzgebrannten Whiskey feilbietet, den du verkaufst, hat keinen Grund, sich über meine Kochkunst zu beklagen!« Er wandte sich an Josselyn. »Hören Sie bloß nicht auf ihn, Schwester, der bindet Ihnen doch nur einen Bären auf. Er und die anderen Jungs ziehen mich gern auf, die wollen mich immer ärgern. Also, ich meine, wenn ihnen nicht paßt, was ich koche, können sie sich ja einen neuen Koch suchen. Meine Gefühle verletzt das nicht, weil ich noch nie behauptet habe, ich könnte mehr als schmackhaftes Brot aus gutem Sauerteig backen. Sollen die sich ruhig einen anderen Koch suchen; aber bis dahin sollen sie ihre verflixten Münder halten und sich gefälligst nicht in meiner Küche rumtreiben! Vielleicht kriege ich nichts hin, was auch nur annähernd so raffiniert ist wie das Zeug, das Durangos chinesischer Koch zubereitet, aber wenn sich bei mir einer an den Tisch setzt, weiß er wenigstens, was er ißt – und das könnte ich von dem Kram nicht behaupten, den Ho-Sing einem vorsetzt! Hundefleisch! Ich könnte schwören, daß es Hundefleisch ist!«

Josselyn dachte an das Mittagessen, das Ho-Sing für Durango und sie vorbereitet hatte. Sie warf einen skeptischen Blick auf den Picknickkorb und sah dann Durango an, der laut über ihren entsetzten Gesichtsausdruck lachte.

»Ich versichere Ihnen, Josselyn«, sagte er und grinste immer noch, »daß Ho-Sing kein Hundefleisch verwendet, wenn der Alte Alaska-Schürfer auch noch so oft das Gegenteil behauptet. Du solltest dich schämen, Josselyn solchen Unsinn zu erzählen. Wenn du so weitermachst, bitte ich dich nicht um das Brot, mit dem du so angibst und von dem ich gehofft hatte, du würdest es zu unserem Mittagessen beisteuern.«

»Aber, aber«, sagte der Alte Alaska-Schürfer und strahlte unwillkürlich, »ich schätze, ein paar Scheiben könnte ich schon auftreiben, und vielleicht auch etwas Butter, denn schließlich ist es ja für Reds Tochter.« Er wandte sich an Josselyn. »Ich will doch nicht, daß Sie hungern, Schwester, und wenn in diesem Picknickkorb etwas Genießbares drin ist, soll mich doch gleich der... äh...«

Durango führte Josselyn weiter. Am Rainbow's End gab es nicht einen einzigen Personenaufzug. Die Grubenarbeiter wurden in denselben Eimern befördert, mit denen das Gestein an die Oberfläche gebracht wurde, und sie waren gezwungen, sich ganz auf Novak zu verlassen, der die Winde bediente und sie sicher beförderte. Sie wunderte sich, als sie das erfuhr, nicht mehr darüber, daß der große, finstere Slawe kaum einen Blick für sie übrig hatte, als Durango sie vorstellte, sondern ihr nur verkniffen zunickte. Das Leben der Männer unten im Bergwerk hing ganz davon ab, daß er keinen Moment unaufmerksam war. Wenn er auch nur einen Fehler machte, konnten die Bergleute in den Tod stürzen, und ihre Überbleibsel wären in das siedend-heiße Wasser geglitten, das Dampf in den Schacht aufsteigen ließ. Das war das gräßliche Los des unglücklichen Forbes Houghton gewesen. Solche Stürze waren in Bergwerken die häufigste Todesursache. Es lag daran, daß die Bergarbeiter nach ihrer Schicht, wenn sie aus dem glühendheißen Inneren des Bergwerks schnell an die Oberfläche kamen, oft leicht-sinnig wurden, weil sie sich benommen und schwindlig fühl-ten, und daher fielen sie manchmal versehentlich aus dem Fördereimer.

Als sie diesen entsetzlichen Sachverhalt begriff, bekam Josselyn ein flaues Gefühl in der Magengegend, und sie überlegte sich noch einmal ernsthaft, ob sie sich wirklich die Arbeitsvorgänge unter der Erde ansehen wollte. Ihr grauste bei der Vorstellung, in den Eimer zu steigen und wie ein Bleigewicht in die Dunkelheit und die dichten Dampfwol-ken herunterzusinken, die aus den unerforschten Tiefen der Goldmine aufwogten.

»Sie brauchen keine Angst zu haben, Josselyn«, sagte Durango leise, als er ihr aschfahles Gesicht sah. »Novak macht seine Arbeit gut. Aber wenn Sie lieber nicht nach unten fahren wollen, kehren wir um.«

»Nein«, erwiderte sie schließlich, schüttelte den Kopf und reckte resolut das Kinn in die Luft. »Nein, wenn mir schon eine Goldmine gehören soll – oder wenigstens ein Viertel da-von –, halte ich es für wichtig, daß ich mir ein vollständiges

Bild von den Arbeitsvorgängen mache. Andernfalls wären Sie und Wylie und sogar Victoria mir gegenüber immer im Vorteil.«

»Falls Sie sich tatsächlich entschlossen haben, diese dämliche Bedingung zu erfüllen, die Red in seinem Testament formuliert hat, damit Sie seine Anteile erben, werden Wylie oder ich ohnehin im Vorteil sein«, hob Durango hervor, und ein spöttisches Lächeln verzog seine Lippen. Er legte eine kurze Pause ein, damit sie seine Worte umsetzte. Dann erkundigte er sich beiläufig und mit unbeteiligter Stimme: »Hat Wylie Ihnen denn einen Heiratsantrag gemacht?«

Einen Moment lang war Josselyn versucht, die Frage zu bejahen, weil sie seine Reaktion sehen wollte. Dann wurde ihr klar, daß sie sich dadurch in Gefahr begab, falls Durango wirklich Forbes und ihren Vater ermordet hatte. Urplötzlich nahm der Schacht in ihren Augen etwas Bedrohliches an. Wenn Durango sie in dieses finstere Loch gestoßen und dann behauptet hätte, sie sei getaumelt und hineingefallen, dann war es höchst unwahrscheinlich, daß Novak, der sie kaum eines Blickes würdigte, das Gegenteil würde aussagen können. In dem Moment spürte sie, daß Durango, wenn er auch noch so lässig wirkte, genauso angespannt war wie sie. Sie konnte fast spüren, daß er auf dem Sprung war, wie ein Raubtier, das sich darauf vorbereitete, sich auf seine Beute zu stürzen und ihr die Kehle aufzureißen. Plante er in diesem Moment, wie er sie in den Schacht stoßen würde – wie er vielleicht auch Forbes einen Stoß gegeben hatte? Bei dem Gedanken schwirrte ihr der Kopf, und sie versuchte, sich so unauffällig wie möglich von dem drohenden Loch zu entfernen. Sie wagte es nicht, diesen Köder auszulegen.

»Nein«, äußerte sie tonlos. »Wylie hat bisher noch nicht von Heirat gesprochen.«

»Aber Sie glauben fest daran, daß er es tun wird, ehe das Jahr vorüber ist, das meinen Sie doch, oder?«

»Ich glaube«, setzte Josselyn an und wählte sorgfältig ihre Worte, »daß keiner von uns – Sie inbegriffen, Durango – mitansehen möchte, wie Dads Anteile am Rainbow's End dafür rausgeworfen werden, daß Nell Tierney sich ein Opernhaus baut.«

»Nein«, stimmte er ihr bedächtig zu, »ich glaube, das möchte keiner von uns. Aber da ich nicht fürs Heiraten geschaffen bin, werden wir wohl alle beide hoffen müssen, daß Wylie sich dazu durchringen kann, bei Vater Flanagan in der Pine Street den Katechismus zu lernen, damit Sie unbedenklich ja sagen können, wenn er erst einmal zur Sache kommt, hm?«

Obwohl ihr gerade noch vor ihm gegraut hatte, war Josselyn von dieser Bemerkung befremdlicherweise pikiert. Es störte sie, daß Durango offensichtlich nicht geneigt war, sie zu heiraten, selbst dann nicht, wenn es ihn Dads Anteile am Rainbow's End kostete – nicht etwa, daß sie ja zu *ihm* gesagt hätte, diesem schlampigen Rohling! Und doch wunderte sie sich weiterhin darüber, daß er wenig oder gar kein Interesse an ihr und ihrer Erbschaft zeigte, und ihre Ängste legten sich ein wenig. Dieses mangelnde Interesse ließ sich einfach nicht mit dem Bild eines Mannes vereinbaren, der die Goldmine gesprengt und zwei seiner Partner ermordet hatte; und jetzt war sie erneut gezwungen, ihren Verdacht in Frage zu stellen. War Durango wirklich unschuldig – oder spielte er ein gräßliches, heimtückisches Katz- und Mausspiel mit ihr? Sie wußte es nicht. Ihr Herz war geneigt, ihm zu trauen; ein Mann, der einem Bettler Geld und einem Waisenkind wie Cisco ein Zuhause gab, war ein unglaubwürdiger Kandidat für einen Sabotageakt und Morde; doch ihr Kopf warnte sie, dem schönen Schein zu trauen. Sie unterschrieb vielleicht ihr eigenes Todesurteil, wenn sie in ihrer Wachsamkeit nachließ.

»Sind Sie bereit, jetzt nach unten zu fahren?« fragte er und rüttelte sie so aus ihren Überlegungen auf. Er wies auf den Förderkorb, den Novak nach oben gezogen hatte; jetzt wartete er darauf, sie in die Goldmine herunterzulassen.

»J-j-ja, ich glaube schon.« Trotz ihrer Bemühungen, ihr Unbehagen zu unterdrücken, bebte Josselyns Stimme, und ihr Gesicht war weiß vor Angst.

Obwohl Durango ihr gesagt hatte, im Förderkorb könnten acht Männer gleichzeitig befördert werden, kam er ihr schrecklich klein und unsicher vor, und er wankte bedrohlich am Ende des schweren Seils, an dem er hing. Der Schacht war dunkel und unheilvoll. Der Dampf, der aus seinen Tiefen hochtrieb, zischte wie eine Schlange. Die Vorstellung, in diese Hölle herabzusteigen, war erschreckend genug; bei dem Gedanken, es mit Durango an ihrer Seite zu tun, versteinerte sie plötzlich.

»Sie brauchen es nicht zu tun, verstehen Sie«, rief er ihr noch einmal ins Gedächtnis, als er ihr bleiches Gesicht und ihre weit aufgerissenen Augen sah, ihre Nasenflügel, die vor Sorge bebten, und wie sie sich krampfhaft auf die Unterlippe biß, als wollte sie ihrem Zittern Einhalt gebieten.

»Ich... ich weiß«, brachte Josselyn erstickt hervor, während sie versuchte, sich wieder in den Griff zu kriegen, ihre aufgewühlten Gefühle zu beschwichtigen. »Aber irgendwie glaube ich... ich muß es tun.«

»Dann tun wir es«, äußerte er. »Schauen Sie nicht nach unten.«

Ehe sie seine Absicht durchschauen konnte, packte er ihre zitternde Gestalt, hob sie vom Boden und schwang sie über den Schacht. Ihr wurde schwindlig, als sie durch den brodelnden Dampf den Abgrund erspähte, der sich grauenerregend unter ihren Füßen auftat. Trotz seiner Warnung richteten ihre Augen sich auf diese schwindelerregende Tiefe. Sie erstarrte. Vollkommen. Das Herz schlug ihr bis zur Kehle, als sich ihre gesamte Umgebung plötzlich um sie zu drehen schien und sie das Gleichgewicht verlor. Eine grauenhafte Ewigkeit lang hing sie über dem brodelnden Loch zwischen Durangos Handflächen, von denen ihr Leben abhing. In dem Moment glaubte sie wirklich, daß ihr Tod nur noch einen Herzschlag entfernt war. Bei dem Gedanken schloß sie fest die Augen und betete; und dann ließ er sie zu ihrem maßlosen Entsetzen fallen. In den Förderkorb. Josselyn war so unendlich erleichtert, daß nur seine Hände um ihre Taille und ihre eigenen Finger, die instinktiv den Rand des Förderkorbs umklammerten, sie davor bewahrten zusammenzubrechen, als ihre Knie ohne Warnung unter ihr nachgaben.

»Um Gottes willen, Josselyn!« zischte Durango und schüttelte sie heftig. »Fallen Sie bloß nicht in Ohnmacht! Dann fallen Sie aus dem Förderkorb und stürzen in den Tod!« Während er diese Worte sagte, sprang er gleichzeitig zu ihr in den Förderkorb. Seine Hände umklammerten ihre Arme so fest, daß sie am nächsten Tag blaue Flecken haben würde. »Ist alles in Ordnung?« Seine Stimme klang besorgt. »Josselyn, ist alles in Ordnung mit Ihnen?«

»J-j-ja«, gelang es ihr flüsternd hervorzubringen. Sie schlug langsam die Augen auf, um gleich wieder in das Dunkel unter sich, das sie zu verschlingen drohte, zu blicken. »Himmel, Kreuz und Donnerwetter! Haben Sie denn nicht gehört, was ich Ihnen gesagt habe? Ich habe Sie doch davor gewarnt, nach unten zu schauen – *Jesús!* Tun Sie das nicht noch einmal!« Abrupt riß er sie in seine Arme und preßte ihr

Gesicht an seine breite Brust, damit sie nicht mehr in die Tiefe des Schachts schauen konnte, die ihren Blick magisch anzog und auch ein gefährliches Schwindelgefühl erregte. Sein Tonfall wurde jetzt sanfter; seine rechte Hand strich ihr beschwichtigend über den verschleierten Kopf, als sei sie ein Kind. »Höhe löst oft Schwindelgefühle aus. Ihnen wird nichts fehlen, wenn Sie einfach nicht nach unten sehen. Versprechen Sie mir, es auch nicht wieder zu tun, wenn ich Sie jetzt loslasse?«

»Ja.« Die gestärkten Falten seines weiten Hemds erstickten ihre Stimme, und als sie den Geruch nach frischgewaschenem und gebügeltem Stoff einatmete, wunderte sich Josselyn darüber, wie sauber sein Hemd war und wie es ihm trotzdem immer wieder gelang, so ungepflegt auszusehen.

Langsam ließ Durango sie los; doch er ließ seine Hände auf ihren Armen liegen, um sie jederzeit wieder zu packen, falls sie trotz seiner Warnung und ihres Versprechens noch einmal unter sich schauen und in Panik geraten sollte. Der Drang, in den Schacht zu schauen, war nahezu überwältigend, und doch brachte sie es irgendwie fertig, ihren Blick fest auf sein Gesicht zu richten. Seine offensichtliche Sorge um sie verwunderte und berührte Josselyn, denn sie war so sehr an seine völlige Respektlosigkeit gewöhnt, daß sie immer wieder überrascht war, wie reizend er doch sein konnte, wenn ihm danach zumute war.

»Sie machen Ihre Sache gut.« Durango lächelte sie ermutigend an. »Schauen Sie mich einfach weiterhin so an wie jetzt. Gleich sage ich Novak, daß er uns in den Schacht hinunterläßt. Es wird Ihnen sehr schnell vorkommen, aber es besteht kein Grund zur Furcht; das Kabel des Förderhaspels ist absolut sicher. Falls es nötig sein sollte, können Sie sich gegen die Ränder des Förderkorbs stemmen, aber achten Sie gut darauf, daß Ihr Körper nicht über den Rand ragt. Andernfalls laufen Sie Gefahr, Ihre Gliedmaßen zu verlieren, denn der Schacht ist eng, und seine Wände sind uneben. Stellenweise ist der Fels so scharfkantig wie ein Messer. Haben Sie verstanden?«

Josselyn nickte matt und fühlte sich hundeelend, und jetzt bereute sie, daß sie zum Rainbow's End gekommen war und darauf bestanden hatte, die dunklen unterirdischen Stollen der Goldmine zu sehen. Sie wollte sofort aus dem Förderkorb steigen und festen Boden unter den Füßen spüren. Doch wenn sie sich schon nur den Schritt vorstellte, den sie über den bodenlosen Schacht machen müßte, um aus dem Förderkorb auf den Boden des Schachthauses zu gelangen, graute ihr so sehr, daß ihre sehnsüchtigen Wünsche ihr in der Kehle steckenblieben.

Sie wußte jetzt, warum Wylie sich so entschieden geweigert hatte, sie zum Rainbow's End mitzunehmen. Josselyn wünschte von ganzem Herzen, Durango wäre ebenso immun gegen ihre Wünsche gewesen. Stumm verfluchte sie ihn. Ihre Angst war so groß, daß sie nicht, wie sie es noch vor wenigen Monaten getan hätte, Gott schnell um Vergebung bat, weil sie Durango so unbarmherzig verflucht hatte. Sie empfand keinerlei Schuldbewußtsein und nicht die geringste Scham bei den ungewohnten, ganz und gar nicht damenhaften Worten, die ihr in den Sinn kamen.

Sie mußte wirklich vollständig verrückt gewesen sein, ihn zu bitten, sie zum Rainbow's End mitzunehmen, da sie ihn doch für den Mörder ihres Vaters hielt. Vielleicht plante Durango gerade jetzt, wie er sie sich vom Hals schaffen konnte, wenn sie erst allein unter der Erde waren – oder noch Schlimmeres. Josselyn erschauerte, als ihr plötzlich wieder einfiel, was ihr durch Antoine beinahe zugestoßen wäre, und ihre Gedanken schlugen eine vollkommen unerwartete, aber nicht weniger schreckliche Richtung ein. Bilder aus den Alpträumen aller Frauen zogen ihr durch den Kopf.

Was war, wenn Durangos Äußerungen, er sei kein Mann zum Heiraten, nur dazu dienten, ihr ein falsches Gefühl von Sicherheit zu geben, weil er genau wußte, daß sie ihn ohnehin als Mann zurückgewiesen hätte, wenn er sie rundheraus aufgefordert hätte, ihn zu heiraten? Hatte sie denn nicht deutlich klargestellt, daß es Wylie war, den sie vorzog – selbst wenn er einem anderen Glauben angehörte? Was war, wenn Durango sich daraufhin entschlossen hatte, sie zu vergewaltigen, weil er hoffte, sie damit zu einer Eheschließung zwingen zu können? Durango war zwar Katholik, doch sie vermutete – wenn man an seine Flüche dachte, an sein Trinken, an sein Spielen und natürlich auch an seine Huren – kein besonders frommer; sie konnte nicht sicher sein, daß er aufgrund seines Glaubens ihren Schleier und ihre Tracht ehren und respektieren würde, wenn er sie schon selbst und ihre Tugend nicht achtete, zumal eine Goldmine auf dem Spiel stand. Wie dumm sie doch gewesen war, sich all das nicht vorher überlegt zu haben!

Josselyn blickte zu ihm auf; Durango wirkte so groß und so stark, neben ihm fühlte sie sich klein und zerbrechlich. Welche Chance hatte sie gegen ihn, falls er sich plötzlich entschloß, sie am Boden des Schachts in einen abgeschiedenen Stollen der Mine zu ziehen, sie auf den harten Felsboden zu werfen und sich ihr brutal aufzudrängen? Keine. Sie wäre ihm vollkommen hilflos ausgeliefert, und es stand zu bezweifeln, daß bei all dem Lärm, der die Bergarbeiten unvermeidlich begleitete, einer der Arbeiter ihre entsetzten Schreie hören würde. Selbst jetzt war das rhythmische

Stampfen der Pumpe ohrenbetäubend. Sie konnte sich nur ausmalen, wieviel lauter es noch werden würde, je tiefer sie kamen. Zum ersten Mal war sie dankbar, daß sie in einem Förderkorb herabgelassen wurden und nicht in einem Personenaufzug fuhren. Gewiß würde er nicht so tollkühn und dumm sein, in diesem wackligen Eimer unzüchtige Annäherungsversuche zu unternehmen.

Während ihr dieser Gedanke durch den Kopf ging, stellte Josselyn zu ihrem Unbehagen fest, daß sie auf Durango geschleudert wurde, als der Förderkorb sich abrupt nach unten bewegte und sie mit seinem Schlingern überrumpelte. Sie war so sehr in ihre besorgniserregenden Grübeleien vertieft gewesen, daß sie nicht gesehen hatte, wie er Novak das Signal gegeben hatte, sie herunterzulassen, und hatte sich nicht entsprechend festgehalten.

Sie spürte Durangos Atem warm und elektrisierend an ihrem Ohr.

Ein Schauer der Furcht, in den sich eine unerklärliche Erregung mischte, durchzuckte sie, als seine Arme sie wieder wie Stahlbänder umschlangen und an ihn preßten, während der Förderkorb mit einer alarmierenden Geschwindigkeit an den kühlen, nassen Wänden des Schachts vorbeizischte, und es ging genauso schnell, wie er gesagt hatte, so daß sie plötzlich keinen Boden mehr unter den Füßen zu haben schien und in seinen Armen schwebte. Der Atem stockte hörbar in ihrer Kehle. Ihr Magen drehte sich um. Das Pochen ihres Herzens konnte es mit dem Donnern der Pumpe aufnehmen, als sie sich an ihn klammerte. Das Blut rauschte wie ein Sturm in ihren Ohren, als der Wind im Schacht an ihr vorbeizischte, ihren Schleier und ihre Tracht peitschte, und als die Dunkelheit und der Dampf sie und Durango wie ein wogendes Meer umschlangen.

An seine Brust gepreßt, konnte Josselyn Durangos langsamen, gleichmäßigen Herzschlag hören, der in einem krassen Gegensatz zu dem rasenden Pochen ihres eigenen Herzens stand. Sie konnte seine Wärme spüren, seine Kraft; und seine Nähe und seine Männlichkeit ließen sie zittern. Durango spürte, daß sie in seiner Umarmung wie ein Tier in der Falle zitterte, und er fragte sich, ob es ihrer Angst entsprang, weil der Förderkorb so rasch herabgelassen wurde, als könnte er jeden Moment ins Leere stürzen, oder der Angst vor ihm. Falls letzteres zutraf, war sie wirklich unschuldig oder außerordentlich geschickt in der Darstellung der Rolle, die sie sich ausgesucht hatte. Welche Josselyn war die echte, die Nonne oder die Betrügerin? Durango wußte es nicht, noch nicht; aber früher oder später würde er es herausfinden. Er würde nicht ruhen, solange er nicht dahintergekommen war, das schwor er sich.

Ihre Brüste, die sich an seiner Brust flachpreßten, fühlten sich unter ihrer Tracht weich und rund und voll an, und aus Angst richteten sich die Brustwarzen auf, aber auch, weil es kühl im Schacht war – und vielleicht durch seine eigene Nähe. Diese letzte Überlegung löste gewaltige Zufriedenheit bei Durango aus, denn das hieß, daß Josselyn nicht so unempfänglich für ihn war, wie sie es immer hochmütig vorgab. Mit jedem schnellen, flachen Atemzug streiften ihn ihre Brüste, verspotteten ihn, versuchten ihn, und ein plötzliches heftiges Verlangen schoß durch seine Lenden. Als sein Blut und sein Atem sich beschleunigten, hätte Durango am liebsten gleichzeitig gelacht und geflucht, weil er sich von ihr angezogen fühlte, sich von einer Nonne erregen ließ, der er verboten war, der jeder Mann verboten war.

Was den Umgang mit Frauen anging, war er arrogant und selbstbewußt, denn keine hatte ihn je abgewiesen. Er wußte, daß er die Frau, die er jetzt in seinen Armen hielt, bereits in seinem Bett gehabt hätte, wäre nicht der winzige Keim des Zweifels gewesen, den Josselyn in seinem Gehirn gesät hatte. Sie könnte ja tatsächlich die Wahrheit sagen, wenn sie behauptete, in einem Kloster aufgewachsen zu sein. Wie das die Fäden des Netzes verwirren würde, das Red mit seinem unkonventionellen Testament gewoben hatte! Er hätte sie Wylie abspenstig gemacht, ihm heimtückisch jedes Hindernis in den Weg geworfen, um seine prinzipienlosen Pläne zu vereiteln. Der kalte, gefühllose Wylie, ein ehrloser Dieb, der die untreue Victoria genommen hatte, während Forbes noch am Leben war und auch hinterher – und der auch Josselyn nehmen würde, wenn es ihm gelang.

Plötzlich hallten Victorias zündende Worte an jenem Tag vor Kilians Büro wieder in Durangos Ohren, und in seiner Vorstellung sah er Wylie und Josselyn zusammen im Bett vor sich. Beide waren nackt, bis auf den Schleier, den Josselyn auf dem Kopf trug, den Schleier einer Nonne, einen Brautschleier, und Wylies Hände lagen auf den Brüsten, die Durango jetzt in diesem Augenblick an seiner Brust spüren konnte.

Gegen seinen Willen schlossen sich seine Arme heftig um Josselyn und erschreckten sie. Sie keuchte und stieß einen leisen Schrei aus. Als er sie im Dunkeln hörte, dachte Durango: Diese Laute würde sie ausstoßen, wenn ein Mann mit ihr schliefe; und ganz unerwartet versetzten ihm die Eifersucht und die Wut einen Stich, als er sich vorstellte, Wylie könnte dieser Mann sein. Wenn Josselyn wirklich in einem Kloster aufgewachsen war, war sie dazu erzogen worden, zu glauben, daß eine Ehe sich auf Liebe und auf Treue begründete, und Wylie könnte ihr keins von beidem bieten.

Er wird sie nicht kriegen!

Dieser Gedanke war einen Moment lang so mächtig, daß Durango glaubte, er hätte die Worte laut ausgesprochen. Als er dann merkte, daß er es nicht getan hatte, überkam ihn ein wildes Verlangen zu lachen, daß er in der Tat in Erwägung gezogen hatte, sich auf Dauer eine Nonne aufzuhalsen – und aus keinem anderen Grund als zu verhindern, daß sie Wylie zum Opfer fiel. Er würde Wylie Ärger und Schwierigkeiten machen, ja, das würde er; Josselyn zu heiraten kam nicht in Betracht. *Sie* konnte Wylie herzlich gern haben, sagte sich Durango grimmig, aber nicht ihre Erbschaft. Wenn die Wahrheit erst einmal herauskam, erwies sie sich wahrscheinlich als Lügnerin, Betrügerin und Hure, eine Komplizin in den heimtückischen Plänen, die sich ihr Vater ersonnen hatte. Durango hatte einen Augenblick lang inbrünstig gewünscht, sie wäre nicht von der Art, sich an den Höchstbietenden zu verkaufen – wie es Victoria schon immer gewesen war. Er sah resigniert vor sich hin.

Das Einzige, was ihm nicht paßte, war, daß Reds Anteile am Rainbow's End unlösbar mit Josselyn verknüpft waren. Es ging einfach nicht an, daß Wylie sie in seinen Besitz brachte, doch wenn sich Durangos nagender Verdacht bestätigte und Red noch am Leben war, dann mußte Red der Saboteur und Forbes' Mörder sein und vorhaben, Josselyn ihren unerwünschten Ehemann irgendwie vom Hals zu schaffen. In dem Fall unterzeichnete Wylie sein eigenes Todesurteil, wenn er Josselyn heiratete. Auch er persönlich, entschied Durango grimmig, ebenso wie Victoria, hätten dann keine lange Lebenserwartung mehr; denn warum sollten Josselyn und Red, nachdem sie bereits zwei Morde begangen hatten, vor einem dritten und vierten zurückschrecken, wenn all das dazu führen würde, daß ihnen hinterher die Goldmine ganz allein gehörte? Schließlich war Blut dicker als Wasser. So hieß es zumindest.

Plötzlich wünschte Durango, er könnte Josselyns Gesicht sehen, doch die Dunkelheit und der Dampf, von denen sie eingehüllt waren, verhinderten das. Er konnte sie nur spüren, wie sie sich zitternd an ihn preßte, und ihr Körper war jung und lebendig und durch die dichten Schichten ihrer Tracht, die sich bezaubernd bauschte, nur um so verführerischer. Es ließ sie wie einen Engel erscheinen, dachte er — einen Racheengel. In diesem Augenblick begehrte und verfluchte er sie und fragte sich, ob sie vielleicht gerade jetzt plante, wie sie und ihr Vater ihn töten würden.

ZWEITES BUCH

Das Herz der Mine

10

Am Rainbow's End, Colorado, 1877

Josselyn fürchtete sich zwar immer noch, doch ihr war nicht mehr kalt, denn je tiefer sie im Schacht sanken, desto heißer und stickiger wurde es, und der brodelnde Dampf ähnelte jetzt den Hitzewellen, die im Hochsommer von den Bürgersteigen Bostons aufstiegen. Er entstand, erklärte Durango, im Sumpf ganz unten im Schacht, wo das Wasser stand. Das Inferno, das den geschmolzenen Kern der Erde bildete, heizte den Sumpf auf, der zischte und brodelte wie ein Hexenkessel und Temperaturen von mehr als siebzig Grad erreichte, so daß ein Goldgräber, der das Pech hatte, auszugleiten und in einen solchen Sumpf zu fallen – wie es Forbes passiert war – kaum jemals überlebte, selbst wenn er nicht aus großer Höhe stürzte. Gerade erst letzten Monat hatte eine Zeitung, die *Territorial Enterprise*, von einem solchen Grubenunglück berichtet, bei dem das Opfer, ein Mann namens John Exley, nur bis zu den Hüften in einen Sumpf gefallen war. Er war sehr schnell von den anderen Arbeitern herausgezogen worden, doch er hatte trotzdem an beiden Beinen so starke Verbrennungen erlitten, daß er gestorben war.

Als der Förderkorb den Grund des Schachts erreicht hatte, war Josselyns ganzer Körper schweißgebadet; ihr Schleier und ihre Tracht klebten unangenehm an ihr, und in der stickigen, schwülen Luft fiel ihr das Atmen schwer. Nachdem Durango ihr auf festen Boden geholfen hatte, zog sie ihr Taschentuch aus der Tasche ihrer Tracht, um sich die Flüssigkeit von der Stirn zu wischen, die ihr in die Augen lief und in Perlen über ihrer Oberlippe stand, während er Deckkanone Henry Bescheid gab, daß sie sicher unten angelangt waren. Seine Aufgabe war es, wie Josselyn erfuhr, alle Vorgänge im Schacht zu überwachen.

»Was tragen Sie unter dieser Tracht, Josselyn?« schrie Durango ihr durch das Tosen der Werkzeuge und Maschinen, das Stampfen der Pumpe und das Brodeln des Sumpfs zu. Der Lärm war ohrenbetäubend.

Als sie sich umdrehte, stellte sie zu ihrem Entsetzen fest, daß er dabei war, sein Hemd aufzuknöpfen und es auszuziehen, wodurch er seine Brust entblößte. Sie schaute das feine, dunkle Haar auf seiner Brust so erschrocken an, daß seine unverschämte Frage gar nicht zu ihr durchdrang. Seit ihrer frühen Kindheit hatte Josselyn keinen einzigen Mann gesehen, der nicht vollständig angekleidet war. Von Deckkanone Henrys entblößtem Oberkörper hatte sie den Blick abgewandt, doch jetzt stellte sie voller Scham und Verlegenheit fest, daß der Anblick von Durangos halbnacktem Körper sie unwiderstehlich anzog. Henrys Haut war weiß gewesen, doch Durangos Haut war bronzefarben, wie die Statue eines heidnischen Gottes. Er war kräftig gebaut, aber geschmeidig, und als Josselyn sich daran erinnerte, wie er sie im Förderkorb an diese muskulöse Brust gepreßt hatte, holte sie hörbar Atem, und ein plötzlicher Schauer durchzuckte sie, und ihr wurde nur noch heißer. Da ihre Fassungslosigkeit ihm nicht entging, grinste Durango provozierend.

»Ich schätze, ich... äh... habe vergessen zu erwähnen, daß niemand, der halbwegs bei Verstand ist, in einem Bergwerk allzuviel anhat«, bemerkte er, und seine schwarzen Augen funkelten verschmitzt.

Daraufhin siegte die Wut über Josselyns Verlegenheit, denn sie wußte, daß er log, daß er es bewußt unterlassen hatte, ihr zu sagen, daß alle Bergarbeiter – und sogar er selbst – im Innern der Mine spärlich bekleidet sein würden. Warum? Weil er gewußt hatte, daß sie sich geweigert hätte, mit ihm durch den Schacht hinunterzufahren, und er sie zu irgendwelchen ruchlosen Zwecken hier unten haben wollte? Als ihr dieser Gedanke durch den Kopf ging, brach Josselyns vorherige Angst wieder über sie herein, daß Durango vorhatte, sie zu schänden, damit sie gezwungen war, ihn zu heiraten. Wie praktisch für ihn, daß er schon im voraus wenigstens einen Teil seiner Kleidung ablegen konnte! Und was hatte er sie doch gerade gefragt? Während sie versuchte, sich daran zu erinnern, wiederholte er die Frage, als hätte er ihre Gedanken gelesen.

»Was tragen Sie unter dieser Tracht, Josselyn?«

Durangos Blicke glitten träge und anzüglich über sie, und zum ersten Mal wurde ihm bewußt, wie klatschnaß ihre Tracht war und wie eng sie sich an sie schmiegte, wie Efeu an eine Mauer, und ihre Figur wurde dadurch stark betont. Ihre Wangen wurden leuchtend rot, und sie biß sich voller Unbehagen auf die Lippen und verschränkte gehemmt die Arme vor den Brüsten, als könnte ihr das Schutz gegen ihn bieten.

»Sie sind kein Gentleman, wenn Sie mir eine solche Frage stellen«, sagte sie, und ihre grünen Augen sprühten Funken.

Zu ihrer Entrüstung ließ er sich jedoch nicht zurechtweisen, wie sie es gehofft hatte, sondern sie erreichte nur, daß er spottete: »Meine Süße, ich dachte, darauf hätten wir uns längst geeinigt!« Dann warf er den Kopf zurück und lachte schallend. Im nächsten Moment kam er auf sie zu – bis er sie fast, aber nicht ganz berührte, aber doch so dicht vor ihr stand, daß nur sie seine Worte hören konnte.

»Um Himmels willen, Josselyn!« Durangos Stimme bebte vor Belustigung. »Glauben Sie im Ernst, falls ich Sie vergewaltigen wollte, daß ich es vor Henry tun würde? Also wirklich! Es gibt bessere Zeitpunkte – und geeignetere Orte als den harten Felsboden einer glühendheißen Goldmine, meine Süße«, brachte er sarkastisch hervor, und ihm entging nicht, daß sie vor Verlegenheit errötete, als ihr klar wurde, daß er ihre geheimen Befürchtungen erraten hatte; die Grobheit, diese Dinge laut auszusprechen, paßte zu ihm. »Wie Sie vielleicht bemerkt haben, Josselyn, ist es hier unten höllisch heiß; und diese dicken Stoffschichten werden in Verbindung mit den infernalischen Temperaturen unvermeidlich dazu führen, daß Sie einen Hitzschlag kriegen. Um das zu verhindern, wollte ich vorschlagen, falls Sie zufällig – und den Verdacht habe ich wirklich – viele schickliche Unterkleider übereinander tragen, möglichst viele davon auszuziehen, denn das verringert die Gefahr, daß Sie ohnmächtig werden.«

»Ihre Sorge ist rührend, Durango.« Josselyns entrüsteter Tonfall strafte ihre Worte Lügen. »Aber ich glaube, ich werde es riskieren, so zu bleiben, wie ich bin.«

»Wie Sie wollen«, erwiderte er achselzuckend. Dann fügte er spöttisch hinzu: »Ich gestehe, wie sehr es mir schmeichelt, daß Sie sich in meiner Anwesenheit sicher genug fühlen, um ohnmächtig zu werden. Ich habe den Verdacht, jede andere tugendhafte Frau in Ihrer Lage würde fürchten, daß sie mir – dem Schurken, der ich bin – nahezu unwiderstehlich erscheinen würde... und daß ich eine solche Situation ausnutzen könnte.« Sein Blick glitt langsam und lüstern über sie und verlieh seinen Worten Nachdruck.

»Das ... das täten Sie nicht!« Ihre Augen wurden vor Sorge groß.

»Vielleicht haben Sie recht«, stimmte er ihr zu. »Sollen wir gehen?«

Josselyn blieb nichts anderes übrig, als die Hand zu nehmen, die er ihr reichte. Sie war diejenige gewesen, die darauf bestanden hatte, sich das Rainbow's End anzusehen, und sie hatte auch darauf beharrt, durch den Schacht hinabzufahren. Wylie hatte sie immer wieder gewarnt, die Goldmine sei kein angemessener Ort für eine Dame; das hatte sogar Durango – dieser Schuft! – gesagt. Aber in ihrer Sturheit hatte sie sich geweigert, auf einen der beiden zu hören. Die Schuld an dieser mißlichen Lage, in die sie sich gebracht hatte, traf nur sie selbst. Oh, warum war sie bloß immer so halsstarrig und impulsiv? So war sie ihr Leben lang gewesen, und immer wieder hatte die Ehrwürdige Mutter Maire sie gewarnt, der Tag würde kommen, an dem sie das einmal bereuen würde. Tja, jetzt bereue ich es, dachte Josselyn – und zwar zutiefst. Sie hätte in Boston bleiben sollen, im Kloster, dort, wo sie hingehörte, statt quer durch das Land nach Central City zu fahren. Wenn sie sich selbst gegenüber ehrlich war, mußte sie sich eingestehen, daß nicht nur der Kummer über Dads Tod sie hierher geführt hatte, sondern auch die Neugier auf sein Testament, der Wunsch, den Mord an ihm zu rächen, und mehr als alles andere die Sehnsucht, wenigstens noch einmal in ihrem Leben Abenteuer zu bestehen und etwas Spannendes zu erleben, ehe sie sich dem ruhigen Alltag eines Nonnendaseins verschrieb.

Hatte die Ehrwürdige Mutter nicht auch gesagt, auf die eine oder andere Art erhörte Gott jedes Gebet? Tja, ihre Gebete hatte Er ganz entschieden erhört, dachte Josselyn kläglich. Heute hatte sie genug Abenteuer für ein ganzes Leben erlebt. Sie wollte und brauchte keine weiteren – schon gar nicht so eines, das es mit sich brachte, daß sie von einem unflätigen, halbnackten Kerl durch ein Labyrinth von dunklen Gängen einem Los entgegengeführt wurde, das sich als schlimmer als der Tod erweisen konnte. Jetzt schon war sie von der Hitze derart benommen, daß sie es bereute, nicht auf Durangos Rat eingegangen zu sein und einen Teil ihrer Unterkleidung abgelegt zu haben. Sie hätte ihm gern gesagt, daß sie es sich doch noch anders überlegt hatte und sich die Arbeitsvorgänge hier unten in der Mine doch nicht anschauen wollte, doch ihr Stolz ließ sie stumm bleiben. Selbst wenn der Preis der Wahrheit ihre Tugend war, gelobte sich Josselyn, dahinterzukommen, ob Durango Forbes und ihren Vater getötet hatte; und dafür war das hier der rechte Zeitpunkt und der rechte Ort.

Ihre Entschlossenheit geriet jedoch noch einmal ins Wanken, als Durango eine Grubenlampe in die Hand nahm und sie hochhielt, um ihnen den Weg zu leuchten, ehe er sie hinter sich her in einen Tunnel zog, der sich endlos vor ihnen zu erstrecken schien. Im Tunneleingang leuchteten im flackernden Schein der Lampe plötzlich Kugeln, die schnell in der Dunkelheit verschwanden.

»Was... was war das?« erkundigte sich Josselyn nervös.

»Ratten«, antwortete Durango gelassen. »Hier unten gibt es sie buchstäblich zu Tausenden. Sie sind wie Haustiere... jedenfalls so zahm, daß sie jeden Tag um dieselbe Uhrzeit zur Fütterung kommen, sich hinsetzen und warten, was die Männer ihnen an Essensresten vorwerfen. Wir sorgen uns sogar wirklich sehr, wenn die Ratten sich nicht blicken lassen. Sie nehmen Dinge wahr, die uns oft entgehen, unendlich geringe Verschiebungen im Gestein zum Beispiel; wenn die Ratten wie verrückt herumlaufen und sich ein sicheres Versteck suchen, dann wissen wir mit großer Sicherheit, daß ein Stollen einstürzen wird.«

Als sie das hörte, dämmerte es Josselyn plötzlich, wie tief sie wirklich unter der Erdoberfläche war und daß nur die Stützbalken sie davor bewahrten, unter Bergen von Erde und Gestein begraben zu werden. Besorgt schaute sie sich um und begriff, daß es keineswegs ausgeschlossen war, daß das Rainbow's End jeden Moment einstürzen und sie unter sich begraben würde. Diese makabere Vorstellung ließ sie erschauern, und verstohlen rückte sie näher an Durango, als könnte er sie vor dieser Katastrophe bewahren. Falls er jedoch bemerkt hatte, daß sie plötzlich seine Nähe suchte, war er wenigstens so gnädig, keine Bemerkung darüber zu machen.

Es war der reinste Kaninchenbau.

An vielen Stellen liefen sie nicht etwa über festen Stein, wie Josselyn es sich vorgestellt hatte, sondern auf feuchtem Ton, und dieser feine Schlammboden war laut Durango der Fluch im Dasein jedes Goldgräbers. In den eigentlichen Adern, erklärte er, wandten sie ein besonderes Abstützsystem an. Er sagte ihr, Red hätte im Gegensatz zu anderen Bergwerksbesitzern nie an den Kosten gespart, wenn Menschenleben auf dem Spiel standen, und er hätte immer verflucht genau darauf geachtet, daß bei den Sicherheitsvorkehrungen niemand schlampig arbeitete.

»Ja«, bestätigte Josselyn leise, »das sieht ihm ähnlich. Genauso habe ich ihn in Erinnerung.«

Einen Moment lang schwiegen sie beide und dachten daran, daß Red – falls er wirklich tot war – hier sein tragisches und vorzeitiges Ende gefunden hatte. Ohne jede Vorwarnung traten Tränen in Josselyns Augen und vermischten sich mit dem Schweiß, der über ihr Gesicht strömte. Dieser spontane Ausbruch von stillem Kummer, dachte Durango, kann doch bestimmt nicht geheuchelt sein – oder doch?

Schließlich wirkten Victorias Krokodilstränen, die sie oft demonstrativ vergoß, reichlich echt, überlegte er sich bitter, wenn man ihre sorgsam inszenierten Auftritte nicht kannte. Als er nach einer Weile wieder etwas sagte, war seine Stimme hart, da er Josselyn mißtraute.

»Ich würde Ihnen ja einige der Adern zeigen«, sagte er zu ihr, und sein Tonfall war hämisch, »aber leider hat unser mysteriöser Saboteur mit der Explosion jede einzelne von ihnen versiegelt.«

»Aber... warum?« fragte Josselyn, obwohl sie in den letzten Monaten schon viel darüber nachgedacht hatte, was sich der Schurke, der das Bergwerk gesprengt hatte, eigentlich davon erhofft hatte. »Warum sollte jemand etwas so Gräßliches tun wollen?«

»Um die Produktion des Bergwerks zu stoppen natürlich.« Durangos finstere, dämonische Visage, auf die der flackernde Schein der Lampe fiel, war verschlossen, eine undurchdringliche Maske.

»Ja, das ist mir klar«, sagte Josselyn und bemühte sich sehr, nicht zu zittern, als ihr plötzlich klar wurde, wie weit sie sich von dem Schacht entfernt hatten und daß sie hier an dieser Stelle vollkommen allein waren. Selbst die ständige Kakophonie des Bergwerks war hier gedämpft und schien aus weiter Ferne zu kommen, und das Surren im Hintergrund wurde nur von dem ständigen Tropfen von Wasser und dem Huschen der Ratten durchbrochen. Sie blickte auf Durango und einen Moment lang schien sein Gesicht vor ihren Augen zu verschwimmen; mit zitternder Hand wischte sie sich mit ihrem durchnäßten, zerknitterten Taschentuch den Schweiß ab, der ihr die Sicht nahm. Sie kam sich vor, als hätte sie glühendes Fieber. Sie lechzte nach einem Glas kaltem Wasser, nach einem Stück Eis, wie Durango ihr vorhin schon eins gegeben hatte; es wurde hier aufbewahrt, damit die Männer es lutschten, um in der brütenden Hitze nicht zuviel Flüssigkeit zu verlieren und einen Hitzschlag zu erleiden. »Was ich nicht verstehe, ist ... weshalb jemand die Mine einfach nur versiegeln will? Warum zerstört er sie nicht gleich? Ich meine, wäre das nicht viel einfacher gewesen, viel weniger gefährlich, eine ... dauerhaftere Lösung?«

»Oh, ja, allerdings.« Seine schwarzen Augen funkelten, als sie ihm diese Frage stellte. »Aber, verstehen Sie, Josselyn«, fuhr er spöttisch fort, »falls Ihr Vater mit seinen Vermutungen richtig gelegen hat, dann fehlten nur noch Monate, vielleicht sogar nur Wochen oder Tage, bis wir auf eine Hauptader gestoßen wären, als es zu den ersten Sabotageakten kam, schon ehe Forbes getötet wurde. In dem Fall hätte eine Zerstörung des Bergwerks gleichzeitig bedeutet, daß man für alle Zeiten jede Hoffnung vernichtet, auf die Hauptader zu stoßen – falls sie tatsächlich existiert. Wenn man dagegen die Mine versiegelt, dann mag das zwar noch so schwierig sein – und sie können mir glauben, daß nur ein verdammt guter Sprengmeister das hingekriegt hätte –, aber das Bergwerk bleibt doch in einem Zustand, in dem man es zu einem späteren Zeitpunkt wieder in Betrieb nehmen und freiräumen kann, was wir im Moment gerade tun.«

»Wer ... wer wußte etwas von der möglichen Existenz der Hauptader?« Josselyn fuhr sich nervös mit der Zunge über die trockenen Lippen und war ganz aufgeregt bei dem Gedanken, endlich etwas Konkretes herausfinden zu können, etwas, das ihr einen Anhaltspunkt gab, ob Durango schuldig am Tod ihres Vaters war. Ihr Puls raste unbeherrschbar, als sie mit angehaltenem Atem seine Antwort erwartete. »Ihr Vater wußte es natürlich, und Forbes – aber er war natürlich schon tot, als das Rainbow's End in die Luft gesprengt worden ist – und Victoria und Wylie wußten es und... ich«, sagte er.

»Das... sind alle?«

»Ja, Josselyn, wir vier waren die einzigen, die ein echtes Motiv gehabt hätten, das Rainbow's End zu sprengen, um Zeit zu gewinnen, die übrigen Partner einen nach dem anderen aus dem Weg zu räumen, um vielleicht – allein – an Millionen zu kommen«, sagte Durango angewidert; ihn ärgerten ihre Fragen, der offensichtliche Mangel an Vertrauen, das sie in ihn setzte. Er fragte sich, ob sie Wylie ähnlich verhört hatte, und entschied sich dagegen, was ihn in eine noch größere Wut versetzte.

»Und wer von ihnen ist... ist... ›ein teuflisch guter Sprengmeister‹? So... so haben Sie es doch formuliert?« Josselyn konnte den Blick einfach nicht von ihm abwenden. Sie fühlte sich hypnotisiert, wie das Opfer einer Klapperschlange – ehe sie ihre Zähne tief und gifttriefend in ihre Beute versenkte.

»Ja, so habe ich es formuliert«, antwortete er langsam, und seine Stimme war allglatt und gedämpft. »Ihr Vater war ein Experte im Umgang mit Sprengstoff; er hätte diese Sprengladungen anbringen können. Wylie auch.«

»Und... und was ist mit Ihnen, Durango?«

»Ich auch.«

Diese beiden letzten Worte hallten unheilvoll in der Stille. Plötzlich erschien es Josselyn, als wüchse Durango zum Zehnfachen seiner normalen Größe und rage satanisch und bedrohend über ihr auf, darauf erpicht, ihr etwas anzutun. Ihre Hand legte sich flatternd auf ihre Kehle. Sie schnappte nach Luft und wich einen Schritt zurück, ohne sich darüber im klaren zu sein, daß einer der Wagen, mit denen die

Werkzeuge und Erze transportiert wurden, direkt hinter ihr stand. Durango streckte die Hand aus, um sie festzuhalten, weil er die drohend bevorstehende Katastrophe abwenden wollte. Doch Josselyn, die nicht wußte, was sich hinter ihr befand, schien es, als wollte er sie mordlustig packen. Ein Schrei kam über ihre Lippen, sie machte kehrt und rannte und stolperte über die Ketten, mit denen der Wagen über die schmalen Schienen gezogen wurde, die durch das ganze Bergwerk verlegt worden waren, und fiel vornüber in den Wagen. Bei ihrem Aufprall setzte sich der Wagen in Bewegung und fuhr immer schneller, Josselyn mit sich fortreißend.

All das geschah so schnell, daß Durango ihr nicht einmal eine Warnung zurufen konnte. Er blieb nicht einmal lange genug stehen, um auch nur die Laterne abzustellen, die er in der Hand trug, sondern rannte zur Mündung des Tunnels. Seine Muskeln spannten sich, und im nächsten Moment flog er durch die Luft, ein menschliches Wurfgeschoß, in den steilen Stollen hinein. Er hatte genau gezielt und landete schwer auf Josselyn. Doch ihm blieb keine Sekunde, sich um sie zu sorgen. Er schenkte ihren schockierten, verängstigten und gequälten Schreien keine Beachtung, schmiß die Laterne in eine Ecke des Wagens, hörte Glas splittern und begriff, daß ihm die Lampe in der Hand zersprungen war und jetzt zweifellos Öl und Kerosin versprühte. Wenn hier ein Feuer entstand, konnten die Gase in der Goldmine in Brand geraten und explodieren. Das war der schlimmste Alptraum jedes Goldgräbers. Er seufzte vor Dankbarkeit, als der Docht der Lampe erlosch; er und Josselyn wurden abrupt in das Dunkel getaucht, und er ließ seine Stiefel aus dem Wagen hängen und schleifte sie über den Boden, weil er die Geschwindigkeit des Wagens bremsen wollte.

Josselyn war inzwischen derart hysterisch, daß sie nichts von der Katastrophe bemerkte. Sie wußte nur, wie glühend heiß ihr war. Sie bekam keine Luft! Sie erstickte! Sie war außer sich, benommen, fühlte sich elend und keuchte, während sie sich unter Durangos Körper wand und krümmte, bis es ihr irgendwie gelang, sich auf den Rücken zu werfen, und daraufhin schlug sie blind auf ihn ein, traf seinen Kopf und seine Schulter, zerkratzte ihm das Gesicht und die Brust und stieß mit beiden Händen gegen seinen nackten Oberkörper, während sie vergeblich versuchte, ihn von sich zu stoßen.

»Verdammt noch mal, Josselyn!« fauchte er durch zusammengebissene Zähne. »Hör auf! Hör auf damit! Ich versuche, dir das Leben zu retten, du dummes Mädchen!«

Sie glaubte ihm einfach nicht, und daher trommelte sie weiter rasend mit den Fäusten auf ihn ein und zerkratzte ihn mit ihren Nägeln – bis der Wagen in einen anderen Gang kam und gegen weitere Wagen prallte, die dort auf den Schienen standen. Durango hatte damit gerechnet, daß ein solcher Zusammenprall bevorstand, und daher hatte er im letzten Moment die Seitenwände des Wagens losgelassen und Josselyns heftig protestierende Gestalt in seine Arme gezogen. Er hatte sie an seine Brust gepreßt, seine Hände auf ihren Kopf gelegt, sie auf seinen Schoß gezogen und sie mit seinem Körper umschlungen, damit er den Aufprall abfangen würde. Als es soweit war, knallte er mit der rechten Schulter und dem Rücken gegen die Wand und scheuerte sich die nackte Haut auf, und sein Kopf wurde heftig nach vorn gerissen. Er biß die Zähne zusammen, um vor Schmerz nicht laut aufzuschreien, und er zwang sich, die Verletzungen zu ignorieren und seine gesamte Konzentration und Energie auf Josselyn zu verwenden, die in seiner schützenden Umarmung stöhnte, als der Wagen endlich anhielt.

»Sind Sie verletzt? Josselyn, sind Sie verletzt?« Innerlich verfluchte Durango die Dunkelheit, die sie umhüllte und es ihm unmöglich machte, sie deutlich zu sehen. »Josselyn!«

»Nein, ich... ich glaube... nicht«, erwiderte sie matt; sie fühlte sich elend und benommen. »Zumindest habe ich... keine Schmerzen. Mir ist nur heiß und ... und... ich fühle mich seltsam... und... ich habe Durst... so schrecklichen... Durst...« Sie schwieg und feuchtete sich mit der Zunge die trockenen Lippen an.

Sie stellte sich so eindringlich und sehnsüchtig ein Glas kaltes Wasser vor, als könnte sie es durch ihre Willenskraft allein bekommen, und sie malte sich aus, wie der Schnee auf den höchsten Gipfeln der Rocky Mountains schmolz und langsam durch die Erde in das Bergwerk rann und auf sie tropfte. Dieses Wunschbild war so stark, daß sie tatsächlich glaubte, das Wasser hören zu können, das von den Tunnelwänden tropfte. Dann wurde ihr klar, daß sie es natürlich wirklich hören konnte; das Tropfen gehörte unvermeidlich zu einem Bergwerk.

»Bleiben Sie liegen«, befahl Durango grimmig, denn er wußte nicht, ob sie verletzt war. Es lag nahe, daß sie aufgewühlt war; und der Durst kam von der Hitze, das wußte er, verdammt noch mal! Er hatte sie doch gewarnt, wie heiß ihr in all diesen Kleidungsstücken werden würde. Warum war sie nicht vernünftig gewesen und hatte einen Teil ihrer Unterkleider abgelegt? »Josselyn, bleiben Sie einfach still liegen, während ich versuche, die Lampe anzuzünden.«

»Ja. Ich... ich bin in Ordnung; mir fehlt wirklich nichts«, sagte sie mit fester Stimme und versuchte aufzustehen; sie war ein wenig benommen und schrecklich durcheinander, doch sie wollte nicht, daß er es bemerkte. Es war nicht abzusehen, was er tun würde, falls er sie für wehrlos hielt.

»Bleiben Sie ganz ruhig«, wiederholte er beharrlich, denn er hatte bemerkt, wie sich jeder ihrer Muskeln angespannt hatte. »Ich tue Ihnen nichts, das schwöre ich.« Durango legte sie sachte und ohne schnelle Bewegungen, die sie hätten erschrecken können, auf den Wagen. Dabei streifte seine Hand ihren Schleier, der sich bei dem Unfall von ihrem Haar gelöst haben mußte. Er nahm ihn, faltete ihn als provisorisches Kissen zusammen und legte ihn ihr unter den Kopf, damit es ihr bequemer war. Josselyn war sehr erleichtert, daß er sonst nichts tat, und daher blieb sie still liegen und versuchte, sich zu fassen, während er in der Dunkelheit nach der zerbrochenen Lampe tastete. Als er sie endlich gefunden hatte, griff er in seine Hosentasche, um das kleine Päckchen Streichhölzer herauszuziehen, das er immer bei sich trug. Um nicht versehentlich das vergossene Öl im Wagen anzuzünden, hob er die Lampe hoch und zündete sie vorsichtig an. Als der Docht gleichmäßig brannte – zum Glück war noch genug Kerosin in dem Lampenfuß – wandte er sich wieder zu Josselyn um, und bei ihrem Anblick stockte ihm unerwartet der Atem.

Sangre de Cristo! Sie war wunderschön.

Ohne den Schleier sah Durango zum erstenmal ihr Haar, das sich aus seinen Nadeln gelöst hatte und in seiner vollen Pracht an ihr herunterfiel, rot wie das Haar ihres Vaters – wie Durango es vermutet hatte –, und es fiel ihr dicht und seidig bis auf die Knie und sah im flackernden Lampenschein wie Feuer aus, wie etwas Lebendiges. So prachtvolles Haar hatte er noch nie gesehen. Gegen seinen Willen verspürte er plötzlich den nahezu übermächtigen Drang, seine Finger in dieses Haar zu graben, seine Lippen darauf zu pressen, sein Gesicht darin zu verbergen, es sich um den Hals zu wickeln, zu spüren, wie es ihn umhüllte, sein nacktes Fleisch koste und ihn an sie band. Wie ein lodernder Heiligenschein umrahmte es ihr apartes, herzförmiges Gesicht und betonte nicht nur ihre hohen Wangenknochen, die durch das Spiel von Licht und Schatten einen Reliefcharakter bekamen, sondern auch die Kurven ihres Körpers. Ihre großen Augen waren geöffnet, so grün wie Espen im Sommer, unter dichten pechschwarzen Wimpern und zartgeschwungenen Augenbrauen, wie Mondsicheln auf ihrer bleichen, hellen Haut. Ihre Nase war zart geschnitten, ihr Mund so vollkommen wie eine blutrote Rose, die Oberlippe kurz und geschwungen, die Unterlippe voll und üppig.

Ihre Tracht war zerrissen, als hätte sie ihr ein ungeduldiger Liebhaber von der Schulter auf die Taille gezogen; und ebenso wie ihr Haar sah er jetzt auch zum ersten Mal ihren Schwanenhals und die sachte Wölbung ihrer üppigen Brüste unter dem schlichten, aber vor Nässe verlockend durchsichtigen weißen Baumwollhemd, und seine Blicke weideten sich daran. Schweiß lag wie Morgentau auf ihrer Haut und funkelte und rann langsam durch den tiefen Spalt zwischen ihren Brüsten, die sich bei jedem Atemzug hoben und senkten. Der Schein der Lampe, der auf sie fiel, strahlte ihre regungslose Gestalt an, als sei sie ein Engel, der aus einem fernen Himmelsreich auf die Erde geworfen worden war, während sie allseits von Schatten umgeben war, an dessen Rändern sich das Dunkel ausbreitete.

Sie ist eine Nonne. Dieser unerfreuliche Gedanke schoß Durango plötzlich durch den Kopf, und er wußte, daß er verloren war, wenn er sie berührte, wie auch sie verloren sein würde, denn hinterher würde er niemals zulassen, daß sie nach Boston zurückging, ins Kloster, um ihre letzten Gelübde abzulegen.

Er kniff die Lippen zusammen und sagte sich streng, daß

er sie nicht anrühren würde, denn wenn er auch im Scherz immer wieder das Gegenteil behauptete, könnte er doch niemals so niederträchtig sein, sie unter den gegebenen Umständen auszunutzen. Ihre Augen flehten ihn stumm um Hilfe oder Erbarmen an – oder gar um etwas anderes? Er wußte es nicht. Er wußte nur, daß sie ihn brauchte – und daß er sie begehrte. Er fluchte, und leise wie die Pfote eines Raubtieres drang der Laut durch die Stille, und Josselyn zitterte vor Furcht – doch es war noch ein anderes, düsteres, primitiveres Gefühl im Spiel, das sie nicht zu benennen wagte.

Er war wie der stolze Luzifer nach dem Sündenfall, dachte sie voller Unbehagen, wie er da neben ihr kniete mit besorgtem Gesicht und doch ungebeugt, ungeläutert, unbußfertig – und unbestreitbar verlockend, dieser gutaussehende Prinz der Hölle, in der sie sich befand, verzehrt von ihren infernalischen Flammen, aber auch von einer Glut anderer Art, einem stetigen Brennen, das sie nie zuvor gefühlt hatte, einem Feuer, wie es nicht einmal Antoine in ihr entfacht hatte. Durangos Sombrero war ihm auf den Rücken gefallen, und mit furchtsamen und doch faszinierten Augen sah sie sein dichtes schwarzes Haar, das vor Schweiß triefend wie die regennassen Flügel eines Raben schimmerte. Seine schwarzen Augen glitzerten seltsam, als er ihr so fest in die grünen Augen sah, daß es ihr den Atem verschlug. Sie war wie gebannt. Sie konnte sehen, wie sich seine Muskeln unter seiner bronzefarbenen Haut anspannten und bewegten; ihr ganzer Körper prickelte merkwürdig bei diesem Anblick, so, als ließe sich eine Sehnsucht nicht stillen –, doch sie wußte nicht, wonach, und sie wollte es auch nicht wissen, denn sie hatte Angst davor – selbst in Antoines Armen hatte sie sich immer zurückgehalten, hatte sie sich immer gefürchtet –, und sie wußte auch, was sie fürchtete: Die klare Erkenntnis ihr Eingeständnis würde einen Teufel in ihr freisetzen, einen Teufel, der immer tief in ihrem Innern gelauert hatte, ganz gleich, wie sehr sie sich auch bemüht hatte, seine Existenz zu leugnen, doch er hatte in ihr gewartet... darauf gewartet, daß sie ihn freiließ.

In diesem Augenblick verlangte er heftig seine Freilassung und heulte wie ein Höllenhund. Josselyn gelang es nicht, ihn zum Schweigen zu bringen. Es war wie mit der verhängnisvollen Büchse der Pandora; sie wollte sich nicht schließen lassen. Die Schreie wurden immer lauter, und der sie umgebende Lärm wurde von einem Schwall wirrer Bilder und Sehnsüchte begleitet, von denen sie immer gewußt hatte, daß sie in ihr schlummerten, und vor denen sie im Kloster hatte entfliehen wollen, Vorstellungen und Sehnsüchte, die sehr stark und ihr genauso versagt waren wie die verbotene Frucht, doch sie erfüllten sie so intensiv, daß ihr der Kopf fast zersprang. Verzweifelt versuchte sie, die Bilder zu verdrängen. Doch sie kam nicht um die Tatsache herum, daß sie tot sein könnte, wenn Durango sie nicht gerettet hätte. Sie war ihm etwas schuldig – doch sie fürchtete sich vor dem, was er vielleicht von ihr verlangen könnte.

Sie hatte vorgehabt, eine Braut Christi zu werden, nicht die Hure Luzifers; doch als sie so langsam, als besäße sie keinen eigenen Willen, ihre Arme zu ihm ausstreckte, war dies gleichzeitig eine Geste der Abwehr und der Hingabe und Ergebung.

In einem Kloster wäre sie vergeudet, und an Wylie wäre sie vergeudet, dachte Durango – und vielleicht war sie ja in Wirklichkeit gar keine Nonne...

»Jossie...«, murmelte er heiser. Und war verloren.

Plötzlich funkte es zwischen ihnen, ein Blitz, energiegeladen, voller Spannung, angefüllt mit der Angst, die ihnen noch in den Gliedern saß, ausgelöst von dem qualvollen Sturz, von der Todesnähe, dem knappen Entkommen. Sie waren jung und lebendig; das Leben war süß und verheißungsvoll. Sie klammerten sich urplötzlich aneinander, und Durangos Augen wurden vor Leidenschaft dunkler, und er stieß einen tiefen, kehligen Laut aus, als er Josselyn in seine Arme riß, seine Hände grob in ihr gelöstes Haar wand und seinen Mund fest und gierig auf ihre Lippen senkte.

Was sie auch erwartet haben mochte, das war es nicht, nicht diese Wildheit, die in dem Moment, in dem er ihre Lippen für sich forderte, zwischen ihnen aufloderte wie blaues Feuer bei einem Gewitter in den Bergen, knisternd, während ein brodelnder Himmel sich spaltete und Fluten herabstürzen ließ. Sie fühlte sich wie vom Blitz getroffen, ihr Blut toste wie Donner in ihren Ohren; eine brodelnde schwarze Wolkenmasse sog sie unwiderstehlich an, und sie hatte das Gefühl, nie mehr entkommen zu können. Benommen wehrte sie ihn ab. Doch sie konnte nichts gegen ihn ausrichten. Er war zu stark für sie, sie konnte ihn noch nicht einmal von sich stoßen. Seine Hände, die sich in ihre langen Locken gegraben hatten, zogen ihren Körper entschlossen an seinen und bogen sie erbarmungslos zurück, als er sich über sie beugte, sie beherrschte, sie ausschöpfte, ihre Lippen verlangte, sie verschlang, ihren Atem schluckte, bis sie schließlich aufhörte, sich zu wehren und er sie erbarmungslos zwang, auf ihn zu reagieren.

Sie war vernichtet, ruiniert. In ihren kühnsten Träumen hätte sie sich nicht ausmalen können, daß es so überwältigend sein würde; so hatte Antoine sie nie geküßt, so heftig, daß sich in ihr Gefühle und Empfindungen regten, die so glühend und so übermächtig waren, daß sie sie verzehrten. Sie fühlte sich schwach und matt, als stünde sie auf einem hohen

Berggipfel, und als würde ihr die dünne Höhenluft den Atem rauben. Sie schnappte keuchend nach Luft und sog Durangos Atem in sich ein, als er sie wieder und immer wieder küßte und seine Zunge den Umriß ihrer Lippen nachfuhr, ehe sie zwischen ihnen eintauchte, um tief und ausgiebig die Milch und den Honig ihres Mundes zu kosten.

Josselyn stieß einen wimmernden Laut aus, als er zu dieser Invasion und zu diesem Plündern ansetzte, doch gleichzeitig verriet sie ihr geschmeidiger, junger Körper, indem er ihn willkommen hieß, sich ihm hingab, ihn auskostete. Aus ihrem eigenen Antrieb glitten ihre Hände über seine bloße Brust, schlangen sich um seinen Nacken und zogen ihn zu sich herunter. Ihre Zunge zerschmolz warm und süß mit der seinen, wand sich an ihr, schlang sich um sie und lernte eifrig die Lektionen, die er ihr beibrachte. Er schlug eine brutale Bresche in die Mauer ihrer Klosterzeit, zeigte ihr in einer Weise, wie es Antoine nie getan hatte, die Welt, die jenseits dieser Mauern lag, mit heißen Lippen, die sich eindringlich und beharrlich auf den ihren bewegten und ihr keine Zeit ließen zu überlegen, Bedenken zu erheben – sie war nur noch Gefühl und Begehren.

Und was sie spürte ... Die Erde war in Aufruhr versetzt, hob sie empor, sank unter ihren Füßen weg und nahm alles mit sich, was sie je an Sicherheit und Geborgenheit gekannt hatte, und gab ihr statt dessen etwas, das gefährlich und ungewiß war, sie ängstigte und zugleich berauschte. Seine kühne Zunge war so beharrlich wie die Schlange im Garten Eden, führte sie mit der verbotenen Frucht in Versuchung, hieß sie von ihr zu kosten, Nektar und Ambrosia zu schmekken – und verdammt und ausgestoßen zu werden. Und so wurde Evas Sünde zu ihrer eigenen, und sie fiel, wie Luzifer gefallen war, während sich Luzifers Mund fordernd auf ihren Lippen bewegte und seine Hände über ihren Körper glitten, bis sie ihn inbrünstig mit jeder Faser ihres Seins küßte, ihn auskostete und seinen kühnen Ansturm genoß, die Augen weit und hoffnungsvoll geöffnet.

In diesem Augenblick brach tief in ihrem Innern ein Damm, und eine Flut des Begehrens, des Verlangens, das zulange unterdrückt worden war, wogte durch sie, riß sie so erbarmungslos mit wie ein tobendes Meer, trug sie dunkleren und unerforschten Gestaden entgegen – dort erwartete sie das reine Begehren, und nichts außer Durango zählte mehr. Sie hatte gefürchtet, er würde ihr gewaltsam die Tugend rauben – und als seine fiebrigen Lippen sich jetzt sengend über ihre Wange zu ihrer Schläfe vortasteten, über ihr feuchtes, kupferfarbenes Haar glitten, störte sie selbst das nicht mehr. Es war ihr Schicksal, dachte sie benommen, als hätte ihr ganzes Leben unausweichlich auf diesen Moment zugestrebt, auf diesen entscheidenden Wendepunkt, an dem sie wählen mußte zwischen dem, was keusch und zahm, und dem, was wollüstig und wild war.

Und sie hatte gewählt – oder Durango hatte die Wahl für sie getroffen. Sie trieb auf den Wogen der Sinnlichkeit, auf der Flut der Leidenschaft, die er in ihr auslöste, und konnte ihrem Treiben keinen Einhalt gebieten. Ihr fehlte die Kraft, dagegen anzukämpfen; es war, als hätte er ihre ganze Stärke aus ihr gesogen, als hätten sich alle Knochen in ihrem Körper aufgelöst und als sei nichts als flüssiges Quecksilber zurückgeblieben. Sie war matt und lethargisch. Sie besaß keinen eigenen Willen mehr; auch den hatte er ihr genommen, ihn seinem stärkeren Willen gebeugt, als sein fester Körper sich auf sie geworfen und sie mit seinem Gewicht niedergedrückt hatte. Sie war sich seiner Männlichkeit bewußt geworden, seiner unwiderstehlichen Virilität – und auch ihrer eigenen

Weiblichkeit und Verletzbarkeit. In seiner Umarmung fühlte sie sich klein und zart, ihm machtlos ausgeliefert, wie etwas, das er nach Belieben formen und prägen konnte – und er tat es.

Ihr Haar hielt das Versprechen, das Durango verlockt hatte, als er es zum ersten Mal sah. Er schlang seine Finger hinein, vergrub sein Gesicht darin, tief den berauschenden Duft ihres Lavendelparfüms einatmend, der in den seidigen Locken hing, der dem weißen Hals entströmte, der entblößt vor ihm lag und auf den er stöhnend glühende Küsse preßte. Die Stoppeln auf seinem unrasierten Gesicht zerkratzten Josselyns zarte Haut, als sie sich unter ihm wand, ächzte, ihn erregte und seine Lenden mit Verlangen erfüllte. Als sie sich ihm unabsichtlich entgegenwölbte, verschärfte sich seine Leidenschaft noch mehr. Sie warf den Kopf wild hin und her, als er seine Lippen auf ihre Kehle heftete und seine Zunge herausschoß, um die kleine pulsierende Ader zu necken, die dort rasend schlug und im irrwitzigen Tempo ihres Herzens pochte.

»So süß ... so süß ...«, flüsterte er mit verhaltener Stimme an ihrer Kehle.

Bei diesen Worten durchzuckte sie ein unbegreiflicher Schauer. Seine Küsse und seine Liebkosungen hatten sie entfacht, doch verzehrte sie sich instinktiv nach mehr, und ihr Körper war wie Feuer und Eis, brannte und schmolz unter ihm. Ihre Haut war so unglaublich empfindlich geworden, daß jede seiner Berührungen sie wie Feuer versengte; die glühenden Küsse, mit denen er sie bedeckte, trafen sie wie sprühende Funken eines Feuerrades. Seine Hände zerrten brutal an ihrem Haar, um ihr Gesicht zu seinem hinaufzuziehen. Seine Lippen ergriffen einmal mehr Besitz von ihren, fanden sie erneut, und seine Zunge drang tief in ihren

Mund, erkundete dessen tiefste Geheimnisse, erforschten seine feuchten Tiefen.

Das dunkle Haar auf seiner Brust fühlte sich wie Seide an, aber sie spürte es auch durch das dünne Material ihres Hemdes auf ihren Brüsten, die sich mit ihren empfindlichen Spitzen hoben und senkten. Josselyn war derart von den Empfindungen, die er in ihr wachrief, gefangen, daß sie noch nicht einmal merkte, daß ihre Tracht eingerissen war und sie halb entblößte, bis seine Lippen wieder ihre Kehle fanden und seine Hände an ihr herunterglitten, sich auf ihre nackten Brüste legten und sich darum schlossen. Sie ächzte vor Schock, Angst und Wonne. Ihr Atem ging schnell und abgehackt, als seine Daumen winzige Kreise um ihre rötlichen Brustwarzen beschrieben und sie dann streichelten, bis sie steif wurden sich verführerisch gegen ihr Hemd preßten und ihn entflammten. Ihr Herz schlug unregelmäßig, als Wogen unerträglicher Verzückung sie durchströmten. In einem entlegenen Winkel ihres Verstandes wußte Josselyn, daß das zu weit ging, daß es zu schnell ging, daß er sie innerhalb von Minuten haben würde und sie dann verloren war, unfähig zu verhindern, daß er sie nahm.

Verzweifelt wehrte sie sich gegen ihn, und ein Instinkt aus alten Zeiten trieb sie dazu, noch einmal alles zu versuchen, um ihm zu entkommen. Doch Durango konnte ihre Hände mühelos festhalten, und seine Schenkel klemmten sie ein. Seine Finger rissen ungeduldig an den Schnüren ihres Hemdes und zogen den Stoff auseinander, um ihre Brüste ganz freizulegen. Sie spürte seinen heißen, sengenden Atem auf ihrem nackten Fleisch, als seine Zunge langsam und unsäglich verlockend den Schweiß aufleckte, der durch den Spalt zwischen ihren Brüsten rann, und eine Hand sich sanft auf eine dieser weichen Wölbungen legte.

»*Dios mio*, Jossie! Wie sehr ich dich begehre!« rief er heiser aus, ehe sein Mund sich auf ihre Brust senkte.

Sie schrie auf und fühlte sich plötzlich derart überwältigt von seiner Glut. Sie war ein Bündel unvorstellbarer Empfindungen; ihre Gefühle waren in Aufruhr. Verrucht. Sie war verrucht und wollüstig. Tief in ihrem Innern hatte sie immer gewußt, daß es so war. Jetzt schmorte sie, wie sie es insgeheim schon immer gefürchtet hatte, dafür in der Hölle, ein gefallener Engel, der in Luzifers infernalischer Umarmung lag, sich die Seele rauben und bereitwillig in seinem flammenden, unterirdischen Reich gefangenhalten ließ.

Durch den Schweiß, der ihr in die Augen rann, konnte sie sehen, wie seine schwarzen Augen im flackernden Lampenschein wie Kohlen glühten. Sie konnte seinen halbnackten, von Schweiß überzogenen Körper spüren, der sie zu Boden preßte, die Muskelstränge in seinen Armen, seine brennenden Lippen, die überall zugleich zu sein schienen und mit denen er sie für alle Zeiten als die Seine brandmarkte. Vor ihren Augen verschwamm alles und wurde so wirr, als würde sie gleich ohnmächtig. Ihr Herz pochte, als würde es ihr in der Brust zerspringen.

»Durango…«, hauchte sie und klammerte sich voller Panik an ihn, als er und das ganze Bergwerk vor ihren entsetzten Augen kreisten und zu entschwinden drohten. »Durango…«

Und dann sprudelte eine gnädige Schwärze auf, um sie einzuhüllen, und sie wußte nichts mehr.

11

Jesús! Fast hätte er Josselyn vergewaltigt! Ja, er *hätte* sie tatsächlich vergewaltigt, wenn sie nicht ohnmächtig geworden wäre. Durango kniff die Augen zusammen, als er auf sie herunterschaute, auf ihre sinnliche, verlockende Gestalt. Nein, es wäre doch keine Vergewaltigung gewesen, denn wenn er sie auch anfangs erschreckt hatte, hatte sie ihn zum Schluß doch ebenso sehr begehrt wie er sie – und ganz unschuldig war sie nicht gewesen! Er war nicht der erste Mann gewesen, der sie geküßt hatte; er hatte genug Frauen gehabt, um das beurteilen zu können. Aber trotz der unglaublichen Leidenschaft, die er in ihr entfacht hatte, war sie keineswegs wie eine geschickte Kokotte oder eine abgeschmackte Schlampe gewesen, die in der Kunst der Liebe erfahren und geübt war. Diese Erkenntnis verwirrte ihn; ihm wurde klar, daß er jetzt ebenso wenig wie vorher wußte, ob sie ein Engel oder eine Hexe war. Möglicherweise hatte sie sich in Boston aus dem Kloster geschlichen, um einen Liebhaber zu treffen; manchmal taten das junge Frauen – das hieß, fügte Durango grimmig hinzu, diejenigen, die keine wahre Berufung verspürten. Ganz gleich, was Josselyn wirklich war, eine Nonne war sie jedenfalls nicht. Da war er sich jetzt ganz sicher. Und doch hätte keine Schauspielerin der Welt, auch die geschickteste nicht, diese verängstigte, unsichere Naivität, gepaart mit unglaublich süßer Leidenschaft heucheln können, die sie gezeigt hatte, als er begonnen hatte, sie zu küssen. Er mußte unbedingt dahinterkommen, was für ein Spiel sie eigentlich spielte – aber selbst, wenn sie tatsächlich mit ihrem Vater unter einer Decke steckte, hatte sie heute mehr abgekriegt, als sie erwartet hatte!

Durango stöhnte und schämte sich, als er daran dachte, wie er sich auf sie geworfen hatte – als sei er nicht besser als ein brünstiges Tier – und sie brutal gezwungen hatte, sich seinem plötzlichen und übermächtigen Verlangen nach ihr zu unterwerfen. Er war wirklich wild wie ein Tier gewesen, hatte ihre Schreie und ihre Abwehr nicht beachtet, sondern sich ihr gewaltsam aufgezwungen und erbarmungslos Besitz von ihren Lippen ergriffen, ihren Körper bewußt an seinen gepreßt, damit sie sein Begehren spüren konnte. Kein Wunder, daß sie sich gewehrt hatte. Er hatte sich wie ein Unhold benommen. Das würde sie ihm nie verzeihen; und als er jetzt auf ihre bewußtlose Gestalt herunterschaute, ihr langes, wirres Haar, ihre aufgequollenen Lippen, ihre helle, zarte Haut und ihre üppigen, entblößten Brüste, versetzte ihm die Reue einen unvorstellbaren Stich. Er hatte sie begehrt, und er begehrte sie immer noch, verzweifelt, mit jeder Faser seines Seins; und was hatte er erreicht? Mit ziemlicher Sicherheit hatte er sie geradewegs in Wylies Arme getrieben – und in Wylies Bett. Als er sich vorstellte, wie Wylies Finger sich in dieses unbändige rote Haar schlangen, wie Wylies Lippen diesen wunderschönen Rosenknospenmund küßten, wie Wylies Hände sich auf diese vollen, reifen Brüste legten, wie Wylie tief in sie stieß, wurde Durango von einer mörderischen Eifersucht und Wut gepackt, daß er Wylie zweifellos umgebracht hätte, wenn er jetzt im Tunnel aufgetaucht wäre.

»Zum Teufel mit dir, Red!« fluchte er tonlos. »Der Teufel soll dich holen, weil du dieses verdammte Testament verfaßt und Jossie in eine so unhaltbare Lage gebracht hast!«

Sie war viel zu gut für einen hundsgemeinen Mistkerl wie Wylie – aber auch viel zu gut für einen Gauner wie ihn, gestand sich Durango kläglich ein, selbst wenn sie eine Lügnerin und Betrügerin war. Und doch war er entschlossen, sie auf die eine oder andere Weise zu besitzen. Sein Entschluß schien ihm so unausweichlich, daß er übel versucht war, gleich zu beenden, was er begonnen hatte; es kostete ihn große Mühe, Josselyn zu bedecken, sie hochzuheben und aus dem Stollen zu tragen.

Durango wußte, daß die Hitze sie bewußtlos gemacht hatte. Er mußte sie aus dem Bergwerk bringen, in die kühle, frische Luft im Freien, und ihrem Körper möglichst schnell das Wasser wieder zuführen, das sie herausgeschwitzt hatte. Mit schnellen Schritten lief er durch die Gänge zum Hauptschacht und hoffte dabei glühend, sie würde ihn nicht allzusehr für das, was er getan hatte, hassen. Er nahm sich vor, alles daran zu setzen, damit sie Wylie niemals heiratete, sondern ihr keine andere Wahl blieb, als sich ihm, Durango, zuzuwenden.

Schon seit Nells Rückkehr in das Haus in der Spring Street war Red unbehaglich zumute; sie hatte ihm mitgeteilt, daß Durango Josselyn zum Rainbow's End mitnahm. Wenn sie auch noch so halsstarrig war, konnte sich Red schwerlich vorstellen, daß seine vornehme Tochter, die in einem Kloster aufgewachsen war, darauf beharrt hatte, sich die Goldmine anzusehen. Sie war doch sicher von Wylie und möglicherweise sogar von Durango gewarnt worden, daß es an diesem Ort für eine Frau zu hart und gefährlich zuging. Red war den beiden augenblicklich nachgefahren und wollte sie keinen Moment lang aus den Augen lassen. Red nahm den Wagen, denn trotz aller Schwierigkeiten hatte er die Fahrt schon einmal überstanden – in der Nacht, in der er das Rainbow's End gesprengt hatte.

Red erreichte die Stelle, an der Nell ihn in jener Nacht

erwartet hatte. Von dort aus nahm er den steilen Anstieg zu Fuß vor. Zum Glück hatte er in weiser Voraussicht Nells Opernglas mitgenommen, und als er flach im Gras auf einem Hügel lag, hatte er einen guten Ausblick auf die Goldmine, die unter ihm lag.

Je länger er dort wartete, desto unruhiger wurde er, und sein Schuldbewußtsein setzte ihm gewaltig zu, weil er seine ahnungslose Tochter in seinen kühnen Plan verwickelt hatte, und Josselyn und Durango noch nicht wieder aus dem Schacht aufgetaucht waren. Red hatte es gar nicht gefallen, daß seine Tochter mit seinem Partner in die dunklen, gefährlichen Gänge des Bergwerks hinabfuhr, vielleicht in einen abgelegenen Tunnel, in dem Durango versuchen könnte, sich ihr mit Gewalt aufzudrängen, und wo niemand Josselyn hören würde, wenn sie schrie. Als ihm dieser erschreckende Gedanke durch den Kopf geschossen war, wäre Red fast aufgesprungen und zum Schacht gerannt, um Josselyn noch rechtzeitig aus dem Förderkorb zu ziehen. Doch dann hatte er sich gesagt, daß selbst Durango nicht so niederträchtig war, eine Vergewaltigung zu begehen; und da er nicht verraten wollte, daß er noch lebte und wahrscheinlich ohnehin nur seine Phantasie mit ihm durchging –, hatte Red sich mit dem Gedanken getröstet, daß Josselyn sich sicher erst gar nicht trauen würde, einen Fuß in den Förderkorb zu setzen, geschweige denn, nach unten fahren würde.

Doch als die Zeit verging, fiel es Red zunehmend schwerer, die Ruhe zu bewahren und auf dem Hügel liegenzubleiben. Warum, zum Teufel, brauchten sie so lange? Verdammt noch mal! Sie sollten längst wieder draußen sein! Als er gerade zu dem Schluß gekommen war, daß er selbst dann feststellen mußte, ob seiner Tochter etwas fehlte, wenn er sich dadurch verriet, ging die Tür des Schachthauses auf, und Durango trat aus der Dunkelheit des Schachtes. Reds Erleichterung beim Anblick seines Partners war jedoch nur von kurzer Dauer, denn als er Josselyns eindeutig bewußtlose Gestalt in Durangos Armen sah, ohne Schleier, mit gelöstem Haar und zerrissener Tracht, bestätigte sich sein übelster Verdacht.

»Heilige Maria, Mutter Gottes!« fluchte er laut vor sich hin, während er vor Wut kochte. »Dieser üble Mistkerl hat doch tatsächlich meine Tochter vergewaltigt!«

Bei dem Gedanken sprang Red auf, denn jetzt war es ihm gleichgültig, ob ihn jemand sah; er wollte den Hang hinabrennen und Durango auf der Stelle umbringen. Doch in seiner rasenden Eile blieb er mit dem Fuß in einem Felsspalt hängen und fiel zu Boden, und sein Knöchel knickte weg.

»Verdammt noch mal! Verdammt noch mal!« fluchte er, und sein Gesicht war vor Schmerz verzerrt, als er gleichzeitig an seine Tochter und an seinen Knöchel dachte. Erstere mit Sicherheit vergewaltigt, zweiterer zweifellos gebrochen.

Einen Moment lang atmete er schwer, weil er Josselyn nicht zur Rettung kommen konnte. Er wußte genau, daß das Gottes furchtbare Strafe dafür war, daß er sie als Köder benutzt hatte. Dann stöhnte Red vor Schmerz, stützte sich mit Händen und Füßen ab und versuchte, sein Bein aus dem schmalen Spalt zu ziehen, in dem er feststeckte. Er mußte die Zähne zusammenbeißen, um nicht laut aufzuschreien. Er hatte ihn mit solcher Kraft losgerissen, daß er vornüberkippte und den steilen Hang hinabrollte.

»Verflucht und zum Teufel!« brüllte er, als er kopfüber gegen jeden einzelnen Felsvorsprung und jede Wurzel zu prallen schien.

Endlich blieb er am Fuß des Hanges liegen. Lange Zeit

verharrte er still und bewegungslos in dieser Position. Ihm war die Luft ausgegangen, und sein Knöchel pochte furchtbar. Mit seinen ausgebreiteten Armen und seinen gespreizten Beinen ähnelte er in seiner Aufmachung mehr einer Vogelscheuche, die ein starker Windstoß umgeworfen hat, als einem Landstreicher. Nach einer Weile bekam er wieder Luft und konnte sich zu Nells Wagen schleppen. Er zog sich an einem der Räder hoch, sprang mit dem gesunden Bein auf das Pferd, band es los und schwang sich mühsam auf den Kutschbock. Inzwischen tat ihm der Knöchel so weh, daß er keine andere Möglichkeit mehr sah, als in die Stadt zurückzufahren und sich von Nell helfen zu lassen; wie hätte er in seiner derzeitigen Verfassung etwas gegen Durango ausrichten können? Ihm blieb nichts anderes übrig, als Josselyn Durango zu überlassen, und Red erschauerte bei dem Gedanken an Nells Zorn, wenn sie erfuhr, was vorgefallen war. Er vermutete, daß sie keinerlei Mitleid für seinen gebrochenen Knöchel aufbringen, sondern ihn mit ihrer scharfen Zunge und der Wucht ihres irischen Temperaments heftig ausschelten würde.

»O Jossie, was habe ich getan? Was habe ich bloß getan?« jammerte er laut vor sich hin und bemitleidete sich selbst so sehr wie seine Tochter, als er sich auf den Rückweg nach Central City machte, um Nells Wutausbruch über sich ergehen zu lassen. Er hatte es wirklich nicht besser verdient.

Aber wie hätte er das ahnen können? Durango und Wylie waren wie Söhne für ihn gewesen. Er hatte sie geliebt und bis jetzt nicht wirklich geglaubt, daß einer von beiden der Saboteur war. Bis Forbes tot im Sumpf aufgefunden worden war, hatte Red Forbes verdächtigt, die sogenannten Unfälle am Rainbow's End ausgelöst zu haben. Erst hinterher, als Forbes begraben war, und es weiterhin zu Unfällen kam, hatte Red eingesehen, daß nur Durango oder Wylie als Schuldige in Frage kamen. Er konnte es einfach nicht glauben und hatte weiterhin nach anderen Erklärungen gesucht. Jetzt konnte kein Zweifel mehr daran bestehen, daß Durango der Schurke war, denn nur ein Mann, der so verwerflich war, Sabotageakte und Morde zu begehen, scheute nicht davor zurück, eine Nonne zu vergewaltigen.

»Verzeih mir… oh, bitte, verzeih mir, meine geliebte Tochter«, ächzte Red, als sich der Wagen in Bewegung setzte.

Josselyn hatte damit gerechnet, in der Hölle wieder aufzuwachen, und daher nahm sie anfangs nur wahr, wie angenehm kühl ihr war und wie erfrischend und wohltuend die Brise war, die durch das offene Fenster wehte und die schlichten Musselinvorhänge sachte nach innen bauschte. Sie hatte einen gräßlichen Traum gehabt, einen abscheulichen Alptraum, aber dem Himmel sei Dank, sie war jetzt in Sicherheit und lag in ihrem eigenen Zimmer in Miss Hatties Pension. Erst später fiel ihr ein, daß die Vorhänge in ihrem Zimmer in Miss Hatties Haus eine andere Farbe hatten, und als sie an sich herunterschaute, stellte sie fest, daß sie nur ihre Unterkleider trug.

»Nein«, stöhnte sie leise und legte eine Hand auf das feuchte Tuch auf ihrem schmerzenden Kopf, als sie matt versuchte, sich aufzusetzen, und sich zutiefst beunruhigt fragte, wo sie war und was ihr zugestoßen sein mochte. Der Alptraum! Es ist also gar kein Alptraum gewesen, sondern die Wirklichkeit, und sie erschauerte, als sie Durango sah. »Oh, nein.«

»Psst. Sei still, Jossie.« Als er sich über sie beugte, stand Sorge in seinem Gesicht. Sachte, aber entschieden stießen seine Hände sie wieder auf das Bett zurück, in dem sie lag. Dann nahm er das Tuch, das ihr auf den Schoß gefallen war, und tauchte es in eine Wasserschale, die auf einem Nachttisch stand, wrang es aus und legte es ihr wieder auf die Stirn. »Versuch jetzt noch nicht zu reden oder aufzustehen. Du hast einen harmlosen Hitzschlag erlitten. Du bist in dem kleinen Nebenraum der Küche am Rainbow's End, einem Zimmer, in dem dein Vater oft geschlafen hat und das Wylie und ich immer noch benutzen, wenn wir aus irgendwelchen Gründen über Nacht in der Mine bleiben müssen. Es wird dir bald wieder gutgehen. Glaubst du, du brächtest es fertig, ein wenig Wasser zu trinken?«

Josselyns Augen waren vor Entsetzen weit aufgerissen, und ihre Gedanken gingen fieberhaft schnell, als sie nickte, ihn anstarrte, vor ihm zurückwich und Angst hatte, sich ihm zu widersetzen. Er hatte sie geküßt – leidenschaftlich – und andere furchtbar intime Dinge mit ihr getan, ehe sie im Tunnel ohnmächtig geworden war. Plötzlich brach die ganze Erinnerung an das, was geschehen war, über sie herein. Mit betäubender Klarheit erinnerte sie sich an seinen Mund auf ihren Lippen, fest und gierig und fordernd, an seine Hände, die sich in ihr Haar gegraben hatten, an seinen Atem, den sie heiß auf ihrer Haut gespürt hatte, als er seine Lippen auf ihre bloße Brust gepreßt hatte und seine Zunge mit ihrer Brustwarze gespielt hatte … O Gott.

Danach war alles schwarz. Was war passiert, nachdem sie das Bewußtsein verloren hatte? Josselyn wußte es nicht und geriet in Panik. Gütiger Gott im Himmel! Hatte Durango sie *vergewaltigt?* Entsetzt forschte sie in seinem Gesicht nach einer Antwort, doch seine Augen waren undurchdringlich, sein Gesicht zur Maske erstarrt.

Wenn er das getan hätte, dann wüßte ich es doch

bestimmt, versicherte sie sich immer wieder. Aber sie wußte so wenig über diese Dinge, hatte so wenig Erfahrung, daß sie nicht sicher sein konnte.

Sie zermarterte sich den Kopf und versuchte, sich zu erinnern, worüber die Mädchen im Kloster in Boston im Schlafsaal getuschelt hatten; es hatte sich immer um romantische Geschichten gedreht, in denen die Männer in einem reizvollen, heldenhaften Licht dastanden, und hatte nichts mit der rauhen Wirklichkeit zu tun, daß sich einem ein Mann aufzwang. Sie erschauerte vor Scham und Entsetzen, als sie sich vorstellte, daß Durango in dem Tunnel vielleicht das beendet hatte, was Antoine nur begonnen hatte. Hatten diese Hände, die ihr gerade dabei halfen, sich aufzusetzen und ein Glas Wasser an ihre Lippen hielten, brutal ihre Röcke hochgehoben und...

Hör auf! Hör auf! sagte sie sich wütend. *Es ist nicht erwiesen, daß er überhaupt etwas getan hat!*

Es ist aber auch nicht erwiesen, daß er es nicht getan hat, erwiderte eine Stimme in ihrem Innern grimmig. *Frag ihn. Um Gottes willen, frag ihn!*

Aber wenn sie auch noch so sehr danach lechzte, Gewißheit zu erlangen, konnte Josselyn sich doch nicht dazu durchringen, die Worte auszusprechen, darauf zu beharren, daß Durango ihr erzählte, was im Tunnel passiert war. Sie dachte an ihre eigene schändliche Bereitwilligkeit, ihre ruchlose Wollüstigkeit, die sie in seinen Armen empfunden hatte. Würde er ihr das ins Gesicht schleudern? Nein, sie konnte ihn jetzt nicht darauf ansprechen, wo er so dicht vor ihr stand und sie musterte wie ein Panther seine Beute.

Durango ahnte, was in ihr vorging, als sein Blick auf ihr blasses, verängstigtes Gesicht fiel und sah, wie sie zitterte und sichtlich vor ihm zurückscheute. Dann hatte er also recht gehabt; Josselyn mochte zwar nicht unbedingt eine Nonne sein, aber eine Hure war sie mit Sicherheit auch nicht. Wenn sie sich auch als noch so begehrenswert und unerwartet leidenschaftlich erwiesen hatte, war sie doch in Wahrheit nichts als ein unerfahrenes Mädchen, das sich vor dem fürchtete, was im Tunnel so plötzlich und spannungsgeladen zwischen ihnen entflammt war. Er dachte an den Mut, den sie trotz ihrer Angst im Schacht gezeigt hatte, und daran, wie sie sich gezwungen hatte, ihre unerwarteten Schwindelgefühle zu besiegen und in die Goldmine hinunterzufahren; dafür bewunderte er sie, ob er wollte oder nicht. Nicht viele Frauen hätten diese Entschlossenheit oder diesen Mut aufgebracht. Als er sah, wie mutlos sie jetzt war, fühlte er sich schuldig, weil er sie nicht augenblicklich beruhigte, ihr sagte, daß sie ihre Unschuld nicht verloren hatte. Aber jedesmal, wenn er sich vorstellte, wie sie bei Wylie lag, zog er es vor, zu schweigen. Er vermutete, Josselyn würde sich nicht beschmutzt in Wylies Bett legen, und so würde sie keine andere Möglichkeit als die sehen, sich ihm, ihrem vermeintlichen Verführer, zuzuwenden. Somit wäre es ihm zumindest gelungen, das Gleichgewicht der Kräfte am Rainbow's End aufrechtzuerhalten, und er brauchte sein eigenes Leben nicht durch eine Heirat zu gefährden. Er wollte zwar nicht glauben, daß Red der Schurke war, dem alles anzulasten war, was im Bergwerk passiert war, oder daß er fähig wäre, ihn zu ermorden, aber er konnte es sich nicht leisten, etwas zu riskieren.

»Komm, Jossie«, sagte Durango und hielt ihr die Hand hin. »Da du dich jetzt anscheinend wieder besser fühlst, werde ich dich nach Hause bringen. Es tut mir leid, daß wir nicht dazu gekommen sind, den Inhalt unseres Picknickkorbs zu probieren, aber ich glaube wirklich, es ist besser, wenn wir unser gemeinsames Mittagessen verschieben – wenigstens bis morgen, meinst du nicht auch? Ich glaube, wir haben heute beide schon genug Aufregung gehabt. Und außerdem waren deine Lebenslichter eine ganze Zeitlang ausgeblasen, und es ist schon spät am Nachmittag.«

Morgen? Wie konnte er im Ernst glauben, sie würde jemals wieder etwas mit ihm unternehmen? fragte sich Josselyn schockiert. Der Mann war nicht nur ein Schurke, sondern ein Verrückter! Sie konnte ihm nicht trauen, und sie würde ihm nie verzeihen, was er ihr heute angetan hatte. Sie hatte nach dem kühlen Wasser gelechzt, das er ihr an die Lippen gehalten hatte, doch sie hatte kaum etwas trinken können, denn in seiner Nähe fiel ihr selbst das Schlucken schwer. Ein Mann, der sie einmal vergewaltigt hatte – falls er es getan hatte –, würde gewiß nicht zögern, es wieder zu tun; und sie hatte nicht die leiseste Absicht, Durango de Navarres Hure zu werden! Im Moment war sie ihm jedoch immer noch auf Gedeih und Verderb ausgeliefert, und daher erschien es ihr klug, ihn bei Laune zu halten, bis sie in ihrem Zimmer in der Roworth Street war. Dennoch widerstrebte es ihr, seine Hand zu nehmen. Statt dessen preßte sie sich nervös die Bettdecke auf die Brüste und sprach mit zitternder Stimme.

»Wo... wo sind mein Schleier und meine... meine Tracht? Ich... ich kann nicht ohne meine Kleider von hier fortgehen. Jemand könnte mich sehen, und dann käme es zu... häßlichem Gerede.«

Noch deutlicher konnte sie ihn nicht fragen, was sich im Tunnel abgespielt hatte. Doch zu ihrer Verzweiflung ging Durango nicht auf das Stichwort ein, sondern erwiderte rätselhaft und entmutigend:

»Tja, nun, die Leute neigen immer dazu, das Schlimmste

anzunehmen, und manchmal ist das Schlimmste wahr.« Er haßte sich dafür, daß er sie bewußt irreführte. Aber dann stellte er sich wieder vor, wie sie bei Wylie lag, und er zwang sich, spöttisch zu lächeln. »Aber natürlich ist das Benehmen einer Nonne über jeden Vorwurf erhaben oder sollte es zumindest sein. Ich wage jedoch zu behaupten, daß du darüber besser Bescheid weißt als ich. Und wenn du mich jetzt entschuldigst, gehe ich in die Küche und hole deine Kleider. Ich habe sie dem Alten Alaska-Schürfer gegeben, damit der sie wäscht und trocknet – sie waren natürlich schmutzig von dem Sturz.«

Er ließ seinen Blick bewußt anzüglich und vielsagend über ihren Körper gleiten, und sie errötete heftig vor Scham und Verlegenheit. »Außerdem habe ich ihm gesagt, er soll versuchen, den Riß in deiner Tracht zu flicken. Ich bezweifle jedoch ernsthaft, daß seine ungeschickte Handarbeit deinen hohen Ansprüchen genügen wird. Aber zumindest bist du dann ausreichend bedeckt, bis wir Miss Hatties Pension erreicht haben und du den Schaden beheben kannst.«

Durango tat, was er gesagt hatte, und holte Josselyns saubere, geflickte Kleidungsstücke aus der Küche und brachte sie ihr. Dann lehnte er sich zu ihrem großen Unbehagen lässig an den Fensterrahmen und zündete sich eine Zigarre an, und statt sie allein zu lassen, rauchte er in tiefen Zügen, wartete und schaute sie auffordernd an. Er hatte doch tatsächlich vor, im Zimmer zu bleiben, dieser Schurke!

»Bitte, wenn Sie nichts dagegen hätten, wäre ich gern... allein, damit ich mich anziehen kann«, bemerkte sie so kühl wie möglich, und ihr Mut sank, als sie sah, wie sich sein üppiger Mund bei ihren Worten vor Belustigung verzog.

»Sei nicht albern, Jossie«, brachte er zu ihrem Entsetzen hervor und schaute sie so an, daß ihr Herz flatternd schlug.

»Schließlich habe ich dich ausgezogen; und nach allem, was sich heute zwischen uns abgespielt hat, meine Süße, brauchst du wohl kaum allzu große Rücksicht auf deinen Anstand zu nehmen, wenn es um *mich* geht!«

Zu ihrem großen Entsetzen stellte sie fest, daß das wahrscheinlich der Wahrheit entsprach, und sie biß sich fest auf die Lippen, um nicht in Tränen auszubrechen. Wenn sie nicht hier am Rainbow's End mit ihm festgesessen hätte, würde sie ihm gehörig die Meinung sagen. Aber so, wie die Dinge standen, konnte sie nichts sagen oder tun, was ihn provozieren würde, denn sie wußte jetzt nur zu gut, wozu er fähig war – und, was noch schlimmer war, wie ihre Abwehr unter seinem Ansturm zerbröselte. Durango war wahrhaft ein Gauner von der übelsten Sorte! Doch im Moment hatte sie von sich selbst auch keine höhere Meinung.

Aus diesem Grund spielte es keine Rolle, ob er ihr beim Ankleiden zusah. Ihre züchtige Unterkleidung bedeckte sie ausreichend; und sie hatte gehört, daß viele durch und durch respektable Damen Männer in dieser Aufmachung in ihr Boudoir vorließen. Dennoch röteten sich Josselyns Wangen, als sie aus dem Bett schlüpfte, um sich die Tracht anzuziehen. Sie hätte sich gern umgedreht, doch sie fürchtete sich davor, Durango den Rücken zuzukehren; daher konnte er einen Moment lang einen Blick auf ihre gertenschlanke Figur unter ihrem Hemd und den Petticoats werfen, ehe sie sich eilig die Tracht über den Kopf zog und ihre Röcke zurechtrückte. Mit zitternden Händen band sie sich den Gürtel um. Dann flocht sie sich in Ermangelung von Haarnadeln einen langen dicken Zopf, den sie unter ihren Schleier stopfte.

In all der Zeit sagte Durango nicht ein einziges Wort. Als Josselyn noch einmal ihren ganzen Mut zusammennahm, um ihn anzusehen, schaute er aus dem Fenster und schien ihre Gegenwart nicht wahrzunehmen. Sie konnte nicht ahnen, welche Anstrengung es ihn kostete, so zu wirken, während er sich nichts sehnlicher wünschte, als sie zu lieben. Er verstand die heftigen Gefühle nicht, die sie in ihm wachrief. Sie war eine Frau wie jede andere auch. Aber schon während er sich das überlegte, wußte Durango, daß es nicht so war. In Wahrheit unterschied sie sich von allen Frauen, die er gekannt hatte, eine betörende Mischung aus Reinheit und Leidenschaft, die ihn auf Armeslänge von sich hielt, selbst dann, als sie ihn in dem Schacht an sich gezogen hatte, in einer Weise auf ihn reagiert hatte, die all seine Erwartungen übertraf. Denn trotz allem *hatte* Josselyn auf ihn reagiert, und zwar mit zügelloser Sinnlichkeit, und unter ihrer jungfräulichen Fassade hatte sich eine Unmenge an unausgelebten Empfindungen und Wünschen gezeigt.

Nachdem er diese Süße gekostet hatte, verzehrte er sich danach, in tiefen Zügen von dem zu trinken, was in ihr verschlossen war, sie vollständig zu genießen. Es gelüstete ihn so nach ihr, als hätte sie ihm einen Liebestrank verabreicht, der seine Sinne benebelt und ihn in ihren Bann gezogen hatte. Weshalb sonst sollte er plötzlich so wild entschlossen sein, sie zu besitzen? Er führte einen *Saloon*, um Himmels willen! Er unterschied sich von ihr wie Tag und Nacht. Und doch... und doch war ihm alles egal, wenn er an ihre prachtvolle rote Mähne dachte, an ihren zurückgeworfenen Kopf, das schöne Gesicht, den entblößten Schwanenhals. Er wollte nichts anderes, als sie von ihrem Sockel zu ziehen und ihr zu zeigen, was es hieß, mit Leib und Seele von einem Mann besessen zu werden – von *ihm!* Und das würde er auch tun, gelobte sich Durango heftig, er würde sie bekommen – wie hoch der Preis auch für sie beide sein mochte.

12

Josselyn fühlte sich derart verwirrt, daß sie nicht glaubte, ihre chaotischen Gefühle auch nur annähernd ergründen zu können; dazu kam ihr übermächtiges Schuldbewußtsein wegen ihrer Reaktion auf Durangos Küsse und Liebkosungen. Selbst jetzt übermannte sie allein schon bei der Erinnerung an das, was sich am Rainbow's End zwischen ihnen zugetragen hatte, erneute Scham, und ihr graute davor, nicht mehr rein genug zu sein, um ihre letzten Gelübde abzulegen. Sie fühlte sich wie ein schamloses Flittchen, das sich jedem der beiden Männer, die sie in ihrem jungen Leben geküßt hatten, bereitwillig und schimpflich hingegeben hätte – noch dazu handelte es sich bei beiden um Sünder von der übelsten Sorte!

Nachdem Durango sie gezwungen hatte, sich vor seinen Augen anzukleiden, hatte er erklärt, nach dem Zwischenfall im Bergwerk und dem leichten Hitzschlag, den sie erlitten hatte, sei sie, die das Reiten nicht gewohnt war, wohl nicht in der rechten Verfassung, sich ihrer Eselin anzuvertrauen. Trotz Josselyns heftiger Proteste hatte er darauf bestanden, daß sie ihren Esel am Rainbow's End zurückließ und sich für den Heimritt vor ihn auf seinen schwarzen Hengst Diablo setzte. Selbst jetzt noch erschauerte sie bei der Erinnerung an seine starken Arme, die er auf dem ganzen Ritt um sie geschlungen hielt, um sie auf dem felsigen Weg festzuhalten, der sich vom Rainbow's End nach Central City wand. Wenn sie sich selbst gegenüber ehrlich war, mußte Josselyn zugeben, daß sie in Durangos Nähe nicht nur vor Angst gezittert hatte, sondern auch, weil sie immer noch dieses übermächtige Etwas spürte, das sie im Bergwerk in seine finsteren, wilden Klauen gerissen, sie gepackt und sie mit einem leidenschaftlichen Verlangen erfüllt hatte. Sie war so erleichtert, wieder nach Hause zu kommen, in Miss Hatties Pension, daß sie schnell durch das Tor im weißen Lattenzaun rannte, sowie Durango sie von seinem Hengst gehoben hatte, als wollte sie ihm endgültig entkommen.

Doch zu ihrer Verzweiflung hielt er entschlossen mit ihr Schritt und ging sogar voran, um ihr die Haustür aufzuhalten und sie hinein zu begleiten. Sowie sie in der Eingangshalle standen, wandte sie sich wütend zu ihm um und wollte ihm sagen, er möge doch endlich verschwinden. Doch ehe sie ein Wort herausbringen konnte, stieß Zeb die Küchentür auf, streckte den Kopf heraus und grinste sie schüchtern an. Als sie Miss Hatties Enkel mit ihrem strahlendsten Lächeln bedachte, um Durango zu ärgern, errötete er vor Freude.

Also, wirklich, dieser junge Dummkopf ist ja geradezu in sie verliebt! dachte Durango wutentbrannt und fragte sich plötzlich, was, zum Teufel, sich unter Miss Hatties Dach abspielte. Vielleicht hatte er sich geirrt, und Josselyn hatte sich gar nicht aus dem Kloster fortgeschlichen, um einen Liebhaber zu treffen. Vielleicht war es Zeb Munroe, der sie schon seit einer Weile küssen durfte – und das direkt vor seiner und Wylies ahnungsloser Nase! Diese Vorstellung brachte Durango derart auf, daß er sich furchtbar zusammenreißen mußte, den knallrot angelaufenen jungen Mann, der Josselyn so bewundernd betrachtete, nicht sofort zusammenzuschlagen.

»Hallo, Miss Josselyn«, begrüßte Zeb sie und wagte es, Durango einen kühnen Blick zuzuwerfen, der seinen ganzen Neid und seine Abneigung ausdrückte. »Ich dachte mir schon, daß Sie das wahrscheinlich sind. Wie war der Ausflug? Großmama hat mir erzählt, daß Sie zum Rainbow's

End geritten sind. Wenn ich gewußt hätte, daß Sie die Goldmine Ihres Vaters sehen möchten, hätte ich Sie liebend gern in unserem Wagen raufgefahren. Tja... äh...«, stammelte er, als er sah, daß ein Muskel in Durangos Kiefer verdächtig zuckte, und abrupt verließ ihn der Mut. »...äh...jedenfalls, was ich Ihnen sagen wollte – dieser Brief, auf den Sie gewartet haben, der ist heute gekommen, während Sie fort waren.« Er deutete auf einen Umschlag, der an der Garderobe lehnte und an sie adressiert war.

Als sie auf den ersten Blick erkannte, daß der Brief von der Ehrwürdigen Mutter Maire kam, stieß sie einen leisen Schrei aus. Dann riß sie den Brief an sich, als sei eines ihrer innigsten Gebete erhört worden, preßte ihn an die Brust und lief eilig damit in den Aufenthaltsraum, um ihn zu öffnen. Es ärgerte sie, daß Durango beharrlich blieb, sich auf einen Sessel neben ihr fallen ließ und sich, ohne um Erlaubnis zu fragen, eine seiner Zigarren anzündete. Sie hatte ihm doch deutlich zu verstehen gegeben, daß sie allein sein wollte. Als Josselyn ihn mit vorwurfsvoll gerunzelter Stirn anschaute, grinste er nur spöttisch und zog seine Stiefel mit den Sporen von Miss Hatties Teetisch.

»Stör dich nicht an mir, Jossie«, sagte er zu ihr, während er eine Rauchwolke in die Luft blies. »Lies nur ruhig erst deinen Brief. Ich kann warten. Nach allem, was dein Verehrer, dieser dumme Junge, gesagt hat, muß dir der Inhalt ja wichtig sein.«

Sie bedachte ihn mit einem finsteren Blick.

»Zeb Munroe ist *nicht* mein Verehrer. Er ist ein Freund – nichts weiter als ein Freund, und das ist alles.«

»Es freut mich sehr – um seinet- und um deinetwillen –, das zu hören«, brachte Durango gedehnt heraus, doch Josselyn entging nicht, wie scharf sein Tonfall war und wie besitzergreifend seine schwarzen Augen über sie glitten, als gehörte sie *ihm*, als würde er nicht dulden, daß sie einen anderen Mann auch nur ansah.

Bei dem Gedanken erschauerte sie, denn wenn er der Meinung war, über sie verfügen zu können, konnte das doch gewiß nur heißen, daß er ihr *tatsächlich* ihre Jungfräulichkeit geraubt hatte. Nein! – Sie wollte es einfach nicht glauben, es nicht wahrhaben. Es war zu entsetzlich!

Sie entschloß sich, ihn zu ignorieren, und riß eilig den Umschlag auf und faltete die dicht beschriebenen Seiten auseinander und begann zu lesen. Sie war so bestürzt, daß sie den Brief zweimal las. Anschließend saß sie eine Weile ruhig da, denn sie konnte nicht glauben, was sie gelesen hatte. Die Ehrwürdige Mutter hatte ihr nicht etwa geraten, sie solle nach Boston zurückkehren und ihre letzten Gelübde ablegen, sondern sie drängte sie ernsthaft, in Betracht zu ziehen, ob sie sich nicht doch an die Bedingungen halten könnte, die ihr Vater in seinem Testament festgelegt hatte, und Wylie oder Durango zu heiraten.

Sollte jedoch keiner diese beiden Männer für Dich akzeptabel sein, Josselyn, hatte die Äbtissin geschrieben, *dann mußt Du Dich natürlich von Gott und Deinem Gewissen leiten lassen und das tun, was Du in dem Fall für das Beste hältst. Ich habe jedoch betrübliche Nachrichten und finde, daß ich sie Dir mitteilen sollte, da sie Deine Entscheidung beeinflussen und somit Deine ganze Zukunft bestimmen könnten. Wie Du weißt, sind wir ein armes Kloster, und Schwester Toiresa hat mir mitgeteilt, daß wir immer ärmer werden. Ich habe jede Quelle ausgeschöpft, die mir zur Verfügung stand, und um finanziellen Beistand gebeten, aber unseligerweise gibt es so viele Bedürftige auf Erden, daß wir nur äußerst wenig Geld erwarten können.*

Ich würde Dir nicht zu all Deinen eigenen Sorgen auch noch unseren Kummer aufbürden, doch die Dinge stehen hier so schlecht, daß ich fürchte, das Kloster könnte gezwungen sein, seine Tore zu schließen, ehe das Jahr vorüber ist, und in dem Fall, liebe Josselyn, müßtest Du Dich in Central City an Vater Flanagan wenden, falls Du immer noch Nonne werden willst, denn wenn sich meine ärgsten Befürchtungen bewahrheiten, wird es Dir unmöglich sein, zu uns nach Boston zurückzukehren. Die guten Schwestern und ich werden bald in alle Himmelsrichtungen verstreut sein, wenn ich auch nicht weiß, wohin wir gehen werden oder was aus uns werden soll. Ich lege unsere Zukunft vertrauensvoll in Gottes und der Kirche Hand.

Es stand noch mehr in dem Brief, doch was sich Josselyn unauslöschlich einprägte, war die Tatsache, daß ihr sicherer Zufluchtsort jetzt nicht mehr da war. Allein schon der Gedanke, daß es einen solchen Ort gab, hatte sie in dieser berunruhigenden, kopfstehenden Welt, in die sie gekommen war, getröstet, und jetzt war sie ihr schutzlos ausgeliefert. Bei dieser Erkenntnis geriet sie in Panik. Sie fühlte sich so gefährdet wie eine Trapezkünstlerin, die gerade bemerkt, daß das Seil auf einer Seite der Stange ausfranst, und dann zu ihrem Entsetzen sieht, daß das Sicherheitsnetz schon vor einer ganzen Weile gerissen ist. Gott hatte gewußt, daß sie nicht wahrhaft berufen war, und jetzt hatte Er sie für ihren Frevel bestraft. Wie hatte sie es nur wagen können, ernsthaft zu meinen, sie könnte eine keusche Nonne werden? Es war reinste Heuchelei! Diese Erkenntnis, die so vielen anderen hart auf den Fersen folgte, stieß Josselyn in einen Abgrund der Mutlosigkeit. Nie hatte sie sich so elend gefühlt, so tief gesunken. Ihr ganzes Leben, das so geordnet verlaufen war, stand jetzt restlos auf dem Kopf.

»Was ist los, Josselyn? Was ist passiert?« erkundigte sich Durango mit scharfer Stimme, denn er bemerkte ihr aschfahles Gesicht und ihre starre Haltung. Als sie nichts darauf sagte, nahm er ihr den Brief aus den Händen, die ihm keinerlei Widerstand boten, um ihn selbst zu lesen. »Tja«, sagte er, »ich schätze, das sind keine erfreulichen Neuigkeiten, aber trotzdem wüßte ich nicht, weshalb du dasitzen und den Eindruck machen solltest, als hätte dir jemand eine Whiskeyflasche über dem Schädel zerschlagen! Schließlich mußt du doch gewußt haben, daß du nicht gleichzeitig deine Erbschaft antreten und ins Kloster zurückkehren kannst – und erzähl mir nicht, du hättest wirklich deine letzten Gelübde ablegen wollen, denn ich glaube, seit heute wissen wir alle beide, daß es dir nicht ernst damit war!« Er unterbrach sich für einen Moment und fügte dann hinzu: »Oder könnte es sein, daß du nur auf ein paar heiße Erinnerungen aus warst, an denen du dich als Nonne in deinem kalten Bett wärmen kannst?«

»Halten Sie den Mund!« zischte Josselyn, als er sie aus ihren traurigen Tagträumen herausriß. »Halten Sie den Mund, Sie gewissenloser Schurke! Wie können Sie es wagen, so mit mir zu reden? Was wissen Sie denn schon? Gar nichts – und über mich erst recht nichts!«

»Ich weiß, daß es dir nicht bestimmt ist, diesen Schleier und diese Tracht zu tragen, meine Süße – denn als Mann von Welt kann ich meinen letzten Dollar darauf wetten, daß ich nicht der erste war, der dich geküßt hat! Oder willst du behaupten, daß dein ach so einladender Mund bis heute nichts weiter getan hat, als den Rosenkranz herunterzubeten?« Er lachte kurz und unangenehm, als sie glühend errötete. »Also, zum Teufel, Josselyn! Du bist nicht die erste junge Frau, die sich nicht mit den strengen Vorschriften des

Klosterlebens anfreunden kann, und ich bezweifle auch, daß du die letzte sein wirst. Da wir jetzt also beide wissen, was für eine unkeusche Schwindlerin du bist...«

»Das ist eine Lüge!« rief sie glühend aus. »Es ist zwar wahr, daß ich... daß ich vielleicht aus dem... dem unlautersten aller Gründe Nonne werden wollte, aber das ändert noch nichts daran, daß ich eine Jungfrau bin...« Ihre Stimme verhallte in einem Schluchzen. Was hatte Durango im Tunnel getan? »Ach, ja, meine Süße«, höhnte Durango, der ihre Gedanken las, und in seinen schwarzen Augen stand ein eigenartiger Glanz. »Dein geschätzter Liebhaber mag sich zwar als Gentleman erwiesen und es sich versagt haben, deine begehrenswerten Reize voll auszukosten, aber glaubst du wirklich, über einen ›gewissenlosen Schurken‹ wie mich ließe sich dasselbe behaupten?«

Die Stille, die sich daraufhin herabsenkte, war bedrohlich und verheißungsvoll.

»Das... das haben Sie doch nicht getan?« flüsterte Josselyn entsetzt.

Seine rücksichtslose Antwort kam wie ein Schlag ins Gesicht.

»Frag mich morgen noch einmal. Vielleicht antworte ich dir dann. Bis dahin, *Señorita*, werde ich dich deinen Überlegungen über die Risiken von Täuschungsmanövern überlassen!« Mit dieser letzten boshaften Bemerkung verließ Durango sie.

O Gott, dachte Josselyn und stöhnte leise vor sich hin wie ein kleines verletztes Tier, nachdem er fortgegangen war. *Man darf ihm nicht trauen! Glanz gleich, was er getan hat, ich darf nie wieder irgend etwas mit ihm zu tun haben. Wenn... wenn er morgen kommt, muß ich ihm entschieden die Tür weisen und ihm strikt untersagen, mich je wieder aufzusuchen, und wenn ich ihn doch sehe, werde ich ihn ostentativ schneiden...*

Doch dann dachte sie wieder an die grimmige Entschlossenheit, die sich schon in der Form seines Kinns ausdrückte, und ihr war klar, daß er sich nicht so leicht abweisen lassen würde. Wenn sie Miss Hattie bat, ihn morgen gleich bei seinem Eintreffen an der Tür wegzuschicken, würde er sich wahrscheinlich gewaltsam Zutritt ins Haus verschaffen. Hatte er nicht sogar dem armen harmlosen Zeb verblümt gedroht? Und das nur, weil er *glaubte*, der junge Mann umwerbe sie. Josselyn war so aufgebracht, daß sie sich eine schreckliche Szene nach der anderen ausmalte, bis sie der Meinung war, niemand in der Pension sei vor Durango de Navarre sicher, am wenigsten jedoch sie selbst.

Aber was konnte sie tun?

Falls er sie jedoch vergewaltigt hatte... Jetzt malte Josselyn sich alle Folgen aus, die sich aus dieser schrecklichen Tat ergaben. Es ging nicht nur um die Schande und die Erniedrigung, um den Akt selbst und um ihre eigene Bereitwilligkeit, mit der sie ihn dazu gedrängt hatte, die Tat zu begehen, sondern dazu kam noch, daß er sie für jeden anderen Mann indiskutabel gemacht hatte... für Wylie. Wie konnte sie Wylie heiraten, wenn sie wußte, daß sie keine Jungfrau mehr war, sondern sich von Durango hatte beschmutzen lassen? Wenn Wylie dahinter kam, daß sie eine Hochzeit mit ihm schlau eingefädelt und ihm etwas vorgemacht hatte, würde er sich bestimmt von ihr scheiden lassen, wenn man bedachte, wie er zu Durango stand, und was sollte dann aus ihr werden? Eine gefallene Frau, in Skandale verwickelt, ausgestoßen, verhöhnt, mittellos und vollkommen allein auf Erden! Bei diesem Gedanken erschauerte Josselyn, denn diese Vorstellung war einfach zu gräßlich. Gütiger Gott! Es war noch nicht einmal auszuschließen, daß Durango sie geschwängert hatte!

Es war unumgänglich, daß sie in Erfahrung brachte, ob er ihr wirklich die Tugend geraubt hatte, denn wenn ja, dann blieb ihr, wie sie jetzt erkannte, nichts anderes übrig, als zu hoffen und zu beten, daß er sie durch eine Heirat zu einer ehrbaren Frau machen würde – wenn sie auch bei der Vorstellung ein Schauer überlief, sich unwiderruflich in seine Gewalt zu begeben, ihm zu gehören und vorbehaltslos die Seine zu werden. Aber wenn er es nicht tat, was würde dann nur aus ihr werden? Sie wußte es nicht. Er *mußte* sie einfach heiraten! Selbst ihre Erbschaft schien ihr jetzt kein zu hoher Preis dafür zu sein. Dann erschauerte sie, als ihr klar wurde, daß Durango sie vermutlich deswegen genommen hatte. Das war es, was er von Anfang an gewollt und angestrebt hatte. Er war der Mörder ihres Vaters und der Saboteur vom Rainbow's End.

13

Wie zum Hohn wurde ihr eine Gnadenfrist eingeräumt, dachte Josselyn kläglich, als nicht etwa Durango, sondern Wylie sie als erster am späten Vormittag des folgenden Tages in der Pension in der Roworth Street aufsuchte. Sie bemühte sich, ihn mit einer Ausrede abzuwimmeln, denn sie war krank vor Angst bei dem Gedanken, Durango könnte ihn bei seinem Erscheinen in Miss Hatties Wohnzimmer vorfinden. Aber Wylie, der mit ihr Mittag essen und hinterher eine gemächliche Ausfahrt mit ihr unternehmen wollte, weigerte sich hartnäckig, ein Nein als Antwort gelten zu lassen, und ehe Josselyn weitere Einwände erheben konnte, zog er sie aus dem Haus und stieß sie fast in seinen Wagen.

»Kein Wort mehr, Josselyn«, sagte er geradezu barsch. »Mich verletzt es zutiefst, daß Sie mich in der letzten Zeit vernachlässigt haben, wo ich doch dachte, wir beide seien auf dem besten Weg, gute Freunde zu werden. Andererseits haben Sie genug Zeit gehabt, um einen ganzen Tag mit Durango zu vergeuden und mit ihm eine Spritztour zum Rainbow's End zu machen, obwohl ich dachte, ich hätte Sie eindringlich davor gewarnt. Jetzt habe ich von Dan dem Geiger und dem Alten Alaska-Schürfer, die heute morgen in der Stadt waren, um Vorräte zu kaufen, gehört, daß Sie die Goldmine gestern aufgesucht haben und das Bergwerk tatsächlich von innen inspiziert haben und daß Ihnen dabei etwas zugestoßen ist. Natürlich erleichtert es mich, zu sehen, daß Ihnen nichts fehlt, aber andererseits muß ich Ihnen sagen, Josselyn, wenn Sie verletzt worden wären, hätten Sie es wirklich nicht besser verdient gehabt, weil Sie meine Warnungen mißachtet und sich mit Durango herumgetrieben haben, von dem wir beide wissen, wie wenig Rücksicht er auf das Feingefühl einer Frau nimmt! Ich gestehe, daß ich tief enttäuscht von Ihnen bin – wie können Sie sich nur so leichtsinnig in Gefahr begeben! Das hätte ich nicht von Ihnen gedacht, Josselyn.«

Nachdem er diese Worte ausgesprochen hatte, hatte sich Wylies Mund zu einem dünnen, grimmigen Strich zusammengezogen, und sein Mißmut und seine Mißbilligung waren beim besten Willen nicht zu übersehen gewesen. Sie seufzte tief und resigniert, als sie begriff, daß er nicht mit ihr ausgefahren war, um sich auf angenehme Art mit ihr die Zeit zu vertreiben, sondern um ihr eine strenge Strafpredigt zu halten, der sie sich in keiner Weise gewachsen fühlte – und schon gar nicht, wenn sie daran dachte, was ihr am Rainbow's End zugestoßen war, so daß sie nur ergeben hoffen konnte, daß Wylie das Schlimmste von allem nicht wußte. Durango hatte sich doch bestimmt nicht vor den Grubenarbeitern mit seiner Eroberung gebrüstet – falls es eine solche gewesen war! Diese Vorstellung war grauenerregend.

»Haben Sie denn nichts zu Ihrer Verteidigung vorzubringen? Nicht ein Wort?« fuhr Wylie unversöhnlich und mit kalter Stimme fort. »Tja, dann muß ich wohl davon ausgehen, daß Sie Ihre Lektion gelernt haben und jetzt reichlich ernüchtert sind. Ich persönlich begreife absolut nicht, wie Sie darauf bestehen konnten, sich die Goldmine anzusehen – und dazu noch in Durangos fragwürdiger Begleitung –, aber ich werde mir liebend gern Ihre Entschuldigung anhören und dann die ganze unselige Episode vergessen!«

Aus diesen Worten konnte Josselyn entnehmen, daß Durango sich dieses eine Mal erstaunlicherweise als Ehrenmann gezeigt hatte und daß Wylie wirklich nicht wußte, was sich in dem Stollen abgespielt hatte, und Josselyns Sorge wich abrupt einer großen Wut. Wylie erwartete doch tatsächlich von ihr, daß sie sagte, es täte ihr leid, sich ihr Erbe einmal selbst angesehen zu haben! Einen Moment lang konnte sie ihn nur mit ungläubig aufgesperrtem Mund anstarren. Eine solche Unverfrorenheit! Diese Dreistigkeit! Dieser Eigendünkel! Wie konnte er es wagen? Sie war derart entrüstet, daß sie einen Moment lang sehr versucht war, ihn übel zu beschimpfen. Doch dann erkannte sie, daß sein Wagen mitten auf der Hauptstraße von Central City wohl kaum der geeignete Ort war, ihn wie ein zänkisches Weib anzuschreien. Die Leute würden glauben, sie sei völlig durchgedreht, ihr Ruf wäre hinterher völlig ruiniert.

»Es tut mir leid, daß Sie das so sehen, Wylie.« Trotz ihrer

Bemühungen, die Fassung zu wahren, sprühten ihre schräggeschnittenen grünen Augen Funken, und ihre Stimme
bebte vor Wut, die sie nur schlecht zurückhalten konnte.
»Ich habe nämlich nicht die Absicht, mich dafür zu entschuldigen, daß ich das Rainbow's End aufgesucht habe. Da mir
als Erbin ein Viertel der Goldmine gehört, habe ich ebenso-
sehr wie Sie, Durango und Victoria das Recht, dort hinzuge-
hen, und ich werde es mit Sicherheit wieder tun, wenn ich es
für notwendig halte. Was ich bedaure ist nur, daß Sie sich so
sehr darüber ärgern, denn es würde mir nicht gefallen, wenn
wir auf schlechtem Fuß miteinander stünden.«

Einen Moment lang erstarrte Wylie von Kopf bis Fuß, und
seine Hände umklammerten so krampfhaft die Zügel, daß
Josselyn merkte, welche Mühe es ihn kostete, sich zusammenzureißen. Sie empfand ihn wie ein Pulverfaß auf dem
Sitz neben sich, und sie wappnete sich gegen die Explosion,
die aber unerwarteterweise ausblieb.

»Vielleicht bin ich derjenige, der sich entschuldigen
sollte«, bemerkte er steif und schaute starr vor sich hin auf
die Eureka Street. Er weigerte sich beharrlich, ihr in die
Augen zu sehen. »Bis vor kurzem schien es mir, als führen
Sie gern mit mir spazieren. Ich dachte, Sie hätten darin
mein... mein Werben erkannt und es vielleicht akzeptiert.
Ich dachte... das heißt, ich hatte gehofft, wir würden mit der
Zeit... zu einer Einigung gelangen.« Er lachte kurz und bitter. »Ich hatte sogar schon angefangen, mich zaghaft bei
Vater Flanagan zu erkundigen... Verzeihen Sie mir, ich
habe zuviel vorausgesetzt... ein Interesse, das, wie ich jetzt
sehe, nicht erwünscht ist und nicht erwidert wird. Wenn es
Ihnen lieber ist, wenn ich meine Besuche bei Ihnen ein-
stelle...«

»Oh, nein, Wylie! Darum geht es doch gar nicht!« rief Josselyn entsetzt aus, denn wenn er Vater Flanagan tatsächlich aufgesucht hatte und in Erwägung zog, sich in den Katechismus einweisen zu lassen, mußte es Wylie wirklich ernst damit sein, sie zu heiraten; und sie wollte sich diese Chance nicht entgehen lassen, solange sie nicht von Durango die Wahrheit erfahren hatte – ob er sie ausgenutzt hatte oder nicht. »Es ist nur so, daß... Ich will eine gleichberechtigte Partnerin an der Mine sein. Ich will meinen Beitrag dazu leisten, mir selbst ein Bild davon machen. Ich will nicht auf Sie, Durango oder Victoria angewiesen sein, sondern mir eine eigene Meinung bilden, wenn Entscheidungen getroffen werden müssen. Es ist keineswegs so, daß ich Ihnen nicht traue, aber...«

»Aber in Wahrheit mißtrauen Sie uns eben doch«, fiel ihr Wylie ins Wort, und sein Tonfall war trocken und verletzt. »Schließlich muß Ihnen allzu klar sein, daß einer von uns Forbes getötet, das Rainbow's End in Stücke gesprengt und Ihren Vater ermordet hat.« Die Äußerung war so unverblümt wie seine Anschuldigung Durango gegenüber an jenem Tag in seinem Geschäft.

Seine Worte klafften zwischen ihnen wie ein breiter, gefahrvoller Abgrund, der sie voneinander trennte und beide auf der Hut sein ließ. Wylies Zorn und sein gekränkter Stolz waren nur zu deutlich in seinen stahlgrauen Augen und in der trotzigen Haltung seines Kiefers zu erkennen. War er wirklich entrüstet, weil sie ihn beleidigt und ihm unterstellt hatte, er könnte sich zu Mord und Sabotageakten herablassen – oder errichtete er geschickt eine falsche Fassade, um die Sträflichkeit seiner Verbrechen dahinter zu verbergen? Josselyn wußte es nicht. Zum ersten Mal setzte sie sich ernstlich mit der Tatsache auseinander, daß Wylie, ebenso wie Durango, die nötigen Kenntnisse besaß und ein

Motiv hatte, diese Taten zu begehen. Sie hatte ihn für einen Gentleman gehalten. Aber jetzt erkannte sie, daß er kalt und grausam sein konnte. Nach einer Weile äußerte sie sich.

»Ganz so hätte ich es nicht formuliert… aber, es stimmt, ja. Ich halte es für mehr als wahrscheinlich, daß einer von Ihnen, Sie oder Durango, die Sprengladungen angebracht und Dad getötet hat; auch Victoria hätte jemanden dafür anheuern können, aber niemand sonst hätte einen Vorteil davon gehabt, die Goldmine zu versiegeln und zwei seiner Partner zu ermorden. Zumindest wüßte ich nicht, wer sonst in Frage käme.«

Wylies Nasenflügel bebten vor Anspannung.

»Dann kann ich daraus schließen, daß Sie mir zwar gestattet haben, Sie in all diesen Wochen zu begleiten, daß ich aber trotzdem nach wie vor auf der kurzen Liste Ihrer Verdächtigen stehe? Meine liebe Josselyn, wenn Sie das so sehen, dann überrascht es mich, daß Sie einwilligen, überhaupt mit mir spazierenzufahren! Haben Sie denn keine Angst, ich könnte Sie an einen abgelegenen Ort bringen und Ihnen dort den Garaus machen?«

»Nein, denn so, wie die Dinge jetzt stehen, brächte Ihnen das gar nichts ein, und ich halte Sie nicht für einen Dummkopf. Wie Sie genau wissen, gehen Dads Anteile am Rainbow's End an Nell Tierney über, sollte ich unverheiratet sterben, und da sie nicht dumm ist, würde sie sie sicher nicht verkaufen, ehe sie sich ein genaues Bild vom Wert der Goldmine gemacht hat. Außerdem ist es möglich und sogar ziemlich wahrscheinlich, daß sie als Dads… nahe Gefährtin und Vertraute genau gewußt hat, daß Dad meinte, sie stünden kurz davor, am Rainbow's End auf eine Hauptader zu stoßen, und schon allein aus diesem Grund würde sie sich unter keinen Umständen von den Anteilen trennen.«

»Ich… verstehe. Ja, Sie haben natürlich recht.« Wylie schwieg lange; er schaute in die Ferne und dachte über ihre Worte und über sein weiteres Vorgehen nach, denn er wollte schließlich nicht, daß sie sich gegen ihn stellte oder sich auf Durangos Seite schlug. Als ihm klar wurde, wie kurz er davorstand, sie zu verlieren, ehe er sie auch nur für sich gewonnen hatte, fuhr Wylie ruhiger und sachlicher fort. Sein Tonfall war jetzt ernst und aufrichtig. »Auch wenn Sie das Gegenteil glauben, Josselyn, aber ich habe das Rainbow's End nicht gesprengt. Ich habe weder Forbes noch Ihren Vater getötet. Beide waren meine Freunde, und außer der Goldmine besitze ich zwei weitere Geschäfte, die gut gehen, den Laden und die Spedition. Wenn es etwas dazu beitragen könnte, Sie davon zu überzeugen, daß ich finanziell keineswegs in der Klemme bin und daß ich keine Schuld an den Vorfällen trage, die Sie mir anlasten, würde ich Ihnen mit Freuden meine Rechnungsbücher zeigen. Ich habe nichts zu verbergen. Wie ich bereits sagte, ist Durango der Saboteur und Mörder.«

»Haben Sie dafür irgendwelche Beweise?« fragte Josselyn, die sich elend fühlte, denn Wylies Worte trugen unmißverständlich den Klang von Wahrheit und Aufrichtigkeit – und sie bestärkten ihren eigenen Verdacht, daß Durango tatsächlich der Schurke war. Wenn sie jetzt daran dachte, wie bereitwillig sie in seinen Armen gelegen hatte, seiner Schlange eine Eva gewesen war, in Versuchung geführt, betört, von dem würzigen und süßen Geschmack der verbotenen Frucht verführt… Josselyn schloß fest die Augen, als könnte sie damit die Schande und das Grauen an diese Erinnerung auslöschen.

»Nein, ich habe bisher noch keine Beweise«, gab Wylie widerstrebend zu, »wenn ich natürlich auch hoffe, sie mit der Zeit noch an mich zu bringen. Bis dahin kann ich Sie nur bitten, Vertrauen zu mir zu haben, Josselyn, und mein Ehrenwort dafür zu nehmen, daß ich mich dieser gräßlichen Verbrechen nicht schuldig gemacht habe.«

»Ich ... ich glaube Ihnen, Wylie«, erwiderte sie schließlich und dachte sich dabei: *Wenn du auch nie wissen wirst, wie sehr ich wünschte, ich täte es nicht. Gott steh mir bei, wenn Durango mich vergewaltigt hat ...*

Wylie nahm ihren inneren Aufruhr nicht wahr, sondern war außerordentlich zufrieden mit ihrer Antwort, als er jetzt vor John Bests kleinem Lokal den Wagen anhielt. Als er abstieg, um die Pferde am Pfosten anzubinden, senkte er den Kopf, damit Josselyn das Lächeln nicht sah, das seine Lippen verzog, als er sich überlegte, daß es ihm, zumindest soweit es Josselyn betraf, endlich doch gelungen war, Durango den Boden unter den Füßen wegzuziehen.

Während sie beim Mittagessen saßen, trat Victoria ein und sah in ihrer modischen Trauerkleidung so attraktiv, unnahbar und faszinierend wie immer aus. Niemand, noch nicht einmal Wylie, ihr Geliebter, wußte, was es sie kostete, so zu wirken; unter der Fassade der Eleganz und Gelassenheit war Victoria nämlich außer sich vor Sorge und innerem Aufruhr.

Sie hatte Forbes nie heiraten wollen. Er war vierzig Jahre älter gewesen als sie, und sie hatte diesen lauten, vulgären Mann, der es zu etwas gebracht hatte, gleichzeitig gefürchtet und gehaßt, einen Mann, der keine Skrupel gehabt hatte, jeden, der ihm im Weg stand, wie eine Dampfwalze plattzurollen. Aber schließlich hatte Forbes sie genötigt, ihn zu heiraten, denn er hatte eine Handvoll Schuldscheine ihres Vaters an sich gebracht, die ihn ruiniert hätten, und hatte ihr damit gedroht, sie und ihren Vater in die Gosse zu stoßen, wenn die Schulden nicht getilgt wurden – auf die eine oder andere Art. Da sie keinen anderen Ausweg mehr gesehen hatte, hatte Victoria steif in die Heirat eingewilligt. Und das war nur der Anfang eines einzigen Alptraums gewesen.

Nacht für Nacht hatte sie Forbes' sabbernde Lippen auf ihrem feuchten roten Mund ertragen, seine grapschenden Hände auf ihren vollkommenen Brüsten, seinen derben, kurpulenten Körper auf ihrem zarten. Er hatte sie so sehr angeekelt, daß sie mit dem Brechreiz zu kämpfen hatte – und was hatte sie zum Dank dafür geerntet? Der fette, feiste Narr war entweder im Suff gestolpert oder hatte sich am Rainbow's End in den Schacht stoßen lassen und hatte sie finanziell in eine ausgesprochen prekäre Lage gebracht. Forbes hatte früher einmal viel Geld gehabt, doch im Lauf der Jahre hatte er es liederlich herausgeworfen und immer den Verschwender gespielt, um andere Leute zu beeindrucken. Er hätte längst Unsummen in das Rainbow's End gesteckt, wenn Red, Durango und Wylie sich nicht beharrlich geweigert hätten, die Mehrheit ihrer Anteile dagegen einzutauschen. Daher hatte Forbes andere Investitionen getätigt, von denen sich die meisten leider nicht ausgezahlt hatten, denn er war immer zu halsstarrig gewesen, um auf andere zu hören.

Nur Victoria, ihr Anwalt und ihr Bankier wußten, daß sie infolgedessen keineswegs die reiche Witwe war, für die sie alle hielten. Die Sprengungen, die das Rainbow's End versiegelt hatten, hatten sie tatsächlich ruiniert; sie hatten sich darauf verlassen, daß sie auf eine Hauptader stoßen würden, damit sie ihre Gläubiger hinhalten konnten. Allein schon ihre Kleider von Worth kosteten ein kleines Vermögen pro Saison, ganz zu schweigen von ihrem Schmuck und all dem anderen kostspieligen Krimskrams, den sie als absolut unentbehrlich für jede Dame, die sich respektierte, erachtete. Die Vorstellung, sie könnte gezwungen sein, ihr Haus am Casey zu verkaufen, entsetzte sie. Aufgrund des schlechten Urteilsvermögens ihres Vaters wußte sie, was es hieß, verzweifelt zu sein und unter dem Druck zu stehen, Schulden abbezahlen zu müssen; es wäre ihr unerträglich gewesen, sich wieder in eine derart unhaltbare Lage bringen zu lassen. Täglich nagte die Angst an ihr, als sei sie bereits ein Gerippe, über das die Geier herfallen. Wären nicht Wylies zeitweilige und völlig unvorhersagbare Anfälle von Großzügigkeit gewesen, hätte sie jetzt bereits mittellos dagestanden.

Als sie jetzt Wylies ansprechendes Gesicht in den funkelnden Spiegeln sah, die hinter den Regalen hingen, überlegte sich Victoria aufgebracht, wie ungerecht es doch war, daß Forbes die Reichtümer vergeudet hatte, von denen sie und ihr Geliebter für den Rest ihres Lebens so luxuriös hätten leben können. Wenn sie jetzt gemeinsam die Kontrolle über das Rainbow's End an sich bringen wollten, war es unvermeidlich, daß Wylie diese langweilige mausgraue Nonne, die neben ihm saß, heiratete und so lange mit ihr verheiratet blieb, bis er ihr Erbe an sich gebracht hatte.

Wenn sie sich auch damals vor Killians Kanzlei Durango gegenüber noch so zynisch geäußert hatte, erfüllte diese Vorstellung Victoria doch mit Angst und Eifersucht. Sie liebte Wylie mit einer Leidenschaft, die sie nicht für möglich gehalten hatte; die Vorstellung, ihn zu teilen, ihn vielleicht sogar zu verlieren, war für sie erschreckend. Wenn sie vor Jahren schon gewußt hätte, was sie heute wußte, hätte sie sich niemals Durango angeboten, von dem sie irrtümlicherweise angenommen hatte, er sei derjenige von den beiden jungen Männern, der bereit war, über die Tatsache hinwegzusehen, daß sie mit Forbes verheiratet war, und ihr in ihrer Einsamkeit und ihren Nöten beizustehen. Falls Wylie wußte, was sie getan hatte, mußte es seinen Stolz tief verletzt haben, da war sie sich ganz sicher. Zweifellos war das der Grund, warum er ihr niemals gesagt hatte, daß er sie liebte, wenn sie auch fühlte, daß er sich auf seine zurückhaltende Art etwas aus ihr machte. Und doch hatte Wylie sie selbst nach Forbes' Tod nicht aufgefordert, ihn zu heiraten, und vielleicht würde er das auch nie tun.

Victoria konnte ihre Gefühle jedoch so gut verbergen, daß sich ihr innerer Aufruhr nicht im entferntesten auf ihrem Gesicht widerspiegelte, als sie gelassen vortrat, um das Paar zu begrüßen, das am Tresen saß.

»Du bist es, Wylie«, sagte sie und legte besitzergreifend eine Hand auf seinen Arm, um ihn sachte daran zu erinnern, zu wem er in Wirklichkeit gehörte. »Und Josselyn. Was für eine Überraschung. Ich war gerade unterwegs und habe ein paar Einkäufe erledigt, und als ich euch gesehen habe, dachte ich, ich schaue mal rein und sage guten Tag. Ich hätte keinen von euch beiden hier erwartet.«

Der letzte Satz war eine glatte Lüge; Wylie hatte ihr Bett erst vor wenigen Stunden verlassen, und sie hatte gewußt, daß er mit Josselyn hier sein würde. Normalerweise hätte sich Victoria nicht eingemischt, aber heute war es ihr aus unerklärlichen Gründen nicht möglich gewesen, sich fernzuhalten, sondern sie hatte den Drang verspürt, sich ihre Rivalin noch einmal näher zu betrachten. Jetzt verspürte sie nicht nur ein Gefühl der Erleichterung, sondern fühlte sogar eine ausgesprochene Verachtung in sich aufsteigen, weil Josselyn O'Rourke ebenso reizlos war wie die Tracht, die sie trug. Als sie an sich selbst herunterblickte und ihre modische Aufmachung sah, die ihren schlanken Hals und ihre Sanduhrfigur perfekt betonte, versicherte sich Victoria entschieden, daß ihre schlanke brünette Schönheit Josselyn unerbittlich in den Schatten stellte und daß die Nonne doch wohl nicht die geringste Chance hatte, Wylies Zuneigung für sich zu gewinnen. Dieser Gedanke tat ihren angegriffenen Nerven wohl, und Victoria strahlte vor Zufriedenheit, als sie sah, daß Wylie sie selbst jetzt nicht aus den Augen lassen, seinen Blick nicht von ihr losreißen konnte, obwohl er heute morgen mit ihr geschlafen hatte. Diesen Gesichtsausdruck hatte sie schon an ihm gesehen, und sie wußte, daß er daran dachte, was sie erst vor wenigen Stunden miteinander im Bett getan hatten – und daß er das wiederholen wollte. Sie hatte gewiß nichts zu befürchten, sagte sie sich noch einmal. Es würde doch gewiß alles so ausgehen, wie sie es erhofft und geplant hatte.

Als Josselyn die beiden musterte, wie sie nebeneinander standen – denn Wylie war bei Victorias Eintreten höflich aufgestanden –, beide erlesen gekleidet und mit feinen Manieren, spürte sie, wie die Eifersucht ihr einen Stich versetzte und ihr das Gefühl gab, unbeholfen zu sein, nicht dazuzugehören, nicht dazuzupassen. Urplötzlich fragte sie sich, wie sie es je gewagt hatte zu glauben, sie könnte eine Chance haben, Wylies Frau zu werden, sich in den vornehmen Kreisen zu bewegen, mit denen er Umgang hatte. Jetzt erschien es ihr lächerlich, auch nur mit dem Gedanken zu spielen, Wylie könnte sich tatsächlich für sie interessieren, wenn er eine Frau wie Victoria Stanhope Houghton zur Seite hatte, sie sich ihm regelrecht zu Füßen warf.

Ein Kloß stieg in Josselyns Kehle und erstickte sie, und daher brachte sie nur mit Mühe den letzten Löffel ihres Vanilleeises herunter. Plötzlich schien der Frühlingstag all seine strahlende Schönheit verloren zu haben. Sie war bestürzt und niedergeschlagen und wünschte sich nichts mehr, als in die Pension in der Roworth Street zurückzukehren, selbst dann, wenn Durango sie dort tatsächlich erwarten sollte. Was war sie denn schon? Die Tochter eines irischen Goldgräbers, der gerade seinen Namen und einen schlechten Brief hatte schreiben können. Jetzt fragte sie sich, wie Dad und Wylie je Partner werden konnten. Und wie konnte *sie* hoffen, mit Wylie einig zu werden? In diesem Moment erschien es ihr unwahrscheinlich, daß sie miteinander zurechtkommen könnten. Vielleicht paßte sie in Wirklichkeit doch besser zu Durango, wenn er auch jegliche Manieren noch so sehr verachtete.

Josselyn konnte nur froh sein, als Victoria sich schließlich verabschiedete, nachdem sie sie beide an das kleine private Essen erinnert hatte, das sie an einem späteren Tag der Woche im Teller House geben würde – »um Reds Tochter ordnungsgemäß in unsere Reihen aufzunehmen«.

Der schwere Geruch ihres teuren französischen Parfums hing noch in der Luft, nachdem die Witwe schon gegangen war, und Josselyn teilte Wylie abrupt mit, sie hätte furchtbare Kopfschmerzen, und bat ihn, sie nach Hause zu bringen.

14

Sein Ausflug mit Josselyn, überlegte sich Wylie gereizt, war nicht gerade ein Erfolg gewesen. Zum Teufel mit Victoria! Warum hatte sie sich nicht ferngehalten? Sie war so schön und so temperamentvoll, daß die arme, bescheidene und anspruchslose Josselyn – die so köstlich prüde und so ärgerlich tugendhaft war – sich in ihrer Gegenwart zweifellos wie ein Nachtfalter neben einem Schmetterling gefühlt hatte, und nur deshalb hatte sie plötzlich nach Hause gehen wollen. Wylie war danach zumute, Victoria zu erdrosseln; und falls er erfahren sollte, daß sie ihm seine Chancen bei Josselyn zunichte gemacht hatte, würde er wirklich in größter Versuchung sein, es zu tun. Bei dem Gedanken lächelte er unwillig, denn ihm wurde klar, daß er Victoria niemals etwas antun würde; sie mochte zwar so eigensinnig wie eine Katze sein, doch ihm gefiel unendlich, wie sie schnurrte.

Seine schlechte Laune besserte sich nicht gerade, als er und Josselyn wieder vor Miss Hatties Haus ankamen und entdeckten, daß Durangos schwarzer Hengst an dem weißen Lattenzaun vor dem Haus angebunden war. Bei diesem Anblick verfinsterte sich Wylies Miene. Also, wirklich! Die Rivalität zwischen Durango und ihm, die durch Reds Testament ausgelöst worden war, war anfangs eine angenehme Zerstreuung gewesen, aber jetzt reichte es. Durango entwickelte sich inzwischen zu einer richtigen Plage. Es sah doch wirklich so aus, als glaubte er, ernsthaft eine Chance zu haben, Wylie aus dem Rennen um Josselyns Hand zu schlagen – und als hätte er es genau darauf abgesehen. Das war absurd, denn Wylie konnte sich nicht vorstellen, daß Durango sich mit irgendeiner Frau auf Dauer einließ, und er würde sich erst recht nicht langfristig eine Nonne aufhalsen! Warum also trieb er sich in ihrer Nähe herum, obwohl er unerwünscht war und versuchte, Wylie einen Strich durch die Rechnung zu machen? Das war eindeutig nichts anderes als ein offenkundiger Versuch, ihn zu ärgern, ihn soweit zu treiben, daß ihm nichts anderes übrigblieb, als Durango zum Duell zu fordern.

Aber so dumm würde Wylie niemals sein, denn schließlich wußte er, daß Durango auf fünfzehn Meter die Augen aus einer Spielkarte schießen konnte – und auf über zwanzig Meter, wenn er nüchtern war – und daß er vermutlich nicht so arrogant und dämlich war, betrunken zu einem Duell zu erscheinen. Nein, dachte Wylie, wenn Durango ihn loswerden wollte, mußte er sich einen Plan einfallen lassen, der so raffiniert war wie der, den er in die Tat umgesetzt hatte, als er Forbes und Red ermordete, und das würde nicht einfach sein; Wylie war auf der Hut, Durango würde ihn nicht hinterrücks überrumpeln, wie es ihm bei Forbes und Red zweifellos gelungen war. Und Durango würde auch nicht durch eine Heirat mit Josselyn Reds Anteile an der Goldmine an sich bringen. Das stand für Wylie unumstößlich fest.

Während er sich all das überlegte, sah er, daß Durango sie durch das Fenster von Miss Hatties Wohnzimmer beobachtete. Wylie wandte sich langsam Josselyn zu, die neben ihm saß, beugte sich ein wenig vor, ließ beiläufig seinen Arm hinter sie gleiten und legte ihn auf die Rückenlehne, damit es so wirkte, als wollte er sie umarmen.

»Es tut mir leid, daß der Tag nicht so erfreulich verlaufen ist, wie wir beide uns das gewünscht hätten«, sagte er behutsam und nahm ihre Hand. »Ich gestehe, daß ich außer mir war, weil Sie sich mit Ihrem Besuch im Rainbow's End in Gefahr gebracht haben, und ich fürchte, ich habe das an Ihnen ausgelassen, und das war nicht nur falsch, sondern geradezu ungehobelt von mir. Und dann auch noch Victoria! Tja, ich denke, ich hätte grob werden und klarstellen sollen, daß sie uns stört. Aber ich weiß, daß sie es schwer hat, seit Forbes tot ist, und deshalb habe ich es einfach nicht übers Herz gebracht, sie zu verletzen. Ich hoffe, daß Sie mir beides verzeihen können, Josselyn.«

»Ja, natürlich, Wylie.«

Ihre ganze Wut auf ihn war verflogen, und seine Freundlichkeit und seine Großzügigkeit erfüllten sie mit Erleichterung und Dankbarkeit. Es sah ganz so aus, als hätte sich ihr Streit leicht beilegen lassen, als sei alles bereits vergessen und vergeben. Vielleicht konnte aus ihrer Freundschaft doch noch Liebe werden. Wie fein, wie anständig und wie ehrbar Wylie doch war! Wie glücklich würde sie sich schätzen, seine Frau zu werden. Seine Wut darüber, daß sie seinen Rat mißachtet und die Goldmine besichtigt hatte, war ausschließlich seiner Sorge um ihr Wohlergehen entsprungen; die Höflichkeiten, die er mit Victoria ausgetauscht hatte, gingen darauf zurück, daß er in seinem Verhalten immer ganz Gentleman war.

Als er ihre Hand an seine Lippen hob und sie ohne jede Hast küßte, und als er sie dann plötzlich in seine Arme zog und seinen Mund auf ihre Lippen legte, leistete ihm Josselyn keinen Widerstand; sie wollte seinen Kuß erwidern, um festzustellen, ob er in ihr dieselben heftigen Reaktionen auslösen würde, die ihr Durangos harte, gierige Lippen abverlangt hatten. Wylies unerwarteter Kuß war zwar gekonnt – soviel wußte sie inzwischen, wenn sie ihm seine Vergangenheit auch nicht vorhielt –, aber seicht und leidenschaftslos. Irgendwie erinnerte er sie auf unangenehme Weise an Antoines Küsse – kühl, ja, fast berechnend –, und er hatte nicht das Geringste von Durangos glühenden und verzehrenden Küssen. Josselyn meinte, daß sie ihm eigentlich dankbar dafür sein müßte, doch zu ihrer Bestürzung ließ er sie nur seltsam ungerührt und enttäuscht zurück.

Wylie dagegen spürte nur ihre Zurückhaltung und ihre ausbleibende Reaktion – obwohl sie sich zu seinem größten Verdruß nicht als so unerfahren erwiesen hatte, wie er es eigentlich angenommen und von ihr erwartet hatte. Daher wußte er, daß er nicht der erste Mann war, der sie küßte, und er glaubte auch zu wissen, wer ihm zuvorgekommen war: Durango! Während er, Wylie, sich wochenlang zurückgehalten und ihr seine Aufmerksamkeiten nicht aufgedrängt, sondern die Tatsache respektiert hatte, daß sie fast so etwas wie eine Nonne war, bei der er nichts überstürzen durfte, um sie nicht zu erschrecken, hatte Durango sie zum Rainbow's End begleitet, und dort hatte er sich unverfroren genommen, was er wollte – Wylie wußte es ganz genau.

Jetzt fragte er sich, ob sich in der Goldmine noch mehr zugetragen hatte. Nein, bestimmt nicht. Er konnte sich einfach nicht vorstellen, daß sich die prüde, anständige Josselyn Durango hingegeben hatte oder daß Durango so niederträchtig gewesen war, sie zu vergewaltigen. Doch schon die Vorstellung, daß Durango sie geküßt hatte, genügte, um Wylie wütend zu machen, denn für ihn war das ein weiterer Beweis dafür, daß sein Partner die Absicht hatte, sich gegen ihn zu behaupten und sowohl Reds Tochter als auch Reds Anteile am Rainbow's End an sich zu bringen. Nun, dachte Wylie grimmig, er hatte Durango schon einmal ausgestochen, als es um Victoria gegangen war, und bei Josselyn würde er ihn noch einmal ausschalten.

Mit diesen Überlegungen ließ Wylie den zutiefst unbefriedigenden Kuß abreißen – mein Gott, wie gräßlich er die Vorstellung fand, daß er gezwungen war, diese passive, prüde Betschwester zu heiraten! –, und er beschloß, daß er Josselyn das nächste Mal so in seine Arme nehmen würde, daß sie dafür Buße tun mußte. Nichts von alledem zeigte sich jedoch auf seinem Gesicht, als Wylie, dem wieder eingefallen war, daß Durango am Fenster stand und sie beobachtete, sie so zufrieden wie eine Katze anlächelte, die Sahne schleckt, ihr beim Absteigen behilflich war und Miss Hatties Tor öffnete.

»Ich verabschiede mich hier von Ihnen ... meine süße Josselyn«, kündigte er an, »denn ich habe einen Termin in der Spedition, der mir gerade erst wieder eingefallen ist. So betörend ist Ihre Wirkung auf mich.« Seine grauen Augen schauten sie auf eine Art und Weise an, die sie vor Freude schüchtern erröten ließ. »Daher verabschiede ich mich jetzt bis zum nächsten Mal. Träumen Sie bis dahin von mir, versprechen Sie mir das?«

»Ich ... ich verspreche es«, antwortete sie schließlich leise; dann wandte sie sich nach einem Augenblick zum Haus um und eilte so schnell über den Weg zu Miss Hatties Veranda, als hätten ihre Füße Flügel, und vergaß ganz, daß Durango sie in der Pension ungeduldig erwartete.

Miss Hatties Enkel Zeb fing sie an der Haustür ab. Als sie seinen sorgenvollen Ausdruck bemerkte, fiel ihr wieder ein, daß Durangos Pferd vor dem Haus angebunden war und daß Durango sie sicher im Wohnzimmer erwartete.

»Durango ist schon seit fast zwei Stunden hier – und ich habe den Verdacht, daß er betrunken ist, denn er ist so übellaunig, wie ich es nie bei einem Menschen erlebt habe, und ich vermute, daß er vor Wut Nägel durch die Bretter einer Scheune spucken könnte!« warnte Zeb sie. »An Ihrer Stelle würde ich nicht ins Wohnzimmer gehen. Wenn Sie es wünschen, versuche ich ... versuche ich, ihn wegzuschicken. Ich bezweifle nur, daß es etwas nützt. Er hat mir einfach nicht zugehört, als ich ihm sagte, Sie wären mit Mr. Gresham ausgefahren und kämen wahrscheinlich nicht so schnell wieder zurück.«

»Nein, es ist schon in Ordnung, Zeb.« Josselyn war gerührt von der Sorge des jungen Mannes, und um seinetwillen gestattete sie sich nicht, ihre Angst zu zeigen. »Danke, aber ich glaube, es ist sicher das beste, daß ich mich selbst um Mr. de Navarre kümmere.«

»Tja, also gut, Miss Josselyn, wenn Sie darauf bestehen. Ich räume jetzt das Eßzimmer auf, damit ich in der Nähe bin – nur für den Fall, daß Sie mich brauchen.«

Josselyn holte tief Atem, durchquerte langsam die Eingangshalle und öffnete widerstrebend die Wohnzimmertür. Augenblicklich schlug ihr eine Rauchwolke entgegen, die sie fast erstickte. Sie ging energisch auf das Fenster zu und riß es weit auf, und dann drehte sie sich zu Durango um, der sich auf einem von Miss Hatties roten Sesseln räkelte und in der einen Hand eine Zigarre und in der anderen eine Flasche hielt. Als er sah, daß sie ihn nervös und mit mißbilligender Erwartung anschaute, beugte er sich vor, drückte seine Zigarre aus und stellte seine Flasche auf einen nahen Beistelltisch. Dann stand er auf und wankte mit klirrenden Sporen zu der Tür, die Josselyn offen gelassen hatte, um sie laut knallend zu schließen. Er ging auf sie zu, die Hände zur Faust geballt, als wollte er sich selbst daran hindern, ihr etwas anzutun.

»Wo, zum Teufel, bist du gewesen?« Seine Stimme war verhalten und klang so bedrohlich, daß ihr ein Schauer über den Rücken lief. »Wir hatten verabredet, daß wir heute mittag gemeinsam ein Picknick zu uns nehmen, und ich kann es nicht leiden, wenn man mich versetzt – und schon gar nicht für Wylie!«

»Wenn Sie sich recht erinnern, wird Ihnen wieder einfallen, daß ich nie eingewilligt habe, heute mit Ihnen auszugehen!« Josselyn zitterte unwillkürlich vor Angst und Wut. Er ragte jetzt bedrohlich über ihr auf und gab ihr das Gefühl, klein, hilflos und verletzlich zu sein. Dennoch blitzte Trotz in ihren grünen Augen auf, als sie zu ihren Vorwürfen ansetzte. »Oh! Wie können Sie es wagen herzukommen und Miss Hattie und ihren Enkel Zeb und zweifellos auch alle Logiergäste zu terrorisieren? Ich begreife nicht, warum keine den Sheriff geholt hat, damit er Sie festnimmt!«

»Weil niemand den Mumm hatte, das zu tun, deshalb – und den hast du auch nicht!« höhnte Durango.

»Nun, das werden wir ja sehen!«

Mit diesen Worten ging Josselyn zur Tür; sie hatte die feste Absicht, sie aufzureißen und Zeb zu sagen, er solle den Sheriff holen. Doch ehe sie das Zimmer auch nur zur Hälfte durchquert hatte, vertrat ihr Durango den Weg, packte sie, riß sie fest an sich und hielt ihr die Arme auf dem Rücken fest, als sie sich wehrte und sich von ihm losreißen wollte.

»Es gibt Methoden... äußerst angenehme Methoden, könnte ich noch dazusagen... dich zum Schweigen zu bringen, Jossie«, bemerkte er aalglatt, als sie den Mund aufmachte, um nach Hilfe zu rufen. Ebenso abrupt schloß sie den Mund wieder; sie war atemlos, und ihr Herz pochte rasend, als sie erkannte, daß er vorhatte, ihre Schreie mit Küssen zu ersticken. »Wie ich sehe, hast du mich verstanden«, fuhr er sarkastisch fort und ließ seine Blicke so unverfroren über sie gleiten, daß sie erschauerte und sich verzweifelt wünschte, auf dem Mond zu sein, nur nicht in seinen stahlharten Armen, ihm auf Gedeih und Verderb ausgeliefert. »Kluges Mädchen. Ich wußte doch, daß du vernünftig sein wirst, wenn ich auch gestehe, daß es mich tief verletzt zu sehen, wie du Wylie ermutigst, nachdem, was sich im Rainbow's End gestern zwischen uns ereignet hat. Ach ja, das hatte ich ganz vergessen. Du warst ohnmächtig, nicht wahr? Und ich habe dir deine Frage gestern nicht beantwortet, stimmt's? Was für ein Jammer, daß du immer noch nicht weißt, was ich dir angetan habe.«

Bei diesen Worten erbleichte Josselyn, als hätte er sie geschlagen. Oh, er hatte sie also *doch* vergewaltigt; er hatte es *getan*! Andernfalls wäre er doch bestimmt nicht so großspurig – dieser verfluchte Schuft! Ihr schwirrte der Kopf. Sie fühlte sich, als stünde sie kurz davor, das Bewußtsein zu verlieren. Nein! Dazu durfte es nicht kommen! Durango hatte bereits unter Beweis gestellt, daß er keine Hemmungen hatte, sie auszunutzen, wenn sie bewußtlos war, und gewiß würde er nicht zögern, es noch einmal zu tun. Ihr Kopf fiel gegen seinen Arm zurück, und sie schloß die Augen und fühlte sich elend und beschämt bei dem Gedanken, daß dieser Mann sie so intim gekannt hatte.

Als er in ihr aschfahles Gesicht sah, fühlte sich Durango einen Moment lang schuldig und schämte sich, weil er sie so rücksichtslos behandelte. Dann dachte er wieder daran, wie sie erst vor wenigen Minuten Wylie geküßt hatte, und sein Herz verhärtete sich.

»Frag mich noch einmal, Jossie, und vielleicht beantworte ich deine Frage diesmal«, flüsterte er ihr heiser ins Ohr, und sein Atem war warm und erregend, als er auf ihre Haut traf und sie unwillkürlich von Kopf bis Fuß erschauern ließ. »Frag mich das, wovon wir beide wissen, daß es dich nicht in Ruhe läßt, seit du in dem Raum neben der Küche des Rainbow's End wieder zu dir gekommen bist.«

»Nein, ich ... ich will es nicht wissen«, log sie und biß sich kläglich auf die Lippen. »Ich ... ich will nicht darüber reden ...« Denn wenn es wahr war, was blieb ihr dann anderes übrig, als ihn zu heiraten?

»Nein?« Eine dämonische schwarze Augenbraue zog sich langsam hoch; sein sinnlicher Mund verzog sich spöttisch. »Laß das bleiben, meine Süße. Wie ich dir gestern bereits sagte, solltest du deine Schüchternheit mir gegenüber doch wohl besser ablegen. Du verzehrst dich danach, mich zu fragen. Du hältst nur aus Vornehmheit und Angst den Mund, denn von Damen wird erwartet, daß sie über solche Dinge noch nicht einmal *nachdenken*, geschweige denn, darüber *reden*. Und trotzdem hast du daran gedacht, Jossie, oder etwa nicht? Oh, ja. Mach dir nicht die Mühe, es zu leugnen, denn ich weiß es besser. Du hast dir lange und intensiv Gedanken über diese Küsse gemacht – und zweifellos hast du auf den Knien dafür Buße getan, mit dem Rosenkranz in den Händen, stimmt's? Stimmt das?« fragte Durango und schüttelte sie heftig.

»Ja...ja«, wimmerte sie beschämt, und Tränen rannen ihr über die Wangen.

»Weil diese Küsse dir nämlich gefallen haben, stimmt's?« fuhr er erbarmungslos fort.

»Nein, nein, das ist nicht wahr...«

»Verdammt noch mal! Lüg mich nicht an, Jossie! Belüg mich niemals... und *wie* du lügst. Ich weiß es, und du weißt es auch. Soll ich es dir beweisen? Ich glaube, ich werde...«

»Nein!« keuchte sie verzweifelt und abwehrend. Die Luft im Wohnzimmer war so spannungsgeladen und unheilvoll wie das ferne Blitzen und das Donnergrollen, das einen Sturm ankündigt. »Nein...« Es war nichts weiter als ein tiefes Stöhnen, das ihrem Gefühl der Machtlosigkeit ihm gegenüber entsprang.

»Dann frag mich, meine Süße. Frag mich, ob ich dich vergewaltigt habe, nachdem du im Rainbow's End ohnmächtig geworden bist. Das ist es doch, was du wissen willst, oder nicht? Oder nicht?« Er schüttelte sie wieder.

»Ja, du verdammter Kerl! Ja!« schrie sie heftig und erhitzt heraus und konnte die Worte nicht mehr zurückhalten, die ihr unbesonnen über die Lippen kamen, und es störte sie auch nicht, daß sie ihn verfluchte. »Hast du es getan? Um Gottes willen, Durango! Hast du es getan?«

»Aber, Jossie, du überraschst mich«, brachte er mit honig-süßer Stimme gedehnt hervor – die jedoch gleichzeitig den brutalen Stachel einer Biene spüren ließ. Er lächelte so spöttisch auf sie herunter, daß es zum Verrücktwerden war. »Gerade du als Dame solltest doch besser als andere Leute wissen, daß ein Gentleman nie eine Frau küßt und es dann ausplaudert!«

Sie holte bei diesen Worten hörbar Luft, und irgend etwas in ihrem Innern geriet aus den Fugen, als hätte sie ohne jede Vorwarnung einen betäubenden Schlag auf den Schädel bekommen. Ein roter Schleier bildete sich vor ihren Augen, ihr Kopf wackelte, und ihr Herz schlug so heftig, daß sie glaubte, es würde ihre Brust sprengen. Das Blut rauschte so gewaltig in ihren Ohren, wie sie es noch nie erlebt hatte.

In dem Moment verlor sie jegliche Kontrolle über sich, als hätte sie ein rasender Dämon gepackt und als könnte sie nicht länger über ihren Verstand oder ihren Körper gebie-ten. Sie hatte das seltsame Gefühl, als schwebte sie mitten in der Luft und beobachtete schockiert und voller Entsetzen, wie sie urplötzlich durchdrehte wie ein tollwütiger Hund, ihre Hände aus Durangos Umklammerung befreite und zum Sprung auf ihn ansetzte, die Finger wie Krallen gekrümmt, als wollte sie ihm die Halsschlagader aus der Gurgel reißen.

Sie erlebte ein Gefühl tiefer Genugtuung, als ihre Nägel seine Wange zerkratzten und Blutspuren hinterließen. Sie würde ihm dieses herablassende Grinsen vom Gesicht wischen! Dann packte er ihre Handgelenke erbarmungslos mit einer Hand und bog sie ihr auf den Rücken. Er nahm ihr Kinn zwischen die kräftigen schmalen Finger der anderen Hand und preßte sein Gesicht auf ihres.

»Du magst zwar aussehen wie ein Engel, *Querida*«, murmelte er mit stockendem Atem und schwarzen Augen, die in der Sonne, die durch das Fenster strömte, funkelten, als er sie gebannt anstarrte, »aber... *por Dios!* Irgendwo in dir steckt ein Teufel, und ob es die Hölle oder die Sintflut nach sich zieht – ich werde ihn freisetzen!«

Dann preßte er seinen Mund auf ihren – und zwar brutal.

Sie haßte ihn dafür – leidenschaftlich, nachdrücklich und von ganzem Herzen – und noch mehr haßte sie ihn dafür, daß er ihr, als seine Lippen von ihrem Besitz ergriffen, tief in ihrem Innern das Gefühl gab, als haßte sie ihn in Wirklichkeit überhaupt nicht. Das konnte ihr doch nicht widerfahren, dachte sie. Es mußte ein Alptraum sein! Und doch wußte sie, sosehr sie sich auch dieser Erkenntnis widersetzte und sich schämte, daß sie sich nie wacher und lebendiger gefühlt hatte als in Durangos Armen. Jede Faser ihres Seins prickelte und vibrierte, nahm ihn wahr. All die Gefühle und Empfindungen, die er im Stollen in ihr wachgerufen hatte, keimten jetzt, als sein Mund ihren verwüstete, wieder in ihr auf, heftig und wild und überschwenglich, ganz gleich, wie sehr sie sich auch dagegen wehrte, sich gegen *ihn* wehrte. Der Kampf war vergeblich. Sie wußten beide, daß sie nicht die Kraft, den Willen oder das Herz hatte, sich zu widersetzen, denn in dem Augenblick, in dem seine Lippen ihre gefordert hatten, war ihre gesamte Abwehr in sich zusammengebrochen.

Sein Anschlag auf sie war so wild und erbarmungslos wie das Tosen des Meers auf einen feinen Sandstrand, und alles, was sie je gekannt hatte oder gewesen war, wurde abgetragen, weggeschwemmt, und die Wälle ihrer anerzogenen Schüchternheit und ihrer jungmädchenhaften Ängste zerbröckelten, und die Schranken ihrer Existenz, die Grenzen ihres Wesens, wurden neu bestimmt. Wie Nebel im Wind trieb ihr Schleier auf den Boden, als seine groben, ungeduldigen Hände ihn herunterzerrten und ihr dann die Haarnadeln aus den langen rotblonden Zöpfen zogen, bis ihr die üppige Mähne wie ein Wasserfall über den Rücken fiel. Seine Finger tauchten in diese Massen ein, versanken in den Strömen ihres Haars, das im goldenen Sonnenschein leuchtete. Heftig bog er ihr Gesicht zu sich. Seine Zunge spaltete ihren Mund, tauchte tief in die dunkle, feuchte Höhle ein, suchte... und fand. Ihre Lippen wurden weicher und zitterten heftig, als sie nachgaben, eine leuchtendrote Rosenknospe, die sich entfaltete, um ihren Nektar preiszugeben. Seine Zunge flatterte und stach zu, eine Biene in ihrem Mund, die sich in den blutroten Blütenblättern ihrer Lippen und ihrer Zunge versenkte, sich davon einhüllen ließ, die Süße kostete... die Süße auskostete...

Ihr berauschender Geschmack und Duft stiegen Durango zu Kopf, Manna und Wein, vom Himmel gesandt, um seine Sinne zu betören. Er hatte sie nicht verdient; das wußte er genau. Schließlich wußte er trotz seines Argwohns – der sich nicht verbannen lassen wollte – tief in seinem Herzen, daß sie die Unschuld und die Reinheit und das Licht verkörperte. Er verkörperte nichts von all dem, schon lange nicht mehr. Und doch erfreute und verwunderte es ihn tief in seinem Innern, daß ihresgleichen auf Erden wandelte. Er hätte nicht geglaubt, in tausend Leben so etwas wie sie zu finden. Als er sie im Rainbow's End mit dem Heiligenschein ihres Haars gesehen hatte, mit ihrem Engelsgesicht, das bleich und durchscheinend im Lampenlicht geschimmert hatte, hatte er sofort gefühlt, daß sie die Frau seiner Träume war, aus einem Reich herabgestiegen, das zu betreten er schon vor Jahren jede Hoffnung aufgegeben hatte. Die Angst, sie zu verlieren, machte ihn zum Barbaren; seine Instinkte machten ihn kühn. Wenn er ihr Zeit zum Nachdenken ließ, würde sie sich auf all das, was sie im Kloster gelernt hatte, besinnen – und es würde alles gegen ihn sprechen. Er war schon vor Ewigkeiten in Ungnade gefallen. Er machte sich keine Illusionen. Er war ein Sünder, der es wagte, nach einer Heiligen zu trachten. Wäre es ihm nicht ganz so ernst gewesen, hätte er über diese Ironie gelacht.

Es erstaunte ihn, daß Red eine solche Tochter hatte. Das Glück des Iren, so legendär wie der sagenumwobene Topf Gold am Ende des Regenbogens. Wie gut, daß sich ihm ihr wahres Ich in der Mine enthüllt hatte, dachte Durango. *Josselyn*... Engel und Hexe. Ihr Haar glitt wie Seide durch seine Finger. Ein leises Wimmern drang aus ihrer Kehle und entflammte ihn. Ihre zarten Brüste preßten sich bei jedem Atemzug an ihn. Sein Mund bewegte sich ausgehungert auf ihrem und kostete, was ihm so verlockend dargeboten wurde, Passionsfrucht und Granatapfel verschmolzen auf seiner Zunge. Er ergötzte sich hemmungslos daran und lechzte nach mehr. *Josselyn*... Engel und Hexe, flüssiges Gold und Kupfer in dem Sonnenschein, der von der Seite auf ihr Gesicht fiel, es anstrahlte, sie zu einer vergoldeten Lilie machte, deren Blütenblätter die Küsse aufsogen, die er auf sie herabregnen ließ. Ihre schlehgrünen Augen waren geschlossen, und die dichten pechschwarzen Wimpern spreizten sich wie zarte Fächer auf ihren Wangen. Mit seinen Blicken und seinem Mund sog er sie in sich auf. Als er Luft holte, spürte sie es auf ihrer zarten Haut; als er ausatmete, war es ein Seufzen, ein Ächzen. Jesus hatte genug Bräute. Er, Durango, brauchte diese eine.

Más vale tener que desear. Besitzen ist besser als begehren.

Seine Lippen versengten ihre, zuckten wie Flammen über ihr Fleisch, als er seinen Mund glühend auf ihre Kehle preßte, ihren Kopf nach hinten bog, sie an sich preßte, sie mit seinen muskulösen Schenkeln gefangenhielt und ihr so sein Begehren mitteilte, sein Verlangen nicht verhehlte. Josselyn fühlte sich benommen, als hätte sie zuviel Wein getrunken, so biegsam wie eine Stoffpuppe und träge vor Leidenschaft, die er in ihr geweckt hatte und die wie ein Opiat durch ihren Körper strömte. Welche Macht besaß er, und welchen Zauber konnte er einsetzen, um diese Empfindungen in ihr auszulösen? Sie wußte es nicht. Es war ihr inzwischen ganz gleich. Es war zwecklos, dagegen anzukämpfen, ihn abzuwehren, wenn sie ja doch wußte, daß sie nicht gewinnen konnte, und in einem verborgenen Winkel ihres Kopfes fürchtete sie, daß sie es noch nicht einmal wollte. Es war, als würde sie vom Wahnsinn gepackt, wenn er sie küßte und berührte und damit ihren Verstand ausschaltete, die Welt auf den Kopf stellte und das, wovon sie wußte, daß es böse war, zu etwas Grandiosem werden ließ, das unvermeidlich, gut und genau richtig für sie war.

Ihre verräterischen Arme hatten sich längst von allein um seinen Nacken geschlungen und spannten sich jetzt fester um ihn und zogen ihn an sich, als seine Lippen und seine Zunge ihr weiterhin ihren süßen, betörenden Willen aufdrängten, sie neckten und folterten und sie vor Verlangen entflammen ließen. Josselyn stöhnte, als seine Hand tiefer glitt und sich auf dem rauhen Stoff ihrer Tracht über ihrer Brust legte und so einen elektrischen Stromstoß durch ihren Körper sandte. Grob und drängend knetete er die Fülle. Und dann spreizte er abrupt die Finger und ließ seine Handfläche langsam über ihre aufgestellte Brustwarze gleiten. Dieser übergangslose Wechsel raubte ihr den Atem. Sie stieß einen

leisen Schrei aus und wankte in seinen Armen, eine zarte
Weide, die unter der berückenden Liebkosung eines urzeitlichen Windstoßes erschauert. Seufzend teilten sich ihre
Lippen; ihre Zunge schoß heraus, um sich den Durst zu stillen. Sie dachte sehnsüchtig an einen stillen Teich, auf den die
Sonne Muster warf... ehe sie gänzlich das Denken einstellte.

Ihr war so glühend heiß wie in dem Bergwerk, und sie war
blind und taub für alles außer Durango und das Sehnen wie
aus der Nacht der Zeit, das er in ihr wachrief. Schweiß rann
von ihren Schläfen in ihr gelöstes Haar. Wie eine brennende
Kerze ihren Duft ausstrahlt, erstickte ihre Wärme das
Lavendelparfum und mischte ihm ihren weiblichen Duft bei,
den er genüßlich in sich aufsog und der ihn entflammte.
Dort, wo sie jetzt beide angelangt waren, zeigte ihnen ein
schwüler Sommer seinen Garten der Lüste; die Sonne Edens
tauchte sie in einen goldenen Schein. Er begrub sein Gesicht
tief in dem Spalt zwischen ihren Brüsten und küßte immer
wieder ihre Brustwarzen, ließ seinen Kopf an ihrer ge-
schmeidigen Gestalt immer tiefer gleiten, bis er auf die Knie
sank und dabei glaubte, auf saftiges grünes Gras auf dunk-
lem üppigem Erdreich zu sinken, während seine Hände sie
noch enger an ihn zogen. Seine überwältigende Nähe und
seine gekonnten Küsse und Liebkosungen ließen Honig zwischen Josselyns Schenkeln fließen, und die Glut und Süße
versengten sie. Urplötzlich fühlte sie sich in ihrem tiefsten
Innern so leer, daß es sie unerträglich schmerzte und sie sich
instinktiv danach sehnte, sich von ihm ausfüllen zu lassen.
Als besäßen sie ein Eigenleben, schlangen sich ihre Finger
heftig in sein Haar. Sie wollte... sie wollte...

Als ihr verzweifeltes Verlangen zu spüren war, ließ sich
die Biene, die seine Zunge war, schließlich auf dem weichen

Hügel ihrer Weiblichkeit nieder und stach nur einmal, leicht und schnell, durch ihre Röcke hindurch, zu. Bei dieser Berührung durchzuckte sie ein Schauer, der sie heftig erbeben ließ. Sie schluchzte laut, und ihr ganzer Körper schüttelte sich gepeinigt, denn so unerträglich süß dieser Stich auch gewesen war, so bitter war sein abruptes Ende, schlimmer als ein schmerzender Stachel, unendlich grausam, weil sie immer noch lechzte, glühte, sich nach ihm verzehrte.

In der plötzlich eingetretenen Stille, die nur von dem raschen Atem der beiden durchbrochen wurde, hob Durango langsam seinen dunklen Schopf. In seinen verschleierten schwarzen Augen blitzte die Leidenschaft, als er sie fasziniert betrachtete. Seine Hände hielten ihre Hüften umklammert; sein Körper war so angespannt wie der eines Berglöwen, der zum Sprung ansetzt.

»Hast du dich auch so gefühlt, als Wylie dich geküßt hat?« Seine Stimme war rauh vor verhaltener Lust und Furcht – jetzt mehr denn je –, sie zu verlieren.

Josselyn war vor Verlangen so benommen, daß sie seine Worte eine Zeitlang nicht verstand. Dann ging ihr plötzlich deren gräßliche Bedeutung auf. Durango mußte sie und Wylie vom Wohnzimmerfenster aus beobachtet haben, und er mißbrauchte sie nur, weil er gesehen hatte, was Wylie getan hatte. Es war erniedrigend und rücksichtslos von ihm. Er hatte sie vorsätzlich gemartert und sie einem süßen, bislang ungeahnten Gipfel der Leidenschaft entgegengeführt – und dann hatte er sie brutal in der Luft hängen lassen, um sie dafür zu strafen, daß sie ihn zurückgewiesen hatte, um sie dafür büßen zu lassen, daß sie Wylie vorzog, um ganz sicherzugehen, daß ihr klar wurde, was jeder der beiden Männer ihr zu bieten hatte...

Josselyn holte blindlings nach Durango aus; sie verabscheute ihn und wollte ihn ebensotief verletzen, wie es ihm gelungen war, sie zu verletzen. Sie wußte nicht, wie das sein konnte, wenn sie ihn verabscheute, sich nichts aus ihm machte, doch sie war derart von Scham und Zorn und Leid erfüllt, daß sie sich nicht erst die Zeit nahm, ihre Motive zu ergründen. Obwohl er vor ihr kniete, war ihr Angriff nutzlos. Mit Leichtigkeit fing er ihre Handgelenke in der Luft auf, sprang mit einer einzigen schnellen und anmutigen Bewegung auf die Füße und hielt sie fest, als sie in Panik geriet und darum rang, ihm zu entkommen – es zwar zwecklos. Gnadenlos riß er ihren Körper an seinen und umklammerte sie wie eine Eisenspange. Seine Hand grub sich in ihr Haar und riß ihr den Kopf zurück, als würde er einen neuerlichen Ansturm auf ihre Sinne vornehmen.

»Ich hasse dich!« fauchte sie und versuchte, sich von ihm loszureißen.

»Das glaube ich nicht, meine Süße.« Seine Augen und sein Lächeln, das nicht bis zu seinen Augen gelangte, verspotteten sie derart, daß sie wieder den unwiderstehlichen Impuls verspürte, ihm das Gesicht zu zerkratzen. Sie wußte nicht, warum sie sich so rabiat benahm und danach lechzte, ihm Gewalt anzutun. Sie hatte früher einmal vorgehabt, ihr Leben der Kirche zu weihen. Und jetzt hatte ein Teufel Besitz von ihr ergriffen. »Beantworte meine Frage, verdammt noch mal!« Durango schüttelte sie grob und lächelte nicht mehr. »Hast du dich genauso gefühlt, als Wylie dich geküßt hat?« Josselyns Augen loderten, und sie hob trotzig das Kinn. Sie weigerte sich hartnäckig, ihm darauf eine Antwort zu geben, und es war ihr gleich, ob er sie schlug. Im nächsten Moment lachte er kurz und hämisch. »Du armer, fehlgeleiteter Dummkopf! Der will doch gar nicht dich; der will doch nur die Anteile deines Vaters am Rainbow's End.«

»Und du... was willst du, Durango?« Ihre Stimme war beißend vor Herablassung.

»Dich«, sagte er barsch. Dann fügte er hämisch zu: »Bei Bewußtsein.«

Ihr Gesicht wurde bei seinen Worten bleich; das Rauschen in ihren Ohren war so gräßlich, daß sie verzweifelt darum kämpfte, nicht ohnmächtig zu werden.

»Lügen! Ruchlose Lügen!« zischte sie wütend und zitterte wie Espenlaub in seinen Armen. »*Du* bist doch hier derjenige, der Dads Anteile haben will, nicht Wylie! Und wenn du auch noch so oft Gegenteiliges andeutest, glaube ich dir doch nicht, daß du... daß du mich wirklich... daß du...«

»Daß ich dich vergewaltigt habe?«

»Ja.«

»Und warum nicht, Jossie?« höhnte Durango. »Du traust mir zu, deinen Vater ermordet zu haben. Wieso meinst du dann, ich würde vor einer Vergewaltigung zurückschrekken?« Darauf hatte sie keine Antwort parat. Nach einem Moment höhnte er leise: »Wylie liebt dich nicht, und er wird dich nicht mehr haben wollen, wenn er erfährt, was ich dir genommen habe – nicht einmal, wenn es ihm die Anteile deines Vaters an der Goldmine einbrächte. Dazu ist er zu stolz und zu heikel.« Das entsprach nicht der Wahrheit. Wylie hatte wahrhaft mit genug Huren geschlafen und keinen Wert auf Jungfräulichkeit gelegt; andernfalls hätte er sich niemals derart in Victoria vernarren können. Aber Durango wußte, daß Josselyn von alledem nichts ahnte. Darauf setzte er.

»Du irrst dich«, beharrte sie und leugnete, wovor ihr selbst insgeheim graute. »Du irrst dich. Wylie wird wissen, daß das, was du mir angetan hast, nicht meine Schuld war, und er wird es mir nicht vorwerfen. Er ist nicht so wie du. Er

ist alles, was du nicht bist, fein und anständig und ehrenwert...«

»Ach?« Eine satanische schwarze Augenbraue zog sich
zynisch hoch; Durangos Mundwinkel zogen sich herunter,
als er ihr einen noch härteren Peitschenhieb versetzte,
obwohl er die Peitsche verachtete, die er benutzte, und sich
selbst dafür haßte. »Ist er deshalb heute zu dir gekommen –
schnurstracks aus dem Bett seiner Mätresse?«

Wenn er sie geschlagen hätte, hätte er Josselyn nicht
schwerer treffen können. Ihr ganzer Körper erstarrte wie
ein Eiszapfen. Ihre Augen waren große Weiher, in denen
Schmerz und ein inständiges Flehen standen, als sie ihn voller Entsetzen anstarrte.

»Nein! Nein, das ist nicht wahr! Das ist nicht wahr! Du
belügst mich – genauso, wie du mich in jeder anderen Hinsicht auch belogen hast! Ich höre dir nicht mehr länger zu!
Hast du gehört? Ich will kein Wort mehr hören!«

Einen Moment lang trat Reue in Durangos Augen, als er
sah, wie tief er sie verletzt hatte, doch dann dachte er an
Wylies Lippen, seine Hände und seinen Körper, mit denen
er zuerst Victorias Altar huldigte und dann Josselyn damit
beschmutzte, und er fuhr fort, ohne mit einer Wimper zu
zucken.

»Victoria und er lachen sich bestimmt ins Fäustchen...«

»Nein!« jammerte Josselyn, obwohl sie im selben
Moment die gräßliche Gewißheit erlangte, daß er zumindest
in dem Punkt die Wahrheit sagte.

Wie in Zeitlupe oder wie in einem Traum sah sie jetzt
nämlich wieder all das vor ihrem inneren Auge vorbeizie-
hen, was sich vorhin bei John Best zugetragen hatte, wie
besitzergreifend die schöne Witwe ihre schmale weiße Hand
auf Wylies Arm gelegt hatte, den brünetten Schopf zurück-

geworfen und ihn mit glühenden dunklen Augen angesehen hatte, wie sich ihre üppigen leuchtendroten Lippen zu einem mysteriösen Lächeln geteilt hatten, wie Wylie den Blick nicht von ihr hatte losreißen können, sie mit Augen verschlungen hatte, in denen noch die Erinnerung an ihre Umarmung stand. Sie mußten sich tatsächlich über die Ironie des Schicksals totgelacht haben, die ihn nötigte, sich mit einer Nonne einzulassen. Victoria mußte sich sehr sicher sein, daß sie von ihrer Rivalin nichts zu befürchten hatte, und als sie sie mit ihren heimtückischen braunen Augen betrachtet hatte, hatte sie ihre Unzulänglichkeiten genau gesehen. Bei dieser schmerzlichen Erkenntnis verfolgte Josselyn wieder das Gefühl, zu schlicht und unbeholfen zu sein, sich nicht an anderen Frauen messen zu können, nicht dazuzugehören. *Daß ihr mir bloß beide nicht das kleine Abendessen vergeßt, das ich am Freitagabend im Teller House gebe – um Reds Tochter ordnungsgemäß in unsere Reihen aufzunehmen!* hatte Victoria gesagt, und ihre Lippen hatten sich vor Belustigung zu einem Lächeln verzogen, das sich jetzt so schmerzlich erklären ließ. *Natürlich werden wir kommen*, hatte Wylie gesagt, und sein Lächeln hatte dem von Victoria entsprochen, als er sich ausgemalt hatte, eine Nonne zu einem Abendessen mitzubringen, das seine Mätresse veranstaltete, sie am Tisch seiner Mätresse Platz nehmen zu lassen und die Nonne zu umwerben – die ihr Gewicht in Gold wert war –, während er mit seiner extravaganten Mätresse schlief und Pläne schmiedete, wie er sie mit Dads Anteilen am Rainbow's End verwöhnen würde. Jetzt wurde Josselyn klar, warum Wylies Kuß sie so kalt und unberührt gelassen hatte. Wie bereits Antoine empfand auch er nichts für sie, hatte ihr nichts zu geben. Für ihn war sie nicht mehr als ein Mittel zum Zweck. Falls sie ihn heiratete, würde er sich aller Wahrscheinlichkeit nach von ihr scheiden lassen, sobald er ihr Erbe in seine habgierigen Finger gekriegt hatte. Zweifellos war *er* der Saboteur und Mörder von Rainbow's End.

Ja, das konnte sie ihm jetzt unterstellen, wenn sie es auch vorher nicht geglaubt hätte, als sie noch blind und vertrauensselig an sein feines Gehabe geglaubt hatte, das ihn jetzt in ihren Augen verdammte und sie mit Abscheu und Verachtung erfüllte. Durango hatte sie einen »armen fehlgeleiteten Dummkopf« genannt, und genau das war sie. Dads Tod hatte ihre Welt so nachhaltig zerschmettert, als hätte er sie absichtlich in die Hand genommen und sie hingeworfen, um sie zu zerbrechen; und all das Böse, von dem sie insgeheim gefürchtet hatte, es läge in ihr selbst und außerhalb der Klostermauern auf der Lauer, war über sie hereingebrochen. Sie fühlte sich innerlich derart aufgewühlt, daß sie nicht mehr wußte, was gut und böse war. Sie wußte nicht mehr, wem sie vertrauen konnte, an wen sie sich halten konnte; sie schien sich in allen so furchtbar getäuscht zu haben, vielleicht sogar in Durango.

Tränen glitzerten in ihren Augen, als sie sich überlegte, was für ein Durcheinander sie angerichtet hatte. Sie war unfähig und unwürdig. Gott hatte über sie gerichtet und sie für wollüstig befunden. Aus dem Grund hatte er sich von ihr abgewandt, sie ausgestoßen und sie dem Teufel überlassen.

»Weine nicht, *Querida.*« Der Teufel sprach mit ihr, denn er hatte den Grund ihrer Tränen falsch gedeutet, und seine Stimme war seltsam freundlich, fast liebevoll. »Weine nicht. Wylie ist es nicht wert; er ist es nie wert gewesen.«

»Das weiß ich jetzt auch ... Oh, ich vermute, ich bin schon wieder ein Dummkopf gewesen, ein riesengroßer Dummkopf!« weinte sie bitterlich. »Ich weiß nicht mehr, wem ich trauen soll. *Ihm* habe ich vertraut! Ich habe ihn für einen Gentleman gehalten. Ich war bereit, ihn zu heiraten, um Dads Andenken zu ehren, um seinem Testament und letztem Willen Folge zu leisten.«

»Dann hat dir Red wohl viel bedeutet, stimmt's?« fragte Durango, und sein Körper war plötzlich seltsam starr, angespannt und auf der Hut, wie der eines Wolfs, der sich anpirscht, als er auf ihre Antwort wartete.

»Natürlich. Ich habe ihn geliebt. Von ganzem Herzen.« Wie Regen aus einem bleiernen Himmel rannen Josselyns Tränen über ihre Wangen. »Er war mein Vater, und nachdem Mam gestorben ist, war er alles, was ich je gehabt habe, wirklich. O Durango! Ich hätte alles dafür gegeben, ihn noch einmal sehen zu dürfen! Selbst jetzt noch, nach all der Zeit, kann ich... kann ich immer noch nicht ganz glauben, daß er wirklich tot ist. Ich weiß, daß das merkwürdig klingt, vielleicht sogar verrückt, aber manchmal habe ich das ganz seltsame Gefühl, daß er immer noch über mich wacht und wartet, weil er sehen will, wie ich auf seinen letzten Willen reagiere. Ich weiß genau, daß er sich immer bemüht hat, das zu tun, was er für mich gut und richtig fand, wovon er glaubte, es würde mir ein Gefühl von Geborgenheit geben und mich glücklich machen.«

»*Ich* könnte dir ein Gefühl von Geborgenheit geben, *Querida. Ich* könnte dich glücklich machen.« Seine Stimme war verhalten und heiser, als sich allmählich sein Verlangen wieder regte und die nagende Sorge verdrängte, Josselyn könnte doch eine Lügnerin und Betrügerin sein, die mit ihrem Vater unter einer Decke steckte.

»Woher... woher nimmst du diese Sicherheit?« fragte sie und zitterte schwach, als seine Hand zärtlich und behutsam die Tränen aus ihrem Gesicht wischte, ehe sein Mund zart ihre Lippen streifte, die von seinen früheren fordernden Küssen noch verquollen und zerschunden waren.

»Sag, daß du die meine wirst, und ich werde es dir zeigen, Jossie.«

»Soll das... soll das ein Heiratsantrag sein, Durango?« Zweifel und Verwirrung übermannten Josselyn bei dieser Vorstellung. Ihre Wangen röteten sich, und ihr Herz schlug schneller. Es war ein erschreckender Gedanke, sich ihm für immer auszuliefern... und doch regte sich tief in ihrem Innern ein Sehnen, die unendliche Tiefe der Leidenschaft kennenzulernen, die er in ihr erweckt hatte, so sehr, daß ihr ganzes Wesen danach verlangte, rundum eine Frau zu sein. Ein Zuhause zu haben. Einen Mann. Ein Kind.

»Ein Heiratsantrag?« Durango lachte, und all seine Zärtlichkeit war plötzlich von ihm abgefallen. Seine Augen waren von dem Argwohn, der wieder die Oberhand gewonnen hatte, hart geworden und funkelten grimmig. »Ja, so hättest du es natürlich gern. Aber nein, meine Süße, das wollte ich nicht damit vorschlagen. Habe ich dir denn nicht oft genug gesagt, daß ich kein Mann zum Heiraten bin?«

Bei seinen gemeinen spöttischen Worten wurde Josselyn plötzlich von einer solchen Panik und Wut erfaßt, daß sie meinte, ihre ganze Lebensenergie würde aus ihr herausgezogen. Sie bekam keine Luft mehr, ihre Augen wurden so groß wie die eines Tieres, das vor Schock erstarrt ist, und ihre Nasenflügel bebten. Ihre Gefühle waren so heftig, daß sie zitterte, während sie verzweifelt versuchte, sich aus seiner Umarmung zu befreien. Als sie feststellte, daß es kein Entkommen gab, öffnete sie den Mund, um ihr Entsetzen herauszuschreien, um ihn anzuklagen; doch ehe sie auch nur einen Laut herausbrachte, versiegelte Durango ihre Lippen mit seinem Mund und brachte sie zum Schweigen.

»Nein, schrei nicht«, knurrte er auf ihren Lippen und küßte sie so brutal, daß ihr schwindlig wurde und sie atemlos zurücksank, »denn es wird dir nichts helfen, das verspreche ich dir; und wenn du nur vorhast, mir zu sagen, wie schwer ich dich beleidigt habe, dann spar dir deinen Atem! Unter welchem Gesichtspunkt ich es auch betrachte, es ist und bleibt eine ausweglose Situation, *Querida*... wenn ich dir eine Heirat angeboten hätte, hättest du ja doch nur geglaubt, daß ich in Wirklichkeit dein Erbe an mich bringen will! So pervers sind die Frauen eben – und ich habe nicht vor, mich von ihnen zum Narren halten zu lassen! So kannst du wenigstens sicher sein, daß ich *dich* haben will... und ich will dich tatsächlich, sogar dringend; und was es auch kostet, ich werde dich bekommen!« Er unterbrach sich einen Moment lang, damit die Worte zu ihr vordringen konnten. Dann bemerkte er beißend: »Werde erwachsen, Jossie! Das hier ist die wahre Welt! Es geht um dich und mich gegen Wylie und Victoria – es sei denn, du verspürst das glühende Verlangen, *seine* und nicht meine Mätresse zu werden!« Schon allein der Gedanke zuernagte ihn und ließ ihn grausam werden.

»Und wenn das Jahr, das Dad in seinem Testament festgelegt hat, abgelaufen ist und ich immer noch nicht verheiratet bin und Nell Tierney sich das größte Theater im Staat Colorado baut, was ist dann? Was ist dann, Durango?« rief Josselyn aus, die ihn selbst in dem Moment verabscheute, in dem ihr junger lebendiger Körper auf seine beharrlichen Lippen und auf seine provozierenden Hände reagierte.

»Bis dahin könnte ich mich – falls es mir paßt und falls *du* mir noch gefällst – immer noch entschließen, dich zu heiraten«, äußerte er arrogant. »Aber wenn ich das tue, dann nur, weil *ich* es so wünsche, und aus keinem anderen Grund! Bis dahin lasse ich mich in dieser Runde von niemandem zu etwas zwingen, und niemand wird meinen Einsatz in die Höhe treiben – noch nicht einmal du, wenn ich dich auch noch so sehr begehre.« Dann lag sein Mund wieder auf ihren Lippen, brachte ihre Gedanken durcheinander, zermürbte ihre Abwehr und zwang sie förmlich, sich gegen ihren Willen an ihn zu klammern, als sei er der einzige Halt in dieser instabilen Welt, die wogte und wankte und sich im Kreis drehte, so schnell, daß ihr davon schwindlig wurde. Nach einer Weile hob Durango den Kopf, sein Atem ging stoßweise, und seine Augen waren undurchdringlich, wenn auch ein zufriedenes Lächeln um seine Mundwinkel spielte. »Sei mein, *Querida*. Du willst mich. Das weißt du, und ich weiß es auch – genauso, wie wir beide wissen, daß du das Unvermeidliche nur hinauszögerst, wenn du dich mir verweigerst.«

»Nein«, flüsterte sie, und es bekümmerte sie, daß sie sich so hilflos fühlte. Sie wußte, daß seine Worte der Wahrheit entsprachen. »Ich hasse dich! Ich hasse dich!«

Wieder einmal lachte er leise, und sie erschauerte.

»Mir deucht, die Dame protestiert zu heftig!« verspottete er sie. »Meine Süße, ich bin kein geduldiger Mensch. Dennoch bin ich bereit, dir etwas Zeit zu lassen, damit du dich mit deinem Los aussöhnen kannst. Ich gebe dir... einen Monat. Falls du hinterher immer noch unentschlossen sein solltest, warne ich dich: Ich werde jeden Schritt unternehmen, den ich für notwendig erachte, um diese ganze Geschichte mit dem Rainbow's End endgültig zu klären! Hast du verstanden? Kapiert?« Er schüttelte sie grob.

»Ja«, hauchte sie und wußte selbst kaum, was sie sagte, und nahm nur vage wahr, daß sie bedroht war. Es gab jetzt nur noch eine einzige Tür, die ihr offenstand.

»Dann gewöhne dir ab...«, setzte er an, und seine Augen

funkelten finster vor Begehren und Belustigung, als er sah, wie ihre Augen vor Sorge groß wurden, »Wylie zu küssen. Ich kann dir nämlich versprechen, daß du in meinen Armen viel mehr Vergnügen haben wirst. Wie dir vielleicht schon aufgefallen ist, lasse ich nicht mit mir spaßen, wenn es um Dinge geht... die mir gehören. Was mir gehört, das behalte ich, und das lasse ich mir von keinem wegnehmen. Wylie war früher einmal mein Freund. Aus dem Grund wäre es mir nicht lieb, wenn ich ihn erschießen müßte. Ich werde verzeihen, was sich heute nachmittag abgespielt hat – aber sorg du dafür, daß es niemals wieder dazu kommt. Ich werde dich mit keinem anderen Mann teilen, *Querida*. Ist das klar?«

»Ja«, murmelte sie, und ihr Herz schlug schnell; ein gehässiges Lächeln umspielte seine Mundwinkeln, seine Augen waren hart und durchdringend, sein Kiefer war angespannt, und es stand außer Frage, daß er alles, was er gesagt hatte, Wort für Wort ernst meinte. Bei dem Gedanken erschauerte sie.

Durango küßte sie noch ein letztes Mal, diesmal ausgiebig, und seine Handflächen legten sich auf ihre Brüste und glitten sinnlich über sie, als wäre das sein selbstverständliches Recht.

»Überleg dir nur, welche himmlischen Wonnen du dir entgehen läßt, wenn du dir allzuviel Zeit läßt, dich für mich zu entscheiden, Jossie«, neckte er sie, als er sie losließ.

Er stellte zu seiner Zufriedenheit fest, daß sie betroffen die Augen niedergeschlagen hatte, ihre bleichen Wangen stark gerötet waren und ihre Hände zitterten und sich unruhig umeinanderschlangen, wie ein kleiner Vogel hilflos mit den Flügeln schlägt, wenn er eingefangen worden ist. Dann ging er.

15

Mehr als drei Monate lang hatte sie sich konsequent eingeredet, daß sie Nell verabscheute. Aber als Josselyn jetzt an diesem Spätnachmittag in Miss Hatties Wohnzimmer saß und mit der Schauspielerin Tee trank, wie sie es versprochen hatte, stellte sie befremdlicherweise fest, daß sie den Wunsch hegte, dieser Frau, die ihrem Dad so nahegestanden hatte, ihr Herz auszuschütten. Denn wenn sie Nell auch noch so wenig kannte, hatte Josselyn doch das sichere Gefühl, daß die Schauspielerin sie nicht verdammen würde, wenn sie ihr ihre Geheimnisse enthüllte, sondern als Frau von Welt in der Lage wäre, ihr gute Ratschläge zu geben; und die konnte sie, weiß Gott, gut gebrauchen.

Dennoch sagte sie nichts, und Nell, die sie nicht beleidigen und ihr nicht verraten wollte, wieviel sie über ihre Vergangenheit wußte, war sehr zurückhaltend, denn es widerstrebte ihr, zu direkt hinter die Oberfläche ihres höflichen, aber etwas gekünstelten Gesprächs vorzudringen.

Durango war gerade gegangen, als die Schauspielerin gekommen war. Als sie ihn gesehen hatte – seine große dunkle Gestalt, die vor Magnetismus und raubtierhafter Angriffslust nur so strotzte –, war Nell erleichtert gewesen, daß Red in einem Bett ihres Hauses in der Spring Street lag und sich nicht rühren konnte. Der Arzt hatte seinen gebrochenen Knöchel gerichtet, und Red gelobte weiterhin, Durango umzubringen.

Gestern hatte sich Nell klugerweise geweigert, Reds Aufforderung Folge zu leisten, augenblicklich zum Rainbow's End zu fahren, um seine Tochter aus den Klauen seines heimtückischen Partners Durango zu erretten. Ihre Sorge hatte in dem Moment Red und dem nicht wieder gut zu machenden Schaden gegolten, den Josselyn erlitten hatte. Es war sinnlos, die Stalltür zu schließen, wenn das Pferd bereits gestohlen worden war, und ebenso zwecklos war es, Red Vorwürfe zu machen, da er sich selbst bereits schlimmer anklagte, als Nell es hätte tun können. Wenn sie Durango zur Rede gestellt und es geschafft hätte, daß er die gemeine Tat zugab, was hätte es genutzt? Und daher fand Nell trotz ihrer Sorge um Josselyn, daß Vorsicht das erste Gebot der Klugheit war. Hinzu kam, daß die Schauspielerin zwar genau wußte, was für ein Schurke Durango war, aber dennoch nicht an Reds bittere Anschuldigungen glauben konnte, er sei ein Saboteur und Mörder, ganz zu schweigen davon, er könnte Josselyn brutal vergewaltigt haben. Infolgedessen hatte Nell das Gefühl, sie sollte sich besser zuerst einen Überblick über die tatsächliche Sachlage verschaffen, ehe sie unwiderruflich einen anderen Kurs einschlug und Durango mitteilte, daß Red nicht nur noch am Leben war, sondern vorhatte, ihn bei der erstbesten Gelegenheit umzubringen. Wenn er herausgefordert wurde, und noch dazu vielleicht zu Unrecht, dann würde sich Durango verteidigen, das wußte die Schauspielerin, und er war im Umgang mit Schußwaffen weit geschickter als Red. Red war ihr Mann. Sie konnte nicht zulassen, daß er sich unüberlegt in tödliche Gefahr brachte, noch nicht einmal seiner Tochter zuliebe.

Als sie jetzt Josselyns bezauberndes Gesicht betrachtete, das sich leicht rötete, war Nell froh, daß sie sich ihre Vorgehensweise von ihrem gesunden Menschenverstand und ihrer Zurückhaltung und nicht von Reds Mordlust hatte diktieren lassen – vor allem, nachdem sie von dem Zwischenfall mit dem Förderwagen gehört hatte. Falls sie auch nur einen

Funken Menschenkenntnis besaß – und in der Hinsicht war sie zuversichtlich –, dann hatte Durango, als er das Haus verließ, nicht wie ein Mann gewirkt, dessen körperliche Lust gestillt war, sondern eher wie jemand, dessen Gelüste bis zum Übermaß gereizt worden waren. Und auch Reds Tochter wirkte trotz ihrer offensichtlichen Sorgen nicht wie eine Frau, die vor kurzem genötigt worden war, ihre Tugend zu opfern; denn wenn Durango tatsächlich gestern nicht davor zurückgescheut war, sie zu vergewaltigen, warum hätte er dann heute zögern sollen? Josselyn wirkte ein wenig zerzaust, als hätte sie ihr Haar gerade erst aufgesteckt und den Schleier wieder aufgesetzt, aber das war alles; und wenn Durango ihr heute Gewalt angetan hätte, hätte sie doch bestimmt um Hilfe geschrien.

Nein, er hat sie geküßt, schloß Nell gewitzt. *Sowohl gestern als auch heute hat er sie geküßt – aber kaum mehr als das –, obwohl er sicher liebend gern mehr getan hätte; und sie ist doch vorher schon geküßt worden, als sie sich aus dem Kloster geschlichen hat, um diesen miesen Franzosen zu treffen. Oh, wie sehr ich doch wünschte, sie könnte sich dazu durchringen, mich zu mögen und sich mir anzuvertrauen! Aber es wäre taktisch unklug, wenn ich versuchte, sie zu drängen. Endlich ist sie mir gegenüber ein klein wenig aufgetaut, erst heute, bei diesem Besuch. Ich möchte nichts tun, was dem entgegenwirken könnte ...*

Hätte Nell jedoch geahnt, wie sehr sich Josselyn in diesem Augenblick danach verzehrte, ihre tiefsten Sorgen und Befürchtungen mit jemandem zu teilen, hätte sie das junge Mädchen gedrängt, es zu tun, und sie hätte die richtigen Worte gefunden, um Josselyn die innere Ruhe wiederzugeben. Aber Nell wußte es nicht, und Josselyn hielt den Mund – wenn sie auch viel Trost aus Nells heiterem freundlichen

Gesicht und ihrer netten Art schöpfte. Sie hatte Josselyn aufgefordert, sich nach dem gestrigen Unfall doch besser auf das Sofa zu legen; sie hatte die Kissen aufgeschüttelt, den Tee eingeschenkt und das Gebäck auf die Teller gelegt und leichthin mit ihr geplaudert, und all das tat Josselyn wohl. Da sie wenig zu der Unterhaltung beisteuern mußte, konnte sie in Gedanken bei den beunruhigenden Vorfällen der beiden letzten Tage verweilen – und sich mit Durangos Begehren auseinandersetzen, sie zu seiner Mätresse zu machen.

Daher dauerte es eine Weile, bis sie begriff, daß das Gespräch eine andere Wendung genommen hatte und Nell sich jetzt mit ernsthaften Dingen an sie wandte.

»Ich möchte, daß Sie eins wissen, Josselyn«, sagte die Schauspielerin. »Ich habe nicht das geringste Interesse an den Anteilen Ihres Vaters am Rainbow's End, und schon gar nicht mehr jetzt, da hier in Central City ohnehin ein prächtiges Opernhaus gebaut werden soll. Daher hoffe ich wirklich, daß Sie sich entschließen, Wylie oder Durango zu heiraten und nicht in Ihr Kloster in Boston zurückzukehren. In diesem Sinne würde ich Ihnen gern mit ein paar mütterlichen Ratschlägen aushelfen, wenn ich darf. Ihr Vater und ich standen einander so nah, daß ich mich, das muß ich gestehen, in einer fast mütterlichen Art für Sie verantwortlich fühle. Ich habe jung geheiratet, und nicht lange darauf ist mein Mann gestorben, der mich ohne einen Penny zurückließ, und deshalb bin ich zum Theater gegangen, um mich selbst zu ernähren... aber vielleicht wissen Sie das längst? Später war ich dann mit meiner Schauspielerei vollauf beschäftigt, verstehen Sie, und deshalb wollte ich nicht wieder heiraten; und daher habe ich... daher habe ich keine eigenen Kinder, obwohl ich immer so furchtbar gern eine Tochter gehabt hätte... Tja«, sagte Nell kopfschüttelnd und lächelte kläglich über ihre eigene Verschrobenheit, »das führt uns zu nichts, stimmt's?« Sie unterbrach sich einen Moment lang, um ihre Gedanken zu ordnen und sich an Reds Verdacht zu erinnern, daß Durango wußte, daß er noch am Leben war, und daher keine Ehe mit Josselyn im Sinn haben konnte. Die Schauspielerin legte die Stirn in Falten, ehe sie fortfuhr.

»Was ich Ihnen sagen wollte, ist folgendes: Nach den Bestimmungen, die Ihr Vater in seinem Testament festgelegt hat, haben Sie ein Jahr Zeit, einen Entschluß zu fassen, und von diesen zwölf Monaten ist erst ein Bruchteil vergangen. Warten Sie, bis Sie Wylie und Durango besser kennengelernt haben; und wenn einer von den beiden Ihnen tatsächlich einen Heiratsantrag machen sollte, dann überlegen Sie es sich ganz genau, ehe Sie sich ihm verschreiben, denn wenn Sie erst einmal verheiratet sind, gehen Sie ganz und gar in den Besitz des Mannes über und haben keine eigenen Rechte mehr. Haben Sie daher bitte nicht das Gefühl, um Ihrer Erbschaft willen müßten Sie sich von einem von ihnen zu einer überstürzten Heirat drängen lassen, die Sie später einmal bereuen könnten. Denken Sie immer daran, daß selbst die ehrenwertesten Männer manchmal Frauen gegenüber unehrenwerte Absichten haben; und vergessen Sie nie auch nur für einen einzigen Moment, daß höchstwahrscheinlich entweder Wylie oder Durango der Saboteur vom Rainbow's End ist, vielleicht sogar Forbes' Mörder, und daß Sie keinem von beiden trauen dürfen.

Das Herz einer Frau ist jedoch dumm und naiv, und manchmal folgt es gegen den Rat von Freunden und die eigene Einsicht getreulich dem Ruin. Sollten Sie sich aber in den kommenden Monaten in einen der beiden verlieben, dann sollten Sie wissen, daß das, was sich zwischen einem Mann und einer Frau abspielt, das Natürlichste und Wun-

derbarste auf Erden sein kann, ja, sogar sein *sollte*, und daß
es keinen Grund gibt, es zu fürchten oder sich dessen zu
schämen – ganz gleich, was die barmherzigen Schwestern,
die nicht Bräute der Männer, sondern Bräute Christi sind,
Ihnen Gegenteiliges erzählt haben mögen. Gott hat Männer
und Frauen nicht nur dazu erschaffen, daß sie einander lieben, sondern auch dazu, sich aneinander zu erfreuen. Vertrauen Sie nur auf Ihre Instinkte, Josselyn. Sie müssen sicher
sein – ganz sicher sein –, daß der Mann, den Sie sich ausgesucht haben, wirklich wert ist, was Sie ihm geben werden.«
Nell brach ihren Vortrag überstürzt ab, denn sie hatte das
Gefühl, das sei alles, was sie derzeit über Herzensangelegenheiten sagen konnte, ohne Josselyn zu brüskieren.

»Das war schon alles, was ich sagen wollte«, äußerte die
Schauspielerin einen Moment später forsch, »und ich
möchte nur noch hinzufügen, daß mir klar ist, wie wenig ich
jemals in Ihrem Herzen den Platz einer Mutter einnehmen
kann, die ich auch keineswegs ersetzen und somit verdrängen möchte, aber ich hoffe doch, daß Sie, und sei es nur um
Reds willen, wenigstens immer eine Freundin in mir sehen,
jemanden, an den Sie sich wenden und auf den Sie sich verlassen können, sollte es je nötig sein.«

»Ich danke Ihnen, Nell«, sagte Josselyn gerührt und überlegte sich, wie anders die Schauspielerin doch in Wirklichkeit war, wie sehr sie sich von dem Bild unterschied, das Dad
ihr in seinen Briefen übermittelt hatte. Konnte es etwa sein,
daß sie, Josselyn, aufgrund ihrer eigenen Unsicherheit etwas
in Dads Worte und vielleicht auch in sein Testament hinein-
interpretiert hatte, das gar nicht dort stand, und daß sie sich
wegen ihrer eigenen Ängste eine schlechte Meinung über
Nell gebildet hatte? Wenn ja, müßte sie sich eigentlich bei
der Schauspielerin entschuldigen. Aber wie? Auch war ihr

nicht ganz wohl dabei zumute, sich Nell anzuvertrauen, die, wie es jetzt schien, zumindest argwöhnte, welcher Natur Josselyns Sorgen waren.

Was muß sie bloß von mir denken? fragte sich Josselyn bestürzt, denn jetzt stellte sie fest, daß sie sich sehnlichst wünschte, sie könnte sich Nells Freundschaft und ihre Wertschätzung sichern. *Wie kann ich ihr meine Dummheit und meine Verruchtheit eingestehen, ohne daß sie gleich schlecht über mich denkt?*

Um das zarte neue Band, das sich gebildet hatte, nicht zu zerreißen, zog es Josselyn vor, mit sich selbst zu Rate zu gehen, und sie sagte sich, wie es ihr die Ehrwürdige Mutter Maire so oft gesagt hatte, daß Gott Seinen Kindern nie eine Last aufbürdete, die zu schwer zu tragen war.

16

Ohne sie auch nur zu öffnen, wußte Josselyn, was sich in der großen Schachtel verbarg, die in braunes Papier eingewickelt war und vor wenigen Minuten für sie abgegeben worden war. Sie wußte es, weil dem Paket eine Nachricht beilag, die sie immer wieder anstarrte, als seien diese Worte Nattern, die direkt von der Schlange des Gartens Eden abstammten. Trag es, wenn du dich traust, stand auf der schlichten weißen Karte; sie war lediglich mit Durango unterschrieben.

In der Schachtel lag das grüne Kleid aus dem Schaufenster, das fühlte sie bis in die Knochen. Er wollte sie in Versuchung führen, ihren Schleier und ihre Tracht abzulegen, und er forderte sie heraus, ein gewagtes Kleid zu tragen, das er ihr gekauft hatte, als sei sie bereits seine Mätresse. Das würde sie nicht tun, entschied sie. Sie würde die Schachtel ungeöffnet zurückschicken. Aber dann dachte sie an all die eleganten Frauen mit ihren Worth-Kleidern und ihrem Schmuck, die sich heute abend im Teller House einfinden würden, und an Victoria, eine Sirene in Witwenkleidung, die bei ihrem kleinen privaten Abendessen die Gastgeberin spielte, »um Reds Tochter gebührend in unsere Reihen aufzunehmen«; und Josselyn machte sich das Vergehen der Pandora zu eigen: Sie öffnete das Paket, und schimmernde grüne Sündhaftigkeit quoll gleich meterweise heraus. Durango hatte sogar einen passenden Umhang dazu gekauft – und Seidenunterwäsche mit Spitzen, die so fein und durchsichtig war, daß sie bei der Vorstellung, so etwas anzuziehen, vor Schreck errötete, doch erröten ließ sie auch das Wissen, daß er diese Sachen ausgesucht, sie in der Hand gehalten und sie dabei vor Augen gehabt hatte. Sie haßte ihn – es war ein solcher Schurke!

Ein paar Stunden später war sie sich dessen nicht mehr so sicher.

Die Seide fühlte sich verführerisch zart auf ihrer Haut an; sie raschelte beim Gehen, und hauchdünne Goldfäden glitzerten wie ein feingesponnenes Spinnennetz im Sonnenlicht, das mit glänzendem Tau bezogen war und die goldenen Sprenkel in ihren grünen Augen betonte, deren Existenz sie vorher nie bemerkt hatte, ließen ihr Grün noch leuchtender, noch auffälliger erscheinen. War sie wirklich diese Frau, die ihr aus dem Spiegel entgegenblickte? Josselyn konnte es kaum glauben. So geheimnisvoll waren ihre leicht schräggeschnittenen Augen doch bestimmt nicht; eine solche Glut konnte doch nicht in ihren Tiefen stehen; ihr Mund war nicht so voll und aufreizend, und ihr Hals, ihre Schultern und ihr Busen waren doch nicht so weiß – so nackt, daß es ihr den Atem verschlug. Sie bot einen schamlosen Anblick. Ein berückendes Bild! Eine keltische Göttin, die aus weißen Schaumkronen einem grünen Meer entstieg, in dem sich tausend güldene Sterne spiegelten, und ihr kupferrotes Haar bildete eine Flut von wogenden Locken. Die langen, schweren Goldohrringe ihrer Mutter baumelten von ihren Ohrläppchen, auffällige Stücke, die Generationen alt waren, der einzige Schmuck, den Josselyn außer ihrem schlichten Holzkreuz besaß. Sie brauchte keinen weiteren Schmuck. Zum ersten Mal in ihrem Leben wurde sie sich ihrer eigenen Schönheit bewußt, ihres eigenen Körpers; sie verstand jetzt, was Durango in ihr sah, warum er sie begehrte – und dieser Gedanke ließ sie vor Furcht und Erregung erschauern. Sie war nicht mehr sie selbst. Verschwunden war die Nonne – für immer, soviel war ihr klar, und mit einem Anflug von Traurigkeit bedauerte sie den Verlust der Unschuld und der Jugend. An ihrer Stelle stand jetzt eine Fremde, kühn und leichtsinnig, die auf Rache und Verderben aus war.

Heute abend würde Victoria Stanhope Houghton sie nicht mit diesem katzenhaften Lächeln ansehen. Wylie Gresham würde sie heute abend nicht als einen armen Einfaltspinsel hinstellen. Und wichtiger war noch, daß Durango de Navarre ihr heute abend keine seiner Streiche spielen konnte. Statt dessen würde sie ihn quälen, und er würde leiden – wie er sie gequält und wie sie gelitten hatte. Sie würde ihm für das, was er ihr so niederträchtig angetan hatte, ins Gesicht lachen, für das Wenige, was er ihr hinterher so arrogant angeboten hatte.

Es würde ihm noch leid tun, daß er ihr die Jungfräulichkeit geraubt hatte, ohne ihr dafür einen Ehering zu geben.

Als sie ein energisches Klopfen an der Tür hörte, auf das

Stimmen in der Eingangshalle folgten, schloß Josselyn den Umhang am Hals, zog sich die Handschuhe an und nahm ihre Handtasche. Nachdem sie einen letzten Blick auf ihr Spiegelbild geworfen hatte, reckte sie entschieden das Kinn in die Luft. Ihre grünen Augen sprühten Funken; ihre Wangen waren sanft gerötet. Heute abend würde Krieg herrschen, und sie war gewappnet. Sie rauschte die Treppe hinunter und blieb auf halber Höhe stehen und rechnete damit, Wylie – der nicht wußte, was sie inzwischen über ihn erfahren hatte – am unteren Absatz stehen zu sehen.

Es war Durango. Sie genoß es zu sehen, wie sich seine schwarzen Pupillen bei ihrem Anblick weiteten und sich dann zu Stecknadelköpfen zusammenzogen, während er scharf einatmete.

Sie kostete es aus.

Du Hexe und Engel, dachte er, und in dem Augenblick begehrte er sie, wie er noch nie in seinem Leben eine Frau begehrt hatte.

Sie hatte es gewagt, das Kleid anzuziehen. Irgendwie hatte er geahnt, daß sie es tun würde, aber auf seine eigene heftige Reaktion war er nicht gefaßt. Zum ersten Mal seit Jahren hämmerte sein Herz wie das eines Schuljungen. Ein unerwarteter Schauer durchzuckte ihn, und seine Nasenflügel bebten. Seine Lenden spannten sich vor Verlangen. Er lechzte danach, sie dort, wo sie stand, zu Boden zu werfen und sie zu lieben. Er fluchte lautlos, ballte die Hände zu Fäusten und verletzte sich dabei an den Dornen der weißen Rose, die er in der Hand hielt, und er war fast froh über den plötzlichen Schmerz. Er atmete tief durch.

Soll dich der Teufel holen, Red, du Satan, der du eine Hexe gezeugt hast! Du sollst ewig in der Hölle dafür schmoren, daß du sie auf uns losgelassen hast...

274

Jetzt, zu spät, erkannte Durango, daß es vielleicht ein Fehler gewesen war, ihr das Kleid zu schenken. Die Frau, die vor ihm stand, war keine furchtsame Nonne mehr, sondern ein Racheengel, für jede Schlacht gerüstet. Er hatte ihr eine Waffe in die Hand gegeben – und ihm war klar, daß sie sie voll und ganz ausnützen würde. Aber trotz seiner Vorbehalte war sein Interesse geweckt. Er konnte sich für jede wirkliche Herausforderung begeistern, und wenn er sie auch noch so sehr begehrte, dann würde er sich doch als harter Brocken erweisen, falls sie immer noch auf eine Heirat aus war. Ein Ehebett oder ein Totenbett... ihm war nach keinem von beidem zumute.

Die Rache war ein zweischneidiges Schwert, entdeckte Josselyn, als sie ihn betrachtete. So gut hatte Durango noch nie ausgesehen. Er war frischgebadet und rasiert; sein noch feuchtes Haar schimmerte unter seinem schwarzen Sombrero, und in seinem prachtvoll geschnittenen schwarzen Seidenanzug, der schwarzweißen Paisley-Weste und dem edlen weißen Rüschenhemd sah er geradezu umwerfend aus. Abgerundet wurde seine Aufmachung von einer schmalen schwarzen Seidenkrawatte und silbernen Manschettenknöpfen, einer silbernen Uhrkette und einem verzierten Revolvergurt, den sie bisher noch nicht an ihm gesehen hatte, und kleinen silbernen Sporen. In einer Hand hielt er eine einzelne weiße Rose, die er ihr entgegenstreckte.

»Wylie ist leider verhindert«, erklärte er mit einer seidenweichen, dunklen Stimme, bei der sich ihr die feinen Haare im Nacken aufstellten. »Mißlicherweise ist ein Rad von seinem Wagen abgegangen.« Eine glatte Lüge – das wußten sie beide – und Wylie vermutlich auch.

Ein billiger Trick, dachte sie, als sie auf ihn heruntersteuerte.
starrte.

Wylies Pferd hätte ich auch gleich noch verkrüppeln sollen, dachte er, als er zu ihr hinaufstarrte.

»Er läßt ausrichten, daß er dich zu seinem Bedauern nicht abholen kann. Er wird uns im Teller House treffen.«

»Dann sehen wir doch zu, daß wir nicht zu spät kommen«, sagte Josselyn kühl; sie stieg die Stufen hinunter, nahm ihm die Rose aus der Hand und hob die duftenden Blütenblätter an ihre Nase.

Er hielt ihr die Tür auf. Sie traten in einen Frühlingsabend hinaus, dessen Stille von einem lauen, süßen Wind durchbrochen wurde, der Sommer und Regen versprach. Der Mond schimmerte wie eine Perle an einem Himmel aus mitternachtsblauem Samt mit winzigen Diamantsternen. Unter dieser großen juwelenbesetzten Krone waren die Berge schlummernde Könige. Durango war ihr beim Einsteigen behilflich, ehe er sich so dicht neben sie setzte, daß sie seine Gegenwart körperlich wahrnahm. Er schnalzte mit der Zunge, um das Gespann anzutreiben; das Fahrzeug rollte in der Dunkelheit, und die Pferdehufe klapperten auf den Pflastersteinen. Der Nachtwind sang, und die Blätter von Josselyns langstieliger Rose rauschten. Die Rose war wie alles andere, entschied sie; sie hatte Dornen. Sie dachte nicht an die Süße, nur an den Stachel.

Sie sprachen nicht miteinander. Es schien wenig zu sagen zu geben. Sie hätte sich vielleicht für das Kleid bedanken können, doch das tat sie nicht. Es war kein Geschenk gewesen, sondern eine Herausforderung... und vielleicht eine Bestechung. Aber für den Preis eines neuen Kleides würde sie sich nicht kaufen lassen, gelobte sie sich. Wenn Durango etwas anderes glaubte, würde er seinen Irrtum bald erkennen.

Bald erreichten sie die Kreuzung der Eureka mit der Pine

Street, an der das vierstöckige Teller House hellerleuchtet und so grandios wie ein Palast stand. Das Gebäude war vielleicht nicht so vornehm wie manche, die in Boston standen, aber dennoch gab es zwischen Chicago und San Francisco kein zweites, das dem Vergleich standhielt. Die Elevator Bar, die eine Mischung aus Schankstube und Billardzimmer war, wurde von mehreren schönen klassischen Fresken geziert, die ein Engländer gemalt hatte. Im Teller House gab es auch einen reizvollen Wintergarten, in dem Unmengen von Topfpflanzen standen und sich Schlingpflanzen an Spalieren rankten und ihren Duft in die laue Nacht verströmten. Das ganze Hotel war sehr edel eingerichtet, und man hatte keine Kosten gescheut, um die modischsten Accessoires – im Wert von zwanzigtausend Dollar – in die Rocky Mountains bringen zu lassen.

Victoria hatte für ihr Essen einen kleinen privaten Raum gemietet, und dorthin wurden Josselyn und Durango bei ihrem Eintreffen vom Empfangschef geführt. Victoria und Wylie waren bereits da. Einen Moment lang schauten sie Josselyn ausdruckslos an und erkannten sie nicht. Dann spiegelte sich zu ihrer großen Zufriedenheit Schock und Ungläubigkeit auf ihren Gesichtern wider, als sie endlich begriffen, wer sie war. Victoria erbleichte, und ihr Lächeln erstarb, und Wylies Reaktion wies große Ähnlichkeit mit der Durangos auf, doch noch größer wurde sein Erstaunen, als Josselyn langsam ihren Umhang öffnete und ihn sich von Durango von den bloßen Schultern ziehen ließ; das gewagte Dekolleté kam erst jetzt zur Geltung.

»Das ist ja etwas ganz anderes als Ihre gewohnte Nonnentracht, Josselyn«, bemerkte Victoria mit einer Stimme, die unbeabsichtigt schrill und schneidend klang; sie war erschrocken und wütend, als sie ihre Rivalin in diesem neuen und gänzlich unerwarteten Licht sah. Plötzlich stand die Vorstellung, Wylie zu verlieren, als eine gräßlich reale Bedrohung vor ihr; Durangos Worte, sie könnte schließlich doch noch feststellen, daß sie sich auf die falsche Seite geschlagen hatte, hallten in Victorias Ohren nach.

»Ja, das ist allerdings nicht meine gewohnte Nonnentracht, Victoria«, antwortete Josselyn trocken, als Durango sich abwandte, um ihren Umhang auf einen Messingständer in der Nähe zu hängen. »Aber leider habe ich diese Woche einen Brief von der Äbtissin meines Klosters bekommen, in dem sie mir mitteilt, daß das Kloster demnächst gezwungen sein wird, aufgrund von finanziellen Schwierigkeiten seine Tore zu schließen. Da sowohl diese Neuigkeiten als auch Dads Testament es mir unmöglich machen, meine letzten Gelübde abzulegen, fand ich es nur angemessen, meine Tracht durch ein weltliches Gewand zu ersetzen.«

Sie erwähnte nicht, daß das grüne Kleid, das sie trug, von Durango kam; sie wußte nicht, daß Victoria sich darüber bereits im klaren war. Die Witwe war im Lauf des Tages bei der Modistin gewesen, um ein paar Hüte und Kleider aus der vergangenen Saison abzuholen, die sie in der Hoffnung hatte umarbeiten lassen, niemand würde ihnen anmerken, daß sie nicht neu waren. Sie schämte sich dieser Sparsamkeit, für die sie Forbes verfluchte, und daher war sie zusammengezuckt, als Durango unerwartet aufgetaucht war, während die Schneiderin ihre Kleider einpackte. Einen Moment lang hatte sie an der Theke gestanden, war in Panik geraten und hatte geglaubt, er würde ihre alten Sachen sicher trotz der vorgenommenen Änderungen erkennen. Sie hatte gefürchtet, er würde eine bissige Bemerkung von sich geben, aber noch mehr hatte die Angst an ihren Nerven gezehrt, er könnte sich fragen, warum sie zu derartigen

Sparmaßnahmen greifen mußte, und er könnte hinter die wahren Umstände kommen, was katastrophale Folgen für sie gehabt hätte. Sie war so aufgeregt gewesen, daß es ihr kaum gelungen war, ihn höflich zu behandeln. Aber da sie ihm gegenüber ohnehin nur selten höflich war, war ihm anscheinend nicht aufgefallen, daß etwas nicht stimmte, und er hatte keine Bemerkungen über ihre umgearbeiteten Kleider gemacht. Er schien viel mehr Interesse daran gehabt zu haben, daß man das Kleid aus dem Schaufenster holte. Zu dem Zeitpunkt war Victoria nicht auf den Gedanken gekommen, sich zu fragen, für wen er das Kleid kaufte. Jetzt wußte sie es – und war sich jetzt absolut sicher, daß sie Wylie nicht mit einer anderen Frau teilen wollte.

Wylie und Durango starrten Josselyn beide so gebannt an, daß sie sich lächerlich machten. Wie zwei verknallte Schuljungen, mit aufgesperrten Mündern, sagte sich Victoria verdrossen, und sie hoffte inbrünstig, beide würden versehentlich eine Fliege schlucken – und daran ersticken. Was war, wenn Wylie Josselyn tatsächlich einen Heiratsantrag machte – und sich dann als keineswegs so scheidungswillig erwies, wie sie es bisher geglaubt hatte? Wo blieb sie dann? Bei Durango, der sie verschmäht hatte, weil sie Forbes' Frau gewesen war, und der keinen Finger rührte, um ihr zu helfen. Dann stünde sie wirklich auf verlassenem Posten und hatte niemanden, an den sie sich wenden konnte. Dazu durfte sie es einfach nicht kommen lassen. Es mußte doch eine Möglichkeit geben, daß Gleichgewicht der Kräfte am Rainbow's End wenigstens auszubalancieren – denn mehr schien im Moment nicht in Frage zu kommen – und doch dafür zu sorgen, daß Durango klein und mies dastand, wie sie es sich gelobt hatte.

Nachdem sie alle vier an dem Tisch mit dem weißen Linnentischtuch in der Mitte des kleinen Raums saßen und der Kellner ihre Bestellungen aufgenommen hatte, schmiedete Victoria Pläne, wie sie ihre beiden Ziele erreichen konnte, und sowie ihr etwas eingefallen war, setzte sie ihn sofort in die Tat um. Sie entschuldigte sich damit, sich »die Nase pudern« zu wollen, und eilte davon – jedoch nicht zur Damentoilette, sondern zur Rezeption im Foyer, und dort setzte sie eine Nachricht auf, steckte sie in einen Umschlag und bezahlte einen der Pagen dafür, daß er sie in der Dostal Alley abgab. An der Rezeption mietete sie ein Hotelzimmer und steckte den Schlüssel in ihre Handtasche, und dabei zog sie das Röhrchen Laudanum heraus, das sie immer gegen Kopfschmerzen bei sich trug. Sie ließ es in ihr Mieder gleiten, zwischen ihre Brüste. Wenn sich ihr eine Gelegenheit bot, und dazu mußte es im Laufe des Abends früher oder später kommen, mußte sie es schnell zur Hand haben und konnte nicht in ihrer Tasche nach dem Röhrchen tasten. Danach war sie so nervös, daß sie tatsächlich den Toilettenraum des Hotels aufsuchen mußte. Victoria kehrte gerade rechtzeitig zum ersten Gang, einer Schildkrötensuppe, in den kleinen Saal zurück, doch sie war so aufgekratzt, daß sie kaum mehr als ein paar spärliche Löffel essen konnte.

Inzwischen hatten Wylie und Durango ihr übliches, gehässiges Geplänkel begonnen. Victoria sammelte sich und zwang sich mitzumachen; keiner von den dreien durfte einen Verdacht schöpfen. Und doch schaute sie mehr als einmal verstohlen auf die Uhr. Ursprünglich hatte sie diese Essenseinladung nur arrangiert, um Wylie darin zu unterstützen, daß er Josselyns Gunst gewann, und um Durango mit der Vorstellung zu verhöhnen, daß er in der Goldmine als das fünfte Rad am Wagen enden würde. Jetzt wünschte sich Victoria nur noch, daß der Abend so schnell wie möglich vorüberging – ohne selbst zum Opfer zu werden. Im Hinterkopf bedachte sie die Tatsache, daß Durango oder Wylie Forbes und Red ermordet haben mußte; und während sie selbstverständlich diese Verbrechen Durango zuschob, war sie doch scharfsinnig genug, um zu wissen, daß Wylie es ebensogut begangen haben konnte.

Aus dem Grund erschauerte sie bei der Vorstellung, was er ihr möglicherweise antun würde, wenn er je erfuhr, was sie heute abend vorhatte, und sie sorgte dafür, daß der Kellner den Champagner ständig großzügig nachschenkte, denn sie hoffte, daß Wylie und Durango benebelt sein würden. Ob ihr das gelang, konnte sie nicht sagen; selbst betrunken waren die beiden Männer für ihre unbeweglichen Pokergesichter berüchtigt. Doch dank der Alkoholmenge, die sie zu sich nahmen, waren sie wenigstens gezwungen, sich nach dem Essen zu entschuldigen; ebenso erging es Josselyn. Erleichtert und in größter Eile machte sich Victoria ihre Chance zunutze, die Cognac-Karaffe, die der Kellner gerade auf einem silbernen Tablett gebracht und auf den Tisch gestellt hatte, zu »behandeln«. Da sie nicht sicher war, welche Menge erforderlich war, um die gewünschte Wirkung zu erreichen, leerte sie den Inhalt ihres Laudanum-Röhrchens vollständig in die Karaffe, schob das Röhrchen in ihre Handtasche und steckte den Stöpsel wieder auf die Karaffe. Am liebsten hätte sie den Cognac in die Schwenker gegossen und nur Durango und Josselyn Laudanum in die Gläser geworfen, aber Durango war nicht dumm. Wenn nur bei ihm und Josselyn die seltsame Wirkung des Cognacs eintrat, würde er argwöhnisch werden. Nach getaner Tat griff Victoria nach ihrem Fächer und wedelte sich energisch kühle Luft in ihr gerötetes Gesicht, während sie die Rückkehr der anderen erwartete; sie hoffte inbrünstig, sie hätte nicht so viel

Laudanum in die Karaffe geworfen, daß sie alle vier am Tisch ohnmächtig wurden.

Josselyn hätte nicht so viel Champagner trinken dürfen und dann noch einen Cognac hinterher. Bis auf den Meßwein war sie keinen Alkohol gewohnt; und jetzt schwirrte ihr der Kopf so gewaltig, daß sie kaum laufen konnte und tatsächlich gezwungen war, sich eng an Durango zu klammern, damit sie nicht umfiel. Sie fühlte sich so unglaublich schläfrig, daß sie nichts lieber getan hätte, als sich auf den Bürgersteig zu legen. Die Leute konnten doch einfach über sie steigen, sagte sie sich matt – obwohl sie wußte, daß es ihr entsetzlich peinlich sein müßte, wie sie an Durango geklammert aus dem Teller House wankte.

Er selbst war auch in keiner viel besseren Verfassung; und nachdem er es irgendwie fertiggebracht hatte, sie beide in seinen Wagen zu bugsieren, blieb er einen Moment lang einfach sitzen, hielt die Zügel in der Hand und schüttelte mehrfach heftig den Kopf, um wieder klarer denken zu können. Er murmelte einen Fluch vor sich hin, und Josselyn bildete sich ein, sie hörte irgendwo auf der Straße schnelle Laufschritte, ehe ihre Lider sich flatternd schlossen, sie an ihn sackte und den Kopf auf seine Schulter fallen ließ.

Durango ahnte, daß etwas nicht stimmte, denn er konnte große Mengen Alkohol vertragen, und das Quantum, das er zum Abendessen getrunken hatte, reichte nicht aus, um diese Wirkung zu erklären. Irgendwo in einem entlegenen Winkel seines Verstandes schwante ihm, daß man ihnen heimtückisch etwas in den Cognac geschüttet hatte. Matt nahm er das Poltern von Stiefeln wahr – mehr als ein Paar – das immer näher auf den Wagen zukam, und irgendwie spürte er, daß er und Josselyn in Gefahr waren. Er brachte

jeden letzten Rest an Willenskraft auf, um auf die Alarm-
glocke zu reagieren, die in seinem Kopf läutete; doch
schließlich konnte er nicht gegen die Wogen von Schwärze
ankämpfen, die ihn überrollten. Sein letzter Gedanke galt
der Hoffnung, lebendig wieder zu erwachen, ehe er auf den
Sitz zurückfiel und die Arme um Josselyn schlang, als wollte
er sie vor allen Übeln beschützen, die auf sie zukamen.

DRITTES BUCH

Die Hauptader

17

Central City, Colorado, 1877

Als sie erwachte, erkannte Josselyn zu ihrem Entsetzen, daß sie keine Ahnung hatte, wo sie war, daß Durango neben ihr lag und daß sie beide splitternackt waren.

Sie nahm nicht alles auf einmal wahr. Zuerst wußte sie nur, daß ihr Kopf hämmerte, als enthielte er einen Pumpenschwengel, der unablässig betätigt wurde, daß ihr Mund so trocken war, wie er es in den Stollen der Goldmine gewesen war, und daß ihr Magen so in Aufruhr war, als würde ihr jeden Moment furchtbar schlecht. Als sich ihre Augen langsam öffneten, schien sich das Zimmer, das im Halbdunkel lag und nur von einem plötzlichen Blitzstrahl erleuchtet wurde, wie verrückt zu drehen. Da dieser Anblick sie benommen machte, schloß sie die Lider und überlegte sich nur noch, daß ihr vielleicht nicht übel werden würde, wenn sie ganz still liegen blieb. Draußen hallte der Donner in den Bergen, und Regen trommelte gegen die Fensterscheiben. Sie begriff allmählich, daß es stürmte. Deshalb war der Morgen so bleiern, als hätte die Nacht noch nicht geendet.

Nach einer Weile, in der sie gegen ihre Übelkeit ankämpfte, fiel ihr der Blitz wieder ein, und ihr kam zu Bewußtsein, daß sie nicht in ihrem Zimmer in Miss Hatties Haus war. Bei dieser Erkenntnis riß Josselyn die Augen weit auf und wollte sich aufrichten; sie stöhnte matt, weil ihr schwindlig wurde, als sie den Kopf vom Kissen hob. Sie konnte sich nicht aufrichten; ein schweres Gewicht preßte sie aufs Bett. Als sie ihren schmerzenden Kopf behutsam drehte, sah sie, daß es sich bei diesem Gewicht um Durango handelte. Einen Moment lang glaubte sie, sie sei nicht wirklich aufgewacht, sondern hätte einen entsetzlichen Alptraum. Dann wurde ihr allmählich klar, daß es kein Traum war, daß sie und Durango, der immer noch schlief, gemeinsam in einem fremden Bett lagen, daß sein Bein auf ihrem lag, daß sein Arm ihren Körper umschlang und seine Handfläche auf ihre Brust gepreßt war. Weder er noch sie hatte auch nur einen Faden Stoff am Leib.

Ihr erster Impuls bestand darin zu schreien. Doch ihr Instinkt warnte sie, erst nachzudenken, ehe sie vorschnell reagierte. Wollte sie wirklich, daß jemand ins Zimmer gerannt kam und sie in flagranti erwischte? Ihr Herz hämmerte heftig, während Josselyn versuchte, ihren ganzen Verstand zusammenzunehmen. Wo war sie? Noch im Teller House? Von den Geräuschen her, die sie draußen hörte, schien das wahrscheinlich, wenn sie auch annahm, sie könnte sich ebensogut in Durangos Zimmer im Mother Lode Saloon befinden. Aber nein, nichts wies darauf hin, daß dieses Zimmer dauerhaft bewohnt war. Dann mußte sie wohl im Hotel sein. Was war gestern nacht passiert? Sie konnte sich nach dem Abendessen an nichts mehr erinnern, nur noch daran, sich an Durangos Arm geklammert zu haben, um sich zu stützen, als sie durch das Foyer gewankt war. Gütige Maria, Mutter Gottes! Sie mußte von all dem Champagner und dem Cognac betrunken gewesen sein. War sie dann etwa freiwillig mit Durango nach oben gegangen? Nein, nein, das konnte nicht sein. Er mußte sie gewaltsam in dieses Zimmer gezerrt und sie niederträchtig ausgenutzt haben – wieder einmal!

Josselyn hätte ihn am liebsten umgebracht. Es bestand

kein Zweifel an dem, was er tun würde, wenn er erwachte und feststellte, daß sie nackt neben ihm lag. Sie nahm seine Hand auf ihrer Brust nur zu deutlich wahr und versuchte daher vergeblich, sich unter ihm hervorzuwinden. Es gelang ihr nicht, sich zu befreien, doch sie weckte ihn mit ihren Bewegungen auf. Unbewußt hielt er sie fester. Sie stieß einen Schrei aus und versuchte, ihm zu entkommen. Durango war augenblicklich hellwach; er fluchte und bemühte sich instinktiv, sie festzuhalten. Nachdem sie ein paar Minuten miteinander gerungen hatten, preßte er sie flach auf den Rücken, strich ihr die gelöste Mähne aus dem Gesicht und sah, wer unter ihm lag. Er atmete hörbar ein.

»Josselyn!« Er blieb still liegen und nahm verschwommen das Hotelzimmer, ihre und seine Nacktheit und ihr erschrockenes Gesicht wahr. Endlich erfaßte er die Lage und erinnerte sich wieder, was er letzte Nacht gehört hatte. In seinen Augen stand ein harter, skeptischer und mordlustiger Ausdruck, als ihm klar wurde, daß sie ihre Bewußtlosigkeit geheuchelt haben mußte – daß ihr voll und ganz klar gewesen sein mußte, was sich als nächstes abspielen würde, und daß sie sogar darauf gewartet hatte. Wie geschickt sie ihn in die Falle gelockt hatte! dachte Durango wütend, und das gräßliche Hämmern in seinem Schädel, das es ihm erschwerte, einen klaren Gedanken zu fassen, trug nicht dazu bei, seine Stimmung zu verbessern. »Was zum Teufel geht hier vor?« knurrte er, obwohl er trotz seiner Benommenheit das sichere Gefühl hatte, die Antwort zu kennen.

»Ich... ich weiß es nicht«, stammelte sie verstört; ihre Stimme war kaum mehr als ein Flüstern, sie fürchtete sich und zuckte vor ihm zurück und fand, er sähe in dem dunkelgrauen Zwielicht noch satanischer aus als sonst – als hätte er sie am liebsten umgebracht.

»Ach, wirklich nicht?« fauchte Durango, der wieder voll bei Bewußtsein war und deshalb um so mehr in Wut geriet. Als sie nichts darauf erwiderte, fluchte er leise vor sich hin. Ein Schauer durchzuckte sie bei seinen Worten. »Du verlogenes Biest! Was für ein Teufel hinter deinem Engelsgesicht steckt! Dachtest du, so könntest du mich zur Ehe zwingen? Indem du uns beide öffentlich in eine kompromittierende Situation bringst, damit mir nichts anderes übrigbleibt, als ›ehrenwert‹ zu handeln und dich zu heiraten? Stimmt's?«

Er schüttelte Josselyn grob. »Antworte mir, du verdammtes Miststück – oder, Gott steh mir bei, ich werde dir den verfluchten Hals umdrehen, du Hure! *Jesús!* Wie kommst du bloß auf den Gedanken, daß es mich stören würde, wenn dein Ruf ruiniert ist? Mir ist das gleich, hast du verstanden? Du hast deine Wette verloren, meine Süße. Ich habe dein Spiel durchschaut – und um mich reinzulegen, brauchst du bessere Karten. Dieser Bluff allein genügt nicht!« Als sein Zorn zunahm, wurde das schmerzhafte Pochen in seinem Kopf lauter und heftiger. Hämisch sprudelte er seine haßerfüllten Worte hervor, unkontrolliert und unsachlich.

»*Sangre de Cristo!* Wenn ich mir überlege, daß ich dich jemals für unschuldig und rein gehalten habe... sogar noch nach dem ersten Kuß, der mir gezeigt hat, daß du nicht ganz so ahnungslos bist, wie man es eigentlich hätte annehmen sollen, ja, sogar dann noch, als ich wußte, daß du dich aus dem Kloster geschlichen hast, um dich mit einem Geliebten zu treffen – oder waren es mehrere?« zischte er boshaft und sarkastisch und schüttelte sie wieder. Sein Gesicht verfinsterte sich vor Groll, und seine Augen glühten. »*Dios!* Ich muß ein Dummkopf oder ein Irrer gewesen sein, auf deine Tricks reinzufallen! Aber ich konnte trotz all meiner Zweifel nicht wirklich glauben, daß du eine derart geschickte Schauspielerin bist, eine so gerissene Schlampe. Tja, jetzt weiß ich es besser. Du bist eine Hure, Madam!« höhnte er. »Und du verkaufst dich für Gold. Was für ein Jammer, daß du dir das falsche Opfer ausgesucht hast. Ich gehe mit Nutten ins Bett, *si* – ich habe einen ganzen Stall davon in meinem Saloon –, aber ich denke nicht im Traum daran, so etwas zu heiraten! Wie ich dir bereits sagte, ich bin kein Mann zum Heiraten.«

»Bitte«, hauchte Josselyn, die die Tirade seiner Beleidigungen verwirrte und bestürzte. Er war doch derjenige, der sie letzte Nacht hierher gebracht hatte. »Ich... ich verstehe nicht ein Wort von dem, was du sagst. Wirklich nicht! Wenn das eine... eine Falle ist, dann hast du sie doch gestellt – und dich mir gewaltsam aufgedrängt, damit ich deine Mätresse werde! Weil du selbst weißt, daß ich jetzt, nach dem Tod meines Vaters, niemanden habe, der mir beisteht!« Tränen traten bei diesem Gedanken in ihre Augen. »Das weißt du doch! Oh, du bist herzlos und gemein, ein gewissenloser Schurke! Was du auch sagst, ich war noch jungfräulich, und du hast mich trotzdem vergewaltigt! *Und das jetzt schon zweimal!* Ich erinnere mich zwar an nichts, aber ich mache mir nichts vor, was letzte Nacht passiert ist. Schließlich hast du in der Goldmine bewiesen, daß es dir gleich ist, ob ich wach und bei Bewußtsein bin, wenn du mich nimmst. Wenn ich zur Hure geworden bin, Durango, dann liegt das daran, daß du mich dazu gemacht hast! Aber ganz gleich, was du mir antust, ich werde dir nicht gehören, und du kannst nicht nach Lust und Laune mit mir umspringen. Das mache ich nicht mit! Ich mache es nicht mehr mit!«

»Eine reizende Ansprache, meine Süße«, brachte er hämisch hervor und starrte sie an. »Und diese Krokodilstränen« – er lachte höhnisch darüber, wie sie zusammenzuckte, als sein Daumen über die schwarzen Ringe unter ihren Augen glitt und die Tränen wegwischte – »sind ja so überzeugend. Wenn ich es nicht besser wüßte, könnte ich dir glauben. Es ist wirklich ein Jammer, daß ich es inzwischen besser weiß. Ein Pech für dich, du kleiner Dummkopf! Hast du wirklich geglaubt, ich würde nicht darauf kommen, daß du mir etwas ins Glas geschüttet hast? Was war es? Laudanum? Vielleicht im Cognac? Nein, mach dir nicht die Mühe, es zu leugnen; damit vergeudest du nur deinen Atem. Meine arme Josselyn. Wenn ich jetzt bedenke, wie deine miserablen Intrigen gescheitert sind, hoffe ich wirklich, daß du nicht allzuviel dafür zahlen mußtest, daß man mich in dieses Zimmer schleppte – eine solche Geldverschwendung. Wenn du mit mir schlafen wolltest, dann hättest du es doch nur zu sagen brauchen. Es hätte dich gar nichts gekostet. Ich hätte sogar das Hotelzimmer bezahlt. Aber andererseits vergesse ich schon wieder, daß du nicht nur mich haben wolltest, sondern einen Ehering obendrein. Was für ein Jammer für dich, daß ich deinen Wünschen so gar nicht entgegenkomme. Es ist mir wirklich verhaßt, eine… Dame zu enttäuschen, und das in mehr als einer Hinsicht; denn da sich keiner von uns beiden daran erinnern kann, wage ich die Vermutung, daß die letzte Nacht nicht besonders zufriedenstellend war.«

Das zynische Lächeln, mit dem er sie bedachte, reichte nicht ganz bis zu seinen Augen, die wie glühende Kohlen funkelten, während er sie unverschämt und verächtlich musterte; ein eisiger Schauer lief ihr über den Rücken, als sie spürte, wie seine Männlichkeit sich an sie preßte. Sie hörte, wie draußen der Sturm an Intensität zunahm, wie der Regen gegen die Fenster trommelte und der Donner grollte. Sein finsteres dämonisches Gesicht, das zuweilen vom hellen Strahl eines Blitzes getroffen wurde, war unheimlich und ließ sie vor ihm zurückweichen.

»Wenigstens kann ich dir nachträglich die Befriedigung verschaffen, die dir gestern nacht versagt geblieben ist, *Querida*«, fuhr er unversöhnlich fort. Seine Stimme klang bedrohlich – und zugleich so verheißungsvoll, daß ihr Herz raste. »Du bist eine begehrenswerte Frau, was du auch getan hast. Da wir jetzt beide wissen, was gespielt wird, besteht kein Grund mehr, uns das zu versagen, was wir beide so dringend voneinander wollen, oder? Wenn du mir gefällst, könnte ich mich sogar tatsächlich überreden lassen, dich zu meiner Mätresse zu machen, obschon du ein reichlich befleckter Engel bist.« Josselyns erstickter Klagelaut wurde von der Hand gedämpft, die Durango ihr eilig auf den Mund preßte.

»Bitte, meine Süße«, verspottete er sie unbarmherzig, »bemüh dich, deine entrüsteten Schreie für dich zu behalten. Ich warne dich: Mit deiner Masche der Jungfrau, der bitteres Unrecht zugefügt wird, gehst du mir allmählich auf die Nerven. Ich habe dich nämlich getäuscht, als ich behauptet habe, ich hätte dich im Rainbow's End genommen: das war nur eine List, um dich von Wylie fernzuhalten. Was man mir sonst auch nachsagen mag, so niederträchtig bin ich wirklich nicht, daß ich dich oder irgendeine andere Frau vergewaltigt hätte – und dich schon gar nicht, eine Nonne, eine Jungfrau… oder zumindest dachte ich das zu dem Zeitpunkt. Deine Unsicherheit kam mir naiv und unschuldig vor. Jetzt ist mir natürlich klar, daß du beim besten Willen nicht mit Gewißheit sagen konntest, ob ich dich genommen habe, da du deine Jungfräulichkeit bereits vorher eingebüßt hattest, ehe ich dich auch nur angerührt habe. Warum sonst hättest du dich gestern nacht so bereitwillig splitternackt ausziehen und mit mir in dieses Bett legen sollen? Es kann nur daran liegen, daß du nichts mehr zu verlieren hattest, dafür aber alles zu gewinnen – das dachtest du zumindest. Vielleicht bekommst du von mir nicht das, was du dir erhofft hast, *Querida*, aber ich glaube trotzdem nicht, daß du unzufrieden mit dem sein wirst, was ich dir freiwillig gebe.«

Mit diesen Worten ergriffen Durangos Lippen in einer Weise Besitz von ihrem Mund, als hätte der Sturm, der im Freien tobte, etwas Barbarisches und Furchtbares in ihm freigesetzt, und er küßte sie lange und leidenschaftlich, brachte ihr wimmerndes Flehen zum Verstummen und weigerte sich in seinem übermächtigen Zorn und Verlangen, anzuhören, was sie ihm zu sagen versuchte. Josselyn wehrte sich heftig gegen ihn, doch es nutzte ihr nichts. Er hielt ihr die Handgelenke über dem Kopf fest und hielt sie mit einem Bein, das er über sie geworfen hatte, unbeweglich. Es gab kein Entkommen. Sie wand sich rasend, doch das schien ihn nur in seiner Entschlossenheit zu bestärken. Er wollte sie bestrafen und besitzen. Er ließ sein Gewicht unbarmherzig auf ihr lasten, bis sie keine Luft mehr bekam und ihr nichts anderes übrigblieb, als erschöpft und hilflos unter ihm liegen zu bleiben, während seine Zunge ihre rebellierenden Lippen gewaltsam teilte und die süßen Geheimnisse ihres Mundes erkundete. Sie fühlte sich schwach und matt, atemlos und benommen und von Furcht und einer unerklärlichen Erregung erfüllt, als stünde sie auf einem hohen Berggipfel und sei dort der Macht eines heftigen Sturms ausgesetzt.

Es schockierte sie, daß er sie belogen hatte, daß er sie im Bergwerk nicht genommen hatte und sie also doch noch jungfräulich war; sie wußte, daß sie in wenigen Momenten wahrhaft verloren sein würde, und im Licht dessen, was er ihr gerade gesagt hatte, war dieses Wissen doppelt bitter. Erst hatte er sie belogen, und jetzt wandelte er diese Lüge nachträglich in Wahrheit um. Ihre heißen Tränen entsprangen der Scham, daß sie selbst jetzt noch auf ihn reagierte, daß diese Ruhelosigkeit, diese Wollust, die er in ihr entfacht hatte, bei seinen Berührungen abrupt und heftig wieder entflammte. Sie fand es abscheulich und unerträglich, und doch konnte Josselyn sich ebenso wenig gegen die Gefühle wehren, die Durango in ihr wachrief, wie sie sich gegen ihn und seine Kraft zur Wehr setzen konnte. Sie verstand nicht, warum er diese Macht über sie hatte; sie wußte nur, daß es so war und daß sie nichts ausrichten konnte, nicht gegen ihn und nicht gegen sich selbst.

Sie betete, es möge so schnell wie möglich vorübergehen, doch zu ihrer tiefen Verzweiflung schien er es nicht eilig zu haben. Er küßte sie langsam und bedächtig, als hätte er alle Zeit auf Erden. Josselyn versuchte, den Kopf abzuwenden und doch noch mit ihm zu reden, doch Durango ließ keines von beidem zu. Seine Finger gruben sich in ihr Haar und hielten ihren Kopf fest, seine Lippen brachten sie brutal zum Schweigen, bis sie seine Küsse schließlich gegen ihren Willen glühend erwiderte und sich ihm und ihrem unausweichlichen Los hingab. Sie wußte, daß er weit stärker war als sie, ein wüster Sturm, der den machtlosen Regen durch die Luft peitscht und ihn auseinandertreibt, wie er jetzt ihre Hemmungen in alle vier Winde wehte und ihr jede Fähigkeit nahm, einen klaren Gedanken zu fassen. Ihr Herzschlag war heftiger als das rasende Trommeln des Regens an die Scheiben; das Blut, das in ihren Ohren rauschte, war lauter als der Donner, der den Himmel spaltete. Sie ließ sich derart von den Gefühlen mitreißen, die er in ihr wachrief, daß sie sich vorkam, als hätte der Sturm selbst sie gepackt und triebe sie an einen Ort, der weder Himmel noch Hölle, sondern irgendwie beides zugleich war, ein urzeitliches Fegefeuer aus Dunkelheit, durch die elektrisierende Flammen von Blitzen zuckten.

Durango hatte sich ein Urteil von ihr gebildet – und sie für begehrlich befunden. Göttliche Vergeltung waltete in seinem Mund, seiner Zunge und seinen Händen, und er ließ sie für alles büßen, was er als Vergehen gegen ihn empfand, ließ sie stöhnen und sich winden, während sie allzu deutlich und geradezu schmerzhaft seinen kräftigen unbekleideten Körper auf ihrer Nacktheit wahrnahm. Josselyn hatte in ihrem ganzen Leben noch keinen nackten Mann gesehen oder sich nackt vor einem Mann gezeigt. Sie war schockiert und betört; seine Glut versengte sie wie tödliches Fieber. Er war schweißgebadet, ebenso wie sie, als ergösse sich der Regen, der draußen strömte, über sie und als ließe er ihre Körper schimmern, den einen dunkel, den anderen bleich, beide feucht und glitschig. Sein Geschlecht war eine Drohung wie die Gewitterwolken, die den unbändigen Sturm ankündigten und sie beben ließen.

Ihr feuchtes Haar breitete sich wie zahllose rötliche Erdschichten auf dem Kissen aus und duftete nach Lavendel. Er atmete den Geruch tief ein, als seine Lippen wie ein beißender Windstoß über ihre Wange zu ihren Schläfen und ihrem Haar glitten, und als er sein Gesicht dort begrub, spürte sie seinen Atem und seine Zunge in ihrem Ohr. Seine Hand lag auf ihrem Mund, um sie zum Schweigen zu bringen, als er ihr Worte zuflüsterte, die sie besorgt und verlockend prickeln ließen, eine Faszination ausstrahlten wie nichts, was sie je erlebt hatte.

»Ich will dich, Jossie! Ich wollte dich von dem Moment an, in dem ich dich im Bergwerk gesehen habe, als dein Haar sich gelöst hat und deine Gestalt umwehte wie ein brennender Heiligenschein. Du hast ausgesehen wie ein Engel, wie eine Hexe, mit deinen schräggeschnittenen grünen Augen und deinem leuchtenden Rosenknospenmund. In dem Augenblick wußte ich, daß ich dich irgendwann bekommen werde, ganz gleich, was geschieht; und bald... schon sehr bald... werde ich dich nehmen, meine Süße, und du wirst erfahren, was es heißt, mich zu haben, einen Mann, in deinem Bett – nicht diese Knaben, die du getroffen hast, wenn du dich aus dem Kloster fortgeschlichen hast, die von *Amor* keine Ahnung hatten, die mit *dir* nicht umzugehen wußten! *Ich* kenne dich, Jossie! Bis in deine engelsgleichen Knochen, bis in deine Hexenseele. In meinen Armen wirst du lernen, was es heißt, eine Frau zu sein, *meine* Frau!« Seine Stimme war dunkel und heiser. »Denn trotz all der Lügen und des Argwohns, der zwischen uns steht, ist es genau das, was wir wollen; was wir von Anfang an beide wollten. Und wenn ich dich erst einmal ganz gehabt habe, wird dich kein Mann jemals wieder anrühren. Du wirst mir gehören, nur mir, mir ganz allein... und ich werde mit dir tun und lassen können, was ich will, wann ich es will, wie ich es will – und du wirst mich darum anflehen, *Querida*, das schwöre ich dir!«

Seine fordernden Lippen legten sich wieder auf ihre und brachten jeden Einwand, den sie hätte vorbringen können, zum Verstummen, jede müßige Erklärung, die sie hätte äußern können, doch sie hatte jetzt aufgehört, sich zu wehren, denn ihr war klargeworden, daß das, was auf sie zukommen würde, unvermeidlich war, daß etwas Finsteres und Primitives in ihr es sogar tatsächlich wollte, *ihn* wollte und ihn von Anfang an gewollt hatte. Sie gehörte wirklich ihm. Sie wußte es instinktiv, als seine Hände sich besitzergreifend auf ihre Brüste legten, sie in seine Handflächen schmiegten, sinnlich über ihre Brustwarzen glitten und sie neckten, bis sie sich stramm aufstellten und so geladen waren wie die Gewitterluft. Wo er sie auch berührte, durchzuckten sie Blitze, weißglühend und kantig, und versengten sie, bis ihre Knochen schmolzen. Josselyn wölbte sich ihm jetzt willig entgegen, preßte und schmiegte sich an ihn, suchte ihm nicht mehr zu entkommen, sondern wollte die Vereinigung mit dem Mann, der sie in seinen Armen hielt und einen derartigen Aufruhr von Empfindungen in ihr freisetzte, eine solche Ekstase hervorrief, daß sie blind und außer sich war, eine Gefangene an einem dunklen, urzeitlichen Ort, von den wilden, chaotischen Elementen aufgepeitscht, die in ihrer Raserei alles fortschwemmten, was sich ihnen entgegensetzte.

Ihr langes kupferrotes Haar war ein Gebirgsdickicht, in dem ein unsichtbarer Wind wehte, der es zerzauste und sie und Durango unwiderruflich damit umschlang, als sein Mund über ihren weißen Hals glitt. Ihre Arme schlangen sich wie von selbst um seinen Hals, und ihre Finger gruben sich in sein schimmerndes schwarzes Haar. Sie sog ihn in sich auf, als sei sie die Erde, die sich durstig an ihm labte und ihn für ihr Fortbestehen brauchte, als söge er erst jede Kraft aus ihr, um sie ihr dann zurückzugeben, damit sie knospte und keimte. Er beugte sich über sie und preßte sie heftig an sich, und seine Lippen hinterließen eine Feuerspur in dem Spalt zwischen ihren Brüsten, während die Stoppeln auf seinem unrasierten Gesicht ihre zarte Haut zerkratzten. Seine Zunge leckte den Schweiß auf, der wie ein Gebirgsbach zwischen den Erhebungen rann. Sein Mund und seine Zunge waren wie gewundene Ranken aus Frühnebel, die die beiden Bergkämme einhüllten. Sie zitterte und wimmerte und bog sich ihm entgegen, als sich in ihr etwas Unbekanntes aufstaute, das sie ängstigte und faszinierte, ihr den Atem und den Verstand raubte.

Sie waren an einen Punkt angelangt, an dem es keine Behutsamkeit mehr gab. Er war sich sicher, daß er sie nicht zart zu behandeln brauchte; sie war so unbedarft, daß sie nicht wußte, daß selbst er sie sanft behandelt hätte, wenn der Taumel sie nicht beide mit dieser Gewalt erfaßt hätte. Sie hatte das Gefühl, wenn sie sich nicht an ihm festhielt, wäre sie verloren, würde von dem fleischfressenden Wesen mit den scharfen Krallen fortgetragen, das sie beide umklammerte.

Josselyn keuchte, als Durango plötzlich ihre eng zusammengepreßten Schenkel weit auseinanderbog und sie dort berührte, wo sie nie ein Mann berührt hatte, eine schnelle Bewegung, wie erste Regentropfen, die mehr ankündigten. Die Panik packte sie, sie schrie auf und fing wieder an, sich gegen ihn zu wehren, und ihre Hände schlugen blind auf ihn ein, ihre Finger kratzten sein Gesicht und seine Brust blutig, und fluchend packte er ihre Handgelenke und bog sie ihr auf den Rücken, und um sie zu befreien, hob sie ihm die Hüften entgegen, als wollte sie ihn zu etwas auffordern, das er nur zu bereitwillig getan hätte. Grob schluckten seine Lippen ihr klägliches Schluchzen, das der Furcht, der Scham und einer unerklärlichen Vorfreude entsprang, als seine Hand unbeirrt wieder zum dunklen, geheimen Ursprung ihres Verlangens zurückfand und sie sich ihm wie von selbst öffnete, bis sie wie ein verwundetes Tier stöhnte und sich hilflos unter ihm wand, hohl und leer und von der quälenden Begierde beflügelt, ganz und gar ausgefüllt zu werden. Dann bahnten sich seine Finger so langsam, daß sie sterben wollte, einen Weg in sie. Ihr Atem stockte, als er sie ebenso qualvoll wieder zurückzog, aber nur, um sie wieder in sie gleiten zu lassen. Seine Zunge in ihrem Mund ahmte die süße Qual der Bewegungen seiner Hand nach, während sein Daumen über ihren pulsierenden Quell schnellte, bis ihre Leidenschaft so wild wie der Sturm war, der draußen tobte.

Sie wölbte sich ihm entgegen, fordernd, und wußte doch nichts, nur, daß sie etwas wollte, etwas brauchte... und daß es ihr versagt blieb. Sie stieß einen langen Klagelaut aus, als seine Finger sie abrupt im Stich ließen, sie mit grausam ungestillten Lüsten zurückließen. Als sie niedergeschlagen die Augen öffnete, sah sie Durango über sich, bronzefarben und nackt im grauen Zwielicht, und seine finsteren Züge ließen ihn wie ein Wesen aus uralten Legenden erscheinen, halb Mensch, halb Tier; Verlangen stand in seinem Gesicht, seine schwarzen Augen wirkten räuberisch und funkelten vor Triumph, und ein angedeutetes Lächeln verzog seine vollen Lippen. Josselyn erschauerte, als sein Blick sich in ihrem vergrub, und jetzt begriff sie, daß er sie nicht verstoßen hatte, sondern daß dieser angespannte Augenblick die Ruhe vor dem Sturm war.

Bitte... oh... bitte...« flehte sie ihn an, ein gemartertes Seufzen, ein widersprüchlicher Appell, er solle sie aus seinen Armen freilassen oder sie zum Höhepunkt führen, doch sie wußte ebensogut wie er, daß nur eins von beidem in Frage kam.

Auf ihre Worte hin ächzte er, stöhnte, rief ihren Namen, und der Sturm brach über sie herein, als er unerbittlich in sie stieß, Blitze sie spalteten, sie zersplittern ließen, und ein durchdringender weißglühender Schmerz sein endgültiges Eindringen und seine uneingeschränkte Besitznahme ankündigte. Sie keuchte und schrie vor Schmerz auf, als er in sie drang; und als er das Reißen spürte, den zarten Widerstand, den er nicht erwartet hatte, auf den er nicht vorbereitet war, riß er vor Schock und plötzlicher Reue weit die Augen auf. In dem Moment begriff er, daß er ihr großes

Unrecht angetan hatte, und er fluchte leise vor sich hin: »*Nombre de Dios!*« Sein ganzer Körper verkrampfte sich, und er versuchte, sich zurückzuziehen. Aber es war zu spät; er hatte fest und tief und zielsicher zugestoßen, und der Schaden war angerichtet, sie war verloren. Tränen rannen über ihre Wangen, als sie den dumpfen Schmerz spürte, der sich in ihren Lenden ausbreitete, als er sie ganz ausfüllte und pochend in ihr blieb. Bis zu diesem Augenblick hatte sie nicht wirklich gewußt, was sie eigentlich zu erwarten hatte, hatte sich nie dieses vollkommene Übergreifen, diese totale Besitznahme vorgestellt, dieses Dehnen und Umformen des einen, um den anderen aufzunehmen. Jetzt küßte er ihr zart die Tränen von den Wangen und streichelte beschwichtigend ihr Haar, während er auf ihr lag und ihr Zeit ließ, ihn in sich zu spüren.

»Psst, *Querida*«, murmelte Durango in ihr Ohr und umarmte sie fester. »Psst. Ich habe dir weh getan, das weiß ich. Aber der Schmerz geht vorüber, und dann wirst du nur noch Lust empfinden, das verspreche ich dir.«

Eine Lüge, dachte Josselyn benommen, wie alles andere auch, Balsam, damit ihre unheilbare Wunde weniger brannte. Aber diesmal enthielten seine Worte eine Wahrheit, die in euphorischen Wogen über sie hinwegspülte, als er anfing, sich in ihr zu bewegen, heftig wie ein aufkommender Sturm, der sie beide gnadenlos mit sich riß, sie unzertrennlich und für immer miteinander verband und sie zu rasender Begierde aufpeitschte, als er immer wieder und immer schneller in sie eindrang und seine starken Hände sie hochrissen, damit sie jedem seiner kühnen, prächtigen Stöße entgegenkam; er hatte den Kopf an ihre Schulter gepreßt, und sie spürte seinen abgehackten rauhen Atem heiß auf ihrer Haut. Aus den schweißgetränkten Leinentüchern stieg das Aroma ihrer Paarung auf, scharf und süß, während der höllische Schmerz, den sie im ersten Moment durchgemacht hatte, mit jeder Bewegung mehr unaussprechlichen Wonnen wich. Jetzt umschlang sie ihn bereitwillig und fieberhaft, hüllte ihn ein, nahm ihn in sich ganz auf, klammerte sich an ihn, und ihre Fingernägel zerfurchten seinen breiten Rücken, als sie dem ungewissen, unbekannten Punkt entgegenstrebte, von dem sie das Gefühl hatte, sie müßte ihn erreichen oder sterben, und kopfüber schlug sie mit ihm einen dunklen, steilen Pfad ein, der von sanften Hügeln auf höchste Berggipfel führte, auf denen das unirdische Firmament über ihren Leibern siedete und brodelte und dann ohne jede Vorwarnung in tausend Scherben zersprang, atemberaubend in seiner Farbenpracht und so strahlend, daß der Anblick ihren Augen weh tat, eine schillernde Flamme, die sie beide in Brand setzte, bis sie zu Asche zerfielen. Endlich legte sich der Sturm mit einem letzten harten Windstoß, in dem er seine Kraft aushauchte.

In der Stille, die jetzt herrschte, hielt Durango sie fest umschlungen. Die Realität nahm wieder brutal Gestalt an, und Josselyn weinte bitterlich in seinen Armen. Was hatte sie bloß getan? Sie hatte mit ihm geschlafen, sich ihm hingegeben – einem Mann, mit dem sie nicht verheiratet war, einem Trinker, einem Spieler, einem Schurken, vielleicht sogar dem Mörder ihres Vaters. Furchtsam und angewidert schreckte sie vor dieser Erkenntnis zurück. Sie fühlte sich schuldig und schämte sich, was Durango in ihr geweckt hatte, wie mühelos sie sich von ihm hatte unterwerfen lassen und daß er ihr genommen hatte, was er von ihr wollte – das Blut der Jungfrau, das jetzt ihre zitternden weißen Schenkel befleckte. Bei dem Anblick erschauerte sie, und ihr wurde plötzlich eiskalt. Da er bemerkt hatte, wohin ihre Blicke gewandert waren und daß ihr dabei eine Gänsehaut über den Rücken gelaufen war, zog Durango stumm die Decke über sie, ehe er sich von ihr löste und aus dem Bett aufstand. Er war so erschüttert wie sie. Nervös fuhr er sich mit unruhigen Händen durch das feuchte, ungekämmte Haar. Er brauchte dringend eine Zigarre; er brauchte dringend einen Schnaps. Das Räderwerk seines Verstandes lief auf Hochtouren, und er schaute sich in dem Hotelzimmer um. Ihre Kleider lagen achtlos auf dem Fußboden verstreut, als hätten sie sie sich letzte Nacht in der Glut der Leidenschaft heruntergerissen. Aber jetzt wußte er, daß es nicht so gewesen war. Er hob die Kleidungsstücke auf und warf sie auf einen Stuhl, nachdem er seine Taschen durchsucht und eine Zigarre und Streichhölzer herausgeholt hatte. Das Geld, das er immer bei sich trug, war verschwunden, ein weiterer Beweis dafür, daß Josselyn ihn nicht in diese Falle gelockt hatte.

Sie mochte zwar eine Jägerin sein, doch jede Wunde, die sie verursachte, war ein fairer und sauberer Schuß und nicht eine Folge von sorgsam durchdachter Heimtücke; soviel wußte er jetzt. Denn wo war der Zeuge ihrer Entehrung? Wo steckte Red, der mit der Schrotflinte in der Hand zornig das Los seiner Tochter beklagte und Wiedergutmachung des beklagenswerten Unrechts forderte, das er ihr angetan hatte? Er wäre doch bestimmt jetzt hier, wenn er noch am Leben wäre und Josselyn nachspionierte, selbst dann, wenn sie dieses Blatt nicht ausgegeben hätte, diese gemein gezinkten Karten. Auch Wylie würde von diesem heimtückischen Spiel nicht profitieren. Durango zündete ein Streichholz an, steckte sich die Zigarre an und rauchte nachdenklich. Dann goß er sich aus der Kristallglaskaraffe, die auf einem silbernen Tablett stand, einen Whiskey ein und roch argwöhnisch daran, ehe er probehalber einen Schluck davon trank. Anschließend schnappte er sich einen Aschenbecher, ging zum Bett zurück und setzte sich wieder neben Josselyn.

»Erzähl mir noch einmal, *Querida*, woran du dich erinnern kannst«, forderte er sie ruhig auf.

Sie trocknete sich die Augen mit einem Zipfel des Lakens und erzählte es ihm, und während er zuhörte, wurde sein Gesicht so unheilverkündend maskenhaft, daß sie sich verhaspelte und schließlich das Reden ganz einstellte.

»Meine Süße, deine Anschuldigungen gegen mich sind genauso unzutreffend wie das, was ich dir vorgeworfen habe«, sagte Durango nach einer Weile. »Ich gebe offen zu, daß nicht alle Eigenschaften, die ich für mich beanspruche, erfreulich sind – aber ein solcher Rohling, wie du es glaubst, bin ich nun doch nicht. Ich sage dir noch einmal, daß ich dich im Rainbow's End nicht vergewaltigt habe; und ich habe dich auch nicht in dieses Hotelzimmer geschleppt und dich niederträchtig ausgenutzt, während du bewußtlos warst... und auch nicht gegen deinen Willen.«

Diese letzten Worte hingen bedeutungsschwanger in der Stille, während die Gerüche ihrer Paarung noch in der Luft hingen, denn sie wußten beide, wie willig sie gewesen war und wie sehr sie nach ihm gelechzt hatte. Sie hatte ihn begehrt; sie begehrte ihn immer noch. Dennoch überlegte sie sich ernsthaft, daß sie sich heftiger gegen ihn gewehrt und ihm nicht nachgegeben hätte, wenn sie nicht gefürchtet hätte, sie sei ohnehin keine Jungfrau mehr und er hätte sie ohnehin schon zweimal besessen.

»Aber du hast mir gesagt, du hättest mich genommen... im Bergwerk...«

»Sei fair, *Querida* – wenn ich auch nicht weiß, warum zum Teufel du das sein solltest, denn ich war es ja dir gegenüber auch nicht, stimmt's?« Er lachte kurz und barsch über diese Ironie, denn er wußte, wie sehr der Zweifel an ihm genagt hatte, sie sei in Wirklichkeit nicht unschuldig, sondern eine arglistige Sirene, die ihn dazu gebracht hatte, sie zu begehren – ein Gedanke, der ihn jetzt angesichts ihrer echten Notlage beschämte. Sie hatte versucht, ihm klarzumachen, daß sie die Falle nicht aufgestellt hatte, in die sie sich beide hatten locken lassen. Warum hatte er ihr nicht zugehört? So hatte er sich das zwischen ihnen nicht vorgestellt – doch ganz gleich, wie es dazu gekommen war, tat es ihm nicht leid, daß sie jetzt ihm gehörte. Mit dieser Überlegung fuhr er fort. »Denk mal scharf nach, habe ich dir je direkt ins Gesicht gesagt, ich hätte dich wirklich genommen? Nein. Ich habe es angedeutet, um dich von Wylie fernzuhalten. Aber in Wirklichkeit hast du das geglaubt, was du glauben wolltest, Jossie; nämlich, daß ich dich vergewaltigt und deinen Vater ermordet habe. Ich habe keins von beidem getan. Das erste weißt du jetzt selbst mit Sicherheit; auf letzteres gebe ich dir mein Wort.«

In diesem Moment, in dem sie nackt dalag und sich in den bittersüßen Nachwehen des Liebesaktes an ihn schmiegte, wünschte sich Josselyn von ganzem Herzen, sie könnte ihm glauben, und doch blieben ihr Zweifel, die sich hinterlistig wie eine Giftschlange anschlichen. Wylie hatte sich als ein Lügner und Betrüger erwiesen, aber als er ihr gesagt hatte, er hätte ihren Vater nicht getötet, hatte seinen Worten doch ein unverkennbarer Klang von Wahrheit angehaftet; und wenn es Wylie nicht war, kam nur Durango als Mörder in Frage. Es gab keine weiteren Verdächtigen. Aber Josselyn verschloß ihre Augen fest vor der Realität, die sie nicht ertragen konnte. Durango lag ihr im Blut, war bis in ihre Knochen und in ihre Seele vorgedrungen. Nachdem ihre eigene Welt zusammengebrochen war, hatte sie nichts mehr außer ihn. Was sollte jetzt aus ihr werden? Sie hatte sonst niemanden, an den sie sich hätte wenden können, nur wenig Geld, und ihr einziger Zufluchtsort war das Rainbow's End – und auch das würde er ihr nehmen. Wenn sie am Leben bleiben wollte, hatte sie keine andere Wahl als die, seine Mätresse zu bleiben.

Bei dieser Vorstellung erschauerte sie; er war wie ein Tier, und das Finstere, Wilde und Rohe in ihm faszinierte sie. Man hatte sie gelehrt, ihre Triebe zu zügeln, ihnen niemals freien Lauf zu lassen. Jetzt hatte sie jegliche Gnade verloren, und ein einziger flüchtiger Augenblick glühenden Verlangens hatte alles, was sie ihr Leben lang gelernt hatte, zu Staub zerfallen lassen. Sie machte sich keine Illusionen darüber, was Durango von ihr verlangen würde, wenn sie bereit war, die seine zu werden. Es würde viele endlos lange Tage wie diesen geben und noch längere Nächte, in denen sie in seiner Umarmung daliegen würde, während sich sein Körper drängend auf ihr bewegte, sie quälte, sie betörte...

Einfühlsam und wortlos schmiegte er sie enger an sich. Er stellte sein Whiskeyglas ab, drückte die Zigarre aus und küßte ihr zart die Tränen von den Wangen. Nach einer Weile erwachten Begierde und Verlangen wieder wie ein Sturm in seinen Adern, und seine Lippen forderten erneut ihren bebenden Mund, seine Zunge stieß sich tief zwischen ihre Lippen. Seine Gier nach ihr verzehrte ihn, und es gab keinen Grund mehr, sie nicht zu stillen.

»Nein«, hauchte sie an seine Lippen. »Bitte nicht... du tust mir weh...«

»Beim ersten Mal tut es immer weh; das habe ich dir doch schon gesagt. Aber hinterher hast du in meinen Armen Wonnen ausgekostet, *Querida*, und du wirst sie wieder auskosten... noch zahllose Male«, murmelte er mit belegter Stimme, während er sich auf sie rollte, sie mit seinem Gewicht auf die Matratze preßte, seinen nackten Körper entschlossen auf sie legte, sie damit bedeckte, sich über sie gleiten ließ und sie die Wahrheit seiner Worte spüren ließ, während der Regen draußen erneut wild und heftig niederströmte.

18

Sie schliefen, nachdem sie sich geliebt hatten. Das Halbdunkel des Morgens und das gleichmäßige Trommeln des Regens hüllten sie ein. Als sie wach wurden, liebte Durango Josselyn ein drittes Mal, langsam und sanft, hob sie zum Gipfel der Ekstase. Als sie schweigend dalagen und ihre Herzen immer noch schneller schlugen, ihre nackten, verschwitzten Körper immer noch miteinander verschlungen waren, klopfte das Zimmermädchen an die Tür. Durango rief der Frau zu, sie solle später wiederkommen. Dann wandte er sich widerstrebend von Josselyn und dem Bett ab. Er schüttete lauwarmes Wasser aus einem Krug auf dem Waschtisch in die Schüssel, feuchtete einen Waschlappen an und ging zu ihr, um sie zärtlich zu säubern. In seinem Gesicht standen gleichzeitig Zufriedenheit und eine finstere Verdrossenheit, während er das jungfräuliche Blut von ihren Schenkeln wischte. Dann küßte er sie, warf den Waschlappen hin, drehte sich um, um sich anzuziehen und wies sie an, sich ebenfalls anzukleiden. Trotz allem war sie in seiner Gegenwart noch schüchtern und blieb unter der Decke liegen. Von dem Stuhl aus, auf dem er saß, schaute er sie ungeduldig an, während er sich die Stiefel anzog, und als er ihr besorgtes Gesicht sah, erriet er augenblicklich den Grund für ihr Zögern.

»Meine Süße«, sagte er gedehnt und schüttelte mit einem leisen Lachen den Kopf, »es gibt keinen Teil deines Körpers, auf den ich heute meine Ansprüche noch nicht erstreckt hätte. Was hast du noch vor mir zu verbergen?« Er stand auf und warf ihr ihre Kleider zu. »Und jetzt zieh dich an... oder soll ich dir helfen?«

»N-n-nein, ich kann das allein«, stammelte Josselyn errötend, und ihre Gefühle waren in Aufruhr, als sie sich zwang, aufzustehen und sich anzuziehen, obwohl ihr qualvoll bewußt war, daß er sie betrachtete und sie mit einem Blick bedachte, dessen Trägheit sich nicht mit dem Muskel vertrug, der nervös um seinen Mund zuckte, als er sich die nächste Zigarre anzündete und einen Schluck Whiskey trank.

Sie fühlte sich immer noch benommen, als sei alles, was passiert war, unwirklich; die letzte Nacht schien ihr unwirklich wie ein Traum – wenn sie daran dachte, war ihre Erinnerung von einem Dunstschleier eingehüllt –, und auch dieser dunkelgraue Morgen mit seinen eintönigen Regenfällen kam ihr wie ein Traum vor. Selbst jetzt noch konnte sie kaum glauben, daß sie wirklich mit Durango geschlafen hatte. Es war so schön gewesen, schöner als sie jemals gehofft hätte. Ein innerer Konflikt spaltete sie. Einerseits genoß sie alles, was sich zwischen ihnen abgespielt hatte, ihre intime Kenntnis seiner Männlichkeit, ihr neuentdecktes Erleben als Frau. Andererseits war sie voller Scham und Sorge, denn er hatte ihr zwar oft genug gesagt, daß er sie begehrte, doch er hatte jetzt mit keinem Wort mehr erwähnt, daß er sie zu seiner Mätresse machen wollte, und sein Schweigen zu diesem Thema ängstigte sie. Er liebte sie nicht, und seine Begierde war jetzt befriedigt. Vielleicht wollte er sie nicht mehr. Instinktiv wußte sie, daß es vor ihr viele Frauen gegeben hatte; warum hätte sie sich von all den anderen unterscheiden sollen, die er so achtlos benutzt und sitzengelassen hatte? Josselyn war verzweifelt.

Sie war über Nacht nicht in der Pension gewesen, und sie hielt es für unwahrscheinlich, daß ihr Ausbleiben unbemerkt geblieben war und sie sich unbeobachtet ins Haus schleichen konnte. Miss Hattie mußte zwangsläufig entrüstet sein; ihr Anstandsgefühl würde sie zwingen, Josselyn aufzufordern, augenblicklich ihr Haus zu verlassen. Wohin konnte sie gehen, und was sollte aus ihr werden, wenn Durango sie verschmähte? Sie wußte es nicht. Die Chancen, daß Victoria ihr beistand, schienen äußerst gering, und die Vorstellung, Wylie die ganze Geschichte zu erzählen und sich ihm auf Gedeih oder Verderb auszuliefern, war entsetzlich. Selbst wenn er sich überreden ließ, sie zu heiraten, um ihr Erbe an sich zu bringen, würde Wylie bestimmt auf einer sofortigen Scheidung bestehen, wenn man sein Verhältnis zu Victoria und seine Gefühle gegenüber Durango bedachte. Josselyn würde auch nicht besser dastehen als jetzt. Sie biß sich nervös auf die Lippen. Da sie sich vor dem fürchtete, was die Zukunft für sie bereithalten mochte, hatte sie sich beim letzten Mal bemüht, Durango zu gefallen, und sie hatte sich nicht gegen ihn gewehrt, hatte ihn geküßt, sich ihm freiwillig geöffnet und ihn berührt, wie er es von ihr gewünscht hatte. Bei der Erinnerung daran stieg ihr die Schamröte ins Gesicht. War es ihr in ihrer Schüchternheit und Unerfahrenheit mißlungen, ihm zu gefallen? Sie mußte es wissen. Sie riß ihren Mut zusammen und wandte sich an ihn.

»W-w-willst du m-m-mich immer noch, Durango?« fragte sie zögernd in die Stille, die sich über sie herabgesenkt hatte und nur von dem Trommeln des Regens durchbrochen wurde. »Ich meine, als ... als deine M-m-mätresse?« Sie stolperte über die furchtbaren Worte und fühlte sich zutiefst gedemütigt, weil sie es nötig hatte, sich ihm anzubieten, ihn zu bitten, er solle sie nehmen, und weil ihr davor graute, er könnte sie zurückweisen.

»Nein, natürlich nicht«, sagte er zu ihrem Entsetzen, und seine Antwort war wie ein brutaler Schlag in ihr Gesicht, eine Ohrfeige, die ihre Sinne verwirrte. Sie wurde bleich und schwankte, als würde sie gleich ohnmächtig. Sie stieß ein leises gequältes Stöhnen aus, eine Hand hob sich auf ihre Kehle, und die Tränen, die sie plötzlich nicht mehr zurückhalten konnte, flossen aus ihren weitaufgerissenen, traurigen Augen. »*Jesús*, Jossie!« fluchte er heftig und kam durch das Zimmer auf sie zu, um sie in seine Arme zu nehmen. »Sieh mich nicht so an! Weine nicht! Ich dachte, du hättest es verstanden; ich werde dich heiraten, *Querida*, heute noch. Ich habe dir Unrecht getan – großes Unrecht –, das weiß ich selbst. Du hast doch nicht etwa geglaubt, ich würde das nicht wiedergutmachen. Du hast doch hoffentlich nicht geglaubt, ich hätte dich unter diesen Umständen wieder geliebt, wenn ich nicht vorgehabt hätte, dich zu heiraten? *Sangre de Cristo!* Meinst du etwa, mir sei nicht klar, daß die Leute zwangsläufig erfahren, was dir zugestoßen ist, und daß Miss Hattie dich höchstwahrscheinlich auf die Straße setzt? *Dios mio!* Hast du mich wirklich für ein solches Ungeheuer gehalten, daß ich dich ausnutze und dich zu meiner Geliebten mache, wenn ich weiß, daß dich nicht die Schuld an dem trifft, was letzte Nacht passiert ist ... und heute morgen?«

»Aber... was hätte ich denn sonst glauben sollen, Durango?« rief sie aus und konnte seine Worte kaum glauben, da sie fürchtete, sie könnten nichts weiter als ein gemeiner, brutaler Scherz sein. »Du hast mir oft genug gesagt, daß du... daß du kein Mann... zum Heiraten bist.«

»Nein, das bin ich auch nicht«, stimmte er ihr grimmig und mit finsterer Miene zu. »Aber ich bin auch nicht ein solcher Lump, daß ich dir deine Unschuld raube und es nicht wiedergutmache – und auf diesen Umstand muß sich derjenige, der uns in diese Falle gelockt hat, verlassen haben! Jemand hat unseren Getränken ein Betäubungsmittel beigemischt, Jossie, uns hierher gebracht und uns gemeinsam in dieses Bett gepackt...« Seine Augen funkelten so vor Wut, daß sie unwillkürlich in seinen Armen zusammenzuckte. »Wenn ich je dahinterkomme, wer diese Männer waren, werde ich sie umbringen! *Jesús!* Wenn ich daran denke, daß sie dich nackt ausgezogen haben, dich berührt haben...« Seine Hände spannten sich fester um sie; er tat ihr weh und ängstigte sie; jetzt, angesichts dieser Morddrohung, kehrten all ihre Bedenken zurück, ihr ganzer Argwohn gegen ihn. Plötzlich war die Vorstellung, sich ihm anzuvertrauen, ebenso erschreckend wie die, von ihm im Stich gelassen zu werden.

»Aber... aber wer hätte etwas so Furchtbares tun sollen?« flüsterte sie entgeistert, denn falls ihn wirklich keine Verantwortung für das traf, was sich letzte Nacht ereignet hatte, mußten tatsächlich unbekannte Hände sie entkleidet, sie vielleicht sogar gekost haben, während sie bewußtlos gewesen war – eine Vorstellung, die weit schlimmer war als ihr bisheriger Glaube, daß Durango ihr dies angetan hatte.

Sein rauhes Lachen hallte unangenehm in ihren Ohren.

»Da ich jetzt wieder klar denken kann, sehe ich Victorias

heimtückische Hand im Spiel.« Seine Stimme war scharf wie eine Klinge, und sein Kiefer verspannte sich vor Wut.

»Victoria? Aber... wie? Warum?«

»Ich nehme an, daß ich daran ein bißchen mitschuldig bin«, gestand er widerstrebend ein, »weil ich dir dieses verfluchte Kleid gekauft habe, in dem du so verführerisch aussiehst. Bis sie dich darin erblickt hat, hat sie in dir keine ernstzunehmende Rivalin gesehen. Ich kann mir ausmalen, daß für sie letzte Nacht ein außerordentlich herbes Erwachen gekommen ist, weil sie deinen wahren Wert erkannt hat, und daher hat sie gefürchtet, daß sich Wylie als weniger eifrig erweisen würde, sich von dir scheiden zu lassen, wenn er dich erst mal geheiratet hat, um die Anteile am Rainbow's End an sich zu bringen, als sie bisher angenommen hatte. Sie muß etwas in den Cognac geschüttet haben, während wir alle vom Tisch aufgestanden waren, und dann muß sie dieses Zimmer gemietet und ein paar Halunken angeheuert haben, damit sie uns beide rauftragen. Sie hat beschlossen, daß ihr ein Gleichgewicht der Kraft im Bergwerk lieber ist, als Wylie zu verlieren, was sie außerdem dazu zwingen würde, sich auf meine Seite zu schlagen. Ich habe sie schon einmal abgewiesen, verstehst du, und das hat Victoria mir nie verziehen. Zweifellos lacht sie sich jetzt ins Fäustchen, weil sie sich sagt, wie geschickt sie den Gleichstand erzielt hat, indem sie mich in eine Lage bringt, in der ich gezwungen bin, dich zu heiraten.«

»Aber... das ist doch gewissenlos!« rief Josselyn entsetzt aus. »Wie konnte sie sicher sein, daß du... daß du mich hinterher heiraten würdest, daß du mich nicht lediglich als deine... deine M-m-mätresse hältst oder mich gar sitzen läßt?«

»Weil du Reds Tochter bist und die Absicht hattest,

Nonne zu werden. Weil Red für mich so etwas wie ein Vater war, und weil ich, wenn auch kein frommer, eben Katholik bin. Weil, ob du es glaubst oder nicht, meine Süße, ich tatsächlich gewisse Moralbegriffe habe, und jungen Mädchen die Tugend zu nehmen, gehört zu den Dingen, die ich niemals tue – nicht nur um ihretwillen, sondern auch, weil ich weiß, was es heißt, ein uneheliches Kind zu sein, und ich will nicht, daß eines meiner Kinder mit diesem Makel behaftet aufwachsen muß.« Er unterbrach sich einen Moment lang. Dann bemerkte er leise: »Ist dir eigentlich klar, Jossie, daß ich dich geschwängert haben könnte? Das weißt du doch?«

Sie nickte und wagte es nicht, ein Wort zu sagen, denn dieser Gedanke war ihr tatsächlich durch den Kopf gegangen und hatte nur noch größere Bestürzung in ihr ausgelöst. Sie war froh, daß Durango – was er auch sein mochte und was er auch getan haben mochte – nicht so grausam war, sie ihrem Schicksal zu überlassen. Wenn er nämlich recht hatte, was die Intrige anging, war er in Wirklichkeit ebenso ein Opfer wie sie selbst; und wenn das grüne Kleid tatsächlich der Auslöser war, der zu alldem geführt hatte, könnte man auch sie dafür zur Verantwortung ziehen, denn sie hätte es schließlich nicht zu tragen brauchen. Doch ihr Stolz und ihre Eitelkeit hatten die Oberhand gewonnen, aber auch ihr glühender Wunsch nach Rache – all das waren Sünden, vor denen die Ehrwürdige Mutter sie immer wieder gewarnt hatte, und sie hatte gesagt, sie würde sie eines Tages bereuen. Nun, dieser Tag war gekommen. Jetzt mußte sie den Preis für ihre Widerspenstigkeit zahlen.

Sie ließ sich von Durango aus dem Teller House führen und war sehr erleichtert, daß wegen des Regens wenig Leute auf der Straße waren, die sehen konnten, wie sie in ihrer Abendkleidung aus dem Hotel kamen – ein unbestreitbarer

Beweis dafür, daß sie die Nacht dort gemeinsam verbracht hatten. Zum Glück waren Durangos Gespann und sein Wagen noch da. Er war Jossie beim Einsteigen behilflich, und dann fuhren sie zum Mother Lode Saloon, um dort etwas Geld zu holen. Dann fuhren sie durch die Eureka Street zum Gericht, in dem sie die Papiere für eine Eheschließung erhielten. Anschließend fuhren sie den Hügel hinunter zur St. Patrick's Church in der Pine Street.

Die Kirche war ein einstöckiger Steinbau, der überdacht worden war, da der ursprüngliche, höhere Fachwerkbau, der in diesem Goldgräberdistrikt die erste Kirche behaust hatte, bei dem großen Feuer von 1874 niedergebrannt war. Wegen finanzieller Schwierigkeiten war der Bau nicht fortgesetzt worden, und es war in dieser provisorischen Unterkunft fast so dunkel wie in einem Keller – trostlos wie der graue Tag. Der schlichte Altar war keineswegs das, wovor niederzuknien sich Josselyn ausgemalt hatte, als sie noch davon geträumt hatte, Antoine zu heiraten.

Als sie und Durango vom Regen durchweicht und immer noch in Abendkleidung eintraten, kam Vater Flanagan mit einem Gesicht, das Verblüffung und Besorgnis ausdrückte, von der Kanzel, um sie zu begrüßen. Josselyn war natürlich Gemeindemitglied; Durango kannte er als verlorenes Schaf.

»Meine Kinder, was führt euch zu einer so frühen Stunde und an einem Tag wie heute zu mir?« fragte der Geistliche, und seine freundlichen, aber wachen Augen nahmen jetzt wahr, daß Josselyn nicht ihre Tracht trug, daß ihr Gesicht aschfahl war und sie die Augen niederschlug und ihm anscheinend nicht ins Gesicht sehen konnte. Tiefe Sorge erfüllte ihn. Bestimmt war etwas Bedenkliches vorgefallen.

»Wir wollen getraut werden, *Padre*«, äußerte Durango kühl. »Heute. Jetzt.«

»Aber... das ist ausgeschlossen«, bemerkte Vater Flanagan schockiert und schaute Josselyn fragend und besorgt an. Doch sie unternahm nichts, um Durangos Worte abzuschwächen; in dem Moment begann der Geistliche instinktiv das Schlimmste anzunehmen, nämlich, daß der großgewachsene, dunkelhäutige Schuft an ihrer Seite sie, mit ihrem Einverständnis oder ohne, kompromittiert hatte. Warum sonst hätte sie jetzt hier sein sollen und heiraten wollen, in ihrer Aufmachung und kreidebleich, mit Lippen, die so geschwollen waren, als hätte ein Mann sie brutal geküßt? Seit sie zu seiner Herde zählte, hatte Vater Flanagan mehrere Gespräche mit ihr geführt, und daher waren ihm die abscheulichen Klauseln im Testament ihres Vaters nicht unbekannt, und er wußte genau, was eine Heirat mit ihr Durango einbrächte. Auch war dem Geistlichen der schlechte Ruf des Spielers nicht unvertraut. Dennoch beharrte Vater Flanagan auf seiner Weigerung, weil er einfach nicht glauben wollte, daß er mit seinem Verdacht richtig lag. »Josselyn ist es bestimmt, eine Braut Jesu zu werden...«

»Nicht mehr, *Padre*.« Durangos Gesicht und seine Stimme waren grimmig und entschlossen, daß der Geistliche schließlich das Gefühl hatte, daß Josselyn nicht nur eingewilligt hatte, den Spieler zu heiraten, sondern ihr Einverständnis mit unlauteren Mitteln erschlichen worden war. Er mußte sich sehr zusammenreißen, um Durango nicht persönlich an die Kehle zu gehen.

»Ist das, was dieser Mann sagt, wahr, Josselyn?« erkundigte sich Vater Flanagan mit scharfer Stimme und hoffte, er könnte sie aus der stummen Ergebenheit in ihr Schicksal aufrütteln. »Sag mir, was du zu sagen hast, meine Tochter! Fürchte dich nicht. Hier, in diesem Gotteshaus, wird dir niemand etwas antun, das versichere ich dir! Ist es tatsächlich wahr, daß du nicht länger die letzten Gelübde ablegen willst, sondern statt dessen diesen Mann ehelichen willst?«

»J-j-ja, Vater«, brachte sie erstickt heraus und errötete vor Scham, als sie sich vorstellte, was sich der Geistliche wohl denken würde. Sie redete eilig weiter, um seine Bedenken zu zerstreuen: »Ich habe einen Brief von... von der Ehrwürdigen Mutter Maire bekommen, verstehen Sie, und... und das Kloster in Boston ist... ist gezwungen, aus Geldmangel seine Tore zu schließen, und wirklich berufen war ich ohnehin nie, und ich... ich muß mir das Erbe meines Vaters und meine Zukunft sichern und... o Vater! Ich muß Durango heiraten! Ich muß es einfach tun!«

»Ich... verstehe.« Vater Flanagan verstummte. Nach einer langen Pause redete er finster weiter. »Josselyn, selbst dann, wenn ich davon überzeugt wäre, daß du diese Entscheidung aus freiem Willen getroffen hast – und ich muß dir sagen, daß ich daran zweifele –, kann ich euch heute nicht guten Gewissens trauen und werde es daher auch nicht tun. Die Kirche verlangt, daß das Aufgebot ausgehängt wird, und Sie, Sir« – er fixierte den Spieler mit kalten, strengen Augen – »müssen Ihre Sünden beichten...«

»Wir werden keine drei Wochen warten, *Padre*«, sagte Durango ausdruckslos, »und Sie können jede Sünde nennen, die sie wollen – ich habe sie begangen. Somit brauchen uns das Aufgebot und die Beichte nicht mehr zu interessieren. Und jetzt fangen Sie endlich mit der Trauung an, wenn Sie keine weiteren Einwände haben, *Padre*, denn Sie werden die Trauung vollziehen, bei Gott, und wenn ich... und wenn ich den Lauf meines Revolvers auf Ihren Kopf richten müßte!« Er legte eine Hand demonstrativ auf den Walnußholzkolben seines Revolvers.

»Ich warne Sie, Sir, mit Drohungen werden Sie bei mir nichts erreichen«, beharrte der Geistliche unerschrocken, »und durch Blutvergießen erreichen Sie nur, daß Ihre Seele bis in alle Ewigkeit der Verdammnis der Hölle anheimfällt!«

»Oh, bitte, Vater!« rief Josselyn aus, die fürchtete, Durango würde so weit gehen, tatsächlich seinen Revolver zu ziehen. »Tun Sie, was er sagt! Ich will ihn wirklich heiraten! Ich will es! Er hat... das heißt... Vater, ich bin nicht mehr... was ich sagen will, ist...«

»Was Jossie Ihnen so züchtig zu sagen versucht, *Padre*«, fiel ihr Durango geschickt ins Wort, um ihr weitere Peinlichkeiten zu ersparen, »und was Sie meines Erachtens bereits begriffen haben, ist, daß wir... äh... unsere Hochzeitsnacht etwas zu früh miteinander verbracht haben – wenn mich auch, trotz allem, was Sie denken, nicht allein die Schuld daran trifft. Verstehen Sie, jemand hat uns gestern abend im Teller House etwas in die Getränke geschüttet und gemeinsam in ein Hotelzimmer gebracht – ein abscheulicher Streich, der uns da gespielt worden ist und den ich jetzt auf die einzige Art, die ich kenne, wiedergutzumachen versuche, ehe Jossies Ruf unwiederbringlich ruiniert ist, und ich könnte noch hinzufügen, daß Sie mir das reichlich schwermachen, *Padre*. Ich weiß ja nicht mit Sicherheit, wie Miss Hattie darauf reagieren wird, daß Jossie gestern nacht nicht nach Hause gekommen ist, aber ich habe den starken Verdacht, daß Miß Hattie, ungeachtet ihrer persönlichen Einstellung zu diesen Dingen, wenn sie weiterhin eine achtbare Pension führen will, Jossie vor die Tür setzen muß; und da Jossie nirgends sonst hingehen kann und niemanden sonst hat, an den sie sich wenden kann, wird sie mit mir in Sünde leben müssen, wenn Sie uns nicht trauen, *Padre* – das ist keine leere Drohung.« Durangos Gesichtsausdruck ließ kei-

317

nen Zweifel daran bestehen, daß er seine Worte ernst meinte.

»Mein Sohn, verzeihen Sie mir, denn ich gestehe, daß ich mich in Ihnen getäuscht habe«, äußerte Vater Flanagan betroffen. »Ich habe das Schlimmste von Ihnen angenommen, und das tut mir jetzt leid. Ich habe verstanden, daß Sie nur versuchen, aus einer mißlichen Lage das Beste zu machen. Das ist ja entsetzlich! Wer hätte Ihnen beiden einen so schäbigen Schurkenstreich spielen sollen?«

»Überlassen Sie diese Sorge mir, *Padre*«, erwiderte Durango verdrossen. »Sorgen Sie nur dafür, daß Jossie und ich ordentlich getraut werden. Sie ist eine gute Katholikin, wenn ich es schon nicht bin – das wissen Sie selbst, *Padre* – und sie wird sich so lange nicht als verheiratet ansehen, wie kein Friedensrichter, sondern ein Geistlicher die Trauung vollzogen hat.«

»Ja, selbstverständlich.« Vater Flanagan nickte, wandte sich ab, um wieder auf die Kanzel zu steigen, und bedeutete ihnen, ihm zu folgen. »Unter den gegebenen Umständen können wir auf das Aushängen des Aufgebots verzichten. Ich vermute, die Genehmigung haben Sie?«

»Ja, die habe ich«, bestätigte Durango.

»Gut«, sagte der Geistliche. »Dann können wir jetzt anfangen.«

Er rief die beiden Frauen, die auf dem Altar frische Blumen aufstellten und die Kirche für den Abendgottesdienst vorbereiteten, als Trauzeugen zu sich. Josselyn und Durango knieten nieder und wiederholten die Gelübde, die sie aneinander banden. Durango zog einen alten goldenen Ring, der wie eine Girlande geformt war, von seinem Ringfinger und steckte ihn Josselyn als Ehering an. Vater Flanagan segnete das Paar. Dann küßte Durango Josselyn, und sie war seine Frau. Sie konnte es kaum glauben; es war alles so schnell gegangen, daß es ihr unwirklich vorkam, wie etwas, das sich in einem Traum oder einem Alptraum ereignet hatte. Doch es war wirklich geschehen – der Ring, der jetzt an ihrem Finger steckte, war ein greifbarer Beweis dafür –, wenn sie auch nicht genau wußte, ob sie froh darüber sein oder es bedauern sollte. Durango bedankte sich bei dem Geistlichen und führte sie ins Freie. Ihre Hand zitterte in der seinen, als er ihr beim Einsteigen half. Er küßte sie noch einmal, diesmal begierig, und seine Hände glitten in einer Weise über sie, die ihr vollends klarmachte, daß sie ihm jetzt ganz und gar gehörte. Bei dem Gedanken erschauerte Josselyn, und sie versuchte sich aus seiner Umarmung zu befreien, doch das wollte er nicht zulassen; er schlang seine Arme besitzergreifend um sie, und als er sie betrachtete, glühten seine schwarzen Augen, während er zu seiner Zufriedenheit feststellte, daß ihre Wangen gerötet waren und ihr Puls schneller ging.

Sie glaubte, er würde sie jetzt in Miss Hatties Pension zurückbringen, doch zu Josselyns Beunruhigung fuhr er sie statt dessen zu Killians Kanzlei. Das konnte nur eins heißen: daß er beabsichtigte, als ihr Ehemann die Anteile ihres Vaters am Rainbow's End für sich zu beanspruchen.

»Meine Süße; hast du ernstlich geglaubt, das täte ich nicht?« fragte Durango spöttisch, als sie es wagte, ihn danach zu fragen. »Wie es auch dazu gekommen ist – du bist meine Frau.« Das letzte Wort sprach er genüßlich aus. »Und somit gehörst du mir ebenso wie alles, was du besitzt, darunter auch deine Erbschaft. Ich will, daß deine Anteile in meinem Tresor eingeschlossen werden – nicht nur, weil sie mir jetzt rechtmäßig gehören, sondern als ... Absicherung, wenn du es so nennen willst, was dein Verhalten angeht. Siehst du,

Querida, ich habe den starken Verdacht, daß, wenn der Schock des heutigen Tages sich erst einmal gelegt hat, deine Zweifel an mir zurückkehren werden und du es bereuen wirst, mich geheiratet zu haben. Dann könnte es durchaus sein, daß du versuchst, eine Dummheit zu begehen, wie zum Beispiel, mir meine Rechte als Ehemann zu verweigern oder gar, dich von mir scheiden zu lassen, und ich warne dich — ich werde keines von beidem zulassen. Wie ich dir schon einmal gesagt habe, behalte ich, was mir gehört. Hast du das verstanden?«

»Ja«, hauchte Josselyn mit großen, angsterfüllten Augen. Wie er vermutet hatte, brachte ihre Eheschließung sie in einen gewaltigen inneren Aufruhr.

Es stimmte sie reichlich nachdenklich, daß er jetzt, nach der Heirat, keine Zeit vergeudete und sie sofort in Killians Kanzlei brachte, und daher durchdachte sie die Geschehnisse der letzten Nacht und des heutigen Morgens noch einmal gründlich. Vielleicht war doch alles eine abscheuliche List gewesen, mit der Durango sie gezwungen hatte, ihn zu heiraten, damit er ihr Erbe an sich bringen konnte. Bisher hatte sie ihn ebenso wie sich selbst für das Opfer einer bösen Intrige gehalten. Jetzt war sie sich dessen nicht mehr so sicher. Aber selbst, wenn er sie wirklich reingelegt hatte, konnte sie jetzt nichts mehr dagegen unternehmen, erkannte Josselyn benommen, als sie auf den goldenen Ring hinunterschaute, der an ihrem Finger steckte und sie als sein Eigentum kennzeichnete. Es war genauso, wie er gesagt hatte: Sie war seine Frau, und er hatte Ansprüche auf sie und alles, was sie besaß. Sie schluckte schwer und erhob keine weiteren Einwände mehr, als er sie in Killians Kanzlei führte.

Patrick war überrascht, sie zu sehen, und noch mehr verblüffte ihn der Trauschein, den Durango aus seiner Brusttasche zog und ihm reichte, ehe er ihn aufforderte, alle notwendigen Schritte vorzunehmen, um augenblicklich Reds Anteile am Rainbow's End Josselyn und somit ihren Mann zu übertragen. Der Anwalt setzte sich die Nickelbrille auf die Nase und schaute sich den Trauschein genau an. Dann räusperte er sich, ehe er sagte:

»Ihr habt gerade heute morgen erst geheiratet? Ziemlich... ähem... überstürzt, stimmt's?« fragte er und musterte die beiden scharf. »Soweit ich weiß, ist kein Aufgebot ausgehängt worden.«

»Ja, ich habe Vater Flanagan überredet, auf den Aushang des Aufgebots zu verzichten«, erklärte Durango kühl. »Aber was zum Teufel hat das mit den Teepreisen in China zu tun, Patrick? Du kannst selbst sehen, daß Jossie und ich ordnungsgemäß verheiratet sind, ganz gleich, was du von der ganzen Geschichte halten magst, und als ihr Mann will ich Reds verdammte Anteile haben, den Klauseln seines verfluchten Testaments gemäß. Und jetzt hol sie, und zwar schnell! Ich habe nicht den ganzen Tag Zeit. Ich muß mich noch um einiges andere kümmern. Jossie kann doch nicht in einem Saloon leben, um Himmels willen!«

Es war nur Papier, nichts weiter als Papier, dachte Josselyn benommen und verspürte einen unbändigen Drang, hysterisch zu lachen, als sie zusah, wie der Anwalt langsam seinen Tresor öffnete und das herausholte, was Dad ihr hinterlassen hatte. Und dafür war ihr ganzes Leben ruiniert worden. Für ein paar Fetzen Papier. Betäubt unterschrieb sie alles, was Patrick mit grimmigem Gesicht vor sie hinlegte, machte sich noch nicht einmal die Mühe, es zu lesen. Wozu auch? Ihr gehörte alles ohnehin nur bis zu dem Moment, in dem Durango die Papiere, die ihre Erbschaft darstellten, vom Tisch nahm, sie zusammenfaltete und sie in seine Brusttasche stopfte. Heute hatte sie an einem einzigen Tag alles verloren: ihre Jungfräulichkeit, ihre Freiheit und ihre Anteile am Rainbow's End. Und dafür hatte sie nichts weiter bekommen als einen Ehemann, der ihr keine Liebe entgegenbrachte und dem sie nicht trauen konnte. Es war ein schlechter Tausch. Aber immerhin schien ihr, obwohl das im Augenblick nur ein schwacher Trost war, ihre Zukunft gesichert. Sie war mit einem klugen und starken Mann verheiratet, der für sie sorgen wollte. Zumindest schien es so. Ihr stand nicht der Ruin bevor, die Schande, vor die Tür gesetzt zu werden, woraufhin ihr nichts anderes mehr übrig geblieben wäre, als sich an Wylie zu verkaufen – wenn nicht noch Schlimmeres –, um sich ihren Lebensunterhalt zu sichern. Sie vermutete, daß sie Durango dafür eigentlich dankbar sein müßte. Dann fiel ihr wieder ein, was Durango dafür von ihr fordern würde, und sie erschauerte, denn das, was sie heute morgen gelernt hatte, war sicher nur die erste von vielen Lektionen, die er ihr noch erteilen würde.

Nachdem sie Killians Kanzlei verlassen hatten, fuhr Durango weiter zur Roworth Street, um Josselyn vor der Pension abzusetzen, und wies sie dort an, ihre Sachen zu packen. Er sagte ihr, er würde wiederkommen und sie kurz vor dem Abendessen abholen, und bis dahin würde er für sie beide eine provisorische Unterkunft ausfindig machen. Es schickte sich nicht, daß sie im Saloon wohnte, und er wollte nicht zulassen, daß den Gerüchten über ihre Heirat, die sich zwangsläufig ausbreiten würden, noch mehr Zündstoff gegeben wurde, wenn es ihm nicht gelang, die anstößigen Einzelheiten zu vertuschen. Dann ließ er sie allein.

Miss Hattie erwartete sie im Haus, und sie war sowohl besorgt um Josselyns Wohlergehen, als auch schockiert darüber, daß sie in der letzten Nacht nicht nach Hause gekommen war. Als sie erfuhr, daß Josselyn mit Durango verheiratet war, gab sich Miss Hattie verblüfft, aber doch hocherfreut. Dennoch war offensichtlich, daß ihr diese seltsame Eheschließung, um sie nicht gleich als geradezu skandalös zu bezeichnen, tiefe Sorgen bereitete; der Mann ein berüchtigter Spieler, und die Braut hatte erst gestern die Nonnentracht abgelegt. Ebenso deutlich war Miss Hattie die größte Erleichterung anzumerken, als sie erfuhr, daß Josselyn noch am selben Tag aus ihrer Pension ausziehen würde. Josselyn war zwar betrübt, wollte Miss Hattie aber nicht noch mehr beunruhigen, als sie nach oben in ihr Zimmer eilte. Dort kniete sie sich auf den Fußboden, um ihren Lederkoffer zu öffnen und anzufangen, ihre kärgliche Habe einzupacken.

Doch je länger sie an Durangos Gesichtsausdruck dachte, als er ihre Anteile am Rainbow's End in seine Jackentasche gesteckt hatte, desto besorgter fühlte sie sich, und ihre Phantasie ging mit ihr durch, bis sie schließlich in Panik geriet und überzeugt war, daß ihr Mann sie gräßlich hinters Licht geführt hatte, daß er vielleicht sogar vorhatte, sie umzubringen, nachdem er ihre Erbschaft jetzt an sich gebracht hatte, und daß sie vor ihm fortlaufen mußte, ehe es zu spät war.

19

In Central City war sie nirgends sicher. Das einzige anständige Hotel war das Teller House, und ihr war die Vorstellung unerträglich, sich dort wieder einzuquartieren. Es war auch unwahrscheinlich, daß sie auf die Schnelle ein Zimmer in einer anderen Pension bekam, und selbst, wenn es geklappt hätte, hätte Durango sie mit Sicherheit noch vor Ablauf des Tages ausfindig gemacht; es gab nicht viele Orte in einer Stadt von der Größe von Central City, in denen eine Frau Unterschlupf finden konnte, wenn sie allein und praktisch mittellos war. Aus dem Grund zog sie Black Hawk noch nicht einmal in Erwägung, denn es war eine noch kleinere Stadt, und auch keine der anderen Ortschaften in der Umgebung, denn sie wußte, daß es Durango bestenfalls zwei bis drei Tage kosten würde, bis er sie durchsucht und seine Frau aufgespürt hätte. Sie mußte die Bergschluchten ganz hinter sich lassen. Sie würde sich zum Rainbow's End begeben, entschied Josselyn schnell. Dort kostete sie die Unterkunft nichts; und da es in dem Bergwerk rauh zuging und sie sich in seiner Tiefe furchtbar geängstigt hatte, würde Durango sie dort vielleicht nicht suchen, weil er glaubte, das dies der allerletzte Ort auf Erden sei, an dem sie Zuflucht suchen würde.

Zumindest konnte sie auf diese Art Zeit gewinnen – Zeit, die sie darauf verwenden wollte, die Wahrheit über all die Geschehnisse herauszufinden, die sich im Rainbow's End zugetragen hatten. Und sie *würde* es herausfinden, gelobte sich Josselyn feierlich und zog resolut die Schultern hoch. Seit sie das Kloster verlassen hatte und in Central City eingetroffen war, hatte sie zugelassen, daß sie wie ein Blatt im Wind in alle Richtungen geweht wurde. Damit war jetzt Schluß. Sie mußte es lernen, ihr Leben selbst in die Hand zu nehmen; sie mußte dahinterkommen, ob sie einen Saboteur und Mörder geheiratet hatte. Das war sie Dad und sich selbst schuldig. Die Goldmine, der Schauplatz der Verbrechen, war der logische Ausgangsort, um die Suche nach den Antworten zu beginnen. Das hatte sie sich schon früher über-

legt, und dann hatte sie sich durch den Unfall im Stollen entmutigen lassen und war nicht mehr zum Rainbow's End
zurückgekehrt. Dad, der im Angesicht von Gefahren nie den
Mut verloren hatte, würde sich für sie schämen; sie hatte
sein Andenken entwürdigt. Dieses Schandmal mußte sie til-
gen; sie mußte sich selbst beweisen, daß sie die Tochter ihres
Vaters war und für Gerechtigkeit sorgte – selbst dann, wenn
es bedeutete, daß ihr eigener Ehemann gehängt wurde.

Die Vorstellung, mit den neun harten Männern zusam-
menzuleben, die in dem Bergwerk arbeiteten, machte Josselyn nervös, aber selbst davon würde sie sich nicht abschrek-
ken lassen. Sie wußten nicht, daß sie verheiratet war, daß sie
keine Novizin mehr war, der es bestimmt war, ins Kloster
zurückzukehren. Noch besaß sie ihren Schleier und ihre
Tracht; wenn es auch unrecht war, dieses Gewand heute zu
tragen, würde es ihr doch als Schutz dienen. Gewiß würde
Gott für diese Notwendigkeit Verständnis aufbringen, wenn
schon nicht um ihretwillen, dann doch um Dads willen.

Sie überredete Zeb, der sie anbetete und leicht zu beeinflussen war, ihr zu helfen, denn er war nur allzusehr darauf versessen, ihr bei der Flucht vor Durango beizustehen,
der Josselyn abgeschleppt und mit vorgehaltener Waffe
gezwungen haben mußte, ihn zu heiraten; so stellte es sich
der hoffnungslos verliebte junge Mann in seiner über-
schwenglichen Phantasie vor, wenn Josselyn Zeb auch
nichts dergleichen erzählt hatte, nur, daß sie fürchtete, sie
hätte einen Fehler gemacht, und jetzt bräuchte sie Zeit für
sich, um sich über ihre Gedanken und Gefühle klarzuwer-
den. Damit selbst Miss Hattie nichts von ihren heimlichen
Aktivitäten wahrnahm, lud Zeb so leise und unauffällig wie
möglich Josselyns Koffer in seinen Wagen, spannte die
Pferde an und band Josselyns Esel hinten an den Wagen, den

Durango vor ein paar Tagen für sie vom Rainbow's End zurückgeholt hatte. Der Regen dämpfte die Geräusche der Pferdehufe, wenn es auch nicht mehr ganz so heftig schüttete wie am Vormittag. Zeb hatte Miss Hatties Regenschirm aus dem Schirmständer in der Eingangshalle mitgenommen, und Josselyn versuchte, sich gegen den Regenguß zu schützen.

Der Schlamm und die Pfützen erschwerten die Fahrt derart, daß Josselyn mehrfach entmutigt vorschlug umzukehren, doch davon wollte Zeb nichts hören. Seine unerwiderte Liebe zu ihr setzte ihm so stark zu, daß es ihm lieber gewesen wäre, wenn sie fortgeschwemmt würden und ertrunken wären, als sie Durango zu überlassen. Der junge Mann wußte nicht, daß ihr Mann bereits mit ihr geschlafen hatte. Wie ein Ritter war Zeb wild entschlossen, ihr die Hochzeitsnacht zu ersparen, doch er machte sich auch Gedanken darüber, wie sie ihre Eheschließung für ungültig erklären und statt dessen ihn heiraten könnte. Immer wieder sagte er sich, daß sie ihn jetzt, nachdem er sie errettet hatte, bestimmt nicht einfach abschieben würde, und diese Überlegung stärkte seine Entschlossenheit immer dann, wenn es unmöglich schien, daß sie auch nur noch einen Meter weiterkommen würden.

Es schienen Stunden vergangen zu sein, als sie endlich am Rainbow's End ankamen. Dort lud Zeb Josselyns Koffer ab und brachte ihn in den Nebenraum der Küche. Es war ihm ganz offensichtlich verhaßt, sie an einem derart unwirtlichen Ort zurückzulassen. Doch er sah keine andere Möglichkeit. Es war niemand da – er wußte nicht, wie viele Männer im Bergwerk arbeiteten, doch er glaubte nicht, daß es mehr als eine Handvoll sein konnte. Schließlich sah er sich gezwungen, widerwillig an Josselyns Beteuerungen zu glauben, daß ihre Tracht und ihr Schleier sie genügend schützen würden und daß sie außerdem als Teilhaberin an der Goldmine die Befugnis hatte, jeden Grubenarbeiter zu feuern, der sie respektlos behandelte. Dennoch traf Zeb die Vorsichtsmaßnahme, Josselyn eine Schrotflinte, die schon geladen war, aus dem Wagen zu holen. Er bestand darauf, daß sie sie bei sich behielt, und er zeigte ihr für den Notfall, wie sie damit umgehen mußte. Dann erklärte er ihr trotz ihrer entgeisterten Proteste, er käme wieder, sowie er einen Plan geschmiedet hätte, wie sie beide zusammen sein konnten, und machte sich auf den Rückweg. Josselyn sah ihm nach, bis er aus ihrer Sichtweite verschwunden war; sie schüttelte den Kopf über seine Dummheit und hoffte nur, er käme gut nach Hause und würde selbst erkennen, wie unsinnig jeder Versuch war, sie Durango zu entreißen.

Ohne jede Mühe richtete sie sich schnell in dem Anbau der Küche ein, und als sie ausgepackt hatte, beschlich sie das befremdliche Gefühl, ihr ganzes Leben hier verbracht zu haben, denn die kärgliche Unterkunft wies große Ähnlichkeit mit ihrer Klosterzelle auf. Hier hatte ihr Vater geschlafen, aber auch Wylie und Durango. Hier hatte sie Durango entkleidet und auf das Bett gelegt, nachdem sie im Bergwerk ohnmächtig geworden war. Sie bemühte sich gerade, nicht mehr daran zu denken, als sie Geräusche im Anbau hörte. Der Alte Alaska-Schürfer kam gerade mit einem Korb Kartoffeln aus dem Keller. Er war offensichtlich erstaunt, sie zu sehen.

»Gott gnade mir!« rief er aus. »Schwester, erzählen Sie mir bloß nicht, daß der verdammte Durango so dämlich war, sie bei diesem miserablen Wetter herzubringen!«

»Nein, nein, ich... ich... bin auf meinen eigenen Wunsch hergekommen. Verstehen Sie, ich... ich... also, in Wahrheit sieht es so aus, daß... daß ich nicht mehr genug Geld habe, um... noch länger in der Pension zu bleiben.« Josselyn brachte diesen Vorwand nur stockend heraus und hoffte, er würde ihr Erröten auf die Peinlichkeit ihrer finanziellen Lage schieben. »Ich... ich brauche Arbeit und eine... Unterkunft. Ich dachte... das heißt... der Anbau... er steht doch leer, und ich... ich weiß, wie sehr Ihnen das Kochen verhaßt ist... Also, was ich damit sagen will, ist, daß... daß ich vorhabe hierzubleiben, als neue Köchin, falls Sie mich nehmen.«

Der alte Grubenarbeiter musterte sie lange forschend, ehe er schließlich kurz mit dem ergrauten Kopf nickte; es widerstrebte ihm eindeutig, die Nase in ihre persönlichen Angelegenheiten zu stecken, obwohl er ihrer Erklärung für ihr Auftauchen im Rainbow's End sehr skeptisch gegenüberstand. In den Rocky Mountains kümmerte sich jeder um seine eigenen Angelegenheiten, und wenn jemand dieses ungeschriebene Gesetz durchbrach und sich in etwas einmischte, das ihn nichts anging, dann gereichte ihm das häufig zum Schaden.

Der Alte Alaska-Schürfer zog seine Schürze aus, reichte sie ihr und sagte: »Schwester, bleiben Sie hier, und seien Sie uns willkommen. Ich denke, es wird uns allen unendlich guttun, Reds Tochter hier im Rainbow's End bei uns zu haben.«

Danach führte er sie durch die Küche und zeigte ihr, wo alles aufbewahrt wurde, erklärte ihr, wie die Mahlzeiten vorbereitet wurden und wann sie serviert wurden. Mit der Erklärung, er würde den übrigen Männern mitteilen, daß sie hier war, überließ er sie den Vorbereitungen für das Abendessen, und seine fröhlich federnden Schritte waren beredter als Worte und sagten ihr deutlich, wie froh er darüber war, endlich wieder ein richtiger Grubenarbeiter zu sein.

Mit einem ebenso leichten Herzen wie dem, mit dem der Alte Alaska-Schürfer sie zurückgelassen hatte, machte sich Josselyn an ihre neuen Aufgaben. Sie wußte nicht, wieviel Zeit ihr blieb, bis Durango sie fand, und hatte nicht vor, auch nur eine einzige Minute ihrer Freiheit zu vergeuden. Sie mußte noch viel über das Rainbow's End in Erfahrung bringen; sie wollte alles über die Goldgewinnung und über Dads Tod wissen. Sie hoffte, die Bergarbeiter würden ihr dabei helfen. Sie waren zwar ein bunt zusammengewürfelter Haufen, doch sie waren keine üblen Kerle, überlegte sie sich, als sie anfing, die Kartoffeln zu schälen, die der Alte Alaska-Schürfer auf den Holztisch in der Küche abgestellt hatte.

Außer dem Alten Alaska-Schürfer gab es hier noch Novak und Deckkanone Henry, außerdem natürlich den unvermeidlichen Cousin Jack, den Cornwallexperten, den jede Mine hatte, Fallensteller Franzmann, einen gutaussehenden, schwarzäugigen jungen Mann, der den Lehm aus den Erzstollen schaufelte, die Gleise verlegte und dererlei Arbeiten übernahm, den Propheten, einen gebeugten Neger, der die Stollen abstützte und bei anderen Schwerarbeiten half, Mateo – den alle »Matty den Mexikaner« nannten – einen grobschlächtigen jungen Kerl, der die Wagen belud und ablud und sie mit Hilfe von zwei Eseln durch die Stollen und Schächte beförderte, und dazu noch Dan den Geiger und Arkansas-Zahnstocher, beide große, kräftige Südstaatler, die gemeinsam mit Cousin Jack den Hauptanteil am Bohren und Sprengen übernahmen.

Viel mehr wußte Josselyn nicht über die Bergarbeiter; sie sollte auch in den kommenden Tagen kaum mehr über sie herausfinden; jeder einzelne der Männer war außerordentlich schweigsam, wenn es um seine Herkunft ging, als sei es ganz unwesentlich, was früher einmal war, als hätte es sie gar nicht gegeben, ehe sie zum Rainbow's End gekommen waren. Sie stellte sich vor, daß keiner von ihnen ein leichtes Leben gehabt hatte; es hätte sie nicht gewundert, wenn sie erfahren hätte, daß mehr als einer von ihnen früher einmal ein Verbrechen begangen hatte und dann im letzten Moment vor dem Henker nach Colorado geflohen war – und schon gar nicht bei Arkansas-Zahnstocher, der seinen Spitznamen dem Messer zu verdanken hatte, das er immer bei sich trug und von dem Josselyn vermutete, daß er nur allzu gut damit umgehen konnte, wenn sich die Gelegenheit ergab.

Dennoch legte sie ihre anfängliche Angst vor den Grubenarbeitern schnell ab, denn, ob es nun an ihrer Tracht oder daran lag, daß sie Reds Tochter war, sie behandelten sie gleich mit großem Respekt und streiften sich sorgsam ihre schlammverkrusteten Stiefel ab, als sie an jenem Abend den frisch gewischten Fußboden der Küche bemerkten, und sie zogen schüchtern die Hüte, wenn sie sie sahen. Offensichtlich hatten sie sich sogar den Schmutz aus dem Bergwerk heruntergewaschen und sich frische Hemden angezogen, als sie zum Abendessen kamen, und wenn sie bedachte, wie schmuddelig die Küche ausgesehen hatte, ehe sie wenigstens die oberflächlichsten Dinge gesäubert hatte, denn zu mehr war sie in der kurzen Zeit nicht gekommen, konnte Josselyn nicht glauben, daß diese Dinge unter den Männern bisher üblich gewesen waren.

»Laßt uns beten«, sagte sie, als alle Grubenarbeiter an dem langen Tisch saßen, der im Gemeinschaftsraum auf Böcken dastand, und beschämte damit diejenigen, die sich bereits eifrig auf die heiße, schmackhafte Mahlzeit stürzten, die sie zubereitet hatte.

Im nächsten Moment senkten sich die Köpfe, und sie

sprach den Segen. Dann fielen die Männer mit großem Appetit über das Essen her und zogen den Alten Alaska-Schürfer damit auf, sie hätten gerade eben erst gemerkt, wie schlecht er eigentlich kochte, und es sei ein Wunder, daß er sie nicht alle vergiftet hätte. Er zahlte ihnen jede Bemerkung mit gleicher Münze heim. Und doch brach nur zwischendurch Fröhlichkeit aus, und auch die Gespräche rissen immer wieder ab, und ein angespanntes Schweigen setzte ein, wenn den Grubenarbeitern wieder einfiel, daß Josselyn unter ihnen war, und sie sich voller Unbehagen fragten, ob sie sich von ihrem rauhen Gelächter und ihren rohen Sitten angegriffen fühlte, wenn auch jeder einzelne der Männer sich sehr bemühte, sein bestes Benehmen hervorzukehren.

Als sie begriff, wie unbeholfen und unwohl sich die Bergarbeiter in ihrer Gegenwart fühlten, lächelte Josselyn belustigt in sich hinein, und ihre Anspannung und Sorge fielen von ihr ab. Was die Männer auch davon halten mochten, daß sie ins Rainbow's End gezogen war – sie waren auf keinen Fall der Meinung, sie sei jetzt eines der Flittchen, mit denen sie sich in der Stadt zusammentaten. Sie respektierten sie und benahmen sich in ihrer Gegenwart wie Gentlemen. Sie hatte es sich genauso erhofft, doch ihr war klar gewesen, daß sie sich einem gewissen Risiko aussetzte, wenn sie in das Bergwerk zog, denn es handelte sich hier um Männer, die wenig Gelegenheit hatten, überhaupt mit Frauen umzugehen, von Damen ganz zu schweigen. Sie konnte den Bergarbeitern für ihre Anstandsformen dankbar sein und brauchte ihre Autorität nicht mit Zebs Schrotflinte unter Beweis zu stellen.

Sie zweifelte zwar an ihrer Fähigkeit, mit der Waffe umzugehen, doch es tröstete Josselyn, sie bei sich zu haben, denn als der Abend erst einmal hereingebrochen war und die Grubenarbeiter sich in ihre Schlafbaracke zurückgezogen hatten, stellte sie fest, daß der Raum, in dem sie hauste, furchtbar einsam und abgelegen war, und das Ächzen und Quietschen der Balken war ungewohnt und daher erschreckend. Bis auf ein gelegentliches Nieseln hatte der Regen aufgehört. Aber das Wasser tropfte noch von den Ästen und vom Laub der Bäume; der Wind pfiff kläglich durch die engen Schluchten und Spalten, und die Rufe der Nachtvögel, das Heulen der Wölfe und Kojoten, das Schreien von Pumas und das Tapsen der Bären durch Dickichte und Wälder hallten durch die Nacht. Diese Geräusche erschwerten Josselyn das Einschlafen. Das alte eiserne Bettgestell, in dem sie lag, erschien ihr breiter, als es tatsächlich war, und einen Moment lang wünschte sie, Durango läge neben ihr. Gegen ihren Willen mußte sie sich eingestehen, daß es ein angenehmes und wärmendes Gefühl gewesen war, im Teller House mit ihm in einem Bett zu liegen.

Selbst jetzt noch spürte sie von Kopf bis Fuß ein merkwürdiges Prickeln, als sie an den letzten Vormittag und an all die Dinge dachte, die er mit ihr getan hatte. Sie spürte immer noch eine leichte Wundheit zwischen ihren Schenkeln, und als sie jetzt an ihren Mann dachte, fühlte sie dort auch eine andere Form von Schmerz. Sie errötete im Dunkeln, als sie sich daran erinnerte, wie er ihr qualvolles Gefühl von Leere mit seinen Fingern gelindert hatte, ehe er sie mit sich selbst ausfüllte und ihr den hohlen und brennenden Schmerz genommen hatte, um sie ekstatischen Wonnen entgegenzuführen. Ohne sich etwas dabei zu denken, sondern aus reiner Neugier und dem Wissen heraus, daß sie sich plötzlich vor Sehnsucht verzehrte, ließ Josselyn ihre Hände langsam über ihr Nachthemd gleiten, über ihre Brüste, und dann berührte sie sich dort, berührte ihre Weiblichkeit, die Durango so gekonnt und intim gestreichelt hatte. Augenblicklich erwachte das, was er an jenem Morgen in ihr hatte aufkeimen lassen, sprunghaft zum Leben, breitete sich wie ein Fieber in ihrem Blut und ihren Lenden aus. Keuchend und stöhnend riß sie ihre Hände zurück und war entsetzt über das, was sie getan hatte, entsetzt über ihr Verlangen nach ihrem Mann, der sie nicht liebte und der sie nur geheiratet hatte, um die Anteile ihres Vaters am Rainbow's End an sich zu bringen.

Und doch wälzte sich Josselyn zur Bestürzung von einer Seite auf die andere, bis ihr Bettzeug ganz wüst und schweißdurchtränkt in sich verknotet war und der Mond hoch am Nachthimmel stand. Schließlich weinte sie sich in den Schlaf, so gottverlassen fühlte sie sich; und als sie träumte, träumte sie von dem Teufelskerl Durango, der sie küßte, sie umarmte, sich auf sie legte, um sie zu nehmen, mit Leib und Seele, während sie sich ihm bereitwillig hingab, bis in alle Ewigkeit verdammt und befleckt... und begehrt.

20

Durango war vor Wut und Sorge nahezu außer sich. Josselyn war ihm fortgelaufen, und er konnte sie nirgends finden. Er hatte sämtliche Hotels nach ihr abgesucht, jedes Häuschen, das zu vermieten war, jede Pension und sogar alle Kirchen von Central City und den anderen Städten in der näheren Umgebung, doch dabei war nichts herausgekommen. Er hatte alle Geschäfte, Büros und Märkte nach ihr abgesucht, sogar sämtliche Saloons und Bordelle, und er hatte sich im

Umkreis von Meilen an jedem Bahnhof, an jeder Kutschenstation und in jedem Mietstall erkundigt und doch nichts in Erfahrung gebracht. Josselyn war spurlos verschwunden, hatte sich vollständig in der dünnen Höhenluft aufgelöst. Wohin konnte sie bloß gegangen sein? Er zermarterte sich endlos das Gehirn bei seinen Versuchen, eine Antwort zu finden. Mehr als einmal suchte er Miss Hattie auf und verlangte von ihr, ihm alles zu sagen, was sie wußte; wenn er ihr auch zusetzte, bis sie den Tränen nah war, gab sich Miss Hattie doch weiterhin absolut unwissend und sagte nur, Josselyn hätte ihre Sachen gepackt und sei »fortgegangen«, und sie hätte nicht einmal eine Adresse hinterlassen, damit man ihr die Post nachschicken konnte. Durango nahm auch Zeb wiederholt ins Verhör, doch das trug ihm kaum mehr als verdrossene Blicke und ein mürrisches Knurren ein; wenn er auch ahnte, daß der junge Mann vielleicht mehr wußte, als er von sich gab, konnte Durango es doch nicht aus ihm herausholen. Er konnte Zeb schlecht zum Duell herausfordern, doch er gelobte sich, falls es ihm je gelänge, den jungen Mann irgendwo allein zu erwischen, daß Zeb ihm seine Fragen beantworten würde, und wenn er ihm alle Knochen einzeln brechen müßte. Durango unterhielt sich sogar mit den übrigen Gästen der Pension, doch ihm wurde bald klar, daß sie nichts wußten, daß sie sogar tatsächlich reichlich erstaunt über Josselyns Verschwinden waren.

In mancher Hinsicht war das für Durango eine Erleichterung, denn es zeigte ihm, daß Miss Hattie und Zeb, die jeden Skandal von der Pension fernhalten wollten, so klug gewesen waren, den Mund zu halten. Nachdem sie sich Gedanken über die ganze Geschichte gemacht hatten, auf die hin Josselyn fortgelaufen war, waren sie zu dem Schluß gekommen, daß sie wohl doch nicht ordnungsgemäß mit ihm verheiratet war, daß Josselyn sie mit einer Lüge abgespeist hatte, um ihren Ruf zu wahren. Ihm sollte das nur recht sein. Ihm war ganz gleich, was Miss Hattie und Zeb dachten. Durango war es sogar nur allzu lieb, wenn niemand von seiner Eheschließung mit Josselyn erfuhr; schließlich wußte er, daß sie jetzt eine halbe Goldmine wert war, falls ihm ein tödliches Unglück zustoßen sollte, und das hätte sich für sie beide als gefährlich erweisen können. Daher besaß er die Vorsicht, nach ihrem Verschwinden sowohl Vater Flanagan als auch Killian zu warnen und sie zu bitten, zu diesem Thema ebenfalls zu schweigen.

Der Geistliche, der wußte, was zu der Heirat geführt hatte, reagierte schockiert und besorgt zugleich auf die Vorstellung, jemand könnte jetzt versuchen, Durango umzubringen und seine Witwe gewaltsam zum Altar zu führen, und zudem beunruhigte ihn Josselyns Verschwinden zutiefst. Er versprach, Durango Bescheid zu geben, falls sie Kontakt zu ihm aufnahm. Killian dagegen besaß die Unverschämtheit, Durango ins Gesicht zu sagen, er hätte Josselyn ermordet, sowie er von ihrem Verschwinden erfuhr, und die beiden Männer hätten fast eine Schlägerei begonnen.

»Patrick, du verfluchter Mistkerl! Dafür sollte ich dich umbringen!« fluchte Durango aufgebracht und ballte die Hände zu Fäusten, um sich zurückzuhalten, dem Anwalt an die Kehle zu gehen. »Jossie war – nein, verdammt nochmal, sie *ist* – meine *Frau*, um Himmels willen! Warum zum Teufel hätte ich sie ermorden sollen –, vor allem, wenn ich Reds verfluchte Anteile am Rainbow's End bereits sicher in meinem verdammten Safe eingeschlossen habe?«

»Ich weiß es nicht, Durango. Aber es ist nun einmal so, daß jemand einen Sabotageakt verübt, Forges in den Sumpf im Hauptschacht gestoßen und Red in die Luft gesprengt hat; und wenn du mich fragst, dann hatte eure überstürzte Eheschließung etwas verdammt Seltsames an sich!« beharrte Patrick verbissen und ohne sich einschüchtern zu lassen. »Ich hatte den Eindruck, daß Josselyn nicht gerade eine glückliche Braut war, und ich habe mich wirklich gefragt, *wie* du sie dazu gebracht hast, dich zu heiraten, Durango!«

Durango erzählte es ihm, und nachdem er gehört hatte, was sich im Teller House abgespielt hatte, entschuldigte sich der Anwalt, denn den Worten des Spielers haftete der überzeugende Klang der Wahrheit an.

»Dann gibt es noch etwas, was du wissen solltest, Durango«, äußerte Patrick ernst. »Wylie hat gemerkt, daß Josselyn verschwunden ist, und ist auf der Suche nach ihr. Er ist schon hier gewesen und hat diskrete Erkundigungen nach ihr eingezogen. Ich habe ihm nichts erzählt. Red war mein bester Freund, und daher gilt meine Loyalität in allererster Linie Josselyn. Und außerdem ist sie in diesem tödlichen Spiel eine unglückliche Schachfigur, die nicht mitspielt, sondern von euch verschoben wird, und dafür habe ich Red schon oft verflucht. Aber wenn es auch noch so betrüblich ist, wie schief alles gegangen ist, dann bezweifle ich doch nicht, daß Red es gut mit ihr gemeint hat, als er mich dazu überredet hat, dieses Testament aufzusetzen, daß er dabei nichts anderes im Sinn hatte, als die Zukunft seiner Tochter abzusichern.«

»Dann vergiß nicht, daß Jossie, falls ich wie Forbes und Red von der Bildfläche verschwinde, als Witwe dasteht, die doppelt so viele Anteile am Rainbow's End hat wie Victoria«, rief Durango dem Anwalt grimmig ins Gedächtnis zurück, »und daß dann von den vier ursprünglichen Partnern nur noch Wylie übrig ist. Falls es dazu zufällig kommen sollte, schätze ich, daß er für die Verbrechen in der Goldmine verantwortlich ist; und, *Madre de Dios!* Geschehe was will, aber mir paßt die Vorstellung nicht, daß meine Frau in seine habgierigen Pfoten fällt, Patrick!«

Das kam mit so großer Überzeugung heraus, daß der Anwalt sich Gedanken machte. *Meine Frau,* hatte Durango gesagt. Nicht *meine Anteile.* Interessant, daß seine Sorge ganz und gar Josselyn und nicht dem Rainbow's End zu gelten schien. Äußerst interessant – wie auch das weitere Verhalten des Spielers, das Patrick von nun an wachsam verfolgte.

Eines Abends gewann Durango bei einem Pokerspiel im Mother Lode Saloon, bei dem der Anwalt anwesend war, eine Villa am Casey; und zu Patricks Erstaunen schloß er die Urkunde sorgsam in seinen Safe, statt sie, wie er es normalerweise getan hätte, bei einer späteren Runde zu verwetten oder sie gegen Bargeld einzulösen. Wenige Tage später ritt er zum Casey, um sich den Besitz anzusehen, der nur wenige Häuser von Victorias Haus entfernt lag. Ein paar Tage nach seiner Besichtigung stellte Durango einen Architekten und Bauarbeiter ein, damit sie das Haus nach seinen genauen Wünschen umbauten. Ein Gerücht besagte, die Wand zwischen den Schlafzimmern der Eheleute würde herausgerissen, um eine einzige geräumige Suite zu schaffen, und wenn man bedachte, daß der Spieler als eingefleischter Junggeselle galt, war es verwunderlich, daß er Kinderzimmer und einen Unterrichtsraum einrichten ließ. Auch das Gelände wurde nicht vernachlässigt, sondern mit Bäumen und Blumen bepflanzt.

Bis auf seinen eigenen Saloon und das Teller House stellte Durango seine regelmäßigen Besuche in den meisten anderen Saloons von Central City und der Umgebung ein und mied auch das berüchtigte Shoo Fly mit den weiblichen

Bedienungen, eine der beliebtesten Bars in der ganzen Stadt, von der behauptet wurde, ihre Hauptattraktion sei die Trunkenheit der männlichen Stammgäste, die sich dann um die Mädchen prügelten. Niemand sah den Spieler irgendwo mit einer Frau am Arm – es hieß, er hätte sogar aufgehört, mit den Mädchen in seinem eigenen Laden rumzutändeln, auch mit seinen speziellen Lieblingen; und zum großen Erstaunen derer, die bei seinem unerwarteten Erscheinen anwesend waren, tauchte er mindestens zweimal am Sonntagmorgen zum Gottesdienst in der St. Patrick's Church auf.

Mit Ausnahme von Killian und Vater Flanagan wußte niemand, was er von Durangos Wandel halten sollte.

Victoria beunruhigte sein Verhalten ganz besonders, aber auch die Vorstellung, daß er praktisch ihr Nachbar werden würde. Sie wußte nicht, was passiert war, nachdem ihre Handlanger in jener Nacht ihren Anweisungen gemäß Durango und Josselyn nach oben geschleppt, sie nackt ausgezogen und sie gemeinsam ins Bett gelegt hatten. Die Witwe, die selbstverständlich nur sehr wenig von dem Cognac getrunken hatte, in den sie das Röhrchen Laudanum geschüttet hatte, hatte schon genug Schwierigkeiten damit gehabt, Wylie nach Hause und in ihr eigenes Bett zu bringen, ehe er das Bewußtsein verloren hatte. Zum Glück hatte er am nächsten Morgen keinen Verdacht geschöpft, sondern seine Kopfschmerzen auf die Tatsache geschoben, daß er zuviel getrunken hatte.

Aber jetzt fürchtete sie, es könnte nicht so geklappt haben, wie sie es sich ausgerechnet hatte. Sie hatte sich fest darauf verlassen, daß Durango beim Aufwachen glaubte, er hätte Josselyn entjungfert und müsse sie jetzt heiraten. Aber Victoria hatte nichts von einer Heirat gehört; und wenn es auch wirklich so schien, als sei der Spieler auf dem besten Weg zur Besserung, wie man es von einem Mann erwartet hätte, der sich endlich entschlossen hatte, seßhaft zu werden und sich eine Frau zu nehmen, wo steckte dann die Braut? Wo steckte Josselyn? Was war, wenn – welch grauenhafte Vorstellung! – Durango sie nicht geheiratet hatte? Er war schließlich kein Gentleman, vielleicht hatte er sich geweigert, ihre Ehre durch eine Eheschließung zu retten! Was würde passieren, wenn Wylie sie vor ihm fand?

Die Sorge der Witwe nahm von Tag zu Tag zu. Sie war wütend darüber, daß Josselyn fortgelaufen war, und jetzt, zu spät, verfluchte sie sich dafür, daß sie nicht berechnend genug gewesen war, sich mit Reds Tochter anzufreunden, die dann vielleicht bei ihr Rat und Beistand gesucht hätte. Victoria hätte ihr geraten, zu Durango zurückzukehren, und sie hätte sie vor seine Tür fahren und sie dort absetzen können, ehe Wylie auch nur die Chance hatte, ihr einen Schritt entgegenzukommen. Jetzt blieb Victoria nichts anderes übrig, als sich zu sorgen und vor Wut zu kochen und selbst ihre heimlichen Nachforschungen über Josselyns Verbleib nach ihrem Verschwinden aus der Pension anzustellen, denn sie hoffte, sie würde sie noch vor Wylie finden.

»Jossie ist verschwunden! Seit fast vierzehn Tagen! Was zum Teufel soll das heißen, Nellie?« dröhnte Red O'Rourke rasend und außer sich vor Wut, während er sich anstrengte, um im Haus der Schauspielerin in der Spring Street aus dem Messingbett aufzustehen. »Wieder in Boston? Im Kloster? Ist es das etwa? Ist... bei Gott! Das ist alles die Schuld dieses miesen Hundesohns Durango! Ganz gleich, wie oft du mir noch das Gegenteil erzählst – er hat sie vergewaltigt, das sage ich dir! Warum sonst hätte Jossie sich plötzlich aufzumachen und davonlaufen sollen? Beantworte mir das erst einmal, Nellie! Der Teufel soll ihn holen, diesen verwerflichen Hurensohn! Meine arme Tochter zu vergewaltigen, diesen Engel, so unschuldig wie ein Lamm, so rein wie die Madonna – meine Güte! Schon bei dem Gedanken siedet mein Blut –, ich werde ihm das verdammte Genick brechen, genau das werde ich tun! Ich werde diesem nichtsnutzigen, feigen Mistkerl das schwarze Herz aus der Brust schneiden und es an die Geier verfüttern, an die Würmer! Ich werde… oh, Jesus Christus, zum Teufel mit diesem verknacksten Knöchel! Wo zum Teufel ist diese verdammte, nutzlose Krücke, Nellie?«

»Ich habe sie in weiser Voraussicht entfernt, Red«, bemerkte sie ruhig, während sie entschlossen darum rang, ihn wieder auf die Matratze zu pressen, »ehe ich dir mitgeteilt habe, daß Josselyn aus der Pension ausgezogen ist. Ich habe es dir nicht eher gesagt, weil ich nicht wollte, daß du dich aufregst, und weil ich schließlich vorher wußte, wie du darauf reagierst. Der Arzt hat dich ausdrücklich gewarnt, deinen Knöchel zu belasten, und das hätte dich nicht daran gehindert, auf der Suche nach deiner Tochter durch das ganze Land zu ziehen – aber schließlich habe ich selbst schon meine Erkundigungen eingezogen, und jetzt hat sich der Fall erledigt, denn ich habe gerade heute morgen eine Nachricht von ihr bekommen. Sie ist unter der Tür durchgeschoben worden, und daher weiß ich nicht, wer sie überbracht hat, aber ich weiß jetzt wenigstens, wo sie ist und daß ihr nichts fehlt. Gott sei Dank! Du kannst also ganz beruhigt sein. Josselyn ist absolut nichts zugestoßen, und sie ist nicht nach Boston ins Kloster zurückgefahren. Ich bezweifle ohnehin, daß sie genug Geld für die Fahrkarte gehabt hätte, wenn sie es wirklich hätte tun wollen.«

»Und wo steckt sie dann?« knurrte er und funkelte sie böse und keineswegs beschwichtigt an.

»Das versuche ich dir ja gerade zu sagen, Red, aber bemüh dich bitte, Liebling, dich zusammenzureißen, wenn du das Neueste erfährst, denn ich bin ganz sicher, daß diese üblen irischen Wutanfälle nicht gut für deine Gesundheit sind. Du läufst dann derart dunkel an, daß ich fürchte, du könntest einen Schlaganfall erleiden...«

»Verdammt noch mal, Nellie! Hörst du jetzt auf, mir Vorträge über meine Gesundheit zu halten, um Himmels willen! Ich bin so kräftig wie der sprichwörtliche Ochse, und ich will wissen, wo zum Teufel meine Tochter steckt!«

»Sie ist im Rainbow's End...«

»Was?« brüllte er entsetzt und strengte sich wieder einmal gewaltig an, aus dem Bett aufzustehen. »Jossie lebt bei einer Horde von rauhen trinkenden und hurenden Grubenarbeitern? Sie ist verrückt geworden, das sage ich dir! Durango hat sie mit seinen Gewalttätigkeiten um den Verstand gebracht!«

»Siehst du! Was habe ich dir gesagt? Du bist violett angelaufen!« rief Nell vorwurfsvoll und schaute ihn finster an, während sie ihn wieder auf die Matratze drückte. »Dir ist die Aufregung zu Kopf gestiegen – und ich wette, daß dein Knöchel höllisch pocht! Oh! Wag es nicht, die Hand gegen mich zu erheben, du Rohling...«

»Sei still, Nellie!« Reds Mund klaffte vor Erstaunen weit auf, als er diesen entrüsteten Ausruf hörte; es erfüllte ihn mit Verwunderung, daß sie ihm zutraute, er könnte sie schlagen. »Du hättest es zwar oft genug verdient gehabt, aber ich habe dich in meinem ganzen Leben noch nicht geschlagen...«

»Und damit wirst du heute auch nicht anfangen, das verspreche ich dir, es sei denn, du willst, daß ich dir deine

Krücke über den Schädel ziehe! Und genau damit kannst du rechnen, wenn du auch nur einen Fuß aus diesem Bett setzt, und das ist mein Ernst!« Sie hob die Krücke auf, die sie unter dem Bett versteckt hatte, und schwenkte sie bedrohlich. »Wie ich dir schon sagte: Es sollte mich sehr wundern, wenn Durango Josselyn an dem Tag im Bergwerk mehr als nur geküßt hätte. Ich bin Schauspielerin, eine Frau von Welt, Red – ich habe dir nie etwas anderes vorgemacht –, und daher kann ich mir zugute halten, daß ich ein gutes Urteilsvermögen für Menschen und ihren Charakter habe, zumindest, wenn es um Herzensangelegenheiten geht. In dem Punkt mußt du einfach auf meine Instinkte vertrauen; wenn du das nämlich nicht tust und Durango zum Duell herausforderst, worauf du ja versessen zu sein scheinst, dann wirst du keine Chance mehr haben, es je zu bereuen – denn du würdest es nicht überleben, und das, mein Liebster, wäre mir unerträglich!

Wie ich dir bereits mehrfach sagte, hat Durango dem Mädchen bei dem Unfall im Schacht das Leben gerettet oder sie wenigstens vor schweren Verletzungen bewahrt. Und außerdem hätte sie wohl kaum zugelassen, daß er sie hinterher noch besucht, wenn du recht hättest und er sie niederträchtig ausgenutzt hätte; und sie wäre auch nicht mit ihm zu Victorias Abendessen im Teller House gegangen, oder?«

»Na ja, also gut, ich schätze, in dem Punkt hast du recht, Nellie«, pflichtete Red ihr endlich mürrisch bei, denn er mußte zugeben, daß ihre Logik vernünftig klang. »Ich gestehe, daß ich nie geglaubt hätte, er könnte sie vergewaltigt haben, wenn ich nicht mit meinen eigenen Augen mitangesehen hätte, wie Durango meine Tochter in einem so betrüblichen Zustand aus dem Bergwerk getragen hat. Ich hätte ihn sogar bis aufs Messer gegen jeden verteidigt, der ihn beschuldigt hätte! Durango mag viele Eigenschaften haben – und bei weitem nicht nur gute –, aber bis ich ihn an jenem Tag mit Jossie am Rainbow's End gesehen habe, hätte ich geschworen, daß er kein solcher Halunke ist! Aber das erklärt noch lange nicht, warum meine Tochter sich plötzlich in den Kopf setzt, mit Sack und Pack ins Rainbow's End zu ziehen! Erklär mir das, Nellie, bitte!«

»Tja, ich weiß es nicht.« Nell zog die Stirn in Falten und biß sich auf die Lippe. »*Soviel* steht nun auch wieder nicht in ihrer Nachricht, nur, wo sie ist und daß ich mir keine Sorgen um sie machen soll... O Red! Ist es nicht wunderbar, daß sie daran gedacht hat, auf meine Gefühle Rücksicht zu nehmen und mir Bescheid zu geben, wo sie ist? Also, sehen wir doch mal...« Sie setzte sich auf die Bettkante und faltete das Schreiben auseinander, das sie in einer Hand hielt, um den Inhalt noch einmal zu überfliegen. »Also, zum einen scheint es, als sei Josselyn so praktisch veranlagt wie ihr Vater, wenn es um Geld geht. Sie hat das Gefühl, die begrenzten Mittel, die ihr Patrick zur Verfügung gestellt hat, soweit aufgebraucht zu haben, daß sie es sich realistischerweise nicht mehr leisten kann, ein Zimmer in Miss Hatties Pension zu mieten. Im Bergwerk wird sie kaum Unkosten haben, denn dort kann sie im Küchenanbau wohnen und hat ihre Unterkunft und Verpflegung umsonst. Außerdem bemerkt sie, zusammen mit dem Rainbow's End seien ihr drei Partner aufgehalst worden, denen sie nicht trauen kann, und wenn sie den Wunsch hat, nicht doch noch Nonne zu werden, sondern ihr Erbe anzutreten, was der Fall ist, dann ist sie der Meinung, sie sollte soviel wie möglich über die Arbeitsvorgänge beim Erzabbau in Erfahrung bringen, um sich dagegen abzusichern, daß Durango, Wylie und Victoria sie weder schlecht beraten noch betrügen.«

»Ja, Jossie hat wirklich ein kluges Köpfchen auf den Schultern, denn dasselbe täte ich auch, wenn ich in ihrer Haut steckte.« Reds Stimme war einen Moment lang von tiefem Stolz erfüllt. Dann verfinsterte sich sein Gesicht wieder vor Unbehagen, und er fauchte: »Aber andererseits bin ich kein junges Mädchen! Wie kann sie sich mit neun Halunken in einem abgeschiedenen Bergwerk rumtreiben!«

»Ob es nun daran liegt, daß sie irrtümlich der Meinung sind, sie sei bereits eine Nonne, oder ob sie es aus Respekt vor deinem Andenken tun, aber anscheinend benehmen sie sich ihr gegenüber alle wie Gentlemen«, berichtete Nell und las weiter. »Und sie betont, ich sei ihr jederzeit herzlich willkommen, wenn ich sie zum Tee besuchen wollte, wenn sie auch hofft, ich hätte Verständnis dafür, daß sie mir nichts Besonderes vorsetzen kann; aber – hör dir das an, Red – ich soll niemandem sagen, wo sie ist, denn sie will nicht, daß Durango oder Wylie zur Goldmine raufkommen und Einwände dagegen erheben, daß sie sich dort einquartiert hat. Das ist alles. Oh, ich komme immer noch nicht darüber hinweg – Josselyn schenkt mir ihr Vertrauen! Das muß doch heißen, daß sie... daß sie ein wenig Zuneigung zu mir gefaßt hat, meinst du nicht auch?« Das aparte Gesicht der Schauspielerin war wehmütig und gerührt.

»Ach, mein kleiner Liebling, wie könnte sie dich nicht lieb haben? Schließlich habe ich dich doch auch lieben gelernt«, sagte er zärtlich, ehe er sie in seine Arme zog und sie lange küßte.

»Heißt das, du hast mir verziehen?« fragte sie unsicher.

»Ja, ich denke schon«, antwortete Red schließlich. »Aber merk dir eins, Nellie: Du darfst keine Geheimnisse mehr vor mir haben!«

»Nein, Red?« Sie schaute ihn hoffnungsvoll an, doch als

sie seine strenge Miene sah, schüttelte sie den Kopf und seufzte hilflos. »Wenn das so ist, dann nehme ich an, daß ich dir wirklich noch etwas sagen sollte, wenn ich auch nicht will, daß du deine Hoffnungen auf einen zukünftigen Ehemann für Josselyn zu hoch schraubst. Ich glaube, ich sollte dir von Durangos neuem Haus am Casey erzählen!«

21

Der lange Frühling war endlich dem Sommer gewichen, erkannte Josselyn, als sie am Rainbow's End mit dem Holzeimer in der Hand aus dem Kochhaus trat, um sich zum nahe gelegenen Brunnen zu begeben. Um sie herum herrschte auf den Hängen eine unbeschreibliche Farbenpracht. Hätte die Luft nicht gar so süß und frisch geduftet, und wäre nicht das Gluckern der Gebirgsbäche anstelle des Rauschens des Meeres zu hören gewesen, hätte sie sich in den Klostergarten in Boston zurückversetzt gefühlt.

Es war der richtige Entschluß hierherzukommen, zum Rainbow's End, dachte Josselyn, die eine innere Ausgeglichenheit und Ruhe und Frieden fühlte wie seit dem Tag nicht mehr, an dem sie Boston verlassen hatte, um nach Central City zu reisen. Trotz aller Schwierigkeiten war sie hier glücklich und fühlte sich zu Hause. Sie hatte das Gefühl, als das akzeptiert zu werden, was sie war, und man erwartete nichts anderes von ihr, als daß sie mit den beiden Händen, die Gott ihr gegeben hatte, nach bestem Können ihre Arbeit tat. Allein schon das spornte sie an und gab ihr das Gefühl, nützlich zu sein. Sie verstand, daß Dad das Rainbow's End so sehr geliebt hatte. Insgeheim mußte er sich hier als der

345

König des Bergs gefühlt haben, in seinem eigenen kleinen Stück Paradies. Josselyn hatte sich ihrem Vater noch nie so nah gefühlt wie jetzt, hier, an diesem Ort, der ihm soviel bedeutet hatte. Sie wünschte nur, er wäre noch am Leben und könnte jetzt bei ihr sein.

Manchmal sehnte sie sich auch nach Durango, vor allem, wenn sie sich zwang, in den Förderkorb zu steigen, damit man sie zur Goldmine herunterließ; dort übernahm sie zwar keine Schwerarbeiten, doch sie schaute den Männern bei der Arbeit zu und lernte immer mehr. Wenn Josselyn auch das Gegenteil gehofft hatte, dann hatte sie seit ihrer Rückkehr zum Rainbow's End doch leider weitere Gründe, an ihrem Ehemann zu zweifeln.

Im Lauf des letzten Monats, den sie im Bergwerk zugebracht hatte, hatte sie entdeckt, daß Durango sie an dem Tag, an dem sie mit ihm hier gewesen war, belogen hatte, denn er hatte behauptet, sämtliche Stollen seien noch von den Sprengungen des Saboteurs versiegelt. Inzwischen waren mindestens zwei Stollen wieder frei geschaufelt worden; aus unbekannten, aber zweifellos dubiosen Gründen hatte er nicht gewollt, daß sie das erfuhr. Also hatte er nicht gewollt, daß sie sich in den Stollen umsah. Sie konnte nur das Schlimmste vermuten, wenn auch die Grubenarbeiter meinten, Durango hätte ihr vielleicht nur die vergebliche Hoffnung nehmen wollen, ihr Vater könnte doch noch am Leben sein; merkwürdigerweise war nämlich unter den Trümmern, die geborgen wurden, noch keine Spur von ihm zu finden gewesen. Die Kleidungsfetzen, die zur Auffindung von Forbes' Leiche geführt hatten, gaben in Reds Fall keine weiteren Hinweise. Mehr als sein Hut, der ursprüngliche Beweis dafür, daß er bei den Sprengungen ums Leben gekommen war, war nie aufgetaucht. Es war hart, aber

346

gleichzeitig auch ein Segen, daß seine Leiche noch nicht ausgegraben worden war, denn wenn die Männer sie auch noch so sehr entmutigten, konnte Josselyn doch die Hoffnung nicht aufgeben, daß ihr Vater noch am Leben war. Daher glaubte sie manchmal, sie hätte Durango zu Unrecht verdächtigt und er hätte sie lediglich schonen wollen, als er sie belog.

Dann kehrten all ihre Zweifel wieder zurück und drängten sie, ihr Herz gegen ihn zu verhärten, und entschlossen versuchte sie, ihre Gefühle zu bändigen, ihre heftige Sehnsucht zu unterdrücken und die schmerzliche Hoffnung zu ersticken, die in ihr aufgekeimt war, als Nell als Reaktion auf Josselyns Brief eines Nachmittags zum Tee gekommen war.

Der Alte Alaska-Schürfer hatte den Brief überbracht, doch alle Bergarbeiter wußten, daß sie Josselyns Anwesenheit in Rainbow's End geheimhalten sollten. Da ihre Loyalität mehr Red galt, der als einziger der vier ursprünglichen Partner Tag für Tag, Seite an Seite mit ihnen im Bergwerk mitangepackt hatte, fühlten sie sich moralisch verpflichtet, die Wünsche seiner Tochter zu respektieren, und hatten sich darauf geeinigt, Josselyn durch ihr Stillschweigen zu schützen. Niemand wußte von ihrem Verbleib im Rainbow's End. Sie war tagsüber meistens allein, wenn sie alle in die Grube gefahren waren; und in den Bergen wimmelte es nur so von üblem Gesindel.

Zeb war einmal zum Rainbow's End gekommen, um Josselyn ernstlich seine Liebe zu erklären und sie zu überreden, mit ihm fortzulaufen. Nach allem, was er für sie getan hatte, wollte sie seine Gefühle nicht verletzen, und daher hatte sie in aller Freundlichkeit und ohne in die Einzelheiten zu gehen, versucht, ihm die Nutzlosigkeit seiner Bemühungen klarzumachen, da sie das sichere Gefühl hatte, Durango würde sie niemals gehen lassen, selbst wenn sie versuchte, die Ehe für ungültig zu erklären oder sich scheiden zu lassen. Und was, hatte sie Zeb ins Gedächtnis gerufen, hätte Miss Hattie, die sonst keine Angehörigen hatte, ohne ihren Enkel getan, der ihr bei der Führung der Pension half? Der junge Mann war dennoch verletzt und zugleich wütend gewesen. Er war schmollend wieder gegangen und hatte seine Schrotflinte mitgenommen. Die Bergarbeiter hatten ihr eine Waffe aus ihren Vorräten gegeben. Wie man die zwei Läufe der Doppelflinte lud und mit der Waffe umging, hatten ihr Arkansas-Zahnstocher und Fallensteller Franzmann ausführlich beigebracht. Sie hatte Nell mit der Flinte in der Hand erwartet, bis sie sie erkannt hatte.

Josselyn hätte nie geglaubt, daß sie sich derart freuen würde, die Schauspielerin zu sehen. Nachdem sie tagelang nur unter Männern gewesen war, war es schön, eine Frau zu Besuch zu haben und sich die letzten Neuigkeiten aus der Stadt anzuhören. Nells mütterliches Interesse und ihre Sorge hatten Josselyn aufgetaut, und doch hatte sie sich nicht dazu durchringen können, ihr zu erzählen, was sich in jener Nacht im Teller House zugetragen und was sie tatsächlich bewogen hatte, Durango zu heiraten. Dennoch hatte ihr Herz einen Freudensprung gemacht, als Nell beiläufig das Haus am Casey erwähnt hatte, das er erworben hatte und gerade umbauen ließ, als hätte er die Absicht, »endlich seßhaft zu werden«. Josselyns Herz hatte schnell und heftig geschlagen, als sie außerdem erfahren hatte, daß Durango »wie verwandelt« war, was sogar soweit ging, daß er »tatsächlich zweimal am Sonntagmorgen beim Gottesdienst war«. Gott sei Dank hatte sie die Voraussicht besessen, sich bei Nells Eintreffen den Ehering vom Finger zu ziehen und ihn in die Tasche ihrer Tracht gleiten zu lassen! Der goldene

Ring, der wie eine Girlande geformt war, war auffällig, und die Schauspielerin hätte ihn sicher bemerkt und sich vielleicht daran erinnert, daß sie ihn schon an Durangos linker Hand gesehen hatte. Zweifellos hätte sie zwei und zwei zusammengezählt und dann, wenn auch noch so höflich, Fragen gestellt, die Josselyn bislang nicht beantworten wollte.

Als sie den gefüllten Eimer jetzt aus dem Brunnen zog, dachte Josselyn wieder einmal über alles nach, was ihr Nell berichtet hatte. Es klang wirklich ganz so, als hätte Durango vor, seine Ehe ernst zu nehmen, überlegte sie voller Unbehagen und fragte sich, ob sich sein Zorn über ihr Verschwinden wohl gelegt hatte. Vielleicht würde er, wenn er sie erst fand, immer noch so aufgebracht sein, daß er sie für ihren Ungehorsam schlug; auch das war sein Recht als Ehemann, und sie glaubte nicht, daß er davor zurückschrecken würde, es auszuüben. Selbst wenn sie ihn zu Unrecht als Saboteur und Mörder beschuldigte, war er doch ein rauher und herrschsüchtiger Mann, und es mußte seinem Stolz und seiner Männlichkeit einen Hieb versetzt haben, daß sie ihn verlassen hatte.

Josselyn war so in ihre Beschäftigungen am Brunnen und ihre Tagträume vertieft, daß sie die Schritte und die Sporen hinter sich erst hörte, als es zu spät war. Als sie sich vom Brunnenrand aufrichtete, wurde sie von hinten gepackt, und starke Arme schlangen sich um sie und schlossen sich wie Eisenklammern; ihr stockte der Atem, und sie ließ den Eimer fallen, den sie gerade aus dem Brunnen hochgezogen hatte. Da er bis zum Rand gefüllt war, fiel er rasend schnell in den Brunnen und schlug klatschend auf das Wasser, als sich eine Hand auf ihren Mund preßte, um den Schrei zu ersticken, der aus ihrer Kehle aufstieg. Ihre Finger krallten

sich in die starken Hände, die sie festhielten, und eine sei-
denweiche und vertraute Stimme fauchte ihr ins Ohr.

»Glück gehabt, Jossie, meine Süße, daß es dein Mann und
nicht irgendein anderer Rohling ist, stimmt's?«

Sie hätte nie an ihn denken dürfen; es war, als hätte sie
sich gewünscht, er sei hier, und als hätte sie ihn damit irgendwie hergeführt. Ihre erste Erleichterung, daß es Durango
war, der sie unerbittlich festhielt, wich schnell der Panik, die
sein bedrohlicher Tonfall auslöst. Es war ihr eine Warnung,
daß er, wie sie gefürchtet hatte, tatsächlich wütend war, weil
sie es gewagt hatte, ihm davonzulaufen. Verzweifelt versuchte sie, sich ihm zu entwinden, doch er riß sie roh zu sich
herum und grub seine Hände schmerzhaft in ihre Arme,
stieß sie gegen den Brunnen und preßte seine Schenkel an
sie, damit sie sich nicht mehr rühren konnte. Unter der
Krempe seines Sombreros glitzerten seine Augen wie Scherben, als seine Blicke langsam über sie glitten. Seine Lippen
verzogen sich vor Ärger und vor Unwillen, als er ihren
Schleier und ihre Tracht sah. Mit einer abrupten Bewegung,
die sie zurückzucken ließ, riß er ihr den Schleier vom Kopf
und warf ihn brutal auf den Boden. Einen gräßlichen Augenblick lang fürchtete sie fast, er würde ihr die Nonnentracht
herunterreißen, denn das Funkeln seiner Augen wies darauf
hin, daß er mit dem Gedanken spielte.

»Wie… wie hast du mich g-g-gefunden, Durango?« stammelte Josselyn.

»Ach, ich war endlich klug genug, um mich daran zu erinnern, daß du mit der Äbtissin deines Klosters in Korrespon-
denz gestanden hast«, teilte er ihr grimmig mit, »und daher
bin ich zum Postamt gegangen und habe heute morgen nach-
gefragt, ob dort zufällig Post für dich angekommen ist. Einer
der Postangestellten war so nett, mir mitzuteilen, daß der

Alte Alaska-Schürfer letzte Woche einen Brief für dich abgeholt hat. Verdammt nochmal, Jossie!« Er schüttelte sie grob. »Wie konntest du es wagen, mich um meine Hochzeitsnacht zu bringen, mir fortzulaufen und dich wochenlang hier oben im Rainbow's End zu verstecken, in Gesellschaft von neun Männern und ohne eine andere Frau in deiner Nähe? *Por Dios!* Ich sollte dich grün und blau schlagen, du hinterhältiges Miststück!« Sie zitterte in seinen Armen, als sie diese Drohung hörte, und jetzt wünschte sie, sie wäre niemals auf den Gedanken gekommen, ins Bergwerk zu ziehen, wenn er so darauf reagierte. »Was hast du dir dabei gedacht, hier unterzuschlüpfen? Du wußtest doch, daß ich dich finden würde! Das habe ich dir doch gesagt, oder etwa nicht?«

»Ja, aber ich... ich wollte nicht von dir geholt werden!« gestand sie nervös ein und wand sich, als sie sah, wie sich sein Gesicht bei ihren Worten verfinsterte. Da sie immer noch hoffte, er würde sie vielleicht in Ruhe lassen, stürzten die Worte unbedacht über ihre Lippen. »Ach, du weißt doch, daß keiner von uns diese Heirat wollte, Durango. Warum also sollten wir uns vormachen, es sei anders? Ich will nicht... ich will nicht von dir abhängig sein, und ich... ich konnte es mir wirklich nicht mehr leisten, noch länger bei Miss Hattie zu wohnen, selbst dann nicht, wenn diese Möglichkeit noch bestanden hätte. Ich habe nicht viel... nicht viel Geld, kaum mehr als das, was Patrick mir ursprünglich für die Reise von Boston nach Central City geschickt hat, und davon ist so gut wie nichts mehr übrig. Ich hatte nicht vor, in... in Colorado zu bleiben, verstehst du. Aber jetzt... jetzt scheint es so, als müßte ich bleiben, und daher muß ich die geringen Mittel, die ich noch besitze, gut einteilen. Ich werde keine Einkünfte haben, bis das Rainbow's End wieder... wieder bewirtschaftet werden kann, und du hast mir selbst gesagt, daß das Monate dauern kann. Bis dahin habe ich so gut wie keine Unkosten, wenn ich hier lebe, im Küchenanbau. Ich verdiene mir meine Unterkunft und meine Verpflegung damit, daß ich koche und putze und...«

»Und mit meinen Männern schläfst? Ist es das?« stieß er durch die Zähne aus, denn ihre abweisenden Worte verletzten ihn, und er malte sich unberechtigterweise das Schlimmste aus. In dem Hotelzimmer im Teller House hatte sie versucht, ihm klarzumachen, daß sie noch Jungfrau war, daß er sie zu Unrecht beschuldigte, und dennoch hatte er sich geweigert, auf sie zu hören, und hatte ihr die Unschuld geraubt. Und sie hatte ihn auch nicht heiraten wollen und es nur getan, damit ihr die Schande erspart blieb. War das etwa ihr Versuch, sich an ihm zu rächen – daß sie sich den Grubenarbeitern vom Rainbow's End hingab? »Antworte mir, verflucht nochmal!« fauchte er, und sie zuckte zusammen. »Ist es das?«

»Nein, natürlich nicht!« Ihre Augen sprühten Funken, und ihre Wangen röteten sich, als sie ihm entrüstet ins Gesicht sah. »Wie kannst du es wagen, etwas so Ruchloses und Gehässiges zu mir zu sagen, Durango?«

»Die Antwort darauf kennst du ebenso gut wie ich, Jossie.« Die Glut in seinen Augen, als sie besitzergreifend über sie glitten, stand in krassem Gegensatz zu der eisigen Kälte seines Tonfalls. »Du gehörst mir! Ich dachte, das hättest du vielleicht vergessen!«

»Ich habe nichts vergessen!« erwiderte sie und verabscheute seine Arroganz und die Selbstverständlichkeit, mit der er davon ausging, daß er nach Belieben mit ihr umspringen konnte. Dann rief sie trotzig aus: »Aber ich will dir nicht gehören! Ich will nicht deine Frau sein!«

»Zu schade«, höhnte er grimmig, und seine Hände schlossen sich fester um ihre Oberarme, als wollte er sich davon abhalten, sie zu schlagen. »Als dein Ruf auf dem Spiel stand, warst du nur zu gern bereit, mich zu heiraten, und jetzt erwarte ich, als dein Mann von dir, daß du dich an die Abmachungen hältst. Und das wirst du tun, meine Süße – täusch dich da bloß nicht –, denn ich habe so oder so vor, dafür zu sorgen!« Bei seinen Worten wurde Josselyn gegen ihren Willen von kalter Furcht gepackt. »*Sangre de Cristo!* Du kleiner Dummkopf! Du hast doch nicht im Ernst geglaubt, ich würde dich gehen lassen, oder? Wie wenig du mich doch kennst! Ich habe es dir schon einmal gesagt: Was mir gehört, das gebe ich nicht mehr her, Jossie, und das bezieht sich auch auf dich! Du kannst dich ebenso wenig gegen mich wehren, wie eine Motte der Anziehung einer Flamme widerstehen kann – und ich warne dich: Wenn du mich weiterhin provozierst, dann verbrennst du dir mit Sicherheit die Finger!« Er unterbrach sich einen Moment lang, und seine Nasenflügel bebten, während er um seine Selbstbeherrschung rang. Dann fuhr er barsch fort. »Wenn du Geld gebraucht hast, warum hast du dann nicht in Miss Hatties Pension auf mich gewartet?«

»Du weißt, warum! Weil unsere Ehe nur zum Schein geschlossen worden ist und weil ich nichts von dir haben will. Ich will mich nicht von einem Mann aushalten lassen wie eine… wie eine…«

»Hure?« half ihr Durango grob weiter und zog eine dämonische Augenbraue hoch. »Aber du bist keine Hure, *Querida*; du bist meine Ehefrau – und ich rate dir verdammt noch mal, dich endlich als solche zu benehmen!«

»Nein!« Diese Vorstellung ließ sie erbleichen, denn wenn sie tat, was er verlangte, wie konnte sie dann hinterher mit sich selbst weiterleben, wenn sich herausstellte, daß er Dads Mörder war? »Das werde ich nicht tun! Ganz bestimmt nicht, und du kannst mich nicht dazu zwingen!«

»Oh, doch, das kann ich durchaus, meine Süße – das weißt du doch selbst!« höhnte er und schüttelte sie erneut grob an den Schultern. Seine Augen glühten wie Kohlen, als er über ihr aufragte, und in der Morgensonne wirkte sein dunkles Gesicht satanisch und machte ihr angst, und sie glaubte schon, in ihrer Furcht und Auflehnung sei sie zu weit gegangen, hätte ihn aufgebracht, bis er so wild wie ein Berglöwe war, und sie hätte ihn nicht derart reizen dürfen. »Ich kann dich zu allem zwingen, denn, ob es dir paßt oder nicht, ich bin dein Mann, und von Gesetzes wegen *gehörst* du mir, Jossie! Du bist mein *Besitz!* Und dazu kommt noch, daß ich größer und kräftiger bin als du, und – was auch in deiner Bibel stehen mag – in dieser Welt zumindest siegt ausnahmslos die Kraft über das Recht. Wenn du dich mir noch so sehr widersetzt, kann ich dich trotzdem fesseln und nach Hause tragen und dich Tage oder Wochen oder sogar Monate lang in meinem Zimmer einsperren. Du wärest mir auf Gedeih und Verderb ausgeliefert, und es stünde nicht in deiner Macht, mir zu entkommen. Ich könnte dich schlagen, dich hungern lassen, bis du dich beugst, oder dich einfach vergewaltigen, bis ich vollkommen sicher bin, daß ich dich geschwängert habe; und dann wärst du nur zu froh, wenn du die Rolle der Ehefrau spielen dürftest, das versichere ich dir! Erzähl mir also nicht, was ich mit dir tun kann und was nicht, denn im Vergleich zu mir bist du in dem Spiel, das du gern spielen möchtest, noch nicht einmal ein Anfänger; aber wenn es um dieses spezielle Spiel geht, dann ziehe ich es vor, zu betrügen und zu gewinnen und nicht etwa Verlierer zu sein, und wenn es noch so unfair ist!«

»Aber, das... das ist ja furchtbar!« hauchte sie, und ihre Augen waren vor Angst weit geöffnet; gewiß war er in Wirklichkeit alles, was sie ihm je unterstellt hatte. »Du bist einfach grausam, ein... ein Ungeheuer!«

»Nein, *Querida*, ich bin ein Mann... ein Mann, der dich sehr begehrt und der, da er schließlich mit dir verheiratet ist, die Absicht hat, dich zu bekommen. Du mußt zugeben, daß ich dir gegenüber wenigstens ehrlich bin – oder wäre es dir lieber, wenn ich dich belöge, wie Wylie es getan hat?« erkundigte er sich mit scharfer Stimme und verbannte aus seinem Gedanken, daß auch er sie tatsächlich einmal belogen oder zumindest irregeführt hatte, damit sie glaubte, er hätte ihr die Tugend geraubt.

»N-n-nein, natürlich nicht.«

»Wenn du dir keine Lügen anhören willst, Jossie, dann mußt du deine Ohren bereitwillig der Wahrheit öffnen, wenn sie dir auch noch so unerfreulich erscheinen mag und wenn es dir auch noch so sehr widerstrebt, sie zu hören.«

»*Deine* Wahrheit, Durango?«

»Du bist nicht mehr im Kloster, meine Süße, in dem die Wahrheit schwarz und weiß ist, böse und gut. Das hier ist die wirkliche Welt, in der die Wahrheit zahllose Grautöne hat und das Leben selten leicht ist. Es ist sogar verflucht schwer – vor allem für einen Mischling wie mich, einen Bastard, unehelich geboren und mit mexikanischem Blut in den Adern. Wäre ich zartbesaitet gewesen, hätte ich es nicht überlebt – jedenfalls nicht lange –, und vielleicht macht mich das in deinen Augen grausam, macht es mich zu dem ›Ungeheuer‹, als das du mich bezeichnet hast. Aber andererseits bin ich nicht in den Genuß gekommen, so behütet aufzuwachsen wie du. Ich bin in einem armen *Jacal* in Mexiko aufgewachsen, und die meiste Zeit hatte ich Glück, wenn ich genug zu essen bekommen habe. Niemand hat mir je etwas auf einem silbernen Tablett präsentiert. Alles, was ich in diesem Leben bekommen habe, mußte ich mir nehmen – ebenso, wie ich dich nehmen werde, Jossie, wenn es sich nicht anders machen läßt. Glaub mir das wenigstens, wenn sonst schon nichts, denn ich habe meine Freiheit nicht für dich aufgegeben, damit du mir all das versagst, was mir rechtmäßig zusteht, seit ich diesen Ring an deinen Finger gesteckt habe! Und ich lasse es mir nicht versagen, das versichere ich dir! Ich lasse nicht zu, daß du wegläufst und dich versteckst, weil du vor dem fortlaufen willst, was zwischen uns ist, weil du dir lieber einreden willst, daß du dich vor *mir* fürchtest – wenn dich in Wirklichkeit das zu Tode erschreckt, was du in dir selbst fühlst! Du begehrst mich, *Querida*, ebenso sehr, wie ich dich begehre; und selbst, wenn ich in diesem Augenblick hier stünde und dir mitten ins Gesicht sagen würde, daß ich deinen Vater ermordet habe, würdest du mich *trotzdem* begehren!«

»Nein, nein, du irrst dich«, stöhnte Josselyn erschüttert; es war grauenhaft, daß in diesem Augenblick die häßliche Wahrheit, der sie nie ins Gesicht hatte sehen wollen, so brutal ans Licht gebracht wurde. Es entsetzte sie, daß Durango es wußte, daß er es ihr so hartherzig an den Kopf warf, daß sie jetzt gezwungen war, sich damit auseinanderzusetzen. Sie war lüstern und verworfen, sie ehrte Dads Andenken nicht, und sie hatte die Liebe nicht verdient, die er für sie gehegt hatte. Wie konnte sie damit leben, daß so etwas auf ihrem Gewissen lastete? Sie konnte es nicht. »Du täuschst dich...«

Durango schwieg anscheinend eine Ewigkeit. Dann nahm seine sanfte Stimme einen Tonfall an, der sie erschauern ließ.

»Ich dachte, ich hätte dir gesagt, daß du mich nie belügen sollst, Jossie.« Als sie nichts darauf erwiderte, lachte er kurz und hämisch. »Es hat einen Namen, meine Süße – im Grunde genommen gibt es sogar viele Namen dafür: Verlangen, Leidenschaft, manche nennen es sogar... Liebe.« In seinen Augen stand jetzt ein befremdlicher, forschender Glanz, als er sie anschaute, ehe seine Lider sich senkten, um seine Gedanken zu verbergen, und das verletzte sie, denn sie hatte in diesem atemlosen Augenblick, in dem sein Blick ihre Augen festgehalten hatte, plötzlich das Gefühl gehabt, als stünde sie direkt vor einer wichtigen Entdeckung, die sich schon vor ihren Augen abgezeichnet hatte, als sie ihr im letzten Moment herzlos entrissen worden war. Bei dieser Vorstellung stieg ein unbeabsichtigter Schluchzlaut in ihre Kehle und erstickte sie. Dieser kurze Blick aus seinen unverschleierten Augen verfolgte sie; er sollte sie noch viele Tage und Nächte lang verfolgen, durch ihre Erinnerung spuken. Sie hatte das seltsame Gefühl, als hätte Durango sie geohrfeigt, als er wieder grob lachte und ein unergründliches Gefühl sein Gesicht verfinsterte: »Aber *ich* würde es nicht so nennen... nein, ich würde es nicht Liebe nennen, diese Sache, die so viele Namen hat und zwischen uns ist, so unentrinnbar wie das Schicksal, etwas, wovor man nicht davonlaufen und wovor man sich ebensowenig verstecken kann, Jossie, noch nicht einmal hier oben, im Rainbow's End. Versuch also nicht, mir noch einmal zu entwischen. Was auch geschieht, du gehörst mir, und ich werde dich niemals gehen lassen. Hast du verstanden?«

»Ja«, flüsterte sie benommen, denn sie wußte, daß er ernst meinte, was er gesagt hatte, daß sie nicht entfliehen konnte, nicht jetzt und auch kein anderes Mal. Selbst, wenn sie ihm wieder fortlief, würde er die Verfolgung aufnehmen und sie finden, wie er sie schon hier gefunden hatte. Für sie gab es nirgends eine Zufluchtsstätte.

»Dann küß mich«, verlangte er mit heiserer Stimme.

Aber dazu konnte sich Josselyn nicht durchringen, denn sie wußte, was es nach sich ziehen würde: Durangos unvermeidlichen Ansturm auf ihren Körper und ihre Sinne, mit dem er sie zwang, auf ihn zu reagieren. Es mochte sein, daß sie sich schließlich gezwungen sah, vor ihm zu kapitulieren. Aber sie würde es ihm nicht leichtmachen; sie wußte zwar, daß er sie begehrte, aber sie machte sich keine Illusionen, er könnte sich tatsächlich auch sonst etwas aus ihr machen. Wenn sie das geglaubt hätte, wäre sie der größte Dummkopf auf Erden gewesen, wenn sie auch vorhin einen kurzen Moment gemeint hatte, eine unerklärliche Sehnsucht in seinen Augen gesehen zu haben. Er hatte sie damit verspottet, daß er von Liebe gesprochen und sie dann geleugnet hatte. Für ihn war sie nichts weiter als eine unerwartete Prämie, die er zu den Anteilen am Rainbow's End hinzubekommen hatte, ein Körper, nach dem es ihn verlangte und den er sich nahm, um sich körperlich gütlich daran zu tun, seine animalischen Lüste daran zu stillen, und diese Prämie würde er sich nicht nehmen lassen. Er würde sie schnell genug satt haben, das sichere Gefühl hatte sie, und diese Vorstellung versetzte ihr einen merkwürdigen Stich. *Ich würde es nicht Liebe nennen,* hatte er gesagt. Sie auch nicht, sagte sich Josselyn eindringlich. Nein, auch sie würde es nicht so nennen.

Sie nahm ihre Versuche wieder auf, sich aus seiner stählernen Umklammerung zu lösen, und sie wand sich wie ein wildes Tier, während Durango sie zu bändigen versuchte, und beide vergaßen, wie nah sie am Brunnen standen, bis sie im Lauf ihres Ringens miteinander das Gleichgewicht verloren und kopfüber in den Brunnen fielen.

22

»Als ich mir vorgestellt habe, du würdest vor mir knien, meine Süße, war das nicht gerade das Bild, das mir vor Augen stand«, brachte Durango trocken heraus, und in seinem Tonfall schwang neben seiner Wut ein derbes Gelächter mit, für das ihn Josselyn liebend gern erwürgt hätte – nicht nur, weil sie derzeit in einer gräßlichen Klemme steckten, sondern weil sie ahnte, daß etwas fürchterlich Anzügliches hinter seiner Bemerkung steckte, eine Doppeldeutigkeit, die ihm durch und durch klar war, wogegen sie im Nachteil war und keine Ahnung hatte, worum es ging.

»Oh, du ... du unerträgliches Ungeheuer!« zischte sie auf alle Fälle. »Du kannst dir gar nicht vorstellen, wie gern ich dir das Genick bräche!«

»Offen gesagt, Jossie, ich verstehe nicht, wie du das sagen kannst, wenn du es nahezu getan hast – ich meine, mir das Genick gebrochen«, rief er ihr ins Gedächtnis zurück, und sie biß die Zähne zusammen, als sie sich überlegte, daß nur sie selbst an ihrer betrüblichen Lage schuld war.

Wenn sie ihn geküßt hätte, statt wild um sich zu schlagen, wären sie nicht im Brunnen gelandet, in dem Durango jetzt an dem dicken Seil hing, während Josselyn die Arme um seine Taille geschlungen hatte und sich mit den Händen an seinem Gürtel festklammerte. Seine kräftigen, muskulösen Schenkel waren um ihre Hüften geschlungen, und ihr Gesicht war in einer Form an seinen Körper gepreßt, die sie gewaltig demütigte. Die Beine hatte sie unter sich angezogen, weil sie sich vergeblich bemühte, nicht in das Wasser zu sinken, das jetzt bereits ihre Röcke durchweichte und schwer werden ließ.

Bis auf eine Reihe von Schürfwunden und blauen Flecken war keiner von beiden verletzt, doch Josselyn war verständlicherweise reichlich durcheinander. Durango schien sich jedoch trotz seines Ärgers beträchtlich über ihre mißliche Lage zu amüsieren, und das erboste Josselyn maßlos, denn sie konnte darin gar nichts Unterhaltsames sehen.

»Warum mußtest du auch zum Rainbow's End kommen?« fragte sie gereizt. Ihre Arme schmerzten, weil sie sich an ihm festklammerte, und ihr Gesicht war knallrot angelaufen, weil sie allzu deutlich spürte, wie sich seine angeschwollene Männlichkeit an ihre Wange preßte.

»Jedenfalls ganz bestimmt nicht, um in einem Brunnen ertränkt zu werden, das kann ich dir sagen!« gab er hitzig zurück. Dann wurde seine Stimme wieder grimmig, und doch war sein Lachen nicht zu überhören, als er fauchte: »Würdest du jetzt bitte den Mund halten, Josselyn, um Himmels willen! Ich warne dich, wenn du weiterhin dort unten redest, werden wir noch größere Probleme bekommen, als wir sie jetzt schon haben – oder muß ich es dir in schlichtem, vulgärem Englisch erklären und dir genau schildern, welche Wirkung die Nähe deines Mundes zu… einem gewissen, wesentlichen Teil meiner Anatomie auf mich hat?«

»Oooooh«, klagte sie voller Scham und Verlegenheit, als ihr plötzlich der schockierende Sinn seiner schlüpfrigen Bemerkung aufging.

»Josselyn! *Sangre de Cristo!* Hör auf… dort auch noch zu… stöhnen und zu keuchen! *Jesús!* Das ist… gar nicht komisch! Sei still, verdammt noch mal! Halt einfach still, ja? Oder ich werde dieses Seil aus Versehen loslassen, das schwöre ich dir!« Da ihr vollkommen klar war, daß sie dann beide ins Wasser gefallen wären, tat Josselyn ihr Bestes, um absolut ruhig zu bleiben, und sie wagte es kaum noch, Atem zu holen. Es dauerte lange, bis Durango den Mund wieder aufmachte. »Also, gut. Da bis zur Essenszeit keiner der Männer aus dem Bergwerk kommen wird, ist es höchst unwahrscheinlich, daß uns bis dahin jemand findet. Folglich müssen wir selbst etwas unternehmen, wenn wir hier wieder rauskommen wollen. Du mußt mich loslassen, Jossie, und dich an dem Seil ins Wasser herunterlassen. Solange du das Seil festhältst und auf dem Eimer stehenbleibst, wirst du nicht ertrinken, das verspreche ich dir. Normalerweise würde ich so etwas nicht von dir verlangen, aber ich kann mich nicht an dem Seil nach oben ziehen, solange du so an mir hängst. Im Moment bist du sehr schwer – um gar nicht erst davon zu reden, was für eine Ablenkung du darstellst! Wenn ich mich nach oben gezogen habe, ziehe ich dich rauf. Okay?«

»O-o-okay«, murmelte sie und biß sich bei der Vorstellung auf die Lippen, sich in das dunkle, kalte Wasser herunterzulassen. Dazu kam noch, daß sie ihm nicht wirklich traute, aber ihr war klar, daß es keinen anderen Ausweg gab.

Trotzdem konnte sich Josselyn nicht von dem Verdacht freimachen, daß er ihr irgendeinen Streich spielen würde – daß er ihre Abhängigkeit von ihm grob ausnutzen würde. Er zog es vor, zu betrügen und zu gewinnen, nicht etwa, den Kampf zwischen ihnen zu verlieren; hatte er das nicht selbst zugegeben? Sie hatte das Gefühl, er würde nicht zögern, jede Gelegenheit zu nutzen, die sich ihm bot.

»Also, gut«, sagte er. »Los geht's. Fürchte dich nicht, ich lasse dich nicht fallen, das schwöre ich dir, Jossie. Du steckst jetzt die Hand zwischen meine Beine und packst... das Seil. *Madre de Dios!*« fluchte er, als ihre Finger ihn versehentlich streiften. »Hast du es... ich meine, das Seil?«

»J-j-ja«, stammelte sie, während sie nervös zwischen seinen Schenkeln herumfummelte, bis sich ihre Hand um das Seil geschlossen hatte. Ihr Atem ging schnell, und ihr Puls raste, aber nicht nur aus Angst, sondern auch eine primitive Empfindung schwang mit, die sie inzwischen wiedererkannte, aber nicht wahrhaben wollte.

»Dann halt dich gut fest«, befahl er, und seine Stimme klang erstickt. »Und jetzt den anderen Arm. Halt dich gut fest, denn wenn ich dich nicht mehr zwischen meinen Schenkeln habe, wird dein Körper dich plötzlich nach unten ziehen. Hast du verstanden?«

»Ja«, antwortete sie mit pochendem Herzen und trockenem Mund.

»Braves Mädchen. Bist du soweit?«

Wenn Durango sie nicht gewarnt hätte, wie abrupt sie die Last ihres eigenen Körpers in ihren Armen spüren würde, wäre sie abgestürzt. Selbst jetzt war sie nicht sicher, ob sie mit ihren zitternden Armen das Seil festhalten konnte. Irgendwie schaffte sie es doch, und als sie eine Hand unter die andere tat und schockiert wahrnahm, wie das eiskalte Wasser sie umhüllte, wäre sie in Panik geraten, wenn Durango nicht dagewesen wäre.

»Ich bin unten«, rief sie ihm mit klappernden Zähnen zu. Sie stand zwar auf dem Eimer, war aber doch bis zur Taille im Wasser.

»Gut. Und jetzt halt dich fest, bis ich dich hochziehe.«

Er zog sich mühsam an dem Seil hoch und stieg aus dem Brunnen. Weit über sich konnte Josselyn sein besorgtes Gesicht sehen. Seine Sorge überraschte sie ein wenig, aber dann sagte sie sich verdrossen, Durango wollte nur nicht, daß ihr etwas zustieß, solange er sie noch nicht satt hatte.

»Jossie, ich ziehe dich jetzt hoch«, rief er.

Daraufhin setzten sich das Seil und der Eimer zu ihrer Erleichterung in Bewegung. Sie hätte sich nicht zu fürchten brauchen; er hatte vor, sein Wort zu halten, dachte sie. Als sie jedoch dicht unter dem oberen Brunnenrand angekommen war, schaute Durango sie mit einem Blick an, der sie erschauern ließ, mehr noch als das kalte Wasser, das sie bis in die Knochen frieren ließ. Auf seinem Gesicht stand ein spöttisches Grinsen.

»Mein armer, zerzauster Liebling, wenn ich es nicht besser wüßte, würde ich glauben, ich hätte in dem Eimer eine ertränkte Katze raufgezogen. Wir müssen zusehen, daß du aus diesen nassen Kleidern kommst und dir etwas... Trockenes anziehst.«

»Das geht nicht, solange du mich nicht hier rausholst, wie du es versprochen hast, Durango.« Sie gelobte sich stumm, es ihm heimzuzahlen, da sie begriff, daß sie für ihre Rettung doch einen Preis in Kauf nehmen mußte. Wie hatte sie je glauben können, daß er sie umsonst errettete?

»Und was bekomme ich freiwillig dafür, daß ich dich raufziehe, Jossie?« erkundigte er sich schamlos und schaute sie lüstern an.

»Was willst du?« fragte sie bissig und sah ihn böse an.

»Die Antwort darauf kennst du bereits, *Querida*. Warum also fragst du noch?«

»Lieber... lieber ertrinke ich!«

»Weißt du, irgendwie dachte ich mir schon, daß du das sagen würdest, aber andererseits warst du... in der Dunkelheit des Brunnens so... kühn, daß ich schon zu hoffen wagte, du hättest es dir vielleicht anders überlegt und würdest deine ehelichen Pflichten freiwillig erfüllen...«

»Oh! Du... du Erpresser! Du Schurke! Wie kannst du es wagen anzudeuten, daß ich... daß ich... Der Teufel soll dich holen, Durango! Du weißt, daß ich damit nicht... daß ich nicht freiwillig...« Gedemütigt stockte sie, und ihre Wangen liefen rot an, als sie wieder daran dachte, wie sie ihr Gesicht zwischen seine Schenkel gepreßt und wie ihre Hand sich aus Versehen auf seine Männlichkeit gelegt hatte, als sie nach dem Seil getastet hatte.

»Zu schade«, bemerkte er unverschämt. »Du hättest mich nicht in den Brunnen stoßen und meine... äh... Leidenschaft wachrufen sollen, wenn auch noch so unabsichtlich. Ich bin ein Mann, Jossie, wie ich dir schon sagte, und ich habe meine Grenzen. Es macht mir nichts aus zuzugeben, daß dieser letzte Monat ohne dich in meinem Bett die Hölle gewesen ist. Dafür bist du mir etwas schuldig.«

»Ich bin dir überhaupt nichts schuldig, du Schurke!«

»Vielleicht wäre es dir lieber, wenn ich dich wieder in den Brunnen herunterlasse und fortgehe?« schlug er unverschämt vor.

»Das... das tätest du nicht! Doch nicht im Ernst...«

»Ach, nein?« Nachdem er ihr einen Moment lang Zeit gelassen hatte, über die Antwort nachzudenken, lachte Durango leise. »Also, wie willst du es haben, *Querida*? Bekomme ich, was ich will, oder nicht?«

»Also, gut. Dann nimm mich!« fauchte Josselyn, denn sie fürchtete, andernfalls würde er sie tatsächlich im Brunnen lassen, wie er es ihr angedroht hatte, und vielleicht würde er sie sogar wirklich ertränken – aber wenn das seine Absicht wäre, hätte er sie wohl kaum so unverfroren angegrinst. Dennoch wagte sie es nicht, ihm zu trauen; er war ein Schurke, und dazu kam noch, daß er zweifellos trotz der frühen Stunden schon getrunken hatte, und man konnte wirklich nicht sagen, wozu er fähig war. Und überhaupt, was änderte das schon? Er hatte bereits deutlich gesagt, daß er ohnehin vorhatte, seine ehelichen Rechte bei ihr einzuklagen; wenn sie es ihm abschlug, schob sie das Unvermeidliche nur hinaus. »Ich gelobe dir, daß du den Tag noch bereuen wirst, an dem du mich geheiratet hast, Durango de Navarre!«

»Gib mir dein Wort auf unsere Abmachung, Jossie«, beharrte er so unbeirrt, daß es sie in die Raserei trieb.

»Also, gut«, willigte sie schließlich widerstrebend und mißmutig ein. »Du hast mein Wort darauf – aber ich werde dich dafür hassen und verachten, solange ich lebe, das schwöre ich dir!«

»Wie sehr muß die brave Äbtissin doch bei der Vorstellung gezittert haben, du könntest deine letzten Gelübde ablegen, meine Süße«, sagte er, während er sie aus dem Brunnen und in seine Arme zog. »Ich weiß ganz genau, daß sie jetzt irgendwo in Boston sitzt und mir von ganzem Herzen ihren Segen dafür erteilt, daß ich ihr die unzumutbare Bürde von den Schultern genommen habe, die sie sich mit dir als Nonne aufgehalst hätte.«

»Du könntest wenigstens den Anstand besitzen, nicht über die Ehrwürdige Mutter Maire zu spotten.« Josselyn war von der Tatsache erschüttert, daß sie ihm nachgegeben hatte, denn das war nicht ihre Absicht gewesen. Sie hätte sich selbst einen weit besseren Dienst erwiesen, wenn sie im Brunnen geblieben wäre, bis die Männer aus dem Bergwerk kamen, dachte sie, selbst dann, wenn sie bis dahin schon ertrunken wäre! Dennoch war es jetzt zu spät, um es sich noch anders zu überlegen; sie hatte ihm ihr Wort gegeben, und sie würde es nicht brechen. »Wenn du es unbedingt wissen willst, ich habe sie wirklich auf eine harte Probe gestellt, und das bereue ich jetzt, da das Kloster schließt, zutiefst.«

»Ach, wirklich? Tja, dann sollte ich vielleicht das Bergwerk schließen. Möglicherweise würdest du dann bereuen, daß du *mich* auf eine harte Probe gestellt hast!« bemerkte Durango, ehe er ohne jede Vorwarnung ihre Lippen für sich forderte und sie so leidenschaftlich küßte, daß Josselyn wider Willen keuchte, schmolz und ihn entflammte. Es schien ihm eine Ewigkeit her zu sein, seit er sie geküßt hatte. Er hatte nicht gelogen, als er ihr gesagt hatte, der letzte Monat ohne sie sei die Hölle gewesen. Es war, als sei er von ihr besessen, seit er sie kannte. Keine andere Frau genügte seinen Ansprüchen; im Vergleich zu Josselyn verblaßten sie alle. Er verstand es nicht und wußte nur, daß sie für ihn so notwendig geworden war wie die Luft zum Atmen. Er hätte sie am liebsten an Ort und Stelle auf den Boden geworfen und sie geliebt, und nur die Vorstellung, jemand könnte ihnen dabei zusehen, schreckte ihn ab. Daher hob er den Kopf, und seine Augen glühten vor Leidenschaft, als er mit belegter Stimme murmelte: »Komm in den Küchenanbau, *Querida*. Ich will, daß du die nassen Sachen ausziehst.«

Zitternd und ohne Widerspruch ließ sie sich von ihm in das kleine Zimmer führen, in dem sie sich eingerichtet hatte, denn sie wußte, daß ihre Einwände nichts genutzt hätten. Dort schloß er die Tür fest hinter ihnen, riß sie wieder in seine Arme und küßte sie heftig. Er nötigte sie, ihm nachzugeben, und seine Finger gruben sich in ihr tropfnasses Haar, aus dem sich bei dem Sturz in den Brunnen die Haarnadeln gelöst hatten, damit sie den Kopf nicht abwenden konnte. Sein Mund bewegte sich fieberhaft auf ihren Lippen; nach einer Weile glitten seine Hände langsam an ihrem Körper herunter und zerrten an ihren Kleidern, bis ihre Tracht von der Schulter bis zur Taille zerrissen war. Danach hielt ihn nur noch das Donnern von nahenden Pferdehufen davon ab, augenblicklich über sie herzufallen. Als die Geräusche allmählich in sein Bewußtsein vordrangen, hob Durango den Kopf, spitzte die Ohren und lauschte. Dann stieß er knurrend einen Fluch aus, trat ans Fenster des Küchenanbaus, zog den Vorhang zurück und schaute hinaus.

»Das ist Wylie«, bemerkte er erbost, und ein Muskel zuckte in seinem Kiefer, weil ihn diese unwillkommene und ungelegene Störung ärgerte. Seine Augen loderten vor Wut und Argwohn, als er bedrohlich auf Josselyn zuging. »Wußte er, daß du hier bist?«

»Nein, ich schwöre es dir!« erwiderte sie erschrocken, als sie seinen mordlustigen Gesichtsausdruck sah, als würde er sie umbringen, wenn er dahinterkam, daß Wylie von ihr eingeweiht war und wußte, wo sie sich aufhielt, daß sie es ihm gestattet hatte, mit ihr zu tändeln.

Nach einem anscheinend endlosen, spannungsgeladenen Augenblick, in dem seine harten Augen sie bis ins Mark durchbohrten, nickte ihr Mann endlich zu ihrer großen Erleichterung und glaubte ihr.

»Zieh dich an!« befahl er ihr barsch und stolzierte aus dem Zimmer.

Mit zitternden Händen und klopfendem Herzen kam Josselyn eilig seiner Aufforderung nach. Sie war von Grauen erfaßt. Durangos üble Laune und Wylies unerwartetes Auftauchen verhießen nichts Gutes, dachte sie, als sie sich nervös die durchnäßten Kleider auszog und saubere, trockene Sachen aus ihrer Truhe holte. Was hatte Wylie hierher ins Rainbow's End geführt, und das auch noch ausgerechnet heute? Soweit sie wußte, suchte er das Bergwerk nur selten auf, was zweifellos der Grund dafür war, daß Durango ihr einen Moment lang mißtraut hatte. Sie erschauerte, als sie sich an den Ausdruck erinnerte, der in diesem Augenblick auf dem Gesicht ihres Mannes gestanden hatte. Er hätte niemals gutgeheißen, daß sie ihm untreu war. Dem Himmel sei Dank, daß sie vernünftig genug gewesen war, um den armen vernarrten jungen Zeb fortzuschicken, als er ihr beharrlich seine Aufmerksamkeiten aufgedrängt hatte!

Josselyn verfluchte sich für ihre ungewohnte Unbeholfenheit und zerrte an ihrem Hemd. Sie riskierte einen schnellen Blick aus dem Fenster, der ihr sagte, daß Wylie angekommen war und gerade abstieg. Er wirkte so wütend, wie Durango es gerade noch gewesen war, überlegte sie, und ihr Unbehagen steigerte sich. Was würde sich Wylie denken, wenn er sie beide hier so vorfand?

»Durango«, hörte sie ihn grimmig zur Begrüßung sagen, nachdem er sein Pferd an dem Pfosten vor der Küche angebunden hatte und eintrat. Zu ihrem Erstaunen schien Wylie nicht im entferntesten überrascht zu sein, daß er Durango hier vorfand; es war tatsächlich eher so, als hätte er damit gerechnet, ihn hier zu treffen, dachte sie. »Was tust du denn hier – und noch dazu zu dieser Stunde? Ist das nicht ziemlich früh für dich? Kurz nach zwölf Uhr mittags?«

»Was zum Teufel glaubst du, was ich hier tue, Wylie? Sieht man das denn nicht?« Durangos Tonfall war derart zynisch, daß Josselyns Eindruck, es braute sich Ärger zusammen, sich gewaltig verstärkte. »Ich trinke einen Schnaps und rauche eine Zigarre, genau das tue ich. Dafür ist es meiner Meinung nach nie zu früh am Tag.«

Wylie lachte hönisch, als hätte er nichts anderes erwartet.

»Was auch sonst? Vielleicht hätte ich meine Frage klarer formulieren sollen. Warum tust du das hier und nicht in deinem Saloon – da, wo du hingehörst?«

»Als ich mir das Rainbow's End das letzte Mal angesehen habe, stand noch mein Name darauf, Wylie. Bist du hergekommen, um mir Gegenteiliges zu berichten?«

»Nein, ich bin gekommen, weil ich selbst sehen wollte, ob Josselyn hier ist und ob es ihr gutgeht. Weißt du, nachdem sie verschwunden ist, habe ich ein paar Männer aus meinem Laden darauf angesetzt, daß sie dir nachspionieren, Durango, denn ich dachte mir, vielleicht wüßtest du mehr über ihr Verschwinden, als du dir anmerken läßt. Stell dir meine Reaktion vor, als einer meiner Männer heute in den Laden gekommen ist und mir berichtet hat, er sei dir zur Goldmine gefolgt und hätte dort beobachtet, wie du einer Nonne aufgelauert hast – eine Geschichte, die mir, da ich dich kenne, nur zu glaubwürdig erschien. Was ist, ist es wahr? Ist Josselyn hier? Wenn ja, wo steckt sie dann?«

»Ja ... es ist alles wahr, Wylie. Sie ist hier, und sie hat den ganzen letzten Monat hier verbracht«, antwortete Durango, als hätte er die ganze Zeit über gewußt, daß sie sich im Rainbow's End aufhielt. »Sie ist im Küchenanbau ... und zieht sich gerade an«, teilte er Wylie dann zu Josselyns Entsetzen mit. Dann rief er absichtlich mit erhobener Stimme: »He, Jossie, Liebling, Wylie ist hier, und er möchte dich sehen. Bist du schon salonfähig?« Sie wäre am liebsten vor Scham gestorben, denn ihr war klar, daß Durango Wylie vorsätzlich irreführen wollte, damit er das Schlimmste annahm, und sie wußte nicht, ob sie überhaupt etwas auf seine Frage antworten sollte. Vielleicht würden die beiden Männer sie in Ruhe lassen, wenn sie jetzt den Mund hielt. Doch diese Hoffnung war vergeblich; im nächsten Moment hörte sie, wie Durangos Stuhl auf dem Fußboden zurückgeschoben wurde und er mit seltsam leisen Schritten an die Tür des Anbaus kam und energisch anklopfte. »Jossie, hast du mich gehört?«

»J-j-ja, ich habe dich gehört. Ich ... ich komme gleich.«

Aber sie war noch dabei, sich hektisch den letzten Unterrock anzuziehen, als er, als sei das sein selbstverständliches

Recht – was es natürlich auch war –, den Türknopf umdrehte und dann die Tür auftrat, die daraufhin langsam in ihren Angeln weit aufschwang und den Blick auf sie freigab, wie sie halb angekleidet dastand. Das feuchte, zerzauste Haar fiel ihr über den Rücken, und ihre Augen sprühten wegen seiner Unverfrorenheit Funken. Sein Blick glitt genüßlich und lüstern über sie, ehe sie hastig nach ihrem Morgenmantel griff, der auf dem Bett lag, ihn schnell überzog und ihn an der Taille zuschnürte. Durango trank einen großen Schluck aus der Flasche Mescal, die er von den Vorräten der Bergarbeiter in der Küche entwendet haben mußte und jetzt in der Hand hielt.

»Ich finde, du siehst reichlich salonfähig aus«, sagte er gedehnt und grinste auf eine Art und Weise, die dazu führte, daß sie ihm gern die Augen ausgekratzt hätte. »Komm schon raus, und setz dich zu uns.«

Als sie ihn erzürnt anstarrte, sah Josselyn zu ihrem Entsetzen, daß er jetzt nicht nur seinen Sombrero abgelegt hatte, sondern auch sein Hemd gänzlich aufgeknöpft über der Hose hing, der Revolvergurt war abgeschnallt, und er hatte sich die Stiefel und die Socken ausgezogen. All das hatte er getan, während sie sich angekleidet hatte – er mußte es getan haben, ehe Wylie eingetreten war, damit er optisch der Rolle entsprach, die er heimtückisch spielen wollte: die Rolle eines Liebhabers, der gerade aus ihrem Bett aufgestanden war. Sie hätte ihn erwürgen können, und seine spöttischen Augen sagten ihr, daß er es wußte und diese Vorstellung äußerst belustigend fand. Er zog zynisch seine schwarze Augenbraue hoch und trat zur Seite, damit sie durch die Tür treten konnte, was hieß, daß er ihr nicht gestatten würde, im Anbau zu bleiben; da sie sah, daß ihr nichts anderes übrigblieb, trat Josselyn mit hocherhobenem Kopf, funkensprühenden Augen und Wangen, die vor Wut, Scham und Verlegenheit gerötet waren, in den Gemeinschaftsraum neben der Küche.

Wie schon an jenem Abend im Teller House war Wylie von ihrem Anblick erschlagen; wieder fragte er sich, wie er sie je für leidenschaftslos und hausbacken hatte halten können. Er mußte blind oder von Sinnen gewesen sein, sagte er sich, als seine verblüfften Augen sie jetzt so sahen: ihr welliges gelöstes, kupferblondes Haar schimmerte in der goldenen Sonne, die durch die Fenster strömte, wie Feuer, ihre grünen Katzenaugen sprühten Funken, ihr üppiger Mund war von den wilden Küssen eines Mannes aufgequollen, ihr zarter weißer Hals war geschwungen, und die Brüste darunter hoben und senkten sich unter ihrem Hemd und den Rändern des Morgenmantels, ihre Taille war gertenschlank, und ihre Beine waren lang und anmutig geformt, ihre bloßen Füße zierlich. Sie sah wie eine wilde Zigeunerin aus, eine Kurtisane – keine Nonne, sondern ein gefallener Engel! Seine Lenden schmerzten vor unerwartetem Verlangen. Plötzlich erschienen ihm nicht nur Reds Anteile maßlos reizvoll, sondern auch Reds Tochter.

Und Durango hatte sie als erster gehabt.

Diese Erkenntnis traf Wylie wie ein Hieb, der ihm die Sinne raubte. Er atmete abgehackt, als sei ihm die Luft ausgegangen.

Dieser verdammte Mistkerl! Ich werde ihn umbringen! dachte Wylie, und seine Hände ballten sich so fest um seine Reitpeitsche, daß er sie fast in Stücke brach.

»Ich wollte nicht glauben, daß Sie Ihre vornehme Erziehung völlig vergessen und tatsächlich hierher ins Rainbow's End ziehen, Josselyn.« Sein Tonfall war kühl, und ein Muskel in seinem angespannten Kiefer zuckte. »Als ich das erfahren habe, bin ich trotzdem hergeritten, um mich selbst zu vergewissern, daß es Ihnen gutgeht. Wie ich jetzt sehe, war das ein Fehler, und ich hätte mir die Mühe sparen können...«

»Stimmt genau!« Durangos Stimme war messerscharf und schnitt alles ab, was sein Partner sonst noch hätte sagen können. »Jossie ist nicht deine Angelegenheit, Wylie. Sie hat ihre Wahl getroffen – und ihre Wahl ist nicht auf dich gefallen! Warum machst du also nicht gleich wieder kehrt und reitest zurück – oder genügt dir Victoria nicht mehr?«

Wylie kniff die Augen abrupt zusammen, als er begriff.

»Du Mistkerl, Durango! Du hast Josselyn erzählt, daß Victoria meine Mätresse ist?«

»Hast du wirklich geglaubt, ich würde es ihr nicht sagen? Aber, aber, Wylie, ich muß mich über dich wundern, denn du vergißt eine der obersten Regeln im Leben: In der Liebe und im Krieg ist alles erlaubt.«

»So willst du es also haben?« gab Wylie bissig zurück. Dann wandte er sich an Josselyn und überschüttete sie mit geheucheltem Mitgefühl. »Meine Liebe, Sie armes Ding, ist das die Geschichte, die dieser Schurke erfunden hat, um Ihnen die Tugend zu rauben? Wenn er schon so tief gesunken ist, solche gemeinen Lügen zu verbreiten, dann waren Sie doch gewiß nicht so dumm, ihm zu glauben?«

»L-l-lügen?« stammelte sie verwirrt. Hatte sie sich in dem Punkt etwa geirrt, wie in allen anderen auch? Sie wurde bleich; plötzlich fühlte sie sich elend.

»Lügen«, wiederholte Wylie eisig, und in seinen Augen stand glühendes Verlangen, als er sie ausgiebig und beleidigend von Kopf bis Fuß musterte. Sein Mund verzog sich verächtlich. »Ich habe Sie doch vor Durango gewarnt, oder etwa nicht? Er ist ein Saboteur und ein Mörder und jetzt anscheinend auch noch ein abgefeimter Verführer von leichtgläubigen Nonnen. Ich empfinde es als unendlich bedauerlich, Josselyn, daß Sie sich entschieden haben, nicht etwa meine Frau, sondern seine *Hure* zu werden!«

Er ging ganz in seinen schmähenden Worten auf und bemerkte daher gar nicht, wie Durangos Faust nach seinem Kinn ausholte, bis sie hörbar auftraf; die Melone flog ihm vom Kopf, seine Unterlippe war gespalten, und er taumelte so stark, daß er auf die Knie sank. Lange kauerte er benommen auf dem Boden. Dann schüttelte er den Kopf, um wieder klar denken zu können, und seine grauen Augen kniffen sich wieder zusammen und blinkten wie Stahl.

»Dann sind wir also endlich an diesen Punkt gelangt, Durango«, bemerkte er leise. »Stimmt's?«

»Ja, allerdings.« Durango zog sich das Hemd aus und warf es zur Seite. »Steh auf, du Mistkerl! Steh auf, und kämpfe — oder fehlt dir inzwischen das Zeug dazu, Wylie? Hast du dich vielleicht von einem weichen Bett und einer harten Frau entmannen lassen?«

»Du hast dich nie damit abfinden können, daß Victoria mich dir vorgezogen hat, Durango?« Wylie stand langsam auf und warf achtlos seine Peitsche zur Seite. Er lachte bitter. »Mein Gott! Wenn ich mir überlege, daß ich in all der Zeit nie auch nur einen Verdacht hatte...«

»Weißt du, in dem Punkt bildest du dir schon zu lange etwas ein und machst dir wirklich etwas vor, Wylie. Meinst du nicht, es sei allmählich an der Zeit, daß du in deinen Dickschädel kriegst, wie wenig mich der Eisenkies interessiert, den Houghton Forbes abgebaut hat? *Du* warst versessen darauf, Wylie — aber ich muß zugeben, wenn ich gewußt hätte, wie sehr es dich wurmt, hätte ich fast versucht sein können, dir Konkurrenz zu machen!«

»Du dreckiger Mistkerl! Dafür bringe ich dich um!«

»Du kannst es ja versuchen.« Durangos höhnisches Lächeln, das nicht in seine harten Augen vordrang, war eine Herausforderung, die Wylies Kampflust noch heftiger entfachte. »Alle Mittel sind erlaubt?«

»Aber selbstverständlich. Von einem unehelichen Halbblut hätte ich nichts Besseres erwartet.«

»Spar dir den Atem – du wirst ihn noch brauchen.«

Die beiden Männer umkreisten einander jetzt wachsam, weil jeder den anderen einschätzen wollte, denn es war eine ganze Weile her, seit sie das letzte Mal in eine Schlägerei miteinander verwickelt waren. Beide waren Experten darin, wie man eine Meinungsverschiedenheit im rauhen Stil des Westens ausräumte, und als sie zuschlugen, hallten ihre brutalen Hiebe in Josselyns Ohren, und sie zuckte zusammen, als sie die Männer entgeistert anstarrte. Alles war so schnell passiert, daß es ihr unwirklich erschien.

Aus den höhnischen Bemerkungen, die die Männer miteinander ausgetauscht hatten, hatte Josselyn geschlossen, daß Victoria nicht nur Wylies Mätresse war – denn in dem Punkt hatte ihr Durango eindeutig die Wahrheit gesagt –, sondern anscheinend schon lange ein Zankapfel zwischen den beiden Männern, wie es jetzt auch Josselyn war. Dennoch schien es ihr unvorstellbar, daß sie diesen Konflikt jetzt mit Gewalt austrugen. Sie war noch nicht einmal sicher, womit es eigentlich angefangen hatte. Es gab noch mehr Dinge, die sie verwunderten; der Umstand, daß Durangos Denkprozesse außergewöhnlich schnell abliefen, obwohl er den Mescal wie Wasser in sich zu schütten schien. Innerhalb von kürzester Zeit hatte er beschlossen, Wylie hinters Licht zu führen und sich als Josselyns Liebhaber hinzustellen. Auch waren seine geschickten Manöver und seine schnellen

Reflexe nicht die eines Gewohnheitstrinkers. Gnadenlos schlug er auf Wylie ein und verpaßte ihm ein blaues Auge und eine blutende Nase, und geschickt wich er den Hieben seines Gegners aus. In einem der hintersten Winkel ihres Verstandes glaubte Josselyn, sie sollte dem Umstand eine gewisse Bedeutung beimessen, daß Durango ein Meister der Manipulation, Wylie dagegen ein ausgesprochener Betrüger und Lügner war, doch ehe sich der Gedanke vollständig herausgebildet hatte und sie darüber nachdenken konnte, entglitt er ihr wieder, weil der erbarmungslose Kampf der beiden Männer sie zu sehr in Anspruch nahm.

Es war erschreckend, mit welcher Freude sie brutal aufeinander losgingen, und doch übte es eine morbide Faszination auf Josselyn aus, denn es lag eine makabre Schönheit darin; beide Männer waren so groß und muskulös, so braungebrannt und gutaussehend, daß ihr Kampf wie das gigantische Duell zwischen zwei jungen heidnischen Göttern wirkte, narzißtisch, arrogant und auf die Oberherrschaft aus, koste es, was es wolle. Diese Szene hatte sich schon lange angebahnt, dachte sie, als hätten zwei Vulkane in ihrem Kern gesiedet und gebrodelt und seien endlich zum Ausbruch gelangt. Es ging um mehr als nur um sie; sie hatte nur als Auslöser gedient, als Einsatz in einem Spiel, dessen Regeln sie selbst jetzt noch nicht ganz verstand, einem Spiel, das sie selbst nie hatte spielen wollen – wenn sie auch unbewußt begriff, daß sie keiner der Mitspieler, sondern die Prämie für den Sieger war. Plötzlich war sie besorgt und schreckte vor dem Gedanken zurück, was wohl aus ihr werden würde, wenn dieses gräßliche halsabschneiderische Spiel entschieden war.

Als sie sich aus ihren Tagträumen herausriß, waren die Gesichter der beiden Männer mit Platzwunden und Blut bedeckt, und Durango hatte Wylie zu Boden geschlagen. Jetzt warf er sich bedenkenlos auf seinen Gegner. Wylie zog die Beine an und trat Durango so fest in die Leistengegend, daß er wankte und sich krümmte. Wylie sprang auf und verpaßte Durango einen Kinnhaken, der ihn gänzlich zum Taumeln brachte.

Beide Männer schwitzten, bluteten und schnauften, und ihre Glieder schmerzten und waren bleischwer, doch ihre Raserei legte sich nicht. Josselyn wurde klar, daß sie vielleicht besser zum Schacht laufen und Hilfe holen sollte, doch ihre Füße schienen am Boden festgewachsen zu sein. Ihr Gesicht war aschfahl, ihre Augen weit aufgerissen, und ihr Mund vor Entsetzen geöffnet. Ein leises Wimmern drang aus ihrer Kehle, und sie schluckte schwer.

Sie werden einander umbringen, dachte sie, denn jetzt waren beide einander an die Kehle gegangen und drückten zu. Wylie bekam kaum noch Luft, als er Durangos Nase in einem verzweifelten Versuch, ihn gewaltsam abzuwehren, einschlug; Durango dagegen schlug Wylies Kopf immer wieder fest gegen den Boden, bis Josselyn endlich klarwurde, daß sie zusah, wie ein Mord begangen wurde.

»Hört auf! Hört auf!« schrie sie, denn die Benommenheit fiel schlagartig von ihr ab. Sie versuchte gewaltsam, Durango von Wylie wegzuzerren, doch ihre Bemühungen blieben erfolglos. »Um Gottes willen, Durango, bitte! Du bringst ihn um! *Du bringst ihn um!*«

Endlich drangen ihre Worte in sein Bewußtsein vor, und zu ihrer Erleichterung lösten sich seine Hände von Wylies Kehle. Er stand wankend auf, sein Atem ging krächzend, und Blut rann aus seinen Wunden, als er höhnisch auf seinen geschlagenen Gegner hinunterschaute und dann Josselyn ansah; seine Augen waren wie glühende Kohlen, die sie versengten, und in ihnen loderte nicht nur die Glut des mörderischen Kampfes, sondern auch die Begehrlichkeit des Siegers, der seine Beute in Empfang nimmt. Wenigstens das war ihr trotz ihrer Klostererziehung nur zu klar, und instinktiv packte sie ein plötzliches, übermächtiges Grauen, das aus Urzeiten stammte und das jede Frau kannte, die je vor einem triumphierenden Mann gestanden hatte. *Sieh nur, der siegreiche Held kommt!* Eine Verschiebung im Gleichgewicht der Mächte, Veränderungen auf einer Weltkarte, wieder und immer wieder, während tausend Dynastien und Rassen vom Angesicht der Erde verschwanden, nachdem sie geschlagen worden waren, und in den Leibern der Frauen vermischte sich neues Blut mit altem. Hunderte und Aberhunderte von Jahren hatte sich so die Welt gedreht. Ein ewig sich wiederholender Vorgang, der dennoch immer wieder die Erde erschütterte. Für Land und für Frauen erschlugen Männer ihre Mitmenschen – und die Belohnung war ein Stück vom Paradies, um sich dort fortzupflanzen und ewig zu leben. Josselyn hätte es nicht in Worte fassen können, aber sie erfaßte so genau, worum es ging, als wäre sie eine versklavte Sabinerin in Rom oder eine angelsächsische Gefangene in der Normandie gewesen. Für das Rainbow's End und für sie hätte Durango Wylie getötet, und für diesen Preis würde er ihn immer noch töten.

In dem Moment brachen sämtliche Verdachtsmomente gegen ihren Mann wieder über sie herein. Sie wich zurück, stieß einen verängstigten Schrei aus und wehrte sich, als seine Hand sich schmerzhaft um ihr Handgelenk schloß und er sie an sich zog; Leidenschaft glühte in seinen Augen, ehe seine Finger sich in ihr gelöstes Haar gruben und sein Mund sich brutal auf ihre Lippen legte. Das war kein zartes Werben, sondern ein brutales Besitzergreifen, mit dem er den

Einsatz für sich forderte – sie. Er behandelte sie so roh, daß sie stöhnte und sich vergeblich wehrte – und sie war voller Angst und spürte doch gleichzeitig eine wilde, gefährliche und unerklärliche Begeisterung, die ihr den Atem raubte und sie schmelzen ließ. Ihr Kopf schwirrte, und das Blut rauschte in ihren Ohren und riß sie in seinem Strudel mit, als Durango sie an sich preßte und sie glühend küßte. Sein Körper war mit Schweiß und Blut bedeckt; er war wie ein wildes Tier, das sie angriff, die Stoppeln auf seinem unrasierten Gesicht schürften ihre Haut auf, seine kräftigen Muskeln zuckten unter ihren Handflächen, und seine blutrünstige Gier war etwas Spürbares, etwas Greifbares, das tief in ihrem Innern einen dunklen Urinstinkt aufleben ließ und sie erregte und in einen Begeisterungstaumel versetzte, als es sich plötzlich regte und sich dann weit öffnete, um sie mit einer Flut von wollüstigen Gefühlen zu überschwemmen. Sie fühlte sich, als sei sie am Ertrinken, als sänke ihr Kopf gerade das letzte Mal unter Wasser. Ihre Knie wurden weich und gaben nach, und sie wäre hingefallen, wenn er sie nicht derart festgehalten und an sich gepreßt hätte, sie mit den Forderungen seines Verlangens nicht restlos benebelt und vollkommen in Anspruch genommen hätte.

Nach einer Weile hob Durango den Kopf, und ein satanisches, selbstzufriedenes Lächeln verzog seine Lippen; Josselyn nahm wahr, daß Wylie die geschlossenen Augen schon vor einer Weile geöffnet hatte, und jetzt waren sie glasig vor Haß und Wut, als er ihnen zusah. Das Wissen um seine Niederlage hinterließ den bitteren Geschmack von Galle in seinem Mund. Sein Verstand schrie blind nach Rache, und seine Ohnmacht wurde ihm schmerzlich eingebläut, als Durango sich wiederholt auf Josselyns Lippen stürzte, während seine Hände unter ihren Morgenmantel glitten, um

Wylies Neid zu erregen. Josselyn fand es demütigend, daß Wylie Zeuge ihrer Schande sein sollte, und daher wehrte sie sich wieder gegen Durango, doch es war zwecklos. Er war viel stärker als sie. In ihrer Hilflosigkeit blieb ihr nichts anderes übrig, als sich zu unterwerfen, denn sie wußte – was auch er und Wylie wußten –, daß Durango sie zwang, ihm nachzugeben, um Wylie damit noch einen letzten Hieb zu versetzen. Am liebsten hätte sie über ihre Erniedrigung geweint, selbst dann, als ihr verräterischer junger Körper auf seine hinterhältigen Küsse und Liebkosungen reagierte und ein Wimmern aus ihrer Kehle aufstieg und ihre Kapitulation bekundete. Daraufhin hob Durango den Kopf, und seine Augen waren hart, als er sich barsch an Wylie wandte.

»Steh auf! Verschwinde!« fauchte er. »Geh nach Hause, zu Victoria, oder scher dich zum Teufel – mir ist das gleich! Jossie gehört mir, und jetzt sind die Anteile gleichmäßig verteilt!« Dann hob er Josselyn auf seine Arme, trug sie schnell in den Küchenanbau und trat die Tür hinter sich zu.

»Das wirst du noch bereuen!« krächzte Wylie heiser, als er sich mühselig vom Boden hochzog. Feindseligkeit und Wut stachen ihre glühenden Nadeln in sein Gehirn. »Ihr beide! Dafür werdet ihr mir noch büßen!«

Seine Kehle schmerzte, und er zitterte vor Zorn, als er mechanisch seine Sachen aufhob und sich die verbeulte Melone auf den Kopf drückte. Ein roter Schleier legte sich vor seine Augen, als er die Tür anstarrte, hinter der Durango und Josselyn lagen. Das unmißverständliche Quietschen der Sprungfedern hallte wie höhnisches Gelächter in Wylies Ohren. Seine Hände ballten sich krampfhaft zu Fäusten, als er sich Durango und Josselyn zusammen vorstellte, wie ihre nackten Körper sich umeinanderschlangen, und dann fiel ihm wieder ein, wie sie gerade eben noch in Durangos

Umarmung ausgesehen hatte... ein Engel in des Teufels Armen. Dieses Bild brachte Wylie auf, und er fühlte sich elend. In mehr als einer Hinsicht war sie reinstes Gold, und er hatte sie verloren – und, was noch schlimmer war, er hatte ihre Anteile am Rainbow's End verloren.

Er machte abrupt auf dem Absatz kehrt, verließ die Küche, stieg auf sein Pferd und zerrte brutal an den Zügeln, um das arme Tier anzutreiben, als er den Gebirgspfad einschlug, der vom Rainbow's End fortführte.

Josselyns Herz klopfte so laut, daß sie die Hufe nicht hörte, als Durango sie gewaltsam auf das Bett warf und sich auf sie legte und seine Lippen und Hände ihr den letzten Funken Verstand raubten, obwohl sie sich immer noch fürchtete, sich immer noch gegen ihn auflehnte und wahrnahm, wie bedrohlich und voll von finsterem Triumph seine Siegerlaune war. Das heiße Blut von tausend ungeschlagenen Königen und Heeren strömte in seinen Adern. Er hatte Wylie besiegt; wieviel einfacher würde es sein, sie zu besiegen, den Preis des Siegers für sich zu fordern? Jede Hoffnung, sich gegen ihn durchzusetzen, war undenkbar. Dennoch schlug sie blind auf ihn ein, während seine Hände ihr den Morgenmantel herunterrissen und er ungeduldig und entschlossen an den Bändern ihres Hemdes zog.

»Nein! Nein! Tu das nicht! Oh, bitte... tu es nicht!« rief sie leise aus und wand sich unter ihm, hämmerte mit ihren Fäusten auf ihn ein, zerkratzte ihn mit ihren Nägeln und bemühte sich vergebens, seinem barbarischen Ansturm auf ihre Sinne Einhalt zu gebieten... und doch mußte sie sich voller Scham gestehen, daß sie rasend froh war, als er ihr die Arme endlich über dem Kopf festhielt und sein sündiger Mund mit einer wilden Sinnlichkeit auf ihren Lippen wütete und sie atemlos zurückließ.

»Du bist meine Frau, Jossie!« hörte sie seine Stimme in ihrem Ohr, und sie keuchte und erschauerte vor Sorge und spürte einen entsetzlichen, faszinierenden inneren Aufruhr in sich, der wie ein höllisches Gewitter brodelte und losbrach, sie zerschmetterte, sie mit sich trug und ihre Sinne auf seinem Wind treiben ließ. »Und ehe dieser Tag vorüber ist, wirst du das ebenso genau und endgültig wissen wie ich, das schwöre ich dir!«

Ihr abgehacktes protestierendes Schluchzen wurde von seinen fordernden Lippen geschluckt, von seiner beharrlichen Zunge, die den Umriß ihres Mundes nachfuhr, ehe sie selbstbewußt die feuchten Tiefen ihres Mundes erkundete, der sich wie aus eigenem Willen für ihn öffnete und sich seiner Raserei unterwarf, ihn wie hochprozentigen Sommerwein trank, der süßer als paradiesische Feigen schmeckte, reif und saftig. Er neckte sie, er verspottete sie, und seine Lippen, seine Zunge und seine Hände zogen sie in einen teuflischen Bann und warfen sie der ewigen Verdammnis anheim und ließen sie wider Willen stöhnen und sich unter ihm winden. Sie lechzte unsagbar nach ihm, und jede Faser ihres Wesens war unglaublich lebendig, hellwach und von seinen gekonnten, verhängnisvollen Berührungen stimuliert und fiebrig. Sie konnte nicht mehr denken, nur noch fühlen, war ein Bündel unvorstellbarer Gefühle und Empfindungen, als sein halbnackter Körper über sie glitt, sie beherrschte und sie unausweichlich seinem stärkeren Willen beugte, jede Saat der Leidenschaft in ihr aufkeimen ließ, gegen die sie so viele Jahre angekämpft hatte und die jetzt, nach dieser allzu langen Dürre, durstig den wohltuenden Regen seiner Küsse und Kosungen aufsog, um plötzlich in voller Blüte zu stehen.

Das Schilf ihres Zimthaares hüllte sie beide wieder ein,

zog sie in die Gräser eines üppig grünenden Himmelstals hinab, in dem es überreichlich nach Lavendel duftete. Seine Finger spannen ein kompliziertes Netz aus den zarten, hängenden Ästen, und sein Gesicht schmiegte sich in ihr Herbstlaub und atmete tief den Geruch ein, der ihm zu Kopf stieg. Ihre helle Haut schimmerte durchscheinend in den Sonnenstrahlen, die schräg durch das Fenster einfielen und sie mit einem goldenen Heiligenschein umgaben. Wie eine Dunstwolke öffnete sich ihr Hemd und legte ihre nackten schönen Brüste bloß, schmackhafte Früchte, die er pflückte und gierig verschlang, während seine Handflächen das zarte Fruchtfleisch kosten und sein Mund die harten Kerne lutschte. Josselyn wimmerte und zitterte, als seine Liebkosungen sie in die reinste Ekstase stürzten, ihre Arme sich um Durangos Hals schlangen und ihre Finger sich in sein schimmerndes schwarzes Haar flochten.

Sie war ein strahlender Engel, er ein dorniger dämonischer Gott, und sie waren beide gekommen, um im Tempel ihres Seins zu beten und ihn zu entweihen, und sie kostete sein gotteslästerliches Eintreffen aus, genoß seinen irdischen Ansturm. Nackt bis zur Taille beugte er sich über sie, und Schweiß und Blut seines Körpers hinterließen heidnische Male auf ihrem Fleisch und kennzeichneten sie unwiderruflich als die seine. Sein bronzefarbener Körper war so hart wie Horn, doch das Haar auf seiner Brust war weich wie Samt, und dorthin preßte sie glühend ihr Gesicht und ihre Handflächen, ihre Lippen und ihre Zunge, und sie berührte ihn überall, wo sie ihn fassen konnte, spürte seine Muskeln, schmeckte die salzige Würze seiner Haut, und er begrub sein Gesicht im Feuer ihres Haares und versengte ihren Hals und ihre Brüste mit Küssen. Sie spürte seinen Atem wie Opferflammen auf ihrer Haut, und die Worte, die er in ihr Ohr und an ihrem Hals murmelte, klangen wie ein poetischer kabbalistischer Singsang, Worte von Liebe und Sex, eine Mischung aus Englisch und Spanisch, die Josselyn nur zur Hälfte verstand, und dennoch war sie entsetzt darüber und von Vorfreude erfüllt.

»Ich begehre dich. *Te quiero, te quiero, mi bruja blanca.* Ich will dich ganz kennen, dich von Kopf bis Fuß kennen. Ich will dich überall küssen und berühren, bis du mich anflehst, dich zu nehmen. Ich will mich in dir verlieren, dich ganz und gar ausfüllen. *Quiero estar dentro de tí, mi ángela dulce, te chingar. Comprendes? No? No tiene importancia. Aprenderás.* Du wirst es lernen. *Te enseñaré.* Ich werde es dich lehren. Vieles *Todo de amor. Todo, mi vida, mi alma…*«

Sie war berauscht von ihm, als sei sein Mund ein juwelenbesetzter goldener Kelch, aus dem sie einen honigsüßen Trunk in sich aufgenommen hatte, der ihren Verstand betäubte und sie in einen Dämmerzustand versetzte, und sie trieb an einem vorzeitlichen Ort aus Dunst und Rauch und Schatten, und daher nahm sie kaum wahr, wie Durango den Rest ihrer Unterwäsche zerriß und zur Seite warf. Das Bett mit seinem weißen Laken war ein alter und primitiver Altar, auf dem sie jetzt in ihrer nackten Pracht lag, eine vestalische Magd, die geopfert wurde, um die unstillbare Lust des siegreichen dämonischen Gottes zu befriedigen.

Der Atem stockte ihm bei ihrem Anblick in der Kehle – ihre Haut war so weiß, so unglaublich weiß, daß er sich daran ergötzte und eine tiefe Zufriedenheit bei dem Gedanken empfand, daß sie durch sein eigenes dunkles Fleisch besudelt werden würde, daß die bleiche keltische Hohepriesterin ihm gehören sollte, nur ihm allein, für immer ihm. Seine schwarzen Augen funkelten, als er sie unverschämt, glutvoll und eifersüchtig betrachtete und mit den Händen ihre Brüste an seinen Mund zog, um den süßen Nektar zu kosten, erst eine und dann die andere, und beide glitzerten wie Regen und Tau vom Schweiß ihrer Körper und seinem feuchten Mund.

Die Zeit verging; Josselyn verlor jedes Zeitgefühl, als sie in seinen Armen lag und ihn mit ihr tun ließ, was er wollte, als hätte das Schicksal es ihr so bestimmt. Sie nahm nichts anderes mehr wahr als das schmerzliche, köstliche Feuer der Geisterbeschwörung, das Durango in ihr entfacht hatte und das sie mit seinem Rauch umhüllte, sie mit magischen, mystischen Flammen verschlang. Sie befanden sich an einem Ort, der sich ihrer Kenntnis ganz und gar entzog, einem Ort aus alten Sagen, älter als der Himmel und die Hölle und die Dreifaltigkeit, von der er sie fortgeholt hatte, so alt wie der Anbeginn der Zeit, dunkel und geheimnisvoll, einem Ort voller Eichenwälder, die lange Schatten warfen und durch die Phantasiegeschöpfe aus der Tierwelt pirschten, und dort gab es Megalithe aus Granit und Dolmen, um die Gestalten tanzten, die mit blauen Waidsymbolen bemalt waren, und nackt vollführten sie ihre Rituale und paarten sich mit ungezügelter Lust unter einem Mond, der einen Hof hatte, und es gab tiefe kristallklare Tümpel und schwere Silberkelche, aus denen silbriges Wasser und kräftiger Rotwein strömten, zerriebene Kräuter und Talismane, die aus Stein gemeißelt waren, vergoldete Harfen und melodiöse Bardengesänge, Zauberei und Brandopfer, um die gefräßigen dämonischen Götter zu besänftigen, während in weiter Ferne die Erde unter den Hufschlägen von tausend reich geschmückten Hengsten bebte, unter den Rädern von tausend Triumphwagen erzitterten, vom Marschritt von tausend Männern nachhallte, die in ihren Rüstungen denen huldigten, die sie geschaffen hatten; und der Sieg schmeckte süß...

Durangos Zähne folterten ihre knospenden Brustwarzen, ehe er die Schweißtropfen aufleckte, die durch den Spalt zwischen ihren Brüsten rannen, und dann zu Josselyns grenzenlosem Entsetzen tiefer glitten, über ihren straffen, zitternden Bauch, als sein Mund ihre saftige geheime Frucht suchte, die sich in einer Passionsblüte verbarg, deren Blütenblätter sich vor seinem intimen Nahen verschlossen. Er nahm ihre Hände und zog sie erbarmungslos von dem sanften moosbewachsenen Hügel, und er riß sie aus ihrer Benommenheit, die sie jetzt, zu spät, vor ihm zu verbergen suchte, um sich gegen ihn zu wehren.

»Nein...« schluchzte sie erschüttert, als sie erkannte, was er vorhatte. »Nein... bitte... nicht...«

Doch Durango schenkte ihrem geflüsterten Flehen keine Beachtung und schöpfte sogar eine abwegige Lust aus ihrem schwachen Widerstand, als seine Knie ihre Schenkel grob spreizten und sie seinen suchenden Lippen und seiner Zunge öffneten. Das hätte sie sich in ihren kühnsten Träumen niemals vorgestellt, denn sie hatte nicht gewußt, daß ihr so etwas angetan werden könnte – oder gar, daß sie darin schwelgen würde, sich ihm wild entgegenwölben würde und stumm um mehr flehen würde, als er sich ihr langsam näherte, sich Zeit ließ, sie stöhnen und wimmern ließ, weil sie ihn übermäßig begehrte, denn der brennende Schmerz im hohlen Kern ihres Seins wurde unerträglich. Seine Hand hob sich, um ihr rasendes Verlangen zu stillen, und seine Finger tauchten tief in den Quell schmelzender Lust ein, wurden zurückgezogen und tauchten wieder in sie, und immer wieder; und in all der Zeit entfernte sich seine Zunge nicht von ihr und steigerte ihre Leidenschaft ins Unermeßliche. Sie warf den Kopf von einer Seite auf die andere; ihre Hände gruben sich in sein Haar, als sie der ekstatischen Erlösung entgegenstrebte, die er ihr gebracht hatte, als er sie das erste Mal genommen hatte, sie, eine zarte, taubedeckte Blume in der dunklen Stunde vor Tagesanbruch, die sich einer aufgehenden Sonne aus einer anderen Welt entgegenreckte. Und dann war ohne jede Vorwarnung die strahlende Dämmerung aufgezogen und hatte über dem Horizont ein explosives Spektakel aus Licht und Farbe geboten, das sie blendete und betäubte, ehe sich das Schauspiel langsam verflüchtigte und sie sich in seiner Wärme und seinem Glanz sonnte.

Urplötzlich war der gehörnte dämonische Gott eine riesige Silhouette, die vor dem verblassenden Regenbogen aufragte, seine Kleidung abwarf und seinen Stachel zeigte, der den längst erwarteten Stich kaum noch erwarten konnte. Josselyn lag ausgebreitet auf dem sonnenüberfluteten Altar unter ihm, und ihre Euphorie legte sich, als ihre schlehengrünen Augen, die von Leidenschaft verschleiert waren, sich langsam öffneten und sie ihn über sich aufragen sah, in all seiner nackten bronzefarbenen Pracht, voller Begehren, als er seine vestalische Braut für sich fordern und sich nicht um diesen Genuß bringen lassen wollte, jetzt nicht und nie wieder. In seinen schwarzen Augen funkelten Gier und Triumph, als er auf sie herabsah. Sie erschauerte, als sein Blick über sie glitt, nicht mehr unschuldig, aber immer noch furchtsam – sie ängstigte sich vor dem, was in ihr freigesetzt worden war, aber auch vor dem, was noch bevorstand, denn jetzt war ihr nur zu klar, daß das, was bisher geschehen war, nur ein süßes, verlockendes Vorspiel für das esoterische Ritual gewesen war. Bedrohliche und unheilverkündende Versprechungen hingen schwer in der Luft; die Sonnenstäubchen flirrten golden und verschwommen hoch über ihr.

Ihr wurde schwindlig, und sie geriet in Panik und wollte ihn abwehren, doch Durango preßte sie gnadenlos auf den Altar zurück, wie ein Priester, der die Jungfrau festhält, die geopfert wird, während sie darauf wartete, daß die apokalyptische Klinge sich senkte, denn irgendwo tief in ihrem Innern wußte sie trotz ihrer Angst und ihres Argwohns, daß er recht gehabt hatte, daß sie es so haben wollte, daß sie ihn begehrte, sich nach ihm verzehrte, und das schon, seit er sie in den Katakomben der Goldmine geküßt hatte, damals, in einem anderen Leben. Einen Moment lang war die Luft zwischen ihnen so spannungsgeladen wie vor einem Gewitter, und dann stöhnte er: »Jossie...«, und der harte, suchende Stachel seiner Männlichkeit rammte sich schnell und tief und unwiderruflich in ihren überfließenden Kelch und spaltete sie und ließ sie einen atemberaubenden Augenblick lang in Stücke zersplittern, und sie keuchte und schrie auf, ein leises Wehklagen der Kapitulation, das er brutal mit seinem Mund erstickte, als er sie blindlings pfählte, wieder und immer wieder, während seine Hände sie heftig an ihn preßten und ihre Hüften jedem seiner barbarischen Stöße entgegenwölbten, dunkles Fleisch sich mit bleichem verschmolz, und die Sommersonne hüllte sie in einen Kokon aus schillernden Flammen und siegelte sie dort für alle Ewigkeit ein. Mit jeder Bewegung steigerte sich ihre Lust, bis sie schließlich so verloren war wie er und ihn heftig umarmte, ihn lüstern umschlang, ihn tief in sich aufnahm, als er sie einen strömenden silbernen Fluß hinabzog, der der Äther des Lebens war, zu einem fernen bewaldeten Ufer, das das Paradies war und in dem das Licht von tausend zerspringenden Sonnen leuchtete und ein süßes goldenes Feuer brannte, das sie zu Asche zerfallen ließ, als ein langer Schauer seinen ganzen muskulösen Körper durchzuckte und er sich in sie ergoß.

Hinterher, als das Tageslicht, das jetzt einen harten Glanz hatte, hereinströmte und den ärmlichen Küchenanbau so zeigte, wie er wirklich war, alles andere als ein allmächtiger, okkulter Ort, weinte sie lautlos in seinen Armen, weil sie sich bei der Vorstellung schämte, daß sie sich ihm so leicht hingegeben hatte, daß sie mit einer Leidenschaft auf ihn reagiert hatte, die sich an seiner eigenen Glut messen konnte – und, was noch schlimmer war, daß er recht gehabt hatte, daß sie es wieder tun würde, selbst dann, wenn er ihren Vater umgebracht hatte. O Gott, was hatte Durango bloß an sich, wenn er diese Gefühle in ihr wachrufen konnte?

»Pst. *Querida*, pst«, murmelte er ihr ins Ohr, als er ihren Kopf an seiner breiten Schulter wiegte, besänftigend ihr Haar streichelte und ihr bleiches Gesicht mit Küssen bedeckte. »Diesmal gibt es keinen Grund für Tränen. Du bist meine Frau, und es ist mein Recht, dich zu nehmen. Außerdem ist es nicht so, als hätte ich dich nicht schon vorher geliebt – oder als würde ich dich nicht wieder lieben.«

Aber weder diese Wahrheit noch die weiteren Aussichten konnten Josselyn trösten.

»Liebe? So nennst du es, Durango?« schluchzte sie leise und gepeinigt, und ihr Mund war zart und zitterte, als er ihn sanft mit seinen Lippen berührte. »Du hast einmal gesagt, du würdest es nicht so nennen.«

»Nenn es wie du willst, Jossie.« Seine Stimme war gesenkt, und seine Augen verbargen seine Gedanken vor ihr. »Oder gib dem, was zwischen uns ist, gar keinen Namen. Das ändert nichts. Was es auch sein mag, es läßt sich nicht leugnen. Das weiß ich, und wenn du es bisher nicht wußtest, dann weißt du es jetzt. Es gibt keinen anderen Mann für dich als mich, nur mich allein – und es wird auch nie einen anderen geben.« Er unterbrach sich einen Moment lang, damit die Worte zu ihr vordringen konnten. Dann fuhr er gelassener fort. »Was du mir gegenüber auch empfindest, meine Süße, die Tatsache bleibt bestehen, daß ich dein Mann bin. Du mußt lernen, das Beste daraus zu machen, wie auch ich es vorhabe. Daher könnte es dich vielleicht auch interessieren, daß ich ein Haus am Casey für uns aufgetrieben habe.«

»Ich weiß«, sagte sie, ohne sich etwas dabei zu denken. »Nell hat es mir erzählt.«

Durangos Körper wurde völlig unerwartet stocksteif und erstarrte; seine Hände schlossen sich versehentlich so fest um sie, daß sie zusammenzuckte. Sie hatte ihn wieder einmal verärgert, erkannte Josselyn mißmutig, denn sie hatte die Schauspielerin ins Vertrauen gezogen, während sie vor ihrem eigenen Mann geheimgehalten hatte, wo sie sich verborgen hielt.

»Nell weiß, daß du hier bist?« fragte er nach einem langen angespannten Moment.

»J-j-ja«, flüsterte sie.

»Ich… verstehe.«

Ja, er verstand es wirklich, dachte Durango, und sein Mund wurde schmal, und all seine Zweifel an seiner Frau und ihrem Vater, die sich inzwischen gelegt hatten, regten sich unerfreulicherweise erneut. Denn wenn Red trotz allem doch noch am Leben war, wer hätte dann besser informiert sein sollen als Nell, seine Mätresse? Diente die Schauspielerin vielleicht sogar als Verbindung zwischen Josselyn und ihrem Vater? Hatte Josselyn deshalb den Kontakt zu ihr aufrechterhalten? Bei dieser Vorstellung verfinsterte sich Durangos Gesicht: Er preßte die Zähne fest aufeinander. Vielleicht hatte er mit seinem ursprünglichen Verdacht doch recht gehabt. Vielleicht hatte sie ihn an jenem Morgen im Teller House tatsächlich in eine Falle gelockt und sogar ihre

Jungfräulichkeit geopfert, um ihn zu einer Eheschließung zu zwingen, da sie vorhatte, gemeinsame Sache mit Red zu machen, und anschließend wollten sie ihn dann töten, um seine Anteile am Rainbow's End an sich zu bringen. Seltsamerweise wollte er das nicht glauben: Dennoch konnte er sich nicht von seinem Mißtrauen seiner Frau gegenüber freimachen, das plötzlich wieder in ihm aufgekeimt war. Sie war ihm fortgelaufen, ja. Aber wenn er jetzt darüber nachdachte, wurde Durango klar, daß sie nicht allzu weit weggelaufen war; sie mußte gewußt haben, daß er sie früher oder später im Bergwerk finden würde. War es dann etwa ihre Absicht gewesen, von ihm aufgespürt zu werden? Hatte sie es darauf angelegt, ihn zu irgendwelchen ruchlosen Zwecken herzulocken, weil ihr Vater und sie einen sogenannten Unfall arrangieren wollten? Er mußte auf der Hut sein, sagte sich Durango; er mußte in Erfahrung bringen, ob Red tatsächlich noch am Leben war und Josselyn zu seiner Komplizin gemacht hatte – und wo hätte er die Wahrheit eher finden können als hier, im Rainbow's End.

Durango nahm das Gespräch dort wieder auf, wo er es unterbrochen hatte. »Wenn Nell dir von dem Haus erzählt hat, dann muß dir auch bekannt sein, daß ich dabei bin, es umbauen zu lassen. Daher ist es bis jetzt leider noch nicht bewohnbar. Aus diesem Grund, Jossie, bin ich geneigt, dir zu erlauben, daß du bis auf weiteres im Rainbow's End bleibst. Aber begeh nicht den Fehler zu glauben, ich ließe dir deine Freiheit, ich warne dich, ich denke gar nicht daran. Du kannst auch damit rechnen, daß ich einen großen Teil meiner Zeit hier mit dir zusammen verbringen werde.« Sein Tonfall ließ keinen Zweifel an dem bestehen, was seine Besuche alles umfassen würden. »Und falls ich je herkommen sollte und feststellen muß, daß du wieder verschwunden bist, daß du mir noch einmal weggelaufen bist, dann gelobe ich dir, daß ich, wenn ich dich finde – und ich werde dich finden; es wäre unklug, daran auch nur einen Moment lang zu zweifeln –, übel versucht sein werde, dich für deinen Ungehorsam zu schlagen, so übel versucht, daß es mir unmöglich sein könnte, diesem Drang zu widerstehen!« Durango schwieg einen Moment lang und ließ ihr Zeit, seine Drohung zu bedenken. Dann fuhr er fort.

»Aus dem bewunderungswürdigen Schweigen der Grubenarbeiter schließe ich, daß es dir irgendwie gelungen ist, sie zu beschwatzen, dein Geheimnis zu wahren, denn keiner hat ein Wort über deinen Verbleib verlauten lassen. Aber wisse eins, meine Süße: Wenn sie auch noch soviel Loyalität für dich aufbringen, weil Red dein Vater war, dann wird doch nicht einer von ihnen einen Finger rühren, um dir zu helfen, wenn sie erst einmal wissen, daß du meine Frau bist und daß du mir gehörst, und ich habe die Absicht, das deutlich klarzustellen. Jeder einzelne von ihnen wird wissen, was das heißt, denn mein Ruf als Schütze ist ihnen durchaus nicht unbekannt; und sie werden es nicht riskieren, sich meinen Zorn zuzuziehen, noch nicht einmal um deinetwillen, Jossie. Mach dir also nichts vor, denn dann täuschst du dich. Es gibt nichts und niemanden, der dich vor mir beschützen könnte – oder vor dir selbst; und darüber wirst du eines Tages noch froh sein. *Querida*, das schwöre ich dir!«

Mit diesen Worten schlang er seine Hände in ihr Haar, und sein Mund umschloß ihre Lippen. Er rollte sich auf sie, um sie wieder auf die Matratze zu pressen, und sein Körper bewegte sich nachdrücklich und unbeirrbar und forderte sie für sich, während draußen die Schatten länger wurden und die Sonne zu ihrem langsamen unumgänglichen Abstieg ansetzte und den fernen Horizont feurig strahlen ließ.

23

Wenn sich Josselyn Jahre später an die bittersüßen glückli-
chen Sommertage im Rainbow's End erinnerte, in denen
Durango sie ganz und gar zur Seinen machte, sollte sie sie
immer verschwommen wie durch eine beschlagene Scheibe
sehen, ein Kaleidoskop von Licht und Schatten und diffusen
Farben hinter einem Dunstschleier. Sie schien diese Zeit in
einem Dauerzustand von Benommenheit zu verbringen, als
sei all das ein Traum, ein Intermezzo außerhalb der Zeit,
und als bewegte sich alles im Zeitlupentempo voran.

Nur Durango war wirklich.

Tag und Nacht kam er zu ihr, stundenlang, als könnte er
nicht genug von ihr bekommen, als sei er von ihr besessen.
Immer wieder preßte er sie auf die weiche gefederte
Matratze des alten eisernen Bettgestells im Küchenanbau,
um seinen dunklen prachtvollen Bann um sie zu weben, bis
sie jeden Zentimeter seines Körpers so gut wie ihren eigenen
Körper kannte. Wider Willen lebte sie schon bald nur noch
auf sein Kommen hin, und unbewußt lauschte sie ständig
gebannt nach dem Klang von Pferdehufen und dem Klirren
seiner silbernen mexikanischen Sporen. Wenn er später als
sonst kam, machte sie sich Sorgen, er könnte sie satt haben,
und wenn er endlich doch auftauchte, sie in seine Arme riß
und seinen Mund gierig und wild auf ihre Lippen legte, war
sie von einer unbegreiflichen und unvorstellbaren Freude
erfüllt. Die Stunden zogen sich endlos hin, wenn sie sie
damit zubrachte, auf ihn zu warten, und sie vergingen allzu
schnell, wenn er kam. In seinen Armen vergaß sie alles bis
auf ihn, und ihr Körper war eine vergoldete Harfe mit straff
gespannten Saiten, die er meisterlich und leidenschaftlich

spielte, langsame, betörende Melodien und kurze, schnelle Dissonanzen, die sie unter seinen Händen zittern und vor Freude aufschreien ließen.

Manchmal sah sich Josselyn im Rasierspiegel der Männer ihr Spiegelbild an und erkannte sich selbst nicht mehr, und sie glaubte, diese feurige frivole Frau mit dem wilden gelösten Haar und den glühenden schräggeschnittenen Augen und den üppigen provozierenden Lippen könnte unmöglich sie selbst sein. Und dann sah sie Durango hinter sich stehen, ein dunkler, verschwommener Schatten im Spiegel, dessen Mund sich zu einem lasziven triumphierenden Lächeln verzog, als seine Hände sich um ihre Taille schlangen und sich besitzergreifend auf ihre Brüste legten, und dann wußte sie bis ins Mark, daß diese Frau nicht irgendeine Traumgestalt, sondern sie selbst war, zur Göttin und zur Sklavin des Dämonen geworden, der sie anbetete und unterjochte, sie schockierte und beschämte, selbst dann, wenn er sie zu den höchsten Gipfeln der Ekstase führte.

Ihr Mann war in Saloons und Bordellen aufgewachsen, und es gab nichts, was er nicht wußte, nicht schon getan hatte und ihr nicht beibrachte. Dabei lachte er leise über ihre entgeisterten Augen und machte sich über sie lustig, denn die Scheu, die sie nie ganz ablegte, ganz gleich, wie oft oder in welcher Form er sie liebte, belustigte und erregte ihn immer wieder. Sie verbrachten träge Tage miteinander, die sich in die Länge zogen, wenn er sie verführerisch neckte und sie marterte, bis sie ihn wider Willen anflehte, sie zu nehmen; und pulsierende, fiebrige Mächte, wenn er, nachdem sie schon lange eingeschlafen war, unangekündigt in ihr Bett kam, um sich ihr ohne jedes Vorspiel wild und heftig aufzudrängen. Die Leidenschaft und der Schlafmangel machten sie apathisch, und sie lebte in einem Dunstkreis, erledigte ihre Küchenarbeiten wie im Traum und war blind für alles außer Durango.

Sie wußte nicht, was die Grubenarbeiter sich dachten, falls sie wußten, daß er zu ihr kam und was er mit ihr anstellte, und es war ihr auch ganz gleich. Ihr genügte es, daß sich ihr Benehmen ihr gegenüber nicht änderte, doch sie hätten blind sein müssen, wenn sie den Wandel an ihr nicht wahrgenommen hätten, das unbewußte Locken in ihren schlehgrünen Augen nicht gesehen, die verführerischen Bewegungen ihres wohlgeformten Körpers nicht bemerkt hätten. Es gab keinen einzigen unter ihnen, der Durango nicht um seine Beute beneidete – aber sie machten sich auch alle Sorgen um Josselyn, die jedem auf seine eigene Art Bewunderung abnötigte.

Sie führten ein hartes und strapaziöses Leben, und in diese Mühsal hatte sie ihre Sanftmut und Süße eingebracht, denn sie kochte und putzte nicht nur für sie, sondern kümmerte sich um sie, als seien sie Kinder; sie flickte ihre Hemden und behandelte ihre Verletzungen, und abends nach dem Essen, wenn die Sonne hinter den Berggipfeln untergegangen war, las sie ihnen laut vor oder sang. Da es sich größtenteils um arme und ungebildete Männer handelte, erblickten sie durch ihre Augen eine Welt, die weit über ihre eigene Erfahrung hinausging, eine Welt voller Anmut und Glauben, voller Geist und Schönheit – denn diese Dinge waren ihr nicht verlorengegangen. Durango hatte ihr Gespür dafür nur noch erhöht. All das drückte sich in ihren schmalen Händen aus, die stickten oder den Rosenkranz beteten, in dem ruhigen, aber eindringlichen Tonfall ihrer Stimme, wenn sie ihnen laut aus ihrer Bibel und aus Gedichtbänden vorlas, so poetisch, daß einem die Tränen kommen konnten, in ihrem Schwanenhals, wenn sie im Lampenschein den Kopf neigte, aber insbesondere in ihrem Gesicht, das ohne ihr Wissen strahltc, weil sie zur Frau geworden war und soviel Liebe in ihrem Herzen trug, Dinge, die erst so spät und unerwartet gekommen waren, die ihr zuweilen lästig und doch so seltsam kostbar waren.

Sie wollte ihren Mann nicht lieben, aber sie war ihm hilflos ausgeliefert, als genügte ihm nicht ihr Körper allein, sondern als müsse er auch ihr Herz und ihre Seele besitzen, wenn er sie mit seinem erfahrenen Mund und seinen geschickten Händen ganz für sich beanspruchte und sich weigerte, sich etwas abschlagen zu lassen.

»Bitte mich darum, *Querida*«, brachte Durango heiser heraus, wenn er in ihr ein Fieber entfacht hatte, das glühend forderte, gestillt zu werden. »Bitte mich darum, daß ich dich nehme. Sag mir, daß du mich begehrst. Sag mir, daß du mich liebst. Sag es, verdammt nochmal!« beharrte er so nachdrücklich, als glaube er, wenn sie die Worte nur oft genug sagte, sie mit der Zeit wahr werden würden.

Und so war es auch. Tief in ihrem Innern glaubte Josselyn, daß sie ihn vielleicht schon seit langem liebte und es sich einfach nicht hatte eingestehen wollen; warum sonst hätte sie so auf ihn reagiert, wie sie es tat? Warum sonst hätten die Gefühle, die er in ihr wachrief, sogar über ihre Frucht vor ihm und über ihren Argwohn siegen und ihr den Eindruck vermitteln sollen, daß, wenn am nächsten Tag die Welt unterginge und nur noch er zurückbliebe, sie glücklicher gewesen wäre, als sie es sich in ihren kühnsten Träumen je hätte ausmalen können?

»Ich liebe dich«, hauchte sie dann und bebte, wenn sie die heftige Erregung in seinen Augen sah, ehe er sich voller Wildheit tief in ihr begrub und sie hingebungsvoll keuchen und aufschreien ließ.

Sie wußte nicht, ob er ihre Liebe je erwidern würde – doch sie hoffte und glaubte es, wenn sie in seinen Armen lag und die leidenschaftlichen Worte hörte, die er sagte, wenn er sie nahm. Ein wenig mußte er sich wohl doch aus ihr machen. Doch die Grubenarbeiter hatten nie erlebt, daß er – dieser draufgängerische Vagabund – je irgend jemanden oder irgend etwas ernst genommen hätte; so kam es, daß manchmal der eine oder andere der Männer, obwohl Durango sie geheiratet hatte, bis in die Morgenstunden in der Schlafbarracke wach lag und sich schlafend stellte, damit die anderen nicht wußten, daß er ebenso gebannt wie Josselyn auf die Geräusche der Pferdehufe und das Klirren der mexikanischen Sporen lauschte und auf die Nacht wartete, in der ihr Mann nicht kommen und ihr das Herz brechen würde.

Und doch kam er zu ihrem Erstaunen Nacht für Nacht.

Er versuchte gar nicht erst, sich ihr fernzuhalten. Sie zog ihn so magisch an wie eine Blume die Biene, deren Stachel eine köstliche Süße enthielt. Er sagte sich, wenn er ihr die Jungfräulichkeit geraubt hatte, dann hätte sie dafür allerdings sein Herz und seine Seele für sich gefordert, ihn mit ihrer Haut einer weißen Priesterin und den Tiefen ihrer Druidenaugen mit einem uralten keltischen Zauber verhext. Nie hatte er für eine Frau empfunden, was er für sie empfand; daher bemerkte er es kaum, als er anfing, sie zu lieben, denn er konnte kaum glauben, daß es tatsächlich Liebe war, was ihn an diesen trägen goldenen Tagen und in diesen stürmischen ebenholzschwarzen Nächten in ihren Bann zog. Er wußte nur, daß er nie etwas wie sie gekannt hatte und nie etwas wie sie wiederfinden würde, nicht in einer Million Jahren. Dennoch war Durango nie ein Mann gewesen, der anderen leichtfertig vertraute, und jetzt tat er es noch weniger denn je, denn nicht nur eine Goldmine, sondern auch sein Herz stand auf dem Spiel. Die Furcht davor, er könnte doch noch dahinterkommen, daß Josselyn ein falsches Spiel mit ihm spielte, nagte an ihm; daher war es jedesmal, wenn er sie liebte, so, als wollte er sie unwiderruflich und für immer als sein Eigentum brandmarken, damit sich schließlich doch noch erwies, daß sie wahrhaft zu ihm gehörte und ihm nichts vorspielte.

Er war nüchtern genug, um bis dahin in regelmäßigen Abständen ihre Habe zu durchsuchen, wenn sie in der Küche war und für die Bergarbeiter kochte. Zu seiner Erleichterung stieß er nie auf etwas, was ihn interessierte. Nichts wies darauf hin, daß sie Kontakt zu ihrem Vater hatte oder daß Red noch am Leben war. Doch als mit der Zeit die Trümmer aus sämtlichen Stollen geräumt wurden und immer noch keine Spur von Reds Leiche auftauchte, wuchsen Durangos Zweifel und Josselyns Hoffnung im selben Maß – wenn er sich auch nie vorstellte, Red könnte am Leben und unschuldig an den Verbrechen sein, die sich im Rainbow's End zugetragen hatten, sie hingegen dachte daran, ihr Vater könnte noch am Leben und der Schuldige sein.

Nur im Bett war ihre Ehe sorgenfrei, denn das gegenseitige Verlangen und Begehren war so übermächtig, daß nichts anderes mehr zählte, doch es gab inzwischen immer öfter andere Augenblicke, in denen es ihnen leichtfiel zu vergessen, daß zwischen ihnen nicht alles so war, wie es hätte sein können. Durango war ein Spieler, der öfter gewann als verlor. Bisher hatte er sein Geld größtenteils in seinen Saloon und die Goldmine gesteckt. Jetzt gab er es außerdem auch für das Haus am Casey und für Josselyn aus. Er suchte Blusen und Röcke und andere Kleidungsstücke für sie aus und kaufte sie ihr, und er bestand darauf, sie nie mehr in ihrer Tracht und mit der Haube zu sehen. Wenn sie die Dinge anzog, die er für sie ausgesucht hatte, trat Bewunderung in seine Augen. Da sie solche Dinge nie zuvor besessen hatte, hatte sie wider Willen ihre helle Freude an den neuen Kleidungsstücken, sogar an durchsichtiger Unterwäsche, und sie stellte sich vor, daß ihr Mann diese Dinge voller Lust und Belustigung aussuchte, da er wußte, wie sehr sie sie schockieren würden, sich aber auch vorstellte, wie er ihr die Sachen quälend langsam und sinnlich ausziehen oder sie ihr brutal vom Leib reißen würde, wenn er sie erst einmal darin sah.

Wenn er auch nicht duldete, daß sie ihm seine ehelichen Rechte versagte, dann behandelte Durango Josselyn zu ihrem großen Erstaunen doch in jeder anderen Hinsicht als gleichberechtigt, und er gestattete es ihr weiterhin, ins Bergwerk hinabzufahren. Oft begleitete er sie und erklärte ihr Arbeitsvorgänge, und er brachte ihrem scharfsinnigen und lernbegierigen Verstand einen Respekt entgegen, der sie verblüffte und ihr schmeichelte, und er sprach nie von oben herab mit ihr, sondern immer so, als erwartete er, daß sie seine Erklärungen zu den Arbeitsvorgängen beim Erzabbau verstand. Bald gab es nur noch wenig, was sie nicht darüber wußte, bis hin zum Umgang mit dem Dynamit, das für Sprengungen benutzt wurde.

»Hast du denn keine Angst, daß ich uns versehentlich in die Luft sprenge, Durango?« fragte sie ihn eines Tages verwundert, als er ihr zeigte, wie man die Sprengladungen anbrachte.

»Meine Süße, wenn ich dich für einen Dummkopf hielte, würde ich dir wohl kaum erlauben, in die Stollen hinabzufahren, und schon gar nicht mit einer Dynamitstange in der Hand«, bemerkte ihr Mann. Dann grinste er und fügte unverfroren hinzu: »Wenn ich bedenke, wie gekonnt du mich entflammst, dann verlasse ich mich darauf, daß du mit den Zündschnüren ebenso geschickt umgehen wirst.«

Wenn seine unverfrorene Anspielung sie auch tief erröten ließ, dann freute sich Josselyn doch sehr über seine Worte, denn sie erkannte, daß er sich von ihrer Intelligenz und ihren Fähigkeiten keineswegs bedroht fühlte, sondern sie dafür bewunderte.

»Aber natürlich, Jossie!« rief er aus und schaute sie verwundert an, als sie es wagte, dieses Thema anzusprechen. »Warum auf Erden sollte ich mir eine dumme, oberflächliche Frau wünschen? Hättest du etwa gern einen idiotischen Ehemann am Hals?«

»Nein, natürlich nicht«, erwiderte sie, und ihr entging das zufriedene Lächeln, das seine Lippen verzog, als ihm klarwurde, daß sie zwar ansonsten von ihm halten mochte, was sie wollte, aber seine Klugheit und sein Können zu würdigen wußte.

»Warum in Gottes Namen kommst du dann auf den Gedanken, ich könnte mir eine solche Frau wünschen?« tastete er sich belustigt weiter vor.

»Ich … ich weiß es nicht«, gab sie zu. »Es ist nur so, daß … daß ich immer gehört habe, wie behauptet wird, die meisten Männer würden keine klugen Frauen mögen, und deshalb müßten Frauen selbst dann so tun, als seien sie albern und hilflos, wenn sie es nicht sind.«

»Ich bin nicht irgendein Mann wie viele andere, Jossie«, maßte er sich arrogant an. »Ich dachte, daß sei dir inzwischen klar.«

Natürlich war es ihr klar; ihre Ehe stimmte in keinem Punkt mit den Geschichten überein, die die Mädchen im Kloster einander erzählt hatten. Schon allein, wie er sie liebte, war skandalös, soviel wußte Josselyn, denn man hatte sie immer glauben gemacht, ein anständiger Mann dächte im Traum nicht daran, seine Frau ganz unverschämt und unsittlich nackt auszuziehen, sondern er täte nichts anderes, als den Saum ihres Nachthemds anzuheben – und auch das nur zu dem einen Zweck, einen Erben zu zeugen. Falls Durango sich dieser Erwartungen bewußt war, die man an einen Ehemann stellte, dann mißachtete er sie gänzlich, wie er auch alles andere ignorierte, was ihm nicht paßte. Mit Sicherheit hätte kein anderer Mann seiner Frau erlaubt, im Goldbergwerk zu wohnen, mit neun anderen Männern dort zu leben und sich in Männerangelegenheiten einzumischen, was sie schließlich tat, wenn sie in die Grube hinunterfuhr und bis in alle Einzelheiten lernen wollte, wie die Arbeit dort aussah. Mit Sicherheit hätte kein anderer Mann ihren Verstand so hoch geschätzt und sie tatsächlich ermutigt, ihre eigenen Gedanken und Meinungen zu äußern, und kein anderer hätte so offen mit ihr über alles geredet, auch über den Sex, denn das hätte kein Gentleman tun sollen, noch nicht einmal mit der eigenen Frau. Sie hätte schockiert sein sollen, dachte Josselyn, und sie war es auch. Dennoch konnte sie nicht leugnen, daß es einen unerhofften, aber unbestreitbaren Reiz hatte, mit ihm verheiratet zu sein, denn ihre Ehe brachte eine Freiheit und Aufregung mit sich, von denen sie ahnte, daß sie in den meisten Ehen fehlten. Wenn Durango auch noch so grob und gewöhnlich und korrupt sein mochte, dann hatte er doch trotzdem etwas unbestreitbar Wildes und Faszinierendes an sich. Manchmal sah sie sich gezwungen, sich selbst einzugestehen, daß sie auf seltsame Weise glücklich mit ihm war, bis ihre Zweifel an ihm sie wieder einholten; aber selbst diese fingen langsam, aber sicher an zu schwinden, als der Sommer voranschritt.

Je besser sie sich mit den Arbeitsvorgängen im Bergwerk auskannte, desto mehr wunderte sich Josselyn, als sie begriff, daß den sogenannten Unfällen ein seltsames Schema zugrunde lag, soweit sie das den Schilderungen der Sabotageakte entnehmen konnte, die ihr die Grubenarbeiter gaben. Es hatte mit so kleinen Unannehmlichkeiten begonnen, daß anfangs niemand auch nur auf den Gedanken gekommen war, eine Absicht dahinter zu sehen. Erst allmählich, als die Zwischenfälle sich gehäuft hatten und immer mehr dabei passiert war, war der Verdacht auf Sabotage aufgekommen, und selbst dann noch hatte festgestanden, daß sie so gerissen durchgeführt wurden, wie es nur jemand hätte tun können, der sich bestens im Bergbau auskannte und dem man daher kaum auf die Schliche kommen konnte. Erst nach Forbes' Tod war deutlich geworden, daß nicht nur ein Saboteur, sondern vielleicht sogar ein Mörder am Werk war. Diese Mutmaßung erschien logisch, und doch wunderte sich Josselyn weiterhin darüber, wie sich die Form der Unfälle nach Forbes' Tod anscheinend verändert hatte.

Früher waren die Zwischenfälle so geschickt eingefädelt worden, daß man unmöglich beweisen konnte, es handelte sich nicht um reine Unfälle, doch später hatte es den Versuchen, den Umstand zu verschleiern, daß hier ein absichtliches Eingreifen vorlag, an ihrer vorherigen Raffinesse gefehlt. Später waren sogar Werkzeuge und Maschinen, die nicht in Betrieb waren, sondern gerade repariert wurden, beschädigt worden, als ob derjenige, der die Verbrechen begangen hatte, keine Ahnung hatte, welche Zerstörungen sinnvoll waren und welche nicht.

Dabei wurden Fehler begangen, die sich nur auf grobe Dummheit und Ahnungslosigkeit zurückführen ließen, und das erschwerte es Josselyn beträchtlich, sie ihrem Mann zuzuschreiben. Es war fast so, als sei der Saboteur nach For-bes' Tod Amok gelaufen und hätte den Verstand verloren; und das vertrug sich keineswegs mit Durango, wie sie ihn kannte. Er mochte sich zwar oft rauh und unberechenbar benehmen, aber er war kein Tölpel, dem jede Logik fehlte – und wozu sollte es gut sein, Geräte zu zerstören, die ohnehin schon beschädigt waren? Es gab keinen Grund dafür; aber wie ließ sich dann erklären, daß die Sprengladungen, die die Goldmine versiegelt hatten, unbestreitbar meisterlich ange-bracht worden waren? Josselyn wußte es nicht.

Und doch fiel es ihr nur immer noch schwerer, ihren Mann weiterhin der Sabotage und des Mordes zu verdächtigen, als er eines schönen Tages zum Rainbow's End geritten kam und Cisco vor sich auf dem Sattel hatte. Der Junge war der-art verändert, daß Josselyn ihn kaum wiedererkannte. Offensichtlich hatte sich Durango großartig um den Jungen gekümmert, der jetzt aufgeweckt und lernbegierig war und einen kräftigen Körper hatte, weil er gut und gesund ernährt worden war. Er war frisch gebadet und einfach, aber nett angezogen.

»Ein Geschenk für dich, *Querida*«, brachte ihr Mann lakonisch vor, als er das Kind vom Sattel hob. »Er ist sauber, und er ist gesund, und meistens denkt er an seine Manieren, aber er könnte trotzdem eine mütterliche und zartere Hand gebrauchen, denke ich.«

So kam es, daß Cisco zu ihr ins Rainbow's End zog. Josse-lyn gestattete sich die Überlegung nicht, daß sie zu dritt wie eine richtige Familie waren und daß Durango vielleicht gerade diesen Eindruck in ihr hatte wecken wollen, als er den Jungen zur Goldmine mitbrachte, daß ihr Mann sich vielleicht sogar selbst ein Kind von ihr wünschte. Sie fand, das sei gar zu untypisch für ihn, denn sie hatte sich ihn nie als

Vater vorgestellt. Um so verblüffender war sie daher, als sie hörte, daß Cisco Durango »Papa« nannte, und als sie im Lauf der Zeit bemerkte, wie sehr ihr Mann in den Jungen vernarrt war und wie Cisco ihn seinerseits verehrte. Ebenso sehr schockierte es sie jedoch, als sie entdeckte, daß das Kind die Regeln jedes nur denkbaren Spiels kannte, aber auch die subtilen Unterschiede zwischen Pulque, Mescal, Tequila und Sotol.

Cisco erklärte es ihr eines Nachmittags in der Küche ausführlich; als sie ihn dort vorgefunden hatte, hatte er auf seiner Bettkante gesessen und so unglaublich unschuldig und ruhig gewirkt, daß sie ihm augenblicklich unterstellte, er führte Übles im Schilde.

»Was hast du hinter deinem Rücken versteckt, junger Mann?« erkundigte sich Josselyn mit scharfer Stimme.

»Nichts. Nichts, *Señora*.«

»Nein, damit, daß du es unter deinem Kopfkissen versteckst, wirst du auch keinen Erfolg haben, Cisco. Gib es mir schon«, beharrte sie streng und war entsetzt, als er endlich eine von Durangos Mescal-Flaschen herauszog. Offensichtlich hatte der Junge einen Schluck daraus getrunken, und als sie voller Entrüstung und Mißbilligung schnaufte, machte er sich hastig ans Werk, ihr das Destillat aus der Agave begeistert zu erklären.

»Ich habe *el gusano rojo* schon gegessen – den roten Wurm, den man in den besten Tequila-Sorten findet«, brüstete sich Cisco stolz, »und das ist der wahre Test für *un hombre macho*. Was soll es dann noch schaden, wenn ich mir manchmal einen Schluck aus Papas Flasche klaue, *Señora*? Gar nichts! Das ist doch ohnehin fast nur Wasser.«

»Cisco, für wie dumm hältst du mich eigentlich?« fragte sie verärgert und schaute ihn finster an, weil seine Unverschämtheit, zu erwarten, daß sie an eine solche Lüge glaubte, sie entrüstete.

»Nein, es ist wahr, das schwöre ich!« beharrte das Kind ernsthaft. »Das ist einer von Papas Tricks. Er hat es mir selbst gesagt! Eines Tages hat er zu mir gesagt: ›Cisco, man darf den Leuten nie zeigen, daß man klüger ist, als sie glauben. Siehst du diese Flasche hier? Da du mich gefragt hast, werde ich dir sagen, warum ich sie zu zwei Dritteln mit Wasser fülle: Wenn ich nämlich soviel trinken würde, wie die Leute glauben, dann wäre ich längst tot – und jeder, der gesunden Menschenverstand besitzt, müßte das selbst wissen. Aber siehst du, Cisco, es ist so: Manche Leute... tja, sie sind eben nicht besonders gescheit. Sie machen sich nicht die Mühe, sich selbst Gedanken zu machen. Wenn sie also *glauben*, daß man ein Trinker ist, dann benehmen sie sich dir gegenüber verdammt unvorsichtig und nehmen dich erst ernst, bis es zu spät ist.‹ Nach einem Moment hat Papa dann noch gesagt: ›Auf die Art werde ich früher oder später herausfinden, welcher meiner Partner so versessen darauf ist, uns übrigen gezinkte Karten auszugeben. Ich werde herausfinden, wer all diese sogenannten Unfälle verursacht und Mr. Forbes in den Sumpf gestoßen hat.‹ Sie glauben mir nicht, *Señora*? Dann machen Sie die Flasche doch selbst auf, und überzeugen Sie sich davon!« hatte der Junge sie herausgefordert.

Plötzlich war eine wilde Hoffnung in Josselyns Herzen aufgekeimt. Ciscos Worte hatten geklungen, als hätte der Junge die Wahrheit gesagt, und warum sonst hätte er wie ein Papagei alles getreulich wiedergeben sollen, was Durango angeblich gesagt hatte? Es hatte tatsächlich ganz so geklungen wie etwas, was Durango dem Kind erzählt haben konnte, und Josselyns Hand zitterte ein wenig, als sie den

404

Korken aus der Flasche zog und argwöhnisch an der klaren Flüssigkeit roch, ehe sie zögernd einen Schluck probierte. Da sie keinen hochprozentigen Alkohol gewohnt war, brannte die Flüssigkeit in ihrer Kehle; sie würgte, und ihre Augen brannten, und es erschien ihr unglaublich, wie stark der Alkohol in seiner reinen Form sein mußte, denn sogar sie, die nur verwässerten Meßwein kannte, konnte schmekken, daß der Mescal tatsächlich verwässert war. Sie wußte nicht, was sie davon halten sollte.

War es wirklich möglich, daß Cisco die Wahrheit gesagt hatte, daß Durango tatsächlich unschuldig an dem war, was sie ihm unterstellte, daß er nur so tat, als sei er ein Säufer, damit er in Erfahrung bringen konnte, wer die Sabotageakte im Rainbow's End ausgeführt und Forbes getötet hatte? Aber warum nur Forbes – und nicht auch ihren Vater?

»Weil, meine Süße, trotz des äußeren Anscheins noch kein wirklicher Beweis für Reds Tod erbracht worden ist«, führte Durango am selben Abend aus, als sie ihn auf Ciscos Bericht und die Mescal-Flasche ansprach und Antworten auf ihre Fragen verlangte, »und daher bin ich nicht so dumm, nicht wenigstens die Möglichkeit in Betracht zu ziehen, daß er noch am Leben ist und daß er der Schurke ist, der die Verantwortung für alles trägt, was im Rainbow's End passiert ist – und, was noch dazu kommt, *Querida*, daß du mit ihm unter einer Decke steckst und daß ihr Nell als Zwischenträgerin benutzt und daß ihr in diesem Augenblick plant, wie ihr mich, deinen liebenden Gatten, töten könnt, damit ihr meine Anteile an euch bringt!«

Diese Unterstellungen irritierten Josselyn derart, daß sie ihn nur noch entsetzt anstarren konnte.

»Wie... wie kannst du so etwas auch nur über meinen Vater denken? Und über Nell? Über *mich*?« fragte sie leise, und ihre Augen waren so groß und von Schmerz erfüllt, daß Durango wußte, wie echt ihr Schock und ihre Verletztheit waren; endlich war er von ganzem Herzen sicher, daß sie nie etwas anderes als das gewesen war, was sie war: eine leichtgläubige Jungfrau, die im Kloster aufgewachsen war und um den Verlust ihres verstorbenen Vaters trauerte, ein hilfloses Opfer des ungewöhnlichen Testaments ihres Vaters, das noch dazu von ihrem Ehemann gnadenlos an sich genommen worden war. Hatte Durango ihr – und Red – denn in den letzten Wochen nicht reichlich Gelegenheit gegeben, ihm unten in der Goldmine etwas anzutun? Er hatte Josselyn sogar erlaubt, das Dynamit anzuzünden! Und nichts war passiert, keine Spur eines dieser sogenannten Unfälle. Was konnte das anderes heißen, als daß Red, selbst wenn er noch am Leben war und sich der Verbrechen im Rainbow's End schuldig gemacht hatte, nichts davon wußte, daß seine Tochter geheiratet hatte und somit jetzt, falls Durango sterben sollte, die Anteile ihres Mannes geerbt hätte? Das wiederum bedeutete, daß sie keinen Kontakt zu ihrem Vater hatte, nicht in seine abscheulichen Schandtaten verwickelt war und es nie gewesen war, sondern völlig unschuldig dastand und nichts damit zu tun hatte.

War es dann noch ein Wunder, daß sie ihn, Durango, ihren Mann, fürchtete? Daß sie sich gegen ihn wehrte, wenn er sie im Bett auch immer wieder nötigte zu gestehen, daß sie ihn liebte? Daß sie ihm immer noch einen Teil ihrer selbst vorenthielt, etwas, was sich ihm entzog, weil es nichts war, was er sich hätte nehmen können, sondern etwas, was nur sie allein freiwillig geben konnte?

Ich schäme mich dafür, daß ich dich begehre, daß ich dich liebe, hatte sie einmal hinterher ausgerufen und ihn damit bis ins Mark verletzt, denn daraufhin hatte er geglaubt, er

406

würde ihr Herz nie wirklich für sich gewinnen, sondern sich nur ihren Haß zuziehen, weil er trotz allem in der Lage war, sie dazu zu bringen, daß sie ihn begehrte, daß sie sich ihm hingab, daß sie mit einer Leidenschaft auf ihn reagierte, die so heftig und verzehrend wie seine eigene war. Es dauerte lange, bis er etwas sagte.

»Wie unterscheiden sich meine Verdächtigungen von deinen, Jossie?« Seine Stimme klang seltsam; ehe seine Augen sich verschleierten, stand dieser merkwürdige Schimmer darin, feurig und forschend, der ihr jedesmal, wenn sie ihn sah, wieder unter die Haut ging. »Hm? Erklär mir das, wenn du es kannst.« Aber sie konnte es nicht. In dem Moment verstand sie, daß sie ihn, wenn es auch noch so unwahrscheinlich erschien, mit ihren Zweifeln verletzt hatte und daß er sich somit doch etwas aus ihr machen mußte, denn sonst hätte es nicht in ihrer Macht gestanden, ihm weh zu tun. Plötzlich schämte sie sich, denn sie hatte nie auch nur einen Augenblick daran gedacht, auf seine Gefühle Rücksicht zu nehmen. »Siehst du, *Querida*, das ist ein zweischneidiges Schwert«, hob er leise hervor. »Und das ist es schon immer gewesen.«

»Aber... aber wenn du mir solche abscheulichen Dinge unterstellt hast, warum... warum hast du mich dann geheiratet?«

»Du weißt, warum.« Seine Stimme war jetzt gesenkt und heiser, als seine Augen sich ohne jede Vorwarnung im Lampenschein zu glühenden Kohlen verfinsterten und er die Arme ausstreckte, um sie unbeirrbar an sich zu ziehen. »Weil du mir, ganz gleich, was sonst sein mag, unter die Haut gegangen bist und ich dich bis in meine Knochen spüre, Jossie, genauso, wie du mich bis in deine Knochen spürst, und ich kann mich ebenso wenig dagegen wehren wie du!«

Dann preßte Durango seinen Mund heftig auf ihre Lippen, hob sie auf seine starken Arme und trug sie zu dem bereitstehenden Bett, auf das er sie legte, ehe er sie dazu brachte, daß sie alles andere außer ihm vergaß.

24

Sie waren ein Liebespaar. Als sie in dem plötzlichen Schweigen, das sich herabgesenkt hatte, Josselyn und Durango anstarrte, wußte Nell instinktiv, daß es so war. Sie hatte sich schon bei ihrem Eintreffen im Rainbow's End gefragt, warum Josselyn den Eindruck erweckt hatte, als ließe sie sie nur zögernd ein, und warum sie so aufgeregt, nervös und irritiert wirkte – anfangs hatte die Schauspielerin es darauf zurückgeführt, daß die junge Frau nicht ihre Tracht, sondern eine Bluse und einen Rock trug. Allein das schon hatte genügt, um die Sorge der Schauspielerin wachzurufen. Aber Josselyn hatte immer wieder unter gesenkten Wimpern nervöse Blicke auf die Küchentür geworfen, sie hatte nur wenig zu sagen gehabt, und sie hatte nach Nells Empfinden höflich, aber doch verzweifelt versucht, sie wieder loszuwerden. Beunruhigt hatte sich Nell, die keine echten Antworten auf ihre Fragen bekam und schließlich entschieden hatte, es sei offensichtlich kein günstiger Zeitpunkt für einen Besuch, erhoben, um sich zu verabschieden, als das Geräusch von Hufen an ihre Ohren gedrungen war, das Klirren von Sporen und Josselyns hörbares Luftholen. Einen Moment lang hatten die Hände der jüngeren Frau wie die Flügel eines Vogels auf ihrem Schoß geflattert. Dann war die Tür aufgegangen, und sie war abrupt verstummt.

Als Durango jetzt gemächlich in die Küche schlenderte, verstand die Schauspielerin. Im ersten Moment hatte sie gesehen, wie die beiden einander anschauten, Durangos Blicke besitzergreifend und begehrlich und voll intimer Kenntnis, Josselyns Blicke voller zügelloser Leidenschaft und bebender Einwilligung. Entgeistert hatte Nell in dem Moment begriffen, daß sie ein Liebespaar waren. Andernfalls sahen ein Mann und eine Frau einander nicht so an.

Sie war von ganzem Herzen betrübt für Red, denn die Entdeckung, daß die abenteuerliche Saat, die er gesät hatte, so bittere Früchte getragen hatte, würde qualvoll für ihn sein. Er hatte recht gehabt, dachte sie jetzt voller Verzweiflung. Auch wenn sie es selbst jetzt noch nicht glauben wollte, mußte Durango Josselyn wirklich an jenem Tag im Bergwerk schändlich ausgenutzt haben, und hinterher hatte er ihr irgendwie ihre Einwilligung abgenötigt. Aber... wie? Und dann kannte die Schauspielerin die Antwort, als sie erstmals den ungewöhnlichen antiken goldenen Ring an Josselyns linker Hand gewahrte, und ihr Herz schlug so schnell und heftig, daß sie fürchtete, es würde ihr in der Brust zerspringen. Irgendwie hatte Durango es geschafft, Josselyn zu einer Heirat zu zwingen – und wie, wenn nicht mit vorgehaltenem Revolver? Wie sonst ließ sich erklären, daß kein Aufgebot ausgehängt worden war? Vater Flanagan hatte wohl um das Leben der jungen Frau und möglicherweise sogar um sein eigenes Leben gefürchtet, und es war ihm nichts anderes übriggeblieben, als das Zeremoniell an Ort und Stelle durchzuführen und auf einen Aushang des Aufgebots zu verzichten. Red hatte sich – eine große Dummheit, wie sich jetzt herausstellte – fest auf das Aufgebot verlassen, das ihn vorwarnen sollte, falls es Durango oder Wylie gelang, Josselyn für sich zu gewinnen.

Die Schauspielerin hatte von Anfang an gefürchtet, daß Red seinen Plan nicht gründlich genug durchdacht hatte, nicht jeden Gesichtspunkt sorgsam geprüft hatte, das Unerwartete nicht einkalkuliert hatte; und jetzt war alles schiefgegangen – und die arme, unschuldige Josselyn war dem voreiligen, wenn auch gutgemeinten Plan ihres Vaters zum Opfer gefallen. Das würde sein Tod sein, dachte Nell gepeinigt – wenn er erfuhr, was seine Tochter durch Durangos brutale Hände erlitten hatte und was sie als seine Frau weiterhin über sich ergehen lassen mußte.

Die Schauspielerin hatte größtes Mitgefühl mit Reds Tochter – wie furchtbar mußte es sein, mit einem Mann verheiratet zu sein, der offensichtlich vor nichts zurückschreckte, um das Rainbow's End allein zu besitzen, der deshalb schon Sabotageakte ausgeübt, Morde begangen und sie vergewaltigt hatte und dem sie jetzt auf Gedeih und Verderb ausgeliefert war! Kein Wunder, daß sie den Mund gehalten und es nicht gewagt hatte, etwas gegen ihn zu sagen. Sie konnte beim besten Willen nicht wissen, welche Drohungen er ihr gegenüber geäußert hatte, was er ihr angetan hatte und was er ihr immer wieder antat. Offensichtlich zwang er sie, sein Bett mit ihm zu teilen; vielleicht schlug er sie sogar oder mißhandelte sie in anderer Form. Dieser Unhold! Und Reds Anteile! Ja, mit Sicherheit hatte Durango sie inzwischen auch an sich gebracht, denn Killian standen keine rechtlichen Mittel zur Verfügung, sie ihm vorzuenthalten. Zweifellos hatte er sie in seinem Tresor im Mother Lode Saloon eingeschlossen, während er sich die Zeit vertrieb und hinterhältig Pläne schmiedete, wie er auch Wylies und Victorias Anteile an sich bringen konnte.

Nell fühlte sich elend, und sie war entsetzt. Jetzt fiel ihr wieder ein, wie Josselyn nach dem angeblichen Unfall im

Stollen ihr gegenüber aufgetaut war. Die junge Frau hatte offensichtlich ganz dringend eine Freundin gebraucht und sich deshalb an sie gewandt. Dennoch hatte Reds Tochter sich ihr nicht anvertrauen können; sie mußte Angst davor gehabt haben. Statt dessen mußte Josselyn kurz darauf versucht haben, Durango zu entkommen, da sie sich zweifellos vorgekommen war, als säße sie in einer Falle. Deshalb war sie ins Rainbow's End gezogen, denn mit den begrenzten finanziellen Mitteln, die ihr zur Verfügung standen, hätte sie es sich gewiß nicht leisten können, weiter fortzulaufen. Deshalb hatte sie geheimhalten wollen, wo sie sich aufhielt. Durango hatte sie offensichtlich doch noch gefunden und mußte erbarmungslos darauf beharrt haben, seine ehelichen Ansprüche bei ihr geltend zu machen.

Warum hatte Josselyn ihr bloß nicht erzählt, was vorgefallen war, sie nicht um Hilfe gebeten? Wahrscheinlich, weil Josselyn nicht nur die Folgen für sich selbst gefürchtet hatte, schloß Nell, sondern auch die Folgen, die sich für sie, Nell, daraus ergeben hätten. Jetzt ließ diese Vorstellung sie mehr denn je erschauern, denn nie hatte sie Durangos raubtierhafte Art und seinen gefährlichen Magnetismus deutlicher wahrgenommen. Nicht zum ersten Mal dachte die Schauspielerin daran, wie gewissenlos er jeden über den Haufen rannte, der sich ihm in den Weg stellte – er hatte es oft genug mit Red und auch mit ihr getan. Wenn sie es sich jetzt recht überlegte, dann war Durango derjenige gewesen, der es bewerkstelligt hatte, daß sie in einem neuen Stück, das in der Stadt aufgeführt wurde, eine Rolle bekommen hatte! Sie war froh darüber gewesen, Arbeit zu finden – schließlich war sie kein junges Mädchen mehr –, und sie war Durango zudem noch für seine überraschende und freundliche Geste dankbar gewesen; aber jetzt begriff sie, daß er ihr nicht aus

Rücksichtnahme behilflich gewesen war, sondern nur, um dafür zu sorgen, daß sie jeden Tag Proben hatte und weniger Zeit fand, das Rainbow's End aufzusuchen und Josselyn zu Hilfe zu kommen.

Nicht etwa, daß Nell viel hätte tun können. Selbst wenn es ihr irgendwie gelungen wäre, Josselyn bei der Flucht zu helfen, dann hätte Durango ja doch die Verfolgung aufgenommen und sie wiedergefunden; und da er mit ihr verheiratet war, konnte niemand rechtliche Schritte unternehmen, um ihn von ihr fernzuhalten. Wenn sich die Schauspielerin auch noch so glühend wünschte, es wäre anders gewesen, dann wußte sie doch, daß es nicht in ihrer Macht stand, der jungen Frau zu helfen. Erschwerend kam noch ihr furchtbares Wissen dazu, daß Red sich ehrenhalber verpflichtet fühlen würde, Durango zum Duell herauszufordern, und das hieß nur, daß er sich erschießen lassen würde und dann tot war, doch seine Tochter würde hinterher auch nicht besser dran sein als vorher. Die Situation war aussichtslos, dachte Nell, und noch dazu gefährlich, wie eine Tonne Dynamit mit angezündeten Zündschnüren und zündbereiten Sprengkapseln.

Irgendwie gelang es ihr, sich zu verabschieden und aufzubrechen, und es erleichterte sie zutiefst, daß Durango keine Anstalten machte, sie zurückzuhalten; ihr war nicht im entferntesten klar, daß Durango in ihr wie in einem Buch gelesen hatte und nichts lieber wollte, als daß sie nach Hause zurückkehrte und Red, falls er tatsächlich noch am Leben war, aus der Reserve lockte, damit die Verhältnisse am Rainbow's End ein für allemal geklärt werden konnten.

Als er sah, daß die Schauspielerin besorgt durch das offene Fenster schaute, als sie auf ihr Pferd stieg, warf Durango provozierend seinen Sombrero auf den Tisch und schnallte seinen Revolvergurt ab und warf ihn zur Seite, ehe er Josselyn in seine Arme zog und ihren Rücken dem Fenster zukehrte, damit Nell das Gesicht seiner Frau nicht sehen konnte, das sich seinem Kuß begierig entgegenhob; seit jener Nacht, in der sie ihn auf die Flasche Mescal angesprochen hatte, hatte sie nämlich aufgehört, ihn abzuwehren, und das ließ ihn hoffen, daß sie endlich an seine Unschuld glaubte und ihn vielleicht sogar wirklich liebte. Ihre Hände, die sie auf seine Brust gepreßt hatte, schlichen sich langsam höher, um sich um seinen Hals zu schlingen. Durango zog eilig die Nadeln aus ihrem Haar und breitete es um sie beide aus, damit Nell nicht sehen konnte, daß sie ihn umarmte, und dann grub Durango seine Finger in ihre wirre Mähne und preßte sie an sich und küßte sie rücksichtslos – doch Josselyn wäre reichlich verblüfft gewesen, wenn sie gesehen hätte, daß seine Augen weit geöffnet waren und er klammheimlich durch das Fenster Nells betroffenes Gesicht betrachtete. Was war, wenn sie Red nichts von dem vermeintlichen Los seiner Tochter erzählte, weil sie um sein Leben fürchtete? Dieser Gedanke provozierte ihn, und Durango riß Josselyn mit einem einzigen heftigen Ruck die Bluse vom Leib, und sie schnappte nach Luft, als er so unerwartet brutal wurde. Zu seiner tiefen Zufriedenheit war Nell bleich geworden und wollte nicht noch mehr mitansehen, sondern spornte ihr Pferd zum Galopp an, als seien alle Höllenhunde hinter ihr her.

Durango hoffte, Red möge den größten Schrecken seines Lebens bekommen. Das wäre ihm nur recht geschehen, schon allein dafür, daß er dieses verdammungswürdige Testament aufgesetzt und Josselyn in eine derart unhaltbare Situation gebracht hatte. Wenn die Umstände anders gewesen wären, hätte er Josselyn damit unsägliches Leid zufügen können. Jedesmal, wenn er daran dachte, wie sie miß-braucht und vielleicht gar ermordet hätte werden können, zitterte Durango vor Wut. Bei der Vorstellung, daß sie in Wylies Bett oder, was noch schlimmer war, erstarrt im Grab hätte liegen können, fröstelte ihm bis in die Knochen.

Ursprünglich hatte er sich nicht wirklich dazu aufraffen wollen, die Lage am Rainbow's End zu ergründen, denn er hatte sich gesagt, wenn man ihm die Leine nur lang genug ließ, würde sich der Schurke, der die Verbrechen begangen hatte, schon von allein darin verfangen. Aber Durango war klargeworden, daß seine Heirat mit Josselyn sie möglicher-weise beide in Gefahr gebracht hatte, und wenn er auch zuversichtlich glaubte, er könnte jedem Gegner überlegen sein, dann hatte er sich doch Sorgen um die Sicherheit seiner Frau gemacht. Deswegen hatte er im Lauf des Sommers angefangen, selbst unauffällig, aber extrem gründlich Nach-forschungen über alles anzustellen, was sich am Rainbow's End zugetragen hatte. Er glaubte, daß er sich inzwischen ein recht genaues Bild von den Vorfällen machen konnte. Unbe-antwortet blieb für ihn nur noch die Frage, welches Motiv Red dafür gehabt hatte, noch mehr Öl ins Feuer zu gießen. Ob er aus Schuldbewußtsein heraus oder aus reiner Unbe-dachtheit gehandelt hatte – er würde ihn dafür zur Verant-wortung ziehen, daß er seine ahnungslose Tochter als Brennstoff benutzt hatte, um das Feuer noch mehr anzu-schüren. In dem Punkt war Durango wild entschlossen – doch wenn er Red auch verfluchte, dann sah sich Durango doch gleichzeitig gezwungen, ihm ewig dankbar zu sein, denn wäre ihr Vater nicht so dumm gewesen, dann hielte Durango jetzt nicht die Frau in seinen Armen, die für ihn mehr Wert als Gold besaß.

Nells Bericht schockierte Red zutiefst. Da sein Knöchel endlich verheilt war, wollte er augenblicklich losstürmen, zum
Rainbow's End reiten und Durango ermorden, um Josselyn
aus den schändlichen Klauen dieses Schurken zu befreien;
aber Nell wies ihn furchtsam darauf hin, was passieren
könnte, wenn Reds Vorhaben scheiterte und er und nicht
Durango sich die Radieschen von unten ansah. Dann würde
Josselyn ihrem Mann wahrscheinlich niemals entkommen
können, und, was noch schlimmer war, sie würde gewiß
anstelle ihres Vaters auf harte Strafen gefaßt sein müssen.

»Ohne deinen blödsinnigen Plan wäre all das überhaupt
nicht erst passiert!« haderte Nell anklagend, denn auch sie
war außer sich und fürchtete sowohl um Red als auch um
seine Tochter. »Begib dich nicht vom Regen in die Traufe,
indem du schon wieder etwas Überstürztes tust! Mach dir
Gedanken, Red! Denk gründlich nach! Versuch, ein einziges
Mal vernünftig zu sein. Im Schießen kannst du es nicht mit
Durango aufnehmen, und das weißt du selbst. Glaubst du
denn, deiner armen Tochter wäre damit geholfen, daß du
dich erschießen läßt? Ganz bestimmt nicht, das sage ich dir.
Du würdest ihr damit nur noch mehr Kummer machen. Es ist
auch keine Lösung, wenn du dich zum Rainbow's End rauf-
schleichst und Josselyn rauben willst. Ob du es schaffst oder
nicht, er ist und bleibt ihr Ehemann und hat das Gesetz auf
seiner Seite, und er kann sie zwingen, zu ihm zurückzukom-
men; wenn wir uns jetzt auch sicher sind, daß er der Schuldige ist, dann haben wir doch nicht ein einziges Beweisstück
in der Hand, das wir dem Sheriff übergeben können, damit
Durango verhaftet und für seine Verbrechen vor Gericht
gestellt wird. Wir haben noch nicht einmal etwas in der
Hand, was wir ihm anbieten können, damit er im Austausch
dafür Josselyn laufen läßt und in eine Scheidung einwilligt,

und nur so wäre sie ihn für immer los – denn du kannst mir nicht erzählen, er hätte deine Anteile an der Goldmine nicht längst sicher in seinem Tresor eingeschlossen!«

»Allmächtiger Himmel, Nellie! Glaubst du denn, meine verfluchten Anteile interessieren mich auch nur die Bohne?« rief Red bedrückt aus. »Meine Tochter macht mir Sorgen – und meine verdammten Anteile kann der Teufel holen! Sie sind ja doch nur schuld an allem, was passiert ist. Bei Gott, ich habe Jossie in diese elende Klemme gebracht, und geschehe, was will, ich hole sie da wieder raus – und dieser heimtückische Hurensohn Durango wird für das büßen, was er angerichtet hat, und wenn es das letzte ist, was ich auf Erden tue, das schwöre ich dir!«

»Ich stehe ganz und gar hinter dir, Red; das weißt du doch«, beharrte Nell standhaft. »Aber laß uns noch ein Weilchen warten und die Dinge ganz gründlich durchdenken. Wenn deine Chance dann kommt, werden wir schnell sein und sie sofort beim Schopf packen!«

Aber davon wollte Red nichts wissen, denn wenn Nell ihn auch noch so streng ausschalt und wenn sein erster Plan auch gräßlich gescheitert war, dann war ihm doch plötzlich ein anderer glänzender Gedanke gekommen – und diesmal hatte er das entschiedene Gefühl, daß sein Plan absolut narrensicher war, daß nicht das Geringste schiefgehen konnte.

Die Trümmer aus dem letzten Stollen, der im Herzen des Bergwerks lag, waren endlich auch ausgeräumt worden; jetzt sahen sich Durango und Josselyn dort genauso gründlich wie in allen anderen Stollen bisher um und suchten nach Anzeichen, die auf Reds Leiche hinwiesen – wobei Durango jedoch sicher war, daß sie auf nichts stoßen würden, und Josselyn die Hoffnung nicht unterdrücken konnte, sie würden nichts finden. Sie hatten ihre Suche fast abgeschlossen, als sich ohne jede Vorwarnung ein Paar Arme in schwarzen Ärmeln aus dem Dunkel vorstreckten, Josselyn fest umklammerten und sie mühelos von Durangos Seite fortzogen, während sie instinktiv begann, sich heftig zu widersetzen. Als er die unerwarteten Entsetzensschreie seiner Frau hörte, drehte sich ihr Mann mit einer ganz erstaunlichen Schnelligkeit um, und wie ein geölter Blitz legte sich seine Hand auf den Revolver, den er nur deshalb nicht zog, weil ihm die kalte Stahlmündung eines Pistolenlaufs abrupt in den Rücken gerammt wurde.

»Das täte ich nicht, wenn ich du wäre.« Durango hörte Wylies gesenkte unversöhnliche Stimme in seinem Ohr, und sein ganzer Körper spannte sich wachsam an. »Hände hoch! Hoch damit, verdammt nochmal! Ja, so ist es richtig. Und jetzt wirst du die linke Hand langsam sinken lassen, ganz langsam. Vorsichtig! Du willst doch nicht, daß ich auf dich schießen muß? Nein, das kann ich mir nicht vorstellen. Und jetzt wirst du deinen Revolvergurt abschnallen und ihn wegwerfen. Mach schon, du Mistkerl!«

Der Lauf von Wylies Derringer zwang Durango, den Befehlen widerstrebend Folge zu leisten, während er im flackernden Lampenschein in das aschfahle Gesicht seiner Frau sah, die von Victoria gefangen gehalten wurde und offensichtlich von den Geschehnissen schockiert war und sich fürchtete. Victoria hielt Forbes' Revolver in der Hand; als sie Wylie sah, der seine Pistole auf den Rücken ihres Mannes richtete, gab Josselyn jeden Fluchtversuch auf und stand jetzt still da, denn sie war unsicher, wie sie sich verhalten sollte; ihr abgehackter Atem hallte durch den Stollen. Durangos Mund verzog sich grimmig, als er sich ein Bild von ihrer unerwarteten und bedrohlichen Lage machte. Er hatte geglaubt, er hätte alles genau durchkalkuliert. War es denn möglich, daß er sich irgendwo vertan hatte, daß ihm ein tödlicher Irrtum unterlaufen war? Bei dieser Vorstellung raste sein Puls vor Sorge, und er zwang sich, ruhig zu bleiben, keine abrupten Bewegungen zu machen und zu tun, was Wylie verlangt hatte.

»Und jetzt kommst du hierher, Durango«, befahl Wylie und wies mit seinem Derringer auf eine Stelle, wo sich Durango mit dem Rücken an die Wand des Schachtes stellen sollte, damit ihm jeder Fluchtweg abgeschnitten war. Da er nicht wußte, was Wylie und Victoria beabsichtigten, kam Durango den Befehlen aus Angst um Josselyn stumm nach, während Wylie den Revolvergurt zur Seite trat und sich zu den beiden Frauen stellte.

»Was soll das heißen, Wylie?« fragte Josselyn mit scharfer Stimme, als fürchtete sie, die Antwort sei ihr bereits bekannt, nämlich, er und Victoria hätten von Anfang an unter einer Decke gesteckt und die Verbrechen vom Rainbow's End begangen und wollten sich jetzt auf grausige Art ihrer beiden letzten verbleibenden unerwünschten Partner entledigen. »Was geht hier eigentlich vor?«

»Ich stelle Durango als Saboteur und Mörder bloß.« Wylies Tonfall war prahlerisch, und auf seinem Gesicht stand ein hochmütiges, selbstzufriedenes Grinsen. »Und dich sollte das grenzenlos freuen, Josselyn, denn schließlich zählt auch zu seinen Vergehen, daß er dich vergewaltigt und zu einer Hochzeit gezwungen hat – und auch dafür wird er büßen, das verspreche ich dir!«

Victorias Arme schlossen sich plötzlich und unangenehm fester um sie, und Josselyn begriff, daß in Wirklichkeit wohl etwas ganz anderes dahintersteckte als Wylies Anklagen. Und so war es auch. Die Witwe redete sich zwar hartnäckig ein, sie hätte nicht den geringsten Grund, sich schuldig oder nervös zu fühlen, doch ihre Körpersprache drückte deutlich aus, daß sie Zweifel an ihrem eigenen Vorgehen hatte. Wenn sie es damals auch noch nicht gewußt hatte, mußte sich Durango Josselyn doch schon aufgedrängt haben, ehe sie ihnen im Teller House etwas in den Cognac geschüttet hatte. Red und Nell hatten es ihnen gestern abend bei einem gemeinsamen Abendessen erzählt, und daraufhin hatten alle vier – Red, Nell, Wylie und Victoria – Pläne geschmiedet, wie sie Durango als den Schurken entlarvten, der er war, und Josselyn von ihm befreiten, aber natürlich hatte Victoria ihren eigenen Beitrag zu dieser Angelegenheit mit keinem Wort erwähnt.

Wylie und Victoria waren total platt gewesen, als Red in Nells Begleitung im Haus der Witwe am Casey aufgetaucht war. Keiner von beiden war je auf den Gedanken gekommen, Red könnte noch am Leben sein; sie hatten wirklich geglaubt, er sei seit Monaten tot und unter einem Haufen Trümmer begraben. Anfangs hatte seine »Auferstehung aus dem Grab« beide aus verschiedenen Gründen völlig aus der Fassung gebracht, doch beide hatten sie mit der Zeit wiedererlangt, als Red wie ein aufgebrachter Stier durch Victorias Wohnzimmer gelaufen war und Durango für seinen Verrat beschimpft und verflucht und immer wieder betont hatte, sie müßten ihm eine Falle stellen, um ihn ein für allemal unschädlich zu machen. Daraufhin hatten sie Reds Plänen eifrig beigestimmt, und am folgenden Tag waren sie zu viert zum Rainbow's End aufgebrochen, um Durango und Josselyn nachzuspionieren.

Nachdem sie beobachtet hatten, daß sich das Paar in die Goldmine begab, hatten alle vier Reds Plan augenblicklich in Angriff genommen und waren durch den Tunnel geeilt, durch den sich Red in der Nacht Zugang verschafft hatte, als er die Stollen mit Sprengladungen versiegelt hatte. Sie hatten sorgsam darauf geachtet, daß sie nicht von den Grubenarbeitern entdeckt wurden, und sie hatten die Stollen durchgekämmt, bis sie Josselyn und Durango gefunden hatten. Da sie es körperlich gegen das gesuchte Paar aufnehmen konnten, war vorher vereinbart worden, daß Wylie und Victoria die Initiative ergreifen sollten. Alle waren davon ausgegangen, daß Josselyn die Dinge nur komplizieren würde, wenn sie sah, daß Red noch am Leben war, denn vermutlich wäre der Schock so übermächtig gewesen, daß sie in Ohnmacht gefallen wäre; daher mußten sich Red und Nell verstecken und ihnen Rückendeckung geben – eine gewaltige Überraschung für Durango, falls er versuchen sollte, sich aus seiner heiklen Lage zu winden.

Jetzt zog Wylie, wie sie es alle vier abgesprochen hatten, die beiden Schriftstücke aus seiner Jackentasche, die sie gestern nacht aufgesetzt hatten, und warf sie Durango samt Federhalter und Tinte vor die Füße.

»Heb das auf«, wies ihn Wylie kühl an und richtete dabei die Pistole auf Durangos Brust, »und unterzeichne die Dokumente mit deinem Namen. Es wäre Zeitvergeudung, sie zu lesen: Eins ist dein Geständnis, daß du den Sabotageakt im Rainbow's End begangen und Forbes ermordet hast, und das andere ist eine Erklärung, in der du deine Anteile und jeden weiteren Anspruch, den du an der Goldmine haben könntest, abtrittst.«

Josselyns Herz überschlug sich vor Entsetzen; jetzt zweifelte sie nicht mehr daran, daß Wylie vorhatte, sie beide zu töten, sowie Durango seiner Aufforderung nachgekommen war. Dazu durfte sie es nicht kommen lassen! Schon einmal war ihr das Leben durch ein paar Blätter Papier vergällt worden. Sie würde nicht zulassen, daß man sie wieder einmal in die Rolle des hilflosen Opfers drängte. Josselyn nahm ihren Mut zusammen und trat Victoria abrupt, so fest sie konnte, auf den Fuß, während sie gleichzeitig die Hand ausstreckte, um Wylie den Derringer aus der Hand zu schlagen. Im nächsten Moment hatte Wylie seine Pistole zwar wieder aufgehoben, doch zu Reds und Nells und Wylies Entsetzen war Durango so geschmeidig wie eine Raubkatze durch den Stollen gesprungen und hatte seinen eigenen Revolver aus dem Gurt gezogen, und als die beiden Männer einander mordlustig gegenübertraten, sahen sie Josselyn und Victoria wie zwei vulgäre Bardamen auf dem Boden um Forbes' Revolver ringen.

Josselyn erkannte jetzt, welcher Dämon an jenem Tag von ihrem Mann Besitz ergriffen hatte, an dem er sich mit Wylie in der Küche geschlagen hatte, denn nie in ihrem ganzen Leben hatte sie eine derart barbarische und unbeherrschbare Wut verspürt wie jetzt, als sie sich mit Zähnen und Nägeln und mit einer Wildheit auf Victoria stürzte, die sogar Durango verblüffte. Es war, als sprudelte alles, was sie je gegen die Witwe gehabt hatte, wie ein Wasserfall aus ihr heraus. Sie benahm sich wie eine Irre, als sie rasend Victorias Haar packte, ihr ein Büschel davon ausriß und mit den Krallen auf ihr Gesicht losging und dabei kaum spürte, daß die Witwe es ihr mit gleicher Münze heimzahlte. Jeder Fluch, den Josselyn je aus Durangos Mund gehört hatte, sprudelte jetzt über ihre Lippen, als sie Victoria eins auf die Ohren gab und ihr die Augen blau schlug, während die verblüffte Witwe wie eine wütende Katze schrie, die jemand am Schwanz zog.

Niemand, noch nicht einmal Durango, wagte es, sich einzumischen, als die beiden Frauen einander kratzten und bissen und traten, sich auf dem Boden wälzten und gnadenlos aufeinander einschlugen. Alle Beteiligten fürchteten, sie selbst oder eine der beiden Frauen oder gar beide könnten versehentlich erschossen werden, wenn sie sich einmischten, denn während des erbitterten Kampfs wurde Forbes' Revolver immer wieder abgefeuert, und die Kugeln flogen im Zickzack durch den Stollen, ehe sie in einer der Wände einschlugen.

»Das war der dritte«, bemerkte Wylie fast im Gesprächston, als ein dritter Schuß aus der umkämpften Waffe abgegeben wurde, doch er senkte den Derringer nicht, den er auf seinen Partner gerichtet hatte.

»Noch drei, und die Trommel ist leer«, bemerkte Durango ebenso beiläufig und hielt den Lauf seines Revolvers, eines Smith & Wesson vom Typ »American«, ebenfalls kühl auf Wylie gerichtet. »Ich setze einen Goldklumpen im Wert von zehn Dollar darauf, daß Jossie gewinnt«, höhnte er provozierend.

Wylies Nasenflügel wurden daraufhin weiß und bebten.

»Zum Teufel mit dir, Durango!« fauchte er grimmig. »Ich begreife nicht, wie du es fertiggebracht hast, bis zum heutigen Tag zu überleben! Jemand hätte dir schon vor langer Zeit eine Kugel in den Kopf jagen und der ganzen Welt damit einen Gefallen tun sollen!«

»Mag sein – aber du wirst nicht derjenige sein, Wylie! Das war der vierte.«

Die beiden Frauen kämpften wie besessen weiter, wenn ihre Kräfte auch rasch nachließen, ihre Brüste sich heftiger hoben und senkten und ihre Röcke weniger wild um sie flogen. Victorias Auge war schon angeschwollen und fing an, sich schwarz zu verfärben; ihre Wange war zerkratzt, ein Ärmel ihres Reitkostüms war von der Schulter gerissen, und ihre Unterlippe war gespalten. Josselyn hatte sich besser gehalten, wenn auch nur unbedeutend. Jetzt hatte sie die Oberhand gewonnen und saß rittlings auf Victoria; die Witwe wurde von einem engen Rock behindert und konnte sie nicht abschütteln. Josselyn keuchte schwer, während sie Victorias Handgelenk so lange gegen den harten Boden schlug, bis die Witwe Forbes' Revolver mit ohnmächtiger Wut und Haß in den Augen fallenließ, nachdem noch zwei weitere Schüsse losgegangen waren. Josselyn schnappte sich die Schußwaffe, stand wankend auf, zog Victoria entschlossen mit sich auf die Füße und war so umsichtig, dafür zu sorgen, daß die Witwe zwischen ihr und Wylie stand.

»Verdammt nochmal, Victoria! Gib jetzt nicht auf! Reiß dich los!« spornte Wylie sie grimmig an. »Es ist keine Kugel mehr in der Trommel!«

»Ist... das... wahr?« fragte Josselyn Durango matt. Nachdem er es ihr bestätigt hatte und die Witwe begann, sich mit dem Rest an Kraft, der ihr noch geblieben war, von ihr loszureißen, sagte Josselyn: »Ich schätze, in dem Fall... werde ich ihr wohl... den Revolver über den Schädel ziehen müssen.« Ohne alle Gewissensbisse versetzte sie Victoria mit Forbes' Revolver einen Schlag auf den Kopf und zerrte dann die benommene, wehrlose Gestalt zu Durango, in dessen Augen Stolz und Bewunderung für seine siegreiche Frau stand, wenn er den Blick auch keinen Moment lang von Wylie abwandte. Josselyn, deren Kräfte jetzt endlich auch nachließen, ließ Victorias Körper langsam vor Durangos Füße sinken.

»Laß den Derringer fallen, Wylie«, befahl er leise und stellte sich schützend vor seine Frau, während er diese Worte äußerte, »es sei denn, du willst, daß Jossie das beendet, was sie begonnen hat.«

»Bei Gott, du verfluchter Hurensohn!« brüllte Red bei diesen Worten und sprang mit der Schrotflinte in der Hand aus seinem Versteck hinter einem großen Felsen hervor, denn er konnte sich nicht länger zusammenreißen. »Du schaffst es nicht, mir einzureden, du hättest meine arme Tochter so um den Verstand gebracht, daß sie für dich einen Mord begehen würde, du dreckiger Lump!«

»D-D-Dad?« rief Josselyn entgeistert aus und war so schockiert, daß sie ihren Vater nur noch ungläubig anstarren konnte. »Dad!«

»So, so, ich hatte mich schon gefragt, wann du endlich auf der Bildfläche auftauchst, Red«, brachte Durango gedehnt und trocken heraus. »Nein, Jossie, meine Süße, bleib für den Moment, wo du bist – und versuch bitte, jetzt nicht ohnmächtig zu werden. Ich habe im Moment alle Hände voll zu tun.«

»Hör nicht auf ihn, Jossie!« brüllte Red eindringlich. Der Anblick seiner Tochter mit dem bleichen Gesicht und den weitaufgerissenen Augen, die sich langsam mit Schmerz füllten, entsetzte ihn. »Komm zu mir, Mädchen. Er wird es nicht wagen, mich und Wylie aus den Augen zu lassen.«

»Er hat recht, *Querida*. Hör nicht auf mich; hör auf *ihn*«, zischte Durango, dessen Stimme gesenkt war und vor Wut und Mitgefühl bebte. »Hör auf den Mann, der dich in diesem hinterhältigen Spiel als Einsatz benutzt hat!«

Natürlich war sie froh darüber, daß ihr Vater noch am Leben war, doch ihre Freude wurde von den Worten ihres Mannes getrübt. Als sie an Dads gräßliches Testament dachte und erkannte, daß er sie wirklich benutzt hatte, zuge-lassen hatte, daß sie ihn für tot hielt, während er seine Ränke gegen Durango geschmiedet hatte, blieb sie betäubt stehen, wo sie stand, gepeinigt und bestürzt. Wenn ihr Vater ihren

Mann für schuldig an den Sabotageakten und dem Mord hielt, warum hatte er dann zugelassen, daß sie Durango heiratete?

»Jossie...« flüsterte Red erschüttert, als sie sich nicht rührte und nichts sagte. »Jossie, Mädchen...« Seine Stimme verklang; seine Augen wurden feucht, als er begriff, daß auch dieser Plan jämmerlich daneben gegangen war. Bei dieser Erkenntnis steigerte sich seine Wut auf Durango um ein Zehnfaches.

»Nell«, rief Durango scharf in das abrupt eingetretene Schweigen, »ich weiß, daß du hier bist, und daher kannst du ebenso gut gleich rauskommen und dich der Familienzusammenführung anschließen. Es ist zwecklos, daß du dich in einen Felsspalt kauerst, wenn du es auch bequemer haben könntest. Ah, da bist du ja«, bemerkte er, als sie auftauchte und sich neben Red stellte. »Ich muß dir ein Kompliment machen. Du hast deine Rolle perfekt gespielt, die beste schauspielerische Leistung in deinem ganzen Leben, und weißt du, warum? Ich glaube, Jossie hat dich tatsächlich als ihre Freundin betrachtet.« Bei dem Gedanken daran, wie Red und Nell Josselyn gemeinsam einen doppelt harten Schlag versetzt hatten, wurden seine Augen grimmig.

Die Schauspielerin, der Durangos Worte nahegingen, fühlte sich beschämt. Zitternd biß sie sich auf die Unterlippe und legte eine Hand auf Reds Arm, um sich zu stützen.

»Der Teufel soll dich holen, Durango! Wie kommst du dazu, so selbstgerecht dazustehen und uns Vorwürfe zu machen?« knurrte Red. »Du, der die Sabotageakte in der Goldmine durchgeführt, Forbes ermordet und Jossie viel schlimmeres Unrecht angetan hast als jeder andere von uns es je getan hat!«

»Ich soll ihr Unrecht angetan haben? *Sangre de Cristo!* Du

Narr! *Ich* war der einzige, der ihr kein Unrecht angetan hat – und außerdem weiß sie das selbst!«

»Du mieser Lügner!« gab Red hitzig zurück. »Du hast sie *vergewaltigt*! Du hast sie vergewaltigt und sie zu einer Eheschließung gezwungen, damit du meine Anteile am Rainbow's End in deine gierigen Finger kriegst!«

»Die, wie ich in dem Zusammenhang erwähnen könnte, in meinem Tresor im Mother Lode Saloon eingeschlossen sind.« Durangos Stimme war höhnisch; sein Gesicht hatte sich vor Wut verfinstert. »Hast du wirklich geglaubt, du könntest alles an dich bringen, Red? *Deine* Anteile, *meine* Anteile, deine Tochter…? Wie hat dein Plan ausgesehen? Wolltest du mir ein unterschriebenes Geständnis entlocken, damit ich einwillige, mich von Jossie scheiden zu lassen, und dafür straffrei ausgehe? Tja, meine Unterschrift unter dieses lachhafte Dokument bekommst du nicht, also was nun, Red? Antworte! Was nun?«

»Für mich zählt nur meine Tochter«, beharrte Red und sah Josselyn, die sich immer noch beharrlich weigerte, ihn anzusehen, flehentlich an. »Im Vergleich zu ihrem Glück und Wohlergehen interessiert mich das Rainbow's End nicht. Das heißt, wenn du sie laufen läßt, kannst du meine Anteile behalten. Zum Teufel, du kannst alles haben, auch Wylies und Victorias Anteile, wenn du Victoria nichts tust. Wir überlassen dir alle unsere Anteile an der Goldmine, das stimmt doch, Wylie?«

Victoria, die gerade wieder zu Bewußtsein kam, sah Wylie nicken.

»O Wylie!« Die Witwe war erstaunt über seine Zustimmung und schüttelte den Kopf, um wieder klar denken zu können, und sie bemühte sich vergeblich aufzustehen.

»Nein, du rührst dich jetzt nicht, du ränkeschmiedendes

Flittchen! Du bleibst jetzt still liegen, bis wir all das zu meiner Zufriedenheit geregelt haben!« fauchte Durango und stellte seinen Stiefel fest auf Victorias liegende Gestalt. Dann wandte er sich wieder an Red. »Jetzt wollen wir mal sichergehen, ob ich das richtig verstanden habe. Wenn ich einwillige, mich von Josselyn scheiden zu lassen, und wenn ich dir Victoria unbeschadet übergebe, werdet ihr mir alle eure Anteile am Rainbow's End überschreiben, und ich stehe dann als alleiniger Besitzer der Goldmine da. Ist das richtig?«

»Ja.« Red atmete jetzt etwas ruhiger, denn er glaubte, sein Vorschlag würde angenommen und schon bald sei seine Tochter ihren Schurken von einem Ehemann los.

»Also, das ist ein verdammt großzügiges Angebot, Red!« Durango grinste einen Moment lang zynisch. Dann verflog sein Lächeln, und sein Gesicht blieb hart zurück. »Aber ich will deine verfluchten Anteile nicht haben! Ich will Wylies Anteile nicht haben! Zum Teufel! Ich will noch nicht einmal Victorias Anteile haben! Ich wollte sie noch nie. Ich wollte immer nur das haben, was mir gehört – und dazu gehört auch Jossie, Red, ob ich nun deinen Segen habe oder nicht! Sie ist meine Frau, und wenn dir das nicht paßt, dann ist das ein verfluchter Jammer – denn sie wird meine Frau bleiben, bis daß der Tod uns scheidet, wie sie es gelobt hat!«

Hinter dem Rücken ihres Mannes schnappte Josselyn nach Luft. Sie war benommen und wagte kaum zu glauben, daß sie sich nicht verhört hatte, und das Herz schlug schnell und heftig in ihrer Brust. Durango liebte sie, dachte sie verwirrt. Oh, ja, er mußte sie lieben! Warum sonst hätte er für sie den alleinigen Besitz der Goldmine ablehnen sollen? Plötzlich wurde ihr klar, wie angespannt und still er war und daß er ihr Gesicht nicht sehen, nicht wissen konnte, ob sie ihn verstanden hatte. Er war so stolz, so arrogant, und doch hatte er sein Herz offengelegt – und das vor vier anderen Menschen, die eindeutig das Schlimmste von ihm glaubten und denen nichts lieber gewesen wäre, als mitanzusehen, wie er verachtet und verschmäht wurde! Ihre Augen blitzten trotzig, als Josselyn die Arme um seine Taille schlang und den Kopf an seinen Rücken preßte, und ihr Herz strömte vor Liebe zu ihm über. Sie konnte spüren, wie ihre Berührung die Spannung aus seinem Körper weichen ließ; erst zögernd und dann so, als würde er sie nie mehr loslassen, legte sich seine linke Hand auf ihre Hände.

»Oh.« Red war bestürzt und fing allmählich an, sich für den größten Dummkopf auf Erden zu halten. Mürrisch und unbeholfen räusperte er sich. »So steht es also... was?«

»Ja, genau so«, erwiderte Durango ruhig, aber voller Glut. »*Ich* bin der Katholik, oder hast du das vergessen? Wenn du sie mir nicht zugedacht hättest, Red, dann hättest du dieses verfluchte Testament nicht aufsetzen sollen!«

»Ja. Äh. Also... äh, es scheint, als hätten wir uns alle und vielleicht... in dir getäuscht, einen... äh... einen gewissen Fehler gemacht, als wir... äh... dich für den Schurken gehalten haben...«

»Ich gratuliere! Das hast du richtig verstanden, du hirnrissiger Idiot! Aber das ist auch schon das *Einzige*, was du richtig verstanden hast, verflucht nochmal!« fauchte Durango.

»Verdammt und zum Teufel, Durango! Wenn du die Sabotageakte nicht verübt und Forbes nicht in den Schacht gestoßen hast, wer zum Teufel war es dann?«

»Was ist, Victoria, du willst schon gehen? Aber die Party ist doch noch nicht vorbei.« Durango stieß die Witwe wieder mit seinem Stiefel auf den Boden. »Kriech nicht weg. Wir kommen gerade erst zum interessanten Teil. Willst du es nicht hören? Es dreht sich alles um einen starrköpfigen Mann namens Forbes, der nie auf jemanden hören wollte und daher eine Menge schlechter Investitionen getätigt und sein ganzes Vermögen verloren hat...«

»Was?« riefen Red und Wylie einstimmig aus.

»Ja, Forbes war pleite, finanziell am Ende. Ich habe es überprüft. Ich habe sogar noch einiges andere überprüft – alles Mögliche.« Ein hämisches Lächeln verzog Durangos Lippen. »Wißt ihr, es ist einfach erstaunlich, was man so alles über Menschen in Erfahrung bringen kann, wenn man sich die Mühe macht, ein wenig nachzuforschen. Forbes hatte einen Hang zu Macht und Geld, und es hat ihm gefallen, Leute zu beeindrucken; daher hat es ihm nicht besonders gelegen, am Rand des Bankrotts zu stehen. Als er gehört hat, daß wir in allernächster Zeit auf eine Hauptader stoßen könnten, hat er beschlossen, sich zu bereichern, indem er im Rainbow's End Sabotageakte ausführte, um damit so viele kostspielige und zeitraubende Verzögerungen auszulösen, daß wir übrigen, die es satt haben und denen es an den Mitteln und der Lust fehlt, die Rechnungen vorzustrecken, ihm unsere Anteile verkaufen. Inzwischen hatte er herausgefunden, daß Victoria sein Bett gegen Wylies eingetauscht hatte, und da Forbes sich nicht gern zum Narren halten ließ, hat er Pläne geschmiedet, wie er sich an ihnen rächen kann, indem er Wylie ermordet und es so aussehen läßt, als hätte Victoria die böse Tat bei einem Streit zwischen Liebenden begangen.«

»Forbes... wollte mich töten?« fragte Wylie entsetzt. »Aber ich dachte... das heißt...«

»Du hast geglaubt, daß er dir vertraut hat, daß Red oder ich ihn ermordet haben müssen, denn als du an jenem Abend ins Rainbow's End kamest, weil Forbes dich benachrichtigt hat – diese Nachricht hättest du wirklich verbrennen sollen, Wylie, statt sie in deinem Schreibtisch rumliegen zu lassen, den man beiläufig mit einem kleinen Messer öffnen kann – und dir mitgeteilt hat, er sei hinter die Identität des Saboteurs gekommen, hast du ihn tot im Sumpf vorgefunden. Da du wußtest, daß Red und ich beide über deine Affäre mit Victoria informiert waren, hattest du Angst, man könnte dir die Schuld an Forbes' Tod geben, und daher bist du schleunigst in die Stadt zurückgeritten und hast dort eins der Mädchen im Shoo Fly Saloon dafür bezahlt, daß sie dir für diese Nacht ein Alibi gibt... wenn man ihnen genügend ausgibt, erzählen diese Mädchen alles, was man will.

Was du nicht gewußt hast, Wylie, war, daß Forbes, der betrunken war, gerade dabei war, das Seil des Förderkorbs bis auf ein paar Fäden zu zerschneiden, denn zweifellos hatte er vor, dich darin zur Hölle zu schicken, als er das Gleichgewicht verloren hat und in den Hauptschacht gestürzt ist. Novak hat das Seil am folgenden Morgen repariert; die Grubenarbeiter brauchten den Förderkorb, um Forbes' Leiche zu bergen, und da der Förderkorb nichts mit Forbes' Unfall zu tun hatte, hat Novak keine Verbindung zwischen seinem Tod und dem gerissenen Seil angestellt. Aber nachdem ich Forbes' Nachricht in deinem Schreibtisch gefunden hatte, habe ich den Zusammenhang hergestellt. Außerdem habe ich mir den Sumpf genauer angesehen und dabei ein Paar von Victorias Ohrringen gefunden. Da sie meines Wissens nie im Innern des Bergwerks gewesen ist, schien es mir offensichtlich, daß Forbes sie bei sich hatte, damit nach deiner Ermordung ein wichtiges Indiz auf sie weist. Es war ein diabolisch ausgeklügelter Plan, das mußt du zugeben, denn wenn es geklappt hätte, wärst du tot gewesen und Victoria wäre für den Mord an dir gehängt worden.

Aber statt dessen starb Forbes, und daraufhin erfuhr Victoria, daß sie keineswegs eine wohlhabende Witwe war, sondern sich glücklich schätzen konnte, wenn ihr Haus am Casey nicht verkauft werden mußte, um all die Schulden abzuzahlen, die Forbes angehäuft hatte. Um ihre Gläubiger hinzuhalten, hat sie unter anderem die Kunstsammlung ihres verstorbenen – wenn auch nicht betrauerten – Mannes an verschiedene private Käufer verschoben. Und, Wylie, als deine zeitweilige Großzügigkeit ihr Einkommen aufgebessert hat, hat sie es dann geschafft, über die Runden zu kommen. Welche Qualen du erlitten haben mußt, als du dich gezwungen sahest, zu Sparmaßnahmen zu greifen und deine eigenen alten Kleider umarbeiten zu lassen, stimmt's, Victoria? Und natürlich wußtest du alles über Forbes' Sabotageakte am Rainbow's End. Zweifellos ist es ihm rausgerutscht, wenn er betrunken war; vielleicht hat er sich sogar damit und mit der Hauptader gebrüstet, die er ganz allein an sich bringen wollte…? Egal. Nach seinem Ableben hast du dich verzweifelt entschlossen, seinen kühnen Plan weiterzuführen – nur hattest du im Gegensatz zu Forbes keine Ahnung von den Arbeitsgängen, und die beiden Idioten, die du angeheuert hast, um deine schmutzige Arbeit zu erledigen, waren genauso ahnungslos wie du. Nein, mach dir nicht die Mühe, es zu bestreiten, Victoria, meine Liebe. Ich habe sie in meiner Vorratskammer im Saloon aneinander gefesselt. Sie waren wirklich wütend, weil du sie für ihren letzten Job nicht bezahlt hast, und nachdem ich ihre dämlich lauten und unachtsamen Klagen mitangehört hatte, habe ich sie direkt darauf angesprochen, was für eine Art von Arbeiten sie für dich ausgeführt haben. Es war ihr Pech, daß sie mich irrtümlich für weit betrunkener gehalten haben, als ich es war.

Jedenfalls ist das der Grund, aus dem sich das Schema

der Sabotageakte nach Forbes' Tod so drastisch verändert hat, und das hat uns alle verdammt verwirrt. Wir dachten immer, es gäbe nur einen Schurken. Und dann, Red, mußtest *du* auch noch *deinen* Einsatz auf den Tisch legen. Da du nicht wußtest, was hier los ist, wem du trauen kannst, aber glaubtest, daß wir kurz davor stehen, auf die Hauptader zu stoßen, hast du beschlossen, mit Sprengladungen die Mine zu versiegeln, damit niemand die Adern ausbeuten kann, solange du nicht die Identität des Saboteurs kennst. Außerdem bist du dahintergekommen, daß deine Tochter vorhatte, Nonne zu werden, und da du das nicht wolltest, dachtest du dir, du schlägst zwei Fliegen mit einer Klappe, wenn du Patrick überredest, dieses verrückte Testament aufzusetzen, damit Jossie gezwungen ist, eine Zeitlang in der wahren Welt zu leben, ehe sie ihr für alle Zeit entsagt.

Oh, ich bin sicher, daß du dachtest, ihr könnte nichts passieren: Schließlich war sie für den Partner, der allen anderen einen Streich spielen wollte, tot nichts wert. Sie mußte zumindest lange genug am Leben bleiben, um zu heiraten und entjungfert zu werden, und zweifellos dachtest du, das könntest du verhindern, weil du wußtest, daß vorher das Aufgebot ausgehängt werden muß. Du bist außerdem davon ausgegangen, daß weder Wylie noch ich so dumm und niederträchtig sein könnten, sie zu kompromittieren, um sie zu einer Heirat zu zwingen. Schließlich war sie schon fast eine Nonne; das mußte bei mir und vielleicht auch bei Wylie ins Gewicht fallen. Dazu kam noch, daß wir Jossie nicht kannten und nicht wissen konnten, was sie am ehesten täte, wenn sie gegen ihren Willen gewaltsam ausgenutzt würde. Sie hätte hinterher derart am Boden zerstört sein können, daß sie auf jeglichen Erbanspruch verzichtet hätte und ins Kloster zurückgekehrt wäre. Sie hätte die ganze schmutzige

Geschichte vor dem Altar ausplaudern und dem Geistlichen mitteilen können, daß sie ihr Jawort nicht aus freiem Willen gibt; und dann hätte er sich natürlich geweigert, die Eheschließung durchzuführen. Zum Teufel! Sie hätte sogar so entrüstet sein können, daß sie uns das Gesetz auf den Hals gehetzt hätte! Du hast dir ausgerechnet, daß all das Risiken sind, die Wylie und ich uns nicht leisten konnten. Außerdem dachtest du, Red, wenn du uns in diesen seltsamen Kostümierungen nachspionierst, könntest du sie gut genug im Auge behalten, um dafür zu sorgen, daß sie unbeschadet bleibt. Was ich wissen will, ist: Wo zum Teufel hast du an dem Abend im Teller House gesteckt, als Victoria – die eifersüchtig auf Jossie war und Angst hatte, Wylie an sie zu verlieren – Laudanum in den Cognac gekippt und Jossie und mich, nachdem wir ohnmächtig waren, von diesen beiden blöden Schuften in eines der Hotelzimmer hast schleppen und gemeinsam ins Bett legen lassen?«

»*Was*?« riefen Red und Wylie einstimmig aus.

»Ja, richtig – stimmt's, Victoria? Selbstverständlich habe ich Jossie am nächsten Morgen zu meiner Frau gemacht, und natürlich hat Vater Flanagan unter diesen Umständen eingewilligt, auf das Aushängen des Aufgebots zu verzichten. Du hast nie einkalkuliert, daß so etwas passieren könnte, stimmt's, Red? Du hast sogar eine ganze Menge nicht einberechnet, wie zum Beispiel, daß das Kloster schließt und Jossie daher nicht zurückgehen kann, und du bist auch nicht auf den Gedanken gekommen, ich könnte ahnen, daß du noch am Leben bist, und bis vor kurzem *dich* für den Schurken hielt... Und du, Victoria, meine Liebe... du dachtest, du tätest mir etwas ganz Übles an, weil ich kein Mann zum Heiraten bin; aber in Wirklichkeit hast du mir den reizendsten Gefallen getan, den mir in meinem ganzen Leben jemand getan hat, und ich vermute, ich sollte mich dafür bei dir bedanken – wenn es auch noch so abscheulich zustande gekommen ist. Also... wo warst du, Red? Ich gebe offen zu, daß ich fest damit gerechnet habe, dich an jenem Morgen im Teller House zu sehen; stell dir nur mein Erstaunen vor, als du nicht aufgetaucht bist.«

»Tja, das war so, Durango, Freundchen: An dem Tag am Rainbow's End, an dem du mit Jossie diesen Unfall im Stollen gehabt hast... also, ich habe dich beobachtet, als du sie aus dem Bergwerk getragen hast und sie in einem so betrüblichen Zustand war, daß ich natürlich... äh... das Schlimmste angenommen habe. Ich wollte den Hügel runterrennen, damit du mir für das büßt, wovon ich dachte, du hättest es getan, und dabei bin ich in einem Loch stecken geblieben und gestolpert und habe mir den verdammten Knöchel gebrochen«, gestand Red kläglich ein und schüttelte den Kopf über seine Dummheit, »und das ist auch etwas, was ich nicht einberechnet hatte.«

»Das war das letzte fehlende Teil, und jetzt haben wir es mit einem kompletten Gesamtbild zu tun, das zwar reichlich unsinnig wirkt, aber doch immerhin verständlich wird!« Durango nahm endlich langsam seinen Stiefel von Victorias liegender Gestalt und steckte seinen Revolver in den Gurt.

»Jossie...« Red legte seine Schrotflinte zur Seite und streckte seiner Tochter liebevoll und flehentlich die Arme entgegen. »Wirst du je in der Lage sein, deinem dummen alten Dad zu verzeihen?«

»O Dad! Natürlich!« Freudentränen strömten über ihre Wangen, als sie zu ihm lief und ihn heftig umarmte, denn selbst jetzt wagte sie es kaum zu glauben, daß er wirklich noch am Leben war.

»Jossie, Jossie, Mädchen.« Die Stimme ihres Vaters klang

434

erstickt. »Wie lieb ich dich doch habe! Mir tut ja so leid, daß ich dieses verfluchte Testament aufgesetzt und dein Leben derart in Unordnung gebracht habe! Was kann ich tun, Mädchen, um das wiedergutzumachen? Wie kann ich das je wiedergutmachen?«

Als sie über Dads Schulter hinweg Nell ansah, die sich abseits hielt und sich nicht einmischen wollte, aber in deren eigenen Augen Tränen standen und die sich trotz allem ernstlich bemüht hatte, ihre Freundin zu werden, wußte Josselyn, was sie zu sagen hatte. Sie wollte, daß alle anderen so glücklich waren wie sie auch. Bluinse, ihre Mutter, war seit zwölf Jahren tot. Nell hatte niemanden außer Red; und Josselyn dachte unwillkürlich daran, wie wehmütig die Schauspielerin darüber gesprochen hatte, daß sie nie eigene Kinder gehabt hatte.

»Du kannst Nell zu einer ehrbaren Frau machen, Dad«, äußerte Josselyn, die die Schauspielerin freundlich anlächelte und die Arme nach ihr ausstreckte, um sie in ihre und ihres Vaters Arme zu ziehen, »und offensichtlich brauchst du ja jemanden, der auf dich aufpaßt – für immer!«

Wylie steckte den Derringer in seine Brusttasche und ging zu Durango, der dastand und die ergreifende Szene zwischen seiner Frau und ihrem Vater beobachtete.

»Jetzt verstehe ich, womit ich dich an dem Tag in der Küche vom Rainbow's End so rasend gemacht habe.« Wylie brachte die Worte etwas steif hervor, und doch war es ein Schritt zur Erneuerung der früheren Freundschaft zwischen den beiden jungen Männern. »Ich entschuldige mich. Ich habe Josselyn beleidigt; ich wußte damals nicht, daß sie deine Frau ist.« Er unterbrach sich. Dann sagte er: »Ich wollte sie nie wirklich haben, verstehst du, genauso wenig, wie du Victoria je haben wolltest.« Daraufhin sah er ungeduldig auf die Frau herunter, die nach wie vor vor Durangos Füßen lag. »Steh auf, Victoria!« befahl Wylie. »Ich werde dir dein hübsches Hinterteil grün und blau schlagen, und dann trage ich dich schnurstracks zum Friedensrichter. Du hast selbst bewiesen, daß du viel mehr Temperament hast, als dir selbst gut tut, und daß du dringend eine strenge Hand brauchst!«

»Du meinst... du meinst, du willst mich *heiraten*?« Victoria schaute ihn verblüfft an und fürchtete sogar, er könnte ihr einen grausamen Streich spielen. »Aber... aber, Wylie, du... du hast noch nie davon geredet, mich zu heiraten.«

»Meine Liebe, ich dachte, du hättest verstanden, daß ich als Mann nicht den geringsten Wunsch hatte, mich von dir und von Forbes' Vermögen aushalten zu lassen. Daher fürchte ich, es tut mir absolut nicht leid, wenn du restlos pleite bist!«

»Heilige Maria, Mutter Jesu!« fluchte Red plötzlich. Nachdem er Josselyn endlich wieder den liebenden Armen ihres Mannes anvertraut hatte, war er zu einer Wand des Stollens gelaufen, denn der stumpfe Schimmer an einer der Stellen, an denen die Kugeln aus Forbes' Revolver eingeschlagen hatten, hatte seinen Blick auf sich gelenkt. »Victoria ist nicht mehr pleite, Junge. Keiner von uns ist pleite, denn wenn ich mich nicht ganz täusche, sind wir alle reich! Wir sind sogar verdammt reich! Das ist die Hauptader, ich sage es euch! Das ist die Hauptader!«

»Ja, tatsächlich«, murmelte Durango zustimmend – aber im Gegensatz zu allen anderen schaute er Josselyn an, und sein ganzes Herz lag in seinen Augen. »Und von da aus, wo ich stehe, würde ich behaupten, daß es sich unverkennbar um reines Gold handelt.«

Am Ende des Regenbogens

25

The Casey, Gregory Gulch, Colorado, 1881

»Es gibt viele Formen, Gott zu dienen, Josselyn«, hatte die Ehrwürdige Mutter Maire einmal zu ihr gesagt, und ein paar Monate später hatte sie dann gesagt: »Siehst du, mein Kind, Gott hatte schließlich doch eine Aufgabe für dich. Er, der Allwissende, wußte, daß Er dich hier, in Central City, gebraucht hat, nicht als Nonne, sondern als die Frau, die Licht in das Dunkel Durango de Navarres bringt und die den Obdachlosen ein Heim gibt. Diese Dinge hast du getan, und Gott hat es dir mit vielen Segnungen vergolten.«

So war es tatsächlich, dachte Josselyn jetzt, als sie auf dem Balkon ihres Schlafzimmers im ersten Stock der Villa am Casey stand, in Tagträume verloren war und über die Schluchten hinausschaute, an die Stelle mitten im Gregory Gulch, wo das große rote Backsteingebäude stand, das das Kloster der Ursulinen war und Witwen und Waisen aufnahm; der hohe Glockenturm strebte zum Himmel auf. Von der Veranda her hörte sie, wie sich Durango mit den Kindern unterhielt – Cisco, den Zwillingen Blas und Bluinse, drei Jahre alt, Raúl, eineinhalb, und Seamus, dem kleinen Baby, dessen Beitrag zum Gespräch in erster Linie aus begeistertem Krähen bestand.

Am Morgen hatte es geregnet, und als ihr Blick jetzt auf den wunderbaren Regenbogen fiel, der sich über den Bergen wölbte, hörte Josselyn, wie die Kleinen ihren Vater baten, die Geschichte zu erzählen, die ihr Großpapa ihnen so oft erzählte, eine alte irische Sage über Kobolde und den Topf Gold am Ende des Regenbogens. Ihre Schultern bebten vor stummem Lachen, als sie Durangos Version der Geschichte hörte, in der die Kobolde sich auf geheimnisvolle Art in eine bunt zusammengewürfelte Horde von Goldgräbern verwandelt hatten und der Topf Gold zur Hauptader eines Bergwerks geworden war. Seltsamerweise ritt einer von ihnen, ein Desperado und Spieler, der offensichtlich mondsüchtig war, mit einem Engel mit flammendem Haar davon und vergaß diese Schätze ganz, bis sie ihn sachte daran erinnerte, daß sich davon ein hübsches Kloster mit einer Glocke aus reinem Gold im Kirchturm bauen ließe, damit dort all jene Unterschlupf fanden, die bedürftig waren, und da seine Gebete wahrhaft erhört worden waren, willigte der Schlingel sofort ein…

Kurz darauf sagte Josselyn das Klirren von silbernen mexikanischen Sporen, daß Durango ins Haus gekommen war und sich ihr auf dem Balkon im oberen Stock anschloß. Er schlang die Arme von hinten um ihre Taille, und dann fand sein Mund ihren Hals, und seine Küsse ließen sie vor Begeisterung erschauern.

»Ich liebe dich«, flüsterte er ihr heiser ins Ohr. »Ich liebe dich, *mi vida, mi alma. Dios!* Wie sehr ich dich liebe, Jossie!«

»Und ich liebe dich auch, Durango, von ganzem Herzen – und das, obwohl du die Geschichte, die du den Kindern erzählt hast, ein wenig durcheinandergebracht hast.«

»Was war denn falsch an meiner Erzählung, *Querida*? Sag?«

»Erzählt hast du sie richtig.« Sie erstickte ein Lachen, als er sie langsam, aber entschieden zu sich umdrehte und anfing, ihre Augen, ihre Nase und ihre Lippen zu küssen.

»Du hast nur ein paar Einzelheiten durcheinandergebracht, das ist alles.«

»Ach, wirklich?« Seine Hände zogen eine Nadel aus ihrem Haar, dann die nächste und noch eine, und er löste die lange, schwere Masse, während er sie weiterhin küßte, immer eindringlicher, den Umriß ihrer Lippen mit seiner Zunge nachfuhr und ihre Lippen gierig teilte. »Wie zum Beispiel?« murmelte er nach einer langen Zeit.

»Also, ich weiß nicht... wie es dir geht, aber ich habe immer wieder die... Erfahrung gemacht«, flüsterte Josselyn zwischen seinen Küssen, als er sie hochhob und sie zu ihrem Bett trug, »daß am Ende jeden Regenbogens nicht etwa Gold liegt, sondern ein Stück Himmel.«

Durango legte sie sachte hin und dachte einen Moment lang gründlich darüber nach. Dann seufzte er tief vor Liebe und Lust, als er sie in seine Arme nahm und ihr zugestand, wie recht sie hatte.

GOLDMANN

Bestseller

*Tom Clancy und Sidney Sheldon, Utta Danella
und Danielle Steel, Heinz G. Konsalik und
Marie Louise Fischer, Colleen McCullough und Gillian Bradshaw,
Charlotte Link und Irina Korschunow –
internationale Weltbestseller garantieren Spannung und
Unterhaltung auf höchstem Niveau.*

Barbara Taylor Bradford,
Des Lebens bittere Süße   9264

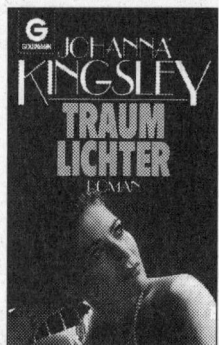

Johanna Kingsley,
Traumlichter   8975

Judith Krantz,
Skrupel   6713

Sandra Paretti,
Die Pächter der Erde   9249

Goldmann · Der Bestseller-Verlag

GOLDMANN

Charlotte Link

*Mitreißende Romane vor historisch exakt recherchiertem
Hintergrund sind rar. Bücher von Margaret Mitchell und
Collin McCullough haben Maßstäbe gesetzt.
Charlotte Link muß den Vergleich nicht scheuen:
Ihr ist ein europäisches Pendant gelungen.*

Die Sterne von Marmalon   9776

Verbotene Wege   9286

Sturmzeit   41066

Schattenspiel   42016

Goldmann · Der Taschenbuch-Verlag